Goldsommer

Elisabeth Büchle ist gelernte Bürokauffrau, examinierte Altenpflegerin und seit ihrer Kindheit ein Bücherwurm. Schon früh begann sie, eigene Geschichten zu Papier zu bringen. In ihren Romanen bettet sie romantische Liebesgeschichten in gründlich recherchierte historische Kontexte ein. Ihr Debütroman „Im Herzen die Freiheit" erschien im März 2006. Mit ihrem Mann und den fünf Kindern lebt sie im süddeutschen Raum. Mehr Infos zur Autorin unter www.elisabeth-büchle.de.

ELISABETH BÜCHLE

Goldsommer

Roman

Weltbild

Besuchen Sie uns im Internet:
www.weltbild.de

Genehmigte Lizenzausgabe für Verlagsgruppe Weltbild GmbH,
Steinerne Furt, 86167 Augsburg

Umschlaggestaltung: Höpfner-Thoma, Planegg
Umschlagmotiv: Getty Images, München
(© Peter von Felbert) & (© Heinz Wohner), © Imagebroker / Vario Images
Gesamtherstellung: CPI Moravia Books s.r.o., Pohorelice
Printed in the EU
ISBN 978-3-86365-035-3

2015 2014 2013 2012
Die letzte Jahreszahl gibt die aktuelle Lizenzausgabe an.

Für Silas

Vorwort

Ein Büchle-Roman ohne Vorabinformationen über den geschichtlichen Hintergrund oder die historischen Personen?

Das kann nur eines bedeuten: Der geschichtliche Rahmen – von 1940 über 1945, 1946 bis 1950 – tritt bei diesem Buch eher in den Hintergrund.

Viel wichtiger als die Historie ist mir in dieser Geschichte das darin »versteckte« Thema geworden, das ich vielleicht am einfachsten mit dem Begriff »Zwischenmenschliches« beschreiben kann.

Wie gehen wir Menschen – ob bewusst oder unbewusst – miteinander um? Hinterfragen wir die Handlungsweisen unserer Mitmenschen oder sortieren wir sie sehr schnell in irgendwelche Schubladen ein?

Wenn nur eine Person dieses Buch nach der Lektüre aus der Hand legt und sich »mehr als nur Gedanken« darüber macht, hat es seinen Zweck erfüllt.

Ich lade Sie herzlich ein, in die Zeit des beginnenden Wirtschaftswunders einzutauchen.

In diesem Sinne wünsche ich viel Freude beim Lesen und danke meiner Familie für ihre Hilfe und die große Geduld mit mir, meinen Schwiegereltern für ihr unermüdliches Korrekturlesen, Mirjam Kocherscheidt, die sich wieder einmal mit viel Aufmerksamkeit durch mein Manuskript gearbeitet hat, dem ganzen Gerth-Medien-Team für die vielfältige und wertvolle Arbeit im Hintergrund und den Lesern, Blog-Besuchern und Gästen meiner Lesungen, die mich durch ihre Rückmeldungen immer wieder ermutigen und anspornen.

Bevor du urteilen willst über mich oder mein Leben,
ziehe meine Schuhe an und laufe meinen Weg,
durchlaufe die Straßen,
Berge und Täler, fühle die Trauer,
erlebe den Schmerz und die Freude.
Durchlaufe die Jahre, die ich ging,
stolpere über jeden Stein,
über den ich gestolpert bin, stehe immer wieder auf
und gehe genau dieselbe Strecke weiter …
genau wie ich es tat.
Und erst dann kannst du urteilen …

Verfasser unbekannt

Dezember 1940

Der kräftige Wind peitschte den Neuschnee auf und trug ihn mit sich davon. Die ganze Welt schien nur noch aus einer weißen, eisigen Wand und dem brennenden Schmerz in ihrem Herzen zu bestehen.

»Warum?«, murmelte Amrei zum wiederholten Mal gegen den wütenden Sturm an und zog dabei Schutz suchend die Schultern in die Höhe.

Sie spürte ein unangenehmes Rumoren in sich, als sie beobachtete, wie ihr Bruder seine schwangere Frau fest in die Arme schloss. Inmitten des Schneetreibens wirkte das Paar wie ein einziger dunkler Schatten. Michael hatte die junge Frau vor einem halben Jahr von einer seiner Reisen mitgebracht und geheiratet. Er hatte keinen Einspruch gegen diese überstürzte Heirat mit einer Fremden, die nur Hochdeutsch sprach, gelten lassen.

Und jetzt ließ er sie alle allein.

Nachdem ihr Vater schon früh als Freiwilliger in den Krieg gezogen war, war nun auch Michael einberufen worden.

»Warum?«, presste Amrei erneut zwischen zusammengebissenen Zähnen hervor. Jetzt blieben auf dem Hof nur noch die alte Großmutter, ein Knecht, diese fremde Frau, die ihre Schwägerin war, und sie selbst zurück.

Amrei hob den Kopf, als das Knirschen des Schnees unter Michaels schweren Schritten sein Näherkommen verriet.

Aufrecht, trotz der vom Wind herbeigepeitschten, beißenden Schneegraupel, stand ihr Bruder vor ihr und blickte liebevoll auf sie herunter. Wie so oft lag ein Lächeln auf dem Gesicht des fröhlichen jungen Mannes. »So, Kleine. Jetzt musst du ein paar Wochen ohne mich auskommen.«

»Das wird eine Wohltat sein!«, gab sie patzig zurück, obwohl ihr dabei ein kräftiger Schmerz in ihrem Inneren den Atem zu rauben drohte.

»Das dachte ich mir, Kleine!«, erwiderte Michael grinsend.

»Ich bin 14 Jahre alt und deshalb keineswegs klein!«

»Stimmt, du bist ziemlich groß.«

»Und kein Kind mehr.«

»Ach, das meintest du!«, zog er sie auf.

Amrei unterdrückte eine weitere bissige Bemerkung, die nur dazu dienen würde, ihren Kummer zu übertünchen. Seit ihr Bruder mit dieser Hochdeutschen verheiratet war, nahm er es mit den sprachlichen Unterschieden wie denen zwischen »groß« und »alt« oder »Fuß« und »Bein« sehr genau.

Michael zog sie in seine starken Arme und sie vergrub ihr nasses Gesicht in dem rauen Stoff seiner Uniformjacke. Sie war froh über den wirbelnden Schneefall, denn so konnte niemand unterscheiden, ob es Tränen oder die Eiskristalle waren, die ihr Gesicht befeuchteten.

»Ich verlasse mich darauf, dass du hier alles in der Hand hältst, bis Vater und ich zurück sind.«

»Ich?«, fuhr sie erschrocken auf.

»Du sagtest doch gerade, dass du schon …«

»Vergiss es!«, fauchte sie und drückte sich fest an ihn.

»Ich meine es ernst, Kleine. Oma ist nicht mehr die Jüngste, der Knecht arbeitet nur auf Anweisung und Margot ist fast zu zart für diese Gegend und den Betrieb.«

»Vielleicht hättest du –«

»Ich konnte der Einberufung nicht widersprechen, Kleine. Du weißt, auf was es ankommt und wer dir hier in der Nachbarschaft helfen wird, wenn es Probleme gibt.«

»Das hast du mir gestern gesagt und vorgestern und am Tag davor und davor auch schon.«

»Ich hatte nur leider den Eindruck, dass du aus lauter Bockigkeit und Widerwillen gar nicht zuhörst.«

»Eine von den hundert Ermahnungen ist durchgedrungen!«, gab Amrei mit einem kleinen Lächeln auf den Lippen zurück.

Michael lächelte ebenfalls und küsste sie auf die Stirn. »Das reicht wohl.«

»Das *muss* wohl reichen.«

»Stimmt, ich muss jetzt los.«

»Komm wieder, Micha!«

»Das liegt nicht an mir.«

»Dann soll Gott gut auf dich aufpassen.«

»Und auf dich.«

Amrei ließ Michael widerwillig los. Dieser ging noch einmal zu seiner Frau hinüber, küsste sie lange zum Abschied und wandte sich dann zum Gehen, ohne noch einmal zurückzublicken. Innerhalb von Sekunden verschwand er in der undurchdringlichen weißen Wand aus Schnee. Nur noch das vorsichtige, nervöse Auftreten von Hufen war zu hören, als er in Begleitung einer Handvoll Schwarzwälder Stuten, die als Zugtiere an die Armee verkauft worden waren, auf seinem Pferd den Hof verließ.

Amrei blieb inmitten des wilden Schneetreibens stehen, während der kräftige Wind an ihrem Mantel und dem langen dunklen Rock zerrte. Ein weißer Schleier legte sich auf ihr Haar.

Was sollte sie jetzt tun? Für sie war es an der Zeit, in die Stadt zu gehen, in der sie seit dem Sommer eine weiterführende Schule besuchte. Aber der Weg dorthin war weit, und wer wusste schon, ob der Sturm nicht Bäume entwurzeln würde? Vermutlich war es besser, heute auf dem Hof zu bleiben. Im Haus würden ihre Großmutter und Margot nach dem Rechten sehen und der Knecht war in den Stallungen oder im Schuppen beschäftigt.

Langsam wandte sie sich um und ging mit vorsichtigen Schritten über den glatten Untergrund in Richtung Pferdestall. Als sie das grobe, dunkle Holz des Gebäudes erreichte, tastete sie sich, da sie in dem Schneegestöber kaum etwas sehen konnte, mit ihren kalten Händen bis zu einer der beiden großen Flügeltüren durch. Sie zog den Riegel mit einer kräftigen Bewegung zurück, schob mit Gewalt die Tür einen Spaltbreit auf und schlüpfte hinein.

Der Wind drückte die Tür mit Macht hinter ihr zu.

In dem gedämpften Licht, das durch ein paar fast zugeschneite Fensterscheiben hereinfiel, sah sie, wie sich neugierige Pferdeköpfe über die hölzernen Verstrebungen der Trennwände schoben. Trotz des schlechten Lichts hoben sich die nahezu weißen, langen Mähnen der Schwarzwälder hell von ihrem dunkel schimmernden, rötlichen Fell ab.

Das Mädchen ging die mit Holzlatten ausgelegte Stallgasse entlang und strich dabei jedem Tier, an dem sie vorüberkam, über die Stirn, bis sie zu den beiden letzten Boxen vor der Sattelkammer gelangte. In diesen standen die beiden wertvollen Araber, die Michaels Braut mitgebracht hatte. Amrei strich nun auch der dunkelbraunen Stute mit der schwarzen Mähne über die Stirn, ehe sie sich dem gegenüberliegenden Abteil zuwandte.

Die zweite Stute stand in der hinteren Ecke ihrer Box,

von der Stallgasse abgewandt, als habe sie heute kein Interesse daran, sie zu begrüßen. Amrei runzelte die Stirn, doch ihre Sorge wich schnell einem breiten Lächeln.

Ganz behutsam öffnete sie das Tor und trat in das hoch eingestreute Stroh der Pferdebox, das unter ihren Schuhen leise raschelte. Ein tiefes Schnauben begrüßte sie, und in diesem Moment hob ein kleines, nass glänzendes schwarzes Fohlen neugierig seinen Kopf.

»Du bist angekommen«, begrüßte Amrei leise das Pferdekind und ging neben diesem in die Hocke. Das Tier schnupperte kurz an ihrer Hand, dann wandte es sich seiner Mutter zu.

Amrei lehnte sich mit dem Rücken an die kalte, raue Holzwand und beobachtete zufrieden, wie liebevoll sich die Stute um ihren Nachwuchs kümmerte und wie es bald schon die ersten Versuche wagte aufzustehen. Plötzlich schrak das Mädchen aus seinen Beobachtungen auf. Die Stalltür donnerte laut gegen die zweite Türhälfte und eilige Schritte näherten sich ihrem Versteck.

Margot erschien in der Stallgasse, warf einen kurzen desinteressierten Blick auf das Fohlen und wandte sich dann sofort an Amrei: »Hier steckst du also. Was hältst du davon, einen Teil der Arbeit zu übernehmen, wenn du schon die Schule schwänzt? Das fängt ja gut an!«

»Ich wäre doch eigentlich gar nicht hier«, verteidigte sich das Mädchen trotzig, das sofort wieder die Ablehnung gegen ihre Schwägerin in sich verspürte.

»Du *bist* aber hier! Vielleicht sollte man dir den weiteren Schulbesuch ohnehin streichen. Hier wird jetzt jede Hand gebraucht.«

»Würdest *du* mehr tun, hätten die anderen es auch leichter.«

»Ich bin dieses Leben nicht gewohnt. Du schon.«

»Das ist keine Entschuldigung dafür, Dinge einfach nicht zu machen oder sie gar nicht erst lernen zu wollen«, gab Amrei ungehalten zurück.

»Du wirst auch noch frech? Mach, dass du da rauskommst, und hilf deiner Großmutter in der Küche.«

»Das ist deine Arbeit.«

»Mach schon. Ich habe anderes zu tun.«

Amrei strich dem Fohlen und dem Muttertier über den Hals und erhob sich. Nicht etwa weil Margot es ihr aufgetragen hatte, sondern weil sie nicht wollte, dass ihre Großmutter die ganze Arbeit alleine erledigen musste. Das Mädchen ahnte, dass es ab heute wesentlich mehr würde anpacken müssen als zuvor, und das nicht nur, weil alle männlichen Familienmitglieder in diesen grässlichen Krieg gezogen waren.

Teil 1

1945

Gott gebraucht Menschen,
die schwach und bedeutungslos genug sind,
um sich bei ihm anzulehnen.

HUDSON TAYLOR

Kapitel 1

Annemarie? Wo gehst du schon wieder hin?«, rief Margot ihr mit lauter Stimme zu, als sie gerade den Fuß in den Steigbügel stellte. Ihre Schwägerin betrachtete vorwurfvoll Amreis Männerhose, die sie schon wieder – wie fast immer – trug.

Der junge Hengst zuckte nervös mit dem Kopf. Amrei grinste. *Das Tier hat jede Menge Menschenkenntnis,* dachte sie, während sie sich in den Sattel hinaufstemmte. »Nach Triberg«, rief sie über die Schulter.

»Und die ganze Arbeit überlässt du mir?«

»Ich bin in ein paar Stunden zurück«, antwortete Amrei scheinbar gleichgültig. Dann trieb sie, ohne auf ein weiteres Wort ihrer Schwägerin zu warten, das Pferd an, das mit ein paar übermütigen, temperamentvollen Sprüngen auf den unebenen, nicht befestigten Weg hinauslief und ihr dadurch gehörige Mühe machte, es unter Kontrolle zu bringen. »So nicht«, raunte sie dem grauen Pferd mit der dunklen Mähne streng zu und hielt die Zügel straffer.

Schnell erreichten sie den Wald, der sich über einer Bergkette ausdehnte und an dessen schattigem Rand noch immer Schnee lag. Direkt vor der weißen Fläche reckten die ersten wild wachsenden Krokusse ihre gelben Köpfe empor.

Beim Anblick der Blüten legte sich ein erleichtertes Lächeln auf Amreis Gesicht. Die Menschen in diesem Tal hatten einen weiteren kalten und sehr schneereichen Kriegswinter überstanden. Und dieser Winter war hart gewesen. Margots vierjähriger Sohn war die ganzen letzten Wochen über krank gewesen.

Und sie hatte viel arbeiten müssen, um den Hof am Laufen zu halten. Der Knecht war bereits 1941 eingezogen worden, und die Großmutter, die für Amrei wenigstens noch ein bisschen Familie bedeutet hatte, war im Frühjahr 1942 verstorben. Wieder ein Jahr später hatte die Nachricht vom Tod ihres Vaters den Hof erreicht.

Die junge Frau lenkte den Grauschimmel in den Wald hinein, wo sich die mächtigen, dunklen Fichten dem blauen Frühlingshimmel entgegenstreckten. Der Wald war erfüllt von einem herben, feuchten Geruch und dem vielstimmigen Gesang der ersten Vögel, die bereits aus dem Süden zurückgekehrt waren.

Amrei liebte ihre Ritte über die engen Waldwege, die mit Moos und kleinen grünen Pflanzen bewachsen und von alten braunen Fichtennadeln übersät waren und beinahe jedes Geräusch verschluckten. Hier war sie allein und konnte sich von der anstrengenden, niemals enden wollenden Arbeit auf dem Hof und ihrer nicht minder anstrengenden Schwägerin erholen. Erleichtert schloss sie für einen Augenblick die Augen und ließ die Stille und die kühle Feuchtigkeit auf sich wirken.

Auf einmal scheute der Hengst und sofort war Amrei hellwach. Sie brachte das Tier zum Stehen, sah sich prüfend um und bemerkte Bewegungen im dichten Unterholz zwischen den dunklen Stämmen. »Nur ein Hase«, flüsterte sie dem Hengst beruhigend zu, den sie am Tag von Michaels Weggang im Stall bei seiner Mutter entdeckt hatte, weshalb sie sich mit dem Tier verbunden fühlte. Da es an einem stürmischen, schneereichen Tag geboren worden war, hatte es von ihr den etwas ungewöhnlichen Namen Schneesturm erhalten.

Er war nicht leicht zu reiten und würde es vermutlich nie sein, doch Amrei wusste, dass er eines Tages einen wundervollen Deckhengst abgeben würde. Mit diesem Pferd und den Araberstuten konnte sie sich nach dem Krieg ein zweites berufliches Standbein schaffen. Denn selbst ihr, die sie die Schwarzwälder Pferde liebte, war klar, dass im Zeitalter der Motorisierung die Zugpferde ausgedient hatten, selbst wenn die Armee im Moment noch ständig Nachschub forderte. Die Pferde, die sie anlieferte, schienen in der Armee schneller zu sterben als die Fliegen.

Dieser wunderbare, gut gebaute Hengst und die beiden Stuten, die Margot mit in die Ehe gebracht hatte, waren im Moment Amreis einzige Hoffnung auf ein etwas besseres Leben nach dem Krieg.

Amrei zwang sich aus ihren Grübeleien heraus und trieb das Tier in einen schnellen Trab. Der Weg in die nächstgrößere Stadt war weit und sie hatte an diesem Tag noch einiges zu tun.

Sie erreichte Triberg um die Mittagszeit. Die Stadt lag verschlafen in der Frühlingssonne. Wie jedes Mal, wenn Amrei nach Triberg kam, führte ihr Weg sie zuerst zu dem kleinen, etwas abseits stehenden Häuschen am Rande der kleinen Stadt. Vor dem schief in den Angeln hängenden Gartentor stieg sie behände ab. Vorsichtig streifte sie ihren schweren Rucksack von den Schultern und holte daraus eine weitere Tasche hervor. Der Duft von frisch gebackenem Brot stieg ihr in die Nase, und obwohl sie das Brot bereits um 5:00 Uhr am Morgen gebacken hatte, fühlte es sich noch ein kleines bisschen warm an.

Amrei schaute prüfend zu den kleinen Sprossenfenstern.

Frau Wanner ließ sich nicht sehen, um sie zu begrüßen, also hängte sie die Tasche mit dem Brot, dem in Zeitungspapier eingewickelten Fisch und der Glasflasche mit Milch innen an den Griff des Gartentores, ehe sie das Pferd am Zügel nahm und es in die steil ansteigenden Straßen Tribergs hineinführte.

Innerhalb kürzester Zeit hatte sie das Hotel »Löwen« erreicht, das – ebenso wie das Alte Spital und inzwischen auch das Frauenvereinsheim – zu einem Lazarett umfunktioniert worden war. Neben dem Haupteingang band sie den Hengst fest, dann nahm sie dem Tier den Sattel ab und trug diesen die Stufen hinauf, ins Gebäude hinein, wo er ihr an der Rezeption von einer lächelnden Rotkreuzschwester abgenommen wurde.

»Grüß Gott, Amrei.«

»Grüß Gott, Martha.«

»Schön, dass du kommen konntest. Wir haben gestern mehrere Schwerverletzte bekommen.«

»Es nimmt kein Ende«, seufzte Amrei.

Noch ehe Schwester Martha das Brot und die in zwei Metallkannen transportierte Milch aus den Satteltaschen nehmen konnte, war Amrei in dem angrenzenden Zimmer verschwunden, das einmal der stolze Speisesaal des Hotels gewesen war.

Dort bot sich der jungen Frau – wie bei jedem ihrer Besuche in den vergangenen Wochen – ein erbärmliches Bild: Verletzte Soldaten lagen auf schmalen, durchgelegenen Pritschen und wälzten sich darauf hin und her, während andere still und stumm dalagen und ihren Blick ins Leere gerichtet hatten.

Der metallene Geruch von Blut, gemischt mit dem säuerlichen Gestank von Erbrochenem, hing in dem Raum, obwohl an diesem schönen Frühlingstag viele Fenster geöffnet waren. Amrei lächelte einer Rotkreuzschwester zu, die dabei war, einem Patienten eine dünne Suppe einzuflößen. Dann griff auch sie zu einer der bereitgestellten verbeulten Metallschüsseln, nahm einen Löffel, schöpfte aus dem großen dampfenden Topf die wenig nahrhaft aussehende Suppe und setzte sich zu einem ganz jungen Soldaten, der sich bereits seit Wochen hier in diesem Lazarett befand.

Mit seinen großen dunklen Augen blickte er sie an, ohne sie tatsächlich wahrzunehmen. Amrei lächelte ihm zu, wobei sie das Gefühl hatte, dass sich ihr Herz zusammenzog. Dieser Junge hatte nicht nur körperliche Verletzungen aus dem Krieg mit nach Hause gebracht – und dabei war er hier noch nicht einmal zu Hause. Ein Rotkreuzmitarbeiter hatte herausgefunden, dass er aus Bremen stammte. So weit konnte er jedoch noch immer nicht transportiert werden, zumal der ganze Schienenverkehr derzeit ohnehin allein für die Kriegsmaschinerie reserviert war.

»Hallo, Ralf«, grüßte sie den Patienten. »Ist das heute nicht ein schöner Frühlingstag?« Sie bot ihm den ersten Löffel mit der wässrigen Suppe an und er öffnete mechanisch den Mund. »Ich bin auf Schneesturm hierher geritten. Er war ganz brav heute. Nur einmal hat er sich vor einem Tier im Gebüsch erschreckt.«

Wie immer, wenn sie mit Ralf sprach, erhielt sie keine Reaktion. Dennoch erzählte sie weiter und redete über Dinge, von denen sie annahm, dass ein junger Mann sich vielleicht dafür interessieren konnte.

Nach ein paar Minuten legte sich eine Hand auf ihre Schulter. Amrei schaute auf und blickte in Marthas Gesicht.

»Amrei, du hast einen ganzen Schinken mitgebracht.«

»Und?«

»Du weißt, du bekommst dafür kein Geld.«

»Weiß ich.«

»Aber braucht ihr den nicht selbst, du, deine Schwägerin und der Kleine?«

»In diese Suppe gehört er eigentlich!«, gab Amrei schnell, beinahe hart zurück.

Martha schwieg. Sie hatte inzwischen gelernt, dass man Amrei nicht zu oft widersprechen sollte.

»Ich danke dir im Namen der Verletzten hier, Amrei.«

»Warum tun Sie das?«, mischte sich eine tiefe, kratzige Männerstimme ein. Amrei blickte zu dem Leutnant hinüber, dem es dank der Pflege der Schwestern im Lazarett inzwischen so gut ging, dass er aufsitzen und selbst essen konnte.

»Weil ich hoffe, dass irgendjemand, sollte mein Bruder verletzt werden, dasselbe auch für ihn tun würde«, gab Amrei zurück, während sie dem Jungen den nächsten Löffel in den geöffneten Mund schob.

»Sie werden ihn bald wieder in die Arme schließen können, Ihren Bruder«, murmelte der Leutnant und widmete sich wieder seiner mageren Essensration. Er litt Hunger, so wie alle Soldaten und auch der Großteil der deutschen Zivilbevölkerung. Für sie gab es pro Tag, wenn man Glück hatte, noch etwa 1.500 Kalorien Lebensmittelzuteilung pro Person.

Nach der Mahlzeit half Amrei beim Waschen und Verbinden der Verletzten. Schon längst hatte sie alle Scheu vor Wunden, Blut und unbekleideten männlichen Körpern abgelegt. Hier galt es zu helfen, und sie tat es, soweit ihre Zeit es zuließ.

Einige Stunden später wusch Amrei sich den Schmutz und das Blut von den Händen und Armen. Zumindest die Versorgung mit sauberem Wasser war dank der Gutach kein Problem.

Sie band sich die weiße Schürze ab, warf sie zu den anderen, die gewaschen werden mussten, in eine Metallwanne und holte den Sattel hinter der Theke der Rezeption hervor.

»Warte, Amrei!«, rief Martha ihr nach. Die Krankenschwester kam die Stufen heruntergerannt, eilte an ihr vorbei und nahm ein in Papier eingewickeltes, dickes Buch von einem Regalbrett hinter der Rezeption.

»Hier, etwas anderes konnte ich leider nicht auftreiben«, erklärte sie und steckte ihr das Buch in eine der Satteltaschen.

»Was bekommst du dafür?«, fragte Amrei die gut 20 Jahre ältere Frau, wobei sie ihre Freude nicht verbergen konnte.

»Nichts, Amrei. Das ist mein kleines Dankeschön für deine Hilfe und die Lebensmittel.« Martha tätschelte ihr leicht den Oberarm. »Wann kommst du wieder her?«

»Das kann ich dir nicht genau sagen. Ich hoffe, in drei Tagen. Aber bei einigen Färsen[1] stehen die Geburten ihrer ersten Kälber an und sie werden vielleicht meine Hilfe brauchen.«

Martha nickte verständnisvoll, verabschiedete sich von der jüngeren Frau und eilte schon wieder davon, denn auch für sie war der Arbeitstag noch lange nicht zu Ende.

Amrei trat über die Stufen, die in besseren Zeiten einmal mit Palmen geschmückt gewesen waren, auf die Straße

---

1 Kuh, die das erste Mal kalbt

hinunter. Die Sonne stand bereits weit im Westen und ließ die Häuser lange Schatten auf die Straße werfen. Es war höchste Zeit, sich auf den Heimweg zu machen, damit sie im Wald nicht von der Dunkelheit überrascht wurde.

Sie begrüßte Schneesturm, stellte den für das Pferd zum Saufen bereitgestellten Eimer mit Wasser beiseite und legte ihm mit geübten Griffen den Sattel auf.

»Pferde-Amrei? Hast du mal einen Moment Zeit?«, wurde sie von einer jungen Frauenstimme gefragt.

Amrei erkannte die Stimme sofort. »Was gibt es, Iris?«, fragte sie ein wenig ungehalten zurück, ohne sich umzudrehen. Iris war früher mit ihr zur Schule gegangen und heute wie damals war sie ein Mädchen, das über alles und jeden Bescheid zu wissen schien und dieses Wissen nur zu bereitwillig mit allen teilte.

»Du wirst immer unfreundlicher«, stellte Iris fest.

»Ich habe es eilig.«

»Für diese Männer hast du stundenlang Zeit, aber wenn eine Freundin dich mal braucht, wirst du unfreundlich.«

»Also, was gibt es?«, fragte Amrei. Sie zog den Riemen des Sattels vollends durch die Lederschlaufe und drehte sich nach dem Mädchen um.

»Eine der Stuten sollte fohlen, aber etwas stimmt nicht mit ihr.«

»Los geht's«, erwiderte Amrei knapp. Sie schwang sich in den Sattel und verließ noch vor Iris, die mit einem Fuhrwerk in der Stadt war, die Straßen Tribergs in Richtung des kleinen Dorfes, das zwischen der Stadt und ihrem Hof lag.

Iris' Mutter kam ihnen bereits auf der Dorfstraße aufgelöst entgegen. Amrei grüßte knapp und drückte der Frau die Zügel von Schneesturm in die Hand.

»Meine Güte, Annemarie. Was soll ich mit diesem wilden, großen Hengst machen?«, rief sie ihr nach.

»Festbinden«, lautete ihre knappe Anweisung über die Schulter hinweg, ehe sie Iris in den Innenhof und von dort in den dunklen Stall folgte. Zwei kräftige Kaltblüter standen in dem Gebäude, in dem vor ein paar Jahren noch zehn Pferde untergebracht gewesen waren. Die Brüns hatten eine Forstwirtschaft betrieben, doch nachdem der Vater und der Onkel in den nicht enden wollenden Krieg gezogen waren, hatten die beiden Frauen nach und nach alles verloren.

Amrei öffnete die hohe Boxentür und warf einen prüfenden Blick auf die unruhig im Kreis gehende Stute. Das Tier verdrehte wild die Augen, warf den Kopf auf und ab und legte sofort die Ohren an, als sie näherkam.

»Ich will dir nichts tun. Nur helfen«, flüsterte Amrei dem Pferd beruhigend zu und ließ es an ihrem Arm riechen.

Vorsichtig darauf bedacht, dass die nervöse Stute ihre Anwesenheit registrierte, hob sie den Schweif beiseite und besah sich den kräftigen Huf. »Melkfett, Iris«, sagte sie.

»Warum haben die nur den einzigen Tierarzt weit und breit in den Krieg geschickt?«, jammerte Iris.

»Soll ich der Stute helfen oder nicht?«

»Natürlich!«

»Dann bring mir endlich das Melkfett!«

Iris blickte sie erschrocken über den herrischen Ton an, drehte sich aber sogleich um und eilte davon.

Da sie keine Schürze zur Hand hatte, mit der sie ihre Kleidung schützen konnte, knöpfte Amrei ihre Bluse auf und zog sie aus. So stand sie also im Mieder da, tätschelte die nervöse Stute und wartete, bis Iris endlich mit dem Eimer Melkfett kam.

»Meine Güte, Amrei. Wenn jetzt jemand kommt.«

»Ich vermute, deine Mutter hat schon mal eine Frau in Unterwäsche gesehen. Wenn auch keine in Männerhosen und Damenunterwäsche. Und Männer gibt es hier doch gar keine mehr!«

»Ist das der Grund dafür, dass es dich immer wieder zu den verwundeten Soldaten zieht?«

»Klar, sonst vergesse ich, wie Männer aussehen«, gab sie zurück.

Mit hochrotem Kopf blickte Iris auf Amrei, die sich ihren rechten Arm mit der hellgelben Paste einfettete. »Was du immer so sagst!«, stieß sie entrüstet aus.

Amrei warf ihr einen kurzen, belustigten Seitenblick zu. Ob Iris sie tatsächlich ernst nahm? Gleichgültig wandte sie sich ab und begann, ihren Arm an dem Fohlenbein entlang in den Gebärkanal der Stute hineinzuschieben.

»Das ist, das ist…«, stammelte Iris und wollte die Box verlassen.

»Halte ihren Kopf fest und schau meinetwegen an die Decke«, wies Amrei sie an und unterdrückte dabei ein amüsiertes Grinsen.

Schnell begab sich Iris zum Kopf der noch immer tänzelnden Stute und ergriff das Halfter.

»Sei froh, dass das bei dem Pferd geht. Als der kleine Micki zur Welt kam, hätte ich das auch gerne gemacht.«

»Du hast deiner Schwägerin bei der Geburt geholfen?«

»Sonst war ja niemand da. Außer Oma; die gab Anweisungen.«

»Es ist mir ohnehin ein Rätsel, wie ihr drei da draußen in der Einöde überlebt.«

»So wie du und deine Mutter hier überleben und wie alle anderen Frauen, die seit Jahren die Arbeit der Männer machen, die sich irgendwo in der Welt gegenseitig die Köpfe einschlagen.«

»Bist du garstig geworden!«, flüsterte Iris entsetzt und wurde durch eine widerwillige Kopfbewegung der Stute beinahe gegen die Holzwand geworfen. Gleichzeitig hob die Stute den rechten Hinterhuf und stellte ihn auf Amreis Fuß.

»Du sollst das Pferd festhalten«, fuhr Amrei Iris an.

Mit schmerzverzerrtem Gesicht zog sie den zweiten Vorderlauf des Fohlens vorsichtig zu sich und entfernte sich dann von dem Tier.

»Jetzt sollte es gehen«, murmelte sie und säuberte notdürftig ihre Hand und den Arm mit Stroh, bevor sie sich die Bluse wieder überzog. Dann zog sie ihren Stiefel aus, um den Fuß zu begutachten. Vermutlich würde er blau werden, doch glücklicherweise schien nichts gebrochen zu sein. »Wo gibt es Wasser?«, fragte sie Iris.

»Im Hof ist der Brunnen«, gab diese zur Antwort.

»Bis zum nächsten Mal.«

»Willst du nicht bleiben, bis das Fohlen da ist?«

»Den Rest schafft die Stute alleine.«

»Und was soll ich tun?«

»Du könntest dich bei mir bedanken«, gab Amrei zurück, während sie bereits den Stall verließ.

Pechschwarze Nacht umgab Amrei, als sie in das letzte Waldstück vor ihrem Zuhause einbog. Die weit ausladenden Zweige der Bäume verhinderten, dass die schmale weiße Mondsichel und die funkelnden Sterne am Himmel ihr Licht auf den schmalen Waldweg werfen konnten. Da die Nächte im März noch unangenehm kalt waren und die Feuchtigkeit des Waldes ihre Kleidung durchdrang, fror Amrei erbärmlich auf ihrem Ritt. Sie war nicht davon ausgegangen, erst nach Einbruch der Dunkelheit zurückreiten zu müssen, und hatte über die Arbeitshose ihres Bruders und ihre langärmelige Bluse keinen Mantel gezogen, als sie bei Tag im angenehmen Sonnenschein losgeritten war. Amrei hörte, wie unter den Hufen die dünne Eisschicht, die sich auf die Pflanzenhalme und über die abgestorbenen Fichtennadeln gelegt hatte, leise brach.

Müde kniff die junge Frau die Augen zusammen, doch außer ein paar undefinierbaren Schatten konnte sie nichts erkennen. Also verließ sie sich vollständig auf die Instinkte des Hengstes und darauf, dass er zurück in seinen Heimatstall finden würde.

Der dunkle Waldweg schien sich endlos in die Länge zu ziehen. Umgeben von den im leichten Wind rauschenden Fichten, Ulmen, dem Bergahorn und deren knackenden Ästen fühlte Amrei sich unbedeutend klein. Jedes Geräusch ließ sie aufhorchen und auch ihr Reittier bewegte ununterbrochen die Ohren.

Endlich lichtete sich der Wald, und Amrei konnte vor sich im Tal das dunkle, strohgedeckte Bauernhaus und die Nebengebäude erkennen, daneben die Felder, zwischen denen sich in vielen Windungen die Gutach hindurchschlängelte. Im Mondlicht schimmerte das Wasser silberfarben.

Der Hengst wieherte auf. Amrei nahm die Zügel kürzer. Für den Rest des Weges würde sie wieder die Wegführung übernehmen.

Erleichterung machte sich in ihr breit, als sie zwischen den im Dunkeln liegenden Gebäuden abstieg. Sie rieb dem Hengst zum Dank dafür, dass er sie so gut nach Hause gebracht hatte, den schön geschwungenen Hals und ihr durch die Kälte hervorgerufener sichtbarer Atem vermischte sich mit dem des Tieres.

Die Stalltür stand noch weit offen und Amrei führte das ungeduldig drängelnde Tier in das Gebäude hinein. Das unruhige Scharren der anderen Pferde und das laute, protestierende Muhen der Kühe aus dem Anbau machten ihr klar, dass Margot weder die Pferde noch das Vieh gefüttert hatte. *Hoffentlich hat sie wenigstens die Kühe gemolken,* ging es ihr durch den Kopf, während sie den Hengst schnell in seine Box brachte. Sie sattelte ihn in Windeseile ab, rieb ihm mit einem Tuch über den Körper, säuberte die Hufe und warf ihm sein Heu hin. Anschließend fütterte sie die Zugtiere und die beiden Stuten, bevor sie hinüber zu den Kühen ging.

Erleichtert stellte sie fest, dass die Tiere gemolken worden waren, und so begann sie auch hier, Heu in die großen Raufen zu werfen. Als sie etwa die Hälfte der Kühe gefüttert hatte, blieb sie verwundert stehen, denn im hinteren Bereich des Stalles kauten die Tiere bereits zufrieden an ihrem Futter.

Hatte Margot gerade angefangen, sie zu füttern, als sie sie kommen gehört hatte? War sie daraufhin ins Haus zurückgekehrt, um ihr den Rest der Arbeit zu überlassen? Achselzuckend räumte Amrei die Heugabel beiseite und ging zu den Pferden zurück.

Ein lautes Geräusch aus dem Bereich des Kuhstalls ließ sie erschrocken herumfahren. Weit hinten an der Stallwand, dort wo das Heu aufgeschichtet lag, musste etwas umgefallen sein.

Hatte die Stallkatze etwas umgestoßen? Aber dort hinten beim Heu befand sich normalerweise nichts, was dieses laute Geräusch ausgelöst haben könnte.

Amrei blieb abwartend stehen. Was sollte sie jetzt tun? Seit Monaten zogen Desserteure, Landstreicher, aber auch entflohene Kriegsgefangene durch die Wälder und bedienten sich an dem, was die Bewohner dieses Landstrichs selbst dringend zum Leben benötigten.

»He, komm raus!«, rief sie in die Stille hinein, die nur vom Kauen der Kühe und einem gelegentlichen Aufstampfen unterbrochen wurde.

Es raschelte irgendwo. Amrei trat einen Schritt zurück und tastete mit vor Furcht zitternder Hand nach dem Stiel der Heugabel.

Plötzlich erschien ein dunkler Haarschopf hinter dem Gatter, in dem sich die Kälber befanden. Erleichtert schloss Amrei die Augen. Es war Michaels und Margots Sohn, der sich – wie so oft – bei den neugeborenen Kälbern herumtrieb.

»Was machst du hier? Du gehörst längst ins Bett«, schalt sie ihn und der Junge senkte betroffen den Kopf.

»Mama hat gesagt, du bist heute dran, mich ins Bett zu bringen.«

»Klar, heute bin ich dran«, erwiderte sie trocken, wobei sie hoffte, dass der Junge den Ärger über seine Mutter nicht aus ihrer Stimme heraushörte.

»Wo warst du so lange, Tante Amrei?«

»Du sollst mich doch nicht Tante nennen!«, gab sie zurück.

Micki blickte sie von unten her entschuldigend an. »Das ist schwierig«, meinte er. »Mama möchte, dass ich Tante Annemarie sage. Du willst kein ›Tante‹ hören und lieber auch noch Amrei. Manchmal komme ich einfach durcheinander«, seufzte der Junge.

»Ja, wir Erwachsenen sind schrecklich schwierig«, lachte Amrei und zerzauste dabei dem Jungen den dunklen Haarschopf. Im selben Moment meinte sie, aus dem Augenwinkel etwas zu sehen. Sie wandte den Kopf zur Seite, dorthin, wo das Heu des Vorjahres lagerte. Täuschte sie sich oder hatte sich dort etwas bewegt?

»Hast du angefangen, die Kühe zu füttern?«, fragte sie den Jungen und ging vor ihm in die Hocke.

»Nein, Amrei. Ich dachte, das warst du. Deshalb habe ich bei den Kälbern auf dich gewartet.«

»Hör zu, Micki. Es ist spät und du musst mir ein bisschen helfen.«

Der Junge grinste und nickte begeistert.

»Geh ins Haus, zieh dich schon mal aus und wasch dich. Ich komme gleich. In Ordnung?«

Enttäuscht ließ Micki den Kopf hängen. Diese Art von Hilfeleistung hatte er sich nicht vorgestellt.

»Aber Amrei –«

»Michael Simon. Ich habe noch eine Menge zu tun. Und da sollte ich nicht auch noch einen so großen Jungen wie dich ausziehen und waschen müssen. Du bist alt genug, um das selbst zu tun.«

Ihr Neffe sah sie mit zusammengekniffenen Augen prüfend an. Schließlich nickte er und ging an ihr vorbei aus dem Stall.

Amrei erhob sich erleichtert. Micki war ein helles Bürschchen. Er hatte den Ernst aus ihrer Stimme sehr wohl herausgehört.

Die junge Frau blieb einen Moment lang reglos mitten in der Stallgasse stehen und lauschte auf das zufriedene Malmen der Pferde und die unruhigen Bewegungen der Kühe. Mit ihren grünen Augen ließ sie das im Dunkeln liegende Ende des lang gezogenen Stallgebäudes nicht aus dem Blick.

Wer auch immer sich dort hinten versteckt hielt, hatte begonnen, die hungrigen, von Margot vernachlässigten Kühe zu füttern, ehe er durch das Eintreffen des Jungen gestört worden war.

Schließlich nahm Amrei all ihren Mut zusammen und ging mit festen Schritten, die Hände seitlich in die Hüften gestemmt, an den Kühen vorbei und zum Lager nach hinten. Dort blieb sie stehen, versuchte, ihre Angst zu unterdrücken, und atmete tief ein. »Kommen Sie raus da!«, rief sie mit ihrer kräftigen, rauen Stimme. Ihre Knie zitterten. Sie wusste zwar nicht, wer sich da vor ihr versteckte, hoffte aber, dass eine Person, die sich um die Tiere kümmerte, keine allzu große Gefahr für sie darstellte.

Nichts geschah. Die Sekunden verstrichen. Außer dem Rascheln des Strohs bei den Tieren und dem unregelmäßigen lauten Knacken der alten Holzbalken war es absolut still. Amrei war sich unschlüssig, was sie tun sollte, entschied sich dann aber für die sicherste Alternative: Sie drehte sich um und verließ durch eine Nebentür zwischen dem Pferde- und dem Kuhstall das Gebäude.

Eilig lief sie zur Küchentür und betrat das Wohnhaus. Dunkles Brot und ein Stück Käse lagen auf einem Teller auf dem Tisch. Daneben befand sich ein einsames Gedeck. Das restliche gebrauchte Geschirr der Abendmahlzeit stand in der Spüle.

Die Milchkannen thronten nebeneinander auf dem kleinen, abgeschabten Arbeitstisch, als wären sie dort vergessen worden. Demnach hatte Margot nicht einmal den Rahm abgeschöpft.

Amrei schnitt drei Scheiben Brot und ein ordentliches Stück Käse ab, füllte einen großen Krug mit der noch warmen Milch und verließ mit diesem Vesper in der Hand wieder das Haus. Aus der Wohnstube fiel Licht auf den kleinen, ungepflegten Vorgarten, und Amrei glaubte, Margots Silhouette hinter dem halb zugezogenen Vorhang zu erkennen.

Kaum, dass sie den Stall betreten hatte, hörte sie erneut ein Geräusch. Amrei holte einen Holzeimer, drehte ihn um und stellte darauf die Mahlzeit ab. Anschließend nahm sie aus der Sattel- und Geschirrkammer eine der besseren, neueren Pferdedecken und legte diese zusammengefaltet vor den Eimer. Es war sinnvoller, ein paar kostbare Lebensmittel und eine Decke freiwillig zu opfern, als dass der Eindringling sich einfach so bediente.

Im Hinausgehen sagte sie laut: »Danke für das Füttern der Kühe. Sie haben sicher auch Hunger.«

Als Amrei Mickis Zimmer betrat, lag der Junge bereits in dem alten, großen Bett unter seiner Decke. Das fahle Licht der Mondsichel fiel durch das Fenster in den kleinen Raum.

»Gewaschen?«, fragte sie.

»Ja, Amrei.«

»Zähne geputzt?«

»Na ja.«

»Raus!«

»Ich bin aber so müde.«

»Und mit 30 kannst du nur noch Brei schlürfen.«

»Ich habe sie geputzt, Amrei, aber nur ganz kurz.«

»In Ordnung. Aber nur weil es schon so spät ist.« Amrei schob mit der Hand die schwere Federbettdecke zur Seite und setzte sich auf die knarrende Bettkante. »Was hast du heute erlebt?«, fragte sie und strich dabei dem Jungen eine lange, weiche Haarsträhne aus der Stirn.

Micki rutschte näher zu ihr und nahm ihre Hand zwischen seine beiden kleinen Hände. »Ich habe das Zuggeschirr eingefettet, wie du es mir gestern gesagt hast.«

»Danke. Ich wusste doch, dass ich mich auf dich verlassen kann.«

Micki strahlte über das ganze Gesicht und rutschte noch näher zu ihr an die Bettkante. »Mama wollte, dass ich Kartoffeln schäle. Aber das war schwer. Sie hat geschimpft, weil so viel Kartoffel an der Schale blieb.«

»Das ist auch Schwerstarbeit. Ich mache das überhaupt nicht gerne. Und bei mir bleibt auch immer mehr Kartoffel an der Schale als bei deiner Mama.«

»Aber du schimpfst nicht.«

»Ach, Micki, deine Mama hat Kummer. Und sie macht sich Sorgen, wie sie dich großen Burschen satt bekommen soll.«

Micki nickte, aber Zweifel lag in seinem Blick, und das schmerzte Amrei. Das Verhältnis zwischen dem Jungen und seiner Mutter schien nicht das beste zu sein. Amrei bekam nicht viel von der Mutter-Sohn-Beziehung mit, da sie von morgens bis abends draußen beschäftigt war, doch sie wurde den Verdacht schon lange nicht mehr los, dass Margot ihrem Jungen gegenüber seltsam gleichgültig war. Wahrscheinlich suchte Micki deshalb, sooft er nur konnte, die Nähe seiner Tante.

»Ich habe den Kälbern Namen gegeben«, unterbrach Micki ihre Überlegungen.

Amrei lächelte ihn an. Dieser Junge gab jedem Tier einen Namen. Sie vermutete, dass jede Ameise im Garten, jede Maus im Stall und jede Assel im Keller einen speziellen, ausgefallenen Namen trug. »Die verrätst du mir morgen«, sagte sie. »Dann können wir sie auf ein Blatt Papier schreiben und das über der Kälberbox anbringen.«

Micki strahlte sie an.

»Gut. Dann kannst du jetzt beten. Du kannst dafür danken, dass dir die schwierige Arbeit des Zuggeschirreinfettens gelungen ist. Und für die gesunden Kälber. Außerdem kannst du unseren himmlischen Vater bitten, dass wir beide das Kartoffelschälen noch besser lernen und dass deine Mama nicht so viel Kummer haben muss.«

»Und dass Papa bald zurückkommt.«

»Ja«, seufzte Amrei und drückte dem Kind einen Kuss auf die Stirn. »Ja, und dass dein Papa bald zurückkommt.« Traurig verließ sie das Zimmer und zog die Tür kräftig hinter sich zu. Für einen Augenblick lehnte sie sich mit geschlossenen Augen gegen das Holz des Türrahmens. Ihr war schon lange nicht mehr zum Danken zumute.

Wo nur war Michael? Ging es ihm gut? Hatte der Leutnant im Lazarett recht und der Krieg stand kurz vor seinem Ende? Sie brauchten Michael hier. Er fehlte an allen Ecken und Enden, und auch die Veränderungen, die nach dem Krieg unweigerlich auf den Hof zukommen würden, waren alleine nicht zu schaffen. Außerdem konnte sie ihre Pläne, die sie mit dem Hof hatte, nur durchführen, wenn ihr Bruder dabei das Heft in die Hand nahm.

Sie stieß sich müde von der Tür ab, ging über die knarrenden Holzdielen bis zur Treppe und stapfte die enge, schmale Stiege hinunter. Aus der Wohnstube drang der sanfte Lichtschein einer Öllampe in den Flur. Amrei zögerte einen Moment, ging dann aber doch hinüber in die Küche.

Sie hatte das Buch, das Martha ihr besorgt hatte, in der

Satteltasche vergessen, und so verließ sie noch einmal das Haus, um hinüber in den Stall zu eilen. Bevor sie eintrat, zögerte sie einen kurzen Moment. Ob der Eindringling – wenn das Geräusch vorhin tatsächlich von einem solchen gekommen war – noch da war? Sie schüttelte den Kopf. Sie konnte nicht für die nächsten Wochen den Stall meiden, nur weil dort eventuell jemand sein konnte. Und wenn dem tatsächlich so war – was sollte sie von ihm schon fürchten? Wahrscheinlich war er nur auf der Suche nach einem Nachtlager und etwas Essbarem, und beides hatte er ja nun.

Vorsichtig schlüpfte sie durch die Stalltür. Der umgedrehte Eimer stand noch in der Stallgasse, aber Brot, Käse und Milchkrug waren ebenso verschwunden wie die Pferdedecke. Amrei tastete sich durch die Dunkelheit bis in die Sattelkammer hinüber, holte das Buch und verließ, ohne einmal in Richtung des Heulagers zu sehen, den dunklen Stall.

Für sie war es jetzt an der Zeit, ebenfalls etwas zu essen. Außerdem musste sie die Küche noch in Ordnung bringen und den Rahm von der Milch abschöpfen; anschließend würde sie wohl ein paar Worte mit ihrer Schwägerin wechseln müssen, ehe sie endlich in ihre kleine windschiefe Dachkammer hinauf und zu Bett gehen konnte.

Kapitel 2

Michael kauerte sich neben seine Kameraden in den Schützengraben. Sie verharrten, warteten.

Ihnen standen US-amerikanische, britische und belgische Streitkräfte gegenüber, die inzwischen weitaus besser ausgestattet waren, als Hitlers einstmals hochmoderne Armee es jetzt noch war. Die Alliierten hatten vor ein paar Tagen die Rheinbrücke bei Remagen erobern können, woraufhin ein tobender Hitler Generalfeldmarschall von Rundstedt durch Albert Kesselring ersetzt hatte, der aus Italien gekommen war. Aber auch das änderte nichts an ihrer misslichen Situation. Ein paar Tage noch und das Westufer des Rheins vom niederländischen Arnheim bis zur Schweizer Grenze würde den Alliierten gehören.

Michael wischte sich mit der Hand den Schweiß von der Stirn und hinterließ eine zusätzliche Schmutzspur. Er dachte an Margot, die ihm in seinem letzten Heimaturlaub so erschreckend fremd vorgekommen war und sich ihm gegenüber völlig distanziert verhalten hatte. Margot war eine vornehme Dame, die aus weitaus besseren Verhältnissen stammte als er, doch sie hatte ihn heiraten wollen, obwohl sie sich erst kurz gekannt hatten. Er war fasziniert gewesen von ihrer Schönheit und Anmut, und das war er auch heute noch. Wo nur war die Liebe hin, die sie für ihn empfunden hatte? Hatten der Krieg und seine katastrophalen Folgen, die auch an der Heimatfront schreckliche Ausmaße angenommen hatten, sie getötet? Oder kam ihre kühle Abneigung ihm gegenüber von der langen Trennung und der Wesensveränderung, die er an sich selbst verspürte?

Seine Gedanken wanderten zu seinem Sohn Micki, der ihn ebenfalls wie einen Fremden behandelt hatte. Allerdings musste Michael zugeben, dass er genau das für den Jungen war. Und er dachte an Amrei, die mit ihren inzwischen 18 Jahren eine erwachsene Frau war und ihn zwar herzlich begrüßt, sich ihm gegenüber aber sehr zurückhaltend verhalten hatte. Er war sich sicher, dass die Bürde, die auf ihren Schultern lastete, seit dem Weggang des Knechtes und dem Tod der Großmutter viel zu schwer für sie war.

Michael hob den Kopf. Die Männer um ihn herum wurden immer unruhiger. Gleich würden sie aus den schützenden Verbarrikadierungen heraus losstürmen.

Dabei hatte er – wie ihr Gegner vermutlich auch – angenommen, dass die deutsche Armee kurz vor dem Aus stand.

Und Gott? Was dachte er über dieses nicht enden wollende Töten?

Michael schloss die Augen und überlegte, was er von Gott erbitten sollte. Ein schnelles Ende des Krieges, das es nur geben konnte, wenn die Deutschen endlich vernichtend geschlagen wurden? Einen Sieg, der die deutsche Bevölkerung vor weiterem Leid bewahren, aber weitere Schlachten nach sich ziehen würde? Bewahrung für ihn – oder dass er schnell und möglichst schmerzlos seinem Vater in den Tod folgen konnte, um diesem Elend und dem Grauen endlich entkommen zu können? Oder hatte Gott sich von den Menschen abgewandt?

Er wusste es nicht, und so blieb ihm nur, ein weiteres Mal das Vaterunser zu beten.

Ein weiterer grausamer und ungleicher Kampf gegen die feindlichen Armeen begann, deren Flugzeuge inzwischen bei

Tag und Nacht Tonnen von Bomben über deutsche Städte, Fabriken, Raffinerien, Eisenbahnanlagen und strategisch wichtige Ziele abwarfen.

Mit dem Gewehr in der Hand wühlte Michael sich aus dem feuchten, muffigen Geschützgraben und rannte neben den anderen Männern her, auf die Befestigungen des Feindes zu. Unterstützt von den großen Geschützen fegten sie über die erste Linie der Gegner hinweg. Michael gestattete es sich nicht, an irgendetwas zu denken. Er schoss, lud und schoss. Wie in Trance überwand er spanische Reiter, Stacheldrahtverhaue oder ähnliche Hindernisse, kämpfte sich vorwärts und zog dabei ständig den Kopf ein, wenn ein feindliches Geschoss sich laut heulend und pfeifend näherte. Um ihn herum fielen seine Kameraden schreiend zu Boden.

Als er aus seinem verbissenen Angriffswahn wieder zu sich kam, lag er in demselben Graben wie zuvor, nur ein paar Meter weiter rechts. Sie hatten nichts an Boden gutgemacht. Aber Hunderte von Männern verloren.

Es war noch dunkel, als Amrei ihre Beine aus dem Bett schwang. Der Holzfußboden war kalt, deshalb suchte sie mit ihren Füßen nach den alten, löchrigen Pantoffeln. Sie fand sie und schlüpfte hinein. Müde reckte sie sich und lauschte auf die Geräusche im Haus. Außer einem gelegentlichen Knacken der Holzbalken war es vollkommen still.

Im Dunkeln tastete sie nach ihren Kleidern, zog sie an, tapste anschließend durch den engen und niedrigen Flur bis zu Margots Zimmertür und klopfte kräftig gegen das Holz.

»Aufstehen, Margot!«, rief sie wie jeden Morgen mit gedämpfter Stimme, um den kleinen Michael nicht aufzuwecken.

Sie wusste, dass es eigentlich keinen Sinn hatte. Margot war noch nie vor Tagesanbruch aufgestanden, obwohl sie sie jeden Tag um diese Uhrzeit weckte, damit sie ihr bei den unzähligen Arbeiten half.

In der Küche entfachte sie ein Feuer im Herd und ging danach zum Brunnen hinaus, um Waschwasser und Wasser für den Tee zu holen.

Gewohnt zügig bereitete sie für sich, Margot und Micki ein Frühstück, aß aber wie immer alleine, ließ ihr Geschirr auf der Spüle stehen und ging hinaus zum Stall.

Als sie die kleine Nebentür öffnete, hörte sie, wie sich eilige Schritte entfernten. Erschrocken verharrte sie unter dem Türrahmen. War der Eindringling immer noch hier?

Zögernd nur betrat sie die Stallgasse und wandte sich nach rechts. Die Kühe standen alle vorne an den Futterraufen und kauten Heu. Amrei ging verwundert an den Verstrebungen entlang. Die großen Stände waren allesamt ausgemistet und mit frischem Stroh aufgefüllt worden, eine mit Mist gefüllte Schubkarre stand noch in der Stallgasse, die Heugabel steckte darin.

»Was…«, brachte Amrei verwundert hervor, doch sie vollendete die Frage nicht. Sie drehte sich um und ging zu den Pferden hinüber, die neugierig ihre Köpfe aus den Einzelboxen in die Stallgasse streckten, um Amrei zu begrüßen.

Hier gab es noch Arbeit für sie, und so begann sie, die Ställe auszumisten. Sie ließ die robusten Schwarzwälder Stuten auf die Koppel hinaus, die mittlerweile von den ersten hellen Strahlen einer tiefstehenden Morgensonne erhellt wurde. Fasziniert beobachtete sie, wie die Pferde mit ihrem dunkel glänzenden Fell und der hellen, im Galopp fliegenden Mähne wie Fabelwesen im Nebel verschwanden. Schließlich ließ sie auch die beiden wertvollen Stuten und den ungeduldig wiehernden Hengst hinaus in den aufdämmernden Tag.

Nachdem sie den Mist aus den Pferdeställen bis zum Misthaufen gekarrt hatte, leerte sie auch die bei den Kühen zurückgelassene Schubkarre, denn immerhin konnte jetzt, bei zunehmender Helligkeit, ihr heimlicher Knecht nicht mehr aus dem sicheren Schutz des Stalles hinaus. Die Gefahr, von jemandem gesehen zu werden, war für ihn einfach zu groß.

Sie ging zurück in die noch immer leere Küche, in der das Feuer inzwischen eine angenehme Wärme verbreitet hatte, bereitete ein weiteres Frühstück vor und brachte es hinüber in den Stall. Wie bereits am Vorabend hinterließ sie die Mahlzeit auf dem umgedrehten Eimer, und entgegen ihrer sonstigen Gewohnheit zog sie die Tür hinter sich zu, um zu verhindern, dass ihr Helfer vom Haus aus gesehen werden konnte.

Michael reinigte sorgfältig seine Waffe, während neben ihm ein Kamerad laut schnarchte; dabei versuchte er, das Hungergefühl zu ignorieren, das er seit Monaten nicht mehr loswurde. Er kratzte sich heftig am Hinterkopf – offensichtlich hatte er sich trotz seines kurzen Haarschnittes erneut Läuse eingefangen. Genervt stellte er seine Waffe gegen die notdürftig errichtete Befestigung aus Erde, dem Holz eines früheren Gartenzaunes und abgerissenen Ästen. Er selbst lehnte sich mit dem Rücken gegen einen entwurzelten Baumstamm.

Es ist alles so sinnlos, schoss es ihm zum wiederholten Male durch den Kopf. Er hatte genug. Warum konnten sie nicht einfach aufgeben und zu ihren Familien zurückkehren? Der Krieg war doch ohnehin verloren – schon seit Monaten.

Michael kratzte sich erneut und schloss die Augen. Was wusste er schon? Er war nur ein einfacher Soldat, der sich seit mehr als vier Jahren von einem Schlachtfeld zum anderen treiben ließ, von einem Schützengraben in den nächsten, und der in dieser Zeit unzähligen Kameraden beim Sterben zugesehen hatte. Was wusste er schon vom Krieg?

Der Befehl zum Angriff kam.

»Los, Michael, für unsere Heimat!«, rief ihm Peter, einer seiner Kameraden zu. Der Soldat sprang auf und rannte, wild um sich feuernd, auf die feindlichen Stellungen zu. Doch er kam nicht weit. Bereits nach wenigen Metern riss ihm ein Geschoss beide Beine weg. Michael fing seinen Blick ein, in dem Furcht und Entsetzen lagen.

Neben und hinter ihm detonierten die Granaten, jemand rief etwas von Abbruch, doch da war Michael bereits über den Schutzwall hinausgesprungen und zu Peter gekrochen. Kugeln jagten zischend an ihm vorbei, während er sich neben den Verletzten warf, der sich wild hin und her wälzte und dabei noch mehr Blut aus seinem Körper pumpte.

»Bleib still liegen, ich zieh dich zurück«, zischte Michael seinem Kameraden zu, doch der begann, mit den Armen wild um sich zu schlagen.

Michael fasste ihn um die Hüfte und robbte sich, den Verwundeten hinter sich herziehend, zurück in Richtung Schützengraben. Als sie ihn endlich erreichten, lehnte sich Michael erschöpft an die Lehmwand. Er blickte Peter an und sah, dass dessen Lider nervös zuckten. Der Verletzte wollte etwas sagen, brachte es aber nicht mehr fertig, Worte zu formulieren.

Michael biss die Zähne zusammen, nahm die schlaffe, kühle und von Lehm überzogene Hand Peters in seine und begann, ein Gebet für den Sterbenden zu stammeln.

Der Körper des Kameraden erschlaffte. Er war tot.

Michal ließ sich rücklings gegen die Befestigung fallen und schloss gequält die Augen. »Lass es endlich aufhören!«, schrie er mit verzerrtem Gesicht und begann, hektisch seine Umgebung abzutasten. Er konnte seine Waffe nicht finden! Hatte er sie mit hinaus zu Peter genommen? Lag sie dort noch im Morast?

Michael richtete sich auf, konnte die Waffe auf dem niedergestampften, graslosen Boden aber nicht finden. Er sah nur gewaltige Blutlachen und das, was von seinen Kameraden übrig geblieben war.

Der junge Mann runzelte die Stirn. Noch immer hielt das Schießen und Explodieren der Geschosse an und vor ihm erhob sich eine dichte graue Wolke dem Himmel entgegen. Oder waren das feindliche Soldaten, die auf ihn zustürmten?

Michael kniff die Augen zusammen und atmete schwer. Wo war nur sein Gewehr?

In dem Moment traf ihn eine Kugel in die Schulter. Ein zweites Geschoss folgte, dann ein drittes.

Kapitel 3

Nachdem Amrei ihre Lebensmittel an die Lazarette und das Militär verkauft und die Reste auf dem Wochenmarkt angeboten hatte, lenkte sie ihr Gespann durch die steil abfallende Straße Tribergs.

Von der Armee bekam sie kaum noch Geld für ihre Lebensmittel und Pferde, obwohl sie wusste, dass sie eigentlich horrende Preise verlangen konnte, doch die offiziellen Stellen spielten da nicht mit. Amrei blieb nur zu hoffen, dass die Lebensmittel tatsächlich bis zu den Verletzten oder zu den Soldaten an den Fronten durchkommen würden und nicht von korrupten Zwischenhändlern gehortet und teuer verkauft wurden, um die eigenen Taschen zu füllen. Gerüchte dieser Art gab es genug.

Sie lenkte den Transportkarren in Richtung Landstraße, da sie mit dem Gespann nicht ihren sonst üblichen Waldweg benutzen konnte. Bevor sie die Stadt verließ, warf sie einen prüfenden Blick zum Haus von Frau Wanner hinüber, wo zu ihrer Verwunderung die Tasche mit den Lebensmitteln, die sie am Morgen dort befestigt hatte, noch immer am Gartentor hing.

Amrei brachte die beiden Schwarzwälder Stuten zum Stehen, sprang vom Kutschbock und eilte zu dem kleinen Haus hinüber. Schon bei ihrem letzten Besuch in der Stadt vor ein paar Tagen hatte sie Frau Wanner nicht gesehen, obwohl sie sonst immer herauskam und sich überschwänglich für die

Milch und die Lebensmittel bedankte, die Amrei ihr vorbeibrachte. Heute hing sogar die Tasche mit ihrem wertvollen Inhalt noch am Gartentor, obwohl mehrere Stunden vergangen waren, seit Amrei sie hier zurückgelassen hatte.

Ein wenig zögernd öffnete Amrei das niedrige Holztörchen, nahm die Tasche und ging über die in der Wiese eingelassenen Steinplatten bis zum Hauseingang. Vorsichtig drückte sie die Klinke herunter. Wie sie vermutet hatte, war die Tür unverschlossen. Amrei klopfte kräftig an den Rahmen und trat, ohne auf eine Antwort zu warten, in den dunklen, engen Flur.

»Frau Wanner?«, rief sie laut.

Alles blieb still.

»Frau Wanner? Sind Sie da?«

Noch immer erhielt sie keine Antwort.

Mit ungutem Gefühl trat sie in die Küche, wo sich das Geschirr in einer Spülwanne stapelte und ein paar Fliegen träge umhersurrten.

Amrei ging weiter zur Wohnstube und entdeckte dort, tief in einem Polstersessel versunken, Frau Wanner. Ihre Haare hingen ihr ungepflegt und wild über die Schultern und auf ihrer hellen Bluse zeichnete sich ein unansehnlicher großer Fleck ab. Auf dem Beistelltisch stand die Milchflasche, die Amrei vor drei Tagen gebracht hatte. Der säuerliche Geruch, der dieser entstieg, war bis zu ihr herüberzuriechen.

»Frau Wanner!«, stieß sie aus, eilte zu der alten Frau und ging vor dem Sessel in die Knie. Beißender Uringeruch stieg Amrei in die Nase. »Frau Wanner, sind Sie krank?«

»Nein«, flüsterte die Alte, die sie kurz aus einem Paar verstört wirkender Augen anschaute, ehe ihr Blick schnell davonhuschte, als habe sie in einer Ecke des Zimmers etwas Interessantes entdeckt.

»Seit wann sitzen Sie hier?«, fragte Amrei.

»Ach, Kindchen. Nicht lange. Ich habe doch zu tun!«

»Ja, sicher«, stimmte Amrei zu und sah sich um. Es war nicht zu übersehen, dass die frühere Freundin ihrer Großmutter völlig durcheinander war und seit mindestens zwei Tagen ihren Sessel nicht verlassen hatte.

»Ich binde schnell die Pferde an, Frau Wanner, dann komme ich zurück und helfe Ihnen«, sagte sie.

»Ja, Kindchen«, gab die Frau zurück, wobei ihre Stimme erschreckend desinteressiert klang.

Amrei lief aus dem Haus hinaus zu den Pferden. Frau Wanners Zustand gefiel ihr gar nicht. Eigentlich müsste sie einen Arzt holen, doch der Doktor war als Feldarzt abkommandiert worden. Sie konnte höchstens jemanden im Lazarett fragen, ob er nach der alten Frau sehen würde. Rasch band sie die Tiere am hölzernen, mit Pflanzen überwucherten Gartenzaun fest, eilte die steil ansteigende Straße hinauf, zurück zum Hotel Löwen, und sprang mit großen Sätzen über die Stufen bis zur Tür.

Schwester Martha, die hinter der Rezeption stand, blickte erschrocken auf. »Amrei? Ist etwas passiert?«

»Ich habe dir doch von Frau Wanner erzählt, Martha. Sie ist völlig verwirrt. Sie sitzt in ihrem Sessel und erkennt mich nicht.«

»Ich komme mit dir«, entschied die Rotkreuzschwester, band ihre Schürze ab und rief einer ihrer jüngeren Kolleginnen zu, dass sie kurzzeitig woanders gebraucht würde.

Gemeinsam eilten die beiden Frauen zurück zum Haus der alten Dame, wo diese immer noch teilnahmslos in ihrem Sessel saß. Doch als ihr Blick an Amreis Gesicht haften blieb, schlich sich ein Lächeln auf ihr faltiges Gesicht. »Kindchen. Schön, dass du kommst.«

Martha griff nach Frau Wanners Arm und drehte sich zu Amrei um. »Nennt sie dich immer nur Kindchen – nicht bei deinem Namen?«

»Manchmal«, antwortete Amrei. Es war nicht ungewöhnlich, dass die alte Dame sie Kindchen nannte, auch wenn sie sie meist bei ihrem Namen rief. Hatte sie die Situation zu dramatisch eingeschätzt? Doch die sauer gewordene Milch und der beißende Geruch von Urin bestärkten sie erneut in ihrer Vermutung, dass hier etwas nicht stimmte.

»Sie ist vollkommen ausgetrocknet«, erklärte Martha und fühlte den Puls von Frau Wanner. »Sie gehört in ein Krankenhaus, Amrei. Sie braucht dringend Pflege und jemanden, der auf sie aufpasst. Aber die Krankenhäuser sind überfüllt und –«

»Das Kindchen schaut schon nach mir«, erklärte Frau Wanner und lächelte Amrei ein weiteres Mal zu.

»Na, wenn das keine Aufforderung ist«, lachte Martha und schob Amrei beiseite, damit sie an ihr vorbeikonnte. »Was meinst du?«, fragte die Krankenschwester sie und ging in die Schlafkammer der Frau hinüber, die schrecklich unordentlich aussah.

Amrei blickte Martha erschrocken an. Meinte sie tatsächlich, sie solle Frau Wanner mit zu sich nach Hause nehmen? Hatte sie denn nicht schon genug zu tun? Sollte sie sich nun auch noch um eine senile alte Frau kümmern? »Martha …«

»Ich weiß, dass das kein reizvoller Gedanke ist, Amrei. Aber sie hat doch sicherlich Verwandte in der Nähe, die sie aufnehmen können, oder? Vielleicht könntest du sie zumindest dorthin bringen.

Amrei sah zu, wie Martha frische Wäsche, ein neues Kleid und ein Handtuch aus dem Durcheinander hervorzog.

»Verwandte? Ihr Mann ist schon lange tot und sie hatten keine Kinder.«

»Nein, Kindchen. Dieser Segen ist uns verwehrt geblieben«, mischte sich Frau Wanner in das Gespräch ein.

»Hören kann sie gut!«, lachte Martha und schob Amrei, die hilflos die Arme hob, als könne sie sich dadurch dünner machen, schon wieder geschäftig aus dem Weg.

»Mach mir bitte mal warmes Wasser, Kindchen«, wies Martha sie an.

Seufzend drehte Amrei sich um, um in der Küche zu verschwinden.

Nachdem sie Frau Wanner gewaschen und umgezogen hatten, blieben Amrei und Martha nachdenklich in dem kleinen Wohnzimmer stehen.

Frau Wanner saß auf dem Sofa und trank die frische Milch, die Amrei an diesem Morgen mitgebracht hatte. »Was machen wir jetzt, Kindchen?«, fragte sie und wischte sich mit der Hand den Milchbart aus dem Gesicht.

»Ich nehme sie wohl am besten mit nach Hause«, sagte Amrei mehr zu Martha als zu Frau Wanner.

Frau Wanner erhob sich sofort und sah sich unsicher um. »Was kann ich denn mitnehmen, Amrei?«

Die Angesprochene zog die Schultern in die Höhe. Jetzt erinnerte sich Frau Wanner plötzlich an ihren Namen? Hieß das, dass es um ihren Zustand gar nicht so schlimm bestellt war, wie sie gedacht hatte?

»Kommst du zurecht, Amrei?«, fragte Martha. »Ich sollte dringend zurück.« Mit diesen Worten ging sie bereits auf die Tür zu.

»Ja, sicher«, erwiderte Amrei, die sich jedoch schrecklich hilflos fühlte.

Sie sah Martha durch die Tür verschwinden und atmete einmal tief durch. Dann wandte sie sich der alten Dame zu. »Packen Sie Ihre Waschutensilien, Frau Wanner. Ich suche Ihnen Kleidung heraus.« Während Frau Wanner in die Küche ging, begab sie sich erneut ins Schlafzimmer, wo sie begann, den Schrank und die Schubladen durchzuwühlen.

Erst eine Stunde später, als Amrei das dreckige Geschirr abgewaschen und die verdorbenen Lebensmittel entsorgt hatte, half sie der gebrechlichen Frau auf die leere Ladefläche ihres Fuhrwerks und legte das Gepäck und ihr in Leintücher eingewickeltes Bettzeug neben sie. »Halten Sie sich gut fest, Frau Wanner«, bat sie die Frau, als sie den Kutschbock erklomm.

Während der langen Fahrt über die unbefestigte Landstraße, zwischen den bewaldeten Bergen und Hügeln hindurch, überlegte sie, wie sie Margot erklären konnte, dass Frau Wanner jetzt vorerst bei ihnen leben würde.

Margot hatte sehr ungehalten auf die Nachricht reagiert, dass sie nun eine neue Mitbewohnerin haben würden, und Amrei verließ nach der heftigen Diskussion mit ihrer Schwägerin müde das Wohnhaus. Am dunklen Himmel begrüßten sie die funkelnden Sterne und ein frischer Wind brachte die Sträucher rund um das Haus zum Rascheln.

Eigentlich musste sie noch in den Stall, um dort die Arbeiten zu erledigen, die im Trubel des Tages liegen geblieben waren, doch Amrei zog es zum Fluss hinunter.

Mit vorsichtigen Schritten näherte sie sich dem gurgelnden Wasser, das hier schnell über das steinige Flussbett hinwegsprudelte. Sie lehnte sich mit dem Rücken an den Stamm einer Trauerweide, deren noch kahle Zweige bis zur Wasseroberfläche hinunterhingen und sich sanft hin und her bewegten, während der Mond und die Sterne das Wasser zum Glitzern brachten.

Bewegungslos stand die junge Frau da und genoss die Ruhe, die dieser Ort ausstrahlte. Umgeben von der Schönheit des Tales ahnte sie die Gegenwart Gottes. Sie machte sich bewusst, dass er ihr immer nahe war – es auch in den letzten vier Jahren gewesen war, in denen sich ihre Situation so schwierig darstellte, dass sie an dieser Nähe gezweifelt hatte.

Amrei blieb so lange an diesem wunderschönen Ort, bis die kalte, feuchte Luft sie frösteln ließ. Sie stieß sich von dem glatten Stamm ab und ging, mit den Händen kräftig über ihre kalten Arme reibend, zurück in Richtung der Gebäude.

Die Tatsache, dass aus den Ställen kein protestierendes Brüllen der Kühe kam, verriet ihr, dass der Eindringling noch immer da war und sich der Tiere angenommen hatte. Was Margot sich wohl dachte, wer diese Aufgabe übernahm, wenn sie, Amrei, unterwegs war? Aber das schien sie nicht zu kümmern – so wie sie überhaupt von Anfang an dem Hof gegenüber sehr gleichgültig gewesen war. Amrei hatte sie nie verstanden und würde sie wohl auch nie verstehen.

Die junge Frau betrat den Stall. Sie hatte mittlerweile ihre Furcht vor dem fremden Besucher abgelegt, den sie bislang noch nie zu Gesicht bekommen hatte. In stillem Einverständnis hauste er hier im Stall und wurde von Amrei mit Essen versorgt – dafür sorgte er sich um die Tiere. Die

Pferde, die Amrei gleich nach ihrer Ankunft in ihre Boxen gebracht hatte, kauten genüsslich an ihrem Hafer und dem Heu und auch die Kühe käuten zufrieden wieder. Ihre Ställe waren erstaunlich sauber, und die frische Milch stand in mehreren Eimern und großen metallenen Milchkannen am Ende der Stallgasse für sie zum Mitnehmen bereit. Hier hatte sie nichts mehr zu tun.

»Danke!«, sagte sie in Richtung Heulager, nahm in jede Hand einen Eimer und trug die Milch in Richtung Wohnhaus.

In der Küche angekommen, stellte sie die schweren Behälter auf den Arbeitstisch und bereitete für ihren fleißigen Helfer ein reichhaltiges Vesper zu. Dieses Mal legte sie auf das Tablett, mit dem sie die Mahlzeit zum Stall hinübertrug, auch noch zwei Handtücher und ein Stück Seife.

Zurück im Stall, entdeckte sie einen umgedrehten Holzeimer inmitten der Stallgasse. Langsam ging sie darauf zu. Vor dem Eimer auf dem Holzboden lag etwas, das sie im Dämmerlicht einer einzelnen Stalllampe nicht erkennen konnte. Erst als sie das Tablett abgestellt hatte und sich bückte, konnte sie darin verschmutztes, blutverkrustetes Verbandsmaterial erkennen.

Nachdenklich richtete Amrei sich auf. Der Mann – wahrscheinlich ein Deserteur oder ein flüchtiger Kriegsgefangener – war verletzt. Vielleicht war dies der Grund, weshalb er nicht sofort weitergezogen war, denn hier auf dem abseits gelegenen Hof konnte er seine Verletzung besser auskurieren, als wenn er weitergezogen wäre, immer auf der Suche nach Schutz und Essen und in der ständigen Angst, entdeckt und eingefangen zu werden.

Amrei schob das verschmutzte Verbandszeug in die Tasche ihrer Schürze, nahm die beiden großen Milchkannen und ging zurück zum Hauptgebäude, um frisches Verbandsmaterial und Jod herauszusuchen und hinüber in den Stall zu tragen.

Die Lebensmittel waren bereits vom Eimer verschwunden. Amrei hinterließ die Baumwollstoffe und die Tinktur, löschte sorgfältig die an einem Haken hängende Lampe, nahm die letzten beiden Milchkannen und verließ für diesen Tag endgültig die Stallungen.

Sie war gerade dabei, die Milch umzufüllen und kühl zu stellen, als Margot in die Küche trat.

Ohne aufzusehen fragte Amrei: »Schläft Micki?«

»Mein Sohn heißt Michael.«

»Schläft dann wenigstens der?« Amrei grinste Margot frech an. Die Überkorrektheit ihrer Schwägerin reizte sie einfach zu sehr.

»Natürlich.«

»Und Frau Wanner?«

»Ich vermute. Nachdem sie mindestens eine Stunde lang wie eine Verrückte in ihrem Zimmer auf und ab gelaufen ist.«

»Sie fühlt sich hier nicht zu Hause.«

»Warum ist sie dann da?«

»Das habe ich dir doch erklärt, Margot.«

»Sie hätte in eine Anstalt gehört.«

»Das hätte sie nicht. Frau Wanner ist eine liebenswürdige Frau, eine gute Freundin von Oma.«

»Wir haben nichts mit ihr zu tun.«

Amrei schwieg. Sie brauchte Margot nicht auf die Nase zu binden, dass sie sich der alten Frau sehr wohl verbunden fühlte und ihr deshalb auch seit Kriegsbeginn regelmäßig Lebensmittel und Milch vorbeigebracht hatte, ohne Geld dafür zu bekommen. »Jetzt haben wir etwas mit ihr zu tun«, sagte sie schließlich in einem Tonfall, der keinen Widerspruch mehr duldete, und Margot, die sie inzwischen gut genug kannte, schwieg tatsächlich.

Innerlich seufzte Amrei auf. Wann war sie so kalt und hart geworden? Was hatten die Kriegsjahre ohne den Vater und den Bruder an ihrer Seite aus ihr gemacht? »Das Geschirr steht noch da«, sagte sie und legte den Rahmlöffel beiseite.

»Hör mal, Annemarie. Ich hatte heute den ganzen Tag Michael um mich. Außerdem hast du mir wieder die gesamte Hausarbeit allein überlassen.«

»Ja«, gab sie nur kurz angebunden zurück und schützte mit dieser knappen Antwort ihre Schwägerin und sich selbst vor Vorhaltungen, die zu nichts außer Streit führen würden.

»Michael wollte unbedingt reiten. Hattest du ihm das erlaubt?«

»Nein. Er darf ab und zu auf einem der Tiere sitzen, wenn ich es führe. Mehr nicht.«

»Das hättest du gar nicht erst anfangen sollen. Jetzt will er ein Reitpferd.«

»Das geht nicht.«

»Aber ich konnte mir den ganzen Tag sein Betteln anhören.«

»Du bist nun mal seine Mutter, Margot«, gab Amrei zurück und schluckte eine weitere Entgegnung herunter, die vermutlich noch unfreundlicher ausgefallen wäre. Hunger und Erschöpfung nagten an Amrei, und am liebsten hätte sie ihre Schwägerin aus der Küche gejagt, zumal diese noch immer nicht begonnen hatte, das Spülwasser zu erwärmen.

»Das Wasser muss noch aus dem Brunnen geholt werden«, sagte sie deshalb, ehe sie nach dem alten Butterfass griff und begann, einen Teil der Milch zu Butter zu verarbeiten.

»Meine Güte, Annemarie. Irgendetwas musst du doch

auch noch tun!«, erwiderte die Frau mit erhobener Stimme. Sie schnappte sich den Wassereimer und verschwand nach draußen in die Dunkelheit.

»Ja, irgendwann mal, wenn ich Lust dazu habe«, murmelte Amrei vor sich hin und kniff dabei ihre übermüdeten Augen kräftig zusammen.

Den Rest des Abends erledigten die beiden Frauen schweigend ihre Arbeiten. Und als Margot schließlich zu Bett ging, wünschte sie ihrer Schwägerin nicht einmal eine gute Nacht.

Amrei schleppte die Milch, die für sie auch an diesem Morgen in der Stallgasse bereitgestellt worden war, in die Küche. Am Tisch saßen Frau Wanner und Micki, die ihre Köpfe hoben, als sie eintrat.

»Frau Wanner sagt, sie möchte mit dem Frühstück auf dich warten«, erklärte Micki und zwinkerte ihr verschwörerisch zu.

Amrei, die schon vor drei Stunden gefrühstückt hatte, wollte ablehnen; als sie jedoch in die fröhlich blitzenden Augen der Frau sah, nickte sie. Sie wusch sich die Hände und setzte sich neben ihren Neffen auf die Küchenbank vor dem Fenster.

»Das hatte ich lange nicht mehr, eine Familie bei Tisch«, freute sich Frau Wanner und faltete auf der Tischplatte ihre Hände.

Micki tat es ihr schnell nach, und auch Amrei senkte den Kopf, als Frau Wanner laut zu beten begann. Sie wiederholte sich mehrmals, verhaspelte sich und fing nochmals von vorne an.

Als Amrei Micki kichern hörte, sagte sie laut Amen, um

das Gebet endlich zu beenden. Zuerst sah Frau Wanner sie vorwurfsvoll an, dann schob sie ihr den Korb mit dem Brot hin. »Du hast sicher Hunger, Kindchen. Nimm nur.«

Micki kicherte leise und auch Amrei konnte sich eines Lächelns nicht erwehren. Das erste Mal, seit ihr Vater und Michael in den Krieg gezogen waren, genoss sie ihr Essen und nahm sich dafür mehr als nur ein paar Minuten Zeit. Auch Micki gefiel diese ungewohnt gesellige Mahlzeit, und er erzählte freudestrahlend, was er heute alles vorhatte, um sich anschließend aufgeregt an Amrei zu wenden. »Kannst du mir heute das Reiten beibringen?«

»Nein, Micki. Dafür bist du noch zu klein.«

»Du hast nur keine Zeit«, schmollte der Junge sofort und verschränkte die Arme vor seiner Brust.

Amrei atmete tief ein. Der Junge hatte recht. Für ihn nahm sich nie jemand richtig Zeit. »Ich rufe dich, wenn ich die Pferde in den Stall hole. Dann können wir eine kleine Extrarunde über den Hof machen. Einverstanden?«

Micki nickte, wirkte dabei aber nicht begeistert. Trotzig stützte er die Ellenbogen auf die raue Tischplatte und legte das Kinn in seine Handflächen.

Frau Wanner tätschelte seinen Arm. »Der Mühlensepp hat ein paar kleine Ponys. So eines wäre genau richtig für dich.«

Micki fuhr in die Höhe und ließ aufgeregt seinen Blick zwischen der alten Frau und Amrei hin und her huschen. »Amrei, hörst du? Hier hat jemand kleine Ponys.«

»Vergiss es, Micki«, winkte Amrei sofort ab. Was sollte sie mit einem Kinderreitpony auf dem Hof? Außerdem war sie sich nicht sicher, ob Frau Wanner das wirklich richtig in Erinnerung hatte. Und falls doch – vermutlich gab es die Ponys inzwischen gar nicht mehr.

»Ich gehe Mama fragen«, entschied Micki und rutschte bereits aus der Bank.

»Das wirst du nicht tun, Micki. Deine Mama kann dir auch kein Pony besorgen. Mach ihr bitte nicht noch mehr Kummer.«

Micki sah sie einen Moment lang wütend an, ehe er ärgerlich davonstürmte und lautstark die Tür zum Hinterhof hinter sich zuschlug.

Frau Wanner zuckte erschrocken zusammen und sah Amrei an. »Entschuldige, Kindchen. Das war meine Schuld«, gestand sie ein und zog ratlos die Schultern in die Höhe.

Amrei tätschelte ihr tröstend den Arm, ehe sie sich erhob. »Sie haben es gut gemeint, Frau Wanner.«

»Ich werde den Tisch abräumen, Amrei. Du hast genug anderes zu tun.« Auch Frau Wanner erhob sich, und dabei fiel Amrei auf, dass die alte Frau weder Schuhe noch Strümpfe trug.

Da sie wusste, wie kalt der Holzboden um diese Jahreszeit noch war, begleitete sie Frau Wanner nach oben. Als sie das Zimmer betraten, runzelte Amrei die Stirn. Die Frau hatte es fertiggebracht, innerhalb eines halben Tages ein heilloses Chaos anzurichten, und so musste Amrei erst nach Strümpfen und Schuhen suchen.

Amrei fand Micki, wie sie es vermutet hatte, bei den Kälbern. Behände stieg sie über das niedrige Holzgatter, scheuchte zwei neugierige kleine Bullen zur Seite und setzte sich neben ihren Neffen auf den Boden. Sie stupste dem Jungen leicht ihren Ellenbogen in die Seite. »Wie findest du Frau Wanner?«

»Lustig«, meinte Micki und ein verlegenes Grinsen legte sich auf sein kindliches Gesicht.

»Kann ich dir die Aufgabe übertragen, ein bisschen auf sie aufzupassen?«

»Ich auf sie? Sonst passen Erwachsene doch immer auf Kinder auf.«

Amrei lachte. »Sie ist manchmal mit dem Kopf nicht ganz bei der Sache, Micki. Sie braucht Hilfe, sonst vergisst sie zu essen und zu trinken.«

»Oder sie zieht keine Strümpfe und Schuhe an.«

»Genau.«

»Aber sie pupst die ganze Zeit. Dagegen kann ich nichts machen.« Amrei lachte auf und schüttelte den Kopf. »Nein, da können wir wohl nichts machen. Hilfst du ihr also ein bisschen?«

»Bekomme ich dann ein Pony?«

Ihr lautes Aufseufzen ließ den Jungen ein kleines Stückchen in sich zusammensacken. Amrei betrachtete traurig ihre schmutzigen Hände. »Im Moment nicht, Micki. Vielleicht, wenn der Krieg mal vorbei ist und dein Papa –«

»Ja, ich weiß«, unterbrach er sie und erhob sich. »Ich gehe nach der Fischreuse schauen. Kann Frau Wanner mit zum Fluss?«

»Na, sicher doch.«

»Und das Reiten …?«

»Ich vergesse es nicht, Micki. Ich rufe dich heute Abend, wenn ich die Pferde von der Koppel hole.«

»Gut!«, sagte er, kletterte geschickt über die Absperrung und verschwand aus dem Stall.

Kapitel 4

Die Tage zogen in gewohnt arbeitsamer Weise dahin, und Oma Wanner, wie sie mittlerweile von Micki und auch von Amrei genannt wurde, fügte sich gut in das Familienleben ein. Sie vergaß zwar gelegentlich etwas und wiederholte sich oft, doch vor allem morgens war sie sehr munter und unterstützte Margot im Haushalt. Gegen Abend schienen nicht nur ihre körperlichen, sondern auch ihre geistigen Kräfte stark nachzulassen, doch sie ließ sich immer bereitwillig überreden, schon früh zu Bett zu gehen.

Micki bekam jeden Abend eine halbe Stunde Reitunterricht, ansonsten sah Amrei den Jungen in diesen Tagen kaum.

Er schien sich mit Oma Wanner angefreundet zu haben, und die beiden verbrachten viel Zeit miteinander.

Amrei begann indes, einen Teil der Felder zu bestellen, gelegentlich half sie im Lazarett mit, und einmal in der Woche fuhr sie auf den Wochenmarkt, um einige Lebensmittel zu verkaufen.

Ende März forderte die Armee zwei weitere Schwarzwälder als Zugpferde ein, und wie schon beim letzten Mal erhielt Amrei nur Anleihen und Versprechungen für die schönen, wertvollen Tiere. Als die Uniformierten mit den beiden Tieren im nahen Wald verschwunden waren, atmete Amrei erleichtert auf. Sie hatten weder den im Stall hausenden Mann noch die drei Reitpferde entdeckt, die sie, als sie von dem Kommen der Eintreiber gehört hatte, im dichten Wald hinter dem Fluss versteckt hatte.

Ein schlechtes Gewissen hatte sie wegen dieses Versteckspieles schon lange nicht mehr. Der Krieg verschlang alles, was er sich holen konnte – vor allem Menschenleben –, und sie hatte keine Lust, ihren heimlichen Knecht und die wertvollen Tiere auch noch in dessen nimmersatten Schlund zu werfen. Sie brauchte beides selbst, um nach dem Krieg, gemeinsam mit Michael, hier weiter leben und den angeschlagenen Hof wieder auf Vordermann bringen zu können.

Nachdem sie die Pferde vorsichtig durch den flachen, aber schnell fließenden Fluss zurückgebracht hatte, sattelte sie Schneesturm und machte sich auf den Weg zum Mühlensepp. Der Witwer, der aufgrund der Tatsache, dass er im 1. Weltkrieg eine Hand eingebüßt hatte, nicht eingezogen worden war, besaß den einzigen Schwarzwälder Deckhengst in der weiteren Umgebung, und diesen würde sie jetzt für ein paar Tage ausleihen müssen.

Nach gut einer Stunde Ritt kam sie bei der Sägemühle an. Da gerade niemand bei der Arbeit war, wurde das Flusswasser am Wasserrad vorbeigeleitet. Seit Kriegsbeginn wurde Holz lediglich von der Armee bestellt, doch auch diese Aufträge kamen nur noch spärlich und lohnten sich finanziell mit Sicherheit nicht.

Amrei ritt zwischen die Mühle und das kleine, heruntergekommene Wohnhaus und stieg dort ab. Sägemehl wirbelte unter ihren Stiefeln auf und Schneesturm riss erschrocken seinen Kopf nach oben.

»Schöner Hengst, den du da hast«, rief ihr eine Männerstimme aus einem offen stehenden Fenster des Hauses zu. »Wie kommt es, dass die Armee den noch nicht geholt hat?«

»Der ist viel zu nervös und taugt nicht für einen Meldereiter oder Kundschafter«, erwiderte sie wie jedes Mal, wenn ihr jemand diese Frage stellte.

»Wenn ein Mädchen ihn doch reiten kann …«, gab der Mann ungläubig zurück.

In diesem Augenblick huschte eine Katze über den Platz und Schneesturm riss ein weiteres Mal den Kopf in die Höhe. Er rollte mit den Augen und tänzelte nervös um Amrei herum, die ihn einfach gewähren ließ.

»Scheinst ja recht zu haben«, meinte der Mann schließlich, woraufhin sich ein Grinsen auf Amreis Gesicht legte.

»Was willst du denn, Pferde-Amrei?«

»Ich könnte den Hengst für ein paar Tage gebrauchen.«

»Wie viele Stuten?«

»Drei.«

»Sicher auch nicht mehr? Du weißt, du zahlst für jedes Decken.«

»Drei Stuten«, bestätigte Amrei und ärgerte sich darüber, dass er ihr nicht glauben wollte.

»Mit dem Hengst da unterm Hintern kannst du ihn aber nicht mitnehmen.«

»Sie haben ihn bisher immer gebracht und abgeholt.«

»Das kostet jetzt extra.«

»Dann komme ich morgen und hole ihn.«

»Na, lass mal. Bist ja eine gute Kundin. Ich bring ihn rüber. Wollte ohnehin mal sehen, wie es bei euch aussieht.«

»Ich würde gerne mit Lebensmitteln bezahlen.«

»Das sowieso. Geld ist ja kaum noch was wert. Wir klären das morgen.«

»Haben Sie eigentlich Ponys?«, rief sie, als der Mann das Fenster schon fast geschlossen hatte.

Unter lautem Knarren schwang der Fensterflügel wieder

auf. »Die Kleinen? Die stehen hinten im Stall. Ich brauche sie, damit sie mir die Bäume aus dem Unterholz ziehen. Dafür sind die Schwarzwälder zu groß.«

»Ich sehe sie mir mal an. Ist das in Ordnung?«

»Mach, was du willst. Aber binde den Wildfang an! Nicht, dass der mir meine Stuten verrückt macht.«

Amrei band den unruhigen Schneesturm an der Absperrung vor der Säge fest und ging mit großen Schritten auf den Stall zu.

»Hast du immer Hosen an, Mädchen?«, rief der Mann ihr nach, der noch immer oben am Fenster stand.

»Beim Reiten ist das praktischer.«

»Und auf dem Hof?«

Amrei gab keine Antwort, sondern verschwand schnell im stickigen Inneren des Stalles. Was ging es diesen Mann an, welche Kleidung sie trug?

Der massige, leicht gedrungene Hengst schlug mehrmals mit seinem Vorderhuf gegen die Boxenwand. Ungeduldig schüttelte er seinen Kopf und wieherte auf, woraufhin ihm prompt der Grauschimmel draußen antwortete, was den Schwarzwälder nur noch mehr aufbrachte.

Amrei ging an den unruhig werdenden Stuten vorbei, deren Mähnen ungepflegt und zottelig über ihre kräftigen Hälse fielen. Am Ende des verdreckten Stalles fand sie, wonach sie gesucht hatte. In einer Box drückten sich drei Shetlandponys aneinander und beäugten sie misstrauisch. Die Ponys wirkten noch ungepflegter als die großen Tiere. Sie standen apathisch da, und als Amrei ihnen zuschnalzte, bestand ihre einzige Reaktion darin, die Ohren zu drehen. Keines der Tiere kam herbei, um sie neugierig zu beschnuppern.

»Und? Gefallen sie dir?«

Amrei fuhr erschrocken herum. Sie hatte den Mann nicht kommen hören, der nun, seine Hand tief in die Hosentasche geschoben, den anderen Arm auf den Rücken gelegt, inmitten der schmalen Stallgasse stand und im Dämmerlicht sehr bedrohlich auf sie wirkte.

Sie richtete sich zu ihrer vollen Größe auf, die für eine Frau sehr beachtlich war, und stemmte die Hände in ihre Hüften. »Die Ponys sind schrecklich verwahrlost und verängstigt.«

»Das sind reine Nutztiere, keine Schmusepferdchen, Mädchen.«

»Sie könnten besser arbeiten und blieben Ihnen länger erhalten, wenn sie besser gepflegt würden«, erwiderte sie entschieden.

»Was kümmert es dich?«, knurrte der Mann, drehte sich um und stapfte davon.

Amrei folgte ihm nach draußen und band ihr Pferd los. »Sie bringen den Hengst morgen?«, fragte sie.

»Klar. Wird dem Kerl guttun, mal ein paar Stuten unter sich zu haben. Meine muss ich von ihm fernhalten. Brauche sie ja zur Arbeit.«

Amrei schwang sich geschickt in den Sattel und trieb den Hengst an. Dabei ließ dieser noch einmal ein lautes Wiehern hören, das eine wütende Antwort aus dem Stall fand.

Die junge Frau ließ das Tier auf dem weichen Waldweg ein kleines Stück galoppieren und zwang es dann in den Schritt. Ob es sinnvoll gewesen war, die Abmachung zu treffen, ohne eine genaue Bezahlung auszuhandeln? Allerdings hatte sie die Erfahrung gelehrt, dass die Männer immer großzügiger waren, wenn sie sich vor der Vertragsverhandlung bei ihr auf dem Hof den Bauch gefüllt hatten. Diese einmalige Verköstigung und der dadurch ausgehandelte, niedrige Preis kam sie bei Weitem billiger als eine Verhandlung mit einem hungrigen Mann – selbst wenn sie dadurch ein paar Lebensmittel einbüßte.

Amrei stand vor dem Koppelzaun und betrachtete die Stuten, die nebeneinander auf der Weide standen und das frische grüne Gras fraßen. Sie hatte einen Fuß auf die untere Querstange gestellt, während ihre Oberarme auf der oberen Stange ruhten. Zufrieden nickte sie und warf einen Blick auf den Deckhengst in der angrenzenden Umzäunung, der eigentlich schon vor einer Woche hatte abgeholt werden sollen.

Er wirkte nun viel ruhiger als bei seiner Ankunft, und selbst das herausfordernde Wiehern von Schneesturm, das dieser immer noch von Zeit zu Zeit hören ließ, schien ihn nicht mehr zu interessieren.

Amrei lächelte. Das war ein ausgesprochen gutes Zeichen. Zufrieden drehte sie sich um und ging zu den Feldern hinüber.

Wie in jedem Jahr, seit keine Männer mehr da waren, die bei der Feldarbeit helfen konnten, hatte sie nur einen Teil der Anbaufläche bepflanzt. Es brachte nichts, wenn sie zu viel Arbeit und Saatgut in größere Flächen steckte, die sie dann ohnehin nicht ordentlich pflegen und abernten konnte.

Lieber konzentrierte sie sich auf eine kleinere Ernte, die dafür aber gut dastand und verkauft oder eingetauscht werden konnte.

Auf Zwangsarbeiter als Erntehelfer hatte sie all die Jahre über verzichtet, da sie weder die Aufsicht über diese übernehmen noch einen von der NS-Regierung abgestellten Bewacher auf ihrem Hof beherbergen wollte.

Amrei nahm die Schaufel und begann, den Kuhmist zwischen den Pflanzen zu verteilen. Fröhlich vor sich hin summend arbeitete sie sich dem Ende des Feldes entgegen. Seit Oma Wanner im Haus lebte, war entgegen ihrer anfänglichen Erwartungen vieles für sie einfacher geworden.

Die alte Frau half Margot bei der Hausarbeit, sodass ihre Schwägerin wesentlich ausgeglichener und ruhiger war. Micki und Oma Wanner verstanden sich gut und die beiden waren oft stundenlang miteinander beschäftigt, wobei nie ganz klar war, ob der kleine Junge auf die alte Frau oder diese auf den Jungen aufpasste. Vermutlich war beides der Fall. Oma Wanner sorgte auch dafür, dass Mahlzeiten gemeinsam eingenommen wurden, und ihre Dankbarkeit und ihre fröhliche Art taten Amrei unendlich gut. Nach wie vor war die alte Frau sehr vergesslich, gelegentlich auch verwirrt, aber mit ihr waren Freude und Lebenslust in das Bauernhaus eingezogen.

Amrei richtete sich auf und rieb sich den schmerzenden Rücken. Die Aprilsonne stand bereits sehr tief und ließ die Blüten der Tulpen vor dem dunklen Holzhaus wie unzählige rote Lampions aufleuchten.

Einladend winkten die vom leichten Wind bewegten Blätter der Weiden zu ihr hinüber, und Amrei beeilte sich, ihre Arbeit zu beenden. Sie stapelte die Eimer ineinander, nahm sie und die Schaufel auf und brachte sie zu den Nebengebäuden, wo sie die Utensilien abstellte. Anschließend lief sie hinunter zum Fluss, in dem sich das Sonnenlicht golden spiegelte.

Sie zwängte sich zwischen den Ästen der Weiden, die das Ufer säumten, hindurch und ließ sich am Stamm eines Baumes nieder. Amrei zog ihre Stiefel und die Strümpfe aus, krempelte die Hose hoch und hielt ihre Beine in das kalte, quirlige Wasser. Genießerisch schloss sie die Augen.

Lange Zeit saß sie einfach nur da, genoss die Stille und das Nichtstun. Es waren seltene Momente, in denen sie tatsächlich einmal die Hände in den Schoß legte und ausruhte. Die Welt um sie herum war nicht geeignet dafür, müßig zu sein. Aber Oma Wanner hatte es geschafft, ihr wieder ein bisschen Zuversicht zu vermitteln und das Vertrauen darauf, dass Gott ihr nahe war. Und vielleicht würden eines Tages Zeiten kommen, in denen sie weniger Verantwortung zu tragen hatte und die Arbeit auf mehrere Schultern verteilt werden konnte.

Der Ruf ihres Namens ließ Amrei die Augen aufschlagen. Hastig zog sie die Füße aus dem Wasser und griff nach ihren Schuhen und den Strümpfen. Mit einer Hand schob sie die schlanken Zweige beiseite und trat aus ihrem Versteck hinaus auf die Wiese. Micki, der in Richtung Felder rannte, rief mehrmals laut ihren Namen.

Amrei nahm zwei Finger in den Mund und stieß einen grellen Pfiff aus. Ihr Neffe stockte, blieb stehen und drehte sich einmal um sich selbst. Als er sie entdeckt hatte, kam er ihr mit heftigem Winken entgegengelaufen.

»Der Josef Brunner ist da. Er will den Hengst holen.«

»Soll er«, gab Amrei knapp zurück, der es nicht gefiel, dass sie deswegen gesucht wurde.

Der Hengst war jetzt zwei Wochen hier gewesen, obwohl nur eine ausgemacht worden war, und sie befürchtete, dass der Mühlensepp noch mehr Lebensmittellieferungen aushandeln wollte. Immerhin konnte er inzwischen bemerkt haben, dass sie ihm einen ausgesprochen guten Preis abgeluchst hatte.

Amrei reckte sich und bereitete sich innerlich auf eine heftige Auseinandersetzung mit diesem Mann vor.

Micki, der inzwischen bei ihr angelangt war, ergriff sie an der Hand, um sie ungeduldig hinter sich herzuziehen.

»Er hat ein Pony für mich mitgebracht. Ist das nicht toll?«

»Was?«

»Mama hat gesagt, es ist für mich.«

Amrei blieb abrupt stehen, sodass Micki fast hinfiel, da sie seine Hand nicht losließ.

»Ich habe kein Pony für dich ausgehandelt«, sagte sie zu dem Jungen, der sie genau musterte und dessen fröhliches Lachen schlagartig verschwand.

»Mama hat das gemacht, als der Mühlensepp vor zwei Wochen den Hengst gebracht hat.«

Die junge Frau nickte verstehend. Sie hatte das Tier an diesem Tag sofort auf die Weide der Schwarzwälder Stuten gebracht und sich nicht weiter darum gekümmert, was Oma Wanner und Margot dem Mann auftischten. Erst später hatte sie die Verhandlung über die Bezahlung mit ihm aufgenommen.

Betroffen sah sie in die braunen, weit aufgerissenen Augen des Jungen, die gerade noch übermütig und freudig gestrahlt hatten. Jetzt wirkten sie ernst und traurig, da er ahnte, dass sie diesen Handel rückgängig machen würde.

Amrei ging vor Micki in die Knie und umfasste seine schmalen Schultern. »Hör mal, Micki. Ich würde dir das kleine Pony gerne geben. Du hättest einen Kameraden und das Tier jemanden, der anständig nach ihm schaut. Es ist nämlich schrecklich verwahrlost und menschenscheu.«

»Du kennst es?«

Amrei nickte nur. Prüfend sah sie den Jungen an, und was

sie sah, tat ihr sehr weh. Dieser kleine Kerl hatte sein ganzes bisheriges Leben lang auf einen Vater verzichten müssen, den er doch so dringend gebraucht hätte, und er stand zwischen zwei Frauen, die einander eigentlich nichts zu sagen hatten, ohne von ihnen viel Aufmerksamkeit zu erfahren. Das hatte ihn schneller reifen lassen, als gut für ihn war. Und nun würde sie ihn erneut enttäuschen müssen. Das Futter für die Pferde war im Winter knapp, da sie es einfach nicht fertigbrachte, mehr Heu oder Hafer einzubringen. Die Tiere brauchten Aufmerksamkeit und Pflege und dieses verwahrloste Pony im besonderen Maße. Amrei konnte sich einfach nicht noch mehr Arbeit aufbürden.

Micki sah sie noch immer an. »Bitte«, sagte er nur und Tränen schossen ihm in die Augen. Schnell senkte er den Kopf.

»Micki. Ich weiß nicht einmal, ob sich das Pony überhaupt reiten lässt. Du kannst doch weiterhin jeden Abend auf einer der Stuten reiten.«

»Das ist nicht dasselbe. Mama hat gesagt, ich habe hier draußen keinen Freund. Deshalb.«

Amrei schloss die Augen und schüttelte leicht den Kopf. Der Kleine hatte eine sorgende, liebevolle Mutter viel nötiger als einen Freund. »Da mag sie recht haben, Micki«, erwiderte sie. »Aber das ist ein zu anspruchsvoller Freund.«

»Bitte.«

Amrei erhob sich und schaute hilflos zu den Gebäuden hinüber. »Geh bitte ins Haus, Micki. Sieh mal nach Oma Wanner.«

»Ja, *die* darf hier sein. Dabei macht sie auch Arbeit. Und sie isst hier. Und sie pupst die ganze Zeit«, fauchte der Junge sie an und wollte sich abwenden.

Sie ergriff ihn nochmals am Oberarm und zog ihn zu

sich herum, um ernst auf ihn hinabzusehen, während seine Augen sie trotzig anfunkelten.

»Sie ist ein Mensch, eine alte Frau, die eine gute Freundin deiner Urgroßmutter war. Das ist etwas völlig anderes.«

»Aber man kann sie nicht reiten.«

Für einen Moment verschlug es Amrei die Sprache und sie musste tatsächlich ein Lachen unterdrücken. Dieser Junge war einfach einzigartig. In versöhnlichem Tonfall sagte sie zu ihm: »Ich sehe mal, was ich tun kann, Micki. Mehr kann ich dir nicht versprechen.«

»Ja«, gab er fast unhörbar zurück und machte sich mit hängenden Schultern auf den Weg zurück zum Hof. Amrei hob ihre Schuhe und Strümpfe auf und folgte ihm.

Die gewaltige Stalltür stand weit offen, und da aus dem Inneren des Gebäudes Stimmen zu hören waren, ging sie zielsicher auf diese zu.

Nachdem sie den Stall betreten hatte, fiel ihr Blick sofort auf ein schwarzes Shetlandpony mit einigen unförmigen grauen Flecken im Fell. Daneben standen Margot und der Sägemühlebesitzer und unterhielten sich, wandten sich aber sofort Amrei zu, als sie diese bemerkten.

Die junge Frau sah sehr wohl, dass ihre nackten Füße und die aufgekrempelten Hosenbeine von beiden intensiv gemustert wurden. »Der Hengst steht draußen«, erklärte sie, wissend, dass der Mühlensepp das ohnehin schon gesehen haben musste.

»Wir müssen über den Preis nachverhandeln«, erklärte der Mann.

Amrei atmete tief ein und schüttelte entschieden den Kopf. »Da gibt es nichts zu verhandeln«, erklärte sie knapp und in unnachgiebigem Tonfall.

»Er war sieben Tage länger hier.«

»Es ist Ihr Problem, wenn Sie ihn nicht rechtzeitig abholen. Außerdem musste ich ihn unnötigerweise eine Woche lang durchfüttern«, gab Amrei ungerührt zurück.

»Er könnte noch mehr Stuten gedeckt haben.«

»Ich habe drei rossige Stuten zu ihm gelassen. Das war es. Außerdem trage ich das Risiko der Fehlversuche, falls der Hengst –«

»Bis jetzt hat das immer hingehauen.«

»Er steht schlecht im Futter.«

Der Mühlensepp warf ihr einen wütenden Blick zu. »Die Möglichkeiten waren gut, dadurch dass er so lange hier war.«

»Gut für drei Stuten. Und das habe ich bezahlt.«

»Du hast mich über den Tisch gezogen, Mädchen.«

»Habe ich das? Wir waren uns einig.«

»Ich war etwas … abgelenkt«

»Das ist nicht mein Problem.«

Der Mann ballte seine Hand zu einer Faust, lockerte sie aber schnell wieder und legte den Handstumpf seiner Linken auf den Rücken der Shetlandstute, die erschrocken zusammenzuckte. »Dann reden wir jetzt über das Kleine hier.«

»Sie können das Tier wieder mitnehmen.«

»Es wurde –«

»Dieses Pony eignet sich nicht als Reittier für einen kleinen Jungen. Es ist viel zu verstört. Und wer weiß schon, was es durch die mangelnde Pflege für bleibende Schäden zurückbehält.«

Amrei wandte sich Margot zu, die sie mit großen Augen musterte, ehe sie sich wortlos umdrehte und eilig aus der Stallgasse verschwand. Kurz darauf hörte Amrei, wie die kleine Nebentür geräuschvoll geschlossen wurde.

»Ihre Schwägerin meinte, ich könne es gegen eine der Araberstuten eintauschen. Seltsam, dass die von der Armee noch nicht geholt wurden …«

Amrei schnappte nach Luft. Margot wollte dieses vernachlässigte Pony gegen eine der guten Zuchtstuten eintauschen, die sie in die Ehe mitgebracht hatte? Sie musste doch wissen, was sie dem Mann da angeboten hatte?! Was sollte sie denn jetzt tun? Und weshalb hatte ihre Schwägerin den Mann überhaupt in ihren Stall gelassen? War ihr denn nicht bewusst, dass sie die drei Reitpferde vor den Eintreibern der Armee versteckte? »Der Handel kommt nicht zustande«, erklärte sie ihm schließlich.

»Der Handel wurde schon abgeschlossen. Zwischen mir und Frau Simon.«

»Margot hat …«

»Erzähl mir nicht, dass sie nicht das Recht hat, Abmachungen zu treffen, die den Bauernhof oder die Zucht betreffen, Pferde-Amrei.«

»Ich bin diejenige, die in Vertretung meines Bruders die Geschäfte führt. Margot hat damit nichts zu tun.«

Der Mann rieb sich nachdenklich sein bärtiges Kinn. Amrei versuchte, seine momentane Verunsicherung zu nutzen, indem sie einen Schritt beiseite in den Eingang einer der leer stehenden Boxen machte und mit der Hand auf das weit offen stehende Stalltor deutete. »Nehmen Sie den Gaul und gehen Sie.«

Sein Angriff kam für sie völlig überraschend. Der Mann sprang auf sie zu und stieß sie in die Box hinein. Amrei stolperte über die Schwelle, ließ die Schuhe fallen und fiel rückwärts in das frisch aufgeschichtete Stroh. Der Mühlensepp warf sich förmlich auf sie.

»Du kannst das Pony für den Jungen auch anders bezahlen!«, keuchte er in ihr Ohr und begann an den Knöpfen ihrer Bluse zu zerren.

»Nein!«, schrie sie erschrocken auf und versuchte, den Mann von sich zu stoßen. Doch so kräftig ihre Arme auch waren, es gelang ihr nicht, sich von dem Angreifer zu befreien. Sein heftiger, harter Atem hüllte sie förmlich ein und sie spürte Übelkeit in sich aufsteigen.

Der Mann riss ihre Bluse auf und vergrub sein Gesicht in ihrem Mieder. Wieder bäumte sich Amrei verzweifelt auf, aber er drückte ihren Oberkörper mit dem linken Arm nach unten und hielt sie dadurch in Schach. Mit seiner rechten Hand begann er, seine Hose aufzuknöpfen. »Ist doch ein nettes Pony«, presste er hervor. Erneut versuchte sie, ihre Hände freizubekommen, doch es gelang ihr nicht. Josef Brunner lachte und seine Hand glitt in ihre Hose. »Und ich habe da noch zwei weitere Ponys.«

Amrei wand sich, schaffte es jedoch nicht, sich gegen ihn zur Wehr zu setzen…

Michael Simon hörte Schritte näherkommen, und er nahm Stimmen wahr, ohne einzelne Worte verstehen zu können. Wo war er? Was war passiert? Er versuchte, die Augen zu öffnen, doch es gelang ihm nicht. Etwas Schweres lag auf seinem Gesicht und drückte ihm die Augen zu. Mühsam hob er eine Hand und tastete nach seinem Kopf. Er spürte Stoff. War das ein Verband? Über seinen Augen?

Der junge Soldat holte tief Luft, und ein beißender Schmerz breitete sich über seinen Hals bis tief hinunter in seine Brust aus und ließ ihn trocken husten, bis er sogar zu würgen begann, sodass er glaubte, ersticken zu müssen.

Er schrie Gott innerlich um Hilfe an. Ein Tuch, dem ein eigenartiger, scharfer Geruch entströmte, wurde ihm an die Lippen gepresst, und kurz darauf legte sich der Krampf, der sein Innerstes erschütterte. Zwei Hände drückten ihn sanft, aber energisch auf sein Lager zurück, und eine weibliche Stimme sagte etwas zu ihm, jedoch verstand er sie nicht.

Er vermutete, dass die Frau Englisch sprach. Demnach befand er sich in einem britischen Lazarett – in Gefangenschaft.

Michael versuchte sich in Erinnerung zu rufen, was mit ihm geschehen war. Peter fiel ihm ein. Er hatte versucht, den verwundeten Kameraden zurück in den Schutz eines Grabens zu ziehen. Und dann?

Seine Erinnerung ließ ihn hier vollständig im Stich. War er besinnungslos geworden? War er im Schützengraben zurückgeblieben und von einem Spähtrupp der Engländer gefunden worden?

Jemand begann sich rüde an seinem Kopfverband zu schaffen zu machen. Michael blieb bewegungslos liegen. Was geschah jetzt? Sein Körper verkrampfte sich. Eine Lage Verbandsmaterial nach der anderen wurde entfernt, und er versuchte mühsam, die Augen zu öffnen. Allerdings wurde es nicht ein bisschen heller um ihn. Müsste er nicht allmählich Licht und Schatten sehen können?

»Gut«, verstand Michael und und riss die Augen weit auf. Nichts geschah. Um ihn herum herrschte finsterste Nacht. Diese Lazarettsanitäter, Rotkreuzschwestern und Feldärzte arbeiteten doch nicht in völliger Dunkelheit! Sie mussten doch ein paar Lampen entzündet haben! Alles in ihm wehrte sich gegen die Frage, die sich ihm unweigerlich aufdrängte: Würde es für immer dunkel um ihn bleiben?

»Mein Gott«, stöhnte er auf.

Er glaubte, in der englischen Antwort der Frau ebenfalls das weich ausgesprochene Wort »Gott« zu hören.

Amreis Angreifer lag plötzlich völlig bewegungslos und schwer auf ihr. Amrei öffnete zögernd ihre Augen, die sie während des Kampfes krampfhaft zusammengepresst hatte. Sie sah die langen, schmalen Metallstäbe einer Heugabel, deren Spitzen sich bedrohlich in den kräftigen Nacken ihres Angreifers bohrten. Neben ihr, mit der Heugabel in der Hand, stand ein Mann in der Uniform eines englischen Leutnants. Er sprach keinen Ton, drückte nur mit einer deutlichen Kompromisslosigkeit die dünnen Spitzen des Arbeitsgeräts noch tiefer in die Haut ihres Gegners.

»Ich steh schon auf«, zischte der.

Als die Gabel sich etwa zehn Zentimeter von ihm entfernt hatte, jedoch noch immer drohend über ihm verhurre, rollte der Mühlensepp sich von ihr herunter.

Amrei drückte sich mit den Füßen von ihm fort, bis ihr Kopf das Ende der Box berührte. Dort tastete sie nach den kläglichen Resten ihrer Bluse und hielt sie krampfhaft vor ihrer Brust umschlossen.

Ihr Atem ging keuchend, und zitternd beobachtete sie, wie der Mühlensepp eilig seine Hose nach oben zog. Dabei ließ er den breitbeinig dastehenden, noch immer mit seiner ungewöhnlichen Waffe drohenden englischen Leutnant nicht aus den Augen.

Josef Brunner erhob sich und ging langsam, mit dem Rücken an die Holzwand gedrückt, in Richtung der Boxentür. Dort angelangt, warf er noch einmal einen Blick auf Amrei, die sich so klein wie möglich machte.

Der Engländer machte unter Anheben der Heugabel einen Schritt auf ihn zu, was Brunner endlich veranlasste, sich umzudrehen und mit eiligen Schritten die Stallgasse hinunterzulaufen. Am Tor verharrte er und rief: »Das wird Folgen haben, Pferde-Amrei!« Damit verschwand er laut fluchend.

Der Fremde stieß die Heugabel so fest in das Stroh, dass ihr Holzstiel erzitterte, kippte und mit dumpfem Schlag gegen die Boxenwand fiel. Er blickte Amrei aus dunklen Augen an, während er einfach nur schweigend vor ihr stand. Amrei hatte den Eindruck, dass er nicht wusste, was er jetzt tun sollte.

Als der Mann auf sie zukam, begann ihr Herz ängstlich zu schlagen, und sie drückte sich mit ihrem Rücken fest gegen die Holzwand.

Sofort blieb der Fremde stehen, zögerte und streckte ihr schließlich hilfsbereit seine Hand entgegen.

Amrei ignorierte diese Geste, erhob sich aber schnell, wobei sie noch immer ihre Bluse vor ihrem Körper zusammengerafft hielt.

Der englische Leutnant nickte ihr zu und verließ dann mit großen Schritten die Box. Zögernd folgte ihm Amrei in die Stallgasse hinaus. Ihr war klar, dass sie sich bei ihm für seine Hilfe bedanken sollte, doch sie wusste nicht, wie. Die schrecklichen Eindrücke des gerade Erlebten jagten ihr durch den Kopf, und als sie an die Drohung dachte, die Brunner ausgestoßen hatte, überfiel sie erneut panische Angst.

Sie blieb unschlüssig und am ganzen Körper zitternd in der Stallgasse stehen und beobachtete, wie der Mann zum Heulager hinüberging. Er hinkte. Dieses offensichtlich verletzte Bein musste ihn bei der Stallarbeit, die er hier auf dem Hof wie selbstverständlich übernommen hatte, fürchterlich beeinträchtigt haben. Amrei rechnete ihm seine Hilfe nun nur noch höher an.

Der Soldat kam in die Stallgasse zurück und trug dabei eine kleine Tasche über der Schulter. In der Hand hielt er die Pferdedecke, die sie ihm an dem Abend, als sie seine Anwesenheit entdeckt hatte, zu dem Essen gelegt hatte. Aus respektvollem Abstand reichte er sie ihr.

Amrei seufzte auf, als ihr klar wurde, was das zu bedeuten hatte. Durch sein Zu-Hilfe-Kommen war seine Anwesenheit auf dem Hof nun verraten. Er musste sofort fliehen! Dadurch verlor er den Schutz, den er hier auf dem einsam gelegenen Hof genossen hatte, und sie büßte ihren heimlichen Knecht ein.

Amrei schüttelte verneinend den Kopf. Sie wollte, dass er die Decke behielt. Er würde sie auf seiner weiteren Flucht dringender benötigen als sie hier.

Der Mann nickte dankbar und legte sich die zusammengerollte Decke über die Schulter. Einen Augenblick zögerte er, dann ging er an ihr vorbei auf das Stalltor zu.

Amrei ergriff ihn am Ärmel seiner verschmutzten Uniform, ließ diesen aber, als er mit hochgezogenen Augenbrauen stehen blieb, sofort wieder los. »Warten Sie noch einen Moment«, sagte sie langsam und deutlich, wirbelte herum und rannte zur Nebentür. Sie stieß sie auf und rannte über den Hof, hinüber ins Haupthaus.

Sie durchquerte eilig die leere Küche und lief durch den Flur, froh, dass sie niemandem begegnete. In Windeseile jagte sie die ausgetretenen, knarrenden Stufen hinauf, warf sich eine Jacke über, die sie mit fliegenden Fingern zuknöpfte, griff nach einem Hemd und einer Hose, die ihrem Bruder gehörten, und stopfte beides in einen Beutel.

Zurück in der Küche, raffte sie Käse, Speck, Brot, saubere Tücher und ein Glas Honig zusammen und legte alles zu der Kleidung in den Beutel.

Kurze Zeit später stand sie heftig atmend wieder vor dem englischen Leutnant, der sich nicht von der Stelle bewegt hatte. Sie reichte ihm die Tasche, wobei sie sorgfältig darauf achtete, dem Mann nicht zu nahe zu kommen.

Er ergriff den Beutel, schulterte ihn und sah sie dabei prüfend an. Ein Lächeln legte sich auf seine Gesichtszüge, was ihn wesentlich jünger aussehen ließ. Er hob seine Hand zu einem militärischen Gruß, verneigte sich dann kurz in ihre Richtung und hinkte auf die weit offenstehende Stalltür zu.

Bewegungslos blickte Amrei ihm nach, während sie Gott verzweifelt fragte, weshalb dies alles hatte geschehen müssen. Erst als er aus ihrem Blickwinkel verschwunden war, wandte sie sich um und ging zu der Ponystute, die in einer der Pferdeboxen verschwunden war und dort das Futter von Schneesturm fraß.

Amrei ließ die Stute gewähren und strich ihr über den Kopf und den Hals. Was sollte sie mit dem Shetlandpony tun? Es gehörte ihr nicht. Und wenn es hierblieb, hatte dieser schreckliche Mensch einen Vorwand, noch einmal auf den Hof zu kommen. Außerdem sollte Micki es nicht sehen. Er könnte seine Anwesenheit falsch deuten und das Tier später vielleicht gar nicht mehr hergeben wollen, und Amrei hatte nicht vor, für das Pony zu bezahlen. In Erinnerung an den Versuch des Mannes, sie zu vergewaltigen, wurde sie von einem eisigen Schauer erfasst, der sie förmlich durchschüttelte.

Hastig ergriff sie das Pony am herunterhängenden Führstrick und führte es hinter sich her hinaus in die Dämmerung, um es auf die kleine Weide zu bringen, die am weitesten vom Haus entfernt lag. Diese von Gestrüpp überwucherte Koppel wurde nicht mehr genutzt, da der Zaun kaputt war, aber vielleicht entdeckte das zaghafte Pony die defekten Stellen im Holzgatter nicht, bevor Josef Brunner kam, der es hier sofort sehen und mitnehmen konnte. Und sollte das Pony doch selbständig auf Wanderschaft gehen, war das wirklich nicht ihr Problem!

Amrei ließ die kleine gescheckte Stute auf der Weide zurück, eilte zur angrenzenden Koppel und brachte die Schwarzwälder Stuten in den Stall. Anschließend holte sie die beiden Reitstuten und den Hengst und führte sie ebenfalls in Richtung der Stallungen. Auf dem Hof blieb sie abrupt stehen, obwohl die Pferde unruhig an ihren Führstricken zogen.

Würde der Mühlensepp die Anwesenheit eines englischen Leutnants melden? Falls er das tat, musste sie demnächst mit dem Besuch eines Vertreters des Deutschen Reiches rechnen. Sie wusste, dass deren Befragungsmethoden nicht gerade harmlos waren. Was würde das für sie bedeuten – und für ihre Familie und den Hof?

Außerdem bestand die Gefahr, dass die Reitpferde entdeckt und konfisziert wurden. Ihr Blick fiel auf den bewaldeten, schwarz und bedrohlich wirkenden Umriss einer nahe gelegenen Hügelkuppe. Sie hatte keine Wahl: Sie musste die wertvollen Pferde dort verstecken – womöglich über einen längeren Zeitraum!

Trotz der Dunkelheit, die mittlerweile eingetreten war, gelang es Amrei, die drei Tiere sicher durch das steinige Flussbett zu bringen. Entschlossen kletterte sie von der Uferböschung aus auf den ungesattelten Rücken der Mutterstute und ritt, die beiden anderen Tiere am Strick mit sich führend, auf einem schmalen Fußpfad in den wild wachsenden Wald hinein.

Nach einem gut zwei Kilometer langen Ritt erreichte sie eine kleine Lichtung, in der vor Jahren der Förster das Rotwild angefüttert hatte. In ihrer Mitte stand noch immer die Tierfutterstelle. Zwar war sie nicht mehr ganz intakt, aber für ihre Zwecke absolut nutzbar.

An ihrem Holzgestänge, das ein kleines flaches Dach trug, band sie die drei Pferde fest. Sie würde am nächsten Tag für frisches Wasser und mehr Futter sorgen. Für die nächsten Stunden musste den Pferden das hoch stehende Gras rund um die Futterstelle ausreichen.

Amrei kontrollierte noch einmal, ob die Tiere fest genug angebunden waren, und machte sich dann auf den Heimweg.

Sie lief den schmalen, dunklen und sehr unebenen Pfad entlang, gönnte sich nur ab und zu ein paar langsamere Schritte und kam nach ein paar Minuten verschwitzt und keuchend wieder an der Gutach an.

Sie watete mit ihren bloßen Füßen über die glitschigen Steine durch den Fluss, um sich am anderen Ufer förmlich an den Abhang zu werfen.

Erschöpft und aufgewühlt kauerte sie sich unter einer der Weiden zusammen, schlang die Arme um ihre nassen Beine und begann zu weinen.

Es war später Nachmittag, als Amrei ein Automobil ankommen hörte. Sie atmete tief ein, packte den Stiel der Harke und schwang sie sich auf die Schulter. Die andere Hand schob sie in die Hosentasche der Kniebundhose ihres Vaters, die sie mit Hosenträgern über ihrer Bluse halbwegs da festhielt, wo sie hingehörte, und marschierte auf den Hof.

Margot stand bereits bei den Besuchern – drei uniformierten Soldaten – und redete mit ihnen.

Amrei blieb für einen kurzen Moment zögernd stehen, wenngleich sie wusste, dass sie um eine Konfrontation mit den Soldaten nicht herumkommen würde. Sie hatte niemandem erzählt, was am Abend zuvor im Stall geschehen war. Der Gedanke an den Angriff vom Mühlensepp rief Entsetzen, Ekel und auch Selbstvorwürfe bei ihr hervor und ließ sie erneut erschaudern. Als sie die breitbeinig dastehenden Soldaten sah, die sich ihrer Männlichkeit, der Wirkung ihrer Uniform und ihrer damit verbundenen Macht durchaus bewusst waren, breitete sich eine so unsägliche Angst in ihr aus, dass sie am liebsten kehrtgemacht und sich am Fluss unter einer der dicht begrünten Weiden versteckt hätte.

Aber diese Möglichkeit der Flucht gab es für sie nicht. Margot war zu unbedarft und auch zu gedankenlos, um die Situation alleine zu meistern – zumal sie in diesem Fall ohnehin keine Ahnung hatte, worum es ging.

Amrei reckte sich und sprach sich selbst Mut zu. Sie war stark! Sie hatte in den vergangenen Jahren geschafft, was alle – sie selbst eingeschlossen – für unmöglich gehalten hatten, nämlich diesen Hof und die Pferdezucht überleben zu lassen. Sie würde sich diesen Erfolg nicht von einem Wicht wie dem Mühlensepp kaputt machen lassen!

Ein Stoßgebet murmelnd, ging sie mit großen, weit ausholenden Schritten auf die Uniformierten und Margot zu.

Als sie die kleine Gruppe erreichte, erschienen auch Micki und Oma Wanner und gesellten sich ebenfalls zu ihnen. Amrei wusste nicht, ob ihr das recht war. Sie konnte nicht mit Sicherheit sagen, was die beiden von dem, was um sie herum geschah, mitbekamen und was nicht.

»Das ist meine Schwägerin, Annemarie Simon«, stellte Margot Amrei vor. »Sie führt den Hof, bis mein Mann aus dem Krieg zurückkehrt.«

Amrei presste fest die Lippen aufeinander. Sobald es Schwierigkeiten gab, zweifelte Margot Amreis Führungsposition in Bezug auf Haus und Hof seltsamerweise nicht mehr an.

Ein Leutnant grüßte knapp, während Amrei die Harke herunternahm und sich auf sie stützte, denn ihre Knie zitterten bedenklich.

Der Uniformierte musterte sie von oben bis unten. Es war ihm anzusehen, dass er Schwierigkeiten damit hatte, sich mit einer Frau in Männerhosen auseinandersetzen zu müssen, die darüber hinaus verschmutzt und zerzaust war und nach Mist roch.

Amrei unterdrückte den Wunsch, ihm zu sagen, dass er diesen Anblick ohne seinen Krieg nicht ertragen müsste.

»Es liegt eine Anzeige gegen Sie vor, dass Sie dem Militär Pferde vorenthalten und außerdem einen flüchtigen Kriegsgefangenen beherbergen, Fräulein Simon.«

»Annemarie!«, entfuhr es Margot entsetzt. Amrei blieb äußerlich ruhig. Ihre Schwägerin war ihr wieder einmal nicht gerade eine Hilfe.

»So, war der Mühlensepp also bei Ihnen«, erwiderte Amrei betont ruhig.

»Der Mann brachte Anschuldigungen gegen Sie vor, denen wir natürlich nachgehen müssen.«

»Natürlich«, erwiderte Amrei und fühlte bei der Erinnerung an diesen Mann erneut eine furchtbare Übelkeit in sich aufkeimen.

»Beherbergen Sie einen entflohenen Kriegsgefangenen der englischen Armee?«, wurde sie nun direkt gefragt.

»Kommen Sie mit«, erwiderte Amrei knapp. Sie drückte Margot die Harke in die Hand, drehte sich um und ging auf die offen stehende Stalltür zu, wobei sie hoffte, dass Margot ihnen nicht folgen würde. Ihre Schwägerin ging tatsächlich in Richtung Kücheneingang davon. Allerdings blieben der neugierige Micki und die besorgt dreinschauende Oma Wanner knapp hinter den Soldaten, als diese den Stall betraten.

»Und?«, forderte der Leutnant endlich eine Erklärung ein, dabei musterte er sie misstrauisch.

»Ich vermute, er hat dort hinten im Heu geschlafen«, erklärte Amrei und deutete die lang gezogene Stallgasse entlang in Richtung der aufgestapelten Heubündel.

Der Leutnant schickte seine beiden Begleiter nach hinten, während er einen prüfenden Blick in die leeren Pferdeboxen warf.

»Wussten Sie davon?«, fragte er in herrischem Ton.

»Ich klettere nicht jeden Tag zur Kontrolle da hinten durch das Heu. Ich habe genug zu tun.«

»Herr Brunner meinte, Sie seien nicht erstaunt gewesen, ihn zu sehen.«

Amrei kniff die Augen zusammen. Eigentlich hatte sie keine Lust, auf die Details des vergangenen Abends einzugehen, doch offenbar war der Mühlensepp sehr überzeugend gewesen und der Leutnant entpuppte sich als ausgesprochen misstrauisch und genau.

»Was hat er Ihnen denn erzählt?«, fragte sie.

»Dass der Mann in der englischen Uniform plötzlich hinter ihm gestanden und ihn bedroht hätte, Sie aber nicht.«

Amrei warf einen prüfenden Blick zu Micki, der den

Leutnant und sie interessiert beobachtete. »Micki, geh und hilf deiner Mutter. Oma Wanner, ich denke, Margot könnte auch deine Hilfe gebrauchen.«

Der Junge und die alte Dame sahen sie unsicher an, doch schließlich drehten beide sich wortlos um und verließen miteinander die Stallung.

»Der Flüchtling hat den Mühlensepp bedroht, weil der mir an die Wäsche wollte, falls Sie verstehen …«

Ein weiteres Mal wurde sie von oben bis unten gemustert und der Blick des Leutnants blieb zweifelnd an ihrem dreckverschmierten Gesicht hängen.

»Sie kannten den flüchtigen Kriegsgefangenen also?«

»Ihn kennen? Nein! Er war plötzlich da und jetzt ist er wieder weg.«

»Sie haben ihn bei seiner Flucht unterstützt?«

»Ich war mit mir selbst beschäftigt«, fauchte Amrei den Mann an. Sie war einerseits böse, dass er ihr schreckliches Erlebnis einfach so abtat, andererseits war sie auch froh darüber. Weitere Einzelheiten wollte sie nicht erzählen müssen.

»Was ist mit den Pferden?«

Amrei schob die Hände in die Hosentaschen und drehte sich um. Sie biss sich kurz auf die Unterlippe und trat kräftig mit dem Stiefel gegen das Holz einer der Pferdeboxen. »Weg!«, knurrte sie nur und hoffte, weiterhin halbwegs bei der Wahrheit bleiben zu können.

In dem Moment kamen die zwei anderen Soldaten zurück und meldeten: »Eine Schlafmulde haben wir gefunden. Sonst nichts.«

Der Leutnant nickte den beiden zu und warf einen zweiten prüfenden Blick in die Boxen. Amrei fragte sich, was er zu entdecken hoffte. Denn wenn er, wie sie hoffte, annahm, dass der Flüchtling die wertvollen Reitpferde mitgenommen hatte, konnten hier immer noch Futter und Pferdeäpfel liegen und Wasser in der Tränke stehen. Immerhin war der Engländer erst in der vergangenen Nacht geflohen!

Der Leutnant wandte sich an seine beiden Begleiter. »Der Kerl ist gewieft. Er hat sich Pferde besorgt, mit denen er trotz seiner Schussverletzung schnell vorankommen wird. Sehen wir zu, dass wir ihn endlich finden.« Noch einmal unterzog er Amrei einem prüfendem Blick. »Tut mir leid um Ihren Verlust. Allerdings haben Sie die Pferde vermutlich nicht mehr rechtmäßig gehalten.«

»Ohne Nachwuchs keinen Nachschub«, konterte Amrei. »Was soll ich ohne die Stuten und einen Deckhengst tun?! Ich kann weder Kaninchen aus dem Hut zaubern noch Pferde für die Armee.«

Missbilligend sah der Leutnant sie an, ehe er sich mit einer zackigen Bewegung von ihr wegdrehte.

Amrei schaute erleichtert zu, wie die drei auf den Stallausgang zuschritten. Aber sie hatte sich zu früh gefreut. Der Leutnant drehte sich noch einmal zu ihr um und kam zurück.

»Und was ist mit dem kleinen Pony vorne am Weg?«

Amrei zog die Augenbrauen hoch. Das Shetlandpony stand demnach noch immer auf der Koppel. »Es gehört diesem Brunner. Er wollte, dass ich es ihm für meinen Neffen abkaufe. Darüber, wie die Bezahlung aussehen sollte, hatte er so seine eigenen Vorstellungen, und diese hat der englische Leutnant ihm verdorben«, antwortete Amrei, wobei sie die letzten Worte regelrecht ausspie. Sie wollte, dass die Männer endlich verschwanden und sie in Ruhe ließen. Sie hatte nichts Falsches getan. Niemand konnte ihr einen Vorwurf daraus machen, dass sie alles versuchte, um ihre Familie zu schützen und ihr die Lebensgrundlage zu erhalten. Außerdem verdankte sie dem englischen Soldaten viel – ihre Unversehrtheit und vielleicht sogar ihr Leben.

Ohne ein weiteres Wort an sie zu richten, verschwanden die drei Uniformierten aus dem Stall.

Amrei blieb verstört zurück, lehnte sich mit dem Rücken gegen die Holzwand und vergrub ihr Gesicht in ihren Händen. »Danke«, murmelte sie nur. Mehr zu sagen war sie nicht in der Lage, und doch wusste sie, dass Gott sie hören würde.

Nachdem Amrei sich halbwegs beruhigt hatte, ging sie hinüber zum Wohnhaus und stellte verwundert fest, dass sich die Soldaten eben erst an der Eingangstür verabschiedeten. Als sie in die Küche kam, saßen Oma Wanner und Micki am Küchentisch. Zwar lagen Zwiebeln vor ihnen, die geschält und geschnitten werden sollten, jedoch saßen die beiden tatenlos da. Fragend schaute Amrei sie an.

»Sie haben sich noch den Bauch gefüllt, kleine Löwin«, flüsterte Oma Wanner ihr zu.

Micki kicherte.

»Oma Wanner sagt, du bist eine Löwin. ›Zart und fürsorglich zu deiner Familie und doch kämpferisch und unerbittlich nach außen.‹«

Der jungen Frau war nicht nach Spaßen zumute, also fuhr sie dem Jungen nur durch seine wirr vom Kopf abstehenden Haare.

»Und das Pony gehört jetzt mir.«

»Bitte?« Amrei sah ihn mit gerunzelter Stirn an.

»Der Leutnant hat gesagt, du hättest es bezahlt. Und weil

der Mühlensepp das vielleicht nicht kapiert, kriegt der ein Papier, auf dem steht, dass die deutsche Wehrmacht das Pony haben will. Ich habe aber eins, dass es *mir* gehört.«

Micki reichte ihr über den Tisch ein sehr offiziell aussehendes Blatt Papier mit einem Reichsadlerstempel darauf, auf dem bescheinigt wurde, dass ihm, Michael Simon junior, das schwarzgraue Shetlandpony von der Armee überlassen worden war.

Amrei ließ sich schwer auf einen der beiden dunklen Küchenstühle fallen und rieb sich mit der Hand den Nacken. Vielleicht hatte sie den Leutnant falsch eingeschätzt. Dem Kind gegenüber schien er mehr Verständnis und Herz zu zeigen, als sie es für möglich gehalten hatte.

Jetzt hatte sie allerdings ein Tier mehr im Stall stehen, das gefüttert und versorgt werden musste – und dies, ohne dass es für den Hof einen Gewinn abwarf. Außerdem hatte sie ihren heimlichen Helfer verloren, der ihr in den letzten Wochen sehr viel Arbeit abgenommen hatte.

Kapitel 5

Amrei betrachtete das Papier, das sie in ihren zitternden Händen hielt. Sie hatte gehofft, endlich einmal einen Brief von Michael zu erhalten, doch stattdessen hatte man ihr auf dem Rathaus eine offiziell aussehende Benachrichtigung ausgehändigt. Sie kannte diese Art von Schreiben, denn vor ein paar Jahren hatten sie schon einmal ein solches überreicht bekommen. Damals hatte man sie über den Tod ihres Vaters unterrichtet. Amreis Blick ging zurück zum Hotel Löwen, in dem sie heute nur ein paar Minuten verbracht hatte. Seit dem Vorfall mit dem Mühlensepp war sie nicht mehr in der Lage, sich ohne Weiteres Männern zu nähern, vor allem nicht, wenn sie nicht vollständig bekleidet waren. Also beschränkte sich ihre Hilfe auf das Abliefern von Lebensmitteln für die Verletzten. Amrei vermutete, dass Martha sich ihre plötzlich fehlende Hilfsbereitschaft damit erklärte, dass sie immer mehr Arbeit auf dem Hof zu bewältigen hatte.

Die junge Frau lehnte sich gegen die Flanke der Schwarzwälder Stute, mit der sie neuerdings in die Stadt ritt. Noch immer zögerte sie und kämpfte gegen eine aufsteigende Panik an. Schließlich gab sie sich einen Ruck und öffnete langsam und widerwillig die Nachricht.

Mit knappen, emotionslosen Worten wurde ihrer Familie mitgeteilt, dass Michael Simon seit einigen Tagen vermisst wurde und man annahm, dass er verletzt in britische Gefangenschaft geraten sei.

Amrei stand starr da. All ihre Hoffnung darauf, dass ihr Leben bald wieder in normalen Bahnen verlaufen würde, zerbrach durch diese wenigen Zeilen. Sie würde ihre Pläne nicht mit Michael teilen können, geschweige denn, sie mit seiner Hilfe umsetzen. Margot würde weiterhin alleine bleiben und Micki auf seinen Vater verzichten müssen. Sie hatte zu viele verletzte Soldaten im Lazarett sterben sehen, um glauben zu können, dass Michael zurückkommen würde. Trauer und Verzweiflung wollten sich in ihr breitmachen, doch das wollte sie nicht zulassen – das *konnte* sie nicht zulassen. Sie brauchte ihre Kräfte jetzt. Und solange sie keine Nachricht über den Tod ihres Bruders bekam, wollte sie sich weigern, um ihn zu trauern.

»Grüß Gott, Pferde-Amrei«, unterbrach eine Frauenstimme ihre trüben Gedankengänge.

Amrei zerknüllte das Papier in ihrer Hand und drehte sich um.

Iris Brün stand vor ihr und musterte sie mit leicht zur Seite geneigtem Kopf. Sanft strich die junge Frau der Stute über den kräftigen Hals. »Dann stimmt das Gerücht also, dass du den seltsam gefärbten Hengst nicht mehr hast?«

»Wen interessiert das?«, fragte Amrei unfreundlich. Die neue schlechte Nachricht nahm sie zu sehr gefangen, um auch nur eine Spur von Höflichkeit in ihre Stimme legen zu können.

»Es wird gemunkelt, du hättest einen Engländer versteckt und zum Dank habe er dir alle drei Reitpferde gestohlen.«

»So ein Blödsinn.«

»Dann sind die Tiere noch da?«

»Klar, ich habe sie nur im Wald versteckt«, konterte Amrei trocken.

Iris zog die Stirn in Falten und trat einen Schritt zurück. »Du bist es doch, die Blödsinn erzählt.«

»Ich habe keinen Engländer versteckt.«

»Aber der war da – in eurem Stall?«

»Ja.«

»Ein Glück, dass er dir nichts getan hat.«

»Ja.«

Iris musterte sie misstrauisch und zuckte dann mit den Schultern. »Übrigens, dem Fohlen geht es gut. Es ist ein kräftiger, gesunder Hengst.«

»Das freut mich«, erwiderte Amrei, nun in etwas versöhnlicherem Tonfall.

»Wenn er älter ist, kannst du bei uns einen Deckhengst holen und musst nicht mehr zu diesem schrecklichen Mühlensepp.«

»Gut zu wissen«, erwiderte Amrei und lächelte Iris sogar an. Das waren tatsächlich einmal gute Nachrichten.

Iris lächelte zurück und strich noch einmal der Stute über den Hals. »Wenn du lächelst, bist du eine richtige Schönheit, Amrei. Hoffen wir, dass wir alle bald wieder mehr Anlass zum Lächeln haben.

»Ja«, meinte Amrei und band das Tier los. Sie würde der gesprächigen Iris mit Sicherheit nicht auf die Nase binden, dass sich auch nach dem Krieg für sie die Lage nicht wesentlich verbessern würde. Denn ohne Michael…

Amrei schwang sich auf den ungesattelten Rücken der Stute, woraufhin diese erschrocken zur Seite tänzelte, sodass Iris dem mächtigen Tier schnell ausweichen musste.

Ohne sich zu verabschieden, ritt Amrei die Straße hinunter und an Oma Wanners verlassenem Häuschen vorbei.

Als sie die Felder in der Stadtnähe hinter sich gelassen hatte und in den kühlen Schatten des ersten bewaldeten

Hügels hineinritt, nahm sie sich vor, außer der Familie vorerst niemandem von der Nachricht zu erzählen. Vielleicht konnte sie damit verhindern, dass übereifrige Kriegsheimkehrer, die den Wert des abseits gelegenen Hofes erkannten, versuchen würden, ihn ihr abzuluchsen. Zudem konnte sie sich und auch Margot so die Männer vom Hals halten, die ihr Interesse an den Frauen – und ihrem Hof – bekunden konnten.

Schwester Martha schob sich eine Haarsträhne unter ihre Haube und lächelte Amrei aufmunternd zu. »Bald, Amrei. Bald haben wir es geschafft.«

Amrei nickte. Martha, die aufgrund ihrer Rotkreuzschwesterntätigkeit immer gut informiert war, hatte ihr gerade erzählt, dass bereits Anfang März auch noch Finnland Deutschland den Krieg erklärt hatte und dass drei Tage später die alliierten Truppen am Rhein die Brücke bei Remagen überschritten und die 1. Amerikanische Armee Köln besetzt hatte. Koblenz war eingenommen, Frankfurt besetzt und Danzig von den Sowjets erobert worden. Jetzt, Anfang April, standen die Franzosen kurz davor, Karlsruhe für sich zu gewinnen. Das Deutsche Reich bröckelte auseinander.

Martha drückte sie mit dem Ellenbogen sanft beiseite und packte die von ihr mitgebrachten Lebensmittel in eine Holzkiste.

Amrei versuchte, die Informationen aufzunehmen, während in ihrem Kopf nur der Gedanke vorherrschte, dass ihr persönlich das alles vermutlich gar nichts nutzen würde.

Doch Martha, die gerade die Milchkannen von der Theke nahm und ihr die zwei leeren Behältnisse von ihrer letzten Lieferung hinüberreichte, berichtete aufgeregt wie ein Schulmädchen weiter: »Das ist das Ende, Amrei. Das Ende des Krieges. Es kann nur noch ein paar Tage, höchstens ein paar Wochen dauern, bis alles vorbei ist.«

»Und dann?«

Martha stützte die Ellenbogen auf das zerkratzte Holz der einstmals gepflegten Hotelrezeption und sah sie durchdringend an. »Frieden bedeutet, dass die Soldaten heimkehren, Amrei. Auch dein Bruder wird zurückkommen.«

Amrei konnte nur schweigend nicken. Ob ihr Bruder tatsächlich irgendwann zurückkommen würde? Was hieß es schon, wenn man ihr schrieb, er sei verletzt in britische Gefangenschaft geraten? In diesem Lazarett hier waren viele Verletzte gestorben – und sie waren keine feindlichen Gefangenen gewesen! Außerdem wusste sie nicht, wie schnell Kriegsgefangene nach Beendigung des Krieges ausgetauscht oder einfach freigelassen wurden. Amrei erzählte Martha, die ihr eine gute Freundin geworden war, nun doch von Michaels Kriegsgefangenschaft. Das Erzählen tat der jungen Frau so gut, dass sie der Krankenschwester darüber hinaus auch einige ihrer anderen Geheimnisse und Sorgen um ihre Arbeit, die Probleme mit Margot und die im Wald versteckten Pferde anvertraute. Martha nahm sich die Zeit, ihr geduldig zuzuhören und ihr, soweit es ihr möglich war, etwas Trost zuzusprechen.

»Ich muss zurück, Martha«, sagte Amrei schließlich. »Ich habe noch eine Menge zu tun.«

»Schläfst du eigentlich auch mal?«

Amrei lächelte zaghaft und nahm die runden Holzgriffe der Milchkannen fest in ihre kräftigen, sonnengebräunten Hände. »Ja. Immer wenn ich mich mal kurz irgendwo anlehne.«

Martha lachte hell auf, winkte ihr zum Abschied kurz zu und verschwand in einem angrenzenden Zimmer.

Amrei verließ mit eiligen Schritten das ehemalige Hotel. Große Regentropfen fielen aus den grauen, tief über den Hügeln des Schwarzwalds hängenden Wolken auf die Erde hernieder. Die junge Frau reckte ihr Gesicht dem Himmel entgegen und ließ sich die kühlen Tropfen auf die Haut prasseln. Dabei legte sich ein Lächeln auf ihre angespannten, müden Gesichtszüge. Ein kleiner Funken Freude darüber, dass der schreckliche Krieg bald ein Ende finden sollte, erhellte ihr Inneres. Es würde sich nicht alles sofort zum Besseren wenden – aber vielleicht doch das eine oder andere, und darüber konnte sie froh und dankbar sein.

»Es ist vorbei«, erklärte Martha, während sie dabei war, eine eiternde Schussverletzung auszuwaschen. »Ende April muss Himmler die Briten und Amerikaner um einen Waffenstillstand gebeten haben. Sie sagen, Hitler sei tot. Selbstmord. Am 8. Mai hat Keitel in Berlin die endgültige Kapitulation der deutschen Wehrmacht unterzeichnet. Schukow, Spaatz, Tedder und de Lattre haben gegengezeichnet. Seit Mitternacht schweigen in Europa die Waffen. Es ist vorbei«, wiederholte sie und sah Amrei dabei lächelnd an.

Amrei erwiderte das Lächeln, obwohl Martha schon wieder den Kopf gesenkt hatte, um weiter den verletzten Soldaten zu behandeln, und sagte schlicht: »Gut.« In ihrem Inneren schienen aufgeregte Schmetterlinge zu flattern, als seien sie eine Ewigkeit gefangen gehalten worden und würden jetzt in die Freiheit entlassen. Sie wusste, dass sie dieses

Datum, 8. Mai 1945, niemals vergessen würde. Der Krieg war vorbei!

»Was wirst du jetzt tun?«, wollte die Rotkreuzschwester wissen und legte vorsichtig einen Verband an.

»Abwarten«, antwortete Amrei.

»Abwarten?«

»Wer weiß schon, was nachkommt! Wie das mit den Kriegsgefangenen gehandhabt wird. Ob es Forderungen an die Besiegten geben wird, die sie abzuleisten haben.«

Martha stellte sich dicht neben sie, legte einen Arm um ihre Schulter und flüsterte ihr zu: »Das heißt, du wirst deine Heimlichkeiten, die versteckten Pferde und die unterschlagenen Lebensmittel, die du hier im Lazarett ablieferst, noch länger fortsetzen müssen?«

Amrei nickte.

»Das tut dir nicht gut, Amrei. Du bist ein ehrlicher, geradliniger Mensch. Diese Heimlichkeiten schaden dir.«

»Was soll ich machen, Martha?«, begehrte Amrei auf, senkte jedoch schnell ihre Stimme. »Ich konnte nicht alles für den Krieg opfern. Ich habe meinen Vater und vielleicht auch meinen Bruder verloren. Dazu viele Pferde, für die ich mit Sicherheit keine Bezahlung mehr bekomme. Und Lebensmittel, die ich zu geringen Preisen oder nur gegen Anleihen abliefern musste, die jetzt wertlos sind.«

»Ganz zu schweigen von den freiwilligen Abgaben, ich weiß«, flüsterte Martha und verstärkte den Druck ihres Armes um Amreis Schulter.

»Ich habe nur Angst, dass du dich auch opferst – und verlierst. Du warst gerade einmal 14 Jahre alt, als du den Hof übernehmen musstest. Die Verantwortung und die harte Arbeit haben dich geprägt. Du bist mutig, stark und sehr selbstständig geworden. Aber ich befürchte, dass du hart wirst, wenn du so weitermachst wie bisher. Ich will ehrlich mit dir sein. Viele in der Stadt reden schon über dich. Sie sagen, du bist unfreundlich, kalt und kaum noch weiblich.«

»Ich habe die Arbeit von drei Männern übernommen. Was erwarten die Leute?«, flüsterte Amrei und unterdrückte mühsam die Tränen. »Ich musste für Margot, Micki und mich sorgen, uns beschützen, Verhandlungen führen und für uns kämpfen. Da war kein Platz für viel Weiblichkeit. Da konnte ich nicht zaghaft darum bitten, uns doch etwas Lebensmittel und ein paar Pferde zu lassen. Ich musste hart sein und kämpfen.«

»Und du hast es geschafft, Amrei. Aber bitte versuche, deine freundliche, hilfsbereite und herzliche Seite zu bewahren, selbst wenn du sie gelegentlich zum Selbstschutz verstecken musst.«

Amrei lächelte und löste sich aus der Umarmung. »Dafür sorgt Oma Wanner schon. Sie hat durchgesetzt, dass wir mindestens zwei Mahlzeiten am Tag gemeinsam einnehmen. Außerdem wollte sie nicht auf die sonntäglichen Kirchenbesuche verzichten, konnte aber nicht alleine dorthin, und deshalb musste ich sie hinfahren. Abends, bevor Micki ins Bett muss, liest sie uns aus der Bibel vor – obwohl sie dabei manchmal einschläft. Und sie fordert mindestens eine Umarmung am Tag ein. Ich fürchte, ohne sie hätte ich in Gefahr gestanden, in der schwierigen Zeit meinen Blick auf Gott und auf das, was einen hält, zu verlieren.«

Martha lachte auf. »Ich hatte Angst, dass die Aufnahme der alten Frau in eurem Haus dir endgültig zu viel wird. Sie scheint aber vielmehr ein Geschenk Gottes an dich zu sein.«

»Ein etwas verwirrtes, chaotisches Geschenk vielleicht. Aber du hast recht. Micki hat dank ihr eine Familie und nicht nur zwei Frauen um sich, von denen die eine nichts kennt außer arbeiten und schlafen und die andere vor lauter Selbstmitleid trübsinnig wurde. Margot hat in Oma Wanner eine geduldige, fleißige Hilfe im Haushalt, die es immer wieder schafft, sie aus ihren Grübeleien zu reißen, und ich habe jemanden, der mich zum Lachen bringt. Übrigens sieht Oma Wanner sehr tief in mich hinein. Es ist erstaunlich, was sie alles mitbekommt und weiß. Manchmal bin ich ganz froh, dass sie viele Dinge sehr schnell vergisst.«

»Dann hoffe ich, dass sie dir noch lange erhalten bleibt«, freute sich Martha und drückte Amrei noch einmal fest an sich. »Ich weiß nämlich nicht, wie lange ich noch hier bin. Dieses Lazarett wird aufgelöst, sobald der letzte Soldat entlassen ist. Ich werde dann woanders gebraucht.«

Amrei zuckte bedauernd mit den Achseln. »Das war mir klar, Martha. Aber ich werde dich sehr vermissen.«

Martha schenkte ihr ein Lächeln und hob eine Hand, da ihr noch etwas eingefallen war. »Diese Iris Brün war in der Stadt und hat nach dir gefragt. Mit dem Hengstfohlen stimmt wohl etwas nicht. Vielleicht solltest du mal bei ihr vorbeischauen.«

»Mach ich«, sagte Amrei, verabschiedete sich und ging mit den beiden leeren Milchkannen in den Händen auf die Straße hinaus. Sie packte die Gefäße in ihren großen Rucksack, schwang sich in den Sattel und ritt mit der Schwarzwälder Stute die steile Straße hinab in den Wald hinein.

In dem kleinen Dorf angekommen, lenkte sie das Tier bis in den Innenhof der Brüns. Dort war alles still. Ein paar Spatzen pickten in dem kleinen Vorgarten herum und eine Amsel trank aus einer der Pfützen, die der letzte Regen auf dem unebenen Pflaster zurückgelassen hatte.

»Iris? Frau Brün?«, rief sie laut, und ihre kräftige, raue

Stimme hallte zwischen den Häuserfassaden wider. Da sie keine Antwort erhielt, ging sie direkt in den Stall.

In dem dunklen, nach feuchtem Holz riechenden Gebäude traf sie auf die beiden Frauen, die neben dem nervösen Hengstfohlen standen und aufgeregt miteinander diskutierten.

»Was ist denn?«, fragte sie, ohne die beiden zu begrüßen, bemerkte dabei aber selbst, dass sie schon wieder ihre übliche ruppige Art zeigte. »Grüß Gott«, sagte sie deshalb noch, jedoch deutlich leiser.

»Grüß Gott, Pferde-Amrei. Gut, dass du kommst. Das Hengstfohlen knickt immer ein. Es sieht schrecklich aus. Und dabei brauchen wir ihn doch zur Zucht. Die Einnahmen dafür könnten wir so gut gebrauchen«, redete Iris aufgeregt auf sie ein. Das Fohlen zuckte nervös zurück und riss erschrocken den Kopf in die Höhe.

»Bis dahin hat er ja wohl noch ein paar Tage Zeit«, lachte Amrei, »und bis dahin wird er sicherlich nicht mehr hinken.«

»Du nimmst mich überhaupt nicht ernst, Amrei«, beschwerte sich Iris.

»Wir sorgen uns um das Pferd«, sagte nun Frau Brün und rang nervös die Hände.

»Kommen Sie beide erst mal aus der Box raus. Sie machen das Tier ja vollkommen verrückt.«

»Bitte?« Frau Brün sah sie pikiert an.

»Sie sind aufgeregt, das merkt der kleine Kerl natürlich und reagiert entsprechend darauf.«

»Du bist unverschämt, Amrei. Wenn dein Vater –«, fuhr Iris sie an.

»Mein Vater hätte dasselbe gesagt«, gab Amrei knapp zurück und warf Iris einen bösen Blick zu. Der Verlust ihres

Vaters schmerzte sie noch immer zu sehr, als dass sie sich von dem Mädchen anhören wollte, was dieser wohl zu ihrer Ruppigkeit gesagt hätte.

»Diese Frechheiten müssen wir uns nicht gefallen lassen, Amrei«, wehrte sich auch Iris' Mutter gegen ihren Tonfall.

»Gut«, erwiderte Amrei, drehte sich um und wollte den Stall verlassen. Sie hatte anderes zu tun, als mit Iris und ihrer Mutter über ihr Verhalten zu diskutieren.

»Warte!«, rief Iris und stolperte hastig aus der Box, wobei sie ihre Mutter am Arm hinter sich herzog.

»Bitte schau nach dem Pferd. Es ist wichtig für uns.«

Amrei zwängte sich wortlos an den Frauen vorbei und betrat die Box. Das Muttertier schnaubte ihr zur Begrüßung ins Gesicht, während das Fohlen neugierig näherkam und auf wackeligen Beinen vor ihr stehen blieb.

Amrei runzelte die Stirn. »Du bist zu fett, Junge«, murmelte sie dem Fohlen zu. Sie strich dem Tier mit der Hand über den Hals und ließ diese dann über die Brust und das linke Vorderbein hinuntergleiten, anschließend fuhr sie mit der Handfläche über den Bauch und die linke Hinterhand. »Und faul«, fügte sie hinzu und richtete sich auf. Mit gerunzelter Stirn blickte sie zu den beiden Frauen hinüber, die vor der offenen Stalltür nur als dunkle Silhouetten zu sehen waren.

»Ein fettes faules Fohlen hast du da«, sagte sie lächelnd zu der Mutterstute, die sie mit den Nüstern anstupste. »Aber das ist nicht die Schuld von deinem Kleinen, nicht wahr? Was machen wir denn da?«

Amrei nahm das Fohlen an seinem Halfter und führte es hinter sich her die Stallgasse entlang. Da sie die Tür aufgeschoben ließ, folgte die Stute sofort.

»Was machst du?«, wollte Iris wissen.

»Ich brauche mehr Licht«, erklärte Amrei knapp und ging zwischen den beiden Frauen hindurch, die schweigend zurückwichen.

Im Innenhof ließ sie das Fohlen los und griff nach dem Halfter der Mutter.

»Was machst du da? Wir kriegen das Kleine nicht mehr eingefangen, wenn es erst mal weg ist«, stieß Iris entsetzt aus und lief auf das Fohlen zu. Der kleine Hengst schlug übermütig nach hinten aus, knickte dabei aber beinahe mit den Vorderbeinen ein.

»Lass ihn«, herrschte Amrei Iris an. Kritisch beobachtete sie, wie das Fohlen mit vorsichtigen, unsicheren Schritten über die unebenen Pflastersteine ging und sich alles genau ansah.

»Warum lasst ihr ihn nicht aus dem Stall? Er hat völlig unterentwickelte Muskeln und ist zu fett.«

»Wir hatten ihn einmal mit den anderen Pferden auf der Weide. Aber wir haben es kaum mehr geschafft, ihn einzufangen!«, verteidigte sich Iris.

Amrei sah zu, wie das Tier hinkend und völlig verunsichert zurück zu seiner Mutter tapste. »Ihr habt keine Ahnung von Pferden, oder?«, fragte sie dann an Frau Brün gewandt.

»Woher sollten wir die haben? Um die Tiere hat sich immer mein Mann gekümmert.«

»Fohlen entfernen sich nie sehr weit von ihren Müttern. Wenn ihr das Muttertier von der Weide holt, kommt es automatisch mit. Ihr braucht es nicht einmal anzubinden.«

»Das haben wir doch versucht. Wir standen schon mit der Stute am Gatter. Aber es kam nicht.«

»Dann ist es ein frecher Hallodri«, lachte Amrei amüsiert. Sie schnalzte der Stute zu und gemeinsam gingen sie über den Hof auf die Straße hinaus. Das Fohlen drehte zwar den Kopf, ließ sich aber nicht dazu bewegen, der Mutter zu folgen. Amrei ging unbeeindruckt weiter und bemerkte, dass auch die Stute in ihren Schritten einen deutlichen Bewegungsmangel aufwies. Als sie hinter dem Nachbarhaus verschwunden waren, wieherte das Muttertier auffordernd, woraufhin vom Hof aus eine Antwort des Hengstfohlens zu hören war. Mit ungleichmäßigen Sprüngen kam es nun hinter ihnen her.

Amrei führte die Mutterstute ein Stück weit langsam die breite Dorfstraße hinunter, gefolgt von dem Fohlen, das sie inzwischen eingeholt hatte, und nickte dabei grüßend den Frauen und Kindern zu, die ihr neugierig nachsahen. Gerade als sie beschloss, dass es für das untrainierte Fohlen erst einmal genug war, trat ihr eine Frau in den Weg.

»Mein Gott, was haben Sie mit den beiden Tieren nur angestellt. Das ist ja –«

»... eine Folge von Unwissenheit – und des Krieges«, fiel Amrei der Frau ins Wort. Sie sah zu, wie die Fremde mit geübten Handgriffen die Beine des Fohlens abtastete und dann einen prüfenden Blick auf die Stute warf.

»Das sind nicht Ihre, oder?« Die Fremde sah sie forschend an.

»Nein.«

»Sie sind gerade dabei, den beiden das Leben zu retten?«, fragte sie mit unverkennbarem Stuttgarter Dialekt.

»Ich versuche zumindest, ihre Lebensqualität zu verbessern.«

Die junge Frau, die in ihrem modischen Kostüm so gar nicht in diese ländliche Gegend passen mochte, streckte ihr zur Begrüßung die Hand entgegen.

Amrei ergriff sie und drückte fest zu, wobei sie bemerkte, dass ihr Gegenüber leicht in die Knie ging.

»Angela Metzger«, stellte sie sich vor und fügte hinzu: »... die neue Tierärztin.«

Amrei begann laut zu lachen, sodass das Fohlen erschrocken zur Seite sprang.

»Diese Reaktion auf die Nennung meines Namens in Kombination mit meinem Beruf erlebe ich häufig.« Die Tierärztin fiel in Amreis Lachen mit ein.

»Dann brauche ich mich nicht zu entschuldigen?«

»Bloß nicht!«, erwiderte die Frau und ihre blauen Augen blitzten fröhlich auf. »Aber Sie könnten mir Ihren Namen verraten.«

»Amrei Simon.«

»Sie sind also diese Pferde-Amrei?«

Amrei blickte die Tierärztin verwundert an.

Diese zuckte mit den Schultern und erklärte: »Ich bin schon seit ein paar Tagen hier und gehe von Hof zu Hof, um mich vorzustellen. Die Leute begegnen mir mit einer ordentlichen Portion Misstrauen. Ich bin eine *Reingschmeckte*[2], noch dazu eine Frau und dann auch noch jung. Viele werden mich wohl vorerst nicht an ihre Tiere lassen. Und von den Pferdebesitzern höre ich immer nur: ›Wenn es ein Problem gibt, haben wir die Pferde-Amrei.‹«

Amrei musterte das offene, fröhliche Gesicht der Tierärztin und lächelte ihr aufmunternd zu. »Die Menschen hier sind nicht übel, Frau Metzger, und ab sofort werden sie wohl keine Pferde-Amrei mehr haben, die nach ihren Pferden schaut. Das ist jetzt Ihre Arbeit.«

Angela Metzger lächelte. »Aber vielleicht werde ich anfangs noch Ihre Hilfe brauchen, um überhaupt auf die Weiden und in die Ställe zu dürfen.«

---

2 Schwäbisch für »Zugezogene«

»Ob die Leute das zahlen können?«, scherzte Amrei, nickte ihr aber zu. Sie war gerne bereit, der Frau zu helfen, hier Fuß zu fassen.

»Prima!«, stieß diese erleichtert aus und streckte ihr nochmals ihre schmale Hand mit den langen, schlanken Fingern entgegen. »Dann sind wir im Geschäft. Am besten, wir lassen auch gleich das förmliche Sie beiseite.«

Amrei schüttelte die Hand, diesmal mit nicht ganz so viel Druck, und deutete dann über ihre Schulter. »Dann fangen wir hier gleich an. Iris Brün und ihre Mutter. Der Mann ist noch im Krieg und die beiden haben inzwischen die ganze Forstwirtschaft verloren. Was sie haben, sind ein paar Schwarzwälder Stuten und dieser Hengst, in den sie viel Hoffnung setzen. Was sie nicht haben, ist ein kleines bisschen Pferdeverstand.«

»Das Fohlen und seine Mutter brauchen ein paar Tage auf der Weide, das ist alles.«

»Das versuche ich ihnen gerade zu vermitteln.«

»Und weshalb läufst du mit den beiden spazieren?«

»Um ihnen zu zeigen, dass das freche kleine Ding seiner Mutter nachläuft, selbst wenn es so tut, als ob es nicht ganz normal sei.«

»Das wird einmal ein toller Hengst.«

»Ich habe mir schon überlegt, ob ich ihn den beiden später abkaufen werde. Aber ich fürchte, Schwarzwälder Pferde zu züchten wird nicht mehr viel einbringen. So langsam übernehmen Maschinen und Traktoren die Aufgaben der Tiere und machen diese überflüssig.«

»Du hast eine Zucht?«

»Das, was der Krieg davon übrig gelassen hat.«

»Erzählst du mir irgendwann mehr davon?«

»Damit hast du dich selbst eingeladen.«

»Fein«, erwiderte Angela mit einem Lächeln und folgte ihr in den Innenhof der Brüns.

Noch immer standen Iris und ihre Mutter direkt vor der Stalltür und blickten ihnen entgegen, als Amrei mit der Stute am Halfter, das jetzt völlig erschöpfte Fohlen im Schlepptau, und in Begleitung der fremden Frau auf sie zukam.

»Was hast du mit dem Fohlen gemacht?«, rief Iris entsetzt.

Amrei ließ die Stute los und kauerte sich vor das Jungtier, das sich erschöpft an sie lehnte. »Ich habe ihm die große, weite Welt gezeigt«, gab sie zurück und brachte das Fohlen und die Mutterstute in die Box.

Als sie zurück auf den Hof trat, unterhielt sich Angela Metzger mit den beiden Brüns-Frauen. Sie erklärte ihnen gerade, wie wichtig es sei, die Tiere ein paar Tage auf einer Weide zu lassen, am besten auch über Nacht.

»Das wird nicht gehen, Angela«, widersprach Amrei. »Seit Kriegsbeginn müssen wir die Tiere nachts einschließen. Sonst sind sie nachher weg.«

Die Tierärztin nickte verstehend. Sie zwinkerte ihr zu, verabschiedete sich und verließ das Gelände.

»Wer ist das eigentlich?«, fragte Iris und sah sie mit halb offenem Mund und neugierig funkelnden Augen an.

»Die neue Tierärztin.«

»Eine Frau?«, entfuhr es Frau Brün.

Amrei blickte zur Straße hinüber und rieb sich mit einer Hand den Nacken. »Ja, tatsächlich, eine Frau!«, meinte sie dann und unterdrückte ein belustigtes Grinsen.

»Eine Frau – eine studierte Veterinärin – hier in unserer Gegend! Das ist –«

»Gut! Wir hatten schon viel zu lange keinen Tierarzt mehr hier vor Ort«, vervollständigte Amrei Iris' Satz. Nachdem sie das aufgeregte Blitzen in den Augen ihrer früheren Schulkameradin bemerkte, war sie sich sicher, dass bald jeder in der näheren und weiteren Umgebung darüber informiert sein würde, dass es jetzt einen weiblichen Tierarzt gab.

Grinsend verabschiedete sie sich und eilte zurück zu ihrer Stute. Es war höchste Zeit, an ihre Arbeit zu gehen.

Teil 2

Februar 1946

Viele Menschen treten in dein Leben,
aber nur wenige hinterlassen Spuren in deinem Herzen.

Verfasser unbekannt

Kapitel 6

In der Nacht war nahezu ein Meter Neuschnee gefallen und die Zweige der Fichten neigten sich weit der Erde entgegen, so schwer lag die weiße Pracht auf ihnen. Die kahlen Zweige der Weiden am Fluss, der durch die Schneemassen, die sich auch auf ihn gelegt hatten, kaum von den umliegenden Wiesen zu unterscheiden war, waren mit einer dünnen weißen Eisschicht überzogen – und Amrei meinte, sie im leichten Nordwind wie kleine Glöckchen klirren zu hören.

Staunend stand die junge Frau da und beobachtete, wie die späte Morgensonne immer weiter über die weißen Hügel hinaufkletterte, Stück für Stück die Schatten aus dem Tal vertrieb und den Schnee zum Glitzern brachte, als lägen Millionen von Diamanten darauf. »Mein Gott, wie schön«, murmelte sie und ein glückliches Lächeln legte sich auf ihre schmalen, ausgezehrten Gesichtszüge.

»Dieser Schnee ist allmählich lästig. Wie sollen wir so in die Stadt kommen?«, beschwerte sich Margot und trat neben sie.

Amrei zuckte nur mit den Schultern und drehte sich um. Wenn Margot noch immer nicht wusste, dass sie über einen großen Schlitten verfügten, der hinter die Schwarzwälder gespannt werden konnte, hieß das wohl, dass sie die letzten vier Winter nicht ein Mal aus dem Haus gekommen war.

Sie betrat den Stall, in dem sie bereits all ihre morgendlichen Arbeiten erledigt hatte, und ging zu einer der schweren Stuten.

Margot folgte ihr, blieb aber unter der Tür abrupt stehen. Erstaunt musterte sie den grauen Hengst mit der dunklen Mähne und die beiden Reitstuten, die Amrei nach dem ersten Schneefall vor acht Wochen zurück in den Stall gebracht hatte.

Amrei schüttelte fassungslos den Kopf. Die Tiere waren, da sie ja Bewegung brauchten, fast täglich auf einer der drei Koppeln beim Haus gewesen. War es tatsächlich möglich, dass Margot das die ganze Zeit nicht bemerkt hatte?

»Wo kommen die denn her?«, fragte Margot irritiert.

»Der Krieg ist seit ein paar Monaten vorbei«, sagte Amrei abweisend. Sie hatte nicht vor, ihre Schwägerin nachträglich einzuweihen. Offenbar war diese ebenfalls davon ausgegangen, dass der englische Leutnant die Tiere mitgenommen hatte.

Während Amrei die Stute in die Stallgasse führte, warf sie Margot einen prüfenden Blick zu. Diese wirkte noch immer verwirrt, schien aber keine ausführlichere Begründung für das Auftauchen der Pferde zu verlangen. Erleichtert seufzte Amrei auf und als Antwort stieß die Stute ein kurzes Schnauben aus. Ob andere sich mit einer schroffen Antwort auf die Frage, wo die wertvollen Zuchtpferde denn auf einmal wieder herkämen, ebenfalls zufrieden geben würden? Allerdings brauchte sie mit ihnen ja nicht in das Dorf oder in die Stadt zu reiten. Sie konnte nach wie vor einen der Kaltblüter nehmen und hier heraus kam ohnehin nur selten einmal jemand.

Ein paar Mal war Angela Metzger zu Besuch auf dem Hof gewesen, doch ihr hatte Amrei das Geheimnis um die Pferde anvertraut, verbunden mit der Bitte, darüber zu schweigen.

Nachdem sie zwei Tiere an der Außenwand angebunden hatte, zog sie mühsam den großen Holzschlitten aus einem kleinen Nebenverhau des Stalles.

Margot sah ihr schweigend zu.

»Was hältst du davon, mit anzupacken?«, rief Amrei zu ihr hinüber, richtete sich auf und wischte sich den Schweiß von der Stirn.

»Ich weiß nicht, Annemarie. Ich habe meine guten Schuhe an, da ich aufs Rathaus möchte, um mich nach Michael zu erkundigen. Und der Rock …«

»Die Schuhe kannst du ohnehin gleich wechseln. Entweder liegt in Triberg ebenfalls meterhoch Schnee oder er wurde von unzähligen Füßen bereits in Matsch verwandelt. Zieh dir besser anständige Stiefel an.«

»Du behandelst mich wie ein kleines Kind.«

»Wenn du dich wie eines benimmst.«

»Wenn ich das Michael erzähle …«

»Ich wünschte, das könntest du tun. Das würde nämlich bedeuten, dass er endlich zurück wäre und ich nicht länger die ganze Arbeit allein zu tun hätte.«

»Das hört sich an, als würde ich nichts tun«, begehrte Margot auf.

Amrei atmete tief ein und erwiderte, nun ein bisschen ruhiger: »Das bezog sich auf die Arbeit außerhalb des Hauses.«

»Dann drücke dich bitte auch deutlich aus, Annemarie«, forderte Margot in klarstem Hochdeutsch.

»Ich gebe es dir das nächste Mal schriftlich«, gab Amrei in extra tiefem, breitem Dialekt zurück.

Margot drehte sich wütend um und stapfte zurück ins Haus.

Amrei sah ihr nach, blickte dann den Schlitten an und

schüttelte den Kopf. Jetzt musste sie das schwere Gefährt doch alleine aus dem Verhau ziehen. Kräftig zog und zerrte sie an dem Schlitten, und als die im Sonnenlicht funkelnden Kufen endlich auf dem niedergetretenen Schnee standen, rutschte das Gefährt leichter, sodass sie schließlich die beiden Pferde an der vor Jahren von ihrem Vater angebrachten Vorrichtung des alten Holzschlittens vorspannen konnte.

In dem Moment, als sie das Zaumzeug fertig angebracht hatte, erschien auch Margot unter der Küchentür. An ihrer Seite sprang Micki aufgeregt auf und ab. Er war warm eingepackt worden, was darauf hindeutete, dass es ihm mal wieder gelungen war, seine Mutter umzustimmen.

»Hol mal eine dritte Pferdedecke aus dem Stall, Micki«, rief Amrei dem Jungen zu.

Margot nahm mit spitzen Fingern eine der schon bereitgelegten rauen, nicht gerade sauberen Decken auf, ließ sie aber schnell wieder fallen. »Du glaubst doch nicht, dass ich mich mit so etwas zudecke?«

»Du brauchst etwas über den Beinen. Es ist kalt. Außerdem wird der Neuschnee von den Pferden und den Kufen aufgewirbelt und die Decken halten die Feuchtigkeit ab.«

»Diese Decken werden meinen Rock und meine Strümpfe ruinieren.

»Du kannst gerne die Federdecke aus deinem Bett mitnehmen«, lachte Amrei und überprüfte das Zuggeschirr, ehe sie sich daranmachte, die Waren für den Markt auf den Schlitten zu laden und sie mit Seilen festzuzurren.

»Micki, du setzt dich zwischen mich und deine Mutter. Und mach keinen Blödsinn.«

»Nein, Tante Annemarie«, erwiderte Micki, und Amrei, die sich immer noch nicht daran gewöhnen wollte, dass er sie auf Wunsch seiner Mutter so nannte, streckte ihm, als Margot nicht hinsah, die Zunge heraus.

»Amrei?« Oma Wanner stand unter der Haupttür und winkte sie zu sich.

Amrei reichte Micki, der sich bereits gesetzt hatte, die Zügel und stapfte durch den Schnee, der unter jedem ihrer Schritte hörbar knirschte, zu der alten Frau hinüber.

»Hör mal, Mädchen. Ich weiß, dass du ›Tante Annemarie‹ nicht leiden kannst, aber durch dein Verhalten hetzt du den Jungen gegen seine Mutter und gegen ›Tante Annemarie‹ auf.«

»Du hast ja recht, Oma Wanner. Ich werde mit Micki reden. in Ordnung?«

»Du bist ein liebes Mädchen, Amrei. Wenn du nur nicht immer meine Schuhe verstecken würdest.«

Amrei blickte auf die nackten Füße der Alten hinunter.

»Sie stehen in der Küche, Oma Wanner. Und die Strümpfe liegen dabei.«

»Habe ich sie da hingestellt?«, murmelte die Frau, drückte ihr einen Kuss auf die Wange und verschwand im Flur. Amrei schüttelte lächelnd den Kopf und zog von außen die Tür zu.

Es war Mickis allmorgendliche Aufgabe, die Schuhe und Strümpfe von Oma Wanner zu suchen und sie ihr vor den warmen Ofen in die Küche zu stellen.

Amrei ging zurück zum Schlitten, nahm von Micki die Zügel und ihre Decke entgegen und setzte sich auf die Sitzfläche direkt hinter die nach oben gebogenen Holzkufen.

»Seid ihr so weit?«

»Ja, Am… Tante Annemarie.«

»Du kannst losfahren, Annemarie.«

»Was ist mit deiner Decke, Margot?«

»Ich möchte sie nicht, das habe ich dir bereits gesagt.«

»Und ich habe dir erklärt, weshalb du sie nehmen solltest.« Amrei drehte sich um und blickte auf die Decke, die zusammengelegt auf den Lebensmitteln lag. Sie zuckte mit den Schultern, hob die Zügel an und schnalzte den beiden Pferden zu. Die Kaltblüter drehten die Ohren nach vorne und zogen kräftig an. Ihre hellen Mähnen und Schweife wehten im Wind, und der lockere Neuschnee wirbelte unter den Hufen und den Schlittenkufen auf.

Der Junge jauchzte begeistert, und Amrei ließ die ausgeruhten, bewegungshungrigen Tiere in einen schnellen Trab fallen, um mit viel Schwung die leicht ansteigende Hofeinfahrt entlangzufahren und schließlich in den Weg in Richtung Triberg einzubiegen.

Sie hörte über dem Zischen der Kufen im Schnee ihre Schwägerin aufstöhnen und blickte zurück.

Margot, die sich halb umgewandt hatte, griff nun doch hinter sich nach der Pferdedecke. »Das war Absicht!«, fauchte sie. »Du bist gemein. Wann wirst du endlich erwachsen und benimmst dich wie ein zivilisierter Mensch?«

Amrei presste schuldbewusst die Lippen aufeinander. Andererseits hatte sie Margot vorgewarnt und ihr dringend geraten, die Decke zum Schutz gegen den aufwirbelnden Schnee zu benutzen. Musste sie sich wirklich für deren Leichtsinn verantwortlich fühlen?

Amrei brachte den Gedanken nicht zu Ende. Sie war 19 Jahre alt und hatte den Teil der Kindheit übersprungen, den man landläufig als die »wilden Jahre« bezeichnete. Vielleicht war sie ab und zu dabei, etwas von dem nachzuholen, was sie versäumt hatte?

Der inzwischen fünfjährige Micki erwies sich als ausgezeichneter Geschäftsmann. Mit kindlicher Begeisterung sprach er auf dem Markt die Frauen an, lockte sie an ihren Schlitten, der als Verkaufsstand diente, blickte sie mit seinen großen blauen Augen an und überredete sie, etwas bei ihnen zu kaufen. Allerdings war der erste Winter nach der Kapitulation ein Winter des Hungers. Die Leute waren froh – ob mit oder ohne Lebensmittelmarken – überhaupt Lebensmittel erstehen zu können. Amrei nahm sich vor, in diesem Jahr doch mehr Felder zu bewirtschaften, denn sie ahnte, dass auch der nächste Winter in Deutschland noch von Hunger geprägt sein würde.

Frau Brün, die wie alle Marktbesucher wegen der extremen Kälte dick vermummt war, trat an ihren kleinen provisorischen Stand und musterte Micki, der enthusiastisch auf sie einsprach und ihr die Produkte anpries. Sie ging jedoch gar nicht auf ihn ein, sondern wandte sich Amrei zu. »Vielleicht könntest du mal nach dem Hengstfohlen sehen, Pferde-Amrei«, bat sie die junge Frau.

Amrei runzelte die Stirn. Herr Brün war bereits vor ein paar Wochen aus dem Krieg zurückgekehrt und er kannte sich gut mit Pferden aus. Außerdem gab es da noch Angela, die inzwischen eine feste Praxis in Triberg und außerdem eine kleine Außenstelle in dem Dorf eröffnet hatte, in dem auch die Brüns wohnten. Zudem fuhr die Tierärztin kilometerweit durch die Wälder, um ihre Kundschaft aufzusuchen. Weshalb also bat Frau Brün ausgerechnet sie, nach dem Hengst zu sehen? »Was ist mit ihm?«, fragte sie.

»Er frisst viel zu wenig, Amrei.«

»Und was sagt Dr. Metzger?«

»Mein Mann will sie nicht im Stall haben. Er sagt, eine Frau gehöre da nicht hin.«

»Aber ich?«

»Na ja, du bist… eben die Pferde-Amrei.«

»Na klasse!«, brummte Amrei.

Frau Brün schrak zurück und ging eilig weiter.

Verwundert wandte Amrei sich an ihren Neffen, der das Gespräch aufmerksam verfolgt hatte. »Hatte sie jetzt Angst vor mir?«

»Keine Ahnung. Du warst schon mal unfreundlicher«, gab er grinsend zurück.

Amrei sah ihn mit hochgezogenen Augenbrauen an.

»Warum sagen die eigentlich Pferde-Amrei zu dir?«, wollte der Kleine wissen.

»Weil ich mit Pferden zusammen bin, seit ich laufen kann. Vielleicht bin ich sogar schon geritten, *ehe* ich laufen konnte. Ich kann mich nicht so genau daran erinnern.«

»Aber ich darf noch immer nur geführt werden«, begehrte Micki sofort auf.

Amrei setzte sich auf den Schlitten, ergriff den Jungen an seinen schmalen Schultern und schob ihm die Mütze aus der Stirn.

»Hör mir mal zu, Micki. Ich hatte eine jüngere Schwester. Sie war fünf Jahre jünger und genauso verrückt nach Pferden wie ich. Vermutlich wäre sie heute die Pferde-Lilli. Sie ist aber nur vier Jahre alt geworden, weil der Zuchthengst ihr mit seinem Huf auf den Kopf getreten ist. Niemand weiß, was damals eigentlich passiert ist, denn der Hengst war nie sonderlich wild und schon gar nicht gefährlich. Aber es ist passiert – irgendwie. Lilli starb noch in derselben Nacht, und meine Mutter hat darauf bestanden, dass der Hengst verkauft wird. Nach diesem Unglück musste mein Vater die Hengste zum Decken immer kommen lassen.«

»Deshalb willst du nicht, dass ich alleine zu den großen Pferden gehe und das Pony alleine reite? Weil es noch immer nicht ganz in Ordnung ist?«

Amrei nickte. »Da, wo es vorher gewohnt hat, hat man es nicht gut behandelt. Und es geht ihm immer noch nicht so ganz gut. Es ist noch zu unberechenbar. Und selbst das kleine Pony hat eine enorme Kraft und ein gutes Gewicht. Es könnte zu viel passieren.«

»Es tut mir leid wegen deiner Schwester, Amrei«, flüsterte Micki und lehnte sich an seine Tante.

Amrei schlang ihre Arme um ihn und drückte den Jungen fest an sich.

»Was für ein ungewöhnliches Bild«, höhnte eine Männerstimme hinter ihnen.

Amrei begann sich unwillkürlich zu versteifen. Eilig ließ sie Micki los. Der Junge blickte zum Mühlensepp hinüber und runzelte seine Kinderstirn.

Ohne sich umzudrehen, sagte Amrei in kaltem Tonfall: »Verschwinden Sie!«

»Der Kleine darf dir also nahekommen. Mit einem Mann kannst du es ja nicht. Oder durfte der englische Leutnant ran?«

»Ich habe gesagt, Sie sollen verschwinden.« Amrei hatte ihm noch immer den Rücken zugewandt. Ihre kalten Hände waren zu Fäusten geballt und sie zitterte am ganzen Körper. Es war, als spüre sie wieder – wie an jenem Abend – seinen Atem in ihrem Gesicht, und sie hörte die Worte, die er damals in ihr Ohr gekeucht hatte, während er seine Hose herunterzog …

Josef Brunner lachte laut auf. »Was willst du denn tun, wenn ich nicht gehe?«, fragte er provozierend.

Amrei sprang vom Schlitten und wirbelte herum. Dabei griff sie blitzartig nach dem langen, schmalen Messer, mit dem sie ihren Kunden die gewünschte Speckmenge abschnitt, und richtete es drohend auf seinen Unterleib. »Ich könnte verhindern, dass Sie noch einmal versuchen, einer Frau Gewalt anzutun«, fauchte sie ihn an und machte noch einen Schritt nach vorne.

Eine Frau, die gerade vorbeiging, schrie erschrocken auf.

»Amrei!«, hörte sie eine der anderen Marktfrauen entsetzt rufen, doch sie behielt mit zusammengekniffenen Augen ausschließlich ihr Gegenüber im Blick.

Josef Brunner taumelte ein paar Schritte nach hinten. »Die ist ja verrückt! Vollkommen verrückt!«, rief er und sah sich nach Zustimmung suchend um.

»Verschwinde, Mühlensepp. Und lass das Mädchen in Ruhe!«, rief eine Frau aus der Menge.

»Die hatte einen entflohenen englischen Kriegsgefangenen versteckt. Einen von denen, die eure Männer und Söhne abgeschlachtet haben«, gab er zurück.

»Bei mir in der Scheune hat sich auch ein paar Tage einer herumgetrieben. Wie hätten wir Frauen denn verhindern sollen, dass die sich in unseren Scheunen verstecken?«, fauchte ihn eine andere Marktfrau an.

Amrei stand indes noch immer regungslos da, das Messer drohend erhoben und den Mann vor sich fest im Blick. Sie schwitzte trotz der Kälte. Panik stieg in ihr auf. Zu was war sie fähig? Wie weit hatten der Krieg und Männer wie dieser Mühlensepp sie gebracht? Was sollte Micki denken, der mit ansehen musste, dass sie mit einem Messer auf einen anderen Menschen losgegangen war? Wie sollte sie ihm das erklären?

Der Sägewerksbesitzer drehte sich endlich um und verschwand zwischen den Wagen, Schubkarren und weiteren provisorischen Marktständen im Gedränge der Menschenmenge.

Amrei legte das Messer zurück neben den Speck. »Pack

zusammen und such deine Mutter, Micki«, sagte sie zu dem Jungen und fügte noch ein sanfteres »Bitte« hinzu, ehe sie sich umdrehte und davonging, um die Zugpferde zu holen, die sie am Rand des Marktplatzes angebunden hatte. Sie musste hier weg. So schnell wie möglich. Die Frauen, die diese Szene mit angesehen hatten, würden mit Sicherheit wissen wollen, was da gerade passiert war, und das konnte sie ihnen beim besten Willen nicht erklären.

Nach einigen Schritten wurde sie auch schon von einer älteren Frau mit schwarzem Trauerkleid derb am Arm festgehalten und so zum Stehenbleiben gezwungen. »Du kannst nicht mit einem Messer auf andere Leute losgehen. Das ist eine Sünde vor Gott. Zum Glück für dich war der Mühlensepp nachsichtig und hat die Sache auf sich beruhen lassen.«

Amrei riss sich los und blitzte die Frau wütend an. »Ist es nicht auch Sünde, über mich zu urteilen, ohne zu wissen, was eigentlich passiert ist?«

Die Bäuerin zog erschrocken die Luft ein. Ihr Gesicht, das von der Kälte ohnehin schon gerötet war, wurde noch eine Spur dunkler. Wortlos drehte sie sich um und ging davon.

Auf der schweigsamen Fahrt durch die verschneiten Wälder hatte sich Amrei so weit beruhigt, dass sie, um Frau Brüns Bitte nachzukommen, den Schlitten in das kleine Dorf hineinlenkte. Vor dem Haus der Brüns hielt sie an.

Micki sprang vom Schlitten und lief zu einem Jungen, der ein paar Häuser weiter im Schnee spielte, und Margot, die sie schon auf dem Marktplatz mit dem Jungen allein gelassen hatte, entfernte sich auch jetzt wortlos über die verschneite Dorfstraße.

Amrei blieb unentschlossen stehen. Sie schaute in den Innenhof hinein, der halbwegs vom Schnee befreit worden war, und folgte zögernd der freigeräumten Spur, vorbei am Hauseingang bis zum Stall. Der Duft von Heu, Pferden und Leder schlug ihr entgegen und sie atmete ihn tief ein. Diese vertrauten Gerüche wirkten beruhigend auf sie.

Sie ging an den leer stehenden Boxen vorbei, bis sie zu der Mutterstute und dem großen Fohlen kam. Der junge Hengst war eingefallen und dürr und sein Fell sah ungesund matt und farblos aus. Es brauchte keinen Experten, um zu erkennen, dass es dem Tier nicht gut ging.

Amrei hob den Holzriegel, schob die Boxentür auf und trat langsam in das ausgelegte Stroh, um erst einmal der Stute über die Nüstern zu streichen, die ihr in ihre Hand schnaubte. Das Hengstfohlen reagierte überhaupt nicht auf ihre Anwesenheit, sondern blieb desinteressiert in seiner Ecke stehen.

Amrei ging zu ihm hinüber und betastete seinen ganzen Körper. Sie schaute in sein Maul, begutachtete die Zähne und blickte ihm dann in die matten Augen. »Was ist nur mit dir?«, flüsterte sie. »Ich hole Angela«, entschied sie schließlich.

Draußen auf dem Hof ließ sie ein plötzliches Klirren erschrocken zusammenfahren. Aus einem der zum Lüften geöffneten Fenster des Wohnhauses war der durchdringende Schrei einer Frau zu hören und sofort darauf die wüsten Beschimpfungen eines Mannes. Es folgten Schmerzensschreie, ein weiterer Gegenstand schien zu Bruch zu gehen.

Ohne groß nachzudenken, lief Amrei los, über den freigeräumten Pfad bis zur Eingangstür und stürmte hinein. Mit polternden Schritten eilte sie durch den Flur und wirbelte in die Wohnstube hinein, wo sie Iris fand, die wie ein Häuflein Elend auf dem Boden kauerte. Sie rührte sich nicht und schaute entsetzt in die andere Ecke des Raums. Amreis Blick folgte dem ihren. Dort stand Herr Brün drohend vor seiner Frau, die ihre Arme Schutz suchend über ihren Kopf hielt. Doch das nützte ihr wenig, da ihr Mann sie packte und sie heftig gegen die Zimmerwand schleuderte. Er sprang ihr nach und prügelte mit beiden Fäusten wild und unkontrolliert auf ihr Gesicht, ihren Hals und den Oberkörper ein.

»Aufhören!«, brüllte Amrei und ihre Stimme überschlug sich dabei. Aber der Mann schien sie nicht einmal gehört zu haben.

Frau Brün sackte in sich zusammen, und nun trafen sie die wütenden, unbeherrschten Schläge auf den Rücken.

»Hören Sie auf?«, schrie Amrei und stürzte auf die beiden zu. Entsetzt über die Brutalität des Mannes, griff sie mit beiden Händen nach seinem rechten Arm, um ihn davon abzuhalten, weiter auf seine Frau einzuschlagen. Doch Herr Brün schleuderte sie einfach beiseite, als sei sie eine lästige Fliege. Amrei taumelte und musste sich einen Moment lang an der Wand abstützen.

Unerbittlich prügelte Herr Brün auf seine Frau ein, die nur noch leise vor sich hin wimmerte.

»Schluss jetzt!«, fauchte Amrei und sprang dem bulligen Mann auf den Rücken, wobei sie ihren Arm von hinten um seinen Hals schlang.

Der Mann versuchte sie abzuschütteln, doch Amrei, die dank der harten körperlichen Arbeit auf dem Hof für eine Frau enorme Kräfte hatte, klammerte sich so fest, wie es ihr nur möglich war.

Herr Brün brüllte wütend auf, drehte sich um und warf sich rücklings gegen die Wand.

Die junge Frau schrie vor Schmerz auf, ließ los und sackte benommen zu Boden.

Ohne sich weiter um den Eindringling zu kümmern, griff der Mann nach dem Oberarm seiner Frau, riss diese grob in die Höhe und warf sie auf den kleinen Wohnzimmertisch. »Du bist schuld, dass alles weg ist. Wie konntest du nur die Wälder verkaufen?! Ich habe sie von meinem Vater geerbt!«, tobte er. Er spie die Worte regelrecht aus, sodass Speichel von seinem Mundwinkel herabrann. Dabei trat er mit dem Stiefel noch einmal nach seiner wimmernden Frau, die sich nicht mehr rührte.

Amrei richtete sich mühsam auf. Was sollte sie nur tun? Der Mann würde sie ja noch umbringen!

»Du hättest mit den Soldaten oder den Militärärzten schlafen können. Für Geld! Das wäre anständiger gewesen, als mein Erbe zu verkaufen!«

Wieder hob er seinen rechten Arm mit geballter Faust nach oben, um erneut zum Schlag auszuholen.

Amrei griff nach einem Stuhl, hob ihn hoch und schlug ihn mit aller Kraft, die sie aufbringen konnte, dem Mann gegen den Rücken. Das Holz zersplitterte krachend.

Langsam, als sei mit dem Schlag jede Energie und alle Kraft aus ihm gewichen, drehte der Mann sich zu ihr um und musterte sie mit wild flackernden Augen von oben bis unten.

Amrei hielt sich mühsam auf den Beinen. Sie zitterte am ganzen Leib. Schweiß lief ihr den Rücken hinunter. Die Angst in ihrem Inneren brannte wie ein heißer Schmerz. Doch sie blieb stehen. Unbeweglich. Die Reste des zertrümmerten Stuhls fest in beiden Händen. Aufmerksam, auf jede Bewegung ihres Gegenübers achtend, beobachtete sie den Mann.

Plötzlich legte sich ein seltsames Grinsen auf das Gesicht ihres Gegners, der sich mit dem Ärmel seines Hemdes den Speichel von seinem Kinn abwischte. »Pferde-Amrei? Du bist noch besser als dein Ruf » Mit diesen Worten drehte er sich um und taumelte in den Flur hinaus.

Amrei blieb verwirrt zurück. Was war passiert? Warum war er gegangen? Mit Leichtigkeit hätte er sie überwältigen können.

Als Iris an ihr vorbeiging und vor ihrer Mutter niederkniete, erwachte sie aus ihrer Erstarrung und betrachtete mit gerunzelter Stirn das Holzstück in ihren Händen. Sie ließ es fallen, als habe sie sich daran verbrannt. Prüfend sah sie zur Tür in den Flur hinaus, aber Herr Brün war verschwunden. Ob er verletzt war? Doch um ihn konnte sie sich später kümmern. Viel wichtiger war im Moment, wie es seiner Frau ging.

Amrei kniete sich neben Iris, die eine blutende Schrunde an der Stirn hatte. Offensichtlich war auch sie geschlagen worden. Frau Brün lag stöhnend und zusammengekrümmt wie ein Kleinkind auf dem Boden und schon jetzt war ihr Gesicht blau unterlaufen und geschwollen.

»Ich hole Tücher und kaltes Wasser«, erklärte Amrei. In diesem Moment erst schien Iris sie wahrzunehmen.

»Verschwinde!«, fauchte sie Amrei an.

»Ich –«

»Was hast du hier zu suchen? Niemand hat dich hereingelassen.«

»Aber Iris –«

»Hau ab! Das hier geht dich nichts an. Warum kommst du hier einfach rein?!«

Amrei erhob sich. Ihr Blick ging fragend zu Frau Brün, die jedoch nur ihre Augen schloss. Vollkommen hilflos stand sie mitten im Wohnzimmer, das momentan eher einem Trümmerhaufen glich. Sie hatte doch nur helfen wollen. Verstört drehte sie sich um und ging über die laut knarrenden Dielenbretter in den Flur, um dort zu ihrer Überraschung bereits einen Metalleimer mit frischem Brunnenwasser vorzufinden, über dessen Rand zwei saubere weiße Baumwolltücher hingen.

Amrei sah sich verwundert um und konnte durch die offene Küchentür Herrn Brün sehen, der mit gebeugtem Rücken am Küchentisch saß, die Ellenbogen auf die Tischplatte gestützt und das Gesicht in den Händen vergraben. Seine Schultern bebten, als würde er weinen. Hatte er, der gerade seine Frau so übel zugerichtet hatte, das frische Wasser und die Tücher geholt?

Völlig verwirrt verließ Amrei das Haus. Draußen schlug ihr feuchte, kalte Luft entgegen, und sie atmete tief ein, bis allmählich das Zittern in ihrem Körper nachließ.

Sie lief über den freigeschippten Weg aus dem Innenhof in das Zentrum des Dorfes, wo sich die kleine, provisorisch eingerichtete Tierarztpraxis befand. Angela Metzger kümmerte sich gerade um einen Wachhund, der böse zu knurren begann, als Amrei eintrat.

»Warte bitte draußen«, wies Angela sie an.

Amrei gehorchte sofort, denn mit diesen Hunden war nicht zu spaßen, und Amrei wollte nicht dafür verantwortlich sein, wenn Angela gebissen wurde.

Kurz darauf wurde das Tier von einem Bauern abgeholt und Angela winkte sie herein.

Amrei setzte sich auf den Untersuchungstisch und wartete, bis ihre Freundin die Untersuchungsbestecke in eine Desinfektionslösung gelegt hatte.

Die Tierärztin wusch sich die Hände, nahm das Handtuch vom Haken und drehte sich zu ihrer jungen Besucherin um. »Kommst du vom Markt in Triberg?«

»Ja. Und von den Brüns. Das Hengstfohlen frisst nicht.«

»Herr Brün hat mich vor ein paar Wochen aus dem Stall geworfen und seine Frau hatte nichts dagegen einzuwenden. Es ist ganz offensichtlich, dass weder der Mann noch die beiden Frauen etwas von einem weiblichen Tierarzt halten.«

»In der Familie ist gar nichts offensichtlich, Angela.«

Amrei erzählte, was gerade geschehen war, und Angela, die nebenher ihre Praxis aufräumte, hörte schweigend zu. Als Amrei geendet hatte, sagte die Tierärztin lediglich: »Kriegsheimkehrer!«

»Wie bitte?«

»Du hast mir doch erzählt, dass du ab und zu im Lazarett geholfen hast. Hattest du nicht das Gefühl, dass viele der Männer dort sehr verstört waren?«

Amrei nickte zaghaft. »Doch, manche waren irgendwie weggetreten, als lebten sie in einer anderen Welt.«

»Das sind die Folgen des Krieges, Amrei. Die Männer sind traumatisiert. Sie haben tausendfach den Tod gesehen und Tod verursacht. Jahrelang waren sie übelsten Strapazen ausgesetzt, immer mit der Furcht im Nacken, der Nächste zu sein, der getroffen wird. Jetzt kommen sie nach Hause und alles hat sich verändert, denn auch hier hat der Krieg seine Spuren hinterlassen. Vielen ist die Lebensgrundlage verloren gegangen. Manche Familienmitglieder sind gestorben – oft vor Hunger. Frauen und Kinder haben Schwierigkeiten, sich dem Mann des Hauses wieder unterzuordnen. Immerhin haben sie in den vergangenen Jahren gelernt, alleine mit allem klarzukommen – so wie du auch. Das ist für die Heimkehrer nicht einfach zu verarbeiten.«

Amrei schwieg. Ihre Beine baumelten hin und her, und die Knöchel ihrer Finger, die fest die Kanten des Untersuchungstisches umschlossen, traten weiß hervor. Sie wünschte sich so sehr, dass Michael endlich zurückkehrte. Wie gerne würde sie die Verantwortung für den Hof und die Zucht zurück in seine Hände legen!

Oder würde es ihr genauso gehen wie den Frauen, von denen Angela ihr gerade erzählt hatte? Würde sie ohne Weiteres in die zweite Reihe – in die Rolle einer Hausfrau zurücktreten können? Sie hatte doch Ideen und Pläne für den Hof. Ja, Michael war Teil dieser Pläne, aber sie wollte dabei helfen, sie umzusetzen. Das war für sie immer selbstverständlich gewesen. Worüber sie aber noch nicht nachgedacht hatte, war, ob Michael sie helfen lassen würde. Würde er sie als gleichberechtigten Partner ansehen? »Angela?«, fragte sie.

»Bitte?«

»Wird es bei Michael, Margot, Micki und mir auch so sein wie bei den Brüns?«

Die Tierärztin stellte eine braune Glasflasche in den Schrank, schloss diesen ab, drehte sich um und setzte sich zu ihr auf den Tisch. Nebeneinander saßen die beiden Frauen da, ließen die Beine baumeln und schwiegen.

Schließlich meinte Angela: »Ich kenne Michael doch gar nicht, Amrei. Es kommt vermutlich vieles auf ihn an. Darauf, was er alles erlebt hat und erleiden musste und wie gut oder schlecht er lernt, damit zurechtzukommen.«

»Hoffentlich hat er nicht ein bisschen Ähnlichkeit mit mir.«

»Amrei!«

»Ich war so voller Wut, Angela. Ich habe einen Stuhl auf dem Rücken von Herrn Brün zertrümmert. Damit hätte ich ihn schwer verletzen können.«

»Du wolltest Frau Brün helfen, Amrei. Du hattest Angst, dass er sie zu Tode prügelt.«

»Angst? Oder Wut?«

Angela sah sie prüfend an. »Das wirst du mit dir selbst und mit Gott ausmachen müssen, Amrei.«

Das Mädchen seufzte, rutschte nach vorne und sprang auf den gefliesten Boden hinunter.

»Jedenfalls scheint Herr Brün große Stücke auf dich zu halten«, meinte Angela.

Amrei stieß einen verächtlichen Laut aus. »Große Stücke… Etwa weil ich unseren Hof weitestgehend erhalten konnte? Das ist ungerecht! Ungerecht seiner Frau und Iris gegenüber. Ich hatte die Möglichkeit, Stuten an die Armee zu verkaufen. Und wir hatten die Landwirtschaft, die uns ernährt und über Wasser gehalten hat. Was aber hätten Iris und Frau Brün tun sollen? Sie mussten doch auch irgendwie leben.«

»Ich vermute, dass er das eigentlich weiß, Amrei. Genauso wie er weiß, welches Unrecht er seiner Frau durch seine Prügel antut. Deshalb hat er das Wasser bereitgestellt – und hast du nicht gesagt, er hätte geweint?«

»Er ist also wie ich, Angela. Wir wissen beide genau, dass unser Zorn nur Schaden anrichtet und zu nichts führt, aber dennoch ist er da.

In diesem Moment wurde hektisch an die Tür geklopft.

Angela stand auf und öffnete. Draußen stand eine Frau mit einem heftig blutenden Lamm in den Armen.

»Ich denke, ich gehe besser«, sagte Amrei und drückte sich zwischen dem Türstock und der Frau hindurch nach draußen in den Flur.

»Denk darüber nach«, rief Angela ihr noch nach.

Kapitel 7

Amrei sah zu, wie Margot, gefolgt von Micki, den Einkauf ins Haus trug.

Nach ihrer Stallrunde trat auch sie ins Haus, und die Wärme, die ihr in der Küche entgegenschlug, raubte ihr für einen Moment den Atem. Ihr Gesicht begann zu glühen. Schnell pellte sie sich aus dem Mantel und nahm den Schal ab, den sie um ihren Hals und über den Kopf geschlungen hatte.

Oma Wanner saß an dem alten, von vielen Kerben und Kratzern durchzogenen Küchentisch und schälte Kartoffeln. Ihre Bewegungen waren sehr langsam und unsicher. Amrei setzte sich auf die Bank und sah ihr ein paar Minuten zu. Die alte Frau wirkte erschöpft und müde. Durch den Zwischenfall mit den Brüns und Amreis Besuch bei Angela waren sie viel später zurückgekommen, als Amrei eigentlich geplant hatte.

»Tut mir leid, dass wir dich so lange alleine gelassen haben, Oma Wanner«, flüsterte Amrei.

Die alte Frau nickte nur. Ihre Hände zitterten.

Amrei warf einen Blick in den großen Tonkrug auf dem Tisch. In diesen Krug füllte sie morgens immer die tägliche Mindestration Wasser für Oma Wanner. Er war noch bis fast unter den Rand gefüllt. »Du hast nicht getrunken, Oma Wanner.«

»Doch, Kindchen, doch.«

Amrei goss der Frau eine Tasse ein und nahm ihr die Kartoffel und das Schälmesser aus der Hand. »Trink das.«

Oma Wanner trank in kleinen, zaghaften Schlucken, während Amrei die Kartoffel weiterschälte.

Micki stürmte herein, sah die Kartoffeln, machte auf dem Absatz kehrt und verschwand genauso schnell, wie er gekommen war.

Amrei lachte laut. Wie gerne hätte sie es ihm nachgetan!

Margot betrat die Küche, nahm ihre Schürze vom Haken hinter der Tür, band sie sich um und setzte sich zu den beiden Frauen an den Tisch. Mit spitzen Fingern nahm sie ein Stück Schale auf. »Annemarie, so geht das nicht. Ich sehe schon von Weitem, welche Kartoffelschalen von dir und welche von Frau Wanner stammen.«

Amrei warf das Messer auf den Tisch, legte die Kartoffel, die sie in der Hand gehalten hatte, zu den anderen und lehnte sich mit vor der Brust verschränkten Armen auf ihrem Stuhl zurück. »Dann mach es selbst«, gab sie zur Antwort.

»Du kannst mir ruhig helfen, Annemarie. Aber du solltest dir etwas Mühe dabei geben.«

»Bitte, Frau Simon«, mischte sich Oma Wanner ein. »Amrei hat so viel zu tun. Sie muss auch einmal ruhen können.«

Amrei sah den bösen Blick, den Margot der alten Frau zuwarf, und richtete sich auf. »Ich werde wohl nie im Kartoffelschönschälwettbewerb gewinnen, Oma Wanner. Also spare ich mir das Training.«

Oma Wanner lächelte sie mit gerunzelter Stirn an.

Amrei erwiderte das Lächeln und schüttete der alten Dame noch einmal Wasser nach.

Seufzend nahm diese die Tasse und trank sie Schluck für Schluck leer.

»Micki hat gesagt, dass sein Fenster nicht mehr richtig schließt. Ich gehe es mir mal ansehen.« Amrei erhob sich, zog unter dem Tisch einen hölzernen Werkzeugkasten hervor und verließ mit diesem in der Hand die Küche.

Sie traf den Jungen in seinem Zimmer an, in dem es tatsächlich ausgesprochen kalt war. Er hatte sich in seine Bettdecke gekuschelt und blätterte in einem der Bücher, die Amrei über Schwester Martha hatte besorgen lassen.

»Da sind tolle Autos und Traktoren drin abgebildet, Amrei«, begrüßte er sie.

»Ja, nicht wahr«, erwiderte Amrei und öffnete das kleine Fenster und begann dann, daran zu hantieren.

»Wird hier der Motor beschrieben?«, wollte Micki wissen.

Amrei warf einen kurzen Blick auf das Buch hinüber. »Ja.«

»Und wie man ihn reparieren kann?«

»Ein paar einfachere Reparaturen sind beschrieben.«

»Kannst du das jetzt, nachdem du das Buch gelesen hast?«

»Ich habe mir mal den Traktor von einem der Bauern auf dem Markt angesehen. Ich denke, manche Teile könnte ich auswechseln, reinigen und auch reparieren.«

»Du bist ganz schön schlau, Amrei.«

»Nein, Micki, ich bin nicht schlau. Ich konnte die Handelsschule nicht zu Ende machen, weil der Krieg dazwischenkam.«

»Aber wie man Motoren repariert, lernt man da auch nicht, oder?«

»*Du* bist schlau, Micki. Du wirst bestimmt eines Tages ein ganz besonders guter Schüler.«

»War Papa auch sehr gescheit?«

Amrei schloss das Fenster, nickte zufrieden darüber, dass

der Schaden behoben war, und ließ sich neben ihren Neffen auf das knarrende Bett fallen. »Dein Papa …«, begann sie und blickte zum Fenster hinaus auf die schneebedeckten Wipfel der Bäume. »Er war ein bisschen faul. Er hätte bessere Noten haben können, wenn er sich mehr angestrengt hätte. Das hat zumindest unser Papa immer gesagt.«

»Kommt er zurück, Amrei?«

Die junge Frau legte einen Arm um den Jungen, der daraufhin näher an sie heranrutschte und seinen Kopf gegen ihre Schulter lehnte.

»Deine Mutter und ich haben einige Erkundigungen eingeholt und auch schon Briefe geschrieben. Bis jetzt haben wir noch keine Antwort erhalten. Es heißt zwar, es sei jetzt sicher, dass er in englische Gefangenschaft geraten sei, doch er war dabei verletzt, und niemand weiß, wie schlimm. Bis jetzt geben die Engländer noch nicht viele Namen und Informationen heraus.«

»Aber manche Kriegsgefangene sind doch schon zurück.«

»Einige, ja. Aber viele eben auch noch nicht. Es gibt Forderungen, dass die Kriegsgefangenen in den von Deutschland überfallenen Ländern Aufbauarbeiten leisten müssen.«

Von unten war Margots Rufen zu hören. Die Kartoffeln waren inzwischen gekocht.

Oma Wanner faltete die Hände. Amrei gab dem kichernden Micki einen Stoß mit dem Ellenbogen. Die Gebete der alten Frau waren abends oft sehr wirr und fanden kein Ende, was bei dem Jungen jedes Mal Heiterkeitsausbrüche auslöste. »Warte wenigstens, bis sie angefangen hat«, flüsterte sie ihm zu. Sein Grinsen war so breit, dass Amrei fest die Lippen aufeinanderpressen musste, um ihrerseits ein Lächeln zu verstecken.

Oma Wanner beendete ihr Gebet sehr schnell und es hatte keinerlei längere Verwicklungen darin gegeben. Ein enttäuschter Ausdruck legte sich auf Mickis Gesicht, ein verwunderter auf Amreis. Die Frau war genauso müde wie an jedem Abend. Außerdem hatte sie kaum getrunken, was zum einen dafür sprach, dass sie tagsüber nicht ganz bei sich gewesen war, und sich zum anderen mit Sicherheit keinesfalls vorteilhaft auf ihren Zustand ausgewirkt haben konnte.

Margot schöpfte die Kartoffeln und den angebratenen Speck aus. »Du hast heute kaum etwas verkauft«, wandte sie sich an Amrei.

»Das kommt vor«, erwiderte diese.

»Das kommt vor allem vor, wenn man sich nicht zu benehmen weiß, Annemarie. Als ich vom Rathaus zurückkam, wurde auf dem Markt heftig über dich gesprochen.«

»›Getratsche‹ ist wohl der passendere Ausdruck.«

»Gesprochen, Annemarie. Wenn man den Leuten so konkreten Anlass gibt, braucht man sich nicht zu wundern, wenn man zum Stadtgespräch wird.«

»So?«, erwiderte Amrei nur und biss kräftig von ihrer Scheibe Brot ab.

»Ist das alles, was dir dazu einfällt, Annemarie? Brauchen wir nicht das Geld aus den Marktverkäufen? Denkst du nicht an die Zukunft, auch nicht an die Zukunft von Michael? Er wird hier zur Schule gehen müssen. Was denkst du, wie er aufgenommen wird, wenn seine Tante einen erwachsenen Mann mit einem Messer angreift?«

»Die Jungs werden ihn um seine Tante beneiden«, gab

Amrei äußerlich gelassen zurück, doch in ihr kochte es. Was wusste Margot schon? Hier ging es nicht um ihren oder Michaels Ruf, auch nicht um das Geschäft, sondern einfach darum, sich diesen schrecklichen Mann vom Leib zu halten. War Margot es nicht gewesen, die den Mühlensepp in den Stall geführt hatte? Ihretwegen war es erst so weit gekommen, dass der Mann sie beinahe vergewaltigt hatte. Und ihretwegen hatte Brunner die Reitpferde und ihren heimlichen Knecht entdeckt.

Sie setzte sich aufrecht hin, blickte Margot herausfordernd an und hielt dabei das Besteck krampfhaft umklammert.

Margot hob den Kopf, sah sie an und beendete augenblicklich ihre Vorwürfe gegen sie. Bevor ihre Schwägerin den Blick schnell wieder auf ihren Teller senkte, entdeckte Amrei ein nervöses Zucken um ihren Mundwinkel.

Die junge Frau löste ihren Blick von ihrer Schwägerin und bemerkte, dass Oma Wanner sie intensiv musterte. Sie zog entschuldigend die Schultern in die Höhe. Oma Wanner waren die gemeinsamen Mahlzeiten wichtig, da sie ihr ein Stückchen Familienleben vermittelten, und immer wieder zerstörten Amrei und Margot durch Streitgespräche wie dieses das Beisammensein. Es tat Amrei leid, dass sie der Freundin ihrer Großmutter wieder einmal den Abend verdorben hatte.

Oma Wanner jedoch überraschte sie mit einer sehr wachen Frage, die zeigte, wie tief die Frau fühlte, wie wichtig Amrei ihr war und wie wenig sie auf das Geschwätz der Leute gab: »Was hat er dir getan, Kindchen?«

Amrei registrierte, dass Micki neugierig den Kopf hob, und so schüttelte sie nur leicht den Kopf.

Oma Wanner schien verstanden zu haben und ein vorwurfsvolles Schnauben entrang sich ihrer Kehle. »Ich fürchte, das ist nicht das erste Mal, seit er Witwer ist.«

Amrei hatte das Gefühl, ihr Magen drehe sich um. Sie war unsicher, ob Oma Wanner tatsächlich verstanden hatte, was sie nicht hatte sagen wollen. Immerhin sprach sie auch mit ihrer Familie nicht über die verhinderte Vergewaltigung. Allerdings ließ der Kommentar der Frau sie vermuten, dass sie mal wieder mehr wusste, als man ihr zutrauen würde.

»Annemarie?«

Amrei zuckte zusammen, als sie die Stimme ihrer Schwägerin hörte. Sie wandte sich Margot zu.

»Ich kann nicht einfach so tun, als wäre die Sache erledigt. Ich wünsche, dass du dich in der Stadt zivilisiert verhältst. Es reicht schon, dass du immer in Männerhosen dort aufkreuzt. Es geht mir dabei nicht um deinen Ruf – der ist ohnehin ruiniert –, aber denke doch bitte an den Jungen.«

»Meine Güte, Margot. Er ist dein Sohn und der von Michael, nicht meiner. Ich bin nur die schräge Tante, für die der Junge nichts kann. Wieso sollten die Leute mein Verhalten *ihm* zum Vorwurf machen?«

»Es ist eine Bitte, Annemarie«, gab Margot zurück. Nach einer kurzen Pause fügte sie hinzu: »Außerdem muss ich dich bitten, dich von dieser Frau Dr. Metzger fernzuhalten.«

»Was?«

»Irgendetwas stimmt doch nicht mit ihr, Annemarie. Eine Frau in ihrem Alter, die alleine als Tierärztin in eine ihr völlig fremde Gegend zieht …«

»Hier wurde ein Tierarzt gebraucht.«

»Richtig, ein Tierarzt, keine Tier*ärztin*.«

»Sie macht ihre Arbeit gut.«

Margot zögerte einen Moment, dann sagte sie: »Sie ist

eine Frau, eine allein lebende Frau in heiratsfähigem Alter. Es gibt Gerüchte, dass du ihre Geliebte seist.«

Amrei lachte schallend los.

Micki schaute die Frauen fragend an, Oma Wanner schien indessen gar nicht gehört zu haben, was Margot gesagt hatte. Sie war mit ihrer nächsten Tasse Wasser beschäftigt.

»Kaum ist der Krieg vorbei, muss es den Leuten schrecklich langweilig sein«, japste Amrei.

»Das ist nicht zum Lachen!«, schrie Margot sie unbeherrscht an. »Dafür wird der Junge einmal gehänselt werden.«

»Das ist blödsinniges Getratsche, Margot, und das weißt du auch. Wenn die Leute meinen, darauf hören zu müssen, dann kann man ihnen nicht helfen.«

»Was bedeutet ›Geliebte‹, Tante Annemarie?«, mischte sich plötzlich Micki ein.

»Geh auf dein Zimmer, Michael«, fuhr seine Mutter ihn an.

Der Junge sprang erschrocken auf, schnappte sich den Rest Brot von seinem Teller und verließ eilig die Küche.

»Warum hast du es ihm nicht erklärt, damit er gleich weiß, womit er später mal gehänselt wird?«, fragte Amrei provozierend.

»Du bist eine unmögliche Person. Dir sollte man ein Kind gar nicht anvertrauen.«

»Genau! Schließlich bist *du* auch seine Mutter. Also gehst du jetzt am besten nach oben, versuchst den Jungen zu beruhigen und bringst ihn zu Bett – obwohl ich heute an der Reihe wäre.«

Margot blickte sie kalt an. Dann erhob sie sich tatsächlich.

Gerade als ihre Schwägerin mit der Hand nach der Türklinke griff, sagte Amrei: »Übrigens, Margot. Angelas Mädchenname war Frisch. Ihr Ehemann ist 1940 gefallen.«

Amrei und Oma Wanner blieben allein in der Küche zurück. Das Feuer prasselte im offenen Herd und warf zuckende Schatten auf den ausgetretenen, abgeschabten Holzboden. Gelegentlich war ein Zischen oder ein lautes Knacken zu hören, wenn die Flammen sich in feuchtes Holz hineinfraßen.

»Entschuldige bitte, Oma Wanner«, sagte Amrei leise.

»Nein, Amrei, du musst dich nicht entschuldigen. Du bist diejenige, die um Entschuldigung gebeten werden müsste. Die Menschen sind oft so gedanken- und lieblos. Sie hören etwas und nehmen es sofort für bare Münze. Sie erzählen es weiter, ohne nachzuforschen, ob an den Geschichten etwas dran ist. Und die, die es dann hören, begehen denselben dummen Fehler. So entstehen Gerüchte, die Leben zerstören können.«

Amrei legte ihre Hand auf die beiden zitternden, gefalteten Hände von Oma Wanner. Sie war dankbar, dass die senile Frau an diesem Abend so klar im Kopf war, dass sie diese verständnisvollen Worte äußern konnte, die ihr unendlich guttaten.

»Was ist eigentlich mit Frau Simon los? Sie ist heute besonders gereizt«, fragte Oma Wanner.

Amrei schürzte kurz die Lippen. »Sie hat sich heute wieder einmal im Rathaus nach Michael erkundigt. Vermutlich wusste man dort noch immer nichts über seinen Verbleib.«

Oma Wanner schwieg, und die junge Frau stellte besorgt

fest, dass die Greisin auf einmal sehr eingefallen und müde aussah. Amrei rutschte von der Bank und kniete sich vor deren Stuhl. »Komm, ich helfe dir nach oben.«

»Danke, Kindchen«, antwortete Oma Wanner.

Behutsam half sie ihr auf die Beine und begleitete sie die Stiege hinauf bis in ihre Kammer, wo sie sie zu Bett brachte.

Als sie in die Küche zurückkam, war diese noch immer leer. Margot war vermutlich noch bei ihrem Sohn. Obwohl es nicht ihre Aufgabe war, räumte sie die Lebensmittel beiseite und begann zu spülen. Sie war froh, dass Margot sich einmal etwas Zeit für Micki nahm. Das würde ihrer Beziehung zu dem Jungen guttun.

Eisblumen wuchsen über das kleine Fenster und verliehen diesem einen bläulichen Schimmer. Amrei betrachtete die herrlichen Kristalle einen Moment lang, ehe sie die schwere Bettdecke von sich warf und mit den Füßen nach ihren Hausschuhen tastete.

Blitzschnell zog sie sich ihre Kleider über, wusch sich notdürftig und verließ ihr Zimmer. Wie an jedem Morgen klopfte sie auf dem Weg zur Treppe an Margots Zimmertür. Margot reagierte zwar nie auf ihr Klopfen, aber heute war nicht einmal zu hören, dass sie sich in ihrem Bett auf die andere Seite drehte.

Amrei zuckte mit den Schultern und tastete sich im Dunkeln die schiefen Stufen hinunter, die unter ihren Füßen laut knarrten. Auf der letzten Stufe verharrte sie, denn der säuerliche Geruch von Urin stieg ihr in die Nase. Mit zusammengezogenen Augenbrauen ging sie weiter und entdeckte trotz der Dunkelheit den feuchten Fleck im Flur.

»Oma Wanner?«, rief sie verhalten und erhielt eine leise Antwort aus der Küche. Amrei öffnete die quietschende Tür. Die alte Frau saß auf ihrem Platz am Tisch und war nur mit ihrem langen weißen Nachthemd bekleidet, das einen deutlichen nassen Fleck aufwies.

»Oma Wanner!«, stieß Amrei aus und ging zu ihr hinüber.

»Ich finde meine Schuhe nicht«, murmelte die Frau und blickte sie aus ihren müden, kleinen Augen verschlafen an.

»Micki ist noch nicht aufgestanden«, sagte Amrei und wusste doch, dass die Frau mit ihrer Antwort nichts anfangen konnte. Sie ahnte ja nicht, dass der Junge jeden Morgen neu ihre Schuhe und Strümpfe suchte, um sie ihr zurechtzustellen. »Warum bist du denn schon auf?«, fragte sie mitleidig.

»Ich musste mal.«

»Du hast oben doch einen Nachttopf«

»Der ist voll.«

»Ich habe dir gestern Abend wohl zu viel Wasser aufgedrängt«, gab Amrei zu.

»Ich konnte meine Schuhe nicht finden. Und wie sollte ich ohne sie hinaus ins Häuschen?«

»Gut, dass du nicht gegangen bist. Du hättest dir Erfrierungen an den Füßen holen können!«, murmelte Amrei und überlegte, dass die Frau in ihrem Zustand bestimmt gänzlich erfroren wäre. Sie dankte Gott im Stillen dafür, dass sie ihre Schuhe nicht gefunden hatte.

»Jemand ist aus dem Haus gegangen.« Oma Wanner rieb sich ihre kalten Hände.

Amrei machte sich schreckliche Vorwürfe, dass sie Oma Wanner gestern allein gelassen hatten. Einer von ihnen hätte zu Hause bleiben und darauf achten sollen, dass die alte Frau genug trank. Die Auswirkungen des Flüssigkeitsmangels zeigten sich heute im vollen Ausmaß. Die Frau war schon am frühen Morgen verwirrt.

»Eine Kutsche mit Kufen war hier«, erzählte die Alte weiter.

»Komm, wir gehen hoch, waschen dich und ziehen dich an.«

»Bist ein gutes Kind, Amrei«, lautete die Antwort.

Amrei blickte Oma Wanner verwundert an. Wenn sie ihren Namen wusste, konnte es mit ihrer Verwirrtheit nicht so schlimm sein.

Sie führte die unterkühlte Frau an der Urinpfütze im Flur vorbei, die Stufen hinauf, wusch sie mit kaltem Wasser, was die alte Frau nicht weiter zu stören schien, und half ihr beim Ankleiden. Ihre Schuhe standen ordentlich am Fußende des Bettes.

»Wahrscheinlich habe ich sie im Dunklen nicht gesehen«, murmelte Oma Wanner, als sie sie entdeckte.

»Bestimmt war es so. Setz dich in den Sessel und deck dich zu, bis es unten in der Küche warm geworden ist«, schlug Amrei vor und griff nach der Bettdecke. Sie war eiskalt. Demnach war Oma Wanner schon vor einer ganzen Weile aufgestanden. Wie lange mochte sie wohl schon barfüßig und nur mit dem Nachthemd bekleidet in der nicht geheizten Küche gesessen haben?

»Wer ist denn vorhin fortgegangen?«, fragte die alte Dame, als Amrei ihr die Decke über die Beine legte.

»Wer sollte denn gegangen sein?«

»Das frag ich doch dich.«

»Ich weiß es nicht.«

»Wie soll ich es dann wissen?«

Amrei lachte, drückte der alten Frau einen Kuss auf die

Stirn und eilte mit dem vollen Nachttopf in der Hand die Stiege hinunter. Sie wusch den Flur nass durch, entfachte im Herd das Feuer und verließ dann das Haus durch die Hintertür.

Noch immer war es draußen dunkel, aber im Osten, oberhalb der dunklen Bergzüge, machte sich das erste orangefarbene Glimmen der aufgehenden Sonne bemerkbar. Die klare Luft schien vor Kälte förmlich zu klirren.

Nach dem Füttern und Melken der Milchkühe brachte Amrei die Pferde hinaus auf die Koppel. Die drei Vollblüter jagten übermütig davon, sodass der Schnee unter ihren Hufen aufwirbelte, während die Schwarzwälder, eingehüllt in ihre milchig weißen Atemwolken, eher gemächlich folgten. Amrei mistete die leeren Pferdeboxen aus und ging anschließend zurück zum Wohnhaus.

Nachdem sie in die Küche getreten war, wunderte sie sich, dass Margot weder den Tisch gedeckt noch Wasser aufgesetzt, geschweige denn eine Scheibe Brot abgeschnitten hatte. Von Micki war ebenfalls nichts zu hören und auch Oma Wanner schien noch oben in ihrem Zimmer zu sein.

Sie fragte sich einen Moment lang, ob Margot wegen ihres gestrigen Streits so sauer auf sie war, dass sie ihre Hausarbeit verweigerte. Aber das hatte sie all die Jahre über noch nie getan. Mit dem Gedanken daran, dass sie sich vorhin beim Wecken über die völlige Stille in Margots Zimmer gewundert hatte, lief sie eilig in den Flur und von dort aus die Stufen hinauf. Margot war doch nicht etwa krank? Ein schlechtes Gewissen überfiel Amrei. Sie hätte am Vortag darauf bestehen sollen, dass Margot sich auf dem Schlitten zudeckte. Womöglich war Margot schon auf den ersten Metern ihrer Fahrt in die Stadt so nass geworden, dass sie sich jetzt eine schwere Erkältung zugezogen hatte.

Ohne anzuklopfen stürmte sie in Margots Zimmer. Mitten im Raum blieb sie verwundert stehen. Das Bett war abgezogen, alle persönlichen Gegenstände von Margot waren verschwunden, und der Schrank, dessen Türen offen standen, war leer.

»Was –?«, entfuhr es Amrei, ehe sie herumwirbelte und mit laut polternden Schritten über die Holzdielen zu Mickis Zimmer jagte. Sie stieß die Tür so heftig auf, dass diese mit einem gewaltigen Schlag gegen die Wand donnerte.

Micki schrak aus seinem Bett hoch. Unter seinen verstrubbelten Haaren blickten zwei blaue Augen verschlafen in ihre Richtung, bevor sich ein fröhliches Lächeln auf sein Gesicht legte. »Morgen, Amrei.«

»Wo ist deine Mama?«

Micki sah sie verständnislos an und sprang dann aus dem Bett, um barfüßig in das Zimmer seiner Mutter zu rennen.

Amrei folgte ihm. Als sie eintrat, stand der Junge mitten im Raum. Seine Schultern hingen weit nach unten und sein Gesicht spiegelte seine Verwirrung wider, während seine Augen ängstlich weit aufgerissen waren. »Ist sie weggegangen?«, fragte er leise.

»Sieht so aus, Micki«, erwiderte Amrei und ihre Stimme klang dabei kratzig und rau. Sie spürte eine heftige Welle der Hilflosigkeit über sich hinwegschwappen und ein kalter Schauer jagte ihren Rücken herunter. Betreten betrachtete sie die kleinen Tränen, die aus Mickis Augen kullerten, und sie biss sich kräftig auf die Oberlippe. Der Junge tat ihr so leid. Auch ihr stiegen Tränen in die Augen und sie wandte sich hastig um.

»Amrei!«, stieß Micki hervor und pure Panik lag in seiner Stimme.

Amrei schämte sich ihrer Tränen, doch sie wusste auch,

dass sie jetzt nicht gehen durfte. Sie konnte den verstörten Jungen nicht einfach mit seinem Schmerz alleine in dem leeren Zimmer stehen lassen, also wischte sie sich heftig mit beiden Ärmeln der verschmutzten Bluse über die Augen und drehte sich zu ihm um. Amrei sah den Jungen zittern.

Sie kniete sich auf die Dielen und breitete ihre Arme aus. Schneller als erwartet war der Junge bei ihr und warf sich gegen sie. Sie hielt ihn fest in den Armen und Micki schien sich förmlich in ihr zu vergraben. Er weinte lautlos. Nur ein gelegentliches Aufschluchzen und das heftige Beben seines Körpers zeigten seine Verzweiflung.

»Amrei? Micki?«, kam eine Stimme aus Richtung Flur.

Amrei hob den Kopf Oma Wanner stand vor der Tür und beobachtete die Szene, ehe ihr Blick durch das leer geräumte Zimmer schweifte. »Es ist *doch* jemand aus dem Haus gegangen«, stellte sie nüchtern fest und drehte sich um.

Amrei hörte, dass sie ein paar Meter weiter Mickis Zimmer betrat. Kurz darauf erschien sie mit einem Papier in der Hand unter dem Türrahmen.

»Eine Mutter geht immer noch einmal zu ihrem Kind«, murmelte die alte Dame und reichte den Zettel Amrei, die eine Hand von Mickis Rücken löste, die Nachricht entgegennahm und zu lesen begann.

Margot hatte in wenigen Zeilen darauf geschrieben, dass sie nach Hause in den Norden zurückwollte. Am Vortag hatte sie erfahren, dass keine Hoffnung mehr darauf bestand, dass Michael Simon am Leben war. Er habe auf keine offizielle Anfrage und auch nicht auf die privaten Briefe von ihr oder Amrei reagiert, die von den ehemaligen Kriegsgegnern mit Sicherheit weitergeleitet worden waren. Offenbar gab es unter ihren Kriegsgefangenen keinen Michael Simon.

Sie schrieb weiter, dass sie das arbeitsreiche, karge Leben

auf dem Land leid sei und zurück in ihre Heimat und den Schutz ihrer Familie wolle. Micki aber wolle sie nicht aus seinem gewohnten Umfeld reißen und von seiner geliebten Tante und dem Pony trennen. Zu guter Letzt brachte Margot in der Nachricht noch ihre Hoffnung zum Ausdruck, dass Amreis Verantwortung für das Kind sie endlich veranlassen würde, sich ihren Mitmenschen gegenüber zivilisiert und angemessen zu verhalten.

Amrei ballte ihre Hand zur Faust, sodass der Brief zerknitterte. Margot hatte am Vortag erfahren, dass Michael nicht zurückkommen würde, und hatte ihr nichts gesagt. Offenbar hatte ihre Schwägerin sofort nachdem sie die schlechte Nachricht erfahren hatte, jemanden engagiert, der sie heute Morgen in aller Frühe und heimlich hier abgeholt hatte. Sie war fort und ließ sie mit der ganzen Arbeit und mit dem kleinen Jungen allein. Margot ließ ihren Sohn zurück, und so wie es schien, hatte sie auch nicht vor, ihn irgendwann nachzuholen. Nicht einmal eine Anschrift hatte sie dagelassen, unter der sie zu erreichen sein würde.

»Du egoistisches –«, tobte Amrei los, doch Oma Wanner unterbrach sie mit einem warnenden »Schsch«.

Amrei ließ Micki los, stürmte aus dem Zimmer und durch den Flur auf die Treppe zu. Sie nahm mehrere Stufen auf einmal und steuerte, als sie die Treppe hinter sich hatte, auf die Eingangstür zu.

Margot hatte ihr heimliches Verschwinden sehr raffiniert eingefädelt. Sie wusste, dass Amrei morgens das Haus durch die Nebentür verließ, und hatte den von ihr beauftragten Fahrer gebeten, vorne an der Haupttür zu warten. Ihr war klar gewesen, dass Amrei dadurch die verräterischen Spuren, die das Fahrzeug unweigerlich im Schnee hinterlassen musste, entgehen würden, und sie erst nach der Stallrunde bemerken konnte, dass sie, Margot, fort war. Diese Vorsichtsmaßnahme hatte Mickis Mutter zwei Stunden Vorsprung verschafft.

Wütend betrachtete Amrei die deutlich sichtbaren Pferde- und Kufenspuren im frisch gefallenen Neuschnee. Sie lief zur Koppel und pfiff laut durch die Finger.

Das erste Pferd, das an den Koppelzaun kam, war der Hengst. Amrei kletterte auf den Zaun, sprang auf den ungesattelten Rücken des Tieres und jagte mit ihm auf die Querstangen der Umzäunung zu. Sie wusste, dass Schneesturm das Hindernis mit Leichtigkeit überspringen konnte. Jetzt aber versanken die Beine des Hengstes tief im Schnee. Kurz vor dem Zaun drehte er für Amrei völlig überraschend einfach ab. Die Reiterin verlor den Halt und stürzte vom Rücken des Pferdes direkt vor dem Zaun in eine Schneeverwehung hinein.

Der Hengst jagte davon, wobei er übermütig nach hinten ausschlug.

Zornesrot im Gesicht kämpfte Amrei sich aus dem Schnee und trat mehrmals mit dem Fuß gegen einen Pfahl des Zauns. Sie begann, mit den Fäusten auf die oberste Querstange einzuschlagen, schrie dabei wütend vor sich hin und bemerkte vor lauter Zorn gar nicht, dass sie sich an den hervorstehenden Verästelungen Wunden an den Händen zuzog.

Allmählich wurde sie ruhiger. Ihr Schreien wich einem verzweifelten Weinen. Völlig erschöpft ließ sie sich in den Schnee fallen und vergrub ihre blutigen Fäuste in dem kalten Weiß.

Was sollte sie jetzt nur tun? Nun waren all ihre Pläne endgültig dahin. Sie brauchte Michael doch. Und sie brauchte jemanden, der nach dem Jungen und nach Oma Wanner sah und den Haushalt erledigte, während sie bei den Tieren und auf den Feldern beschäftigt war.

Nichts würde sich für sie bessern, obwohl dieser elende Krieg endlich vorbei war.

Das knirschende Geräusch von Schnee machte deutlich, dass jemand auf sie zukam.

Zögerlich hob sie den Kopf. Oma Wanner kam mühsam durch die Schneeverwehungen hindurch auf sie zugestapft, und als sie bei ihr am Koppelzaun angelangt war, ließ die Frau sich einfach neben ihr auf den kalten weißen Boden fallen. »Amrei.«

»Sag jetzt nicht, der Junge braucht mich.«

»Nicht nur der Junge, sondern auch ich. Du weißt genau, dass ich manchmal meine fünf Sinne nicht mehr beieinander habe.«

»Das weißt du?«

»Ich bin ja nicht blöd.«

Amrei lächelte, und sie drückte für einen Moment ihr verschwitztes, gerötetes Gesicht in den angenehm kalten Schnee. »Ich bin nicht gut für euch, Oma Wanner. Ich habe viel zu viel Zorn in mir.«

»Die Anforderungen der letzten Jahre, die Gefahren, die Heimlichtuereien, die Angriffe auf dich, den Hof und deine kleine Familie haben dir nicht gutgetan, Amrei. Sie haben tiefe Spuren hinterlassen.

»Aber dieser Zorn in mir. Diese Wut …«, flüsterte sie.

»Du hast es selbst in der Hand, wie du damit umgehen willst.«

»Ich schaffe es nicht, Oma Wanner. Ich kann nicht einfach ruhig bleiben und alles ertragen.«

»Genau das ist es, was du über Jahre getan hast, Amrei. Und gelegentlich läuft das Fass dann über.«

Amrei wischte mit beiden Händen den geschmolzenen Schnee fort, der ihr über das Gesicht lief. »Du meinst jetzt aber nicht, dass dieser Wutanfall eben richtig war.«

»Ach, Amrei. Du brauchst nicht alles klaglos zu ertragen und du brauchst dir von den Menschen nicht alles gefallen zu lassen. Wehre dich. Bestimmt, ehrlich und deutlich. Es bringt dir und auch den anderen nichts, wenn du alles hinunterschluckst, anstatt es auszusprechen. Das fördert Getratsche und Missverständnisse viel eher. Aber klage auch, jammere, schreie um Hilfe – genau in dem Moment, in dem du es brauchen kannst. Und nicht erst wenn das Fass mal wieder überläuft.«

Amrei setzte sich auf, legte ihren Kopf in Oma Wanners Schoß und die alte Frau stricht ihr mit ihren kalten, runzeligen Händen sanft über die zerzausten, nassen Haare. »Wie, Oma Wanner?«

»Das weißt du selbst, Amrei. Du hast Gott an deiner Seite. Er ist es, der dir die ganzen Jahre das Durchhaltevermögen, die Kraft und das Gelingen geschenkt hat. Er hört sich auch dein Klagen, dein Jammern und deine Hilferufe an. Und er ist der Einzige, der darauf wirklich reagieren kann. Er wird dir helfen. Und weißt du, wenn Gott nur vollkommene Menschen mit seinen Aufträgen betrauen würde, dann würde er ziemlich alleine dastehen!«

»Du bist sehr weise, Oma Wanner.«

»Ich bin ein Wirrkopf. Aber ich habe Lebenserfahrung. Auch wenn das manchmal alles in einem Nebel verschwindet. Du kannst Gott danken, dass ich ab und zu noch zu etwas zu gebrauchen bin.«

»Du *bist* weise!«, widersprach Amrei fest.

»Ich bin nass und mir ist kalt«, gab Oma Wanner zurück.

Amrei setzte sich auf und Oma Wanner erhob sich mühsam.

»Was machen wir denn jetzt mit Micki?«

»Wer ist Micki?«

»Oma Wanner!«, lachte Amrei und hakte sich bei der Frau ein.

Diese kicherte. »Wir werden ihn lieben, Amrei. Das ist das Wichtigste.«

»Das ist nicht schwer.«

»Warte nur mal, bis er anfängt, erwachsen zu werden.

Amrei schwieg. Sie wollte sich die Hoffnung nicht nehmen lassen, dass Margot entweder zurückkam oder eines Tages ihren und Michaels Sohn zu sich holen würde.

Leise wandte sie sich an die Frau neben ihr: »Ich bin froh, dass du hier bist, Oma Wanner. Auch wenn ich manchmal den Verdacht habe, dass du deine Verwirrung nur spielst, damit ich dich hierbehalte.«

»Wer weiß…«

1950

Eine der größten Gaben,
die wir einander geben können, ist,
dass wir einander zugestehen,
verschieden zu sein.

Beth Grant

Kapitel 8

Es wird jetzt endlich Zeit, Amrei. Anfang des Monats sind die letzten Lebensmittelrationierungen aufgehoben worden. Du kannst deinen Hof nicht mehr nur über die Landwirtschaft über Wasser halten. Es gibt ausreichend gut produzierende Bauernhöfe und genügend Lebensmittel in Deutschland.«

Amrei nickte Angela zu und klopfte mit der Faust eine Briefmarke auf dem Umschlag fest. »Nimmst du mir den mit zur Post?«, fragte sie und reichte den Brief über den Tisch der Freundin hinüber.

Die Tierärztin betrachtete neugierig die Anschrift. »Wer ist das?«

»Ein weiterer Reiseveranstalter. Nachdem alle anderen nicht von meinem Angebot zu begeistern waren und ein zu großes Risiko darin sahen, in mich zu investieren, schreibe ich jetzt die großen Veranstalter an, die vor allem riesige, vornehme Hotels in ihrem Programm haben.«

»Seit du fließend Wasser und Toiletten hast installieren lassen, hattest du doch schon ein paar Urlauber hier, Amrei. Du solltest kleinere Brötchen backen.«

»Du widersprichst dir. Außerdem habe ich das ja versucht. Aber wenn ich nicht in die Werbeprospekte eines etablierten Reiseveranstalters komme, habe ich hier draußen keine Chance.«

»Ich weiß nicht …«

»Das ist auch nur mein Ersatzplan, Angela. Das weißt du. Ich wollte hier mit Michael Pferde züchten, damit die ganzen guten Reitpferde nicht alle aus dem Norden oder Osten kommen …« Amrei schob lautstark den Stuhl zurück und stand auf.

Angela betrachtete den schmalen Rücken ihrer Freundin und seufzte laut auf. Amrei brauchte dringend einen Mann im Haus, zumal auch dem inzwischen zehnjährigen Micki ein Vater guttun würde. Sie hörte in Triberg und den umliegenden Dörfern so manches über ihn.

Angelas Blick fiel auf die Küchenuhr. »Ich muss los, Amrei«, stieß sie erschrocken aus. Sie stand auf und eilte aus der Küche.

Seit Margots plötzlicher Abreise wohnte die Tierärztin bei Amrei, Oma Wanner und Micki. Es war ihr unmöglich gewesen, Amrei mit ihren unzähligen Pflichten allein zu lassen. Die Verantwortung für den Jungen, Oma Wanner, für die Landwirtschaft und auch noch für den gesamten Haushalt war endgültig zu viel für die damals 19-Jährige gewesen.

Deshalb hatte sie, soweit es ihre Zeit neben ihrer Arbeit als Tierärztin zuließ, einen Teil dieser Aufgaben übernommen. Außerdem fühlte sie sich in der Gemeinschaft dieser seltsam zusammengewürfelten Familie wohler als alleine in ihrer Vierzimmerwohnung über der Praxis.

Angela rief nach Micki, der aus dem Stall gelaufen kam, seine Schultasche schnappte und sich neben sie auf den Sitz des VW-Käfers schwang.

»Hast du dich von Amrei verabschiedet?«

»Sie weiß doch, dass ich mit dir fahre. Das tue ich doch jeden Tag«, gab er zur Antwort.

»Und du weißt genau, dass sie es nicht leiden kann, wenn du dich nicht verabschiedest.«

»Ja, seit Mama einfach weg ist. Ich weiß.«

»Und denk dran, dass auch ihr Vater und ihr Bruder nicht zurückkamen.«

»Das war aber, *obwohl* die sich verabschiedet hatten.«

»Ist es so schwer zu verstehen, dass sie dich richtig verabschieden will? Sie hat immer Angst, dich auch noch zu verlieren.«

»Amrei ist nicht ängstlich, überhaupt nicht.«

»Innen, Micki, tief in sich drin ist sie sehr ängstlich und verletzlich.«

»Dann soll ich jetzt noch mal aussteigen?«, fragte der Junge unwillig.

»Ja.«

»Dann komme ich aber zu spät.«

»Das ist *dein* Problem.«

»Mensch, Angela!«

»Sprich nicht so mit Angela!«, donnerte Amreis mahnende Stimme auf ihn herunter.

Er drehte sich um und sah ihr Gesicht in dem aufgestellten Fenster. »Ade, Amrei«, rief er. »Bis heute Nachmittag.«

»Bis heute Nachmittag. Und ich will keine Klagen über dich hören.«

Du bist doch die Erste, die über die Leute schimpft, wenn sie irgendwelchen Klatsch von ihnen hört!«, konterte Micki mit einem schiefen Grinsen.

Angela sah, wie Amrei sich schnell abwandte. Musste sie ihrerseits ein Lächeln verbergen? Kopfschüttelnd ließ sie den Motor an und knatterte vom Hof auf den noch immer unbefestigten Weg. »Ihr seid eine völlig verrückte Familie.«

»Du steckst mittendrin, Angela. Also rede nicht von uns, als gingen wir dich nichts an.«

»Amrei liebt dich, Micki.«

»Ich weiß«, brummte der Junge und lehnte sich tief in den Sitz zurück.

»Auch wenn sie es nie sagt.«

»Ich weiß doch, Angela.«

»Ich wollte es nur gesagt haben.«

»Mann! Soll ich laufen?«

»Ich hör schon auf »

»Gut.«

Angela zog den Briefumschlag aus ihrer Rocktasche und reichte ihn dem Jungen hinüber. »Kannst du den bitte einwerfen? Ich lasse dich bei der Post raus.«

»Dann komme ich wirklich zu spät.«

»Das tust du ohnehin fast jeden Tag. Aber ich habe eine Praxis zu öffnen.«

»Deine Patienten kennen keine Uhr.«

»Aber ihre Besitzer.«

»Die können ohnehin nie mit deiner Pünktlichkeit rechnen. Notfälle und so.«

»Bitte, Micki. Der Brief sollte schnell weg. Es ist ein weiterer Versuch deiner Tante, einen Sponsor zu finden.«

Den Rest der Fahrt über schwiegen die beiden und hingen ihren Gedanken nach. Als Angela den Jungen in Triberg aus dem Auto ließ, beobachtete sie, wie er in Richtung Postamt davonschlenderte.

Obwohl die Schule bereits begonnen hatte, schien er es kein bisschen eilig zu haben. Die Augen verdrehend legte sie den Gang ein und fuhr die restliche Strecke bis zu ihrer Praxis, vor der bereits ein paar Patienten auf sie warteten.

Zwei Wochen später stürmte Amrei in Angelas Praxis, als diese gerade dabei war, die Wunde eines Zuchthasen zu nähen, der Bekanntschaft mit einem Fuchs geschlossen hatte.

Seine Besitzerin fuhr erschrocken herum, als die Tür laut gegen die Wand donnerte. Amrei nickte der Bäuerin grüßend zu und lief eilig zu der Tierärztin hinüber. Etwas Großartiges musste geschehen sein, denn Amreis grüne Augen funkelten fröhlich.

»Stell dir vor, eine Familie mit zwei Kindern hat gebucht. Für vier Wochen! Außerdem kommt noch ein einzelner Herr – ein Künstler oder so etwas, der sich hier erholen und neue Eindrücke sammeln will. Und das Beste: Ich habe eine Antwort auf meine Anfrage. Das Reiseunternehmen aus Hamburg schickt einen Mitarbeiter, der sich meine Reitpension ansehen soll, um sich einen Eindruck davon zu verschaffen, die Sehenswürdigkeiten der Gegend zu katalogisieren und so weiter. Es ist noch keine Zusage für eine Kooperation, aber mehr, als ich zu hoffen gewagt habe.«

»Das hört sich gut an, Amrei«, erwiderte Angela ruhig, die noch immer den betäubten Hasen nähte.

»Mehr als das! Ich muss dringend zusehen, dass Oma Wanner sich in dieser Zeit vernünftig verhält, und Micki muss sich von seiner allerbesten Seite zeigen. Er darf einfach nur freundlich und höflich sein. Das wird er hoffentlich für ein paar Tage hinbekommen!«

Angela hob den Kopf und sah mit einem zusammengekniffenen Auge ihre aufgekratzte Freundin an, bevor sie sich neu auf den weißen Patienten mit den schwarzen Flecken im Fell konzentrierte.

»Ich muss ein besseres Geschirr kaufen, Angela. Auch

wenn ich mir das eigentlich nicht leisten kann. Aber solche Investitionen sind notwendig. Wir sehen uns dann später.«

Amrei wirbelte so schnell und laut aus dem Untersuchungszimmer hinaus, wie sie eingetreten war.

Angela schaute für einen kurzen Moment untätig auf ihre Hände. Sie hielt es für ein kleines Wunder, dass dieses renommierte Reiseunternehmen, das sogar Hotels in Übersee betrieb, sich für die kleine Reitpension interessieren sollte. Andererseits waren der Schwarzwald und Triberg schon früher gut besucht und als Kur- und Erholungsgegend bekannt gewesen. Die Veterinärin hoffte, dass Amrei nicht enttäuscht werden würde. Diese hatte endlich einmal eine Aufmunterung und einen Erfolg nötig! Während sie den allmählich erwachenden Hasen schnell fertig versorgte, bat sie in Gedanken Gott, dass er ihrer Freundin dieses Geschenk doch machen würde.

Als sie das benommene Tier kurz darauf der Besitzerin zurückreichte, sah diese sie mit prüfendem Blick an. »Was auch immer die Pferde-Amrei vorhat, Dr. Metzger, vor allem sollte sie darauf achten, freundlich und höflich zu sein, und das halte ich für weitaus problematischer als bei dem Jungen!«

Kurze Zeit später wartete die Tierärztin in ihrem grünweißen Käfer Cabriolet vor der Schule auf Micki. Es kam selten einmal vor, dass sie in der Praxis vor Schulschluss fertig war, sodass sie den Jungen meist irgendwo auf dem Weg aufgabelte. Manchmal legte der Junge aber auch die komplette Strecke von Triberg bis zu Amreis Hof zu Fuß zurück, bevor sie ihn eingeholt hatte.

Das Motorengeräusch eines weiteren Automobils ließ sie aufsehen. Das Gefährt kam auf der gegenüberliegenden Straßenseite zum Stehen und gab ein Knattern von sich, das sogar die technisch völlig unbedarfte Tierärztin das Gesicht verziehen ließ.

Neugierig, da es hier noch nicht sehr viele Automobile gab und vor allem keine so neuen, teuren Modelle, beobachtete sie gespannt, wie die Fahrertür geöffnet wurde. Ein paar lange Männerbeine erschienen, die in guten, sichtbar neuen Schuhen steckten. Es folgte ein breiter, gut gebauter Männerkörper.

Als der Mann auf der Straße stand, wirkte die Limousine neben ihm belustigend zierlich. Angela betrachtete interessiert den fremden Mann. Er war groß und breitschultrig und sah aus wie einer der Sportler aus dem Fernsehempfänger, der ununterbrochen im Schaufenster des einzigen Elektrogeschäfts Tribergs lief.

Der Fremde sah sich prüfend um. Angela hatte selten einmal ein markanteres Gesicht gesehen. Besonders auffallend fand sie das tiefe Grübchen in seinem Kinn. Unwillkürlich schlich sich bei ihr der Gedanke ein, dass dies ein Mann für Amrei sein könnte.

Schnell tastete sie mit der Hand nach dem Türöffner und stieg ebenfalls aus.

Auf sie aufmerksam geworden, kam der Hüne mit großen Schritten zu ihr hinüber und nickte ihr grüßend zu.

Fasziniert von seiner Erscheinung legte die nicht sehr groß gewachsene Angela den Kopf in den Nacken, um dem Mann überhaupt ins Gesicht sehen zu können, und stellte dabei erfreut fest, dass schon allein seine Größe ausgezeichnet zu ihrer besten Freundin passen würde, die einen ganzen Kopf größer als sie selbst war.

»Kann ich Ihnen helfen?«, erkundigte sie sich, da der Mann noch immer suchend über sie hinwegsah.

Endlich wandte dieser ihr seine Aufmerksamkeit zu und sie sah in ein Paar strahlend blaue Augen.

Als sie beobachtete, wie sein Blick prüfend und kritisch über ihre einfache Bluse und den zwar für sie praktischen, aber nicht gerade modischen Hosenrock glitt, revidierte sie ihre Meinung bezüglich Amrei und dem Fremden. Das mit dem Hünen und Amrei würde wohl nichts werden, bedauerte sie gedanklich, denn Amrei trug nur noch Männer- oder diese ausgebeulten Reithosen und hatte zur Arbeit inzwischen auf die Hemden ihres Bruders zurückgegriffen.

»Das wäre sehr freundlich von Ihnen«, antwortete er endlich, nachdem er seine intensive Musterung beendet hatte.

Angela legte den Kopf leicht schief. Der Mann sprach ein gutes Hochdeutsch, wenngleich sich diesem ein leichter Akzent beimischte, den sie jedoch nicht einordnen konnte.

»Ich benötige dringend ein Telefon, eine Automobilwerkstatt und eine Wegbeschreibung.«

»Ein Telefon finden Sie gleich eine Querstraße weiter im Elektrogeschäft. Eine Automobilwerkstatt haben wir leider nicht, aber ich kann Ihnen jemanden nennen, der sich Ihr Auto einmal ansehen könnte. Und was die Wegbeschreibung angeht: Wohin möchten Sie denn?«

»Ich suche einen Herrn A. Simon.« Der Fremde reichte ihr einen Zettel und sie blickte mit gerunzelter Stirn auf Amreis Anschrift.

»Das ist ein Missverständnis. A. Simon ist eine Frau.« Angela hob den Kopf, doch der Blick des Fremden ging über sie hinweg. Es war nur zu offensichtlich, dass der Mann gedanklich schon woanders war.

»Die Wegbeschreibung wird aber dieselbe sein, nicht wahr?«, fragte er mit einem Lächeln im Gesicht, das ihn sehr sympathisch machte.

Bereitwillig beschrieb Angela ihm die etwas komplizierte Fahrtstrecke bis zum Hof der Simons und erklärte, dass dort auch nach seinem Auto geschaut werden konnte.

Der Mann bedankte sich flüchtig und eilte davon. Offenbar wollte er zuerst einmal telefonieren.

Angela lehnte sich mit nachdenklich gerunzelter Stirn gegen ihren Käfer. Was wollte der Fremde von Amrei? Und weshalb dachte er, sie sei ein Mann? War er bereits der von Amrei angekündete Besuch, der ihre kleine Pension ansehen wollte, oder handelte es sich um den Künstler, der sein Kommen angekündigt hatte? Wahrscheinlich Letzteres, dachte Angela. Er wirkte mehr wie ein zerstreuter Künstler als wie ein seriöser Geschäftsmann. Aber konnte es überhaupt sein, dass einer der beiden bereits hier in Triberg angekommen war?

In diesem Moment sah sie Micki über den Schulhof schlendern. Er trug seine Tasche lässig über der Schulter, hatte die freie Hand tief in seiner Hosentasche vergraben und machte auf sie den Eindruck eines sehr gelösten, zufriedenen Jungen.

In dem Moment kam ihr ein Gedanke.

Sie beugte sich durch das offen stehende Fenster in ihren Wagen hinein und drückte kräftig auf die Hupe.

Der Junge hob den Kopf, sah sie und grinste breit, hielt es allerdings nicht für nötig, schneller zu laufen.

Nachdem Micki endlich beim Wagen angelangt war, sprang Angela hinter das Steuer und rief dabei: »Mach schon. Wir haben es eilig.«

Micki ging gemächlich um das Gefährt herum und

machte es sich auf dem Beifahrersitz bequem. »Du hast es immer eilig, Angela.«

Die Tierärztin legte mit lautem Knacken einen Gang ein. Schneller als gewöhnlich fuhr sie durch die gepflasterten, abwärts verlaufenden Straßen und schoss förmlich auf die abzweigende Landstraße und in das lang gezogene Waldstück hinein.

»Du hast kürzlich Briefe für Amrei auf den Hof mitgenommen, nicht wahr?«, fragte Angela und kam damit auf den Gedanken zurück, der ihr vorhin gekommen war.

»Das mache ich immer, Angela. Ich bin der Briefträger vom Dienst. Allerdings ohne Entlohnung!«

»Hast du sie gleich Amrei gegeben?«

»Na ja.«

»Was heißt: Na ja?«

»Sie hat sie selbst gefunden.«

»Wann?«

»Als sie heute Morgen meine Hose waschen wollte.«

»Wie viele Tage hast du sie mit dir herumgetragen?«

»Keine Ahnung. Zwei? Drei? Vier?«

»Klasse!«

»Was ist eigentlich los?«

»Die neuen Gäste für eure Pension kommen schon an. Ich vermute mal, Amrei rechnet noch nicht mit ihnen.«

»Hä?«

»Wie bitte!«

»Wie bitte?«, wiederholte Micki mit genervtem Unterton und überkreuzte die Füße.

»Es kommt ein Gast, der von einem großen Reiseunternehmen geschickt wurde. Dieser Mann ist für die Zukunft der Reitpension enorm wichtig, denn auf sein Urteil kommt es an, ob Amrei einen Kooperationsvertrag bekommt oder nicht. Vor seinem Eintreffen hätte sie bestimmt gerne noch einige Vorbereitungen getroffen. Es könnte aber sein, dass der Mann schon hier ist!«

»Will sie dem Mann etwa was vorspielen?«, fragte Micki keck.

»Nein! Sie will ihren und deinen Lebensunterhalt sichern«, gab Angela ungewohnt heftig zurück.

Micki schwieg lange Zeit, während Angela ihren VW Käfer über den bewaldeten Hügel jagte und in rasantem Tempo die Abfahrt nahm, die sie auf die Landstraße zum Hof brachte.

Sie fuhren am Dorf vorbei, das abseits der Straße lag, und Angela drosselte das Tempo, da hier die ausgebaute, asphaltierte Straße endete.

»Wenn du weiter so rast, kannst du Amrei nicht einmal mehr warnen!«, gab Micki mit gepresster Stimme von sich, und Angela warf ihm einen prüfenden Blick zu. Der Junge war ungewohnt blass um die Nase.

»Schlechtes Gewissen oder Angst?«

»Beides«, gab er erstaunlicherweise zu.

»Du könntest es wiedergutmachen, Micki.«

»Wie?«

»Indem du Amrei und Oma Wanner jede Hilfe gibst, die du nach der Schule geben kannst, und indem du dich den Gästen gegenüber vorbildlich und höflich benimmst.«

»Mach ich.«

»Danke.«

»Reicht es, wenn ich mich dem Prüfer gegenüber vorbildlich –«

»Michael Simon junior!«

»Einen Versuch war es wert«, lachte der Junge.

Wenig später brachte Angela den Käfer mit quietschenden Bremsen im Hof zum Stehen, und während sie ausstieg, kletterte Amrei mit besorgtem Blick über den Koppelzaun und eilte auf sie zu. »Ist etwas passiert?«, rief sie noch im Laufen.

»Die Gäste kommen schon«, stieß Angela aus und warf Micki einen strafenden Blick zu. Amrei, die inzwischen am Auto angekommen war, schaute sie entsetzt an. »Dieser junge Mann hier hat die Briefe mit den Benachrichtigungen ein paar Tage mit sich herumgetragen.«

»Ich habe Micki schon wegen der Briefe zur Rede gestellt, Angela, aber der Reiseveranstalter schrieb, ihr Angestellter würde erst Anfang nächster Woche kommen. Auch die Familie will zu diesem Zeitpunkt hier eintreffen. Nur dieser Künstler konnte mir keinen genauen Ankunftstermin nennen.«

»Dann war es also doch nur der Künstler, den ich getroffen habe!« Angela atmete erleichtert auf.

»Und dafür hast du mich –«, begann Micki vorwurfsvoll.

»Halt den Mund, Micki«, gab Angela zurück.

Aufgrund der Schroffheit ihrer Antwort, zog der Junge eine Grimasse und setzte sich hinter das Steuer.

»Aber hör mal, Amrei. Du kannst unmöglich als Absender Herrn A. Simon angeben. Was ist dir denn da eingefallen?«

»Was?« Amrei sah sie erst irritiert, dann verstehend an. Sie zog Angela an der Hand von der Fahrertür weg und trat direkt an den Wagen.

Micki rutschte auf dem Autositz weiter nach unten.

»Micki?«

»Sieh mich nicht so böse an. Ich habe ein paar der Absagen gelesen, die du von den Reiseunternehmern bekommen hast. Einige von den Büromenschen haben geschrieben, dass sie sich nicht vorstellen könnten, dass eine Frau das, was du planst, auch wirklich schaffen kann. Sie trauen es dir nicht zu. Also habe ich bei den Briefen, die du in letzter Zeit geschrieben hast, vor den Absender das Wort ›Herr‹ geschrieben«, erklärte er, setzte sich aufrechter hin und meinte stolz und herausfordernd zugleich: »Und siehst du, schon beißt ein großer Fisch an.«

»Dass die Leute aber bemerken könnten, dass ich kein Mann bin, ist dir dabei nicht in den Sinn gekommen?«

»Wieso? Du arbeitest wie ein Mann, benimmst dich wie ein Mann, die Leute sagen, du …« Micki unterbrach sich und machte eine abweisende Handbewegung. Er ahnte, dass Amrei im Moment kein Interesse daran hatte zu hören, was die Leute über sie dachten.

»Ich sehe aber nicht aus wie ein Mann!«

Der Junge erklärte, nun etwas kleinlauter geworden: »Ich habe nicht wirklich damit gerechnet, dass die jemanden vorbeischicken, Amrei. Und bei den Touristen dachte ich, wenn sie erst einmal hier sind, werden sie wegen dieser Kleinigkeit nicht einfach abhauen.«

»Na, toll!«, entfuhr es Amrei und sie schlug mit der flachen Hand kräftig auf das Verdeck des Fahrzeuges.

»Ich wollte dir nur helfen«, murmelte Micki jetzt tatsächlich in schuldbewusstem Tonfall.

Angela hatte Mitleid mit dem Jungen, zumal Amrei nun mit kräftigen, weit ausholenden Schritten, die Hände in die Hüften gestemmt und das Gesicht düster verzogen, auf und ab ging. Dann blieb sie abrupt stehen. Ihr Rücken war Angela und Micki zugewandt und ihre Schultern zuckten. Besorgt stieß Angela sich vom Fahrzeug ab, an dem sie gelehnt hatte, und ging ein paar Schritte auf die Freundin zu. Weinte sie? Glaubte sie all ihre neu aufgekeimten Hoffnungen durch die Aktion ihres Neffen zerstört?

Angela schürzte die Lippen und verschränkte die Arme vor ihrer Brust. Sie war sich nun ganz sicher, dass Amrei nicht weinte. Das, was sie vor ihnen zu verbergen versuchte, war ihr Lachen!

Kapitel 9

Ihre Schmerzen nahmen von Tag zu Tag unerbittlich zu. Inzwischen stand sie nicht mehr auf. Sie urinierte ins Bett, aß nicht mehr und auch das Trinken fiel ihr immer schwerer, obwohl ihr Körper immer mehr austrocknete.

Das Fieber stieg und selbst die gut gemeinten Wickel des Dienstmädchens und auch der Arzt, der schließlich konsultiert wurde, konnten ihr nicht helfen.

Margot betrachtete die Haut an ihrem Arm, die inzwischen graugelb aussah und sich anfühlte, als gehöre sie zu einer sehr alten Frau. Sie wusste, dass sie an dieser Blasenentzündung, die inzwischen auch auf ihre Nieren übergegriffen hatte, sterben würde. Aber noch war sie nicht bereit dafür. Es gab noch einiges zu erledigen. Doch konnte sie es tun?

Unter Aufbringung ihrer letzten Kraft, getrieben von dem verzweifelten Gedanken, ihren Sohn zu beschützen, zog sie ihre Nachttischschublade auf. Mit schweißnassen, kraftlosen und heftig zitternden Fingern suchte sie die Fotografie. Ihr Gesicht wurde weicher, als sie das Bild des kleinen vierjährigen Jungen betrachtete, der ihr darauf fröhlich entgegenlachte. Michael war jetzt zehn Jahre alt und die Hälfte seines Lebens hatte sie ihn nicht mehr gesehen. Margots Hand fiel kraftlos auf die Bettdecke hinunter, doch das Foto ließ sie nicht los.

Ihr Unterleib krampfte sich zusammen und Margot unterdrückte nur mühsam das Stöhnen. Ein Laut von ihr würde das Dienstmädchen hereinlocken, aber dieses durfte sie nicht stören. Nicht jetzt, wo es galt, den letzten Liebesdienst für ihren Sohn zu tun.

Margot krümmte sich und wand sich wie ein Fisch auf dem Trockenen, bis der Krampf endlich nachließ. Sie öffnete erschöpft und verzweifelt zugleich ihre Augen und starrte an die hohe, stuckverzierte Decke.

Der wahre Vater ihres Jungen, Bernhard von Martheim, hatte sie all die Jahre suchen lassen, und obwohl sie eilig geheiratet und dadurch dem unehelichen Kind einen Vater und sich und dem Jungen einen anderen Namen verschafft hatte, war er ihr gefährlich nahe gekommen. Vor fünf Jahren im Triberger Rathaus hatte sie nicht nur erfahren, dass die Wahrscheinlichkeit, dass Michael Simon zurückkehren würde, praktisch bei null lag, sondern sie hatte zufällig mitbekommen, dass nach einer Margot Weltheim geforscht wurde. Um Michael vor dem Zugriff der von Martheims zu schützen, hatte sie ihn kurzerhand verlassen und war nach Hause zurückgekehrt.

Damals, als sie sich mit Bernhard von Martheim eingelassen hatte, war er bereits ein verheirateter Mann und Vater von drei Töchtern gewesen, und er konnte es sich unmöglich leisten, dass ein außerehelich gezeugter Erbe Anspruch auf einen Teil seines Besitzes stellen würde.

Er hatte ihr damals gedroht: Entweder solle sie selbst dem Leben des ungeborenen Kindes ein Ende setzen oder er würde es tun, spätestens wenn es geboren sei.

Aber Margot hatte dieses Kind gewollt, schließlich liebte sie Bernhard von Martheim. Deshalb hatte sie sich und ihrem Sohn ein Zuhause beschafft. Und lange Zeit hatte sie sich dort auf dem kleinen Bauernhof sicher gefühlt.

»Verzeih mir, Michael, verzeih mir, Annemarie«, flüsterte sie und hob mit zitternden Fingern die Fotografie an. »Verzeih mir, kleiner Michael. Ich habe nur aus Liebe gehandelt. Diese Leute sind so versessen auf ihre Ehre, auf die Erhaltung ihrer familiären Linie, darauf, korrekt und innerhalb der wohlbetuchten Familien ihr Vermögen und ihre Macht weiterzuvererben. Sogar jetzt noch, wo so viel zerstört und verloren ist.«

Schritte näherten sich ihrer Zimmertür. Margot küsste das Jungengesicht auf dem Foto und nahm all ihren Willen und den letzten Rest ihrer Kraft zusammen und begann, das Bild zu zerreißen.

Doch die Personen draußen waren zu schnell da! Schon wurde geklopft und die Tür einen Spaltbreit aufgeschoben. Ihr Bruder streckte seinen Kopf herein und sein harter Blick traf sie. Er hatte es ihr in den vergangenen elf Jahren nie vergeben, dass sie einfach so spurlos verschwunden war. Das gehörte sich für eine Tochter aus gutem Hause nicht. Immerhin nahmen die anderen Herren und Damen derselben Gesellschaftsschicht an, sie sei mit einem nicht standesgemäßen Mann durchgebrannt. Was für eine Schande!

»Bernhard ist hier, Margot.«

»Nein«, flüsterte sie, vergrub ihre Hände mit den großen Fetzen der Fotografie unter der Bettdecke und versuchte, es weiter zu zerreißen, was ihr kaum möglich war. Ihr fehlte einfach die Kraft.

»Ich finde, du bist es ihm schuldig, ihn zu empfangen, Margot. Immerhin entstanden nach deinem unverzeihlichen Verschwinden hässliche Gerüchte, die auch ihn betrafen.«

»Welche? Dass er mich geschwängert hat? Dass ich deshalb verschwinden musste?«, presste sie mühsam und mit für sie enttäuschend schwacher Stimme hervor.

»Margot, bitte.« Der vorwurfsvolle Tonfall ihres Bruders schmerzte beinahe ebenso wie die erneut aufflackernden Krämpfe in ihrem Inneren.

»Ich will ihn nicht sehen«, stieß sie mühsam aus, doch ihr Bruder ignorierte ihre Bitte. Er trat zur Seite und ließ den Mann ein.

Margot schloss gequält die Augen. Noch immer sah er so unglaublich gut aus, wenngleich sich ein paar Falten um die Mundwinkel eingegraben hatten und seine einst dunkelbraunen Haare von einigen silbernen Strähnen durchzogen waren.

Hinter ihm trat auch das Mädchen ein, das zu ihrer Pflege abgestellt worden war, doch zu Margots Entsetzen verließ ihr Bruder den Raum und schloss fest die Tür hinter sich. Wollte er seinem Freund und Partner mit diesem letzten Gespräch einen Gefallen tun? Ahnte er nicht, dass er sie damit in große Bedrängnis brachte? Dass er dadurch auch einen kleinen Jungen in Lebensgefahr brachte, konnte er natürlich nicht wissen, denn auch ihrer Familie gegenüber hatte sie über die vergangenen Jahre geschwiegen.

»Margot«, sagte der Mann emotionslos und ließ sich auf dem Stuhl nieder, den das Dienstmädchen ihm herbeibrachte, ehe es sich rücksichtsvoll weit in den hintersten Winkel des großen Zimmers zurückzog.

Margots Hände schienen zu brennen, so deutlich spürte sie die Schnipsel der verräterischen Fotografie in ihnen.

Bernhard von Martheim warf einen prüfenden Blick auf die jüngere Frau an der Fensterfront und rückte den Stuhl noch näher ans Krankenbett. »Was ist mit dem Kind?«

»Wie es mir geht, interessiert dich gar nicht?«

»Nein, ich will wissen, was mit dem Kind ist.«

»Es ist tot.«

»Seit wann?«

»Was kümmert es dich?«, stöhnte sie und fühlte von Neuem diesen schrecklichen, alles beherrschenden Schmerz in sich.

»Das war keine gute Antwort, Margot. Du weichst mir aus. Das lässt mich vermuten, dass dieses Kind sehr wohl noch am Leben ist.«

»Nein«, stieß sie hervor und krümmte sich unter Schmerzen zusammen. Sie konnte nicht klar denken. Wie sollte sie diese Befragung überstehen, ohne Michael in irgendeiner Form zu verraten?

»Wann ist es gestorben?«

»Bei der Geburt«, log sie weiter.

»Wo?«

»Irgendwo zwischen hier und Frankreich.«

»Wo, Margot?«

»Ich weiß den Namen der Ortschaft nicht.«

»Was ist mit dem Leichnam geschehen?«

»Ich habe es selbst begraben. Es war so klein«, versuchte sie unter heftigen Schmerzen weiterhin, Michaels Leben zu beschützen.

»Welches Geschlecht?«

»Ein Junge«, zischte sie und wusste gleichzeitig, dass sie ihm damit wehtun konnte. Seine Frau hatte in den letzten Jahren noch zwei weitere Kinder zur Welt gebracht. Es waren wieder Mädchen gewesen.

Tatsächlich schwieg Bernhard eine Weile.

Die Schmerzen in ihrem Körper ließen nach und Margot öffnete die Augen. Was sie sah, erschreckte sie zutiefst. Dieser Mann glaubte ihr nicht. Sein Blick fiel auf die noch immer offen stehende Schublade und mit gerunzelter Stirn tippte er mit dem Zeigefinger seiner gepflegten Hand auf die vordere Schubladenleiste.

»Was hast du hier herausgeholt?«

Margot schwieg. Was sollte sie jetzt sagen? Ihr Zögern schien ihn noch misstrauischer zu machen, denn er begann, in der Schublade zu wühlen.

»Ich habe eine Bibel gesucht«, flüsterte sie verzweifelt. Vielleicht würde er vor diesem heiligen Buch ein bisschen Respekt bekommen und sie endlich in Ruhe lassen.

»Du weißt nicht einmal, ob du eine Bibel in deiner Schublade hast oder nicht?«, lachte er und warf dem aus dem Fenster schauenden Dienstmädchen einen weiteren abschätzenden Blick zu.

»Gisela, der Herr möchte gehen«, versuchte Margot, das Mädchen herbeizulocken und Bernhard endlich zum Gehen zu veranlassen, doch ihre Stimme war so schwach, dass sie nicht bis an die Fensterfront hinüberdrang.

»Gleich, Margot«, spottete der Freund ihres Bruders und ihr früherer Geliebter und schlug einfach die Decke nach unten. Margot, die darauf überhaupt nicht gefasst gewesen war, ballte ihre Hände um die Fetzen der Fotografie.

Er öffnete, ohne dass sie in der Lage war, es zu verhindern, ihre Faust und entnahm ihr die Papierstücke. Mit zusammengekniffenen Lippen hielt er die Teile aneinander, sah sich das Gesicht des Jungen an und steckte die Schnipsel in die Innenbrusttasche seiner Anzugsjacke.

Er deckte Margot sehr nachlässig zu und erhob sich. »So, bei der Geburt, ja?«

»Bernhard, bitte.«

»Jetzt kannst du dich nicht mehr herausreden. Oder willst du mir nun erzählen, er sei gestorben, kurz nachdem diese Fotografie angefertigt wurde?«

»Sie wurde für den Mann gemacht, der ihn für seinen Sohn hält«, erklärte Margot verzweifelt. »*Alle* halten ihn für seinen Sohn. Niemand weiß etwas anders. Niemand!« Sie wollte diese Worte schreien, doch ihre Stimme brachte nur noch ein heiseres Krächzen zustande. Margot gelang es kaum noch, ihre Augen offen zu halten.

»Du weißt, dass ich ihn finden werde. Die Fotografen hinterlassen auf den Rückseiten der Fotos ihren Namen, meist auch ihre Adresse.«

»Bitte, Bernhard. Er ist keine Gefahr für dich. Er weiß nichts von dir. Niemand weiß etwas von dir.«

»Wir werden uns wohl nicht noch einmal sehen, Margot.« Bernhard von Martheim stand auf.

»Ich flehe dich an, Bernhard. Bitte, lass den Jungen in Ruhe.«

Ohne sich noch einmal umzudrehen, verließ er mit schnellen Schritten das Zimmer. Das Dienstmädchen folgte ihm und schloss hinter sich die Tür.

»Nein!«, hauchte Margot und schloss völlig geschwächt die Augen. Sie fühlte einen einzigen Schnipsel Fotopapier in ihrer Hand, zog sie mühsam unter der plötzlich schrecklich schweren Decke hervor und hielt den Bildausschnitt nahe vor ihr Gesicht. Ihre Augen hatten Mühe, klar zu sehen, und so erkannte sie nur verschwommen einen Teil von Michaels weißem gestärkten Hemd, das dieser so gehasst hatte. Vorsichtig drehte sie das kleine Stück Fotopapier um. Einen Teil des Namens vom Fotografen und die Postleitzahl mit dem Ortsnamen Triberg waren darauf gedruckt. Doch Hoffnung gab dies der sterbenden Frau nicht. Bernhard von Martheim würde herausfinden, welcher Fotograf dieses Bild angefertigt hatte. Es würde nur etwas länger dauern.

Tom Hedding wartete ungeduldig, bis am anderen Ende der Telefonhörer abgenommen wurde, und nach einem kurzen Gespräch mit dem Sekretär wurde er zu seinem Vater ins Büro durchgestellt.

»Was gibt es?«, lautete die knappe Frage, die dem jungen Mann deutlich zeigte, dass sein Vater noch immer nicht gut auf ihn zu sprechen war.

»Das ist die reinste Einöde. Und der Wegbeschreibung nach wird es noch haarsträubender, Vater.«

»Natürlich lässt sich das nicht mit Hamburg oder gar New York vergleichen, Sohnemann.«

»Du willst hier tatsächlich Kunden hinschicken?«

»Es gibt Menschen, die die Ruhe, Abgeschiedenheit und auch die Einsamkeit eines kleinen Reiterhofes suchen, um sich zu erholen.«

»Das bezweifle ich«, murmelte Tom.

»Ich bezweifle nicht, dass du das tust«, gab der ältere Herr zurück. »Was also willst du?«

»Kannst du nicht einen deiner Angestellten herschicken?«

»Und du?«

»Ich könnte nach Italien weiterfahren. Dort hast du doch auch an einigen Hotels Interesse –«

»Ich möchte dich aber genau da haben, wo du jetzt bist. Außerdem ist schon jemand anders auf dem Weg an den Gardasee.«

Tom zog eine Grimasse und nahm den Hörer in die andere Hand. »Hast du mich zum Studium nach New York geschickt, damit ich jetzt in dieser Einöde eine kleine Pension auf ihre Tauglichkeit prüfe? Dann hättest du dir die Kosten für das Studium sparen können.«

»Wäre dir der Krieg lieber gewesen? Vielleicht hätte der dich zu einem anständigen Mann geformt, und aus dir wäre nicht dieser leichtlebige, oberflächliche, arrogante Schnösel geworden, der du jetzt bist.«

»Hältst du tatsächlich so wenig von mir, Vater?«, brummte Tom und trat unruhig von einem Bein auf das andere. Der Besitzer des Elektrogeschäfts stand ganz in der Nähe und beäugte ihn ärgerlich. Vermutlich gefiel ihm nicht, was er über Triberg und die Umgebung gesagt hatte.

»Ich liebe dich, Tom. Aber mir missfallen die Veränderungen, die die Jahre in New York an dir bewirkt haben. Übrigens hielt auch deine Mutter es für die richtige Entscheidung, dich einmal für unbestimmte Zeit in diese Einsamkeit zu schicken. Wir hoffen und beten, dass du dort ins Nachdenken über dich und deine Zukunftspläne kommst. Melde dich, wenn ich irgendetwas Wichtiges über diese Reitpension wissen muss.«

Es klickte; sein Vater hatte aufgelegt.

Nachdenklich hängte auch Tom den Hörer ein und starrte ein paar Sekunden auf den schwarzen, altmodischen Telefonapparat, ehe er sich dem Ladenbesitzer zuwandte. »Was schulde ich Ihnen?«

Er bezahlte die unfreundlich gebrummte Verbindungsgebühr und verließ eilig das Geschäft. Zuerst einmal würde er sich ein gutes Hotel suchen, nahm er sich vor. Immerhin konnte niemand von ihm erwarten, dass er sich in einer einfachen Pension außerhalb dieser Stadt zwischen Wäldern, Bergen, Wiesen und einem Fluss, dessen Namen er sich nicht einmal gemerkt hatte, einquartieren würde.

Tom verließ den beeindruckenden holzgeschnitzten Rathaussaal aus dem Jahr 1926 und stieß beinahe mit einer jungen Dame zusammen. Sie trug ein modisches hellblaues Kostüm, und obwohl ihre Aktentasche, die sie in beiden Händen hielt, ziemlich veraltet und unpassend wirkte, war sie doch eine angenehme Erscheinung.

Als er in ihr Gesicht sah, glaubte er, sie schon einmal gesehen zu haben.

»Sie waren gestern gar nicht bei den Simons draußen«, sprach die Frau ihn an, und nun wusste er auch, wo er ihr bereits begegnet war. Sie war die Frau aus dem VW-Käfer, die er um Auskunft gebeten hatte. Ein Lächeln legte sich auf sein Gesicht und er antwortete: »Das werde ich heute erledigen.«

»Angela Metzger«, stellte sie sich vor und streckte ihm ihre schmale Hand entgegen.

»Tom Hedding.« Er verbeugte sich leicht. »Darf ich Sie nach draußen begleiten?«, fragte er und bot ihr seinen Arm an.

Sie nahm ihn und gemeinsam verließen sie das Rathaus. Im Freien begrüßte sie ein auffrischender Wind und der Himmel, der kurz zuvor noch strahlend blau gewesen war, wurde mehr und mehr von einer grauen Wolkenwand in Besitz genommen.

»Verbringen Sie Ihren Urlaub hier?«, erkundigte sich Tom und musterte nochmals ihr heute sehr erfreuliches Äußeres.

»Ich bin die Tierärztin in dieser Gegend. Heute hatte ich allerdings einigen Papierkram zu erledigen.«

Tom nickte. Also war dies nicht ihre übliche Alltagskleidung. Aber immerhin wusste sie sich geschmackvoll zu kleiden und der gelockte Kurzhaarschnitt wirkte ausgesprochen modern.

»Und Sie, Herr Hedding? Was hat Sie hierher verschlagen?«

Tom grinste vor sich hin. So konnte man es tatsächlich sagen: Es hatte ihn hierher verschlagen. Aber da sein Vater ihn für die ersten Tage seines Aufenthaltes um Zurückhaltung gebeten hatte, was Auskünfte über seine Person und den Grund seines Kommens betraf, hob er als Antwort lediglich seinen umgehängten Fotoapparat an. Am besten würde es sein, wenn er sich als Tourist ausgab.

»Sie verdienen Ihr Geld durch Fotografieren? Dann sind Sie ein Künstler? Waren Sie in Köln auf der Photokina[3], diesem Forum für Fotografie?«

Tom nickte und schwindelte dabei nicht einmal. Er war vor zwei Wochen tatsächlich auf dieser Bilderschau gewesen – allerdings nicht als Künstler, sondern als Besucher. Aber das brauchte er der Dame ja nicht auf die Nase zu binden.

»Werden Sie die Simons mithilfe meiner Beschreibung finden?«, erkundigte sie sich und sah ihn seltsam prüfend und mit zur Seite geneigtem Kopf an.

»Mit Sicherheit.« Er schenkte ihr ein weiteres Lächeln.

»Schön«, gab sie zurück, zögerte und fuhr dann fort, wobei sie ihn wieder so seltsam musterte: »Die Eigentümerin, Amrei Simon, wird sich sehr freuen, Sie begrüßen zu dürfen.«

»Amrei Simon? Die Pension wird also wirklich von einer Frau geleitet?« Er erinnerte sich, dass Angela Metzger ihn bei ihrer ersten Begegnung aufgeklärt hatte, dass A. Simon kein Mann war.

»Ja. Sie ist eine beeindruckende Person, Herr Hedding. Sie hat ihren Neffen, eine ältere Frau und den Hof mit den

---

3 1950 erstmals veranstaltete Messe für Fotografie, findet seither alle zwei Jahre in Köln statt

Tieren und der Landwirtschaft alleine durch den Krieg gebracht, obwohl sie selbst praktisch noch ein Kind war. Sie werden kaum eine ehrlichere und patentere Frau finden können. Amrei ist eine Frau mit sehr viel Energie und Durchsetzungsvermögen.«

Tom nickte schwach und überlegte, ob sein Vater begeistert davon sein würde, dass eine Frau die Leitung der Pension innehatte. Oder wusste er das bereits? Aber hatte er nicht von einem Herrn Simon gesprochen? Und die prüfenden Blicke von Angela Metzger, die diese Amrei Simon kannte und sehr schätzte, deuteten darauf hin, dass sie von diesem kleinen Irrtum gewusst haben konnte. War sein Vater etwa bewusst in die Irre geführt worden?

Tom wandte sich halb um. Vielleicht sollte er seinen Vater umgehend informieren. Konnte das nicht Grund genug für ihn sein, dieses Projekt hier sofort zu beenden?

Die Stimme der Frau riss ihn aus seinen Gedanken.

»Wir treffen uns dort mit Sicherheit, Herr Hedding. Ich wohne seit ein paar Jahren auf dem Hof von Frau Simon und kann Ihnen nur versichern, dass es ein wunderbar ruhiger, erholsamer und schöner Ort ist. Sie werden sich gut erholen und viele Fotos schießen können.«

»Na dann… bis später«, verabschiedete sich Tom, da es Angela Metzger plötzlich sehr eilig hatte. Die Aussicht, diese angenehme Person wiederzusehen, fand er gar nicht so übel, weshalb er vorerst auf einen weiteren Anruf bei seinem Vater verzichtete und sich hinter das Steuer seines Fahrzeugs setzte.

Dieses startete mühsam und gab Geräusche von sich, die ihn an den trockenen Husten eines alten Mannes erinnerten. Prüfend schaute er durch die Frontscheibe, aber die Tierärztin war bereits verschwunden.

Kapitel 10

Tom Hedding hatte sich zweimal verfahren, bis er in ein kleines Dorf gekommen war, in dem jeder die Pferde-Amrei, wie sie hier genannt wurde, kannte. Eine junge Frau – Iris Brün – hatte ihm den Weg erklärt und ihm dabei gleich einige wertvolle Tipps für den Umgang mit dieser Amrei mit auf den Weg gegeben, die hier seltsamerweise nicht mehr so wunderbar, bemerkenswert, ehrlich und erfolgreich zu sein schien wie noch in Triberg.

An einem bewaldeten Berg, dessen Weg steil aufwärts führte, war sein Fahrzeug zunehmend laut und immer langsamer geworden. Trotz seiner Bitte an den Himmel, es noch bis zu dieser Pferde-Amrei schaffen zu dürfen, war seine Limousine kurz vor der Bergkuppe liegen geblieben, sodass er den Rest des Weges zu Fuß zurücklegen musste.

In dem Moment, als er aus dem Wald trat und sich vor ihm ein großes Tal öffnete, fielen die ersten großen Regentropfen aus dem von dunklen Wolken überzogenen Himmel. Laut vor sich hin schimpfend, marschierte er weiter, während der Niederschlag immer stärker wurde. Der Regen prasselte auf seinen Rücken und seinen Hinterkopf und innerhalb von Minuten war er vollkommen durchnässt. Er spürte, wie die immer schlammiger werdende Straße seine teuren Schuhe aufweichte und seine Füße allmählich nass wurden. Diese Tatsache trug keinesfalls dazu bei, dass seine Stimmung sich hob.

Eine gewisse Erleichterung stellte sich jedoch ein, als er in einiger Entfernung ein Licht entdeckte. Das musste der Hof dieser Pferde-Amrei sein. Sein Ziel lag unmittelbar vor ihm.

Tom kam an eine Auffahrt, die noch schlechter war als die ungeteerte Landstraße. Große Pfützen breiteten sich vor ihm aus, doch da er ohnehin patschnass war, watete er missmutig durch sie hindurch auf die Gebäude zu.

Im Innenhof angekommen, entdeckte er eine große Gestalt, die ihm den Rücken zukehrte und mit zwei schweren Kaltblutpferden beschäftigt war. Tom musterte den schlanken, groß gewachsenen Jüngling in seinen verdreckten Gummistiefeln, die knapp unterhalb der braunen Kniebundhose endeten. Das karierte Hemd hing an einer Seite nachlässig aus der Hose und einer der Hosenträger drohte von der noch recht schmalen Schulter zu rutschen. Der große Junge trug einen ausgebleichten, heruntergekommenen Männerhut, der jetzt nass war und dadurch noch trauriger wirkte, als das mit Sicherheit auch schon bei Sonnenwetter der Fall war.

In dem Augenblick, als er die Person ansprechen wollte, um nach Amrei Simon zu fragen, rutschte dieser ein dicker, geflochtener Zopf über die Schulter nach hinten und baumelte bis zu der schlanken Hüfte hinunter.

Tom blieb mit offenem Mund stehen.

Die Frau tätschelte den Hals des Pferdes vor sich und drehte sich um. Dabei entdeckte sie den Besucher. Ihr Blick ruhte für einen kurzen Moment auf ihm, ehe sich ein kleines, kaum wahrnehmbares Lächeln auf ihr Gesicht legte, das ihm eher amüsiert als freundlich vorkam.

Lachte diese junge Frau in Männerkleidung ihn etwa aus?

»Zur Kirche geht's in die andere Richtung!«, rief sie ihm

zu und verengte dabei die Augen zu schmalen Schlitzen, da ihr die Regentropfen direkt ins Gesicht fielen.

»Sind Sie die Pferde-Amrei?«, rief er zurück.

»Klar, wer sonst?«

»Dachte ich mir!« Offenbar besaß diese Iris Brün mehr Menschenkenntnis als Angela Metzger, auch wenn diese ihm definitiv sympathischer gewesen war.

»Für mich ist bei Ihnen ein Zimmer gebucht worden«, erklärte er. »Dann gehen Sie doch rein oder wollen Sie mir erst noch bei den Pferden helfen?«

Tom sah sie entgeistert an. Begrüßte sie so immer ihre Gäste?

»Ist die Mithilfe bei den Pferden Voraussetzung, wenn man hier Urlaub machen möchte?«

»Voraussetzung nicht, aber ich werde Sie auch nicht davon abhalten, wenn Sie mitarbeiten wollen. Allerdings sehen Sie im Moment mehr danach aus, als könnten Sie etwas Warmes zu trinken und ein Handtuch vertragen.«

»Wie kommen Sie denn auf den Gedanken?«, spottete er und betrachtete ihre nicht minder nasse Gestalt. Für seinen Geschmack war diese Amrei Simon eindeutig zu mager. Eine Frau sollte einfach gewisse Rundungen haben, und dass diese hier Mangelware waren, zeigte das nasse, um ihren Körper schlackernde Männerhemd nur zu deutlich. Allerdings war sie für eine Frau auch erstaunlich groß. Es kam selten einmal vor, dass ihm eine Frau fast bis zum Kinn reichte.

»Sind Sie zu Fuß hier rausgekommen?«

»Sehe ich so aus?«

»Um ehrlich zu sein, sehen Sie nach einem herausgeputzten Kirchgänger aus. Warum also laufen Sie hier im Regen spazieren? Vor allem in diesen unpraktischen Schuhen.«

»Mein Wagen ist direkt vor der letzten Hügelkuppe stehen geblieben. Sonst hätte ich ihn noch bis hier herunterrollen lassen können.

»Ach so«, gab die junge Frau zurück, drehte sich um und ging mit den Pferden zum Stall, um diese dort festzubinden. Ihren Gast ließ sie im Regen stehen.

Tom wandte sich schulterzuckend ab und stapfte bis zu einer frisch gestrichenen, durch Sprossen unterteilten Holztür, in der er den offiziellen Eingang der Pension vermutete, und stellte sich unter das kleine hölzerne Vordach. Er blickte zum Stall und sah zu, wie diese Pferde-Amrei in ihrer eigenwilligen Arbeitskleidung einem der beiden Tiere ein Ledergeschirr über den Rücken legte und es davonführte. Erst als sie bereits die lange, links und rechts von Holzzäunen begrenzte Auffahrt hinter sich hatte, wurde ihm klar, dass sie sich auf den Weg gemacht hatte, um mithilfe des Zugpferdes sein Automobil zu bergen.

Ob er ihr seine Hilfe anbieten sollte? Allerdings lockte ihn im Moment das trockene, warme Innere des Hauses wesentlich mehr, selbst wenn das ehemalige Bauernhaus primitiv und trostlos auf ihn wirkte. Die Aussicht, hier eine Tasse heißen Kaffee und eine wärmende Decke zu bekommen, ließ ihn entschlossen die Tür öffnen.

Obwohl der enge Eingangsbereich vor nicht allzu langer Zeit in einer freundlichen Cremefarbe gestrichen worden war, wirkte er auf Tom bedrückend und dunkel. Erst als er in den Flur trat, von dem einige offen stehenden Türen abgingen, konnte er mehr als nur ein paar Schritte weit sehen.

Mit dem prüfenden Blick eines Mannes, der einen Sinn für Ästhetik, Eleganz und Stil hatte, wurde ihm klar, dass hier auf recht einfache Art und Weise ein altes Bauernhaus, das durchaus Charme besaß, renoviert worden war, und das, ohne dessen besondere Eigenheiten wie die offenliegenden Deckenbalken und die hölzernen Verstrebungen an den Wänden zu verdecken. Wer diese bäuerliche Einfachheit zu schätzen wusste, würde diesem Haus sicherlich viel abgewinnen können.

Aus einem Raum am Ende des Flurs drangen verschiedenartige Geräusche und das fröhliche Summen einer Frau. Tom ging auf dieses Zimmer zu, wobei er nasse Spuren auf dem Boden hinterließ, und fand sich vor einer recht geräumigen Küche wieder. Eine ältere Frau mit weißem, sorgsam aufgestecktem Haar hantierte an einem alten Herd, während ein Junge an einem verschrammten Eichentisch saß und seine Schulaufgaben erledigte.

»Guten Tag«, sagte er und die Köpfe der beiden wandten sich zu ihm um.

»Meine Güte«, murmelte die ältere Frau, die sich offenbar sehr erschreckt hatte. Eilig trocknete sie ihre Hände an ihrer weißen Schürze ab und kam auf ihn zu. »Michael? Wie ist das möglich?«, krächzte sie und wollte ihn umarmen.

»Oma Wanner, das ist nicht Amreis Bruder«, rief der Junge, warf den Stift auf den Tisch, hastete herbei und rettete Tom, indem er seine Arme von hinten um den Bauch der Frau schlang und sie zurückzog. »Entschuldigen Sie«, rief der Bursche in seine Richtung. »Der Bruder von Amrei muss wie Sie ein sehr großer Mann gewesen sein«, versuchte er zu erklären, während er diese Oma Wanner zurück an den Herd dirigierte.

Tom atmete erleichtert auf.

Die Frau lächelte ihn an und widmete sich von Neuem ihren Töpfen, während der Junge zu ihm trat und ihm seine tintenverschmierte Rechte entgegenstreckte. »Ich bin Micki

Simon. Der einzige Mann im Haus, leider«, fügte er noch hinzu. »Sie sind sicher der Fotograf, von dem Angela erzählt hat.«

»Angela? Wer ist Angela?«, fragte die Frau.

Micki ignorierte sie und winkte Tom in Richtung der Küchenstühle.

»Oma Wanner, der Mann braucht was Warmes zu trinken.« An den Besucher gewandt fuhr er fort: »Ich hole Ihnen mal ein großes Handtuch. Amrei hat ganz neue gekauft. Riesengroße weiche Dinger. Allerdings hat sie mir verboten, sie zu benutzen. Sie sind nur für die Gäste.«

Tom konnte nur nicken, denn der Junge war bereits auf und davon. Er zog sich einen Stuhl hervor, setzte sich vorsichtig, da er dem alten Stück nicht recht traute, darauf, und ein bedenklich klingendes Knacken gab ihm in seiner Vorsicht Recht.

»Wie heißen Sie?«, fragte ihn die Frau.

»Tom«, erwiderte er.

»Grüß Gott, Tom. Herzlich willkommen.«

»Danke.«

»Ich bin Oma Wanner. Ich glaube, jeder hier nennt mich so«, meinte sie zögernd und kratzte sich dabei am Hinterkopf.

Der Junge kam zurück in die Küche. Er atmete heftig, als habe er sich unheimlich beeilt, und reichte Tom ein frisch duftendes Handtuch. »Was möchten Sie trinken?«

»Kaffee«, schlug Tom vor.

»Amrei sagt immer, das soll ich nicht trinken. Tee oder Wasser sind wesentlich besser«, klärte Oma Wanner ihn auf und er hob wenig begeistert über diese Belehrung die Augenbrauen.

»Das gilt für dich und für mich, Oma Wanner, nicht für

die Gäste«, stellte der Junge schnell richtig, räumte seine Schularbeiten beiseite und half der Frau, einen echten Bohnenkaffee für ihn aufzugießen.

»Normalerweise gibt es einen Speiseraum, Herr –«

»Tom«, half Oma Wanner nach und Tom wunderte sich über den erstaunten Blick des Jungen.

»Ich kann Sie aber doch nicht einfach nur Tom nennen«, sagte er dann kein bisschen schüchtern.

»Warum nicht?«, lachte der Mann, der sowohl an dieser alten Frau als auch an dem Jungen seinen Gefallen fand – vor allem an der Kombination der beiden.

»Gut, dann nennst du mich einfach nur Micki«, schlug der Junge vor.

Tom lachte herzhaft – das erste Mal seit seinem unfreiwilligen Aufenthalt in dieser abgelegenen Gegend. »Abgemacht, Micki«, gab er zurück und schüttelte Micki fest die Hand.

»Wo bleibt denn nur Amrei?«, murmelte die Frau am Herd.

»Sie holt mit einem Pferd mein Automobil. Ich bin liegen geblieben.«

»Deshalb sind Sie so schmutzig!«, erwiderte die Frau.

Tom war sich ganz sicher, dass sie seine Aussage falsch verstanden hatte, und wurde etwas deutlicher: »Ich meinte, das Auto fuhr nicht mehr weiter.«

»Ach, ja?«, meinte Oma Wanner und sah ihn mit gerunzelter Stirn an. »Warum nicht? Können Sie es nicht bedienen?«

Er hörte Micki kichern und seine aufkeimende Verärgerung über die eigentümlichen Fragen der Frau verwandelte sich in Heiterkeit. »Vermutlich ist etwas am Motor kaputt«, versuchte er noch einmal, breit grinsend, die Situation zu erklären.

»An diesen Krachmaschinen ist immer etwas kaputt. Amrei besitzt ein ganzes Buch über kaputte Maschinen«, erklärte die Alte.

»Wenn Amrei Ihren Wagen hergebracht hat, hole ich Ihr Gepäck und zeige Ihnen Ihr Zimmer. Dann können Sie sich erst mal umziehen«, versuchte Micki, Toms Aufmerksamkeit von der alten Frau auf sich zu lenken.

»Ich habe kein Gepäck im Auto. Es ist im Hotel in Triberg.«

»Sie wollen sich hier einquartieren und haben Ihr Gepäck in einem anderen Hotel?«

»Ich wollte mir das alles erst einmal aus der Nähe anschauen«, sagte Tom, und obwohl er ein Mann von Welt war und schon Hotels verlassen hatte, weil sie seinen Ansprüchen nicht genügt hatten, fühlte er sich dem Jungen gegenüber irgendwie schuldig.

»Na ja, ein Künstler eben«, gab die alte Frau von sich. »Amrei sagte ja, die sind meistens etwas Besonderes.«

»Oma Wanner!«, rügte der Junge und sein Gesicht nahm dabei fast die Farbe der Erdbeeren an, die die Frau zu Toms Kaffee auf den Tisch gestellt hatte.

»Kennt Fräulein Amrei denn viele Künstler?«, fragte Tom amüsiert.

»Keinen einzigen. Das ist wohl nur so eine Vermutung von ihr. Vielleicht hat sie so etwas mal irgendwo aufgeschnappt«, versuchte der pfiffige Junge zu retten, was es noch zu retten gab.

»Sie ist wohl etwas ganz Besonderes, diese Amrei?«, spottete Tom. Zu seiner Verwunderung nickte ihm Oma Wanner mit einem liebevollen Lächeln auf den Lippen zustimmend zu, während Micki, dem die Ironie in seiner Stimme doch keinesfalls entgangen sein konnte, eine Zeitlang schweigend seine Hände betrachtete und dann sehr ernst erwiderte: »Ja, das ist sie.«

»Lass mich raten, Micki: Sie ist wunderbar, beeindruckend, ehrlich und patent. Eine Frau mit sehr viel Energie und Durchsetzungsvermögen.«

»Und noch viel mehr«, lautete Mickis leise Antwort.

Amrei betrat, eine Tropfspur auf dem Boden hinterlassend, die Küche und blieb verwundert stehen. Der große Fremde saß am Küchentisch und unterhielt sich mit Micki über den Hof und die Pferde, während Oma Wanner am Herd hantierte.

Hatte Micki denn nicht verstanden, dass die Gäste nach Möglichkeit von Oma Wanner ferngehalten werden sollten? Mit Sicherheit hatte sie gute Tage, an denen kaum jemand bemerken würde, dass sie gelegentlich die einfachsten Dinge vergaß, doch jemand, der sich längere Zeit in ihrer Gegenwart befand, würde das mit Sicherheit schnell herausfinden.

Es war nicht so, dass Amrei sich für die alte Frau schämte, doch es konnte dem Geschäft abträglich sein, wenn sich verbreiten würde, eine verwirrte Frau sei für die Küche und die Mahlzeiten zuständig. Davor wollte sie sich – und natürlich auch Oma Wanner – schützen.

Micki sah auf und Amrei deutete mit einer knappen Kopfbewegung zu Oma Wanner hinüber. Der Junge grinste verlegen. Wie es schien, hatte er von dem neu eingetroffenen Gast keine Gefahr erwartet.

Der Mann bemerkte, dass Micki jemandem hinter seinem Rücken seine Aufmerksamkeit geschenkt hatte, und wandte sich auf dem Stuhl um.

Amrei glaubte einen Schatten der Enttäuschung über sein Gesicht huschen zu sehen. Hatte er jemand anderes erwartet?

»Ihr Wagen steht im Schuppen«, erklärte sie ihm kurz angebunden.

»Er heißt Tom, Amrei«, erklärte Oma Wanner.

Amrei lächelte der alten Frau zu und zum ersten Mal konnte Tom die weichen, liebevollen Gesichtszüge einer jungen Frau an ihr erkennen.

»Danke, Oma Wanner. Hast du unserem Gast Kaffee gemacht?«

»Ich wollte es nicht, weil du immer sagst, Kaffee sei nicht gut, aber Tom wollte unbedingt eine Tasse, und Micki sagte, er dürfe.«

»Das ist schon in Ordnung, Oma Wanner. Die Gäste bekommen, was sie wünschen.«

»Auch wenn es nichts Gescheites ist?«

»Auch dann«, lachte Amrei und beobachtete aus dem Augenwinkel den Mann, der Micki breit angrinste. Erleichtert atmete sie aus. Vielleicht würde dieser Gast doch nicht ganz so schwierig werden, wie sie aufgrund seines Äußeren befürchtet hatte. Sie rügte sich selbst für die Sorgen, die sie sich auf dem Weg zu dem defekten Auto gemacht hatte. Belehrte sie ihren Neffen nicht immer, dass man Menschen nicht nach ihrem Äußeren beurteilen sollte?

»Wann kommt Angela?«, wollte Micki wissen.

»Ich weiß nicht, ob sie heute überhaupt noch kommt. Die Wege sind fürchterlich aufgeweicht. Vielleicht übernachtet sie in ihrer Wohnung in Triberg oder im Dorf«

»Soll das heißen, ich komme hier nicht mehr weg?«, fragte Tom.

»Sie sind doch gerade erst angekommen«, erwiderte Amrei erstaunt. Schnell fügte sie hinzu: »Außerdem ist Ihr Auto defekt.«

Der Mann nickte missmutig, und Amrei sah, wie seine Augen prüfend die ältlich eingerichtete Küche musterten. Er war ein so einfaches Umfeld mit Sicherheit nicht gewohnt. Doch Amrei entschied, sich darüber keine weiteren Gedanken zu machen. Er hatte den Aufenthalt gebucht, wenn auch auf unbestimmte Zeit, und zumindest eine Nacht war er gezwungen, hier zu bleiben.

»Tom hat seinen Koffer in Triberg«, verriet Micki ihr.

»Das ist natürlich unpraktisch«, meinte Amrei.

»Micki, zeig unserem Gast doch sein Zimmer und die Kleiderkiste mit den Sachen deines Vaters.« Der Junge sprang auf und trat neben Amrei.

Diese wandte sich an den Mann, der sich ebenfalls erhob und dabei, so schien es ihr, beinahe die ganze Küche ausfüllte. »Sie werden Ihnen zwar etwas zu klein sein, doch bis morgen früh haben wir Ihren Anzug trocken. Geben Sie die nassen Kleidungsstücke einfach Micki mit. Möchten Sie Ihre Abendmahlzeit im Zimmer einnehmen?«

»In Anbetracht mangelnder Kleidung: Ja, bitte«, gab der Mann zurück, dem anzusehen war, dass ihm die Aussicht, hier den Nachmittag und die Nacht verbringen zu müssen, sehr missfiel. Ohne ein Wort des Dankes an sie zu richten, folgte er Micki aus der Küche.

Oma Wanner trat zu Amrei und legte einen Arm um ihre Hüfte. »Ein komischer Mann. Mal lustig, dann überheblich.«

»Künstler«, meinte Amrei, die sich über Oma Wanners Analyse amüsierte.

»Verzogen«, erwiderte Oma Wanner sofort.

Amrei lachte fröhlich auf und drückte die alte Frau kurz an sich.

»Jedenfalls ist dieser Bär von einem Mann bis morgen früh in seinem Zimmer eingesperrt.«

»Es wird ihm schon gefallen, Oma Wanner. Immerhin hat Angela die Zimmer mit ihrem guten Geschmack alle wunderschön eingerichtet.«

»Ich bin froh, dass du endlich das Geld aus meinem Hausverkauf für die Renovierung angenommen hast, Anirei.«

»Es war mir unangenehm, Oma Wanner.«

»Ich lebe, wohne und esse hier. Es ist meine Miete.«

»Du steuerst hier auch ohne dein Geld sehr viel bei, Oma Wanner. Was würden Micki und ich denn ohne dich tun?«

»Euch anschweigen«, meinte die Alte sehr treffend und verließ die Küche.

Kapitel 11

Tom zog den weinroten Vorhang vor dem niedrigen Fenster beiseite, bückte sich und blickte durch das kleine Fenster in den neuen Morgen hinaus. Die Regenwolken hatten sich verzogen und das Grün des Grases wirkte wie frisch gewaschen. Ein paar dieser großen, kräftigen Fuchsstuten mit ihren wallenden Mähnen trabten im fahlen Sonnenschein über die Weiden. Zwischen ihnen tummelten sich drei winzige Ponys. Auf der zweiten Koppel grasten vier wunderschöne Pferde, wobei ihm besonders ein Grauschimmelhengst mit bunter Mähne auffiel. Das Tier tänzelte umher, als sei es sich seiner einzigartigen Schönheit durchaus bewusst.

Der junge Mann richtete sich auf, reckte sich und stieß mit den Händen gegen die dunkle Holzdecke. Zufrieden sah er sich um. Er war selten einmal so ausgeruht und entspannt aufgewacht. Gut, die Einsamkeit seines Zimmers hatte ihn gezwungen, früh zu Bett zu gehen, doch er hatte lange nicht einschlafen können und war seinen Gedanken nachgehangen. Vor allem das, was sein Vater am Telefon nach seiner Ankunft in Triberg gesagt hatte, machte ihm zu schaffen.

War er tatsächlich ein verwöhnter, nichtsnutziger Schnösel, mit dem es das Leben bisher viel zu gut gemeint hatte? Er liebte und bewunderte seinen Vater, der aus dem Nichts ein großes Unternehmen geschaffen, dieses durch den Krieg beinahe verloren und dennoch nicht aufgegeben hatte. Jetzt stand sein Geschäft wieder auf sicheren Beinen, und deshalb war er gewillt, den Menschen zu helfen, die sich etwas schwerer taten – und diese kleine Reitpension gehörte offenbar zu seinen bevorzugten Projekten.

Gott hat mir viel gegeben. Also bin ich in die Pflicht genommen, ebenfalls viel zu geben, hatte sein Vater vor ein paar Wochen, als er aus New York zurückgekehrt war, zu ihm gesagt, und seine Worte als Aufforderung an ihn formuliert, es ihm gleichzutun.

Aber Tom war dem kindlichen Glauben an Gott längst entwachsen. Seine Studentenjahre in New York hatten ihn verändert, zumal er sich keine Sorgen um seinen Unterhalt hatte machen müssen, da er bei der Schwester seiner Mutter gelebt hatte und von ihr versorgt worden war. Mit Müh und Not hatte er seinen Abschluss gemacht, da ihm alles andere wichtiger gewesen war als sein Studium: der Sport, die Veranstaltungen der High Society, die vielen jungen Damen, die um seine Aufmerksamkeit gebuhlt hatten, und die Freunde, mit denen er so manchen Schabernack getrieben hatte.

Tom drehte sich seufzend vom Fenster fort. Er hatte am vergangenen Abend beschlossen, dieses Projekt zu Ende zu bringen. Das war er seinen Eltern schuldig.

Allerdings würde sich diese Amrei Simon noch gewaltig ins Zeug legen müssen, um eine positive Bewertung von ihm zu erhalten, denn bis jetzt war er längst noch nicht überzeugt von ihrem kleinen Reiterhof.

Tom öffnete die Zimmertür und trat vorsichtig über die hohe Schwelle, wobei er seinen Kopf einziehen musste, um nicht an den Türrahmen zu stoßen. Neben seiner Tür stand ein Stuhl und auf diesem lagen seine getrocknete und gebügelte Hose, das Hemd und die Weste. Einzig die Anzugsjacke fehlte noch.

Unter anerkennendem Nicken nahm er seine Kleider, ging zurück ins Zimmer und zog sich an. Er warf einen Blick auf den Wecker, der auf dem Nachttisch stand, stockte und blickte noch einmal auf die laut tickende Uhr.

Konnte es sein, dass es noch nicht einmal sieben Uhr war? So früh war er ja seit Ewigkeiten nicht mehr aufgestanden.

Da er jetzt ohnehin fertig angezogen war, verließ er den Raum und machte sich über die enge, steile Stiege auf den nicht ungefährlichen Weg nach unten. Der angenehme Duft von frisch gebackenem Brot und heiß aufgebrühtem Kaffee begrüßte ihn und ließ ihn neugierig in die Küche blicken, die jedoch verwaist war.

Hatte man gestern nicht etwas von einem Speiseraum gesagt? Tom fand ihn gleich neben der Eingangstür, und ein einsames Gedeck auf der strahlend weißen Tischdecke war ein deutliches Zeichen dafür, dass er der einzige Gast im Haus war.

Oma Wanner war gerade an einem Büffet beschäftigt, als Tom eintrat, begrüßte ihn aber herzlich, bat ihn, sich doch zu setzen, und stellte eine Kanne mit Kaffee vor ihn auf den Tisch.

»Ich habe Sie gehört«, erklärte sie, wünschte ihm einen guten Appetit und verschwand.

Tom genoss das reichhaltige Frühstück und notierte sich innerlich schon einmal ein dickes Plus dafür.

Unschlüssig darüber, was er an diesem Morgen tun sollte, verließ er nach dem Essen über die Haupttür das Bauernhaus und traf draußen auf Micki, der gerade ein dunkel geschecktes Pony bestieg.

»Was hast du denn vor?«, fragte er den Jungen.

»Schule. Leider.«

»Du reitest mit dem Pony zur Schule?«

»Sonst nimmt Angela mich immer mit. Aber weil sie gestern wegen der aufgeweichten Straßen nicht mehr kommen konnte, müsste ich laufen. Mit dem Pony bin ich aber schneller. Ich kann es bei Angelas Praxis anbinden.«

»Warum fährt dich deine Tante nicht?«

»Wir haben nur einen alten Traktor, und mit dem müssten wir über die Landstraße fahren, was wesentlich länger dauern würde. Außerdem hat sie viel zu viel zu tun.« Micki winkte ihm zu und ritt flott auf dem sogar unter dem schmächtigen Jungen klein wirkenden Pony davon.

Tom ging mit seinen frisch geputzten Schuhen vorsichtig an den größten Pfützen vorbei und entdeckte in einer offen stehenden Scheune sein Auto.

Jemand hatte die Motorklappe geöffnet und beugte sich weit in die Maschine hinein. Erleichtert, dass Amrei Simon bereits einen Mechaniker in die Einöde hatte herauslocken können, betrat er den wackelnden Holzboden des Schuppens. Erst als er den langen dunklen Zopf des Mechanikers entdeckte, erkannte er seinen Irrtum.

»He, was machen Sie denn da?«, fuhr er die Frau erschrocken an. Was hatte dieses Weibsbild an seinem wertvollen Automobil zu suchen?

Ganz langsam, als habe er sie nicht ein bisschen erschreckt, richtete Amrei sich zu ihrer vollen Größe auf und ihre grünen Augen sahen ihn herausfordernd an. Eines konnte er dieser Frau mit Sicherheit nicht absprechen: Durch ihre Größe und ihre zur Schau gestellte Gelassenheit forderte sie mit Sicherheit den Frauen in der Umgebung und vermutlich auch vielen Männern Respekt ab.

»Sie brauchen ein paar Ersatzteile, Tom. Ich habe Micki eine Liste mitgegeben. Er wird die Sachen in der Stadt bestellen lassen.«

»Was tun Sie da?«, fragte er fassungslos.

»Ich habe mir Ihren Wagen angesehen und konnte den Fehler finden. Aber ohne die Ersatzteile bekomme ich ihn nicht wieder flott.«

»Sie wollen jetzt aber nicht behaupten, dass Sie etwas von Motoren verstehen?«

»Hauptsächlich von Traktoren. Aber so ein großer Unterschied ist das nicht«, erläuterte sie gelassen und wischte sich mit dem Arm ein paar gelöste Haarsträhnen aus dem Gesicht, um dabei eine schwarze Ölspur auf ihrer Stirn zu hinterlassen.

Tom sah die Frau irritiert an, die ihn mit dem dunklen Streifen im Gesicht an einen Indianer mit Kriegsbemalung erinnerte, wie er sie auf einer seiner Reisen in den USA gesehen hatte. »Ich möchte, dass Sie die Finger von dem wertvollen Fahrzeug lassen«, sagte er unfreundlicher, als er es eigentlich gemeint hatte. Sein Gedankengang mit der Kriegsbemalung in ihrem Gesicht hatte ihn durcheinandergebracht.

»Ihnen ist aber schon klar, dass die wertvolle Karre ohne Reparatur nichts wert ist?«, gab sie gleichgültig zurück und klappte die Motorhaube zu, um ihn stehen zu lassen und sich am Brunnen im Hof ihre Hände zu säubern.

Er ging ihr nach. »Wie kann ich denn nach Triberg oder zumindest in dieses Dorf kommen?«

»Auf Schusters Rappen«, erwiderte sie und deutete mit der nassen Hand in den Wald hinein, der inzwischen Micki und sein Pony verschluckt hatte.

»Ich kann doch sicher eines Ihrer Reitpferde leihen?«

Ihr prüfender, strenger Blick, den sie ihm zuwarf, brachte ihn noch mehr gegen sie, vor allem aber gegen seine missliche Situation auf.

»Können Sie sich eigentlich nicht wie ein zivilisierter Mensch unterhalten?«, fragte er entrüstet.

»Doch.«

»Ist das alles? Doch?«

»Ich kann Ihnen keines meiner Pferde leihen, solange ich nicht weiß, ob Sie überhaupt reiten können und ob Sie den Weg finden. Diese Wälder sind groß genug, dass Sie sich darin verirren können, und das Risiko möchte ich nicht eingehen. Ebenso wenig das, dass Sie vom Pferd stürzen ...«

»Ich bin ein guter Reiter. Ich reite seit meiner Kindheit. Und wenn Sie mich nicht länger aufhalten, kann ich Micki einholen und mit ihm nach Triberg reiten«, gab Tom unwirsch zurück. Er war es nicht gewohnt, sich für irgendetwas zu rechtfertigen, eine Erklärung abzugeben oder gar uni etwas bitten zu müssen. »Und was heißt hier, Sie wollen nicht das Risiko eingehen, dass ich vom Pferd falle? Ich bin ein erwachsener Mann, der durchaus –«

»Wollen Sie nun Micki noch einholen oder nicht?«

Er hielt kurz inne. Sie hatte ihn schon wieder aus dem Konzept gebracht. »Das möchte ich«, erwiderte er knapp.

Ihren musternden Blick ignorierte er ebenso wie ihr anschließendes Grinsen, als sie sich umdrehte und in Richtung der grasenden Reitpferde ging. Mochte ja sein, dass er für einen Ritt nicht passend gekleidet war, aber das musste ja nicht ihr Problem sein.

In dem Gefühl, als der Verlierer aus dem Gespräch hervorgegangen zu sein, rief er ihr nach: »Ich möchte den Grauen mit der bunten Mähne.«

Als Antwort erhielt er nur ein Lachen, das er als eindeutige Absage verstand. Er wollte ihr nachgehen, um seinen Wunsch durchzusetzen, aber Amrei hatte sich bereits umgedreht und rief, während sie rückwärts weiterging: »Zwischen Pferde- und Kuhstall ist die Sattelkammer. Dort finden Sie den Sattel und das Zaumzeug. Es ist alles beschriftet. Die Stute heißt Salome.«

Tom blieb stehen. Er sollte in den Stall und den Sattel und die Zügel holen? Widerwillig drehte er sich um und ging in Richtung Stallungen.

Immerhin wollte er nicht noch mehr Zeit verlieren, denn nachdem er sich am Vortag mit dem Auto bereits zweimal verfahren hatte, nahm er ihre Warnung über die Gefahr, sich im Wald zu verirren, durchaus ernst. Er hoffte, Micki und seine kleine Stute noch einholen zu können.

Ein schriller Pfiff ließ ihn kurz vor dem Stalltor herumfahren, doch wie er dann feststellte, galt dieser nicht ihm, sondern den Pferden, die sich tatsächlich in Bewegung setzten. Sogar die Schwarzwälder Stuten und die Shetlandponys näherten sich dem Gatter, obwohl die Frau auf der gegenüberliegenden Seite des Weges bei den Arabern stand.

»Pferde-Amrei«, murmelte er halb amüsiert, halb abschätzig, bevor er den Stall betrat und durch die erstaunlich saubere Stallgasse bis in die aufgeräumte Sattelkammer lief. Ob es hier immer so ordentlich und sauber war oder nur weil die Besitzerin einen Gast des von ihr angeschriebenen Reiseunternehmers erwartete?

Seine Vermutung, dass diese Frau ausgesprochen schnell, effektiv und sauber arbeitete, und das, obwohl sie hier keinerlei Hilfe hatte, erhärtete sich mit einem Blick in den Kuhstall. Mit einem Funken Bewunderung für sie holte er den Sattel und das dazugehörige Zaumzeug und eilte zurück auf den Hof, wo er Amrei mit einer gut gebauten braunen Stute antraf. Diese tänzelte nervös umher, und als er neben Amrei trat, warf das Pferd den Kopf in die Höhe.

»Sie ist keine Männer gewohnt«, erklärte Amrei, beendete

die auf das Nötigste beschränkte Fellpflege und nahm ihm das Zaumzeug aus der Hand. Während er die Stute sattelte, legte sie ihr das Gebiss an und reichte ihm die Zügel. »Immer den kleinen Waldpfad entlang. Wenn Sie sich beeilen, holen Sie Micki ein, ehe er die erste Weggabelung erreicht.«

»Danke.«

»Sie können sich bedanken?«

»Was soll denn das jetzt heißen?«

»Als ich gestern Abend im strömenden Regen Ihr Auto geholt habe, habe ich kein Dankeschön gehört und für die Reparatur des Autos wurde ich nur angeschnauzt.«

Betroffen, da sie recht hatte, schwang sich Tom in den Sattel. Er spürte ihren prüfenden Blick auf sich gerichtet, aber schließlich nickte sie zufrieden. Offensichtlich traute sie ihm zu, die Stute reiten zu können.

»Ich werde mich revanchieren«, sagte er in ihre Richtung, als er das Pferd antrieb.

»Klar! Ich werde Ihnen alles in Rechnung stellen«, rief sie ihm hinterher, und er hörte ihr raues Lachen noch, als er bereits in der Auffahrt war.

Amrei beobachtete, wie Micki die kleine Shetlandstute, die er damals von dem Leutnant geschenkt bekommen und bei der sie kurz darauf eine Schwangerschaft festgestellt hatte, absattelte. Er kontrollierte die Hufe und brachte das Tier zu seinem inzwischen ausgewachsenen Hengstfohlen und der neuen Stute, die sie vor Kurzem billig erwerben konnte. Der Junge nahm seine Schultasche auf und näherte sich der Stalltür, an deren Innenseite sie lehnte. Sie trat aus dem Schatten heraus und ging ihm entgegen.

»Hallo, Amrei.«

»Hallo, Micki. Hat unser Gast dich heute Morgen noch eingeholt?«

Micki grinste sie an. »Ja. Hast du ihn so verärgert?«

»Weshalb?«

»Er war auf dem ganzen Ritt ziemlich schweigsam.«

»Vielleicht hat das Reiten ihn angestrengt und er musste sich konzentrieren.«

»Ich glaube, er reitet ganz gut. Vielleicht lag es an seiner unbequemen, für einen Ritt völlig ungeeigneten Hose.«

Amrei nickte verstehend, unterdrückte ein Grinsen und ging zurück an die Arbeit.

Micki folgte ihr und half mit, die Kühe zu melken.

»Findet er alleine zurück?«, fragte Amrei zwischen den Beinen der Kuh hindurch und setzte damit das Gespräch von zuvor fort.

»Er meinte, ja. Ich habe ihm angeboten, die Stute mit zurückzunehmen oder nach der Schule auf ihn zu warten, aber er sagte, er würde sein Gepäck Angela bringen, damit sie es im Auto mitnimmt, und alleine zurückreiten.«

Amrei wechselte zur nächsten Kuh. Sie war eigentlich davon ausgegangen, dass dieser Tom keine weitere Nacht in der Reitpension verbringen wollte, da er auf sie so gar nicht den Eindruck eines Mannes machte, der die Abgeschiedenheit und die Idylle dieses Tales zu schätzen wusste. Er wirkte vielmehr wie einer, der es gewohnt war, in großen, komfortablen Hotels abzusteigen. Ob er als Künstler so viel Geld verdiente, wie seine Kleidung vermuten ließ?

Nachdem sie die Kühe gemolken und gefüttert hatten, schickte Amrei den Jungen zu Oma Wanner. Sie selbst gönnte sich ein paar Minuten Ruhe an der Gutach. Zufrieden lehnte sie sich an den Stamm der Weide, streifte ihre

Stiefel und die Strümpfe herunter und hängte ihre Füße ins kalte Nass. Sie schloss die Augen und lauschte auf das Plätschern und Gurgeln des Wassers. Ihre Gedanken wanderten zu dem Mann, der demnächst ihr Gast werden würde, um die Pension auf ihre Tauglichkeit zu prüfen, doch sie verdrängte ihre Überlegungen und versuchte, ein bisschen auszuruhen. Es dauerte immer ein paar Minuten, bis sie, umgeben von der Schönheit dieses Fleckchen Erde, Gott für den Tag und für all das Gute, das er ihr bereits geschenkt hatte, danken konnte. Dazu gehörte auch der neue, zahlende Gast, der überraschenderweise doch bleiben wollte.

Nach geraumer Zeit wurde sie durch das laute, nagelnde Motorengeräusch von Angelas VW-Käfer aus ihren Gebeten und Gedanken gerissen. Eilig stand sie auf, schnappte sich ihre Strümpfe und Schuhe und lief über die Wiese, zwischen dem Schuppen und dem Stall hindurch auf den Hof.

Angela winkte ihr zu, ehe sie ihre Arzttasche vom Beifahrersitz nahm und die Tür zuwarf. »Tut mir leid, dass ich dich gestern und heute Morgen im Stich gelassen habe.«

»Mir ist es lieber, du bleibst bei so einem Wetter wie gestern, wo du bist. Die Straßen sind einfach zu gefährlich, wenn sie richtig aufgeweicht sind.«

»Wir sollten dringend etwas dagegen unternehmen, Amrei. Wir dürfen potenziellen Gästen keinen Anlass geben, sich bei ihrem Aufenthalt hier zu ärgern – und auch nicht bei ihrer Anfahrt oder Abreise. Beschwerden sind keine gute Werbung.«

»Auf dem Rathaus hat man mir gesagt, dass sie die Straßen ausbessern werden, wenn ich es schaffe, regelmäßig Touristen in die Region zu locken.«

»Noch ein Grund mehr, diesen Prüfer zu begeistern. Wo steckt eigentlich der Cowboy? Ich habe sein Gepäck dabei.«

»Cowboy?«

»Die Mutter von deinem neuen Gast Tom ist Amerikanerin und er hat in den letzten paar Jahren in New York gelebt. Allerdings bin ich aus seiner Erklärung auf meine Frage, was er dort getan habe, nicht ganz schlau geworden«, lachte Angela.

»Der Cowboy ist noch nicht zurück«, erwiderte Amrei leichthin und machte sich auf den Weg zum Haupthaus. Als sie bemerkte, dass die Tierärztin ihr nicht folgte, drehte sie sich nach ihr um.

»Er ist noch nicht zurück?«, fragte Angela nach. »Er wollte sofort losreiten, nachdem er bei mir war, und das ist mindestens drei Stunden her.«

Amrei biss die Zähne fest aufeinander und zischte: »Dieser arrogante –«

»Behalte es lieber für dich, Amrei«, wurde sie von Angela unterbrochen.

Amrei stieß laut die Luft aus und ließ die Stiefel und die Strümpfe auf den feuchten Boden fallen.

»Sag du bitte Oma Wanner und Micki Bescheid, dann nimm dir Stern. Sie ist heute noch nicht bewegt worden. Ich reite erst einmal direkt in Richtung Triberg, nimm du die linke Abbiegung. Hast du dein Gewehr da?«

»Im Auto.«

»Sag Micki, wo es ist, damit er einen Schuss abfeuern kann, falls dieser Cowboy doch noch hier auftauchen sollte, solange wir auf der Suche nach ihm sind.«

Amrei lief los, ohne auf eine Entgegnung zu warten, pfiff die Pferde herbei und führte Schneesturm auf den Weg, um über das Holzgatter auf den ungesattelten Rücken des Hengstes zu klettern, der unternehmungslustig schnaubte.

»Lauf!«, rief sie ihm zu und hielt sich mit einer Hand

in der langen mehrfarbigen Mähne fest. Der Hengst ließ sich das nicht zweimal sagen und schoss wie ein Pfeil über die Auffahrt, den grasbewachsenen Weg entlang und in den Reitpfad hinein. Da die Sonne bereits tief im Westen stand, herrschte zwischen den hohen, weit ausladenden Bäumen dunkles Dämmerlicht und nur in unregelmäßigen Abständen gelang es einem Sonnenstrahl, bis auf den moosbewachsenen, von Wurzeln überzogenen und mit braunen Nadeln bedeckten Waldweg durchzudringen.

Die schnellen, kraftvollen Galoppsprünge des Tieres waren aufgrund des weichen Untergrundes ausschließlich als dumpfe Geräusche zu hören und nur gelegentlich zersplitterte ein Fichtenzapfen oder ein Ast unter seinen Hufen. Amrei ließ das Tier den Hügel hinauflaufen, so schnell es wollte. Seine Mähne schlug ihr ins Gesicht, und wie so oft hatte sie das Gefühl, als könne dieses Kraftpaket nicht genug laufen. Oben angekommen, hielt sie das Pferd etwas zurück, da sie fürchtete, es könne auf dem noch feuchten Untergrund ausrutschen.

Sie betrachtete aufmerksam die Wegböschung links und rechts des schmalen, kaum genutzten Weges. Sollte die Stute den Reiter abgeworfen haben oder gestürzt sein, würde sie das an abgerissenen Zweigen und niedergedrücktem Gesträuch deutlich erkennen können, doch da der Böschungssaum keinerlei Auffälligkeiten aufwies, schlug sie den Weg nach Triberg ein.

Aus ihrer Sorge wurde allmählich Angst. Hatte der Mann den Rückweg nicht gefunden? Irrte er seit mehr als drei Stunden durch den Schwarzwald, der sich hier in Hügeln und Bergketten, gespickt mit steil abfallenden Abhängen und felsigen Schluchten, kilometerweit erstreckte, ohne dass eine Straße oder eine Ansiedlung zu sehen war? Die junge

Frau wusste sehr gut, dass sie mit so einer Negativwerbung ihr kleines Geschäft gründlich ruinieren konnte, doch das war nicht ihre Hauptsorge. Sie fühlte sich verantwortlich für den Mann, hatte sie ihm doch zugemutet, alleine durch ein unbekanntes Waldgebiet zu reiten. Zwar hatte er großspurig behauptet, dies sei kein Problem für ihn, doch sie hätte ihm diesen Ritt aus Sicherheitsgründen verwehren sollen, ja, verwehren müssen. Jetzt befand er sich womöglich in Gefahr, und sie wollte sich lieber gar nicht erst ausmalen, was ihm hier alles zustoßen konnte.

Amrei packte ihre Furcht um ihren Gast in ein Stoßgebet und parierte den Hengst endlich durch. Für den Fall, dass sie noch länger unterwegs waren, würde es gut sein, ihn zwischendurch einmal zu schonen. Mittlerweile hatte sich die Sonne vollständig hinter einen der bewaldeten Hügel gesenkt und es wurde deutlich finsterer um sie her, und obwohl ihre Augen sich schnell an das Dämmerlicht gewöhnten, wollte sie kein Risiko für sich und das Pferd eingehen. In diesem Teil des Waldes stürzten ab und an einzelne Bäume um und konnten, sah man sie nicht rechtzeitig, zu gefährlichen Stolperstellen werden…

Kapitel 12

Bernhard von Martheim warf seinen schwarzen Hut auf die Ablage und reichte dem Diener seinen vor Nässe triefenden Regenschirm. Was konnte zu Margot Weltheims Beerdigung besser passen als der Wolkenbruch, der sich aus heiterem Himmel plötzlich über ihnen entladen hatte? So war auch sie gewesen: erst heißer Sonnenschein – zumindest hatte er sie im Vergleich zu seiner Ehefrau damals so empfunden –, dann ein unerfreulicher kalter Regenschauer, als sie ihm gebeichtet hatte, dass sie schwanger war.

Bernhard zog sich in sein Büro zurück, ließ sich in seinen weichen Schreibtischstuhl fallen und tippte nachdenklich mit beiden Zeigefingern auf das edle Holz des Tisches.

Vielleicht hätte er das dumme Mädchen noch immer als Geliebte, wenn es nicht so stur darauf bestanden hätte, das Kind zu bekommen. Er hätte Margot einen der besten Ärzte überhaupt besorgen können, der fast gänzlich ohne Risiko für die Mutter die Schwangerschaft hätte beenden können.

Das Tippen seiner Zeigefinger wurde schneller, so sehr wühlten seine Überlegungen ihn auf. Nun war Margot zwar tot, doch sie hatte ihm eine unangenehme Angelegenheit hinterlassen: diesen Jungen, der es eines Tages wagen konnte, seine Herkunft zu erforschen und seinen Teil des Erbes einzufordern. Vermutlich wäre das nicht einmal das Schlimmste, doch die Schande, die er dann über die Familie bringen würde, das Getratsche und der politische wie wirtschaftliche Einbruch, den er, Bernhard, dadurch erleiden würde, könnten einer Katastrophe gleichkommen.

Während sein linker Zeigefinger noch weiter auf die Tischkante trommelte, schloss er mit der rechten Hand die oberste Schublade am Tisch auf und zog sie heraus. Zwischen einigen Papieren lag ein von ihm sorgsam aufbewahrtes Kuvert, dessen Inhalt er auf den Tisch schüttete. Wie die letzten Male auch setzte er die einzelnen Puzzleteile des Kinderfotos so zusammen, dass die Rückseite oben lag. Erneut ärgerte er sich über seine Unbedachtheit, nicht sofort kontrolliert zu haben, ob er alle Teile an sich genommen hatte, denn das Wichtigste fehlte: ein Teil des Nachnamens und die Ortschaft, in der sich das beauftragte Fotografengeschäft befand.

Er unterbrach das nervöse Trommeln seiner Finger, griff nach dem Telefon und wählte. Kurz darauf stand die Verbindung.

»Hören Sie zu. Ich habe hier eine Fotografie, und ich möchte, dass Sie die Person darauf finden.« Er wartete und antwortete dann: »Ja, sie hat etwas mit Ihrer früheren Suche nach Margot Weltheim zu tun. Es ist ihr Kind. Da sich eine Mutter selten von ihrem Kind trennt, fangen Sie hier in der Gegend mit der Suche an. Forschen Sie nach, wo sie in den letzten Jahren überall war, als sie noch gesund war und das Haus ihrer Familie verließ.«

Nochmal sprach die Person am anderen Ende der Leitung.

»Ja, versuchen Sie nebenbei, den Fotografen zu finden. Vielleicht geht das schneller und man kann über den früheren Aufenthaltsort herausfinden, wohin sie den Jungen gebracht hat.«

Nach kurzem Schweigen bellte er förmlich in den Hörer: »Natürlich ist das nicht leicht. Wenn es das wäre, könnte ich es selbst. Kommen Sie her und holen Sie die Fotografie. Ein Stück fehlt. Genau das mit einem Teil des Namens und der Ortschaft!« Wütend knallte er den Hörer auf die Gabel.

Die Dunkelheit, die Amrei umgab, konnte vollkommener nicht sein. Die junge Frau vertraute sich dem Gespür des Pferdes an und überließ es diesem, sowohl die Richtung als auch die Geschwindigkeit zu bestimmen. Modrige Feuchtigkeit lag in der Luft, die sich unangenehm kühl auf sie legte. Sie mochte noch drei, vier Kilometer von Triberg entfernt sein, als das Tier stehen blieb und schnaubte, um ein lautes Wiehern aus der Dunkelheit als Antwort zu erhalten.

»Hallo? Ist da jemand?«, hörte sie über das Rauschen der Fichten hinweg eine Männerstimme rufen.

Amrei atmete erleichtert auf. Sie hatte den Vermissten gefunden!

»Ich bin es, Amrei«, erwiderte sie, trieb das Tier an, und kurz darauf konnte sie die dunkle Silhouette der Stute erkennen. Neben ihr glaubte sie, die Gestalt des großen Mannes ausmachen zu können. »Was ist denn mit Ihnen?«, fragte sie, ohne abzusteigen.

»Ich habe nach einer Weile kehrtgemacht.«

»Sie wollten zurück nach Triberg?«

»Der Weg zurück schien mir der kürzere zu sein, als der hinaus auf Ihren Hof.«

»Warum reiten Sie nicht? Sind Sie verletzt?«

»Wie man es nimmt«, lautete die Antwort, die sehr gequält klang. »Kann ich Ihnen helfen?«

»Wenn Sie mich, ohne dass ich laufen oder reiten muss, irgendwohin bringen könnten?«, sagte er zögernd.

Amrei kniff nachdenklich die Augen zusammen. Dann fiel ihr Mickis Vermutung wieder ein, dass die unpassende Kleidung ihm Schwierigkeiten machen könnte. »Die einzige Möglichkeit, die mir da einfällt, ist die, Sie zu tragen«, gab sie in belustigtem Tonfall zurück. Sie war froh, dass ihm nichts Schlimmeres zugestoßen war, als dass er sich vermutlich die Leisten wundgescheuert hatte.

»Sie scheinen sich sehr zu amüsieren«, erwiderte er aufgebracht.

»Ich bin erleichtert, Sie wohlbehalten gefunden zu haben.«

»Wohlbehalten ist gut.«

»Ein weiterer Grund, sich zu bedanken, Cowboy.«

»Und wie komme ich aus diesem Wald heraus?«

»Ziehen Sie diese zugegeben vornehme, aber zum Reiten völlig ungeeignete Hose aus und setzen Sie sich in der Unterwäsche möglichst bequem in den Sattel. Ich führe die Stute, damit Sie sie nicht treiben müssen.«

»Ich soll …?«

»Es ist dunkel. Außerdem habe ich während des Kriegs im Lazarett ausgeholfen. Glauben Sie mir, ich habe genug Männerhin–«

»Ist ja gut«, unterbrach er sie und kam mit steifen, langsamen Bewegungen näher, um ihr die Zügel von Salome hinaufzureichen.

Sie hörte, wie er seinen Gürtel öffnete, und wandte sich ab, obwohl sie ohnehin kaum mehr als dunkle Schatten erkennen konnte. Erschrocken biss sie sich auf die Unterlippe. Wie hatte sie ihm nur diesen Vorschlag unterbreiten können? Schreckliche Erinnerungen an den Mühlensepp überfielen sie, aber es gelang ihr, wenn auch mühsam, die dunklen Schatten ihrer Vergangenheit zu vertreiben. Von dem angeschlagenen Tom ging nun wirklich keine Gefahr für sie aus.

Als sie bemerkte, dass er sich stöhnend in den Sattel zog, richtete sie ihre Aufmerksamkeit wieder auf ihren Schützling. »Am besten bringe ich Sie zurück in die Stadt und in ein Hotel. Auch wenn Ihr Gepäck jetzt in der Pension ist.« Amrei lachte über die Komik dieser Situation.

»Nein. Nicht noch eine Nacht ohne meine Sachen. Bringen Sie mich zur Pension.«

»Wie Sie wünschen«, erwiderte Amrei und trieb Schneesturm in einen gemächlichen Schritt.

Tom stöhnte auf, als die Stute sich in Bewegung setzte, und sie wandte besorgt den Kopf. Seine weiße Unterhose hob sich deutlich vor dem dunklen Sattel und der restlichen dunklen Kleidung ab, doch er schien jetzt eine Position gefunden zu haben, die ihm trotz seiner wundgescheuerten Stellen das Reiten möglich machte. Zufrieden drehte sie sich nach vorne um.

»Ich höre Sie grinsen«, sagte er zu ihr.

»Sicher!«, erwiderte sie belustigt.

»Warum streiten Sie das nicht wenigstens höflich ab.«

»Es wäre gelogen.«

»Aber höflich.«

»Höflich gelogen ist auch gelogen.«

»Sie sind ein schwieriger Mensch.«

»Wenn ich mich recht erinnere, befanden Sie sich in Schwierigkeiten, nicht ich.«

»Und daraus schließen Sie, dass ich der schwierige Mensch bin?«

»Ich werde mich hüten, ein Urteil über jemanden zu fällen, den ich kaum kenne.«

»Dafür sind Sie hier in der Gegend bekannt wie ein bunter

Hund. Englischer Flüchtling, Beziehung zu einer Frau, Morddrohungen gegen einen Nachbarn, uni nur einige Dinge anzusprechen, die man hier so über Sie erzählt bekommt.«

»Einen schönen Gruß an Iris Brün«, erwiderte Amrei nicht sehr begeistert darüber, dass dieser Mann mit den Einwohnern Tribergs und des kleinen Dorfes gesprochen hatte. Deren Gerede über sie konnte sie die Kundschaft kosten.

»Dieses Fräulein Brün ist wohl eine spezielle Freundin von Ihnen?«, fragte er, und Amrei konnte den Spott in seiner Stimme hören. Ärger stieg in ihr auf, aber dann tat sie das, was Oma Wanner ihr vor längerer Zeit geraten hatte, und brachte Iris und die anderen Bewohner dieser Gegend gedanklich vor Gott, um nicht schon wieder eine innere Wut in sich anzustauen.

»Geht es Iris gut? Wie sieht sie aus?«, fragte sie nach einer Zeit des Schweigens.

Es dauerte lange, ehe sie eine Antwort erhielt, eine Antwort, die erstaunt, aber auch sehr neugierig klang: »Gut, denke ich. Sie machte einen guten Eindruck auf mich. Es wundert mich... Ich meine, gibt es einen Grund für Ihre besorgte Frage?«

»Es gab Zeiten, da wurde sie verprügelt«, lautete ihre knappe Antwort. Tom fragte nach Einzelheiten, doch mehr wollte sie nicht dazu sagen. Es ging diesen Cowboy nichts an, was Iris und ihre Mutter durch den verstörten Kriegsheimkehrer hatten durchleiden müssen. Um sein Interesse von den Brüns fortzulenken, fragte sie: »Denken Sie, wir können ein Stück galoppieren? Ich würde Angela gerne signalisieren, dass sie umkehren kann. So gut kennt sie sich in den Wäldern auch nicht aus.«

»Ich wollte niemanden in Gefahr bringen«, hörte sie ihn murmeln, und sie lächelte in die Dunkelheit hinein.

»Versuchen wir es, Fräulein Amrei.«

Amrei trieb den Hengst an, der nach seinem schnellen Galopp von zuvor angenehm friedlich neben der Stute herlief, die aber bereits beim ersten längeren Anstieg selbstständig in den Schritt zurückfiel. Amrei brachte Schneesturm zum Stehen und wandte sich nach Tom um. Der Mond stand inzwischen hoch am Himmel und warf sein sanftes, weißes Licht durch die Baumwipfel hindurch auf das Gesicht des großen Mannes. Obwohl er nichts sagte, konnte Amrei erkennen, dass er unter Schmerzen litt. Er rutschte unruhig auf dem Sattel hin und her, um eine bequemere Position zu finden.

»Fangen Sie nur nicht an zu lästern«, brummte er in ihre Richtung.

»Würde mir nie einfallen.« Besorgt warf sie einen Blick nach vorne. Der schmale, zugewachsene Reitweg zog sich nahezu kerzengerade den Hang hinauf, und sie hatten noch lange zu reiten, wenn sie ihr bisheriges Tempo beibehielten. »Wollen Sie ein Stück laufen?«, schlug sie ihm dennoch vor.

»Damit wir noch länger brauchen? Nein. Reiten Sie weiter und kümmern Sie sich einfach nicht um mich.«

»In Ordnung.« Amrei drehte sich vorsichtig auf dem ungesattelten Pferderücken nach vorne um, umfasste die Zügel der Stute fest und schnalzte Schneesturm zu, der sich bereitwillig in Bewegung setzte. Sie hörte den Mann neben sich umherrutschen, als er versuchte, das Gewicht zu verlagern, aber da er nichts mehr sagte, folgte sie seiner trotzig vorgebrachten Aufforderung und ignorierte ihn.

Es dauerte lange, bis sie den letzten Abhang vor ihrem Hof erreichten.

Tom, dessen Orientierungssinn dieses Waldstück offenbar richtig zuordnen konnte, meinte: »Sie können mich den Rest der Strecke zu Fuß gehen lassen.«

»Nein.«

»Ich weiß jetzt, wo wir sind.«

»Und?«

»Ich finde den restlichen Weg auch ohne Sie. Sie können dann Ihre Freundin zurückholen.«

»Auf die paar Minuten kommt es jetzt auch nicht mehr an«, gab sie kurz angebunden zurück.

»Habe ich Ihnen etwas getan, Fräulein Amrei?«

»Sie haben meine abendliche Routine über den Haufen geworfen und mir mehr als eine halbe Nacht Schlaf geraubt.«

»Meine Güte, dann schlafen Sie morgen eben etwas länger.«

Amrei hob die Augenbrauen und drehte den Kopf leicht nach hinten, konnte jedoch keine Gesichtszüge, sondern nur den schwarzen Umriss des großen Mannes erkennen. War er tatsächlich so naiv und unwissend? Für sie begann jeder neue Tag frühmorgens um dieselbe Zeit, gleichgültig, wann sie zu Bett gegangen war. »Ja, sicher«, sagte sie nur und atmete auf, als sie endlich den feuchten, kühlen Wald hinter sich ließen. Sterne funkelten ihnen fröhlich wie zur Begrüßung entgegen und der Mond tauchte die leicht wellige Landschaft mit ihren Baumgruppen, den Tierweiden, Wiesen und Feldern in ein sanftes Licht. Der unruhige, vom Mondschein beschienene Fluss funkelte bis zu ihnen herüber und die Gebäude des Hofes ragten als dunkle, unförmige Schatten inmitten des Tales hervor.

Amrei genoss dankbar den Anblick ihres Zuhauses und war froh darüber, den Städter aus den Wäldern zurückgebracht zu haben.

Erleichtert stellte sie fest, dass sich die Pferde im Stall befinden mussten und kaum ein Geräusch zu ihr herüberdrang, als sie die Auffahrt erreichten. Dies deutete sie als ein sicheres Zeichen dafür, dass Micki die Tiere gut versorgt hatte.

Im Hof angekommen, stiegen die beiden Reiter ab.

»Eigentlich ein herrliches Fleckchen Erde«, sagte Tom, stolperte über etwas und fiel der Länge nach hin. Schnell rappelte er sich auf und hob dabei die Ursache seines Sturzes mit vom Boden auf. Verwundert betrachtete er im Licht des Mondes die Stiefel und Strümpfe, ehe sein Blick zu Amreis bloßen Füßen wanderte. Er reichte ihr Stiefel und Strümpfe und nahm ihr dafür die Zügel der Stute aus der Hand. »Sie haben sich nicht einmal die Zeit genommen, die hier anzuziehen, als Sie bemerkten, dass ich überfällig war?«, fragte er.

Amrei sah ihn an und blickte in dankbare Augen. »Ja und?«, wehrte sie knapp ab und wandte sich ruckartig um. Den Hengst fest am Halfter gepackt führte sie ihn neben sich her auf die offene Stalltür zu. Noch immer tat sie sich schrecklich schwer damit, wenn ihr jemand Freundlichkeit oder gar Zuneigung entgegenbrachte, vor allem wenn es sich dabei um Männer handelte.

Im Vorbeigehen stieß sie die Tür zu Salomes Box auf, ehe sie den Hengst in seine Behausung ließ.

Tom, der die damit verbundene Aufforderung richtig verstanden hatte, führte sein Reittier in dieses Abteil. Die Hände tief in den Taschen der Kniebundhose vergraben, stapfte Amrei an ihm vorbei, zurück in Richtung Tor.

»Sie können nachsehen, ob Micki für beide Pferde Wasser und Futter gerichtet hat. Außerdem sollten ihre Hufe kontrolliert und die Tiere abgerieben werden.«

»Werde ich jetzt zum Stallknecht degradiert?«, rief er ihr nach.

»Nein, zu einem verantwortungsbewussten Menschen, der seine Aufgaben wahrnimmt und seiner übermüdeten Retterin ein bisschen Arbeit abnimmt.«

Amrei wartete auf eine entrüstete Entgegnung, doch sie blieb aus. Ein müdes Lächeln legte sich auf ihr Gesicht, als sie eilig zu Angelas Auto hinüberging und die Fahrertür öffnete, um unter dem Sitz den Autoschlüssel hervorzuholen und damit die vordere Haube zu öffnen. Sie entnahm dem Kofferraum das Gewehr, lud es und schoss damit einmal in die Luft. Mehrmals wurde der Knall, der die Stille des friedlichen Tales gewaltsam zerrissen hatte, von den Bergketten wiedergegeben.

Noch bevor Amrei das Gewehr wegräumen konnte, kam Tom angerannt. »Was …?«, rief er, entdeckte das Gewehr und riss es ihr grob aus den Händen. »Verdammt noch mal, haben Sie mich erschreckt.«

»Dann sind wir jetzt ja quitt«, erwiderte sie gelassen und griff wieder nach Angelas Waffe. Tom hielt diese jedoch eisern fest.

»Ich dachte, die gibt es in Deutschland gar nicht mehr«, knurrte er sie an und taxierte sie mit misstrauisch zusammengezogenen Augen.

Amrei nahm auch ihre zweite Hand zu Hilfe und ließ nicht zu, dass er ihr das Gewehr entwinden konnte.

»Es gibt Berufsstände, denen sie zugestanden wurden. Landtierärzten mit einer Waffenlizenz zum Beispiel«, fauchte sie ihn an.

Bewegungslos standen sie da, blickten einander in die Augen und hielten beide die Schusswaffe zwischen sich fest in ihren Händen.

»Du hast keine Hose an, Tom.« Mickis Stimme ließ die beiden auseinanderfahren. Allerdings behielt Amrei die Waffe in den Händen.

»Das könnte die neuen Gäste verschrecken«, witzelte der Junge.

»Gäste?«, fragte Amrei überrascht.

»Ja, die Familie mit den beiden Kindern ist da.«

»Sie wollten doch erst am Montag kommen.«

»Sie waren davor in einer anderen Pension irgendwo am Bodensee, aber dort hat es ihnen nicht gefallen. Deshalb haben sie gefragt, ob wir nicht schon jetzt ein Zimmer frei hätten.«

Amrei hörte, wie im Haus ein Fenster geöffnet wurde.

»Verschwinden Sie«, fauchte sie Tom an, der tatsächlich in großen Sprüngen auf die Stalltür zulief.

»Den hast du aber schon gut im Griff!« Micki lachte auf.

»Wer ist da?«, rief Oma Wanner zu ihnen heraus.

»Alles in Ordnung. Ich habe nur einen Schuss abgegeben, um Angela wissen zu lassen, dass wir den verlorenen Sohn gefunden haben und dass sie zurückkommen kann. Kein Grund zur Besorgnis.«

»Welchen Sohn?«, krächzte Oma Wanners Stimme. »Du hast mir noch nie gesagt, dass du einen Sohn hast, Kindchen.«

»Geh schlafen, Oma Wanner«, rief Amrei laut zurück und verstaute das Gewehr sicher im Auto.

»Bei dem Lärm wird die Familie Sommer gleich wieder abreisen«, zischte Micki sie an. »Und dabei hätte ich mal für ein paar Tage einen Jungen in meinem Alter hier.«

»Ich werde die Situation morgen früh erklären. Sicher haben die Eltern Verständnis für diesen Ausnahmefall«, beschwichtigte Amrei ihren Neffen.

»Dann sieh auch zu, dass es ein Ausnahmefall bleibt.«

»Sag das mal dem Cowboy.«

»Das habe ich gehört«, meldete Tom sich von der Stalltür her.

»Ich denke, Sie haben noch zu tun«, gab Amrei ungerührt zurück und fuhr Micki liebevoll durch die Haare. »Danke, dass du dich um den Stall und die Familie gekümmert hast. Du bist mein Held.«

»Ist schon in Ordnung. Solange das keine Daueraufgabe für mich wird«

»Nein, bestimmt nicht.«

»Du kannst ins Bett gehen. Ich warte noch auf Angela. Morgen habe ich keine Schule und kann ausschlafen.«

»Danke.«

»Sie werden ja ganz schön verwöhnt, Fräulein Amrei. Der zahlende Gast wird zum Stallknecht und der Junge muss Ihre anderen Aufgaben übernehmen?«

»Gute Nacht, Micki.« Amrei ignorierte den Mann, der sich noch immer halb bekleidet hinter der Stalltür versteckte, und ging zum Haus hinüber.

»Du hast ja keine Ahnung, wie Amrei hier rackert, Tom«, hörte sie Micki sagen. »Morgens schon geht es los mit ...«

Sie schloss fest die Tür hinter sich und lehnte sich für einen Augenblick müde mit dem Rücken gegen das Holz, ehe sie ihre Stiefel neben den Türrahmen stellte und mit schweren Schritten die Stufen hinaufstapfte. Leise sagte sie vor sich hin: »Wie kommt es nur, dass der Junge sich hier zu Hause wie ein hilfsbereiter Engel und in der Schule wie der allergrößte ungezogene Bengel verhält?«

»Irgendwo muss er ja mal Kind sein«, meinte Oma Wanner.

Amrei zuckte erschrocken zusammen. Die Frau, die gegen ihre Tür gelehnt im Flur stand, trug über ihrem Nachthemd einen dunklen Morgenmantel, weshalb sie sich kaum vom Holz der Tür abhob.

»Geh bitte schlafen, Oma Wanner. Ich brauche morgen deine Hilfe.«

»Ich suche meine Schuhe«, erwiderte die Frau verzweifelt und deutete dann auf Amreis nackte und schmutzige Füße. »Du wohl auch.«

»Wir suchen sie morgen gemeinsam«, gab Amrei liebevoll zurück, ehe sie Oma Wanner in ihr Bett brachte und endlich, ohne sich zuvor die Füße zu waschen, in das ihre fiel.

Kapitel 13

Amrei trug gerade einen Tisch nach draußen, als das laute Hupen eines Automobils die morgendliche Stille in dem kleinen Tal störte.

Verwundert drehte sie sich um. Während die Pferde mit nervös zuckenden Ohren auf das über den Weg knatternde Automobil sahen, stürmten die Ponys neben diesem her. Amrei lächelte. Diese kleinen Tiere hatten einfach etwas Besonderes an sich.

»Vielleicht Ihr wichtiger Gast, von dem Micki mir erzählt hat?«, hörte sie Tom hinter sich sagen, der einen weiteren Tisch aus der Tür trug.

»Meinen Sie?«, murmelte sie und stellte schnell ihre Last in das frisch geschnittene Gras.

Frau Sommer, die mit ihrer Familie bereits ein paar Tage in der Pension verweilte, hatte am Vorabend angeregt, dass bei diesem warmen Wetter die Mahlzeiten doch im Freien eingenommen werden könnten.

Amrei war von diesem Vorschlag gleich begeistert und hatte sich vorgenommen, demnächst eine kleine Terrasse an der Ostseite des Hauses anzubringen.

»Wenn Sie vielleicht noch die Stühle ...?«, rief sie Tom zu, während sie schon in Richtung des inzwischen geparkten Taxis lief.

»Bin ich hier der zahlende Gast oder der zu bezahlende Angestellte?«, rief er entrüstet hinter ihr her.

Amrei ignorierte diese Frage und blickte prüfend an sich hinunter. Sie hatte heute ihre halbwegs ordentlichen Reithosen an und trug eine helle Bluse anstatt wie sonst ein Flanellhemd ihres Bruders.

Dem gerade eingetroffenen Automobil entstieg ein älterer Herr mit lichtem rötlichem Haar. Auf seiner Nasenspitze balancierte er eine Brille und der kunstvoll an seinen Seiten nach oben gedrehte Bart berührte beinahe deren Gestell.

»Herzlich willkommen«, rief sie und streckte dem Mann, der ihr nur bis an die Schulter reichte, die Hand entgegen.

Der Fremde musterte ihre dunkelbraune, oberhalb der Knie weiter werdende Reithose, drehte sich noch einmal nach seinem Wagen um und holte eine große schwarze Aktentasche heraus.

Amrei ließ ihren Arm sinken und beobachtete, wie der Blick des neuen Gastes über das Haupthaus und die Nebengebäude glitt. Ein unangenehmer Schmerz stach ihr ins Herz. Sie liebte dieses Gehöft, und ihr gefiel der geringschätzige Gesichtsausdruck des Mannes nicht.

»Die Anfahrt ist eine Katastrophe!«, sagte er in ihre Richtung, ohne sie jedoch anzuschauen. Sein Blick tastete die bewaldeten Hügel in der Ferne ab, die sich teilweise noch hinter einer milchig weißen Nebelwand verbargen und in ihren unterschiedlichen Blautönen ein wunderschönes Bild abgaben. Der Mann nickte kurz, denn zumindest schien ihm die Landschaft zu gefallen. Amrei atmete erleichtert auf. Noch schien nicht alles verloren, und selbst wenn dem Mann die Einfachheit der Gebäude nicht zusagte, so musste sie zumindest versuchen, durch Gastfreundschaft und Erholungsmöglichkeiten, die sie hier bieten konnte, seine wohlwollende Zustimmung zu gewinnen. Immerhin hing die Zukunft ihrer kleinen Pension von diesem Mann ab.

»Die Straße wird bald repariert werden.« Sie wollte nach der Tasche des Mannes greifen, doch der entzog ihr das Gepäckstück sofort wieder und bedachte sie mit einem vorwurfsvollen Blick.

»Das ist für mich dann zu spät«, lautete sein vernichtender Kommentar, und er ging, ohne sie oder den Fahrer, der zusätzliche Gepäckstücke auslud, weiter zu beachten, ein paar Schritte auf die weit offen stehende Haupttür zu.

»Wenn Sie mir bitte jetzt mein Zimmer zeigen würden, Fräulein. Und ich möchte Herrn Simon sprechen.«

Amrei biss sich erschrocken auf die Lippen, und als sie dem neuen Gast in einigem Abstand nachging, konnte sie das hämische Grinsen auf Toms Gesicht nicht übersehen. Sie warf ihm einen wütenden Blick zu, der sein Grinsen jedoch nur noch breiter werden ließ.

»Ich könnte mich als Herr Simon ausgeben, Amrei«, schlug er vor.

Entsetzt blieb Amrei stehen. »Was? Nur das nicht! Es reicht schon, dass Micki diesen Unfug auf die Briefumschläge geschrieben hat. Da brauchen Sie nicht einen weiteren hinzufügen.«

»Ich verstehe!«

»Nein, ich glaube nicht, dass Sie das verstehen, Tom. Für mich ist die Beurteilung dieses Mannes überlebenswichtig.«

»Das bezweifle ich.«

»Eine weitere Möglichkeit wie diese werde ich nicht mehr bekommen.«

»Möglichkeit? Sie werden ihn doch nicht gleich heiraten wollen?«

»Machen Sie sich lieber nützlich, statt Ihre Scherze mit mir zu treiben«, stieß Amrei aufgebracht aus und folgte dem Mann ins Innere des Hauses.

»Schrecklich dunkel!«

Amrei hörte den Gast halblaut vor sich hin schimpfen und drückte sich schnell an ihm vorbei, um die Tür des Vorraumes zu öffnen. Im Flur war es dank der geöffneten Türen der anderen Zimmer deutlich heller.

»Ich habe mir schon überlegt, ob ich zwischen die Verstrebungen dieser massiven Holztür Glas einfügen sollte«, versuchte sie, auch diese Situation zu retten.

Völlig aufgelöst, da der Mann schon so bald nach seiner Ankunft einen Grund zur Beanstandung nach dem anderen fand, rang sie die Hände.

In diesem Moment stürmte Micki die Stufen nach unten. »Morgen!«, rief er und verschwand pfeilschnell in der Küche, aus der ihnen der Duft frischen Brotes und Kaffees entgegendrang.

»Möchten Sie einen Kaffee?«, fragte Amrei, die sich völlig überfordert fühlte und nicht wusste, was sie mit dem Mann anfangen sollte.

»Ich trinke nur Tee«, lautete seine Antwort, während er die Tasche auf den Boden stellte und sich zu ihr umdrehte. »Würden Sie bitte den Eigentümer holen, Fräulein?«

»Ich bin die Eigentümerin«, erwiderte Amrei und ärgerte sich darüber, dass sie nicht sofort nach dem Namen des Mannes gefragt hatte. Sie streckte ihm zur Begrüßung nochmals ihre Hand entgegen. »Amrei Simon, ich hoffe, Sie haben einen angenehmen Aufenthalt hier.« Sie hörte Micki in der Küche losprusten. Lachte er etwa über ihre Versuche, höflich zu sein?

»Krummeisen. Und ich habe das Gefühl, der Aufenthalt wird weniger angenehm werden, als mir versprochen wurde. Hier ist alles viel zu dunkel!«

»Das ist nur der Eingangsbereich, Herr Krummeisen.

Der ist noch nicht renoviert.« Amrei, die spürte, wie ihr der Schweiß über den Rücken lief, schrak zusammen, als sich die Küchentür öffnete und Oma Wanner in den Flur trat. In ihrer Hand balancierte sie eine Tasse, aus der sich eine schmale weiße Dampfsäule in Richtung Decke hinaufkringelte.

»Guten Morgen. Ich bin Oma Wanner. Alle nennen mich so. Ich habe Ihnen einen Tee gemacht. Viele Gäste trinken zwar lieber Kaffee, aber Tee ist weitaus gesünder.«

Amrei schloss die Augen und hoffte, dass jetzt nicht schon wieder etwas schieflief. Als sie es wagte, die Augen wieder zu öffnen, hielt Herr Krummeisen die Tasse Tee in seinen Händen und zu ihrem Erstaunen lag ein Lächeln auf seinem Gesicht.

»Pfefferminztee, wie wunderbar«, wandte er sich an Oma Wanner.

Die alte Frau lächelte den Mann an, blinzelte Amrei zu und eilte zurück in die Küche.

»Wenn Sie mir bitte folgen wollen«, forderte Amrei Herrn Krummeisen höflich auf

Der neue Gast folgte ihr in das kleine Büro, das früher einmal das Handarbeitszimmer ihrer Mutter gewesen war.

Sie bot dem Mann einen Platz an und entschuldigte sich, um eilig in die Küche zu laufen. Kaum betrat sie diese, fragte sie Oma Wanner: »Woher wusstest du –?«

»Micki hat das mit dem Tee gehört.«

»Ich finde, er sieht nach Pfefferminze aus«, sagte der Junge, der gerade gierig ein Brot verschlang, und verzog dabei angewidert das Gesicht. Er verabscheute Pfefferminztee.

»Micki, tu mir einen Gefallen …«

»Jetzt?«

»Schnell. Ich brauche für Herrn Krummeisen das Zimmer von Tom. Es ist das hellste und freundlichste.«

»Ich soll Tom rausschmeißen?«

»Nein. Du sollst ihn nur überreden, dass er seine Sachen in ein anderes Zimmer räumt.«

Micki zuckte mit den Schultern, steckte sich den Rest seines Brotes auf einmal in den Mund und verschwand durch die Nebentür nach draußen.

Die junge Frau wandte sich an Oma Wanner und flüsterte: »Ich glaube, er ist sehr schwierig.«

»Warte ab. Das hast du von Tom zuerst auch gedacht.«

»Tom *ist* schwierig!«, brummte Amrei und beeilte sich, die Küche zu verlassen. Sie war schon unter dem Türrahmen, als sie hörte, wie Oma Wanner sagte: »Dann beten wir eben.«

Wütend warf Tom seine Kleider auf das frisch bezogene Bett in seinem neuen, deutlich kleineren Zimmer. Warum machte er dieses Theater überhaupt mit, fragte er sich. Wog der Spaß, den er durch die Verwechslung hatte, all die Umstände überhaupt auf? Für ihn war es schon schwer gewesen, sein vorheriges Zimmer als halbwegs akzeptabel zu betrachten, doch diese Kammer, in die er jetzt abgeschoben worden war, gefiel ihm ganz und gar nicht. Zudem hatte Angela ihm auf seine Einladung, mit ihm essen zu gehen, einen Korb gegeben und dabei deutlich gemacht, dass sie weder die Zeit noch den Wunsch hätte, mit irgendjemandem auszugehen.

Vielleicht sollte er am heutigen Tag noch abreisen, überlegte er und ließ sich auf den alten Sessel fallen. Das Möbelstück ächzte protestierend auf, und Tom sah sich schon auf dem Boden liegen, allerdings hielt diese Sitzgelegenheit entgegen seinen Erwartungen seinem Gewicht stand.

Nach ein paar Sekunden des Nachdenkens stand er auf und zog sich um. Ob er es wagen konnte, sich wieder auf ein Pferd zu setzen? Nach seinem Ausritt vor zwei Tagen war er dank einer Salbe, die die Tierärztin ihm gegeben hatte, gerade so weit genesen, dass er ohne Schmerzen sitzen konnte und nicht mehr breitbeinig wie ein Cowboy durch die Gegend schlurfte.

Entschlossen, in die Stadt zu reiten und seinen Vater anzurufen, um dieser Scharade endlich ein Ende setzen und in die Zivilisation zurückkehren zu können, verließ er den Raum. Die Holzdielen knarrten unter seinen Füßen, als er den dunklen Flur entlangging und die Treppe hinabpolterte.

»Hallo?«, rief er, doch niemand reagierte auf sein Rufen. Verärgert über die mangelnde Aufmerksamkeit einem Gast gegenüber trat er hinaus ins Freie, wo er auf die Familie Sommer traf, die um einen der dort aufgestellten Tische saß und sich das reichhaltige Frühstück schmecken ließ. Oma Wanner hatte sich zu ihnen gesellt und unterhielt sich mit der fünfjährigen blinden Tochter.

Von Micki, Amrei und dem neuen Gast war allerdings nichts zu sehen.

»Oma Wanner?«, rief er zu der immer freundlichen Dame hinüber.

Diese stand sofort auf, um zu ihm zu eilen.

»Ich würde gerne in die Stadt reiten.«

»Warum fahren Sie nicht?«

»Das Automobil ist doch kaputt.«

»Der Herr …« – mit einer wegwerfenden Handbewegung deutete sie zur Küchentür hinüber und fuhr dann fort – »… er hat in Triberg nach dem Weg gefragt. Man hat ihm die Ersatzteile mitgegeben. Amrei baut sie gerade ein.«

Entsetzt ließ Tom die alte Frau stehen und spurtete zur

Scheune hinüber. Hatte dieses Mädchen die Frechheit, sich erneut an seinem wertvollen Automobil zu schaffen zu machen? »He!«, rief er schon von Weitem. Amrei hob gemächlich den Kopf. »Ja?«

»Was machen Sie da?«

»Ich melke Kühe!«, gab sie zurück und beugte sich, bewaffnet mit ihrem Werkzeug, in den Wagen hinein.

»Ich will das nicht!«, erklärte er aufgeregt.

Amrei bedachte ihn mit einem Blick, der ihn stark an den erinnerte, mit dem sie ihren Neffen am Abend zuvor angesehen hatte, als sie diesen zum dritten und letzten Mal aufgefordert hatte, endlich zu Bett zu gehen.

»Keine Angst, ich berechne Ihnen die Arbeitszeit nicht«, gab sie ruhig zurück und wandte sich erneut dem Motor zu.

»Darum geht es nicht.«

»Gut, dann berechne ich sie.«

»Sie sind –«

»Fertig. Lassen Sie ihn mal an.«

»Bitte?«

Amrei richtete sich auf, schob das Werkzeug hinten in den Hosenbund und stemmte ihre Hände in die Hüften. »Sie verstehen nichts von Autos, das habe ich kapiert. Aber ein Auto starten – das können Sie doch? Oder muss man Ihnen das auch abnehmen?«

Tom warf der jungen Frau einen entrüsteten Blick zu und setzte sich hinter das Steuer. Der Motor schien einmal laut zu husten, dann begann er tadellos zu laufen.

»Na, also«, meinte Amrei zufrieden und schloss dabei die Motorhaube. Ohne sich weiter um ihn zu kümmern, zog sie das Werkzeug aus dem Hosenbund und machte sich auf den Weg in Richtung Schuppen.

»Ich fahre nach Triberg«, rief er ihr trotzig nach. Es ärgerte ihn, dass diese junge Frau es tatsächlich fertiggebracht hatte, sein Automobil zu reparieren. Sie besaß offensichtlich mehr Begabungen als die, mit Pferden gut umgehen zu können. Bedeutete das aber nicht, dass sie durchaus auch in der Lage sein konnte, eine Pension zu führen? Allerdings, wenn sie sich allen Gästen gegenüber so ruppig benahm wie ihm gegenüber …

Tom legte den Gang ein und wollte losfahren, doch ihr belustigtes Grinsen, als sie sich umwandte, ließ ihn innehalten.

»Was ist denn jetzt schon wieder?«, rief er ihr zu.

»Ich wundere mich nur, dass Sie vor ein paar Tagen unbedingt in Anzugshosen reiten wollten und jetzt zum Autofahren eine – wenn auch sehr vornehme – Reithose tragen.«

Tom sah an sich hinunter. »Als ob Sie das stören würde«, sagte er mehr zu sich selbst.

Ihr Auflachen bewies, dass sie ihn dennoch gehört hatte. »Es könnte sein, dass die Leute in der Stadt denken, ich hätte einen schlechten Einfluss auf meine Gäste.«

»Ach, Sie sehen mich tatsächlich als Gast?«

»Weshalb denn nicht?«

»Vergessen Sie es einfach«, brummte er, machte den Motor aus und schälte sich aus dem Fahrzeug.

»In Ordnung«, lautete die gelassene Antwort, die keinen Zweifel daran ließ, dass sie genau dies tatsächlich zu tun gedachte.

Kapitel 14

»Das ist doch …!«

Der Mann sah, wie der jungen Frau, die diese Worte ausgestoßen hatte, staunend der Mund offen stehen blieb.

»Tag«, grüßte er knapp und wollte weitergehen, doch eine schmale Hand auf seinem Arm hielt ihn zurück.

»Sie sind es wirklich, nicht?«

Der Neuankömmling nickte nur und sein Blick ruhte auf der schlanken Frauenhand auf seinem geflickten Hemd.

»Ich bin Iris … Iris Brün. Sie erinnern sich doch sicher an mich, nicht wahr?«

Wie zuvor nickte der Mann und wartete ab. Zwar brannte ihm die heiße Frühsommersonne unangenehm auf den Kopf, doch er wusste, dass man eine Frau nicht einfach stehen ließ.

»Da wird die Pferde-Amrei aber Augen machen! Oder sich erschrecken! Sie treibt es ja ziemlich bunt, müssen Sie wissen.«

Der ausgezehrt wirkende Mann hob nur seine Augenbrauen.

»Zuerst hieß es, sie habe ein Verhältnis mit der Metzger. Das ist eine Tierärztin, die nach dem Krieg hier aufgetaucht ist. Die ist dann zu allem Überfluss noch auf den Bauernhof rausgezogen. Zwischendurch ging auch mal das Gerücht, dass Amrei etwas mit einem entflohenen englischen Kriegsgefangenen hatte, den sie bei sich versteckt hielt. Jetzt weiß man halt nicht so genau.« Iris Brün hob den Kopf und sah prüfend in das Gesicht ihres Gegenübers, doch dieses blieb hart, als sei es versteinert.

»Jedenfalls ist sie, als der Mühlensepp so was mal angedeutet hat, mit dem Fleischermesser auf ihn losgegangen. Stellen Sie sich das mal vor! Was wäre denn aus dem Jungen geworden, wenn man sie hätte einsperren müssen? Aber vielleicht hätte sie dann die arme Frau Margot nicht aus dem Haus gejagt.«

Die Gesichtsmuskeln des Mannes zuckten kurz, was Iris zum Anlass nahm, aufgeregt weiterzuberichten: »Die Frau Margot war eines Tages einfach weg. Wahrscheinlich hat es die Pferde-Amrei doch zu wüst getrieben. Und gemocht haben die beiden sich ja nie. Warum sie den Jungen dagelassen hat, weiß niemand. Vielleicht hat Amrei sie ja dazu gezwungen, weil sie doch nur noch die alte Frau Wanner da draußen hatte und Hilfe im Stall und bei der Feldarbeit gebrauchen konnte. Stellen Sie sich das einmal vor. Die arme Frau! Richtig aufräumen sollte man da draußen mal!«

Der Mann in der viel zu weiten Hose, die nur durch Hosenträger über seinen abgemagerten Schultern gehalten wurde, nickte knapp und machte sich weiter auf den Weg.

Tom, nun mit einer hellgrauen Stoffhose und ordentlichen Schuhen bekleidet, betrat das Elektrogeschäft und bat darum, telefonieren zu dürfen.

Er wurde ausgesprochen misstrauisch von oben bis unten gemustert, doch als er einen Geldschein auf den Verkaufstisch legte, deutete der Ladenbesitzer mit einem knappen Nicken in Richtung des Telefonapparates.

Kurz darauf hatte Tom seinen Vater am Apparat.

»Ich wollte mich mal melden«, begann er das Gespräch.

»Und? Wie gefällt es dir?«

»Auf dem Hof herrscht das Chaos.«

»Weshalb?«

Tom seufzte. »Die Leitung hat eine Frau, eine sehr junge Frau mit etwas ungehobelten Manieren. Dann wohnt da noch ein kleiner Junge, der Neffe dieser Frau, aber einen Vater und eine Mutter gibt es nicht. Außerdem lebt dort eine alte Dame, die geistig nicht immer ganz auf der Höhe ist.«

»Und? Ist der Hof schmutzig oder vernachlässigt? Ist man unfreundlich zu dir?«

Tom zögerte. Das Wohnhaus und sogar die Stallungen waren tadellos sauber und offensichtlich war in den letzten Monaten vieles ersetzt oder repariert worden. Von Vernachlässigung konnte keine Rede sein. Die Pferde-Amrei war ihm gegenüber sehr direkt, vielleicht auch etwas schroff, aber nicht unbedingt unfreundlich, und den anderen Gästen gegenüber konnte sie sich durchaus benehmen.

»Nein, aber ...«

»Sind die Leute überfordert?«

»Nein, dieses Mädchen hat im Alter von gerade einmal 14 Jahren das Gehöft übernehmen müssen und es alleine durch den Krieg gebracht und –«

»Warte mal«, wurde er von seinem Vater unterbrochen. Dann hörte er die Stimme seines alten Herrn etwas gedämpft. Offensichtlich hielt er den Hörer zu und sprach mit jemand anderem. Berichtete er seiner Frau, was er gerade von ihm erfahren hatte? Daraufhin war es eine ganze Weile lang still. Sprach jetzt seine Mutter?

Tom trat unruhig von einem Fuß auf den anderen. Das

Gespräch lief nicht so, wie er es sich vorgestellt hatte, denn eigentlich hatte er seinem Vater schlicht und einfach raten wollen, diese Pension aus seinen Plänen zu streichen. Dann könnte er schnell zurück nach Hamburg fahren oder sich an einem anderen interessanten Urlaubsgebiet zurückziehen.

»Hör zu, Tom. Du bleibst noch eine Weile dort.«

»Aber –«

»Es ist wichtig zu erfahren, wie die Eigentümerin auf Dauer mit dem Betrieb und den Gästen zurechtkommt. Auch möchte ich wissen, wie sie sich gegenüber ihren Mitarbeitern verhält und ob sie haushalten kann. Misch dich ruhig ein, damit du einen Durchblick erhältst. Ich habe hier die Anfrage eines Paares, das gerne in den Schwarzwald möchte. Die Dame ist eine passionierte Reiterin. Ich werde die beiden zu euch schicken, damit die Pension ausreichend Gäste bekommt, um einmal voll ausgelastet zu sein.«

»Vater, könnte nicht…«, versuchte er ein weiteres Mal, seinen Vater dazu zu überreden, ihn aus dieser Einöde ziehen oder zumindest nach Triberg in ein Hotel wechseln zu lassen.

»Deine Mutter denkt auch, dass du dort gut aufgehoben bist, Tom. Melde dich bei Gelegenheit mal wieder.«

Damit war das Gespräch beendet. Sein Vater hatte aufgelegt.

Tom hörte auf das Rauschen in der Leitung und legte zögernd den Hörer auf die Gabel. Täuschte er sich oder hatte die Stimme seines Vaters bei seinen letzten beiden Sätzen amüsiert geklungen? Belustigte ihn das Wissen, dass sein Sohn sich in der Reitpension nicht wohlfühlte, oder hatte er über eine Bemerkung seiner Frau geschmunzelt?

»Ärger?«, fragte ihn der Elektriker, der ihm ungeniert von seinem Platz hinter dem Verkaufstisch zugehört hatte.

»Nein. Manipulation«, knurrte Tom und ahnte, dass er damit gar nicht so falsch lag. Etwas aus seinem bruchstückhaften Bericht hatte seine Eltern dazu veranlasst, ihn gerade dort zu belassen, wo er war.

Tom fuhr langsam über die Straße, die zwar asphaltiert war, aber jahrelang ausschließlich von Traktoren und Pferdefuhrwerken genutzt worden und dementsprechend beschädigt war. Hier musste man in jedem Fall investieren, überlegte er und schlug dann mit der flachen Hand auf das Lenkrad.

Was machte er sich über den Zustand der Straßen in dieser hinterwäldlerischen Gegend überhaupt Gedanken? Er konnte und wollte sich einfach nicht vorstellen, dass er seinem Vater am Ende einen positiven Bericht über die Pension abgeben würde. Zu verärgert war er über die Willkür, die seine Eltern walten ließen, um ihm etwas beizubringen – was auch immer das war. Und dass diese seltsam zusammengewürfelte Familie, die diese Pension führte, auf Dauer durchhalten würde, bezweifelte er ohnehin.

Als er die kleine Ortschaft, die zwischen Triberg und dem abseits gelegenen Tal mit der Pension lag, passieren wollte, entdeckte er ein großes, zugkräftiges Automobil mit Anhänger am Dorfrand. Neugierig lenkte er seinen Wagen dorthin und hielt hinter dem Fahrzeug an.

Noch ehe er aussteigen konnte, wurde seine Limousine von einigen Frauen umringt. Unter ihnen entdeckte er Iris Brün, die ihn prompt durch das heruntergelassene Fenster ansprach: »Hier ist ein britisches Paar. Die beiden möchten irgendetwas wissen, aber niemand versteht sie. Ein Kind ist gerade dabei, einen der Männer zu holen, die in englischer Kriegsgefangenschaft waren, aber das Paar ist etwas ungeduldig. Vielleicht könnten Sie helfen? Sie sind doch so gebildet. Und jemand meinte, Sie seien einige Jahre in New York gewesen …«

»Wenn die Damen mich aussteigen lassen würden …«

Iris zog die anderen Frauen vom Wagen fort und Tom stieg aus.

Die junge Frau packte ihn sofort am Arm und zerrte ihn hinter sich her. »Wie geht es Ihnen denn da draußen?«, fragte sie, während sie mit ihm im Schlepptau die Straße entlangeilte. »Ist es nicht zu einsam für einen Mann von Welt, wie Sie es einer sind? Benehmen sich die Pferde-Amrei und dieser schreckliche Junge? Der soll ja mächtig frech sein und seine Lehrer immerzu ärgern. Wir haben ein Nachbarsmädchen, das mit dem Jungen in die Schule geht, und es erzählt die haarsträubendsten Geschichten. Aber wen wundert das, nicht wahr? Eine Mutter, die fort ist, ein Vater, den er nie kennengelernt hat, die alte, verschrobene Frau Wanner und dann auch noch Amrei …!«

Tom warf Iris einen Seitenblick zu. Er kannte junge Damen wie sie, die sich immerfort über alles beklagten und kein gutes Haar an anderen Frauen lassen konnten. Allerdings ging es bei den Lästereien der Gesellschaftsschicht, in der er sich in den letzten Jahren bewegt hatte, um Dinge wie eine unpassende Garderobe, ein ausfälliges Benehmen bei einer Party oder um eine Liaison, die nach den Maßstäben der höheren Gesellschaft nicht angemessen war. Noch nie hatte er sich zu dieser Sorte Mädchen hingezogen gefühlt. Wahrscheinlich auch, weil er schon als kleiner Junge oft genug mitbekommen hatte, wie seine Mutter unter Tiraden ihrer angeblichen Freundinnen zu leiden hatte. Er zog dann doch eine Frau wie die ehrlich-direkte Pferde-Amrei als Gesellschaft vor. Aber nur in diesem Fall!

Schließlich erreichten sie eine weitere kleine Menschentraube, deren Mitte ein Mann bildete, der noch immer mit Händen und Füßen versuchte, sich verständlich zu machen. Ein paar Schritte neben ihm stand eine junge Frau und beobachtete die Szene. Tom, der sie anhand ihrer modernen Kleidung mühelos als Begleiterin des Engländers identifizierte, sprach sie auf Englisch an: »Kann ich Ihnen helfen, Miss?«

Die junge Frau wandte sich ihm mit einem erleichterten Lächeln zu. »Sie sprechen Englisch? Bin ich froh! Ich habe schon befürchtet, wir würden hier nie mehr herausfinden.«

Tom lachte und stellte sich vor. Die junge Frau hieß Melissa Bridge und ihr männlicher Begleiter, Donald, war ihr älterer Bruder.

»Ich habe mich in der Gegend auch schon verirrt. Bei diesen verworrenen Wegen in den Wäldern ist das nicht schwer.«

»Vielleicht können Sie uns den richtigen Weg zeigen – oder zumindest die Wegbeschreibung übersetzen. Eigentlich sprechen sowohl mein Bruder als auch ich ein bisschen Deutsch. Aber dieser Dialekt …« Melissa lächelte hilflos in seine Richtung, während sie mit einer Hand ihren Bruder herbeiwinkte.

Donald Bridge begrüßte ihn mit einem flüchtigen Lächeln, als er hörte, dass Tom ihnen helfen konnte.

»Wir suchen einen Einsiedlerhof. Ich weiß nicht einmal genau, wo er liegt, obwohl ich mich dort schon mal ein paar Wochen aufgehalten habe.« Er blickte zu den Dorffrauen hinüber, und Tom hatte den Eindruck, als sei ihm deren Anwesenheit unangenehm.

»Gehen wir zurück zu den Fahrzeugen?«, schlug er deshalb vor.

Während Donald sich wortlos abwandte, brachte Melissa ein paar Worte des Dankes und des Abschiedes in Richtung der aufgeregten Dorfbewohner hervor, ehe sie ihnen nacheilte.

»Ich war im Krieg hier«, erklärte der Engländer Tom. »Ein junges Mädchen bewirtschaftete alleine den Hof, den wir suchen. Ein groß gewachsenes Mädchen mit dickem braunem Haar. Ich glaube, sie hieß Annemarie. Jedenfalls nannte eine andere Frau, die auf dem Hof lebte, sie so.«

Tom musterte den ernsten Mann, der kaum älter als er selbst sein konnte, dessen Ausstrahlung jedoch von einer großen Lebenserfahrung zeugte, und ahnte, wen er vor sich hatte: den mysteriösen englischen Kriegsgefangenen, der während des Krieges bei Amrei auf dem Hof entdeckt worden war. Die Tatsache, dass Donald Bridge ihm zuvor berichtet hatte, dass er sich einige Wochen in dieser Gegend aufgehalten hatte, sprach allerdings dafür, dass das Gerücht, dass Amrei durchaus von der Anwesenheit des Flüchtlings gewusst hatte, stimmte. Der Mann konnte sich unmöglich mehrere Wochen unentdeckt in den Nebengebäuden versteckt haben.

Tom grinste in sich hinein. Er war hinter ein Geheimnis von Amrei Simon gekommen, und das, obwohl er erst ein paar Tage hier war. Ob auch an dem Gerede, dass sie mit dem Flüchtling eine Beziehung gehabt hatte, etwas dran war? Er jedenfalls würde das Wiedersehen der beiden genauestens beobachten.

»Fahren Sie mir einfach hinterher«, bot er dem Geschwisterpaar an und deutete auf seine Limousine. »Ich wohne zurzeit in Amreis Pension.«

»Wundervoll, vielen Dank«, freute sich Melissa und stieg eilig in den Jeep.

Ihr Bruder musterte ihn zunächst mit zusammengekniffenen Augen, nickte dann aber und setzte sich hinter das Steuer.

Tom wendete seinen Wagen in einem Feldweg und wartete, bis auch Donald sein Fahrzeug mitsamt dem Anhänger gedreht hatte.

Aufgrund der schlechten Straßenverhältnisse dauerte es lange, bis sie endlich die Pension erreichten und hintereinander in den Innenhof fuhren.

Tom entdeckte Amrei sofort, die gemeinsam mit einem großen, sehr dürren Mann in abgewetzter Kleidung neben dem Brunnen stand. Keiner der beiden sah auf, als die Fahrzeuge in ihrer unmittelbaren Nähe stoppten.

Der Mann hatte beide Hände zu Fäusten geballt und redete wütend auf Amrei ein, die in einer abwehrenden Schutzhaltung die Hände ausgestreckt hielt. Tom runzelte die Stirn. Er hatte sie als eine Frau kennengelernt, die nichts so schnell aus der Ruhe bringen konnte, aber in diesem Moment wirkte sie regelrecht verängstigt und vollkommen hilflos.

Die junge Frau sagte etwas, woraufhin ihr Gesprächspartner nach vorne sprang und sie derb an den Oberarmen ergriff. Er begann sie zu schütteln, als habe er ein kleines, trotziges Kind vor sich.

Tom stieß die Wagentür auf und sprang hinaus. Allerdings war der Engländer schneller als er. Der Neuankömmling fegte den verwahrlosten Fremden förmlich zur Seite und baute sich mit drohend erhobenen Fäusten schützend vor der jungen Frau auf. Zu Toms Verwunderung eilte Amrei an ihrem Beschützer vorbei und kniete sich neben den zu Boden gegangenen Mann, um ihm wieder aufzuhelfen.

»Wer ist das?«, hörte er neben sich eine Kinderstimme fragen.

Tom blickte Micki erstaunt an und zuckte mit den Schultern. Woher sollte er wissen, mit wem Amrei sich da angelegt hatte?

Melissa war inzwischen zu ihrem Bruder geeilt und drückte ihm sanft die geballten Fäuste nach unten.

Auch Tom näherte sich neugierig der kleinen Gruppe, gefolgt von Micki, der sein Pony hinter sich herführte.

»Lass mich in Ruhe«, fauchte der Mann Amrei an, rappelte sich auf und taumelte mehr, als dass er ging, auf die Eingangstür des Wohnhauses zu.

Amrei erhob sich ebenfalls wieder, stemmte die Hände in ihre Hüften und rief ihm nach: »Woher sollte ich das wissen? Wir haben die Nachricht bekommen, dass du von den Engländern verletzt in Gefangenschaft genommen worden bist, und dann warst du plötzlich nicht mehr auffindbar. Wir mussten annehmen, du seist tot.«

»Ich *war* tot. Sibirien ist der Tod!«, brüllte der Mann zurück, ohne sich umzudrehen. Er stieß die Tür auf und verschwand in der Dunkelheit des Flures.

Nur zögernd wandte Amrei sich zu ihren Gästen um. Ihr Gesicht war aschfahl.

»Amrei?« Micki war der Erste, der das Schweigen brach, das sich auf die bewegungslos verharrenden Menschen gelegt hatte.

Sie erwiderte seinen Blick und ein tiefer Schmerz ließ ihr Gesicht für einen Augenblick sehr hart werden. Sichtlich mühsam versuchte sie, dem Zehnjährigen beruhigend zuzulächeln. »Dein Papa ist zurückgekommen, Micki.«

Der Junge sah seine Tante schweigend an, drehte sich ganz und gar unaufgeregt um und ging mit seinem Pony davon.

»Russischer Kriegsgefangener«, hörte Tom Donald seiner Schwester auf Englisch zuflüstern. Obwohl er mit Sicherheit das Streitgespräch nicht vollständig verstanden hatte, hatte der ehemalige Leutnant genug Erfahrung, was Kriegsgefangenschaft bedeutete, und das Wort »Sibirien« mochte für ihn als Erklärung ausreichend gewesen sein.

»Das war kein fröhliches Wiedersehen«, flüsterte Melissa und sah bedauernd auf die noch immer bewegungslos dastehende Amrei. Mit langsamen, beinahe tastenden Schritten ging die Britin auf die andere Frau zu und nahm deren beiden Hände in die ihren. Sie sagte etwas zu ihr und deutete mit dem Kopf auf ihren Bruder.

Amrei blickte nur kurz auf die männliche Gestalt, ehe sie nickte. Sie hatte den Mann sofort wiedererkannt.

Melissa, die Amrei nur bis zu den Schultern reichte, schloss die Frau fest in ihre Arme, wobei sie ihr etwas zuflüsterte.

Tom glaubte Tränen über ihre Wangen rollen zu sehen. Das Mädchen schien zutiefst dankbar zu sein für das, was Amrei vor Jahren für ihren Bruder getan hatte.

Als Melissa die etwas steif dastehende Amrei freigegeben hatte, trat Donald vor und streckte der jungen Pensionseigentümerin seine Rechte entgegen. Tom lehnte sich gegen sein Fahrzeug und beobachtete die beiden genau. Amrei gab ihm ihre Hand. Es war die förmliche, schweigsame Begrüßung zweier Fremder, doch als sowohl Amrei als auch der Engländer sich abwandten, konnte er auf beiden Gesichtern ein schwaches Lächeln entdecken, das seine Vermutung bestätigte, dass sie ein gemeinsames Geheimnis hüteten.

Tom wickelte gelassen einen Kaugummi aus dem Papier und steckte ihn sich in den Mund. Die nächsten Tage würden mit Sicherheit sehr interessant werden. Zumindest war für den Moment sein Ärger darüber, dass seine Eltern auf eine Fortsetzung seines Aufenthalts bestanden hatten, verflogen.

Kapitel 15

Amrei kauerte auf der abschüssigen Erde. Rund um sie herum raschelten die langen, schmalen Blätter der Weide im Wind. Die Zweige tanzten über dem laut gurgelnden Wasser zu ihren Füßen und ließen hier und da den abendlichen Sonnenschein durch. Sie war sich sicher, dass sie zwischen den Ästen, die sich wie ein Zelt um den Stamm wölbten, nicht gesehen werden konnte. Aus einiger Entfernung hörte sie das Quaken der Entenmutter, die nach ihren Jungen rief.

Sie zog die Beine an und umschloss sie mit ihren Armen, wobei sie den Kopf auf ihren Knien ruhen ließ. Langsam rollten ein paar Tränen über ihr heißes, gerötetes Gesicht. Jahrelang hatte sie sich auf den Augenblick gefreut, wenn ihr Bruder Michael aus dem Krieg zurückkehren würde. Sie hatte auf seine Heimkunft gehofft und sie herbeigesehnt, bis Margot die Nachricht hinterlassen hatte, dass es keine Hoffnung mehr gab.

Nun war er hier. Nach zehn Jahren der Trennung, von denen er über fünf im fernen, kalten Sibirien bei unbarmherziger Zwangsarbeit zugebracht hatte. Er war nach Hause gekommen – aber Amrei wünschte sich, er würde wieder gehen.

Er war nicht mehr der Michael, den sie gekannt hatte.

Natürlich hatte er auch nicht mehr die Amrei angetroffen, die er zurückgelassen hatte. Seine Frau war verschwunden, sein Sohn war zehn Jahre alt und konnte nichts mit ihm anfangen. Die Zucht der Schwarzwälder war zerstört und viele der Anbauflächen verwildert. Außerdem befanden sich Fremde im Haus, die hier einen erholsamen, fröhlichen und angenehmen Aufenthalt erwarteten und auf die Rücksicht genommen werden musste. Bereits in den ersten Stunden von Michaels Anwesenheit war deutlich geworden, dass er all das nicht akzeptieren wollte.

Schritte näherten sich ihrem Versteck und Amrei hob den Kopf. Wer mochte das sein? Oma Wanner, Angela und Micki respektierten diesen Platz als ihren persönlichen Rückzugsort, und die Gäste wussten nicht, dass sie hier war.

Als sie hörte, wie die weichen, biegsamen Weidenzweige zur Seite gedrückt wurden, schaute sie über die Schulter nach hinten. Es war Michael, der unsicher zwischen den Ästen stehen blieb. Die Lichtreflexionen der Sonne auf der unruhigen Wasserfläche ließen ihn blinzeln und zeichneten helle, nervöse Flecken auf sein frisch rasiertes Gesicht.

Er ließ die Zweige los und trat unter den Baum, um sich neben seiner Schwester niederzulassen. »Das war kein guter Anfang«, murmelte er zögernd.

»Nein.«

»Entschuldige.«

»In Ordnung.«

Nach einer kurzen Pause fragte er: »Was ist mit Margot?«

Amrei erzählte ihm in knappen Worten, was damals geschehen war. Daraufhin schwieg Michael einige Zeit, ehe er die nächste Frage stellte: »Warum hast du die Zucht aufgegeben?«

»Sie lohnt sich nicht mehr. Wer will denn noch Zugtiere kaufen?«

»Wir werden sie neu aufbauen. In der Forstwirtschaft, auf den Höfen und –«

»Die Pferde werden alle durch Maschinen ersetzt, Michael. Wenn nicht jetzt sofort, dann doch sehr bald. Wir brauchen ein anderes Standbein.«

»Wir können die Araber weiterzüchten, die Margot in die Ehe mitgebracht hat.«

»Daran arbeite ich bereits. Aber finde hier mal einen Deckhengst oder weitere Stuten, ohne zu viel Inzucht zu treiben.«

»Diese Engländer haben eine Stute mitgebracht.«

Amrei hob überrascht die Augenbrauen. Das hatte sie nicht registriert. Allerdings erschreckte sie die Art und Weise, wie Michael das Wort »Engländer« regelrecht ausspie.

»Die sind die Ersten, die abreisen müssen. Ich will die Leute hier nicht haben. Der Nächste, der geht, ist dieser Mann, der mein Zimmer behaust.«

»Ich verdanke Donald Bridge sehr viel, Michael. Und Herr Krummeisen, der Mann, der dein Zimmer bewohnt, ist wichtig für unsere Zukunft. Wenn ich ihn überzeugen kann, dass die Reitpension läuft, wird sie bei einem großen Reiseunternehmen in die Werbung mit aufgenommen.«

»Es wird keine Pension auf diesem Hof geben. Jetzt bin ich wieder hier und ich werde –«

Amrei richtete ihren Oberkörper auf und stemmte ihre Handflächen fest gegen den Boden, während sie ihrem Bruder einen herausfordernden Blick zuwarf. »Hör zu, Michael. Ich habe zehn Jahre lang geackert und versucht, etwas aus dem Hof herauszuschlagen. Jetzt trägt meine Idee, wie es hier weitergehen kann, die ersten Früchte, und ich sehe nicht ein, dass das alles zerstört werden soll, bloß weil –«

»Bloß weil ich zurückgekommen bin?«, unterbrach er sie wütend.

»Bloß weil dir die Umstellung nicht passt.«

»Verdammt noch mal, Amrei. Das ist ein Bauernhof mit einer Schwarzwälder-Zucht, die einmal sehr erfolgreich war«, schrie er sie an.

»Ein Bauernhof? Wie willst du den denn noch über Wasser halten? In Deutschland werden ausreichend Lebensmittel produziert. Sie sind nicht einmal mehr rationiert. Wir werden eine gewaltige Konkurrenz haben – und viel Arbeit, da ein Großteil der Felder zugewuchert ist«, gab sie heftig zurück.

»Und warum sind sie das?«, knurrte er sie an.

»Weil ich alleine die ganze Arbeit machen musste, die sonst Papa, du und der Knecht gemacht haben!«

»Margot war auch da.«

»Margot war schon mit dem Haushalt überfordert.«

»Du hast sie vertrieben!«

Amrei sah ihren Bruder erschrocken an. »Blödsinn. Sie ist eines Morgens einfach verschwunden. Nicht einmal euren Sohn hat sie mitgenommen.«

»Weil sie es nicht länger mit dir unter einem Dach ausgehalten hat!«

Für einen Moment herrschte bedrückende Stille zwischen ihnen. Schließlich fragte Amrei, nun mit ruhiger Stimme: »Du hast Iris getroffen oder sonst jemanden aus dem Dorf, nicht wahr? Haben sie dir all ihren Tratsch über mich erzählt?«

»Hattest du etwas mit dem Engländer? Als nicht verheiratetes, deutsches Mädchen?«

»Er hat mir in der Zeit, in der er sich hier versteckt hat, im Stall geholfen. Das waren ein paar Wochen, in denen ich mich endlich mehr um die Tiere und um deinen Sohn kümmern konnte«, erwiderte Amrei, nun wieder deutlich lauter. Sie sah nicht ein, weshalb sie zurückstecken sollte. Niemand, auch nicht ihr Bruder – ganz egal, was er durchgemacht hatte –, durfte sie in dieser Weise angreifen. Sie hatte alles getan, was in ihrer Macht stand. Vielleicht hätte sie zu Margot freundlicher sein können, doch diese hatte es ihr auch nicht gerade leicht gemacht.

»Und was ist mit dem Gerücht, du hättest was mit dieser Tierärztin, und was war das mit der Messerattacke? Du hast nicht nur den guten Namen des Hofes, sondern auch den meines Sohnes und meiner Frau in den Schmutz gezogen.«

»Das habe ich nicht.«

»Es wird über euch geredet. Sogar in Triberg.«

»Die Leute wissen nichts.«

»Aber ich will wissen, was hier los war.«

Amrei sprang auf die Füße. Mit blitzenden Augen fuhr sie ihren Bruder an: »Warum fragst du dann nicht? Du bist wie sie! Niemand war jemals hier und hat sich erkundigt, was eigentlich los ist – was passiert ist, warum ich so reagiere – warum manche Dinge geschehen. Niemand hat sich dafür interessiert. Aber alle interessieren sich für den Dreck, den die Leute über mich erzählen. Ich wurde in eine Schublade gesteckt. Das Mannweib, die Bissige, die Unfreundliche, die Lesbe, die, die Flüchtlinge versteckt und mit ihnen –«

»Halt den Mund, Amrei.«

»Ja, genau. Halt den Mund, Amrei. Niemand interessiert die Wahrheit. Hauptsache, sie haben ihre Ruhe und ihre schöne, heile Welt wird aufrechterhalten.«

»Die Leute aus dem Dorf und ich hatten ebenso wenig eine heile Welt wie du. Und ich habe die von einer abgeworfenen Bombe zerstörten Häuser in Triberg gesehen. Dort sind Menschen gestorben. Sie alle haben Angehörige im Krieg verloren und sie leiden ebenfalls. Wie auch ich. Du bist nicht diejenige, um die sich alles dreht.«

»Nein, aber ich bin diejenige, die die Wahrheit sagt, auch wenn sie manchmal schmerzt.«

»Du verletzt damit die Gefühle dieser Leute.«

»Nein, ich hinterfrage ihre Vorstellungen und Scheinwelten. Aber ich verletze nicht ihre Ehre oder ihren guten Ruf, indem ich jeden Müll, den jemand über sie gehört haben will, verbreite.«

»Die heilige Annemarie.«

Amrei sah auf ihren Bruder hinunter. Zorn wallte in ihr auf und sie spürte den Wunsch in sich, sich auf ihn zu stürzen und mit beiden Fäusten auf ihn einzuschlagen.

»Lass mich einfach in Ruhe«, zischte sie.

»Ja, wenn du dich ruhig verhältst und dich meinen Anweisungen fügst.«

»Was?«

»Die Leute verschwinden morgen.«

»Nein!«

Michael stand auf und trat dicht vor sie. Früher hatte sie immer weit zu ihm aufsehen müssen, doch nun war sie ihm, was die Körpergröße betraf, beinahe ebenbürtig. Da er auf der abschüssigen Böschung etwas tiefer stand, wirkte sie im Moment sogar größer als er.

»Ich habe das alles, was du jetzt hier siehst, aufgebaut und du wirst es nicht zerstören. Wir brauchen die Einnahmen«, sagte sie bestimmt.

Michael schlug ihr mit der Rückseite seiner Hand auf die rechte Wange. Augenblicklich sah sie vor ihrem inneren Auge das Bild von Frau Brün, wie sie von ihrem Mann verprügelt wurde. Zorn wallte in ihr auf. Mit einem wütenden Aufschrei, der all ihre Angst, ihre Verletzungen und die Last der letzten Jahre in sich trug, stürzte sie sich auf Michael.

Amrei, die jahrelang schwerste körperliche Arbeit verrichtet hatte, war sehr kräftig. Sie warf den Mann, der aufgrund mangelnder Ernährung und einer angeschlagenen Gesundheit wenig Energie aufweisen konnte, mit Leichtigkeit um.

Michael schlug hart auf und sein Stöhnen ließ Amrei zu sich kommen. Sie kniete auf seiner Brust, den Arm erhoben, um ihm ihre Faust in sein Gesicht zu schlagen. So verharrte sie. All ihre Muskeln waren angespannt, die schlagbereite Faust zitterte leicht und ihre Zähne waren so kräftig aufeinandergepresst, dass in ihrem schmalen Gesicht die Wangenknochen hervortraten.

Mit aufblitzenden Augen sah sie Michael an. Ihre Blicke bohrten sich förmlich ineinander und nach scheinbar nicht enden wollenden Sekunden war es Michael, der den Kopf abwandte.

Amrei senkte den Arm und stieg vorsichtig von dem ausgehungerten Körper ihres Bruders herunter. Keuchend, als habe sie sich tatsächlich mit ihm geschlagen, lehnte sie sich an den kühlen Stamm der Weide.

Michael rappelte sich auf und kämpfte sich, ohne sich weiter um sie zu kümmern, die Böschung hinauf und verschwand durch die Weidenzweige.

Amrei schloss gequält die Augen. Was hatte sie getan? Was hatte dieser Krieg mit *ihnen* getan? Wann würde er endlich aufhören – endgültig?

Tom legte sein Besteck auf den Teller und lehnte sich auf dem Stuhl zurück. Er fand die Idee, draußen im Freien zu essen, ganz annehmbar, wobei ihn die unzähligen Fliegen und Wespen nervten, die sich ihren Teil der Mahlzeit wohl bevorzugt von seinem Teller holten. Melissa Bridge war eine angenehme Gesprächspartnerin und auch mit Herrn und Frau Sommer, die mit ihren Kindern an diesem Tag einen Ausflug in die Wälder gemacht hatten, unterhielt er sich angeregt. Frau Sommer allerdings hatte die seltsame Angewohnheit, Micki und Oma Wanner beim Auftragen der Speisen zur Hand zu gehen, und gerade bot sie sogar an, ihnen beim Abwasch zu helfen.

Tom schüttelte den Kopf, als er hörte, wie Oma Wanner und Micki begeistert das Angebot annahmen. Eigentlich hätte es sich gehört, dieses ohnehin ungewöhnliche Anliegen eines zahlenden Gastes rundweg auszuschlagen, aber vermutlich hätte das nicht einmal Amrei getan. Höfliche Floskeln existierten für sie nicht.

Tom warf einen neugierigen Blick auf Melissas Bruder. Donald Bridge hatte einen gesunden Appetit. Er war der Letzte, der noch aß, an der Unterhaltung hatte er sich so gut wie gar nicht beteiligt und seine Augen blickten unentwegt umher, als suche er jemanden. Vermisste er Amrei bei Tisch?

Plötzlich sprang der Engländer auf und Tom folgte mit den Augen seinem Blick.

Amrei kam aus Richtung der Stallungen auf sie zu. In ihren unter der Abendsonne gold schimmernden Haaren steckten ein paar Strohhalme. Sie trug noch immer die braune Reithose und die helle Bluse vom Vormittag, wobei beides nicht mehr ganz sauber war. Ihre Hände steckten in groben Lederhandschuhen.

Auch er erhob sich höflich, als sie sich den Tischen näherte. Herr Sommer, der nun ebenfalls auf sie aufmerksam geworden war, tat es ihnen gleich.

»Bleiben Sie bitte sitzen«, rief Amrei und wollte schnell an ihnen vorbei zum Kücheneingang. Sie versuchte dabei, ihr Gesicht von ihren Gästen abzuwenden, doch vergeblich. Tom konnte deutlich die blaurote Verfärbung auf ihrer Wange erkennen.

Ein hörbares, scharfes Einatmen von Seiten Donald Bridges machte klar, dass auch ihm die Verletzung im Gesicht der jungen Frau nicht entgangen war.

»War er das?«, polterte er auf Englisch, stieß mit einer Handbewegung seinen Stuhl beiseite, der fast geräuschlos ins Gras fiel, und lief hinter Amrei her, die mit einem verlegenen Lächeln auf den Lippen stehen blieb. Sie schaute zu der kleinen Nebentür hinüber, die sie fast schon erreicht hatte, und es war nur zu deutlich, dass sie lieber die Flucht ergriffen hätte, als eine Erklärung über ihre Verletzung abzugeben.

Melissa Bridge blickte entsetzt zu Amrei hinüber, während Herr und Frau Sommer sich nun ebenfalls besorgt der Frau näherten, der diese Aufmerksamkeit sichtlich unangenehm war.

»Hatten Sie einen Unfall?«, fragte Frau Sommer mitfühlend.

»Ihre Wange sieht aus, als wären Sie in eine Prügelei geraten, Fräulein Amrei«, stellte ihr Mann verwundert fest.

Klaus, der zehnjährige Sohn der Sommers, begann zu lachen, während das blinde Mädchen seine kleine Stirn runzelte. Es verstand die plötzliche Unruhe nicht.

»Müssen wir uns jetzt Sorgen um Ihren Kampfgegner machen, Amrei?«, versuchte Tom, die Aufregung durch einen Witz aus der Welt zu schaffen. Während Herr und Frau

Sommer, die aufgrund ihres Ausflugs die Ankunft von Amreis Bruder nicht mitbekommen hatten und daher den Ernst der Situation nicht erfassten, ihn belustigt anlächelten, bedachte Donald ihn mit einem vernichtenden Blick.

»Er wird schon ärztlich versorgt. Und Ihnen sollte es eine Warnung sein, sich niemals mit mir anzulegen«, gab Amrei zurück und verschwand wieselflink im Haus.

Herr und Frau Sommer sahen einander verwundert an, wandten sich aber ohne weitere Fragen zu stellen, ihren Kindern zu.

Melissa, die neben Tom saß, legte kurz ihre Hand auf seinen Arm. »Ich glaube, du hast sie gerettet, Tom«, flüsterte sie.

Er setzte sich und erwiderte: »So wie Amrei deinen Bruder?«

Melissa nickte lächelnd. »Er war verletzt, als ihm die Flucht aus einem Nazilager gelang. Er wurde tagelang gejagt, bis er in dieses Tal fand. Amrei entdeckte seine Anwesenheit sehr schnell, gewährte ihm jedoch zu bleiben, stellte ihm sogar Lebensmittel und eine Decke zur Verfügung. Als Gegenleistung begann er, den Stall auszumisten und die Tiere zu versorgen – soweit es seine Verletzung zuließ. Sie versorgte ihn mit Verbandsmaterial, und ich glaube, sie war sehr dankbar für seine Hilfe. Donald meinte, sie hatte keinen Helfer und eigentlich war die Arbeit für nur eine Frau gar nicht zu schaffen. Es tat ihm leid, dass er schließlich entdeckt wurde und fliehen musste.«

»Wer hat ihn entdeckt?«

Melissa zuckte mit den Schultern. »Ich weiß es nicht. Er hat mir gegenüber nie mehr gesagt, als dass ein Mann ihn entdeckt hat. An diesem Tag muss irgendetwas vorgefallen sein, worüber er auch heute noch nicht sprechen möchte.

Er hat nur immerfort für das Mädchen gebetet und gehofft, dass Amrei nicht seinetwegen in Schwierigkeiten geraten war. Diese Vorstellung hat ihn, seit er diese Gegend verlassen musste, gequält, und deshalb wollte er unbedingt hierher zurückkehren.«

»Amrei macht mir nicht gerade den Eindruck, als könne sie nicht ihren Mann stehen.«

»Wirklich? Hast du sie genau angesehen, als wir ankamen? Ich wusste ja nicht, wer dieser Mann bei ihr war, doch auf mich wirkte sie, als habe sie Angst, und sie sah sehr verletzlich aus.«

Tom rief sich diesen Augenblick in Erinnerung und konnte Melissa nur zustimmen, selbst wenn diese Vorstellung nicht ganz zu dem Bild passen mochte, das er sich bisher von Amrei gemacht hatte.

»Denkst du, Amrei wurde tatsächlich geschlagen?«, fragte Melissa unvermittelt.

Tom kam um eine Antwort herum, denn Donald setzte sich wieder zu ihnen an den Tisch. Der Brite war nun noch ruhiger und verschlossener als zuvor.

Angela Metzger trat mit einem Gedeck in der Hand aus der Küche hinaus auf die Wiese, die von den letzten Sonnenstrahlen des Tages in weiches Licht getaucht wurde. Sie begrüßte die beiden neuen Gäste in gebrochenem Englisch und setzte sich zu den Sommers an den Tisch. Die ansonsten so kontaktfreudige, fröhliche Frau wirkte verschlossen. Offenbar wusste sie bereits, was an diesem Tag vorgefallen war.

Nachdem die Tierärztin gegessen hatte, begannen sie und Oma Wanner, die Tische abzudecken. Frau Sommer griff ihnen dabei wie versprochen unter die Arme. Wenig später hörte Tom die drei Frauen bei der Arbeit in der Küche singen.

Melissa forderte ihren Bruder auf, einen kleinen Abendspaziergang mit ihr zu unternehmen und nach der von ihnen mitgebrachten Stute zu sehen. Herr Sommer trug die inzwischen eingeschlafene Käthe ins Haus und Klaus folgte seinem Vater. So blieb ein nachdenklicher Tom allein zurück.

Um ihn herum zirpten die Grillen und ein paar freche Spatzen kamen angeflogen und pickten die ins Gras gefallenen Krümel auf. Der Himmel verfärbte sich violett, als die Sonne hinter den dunklen, bewaldeten Bergen verschwand. Tom betrachtete das Farbschauspiel tief in Gedanken versunken und bemerkte nicht, dass sich ihm jemand näherte. Erst als sich Amreis Bruder an den anderen Tisch setzte, wurde er auf ihn aufmerksam. Der Mann kehrte ihm demonstrativ den Rücken zu und so konnte er die kleine geschorene Stelle an seinem Hinterkopf erkennen, an der jemand eine kleine Naht angelegt hatte. Ob das die Tierärztin gewesen war?

Über Toms Gesicht huschte ein flüchtiges verhaltenes Lächeln. Amrei hatte also die Wahrheit gesagt: Ihr Kampfgegner war bereits in ärztlicher Behandlung. Das hieß aber auch, dass sie durchaus in der Lage gewesen war, sich gegen ihn zur Wehr zu setzen. Ein weiteres Mal schlich sich bei ihm ein Gefühl der Bewunderung für Amrei ein.

Angela brachte dem Mann einen Teller mit Essen und kurz darauf füllte Oma Wanner ihm nochmals nach.

»Iss, Junge. Sonst bläst dich der nächste Wind nach Berlin zu den Russen«, sagte sie.

Michael reagierte nicht. Nur Micki kommentierte aus sicherer Entfernung: »Oder deine Winde.«

»Micki!« Die laute Rüge aus der Küche verriet, dass sich inzwischen auch Amrei dort befand.

Ein paar Minuten später trat sie mit einigen Führstricken in der Hand hinaus und blieb zögernd neben Michaels Stuhl stehen. »Ich gehe die Pferde von der Koppel holen. Kommst du mit?«

»Nein. Dein Geschäft«, lautete die grimmige Antwort.

Tom blickte Amrei nach, wie sie mit großen Schritten davonging, stand auf und folgte ihr.

Als er den ersten Koppelzaun erreichte, der an der rechten Seite des Zufahrtsweges begann, sah er Amrei durch das hochgewachsene Gras über die Wiese gehen. Er kletterte geschickt über die oberste Querstange, um ihr zu folgen.

Sie schien ihn gehört zu haben, denn sie drehte sich um und wartete auf ihn. Mit leicht in den Nacken gelegtem Kopf sah sie zu ihm auf. »Gibt es ein Problem, Tom?«

»Ich dachte, ich helfe Ihnen ein bisschen.«

»Dann *haben* Sie ein Problem!«

»Nein, ich möchte nur helfen.«

Amrei musterte ihn ungläubig. Schließlich legte sich ein Lächeln auf ihr Gesicht.

»Gut. Aber passen Sie auf, dass Sie nicht über meine Ponys stolpern.«

»Sehr witzig«, murmelte er und stapfte neben ihr her durch das hohe Gras, bis sie in einiger Entfernung, versteckt hinter einer mit Wildblumen bewachsenen Bodenwelle, die Schwarzwälder entdeckten.

»Achtung«, warnte Amrei ihn vor, und noch ehe er begriff, was sie vorhatte, gellte ihr Pfiff laut in seinen Ohren.

»Hey!«, fuhr er sie an.

»Ich hatte Sie gewarnt«, erwiderte sie gelassen und sah den angaloppierenden Pferden entgegen.

Tom trat vorsichtshalber einen Schritt zurück. Obwohl die Schwarzwälder zu den Kaltblütern zählten, hatten sie einen erstaunlich leichten Körperbau und ihre geballte Kraft ließ sie mit donnernden Hufen sehr schnell herbeistürmen. Ihre weißen Mähnen und Schweife wehten im Wind und unter ihren Hufen spritzten Gras und Erdklumpen empor. Tom war ein guter Reiter, da er sehr früh qualifizierten Reitunterricht erhalten hatte, allerdings hatte er praktisch nie außerhalb eines Stalles, eines abgesteckten Reitplatzes oder eines markierten Reitweges Umgang mit Pferden gehabt. Aus diesem Grund waren ihm die wild herbeistürmenden Pferde nicht ganz geheuer.

»Wissen die, wo die Bremse ist?«, fragte er beunruhigt.

Amrei warf ihm einen kurzen Seitenblick zu und er konnte ihr mühsam unterdrücktes Grinsen deutlich erkennen. Sein Blick fiel erneut auf die rote Stelle auf ihrer Wange. Tom hatte noch nie erlebt, dass ein Mann eine Frau geschlagen hatte. Er verkehrte in Kreisen, in denen die Frauen hochgeachtet wurden, und so ungewohnt es für ihn war, eine Frau mit Pferden und Kühen, Motoren und Mistgabel hantieren zu sehen, so fremd war es ihm auch, dass ein Mann in der Lage war, eine Frau zu schlagen selbst wenn die Frau wie in Amreis Fall weder sonderlich zart noch harmlos war.

Kurz bevor die Tiere Amrei und Tom erreichten, stemmten sie ihre Vorderhufe in die Erde und schoben die Grasnarbe vor sich her, bis sie endlich zum Stehen kamen. Der Atem der Tiere fuhr Tom ins Gesicht, und erleichtert, dass sie tatsächlich zum Stehen gekommen waren, blies er die Wangen auf.

In der niedergetretenen Spur der Schwarzwälder stürmten nun auch die drei Shetlandponys herbei. Ihre Hufe eilten im schnellen Stakkato über die Erde, und dabei wirkten die Ponys wie fliegende Wollknäuel. Kurz hinter ihren großen Verwandten kamen sie zum Stehen und wieherten zur Begrüßung mehrmals auf.

»Die Kleinen sind die Wilden«, erklärte Amrei und fügte mit einem schiefen Grinsen hinzu: »Deshalb darf der starke Cowboy auch die nehmen.« Sie brachte an den Halftern der fünf Kaltblüter Führstricke an, reichte ihm drei weitere Stricke und machte sich mit den Tieren auf den Rückweg.

Die Ponys sahen jedoch nicht ein, sich von ihm anleinen zu lassen. Starrköpfig und ohne auf sein lockendes Zurufen zu hören, trotteten sie der Frau und den Kaltblütern hinterher.

»Pferde-Amrei«, spottete Tom und folgte ihnen.

Die junge Frau wartete am Gatter, bis er sie eingeholt hatte. »Machen Sie die Kleinen bitte fest; die haben nämlich eine Menge Unfug im Kopf. Vor Kurzem habe ich eines aus der Küche und ein anderes aus Angelas Kräutergarten geholt.«

»Das ist Ihre Erziehung.«

Amrei schob die Holzbalken des Koppelgatters beiseite und lachte dabei kurz auf. »Ja, sicher. Als Nächstes bringe ich ihnen bei, wie sie –«

Sie wurde von Mickis Rufen unterbrochen: »Amrei, dein Bruder streitet mit Oma Wanner!«

Amrei warf Tom die Enden der Führstricke zu und jagte davon. Ihr Zopf schlug dabei wild hin und her und die Bluse flatterte um ihren Oberkörper.

Tom hatte versucht, alle ihm zugeworfenen Seile zu fangen, das von einer der Stuten entglitt ihm jedoch und das Tier lief hinter der Frau her. Die drei Ponys, die er noch immer nicht hatte festbinden können, folgten mit schnellen Trippelschritten. Nun drängten auch die vier bei ihm verbliebenen Schwarzwälder aus der Weide, sodass auch er sich eilig mit ihnen auf den Weg zum Hof machte.

Dort angekommen, waren laute, aufgebrachte Stimmen zu hören. Tom sah sich um. Keiner der Gäste war in der Nähe, was jedoch nicht bedeutete, dass sie den laut geführten Streit nicht mitbekamen.

Die Pferde strebten in den Stall und zogen ihn praktisch mit sich, sodass er nicht weiter hören konnte, worum es überhaupt ging. In der Stallgasse ließ er die Tiere erleichtert los. Sie fanden selbstständig in ihre Boxen, wo bereits Futter und frisches Wasser für sie vorbereitet war.

Schnell schloss er die Boxentüren, stellte aber bekümmert fest, dass die drei Ponys noch draußen waren.

Ihn zog es aber erst einmal in Richtung Küchentür, die wie immer offen stand. Im Haus war jetzt alles still.

Gerade als er sich abwenden wollte, um die ausgebüchsten Ponys zu suchen, hörte er Angelas Stimme: »Du weißt, wie es den Brüns ergangen ist, nachdem Herr Brün aus dem Krieg zurückkam!«

»Ja, Angela. Immerhin war ich diejenige, die dazwischenging, als er seine Frau fast zu Tode geprügelt hat.«

Angelas Stimme wurde lauter, wohl weil sie sich der Tür näherte.

»Es ist bei ihnen viel besser geworden.«

»Prima. Ein toller Trost.«

»Lass ihm Zeit.«

»Die habe ich nicht.«

»Deine Pension läuft, Amrei. Heute kam die Anmeldung für ein weiteres Ehepaar.«

»Und Michael?« Amreis leise Stimme klang verzweifelt.

»Er wird dich in Ruhe lassen. Was auch immer am Fluss zwischen euch passiert ist – er scheint aufgegeben zu haben.«

»Was?«

»Vorhin hat sich Micki mit seinem Vater angelegt. Er wollte ihn zur Rede stellen, weil er dich geschlagen hat.«

»Mein kleiner Held«, hörte Tom Amrei liebevoll flüstern.

»Michael hat geantwortet, dass er sich nicht mehr einmischen würde. Du hättest ihn besiegt.«

»Ich will aber nicht, dass er sich geschlagen gibt. Ich brauche seine Mitarbeit.«

»Eines Tages vielleicht. Kümmere du dich solange um deine Arbeit und um deine Gäste. Dein Bruder ist zurück. Das bewirkt in den Köpfen der Leute in der Umgebung viel und er wird dir hier freie Hand lassen. Jetzt wird endlich ein bisschen Ruhe einkehren, Amrei. Du wirst sehen: Dieses Jahr wird es einen goldenen Sommer für dich geben.«

Kapitel 16

Bernhard von Martheim lauschte aufmerksam, während er mit seinem linken Zeigefinger ununterbrochen nervös auf die Schreibtischkante klopfte.

Der Mann am anderen Ende der Telefonleitung berichtete ihm gerade von seinen Nachforschungen im Raum Hannover, aber diese waren mehr oder weniger erfolglos. Alles, was er herausgefunden hatte, war, dass Margot in den vergangenen Jahren kaum einmal das elterliche Haus verlassen hatte. Nichts deutete darauf hin, dass sie ihren Sohn in der Nähe untergebracht hatte, um ihn hin und wieder zu sehen.

Von Martheim unterbrach die detaillierten Ausführungen. »Dann konzentrieren Sie sich mehr auf die Fotografie. Auf das Fotogeschäft.«

»Das habe ich bereits getan, Herr von Martheim. Erste Erfolge werden sichtbar. Sie knüpfen da an, wo ich '46 aufgehört habe, als Margot Weltheim so plötzlich wieder in Hannover auftauchte.«

»Worauf warten Sie dann?«

»Ich wollte Ihnen nur Bescheid geben, wie meine Nachforschungen vorangeschritten sind. Und ich brauche einen weiteren Vorschuss, um eine Reise antreten zu können.«

»Hoffentlich lohnt sich mein Einsatz auch«, knurrte Bernhard unwillig. Obwohl er vermögend war, konnte er es nicht leiden, in ein Fehlgeschäft zu investieren.

»Ich finde den Fotografen. Und den Jungen!«

»Ich kann mich erinnern, etwas Ähnliches schon vor zehn Jahren von Ihnen gehört zu haben. Aber Margot blieb verschwunden, bis sie von alleine zurückkehrte.«

»Damals gab es außer den aus dem Stall ihrer Eltern verschwundenen Stuten keinen Anhaltspunkt. Und auch die waren nicht zwingend mit dem Untertauchen der Frau in Zusammenhang zu bringen. Es herrschte Krieg, und immerhin scheint es so zu sein, dass ich sie damals aufgescheucht habe«, verteidigte sich die Stimme bissig.

»Ich lasse Ihnen durch einen Boten das Geld bringen. Und sehen Sie zu, dass Sie etwas herausfinden. Ich möchte Erfolge sehen.«

»Das werden Sie, Herr von Martheim. Es wird nicht mehr lange dauern, bis ich den Jungen aufgespürt habe.«

Bernhard knallte wütend den Hörer auf die Gabel und starrte vor sich ins Leere. Margot hatte ihn jahrelang zum Narren gehalten, und er hatte das Gefühl, dass sie es selbst jetzt nach ihrem Tod noch tat. Mit einem Blick auf die Fotografie seiner Frau und der fünf Töchter steigerte sich seine Wut ins Unermessliche. Er hatte immer einen Sohn haben wollen.

Einen Erben, der auch seinen Namen weitertragen würde. Und ausgerechnet Margot …

Bernhard von Martheim fegte mit einer wütenden Armbewegung das schwarze Telefon vom Tisch, sodass es mit einem gewaltigen Schlag auf dem Parkett aufkam, wobei es einen hässlichen Kratzer hinterließ.

Er musste den Jungen finden. Niemals durfte herauskommen, dass er einen außerehelichen Sohn hatte. Diese Schande würde sein ohnehin angeschlagenes Unternehmen nicht überleben, ganz zu schweigen von den Folgen, die diese Nachricht für seine politischen Ambitionen haben würde.

Eine Woche war seit Michael Simons und Melissa und Donald Bridges Ankunft vergangen. Micki, der Schulferien hatte, wich nicht mehr von Klaus Sommers Seite. Er brachte dem Jungen das Reiten bei. Herr Sommer kümmerte sich intensiv um seine blinde Tochter, die seine Aufmerksamkeit sichtlich genoss. Einmal am Tag, gegen Abend, wenn es nicht mehr ganz so heiß war, durfte sie auf einem der Shetlandponys sitzen und Amrei führte sie eine Stunde lang durch die Landschaft. Dabei unterhielten sie sich wie zwei gute Freundinnen, und für Amrei waren die kindlichen Gespräche fast ebenso erholsam wie ihre Zeiten an der Gutach. Frau Sommer verbrachte viel Zeit mit Lesen, oder sie half Oma Wanner, die in ihrer Gegenwart förmlich aufblühte, bei deren Arbeit.

Herr Krummeisen bewohnte noch immer das schönste Zimmer im Haus und war so unwillig und unzufrieden wie am ersten Tag, doch da er meist den ganzen Tag über unterwegs war, beschränkte sich die Zeit, in der Amrei sich unter großer innerer Anspannung bemühte, ihm alles recht zu machen, in der Hauptsache auf den Morgen und den Abend. Die Geschwister Bridge ritten viel aus, und während Melissa die Ausflüge immer mit der von ihnen mitgebrachten Stute unternahm, ließ sich Donald eine von Amreis Reitstuten geben.

Tom war zumeist überall zu finden. Nicht dass er sich sonderlich nützlich machte, aber er half, wenn er darum gebeten wurde. Ansonsten war er einfach da, beobachtete und führte hin und wieder angeregte Gespräche mit den anderen Gästen.

Amrei konnte nicht verstehen, was ein Mann wie er, der in New York studiert hatte und fraglos einer gehobenen Gesellschaftsschicht angehörte, an diesem kleinen, einfachen Hof fand. Sie hielt Tom für ein bisschen oberflächlich, wobei es durchaus Situationen gab, in denen er auch tiefgründig sein konnte. Sie kam zu dem Schluss, dass sie ihn überhaupt nicht einschätzen konnte, und so beschloss sie, den eigenartigen Künstler einfach zu nehmen, wie er war.

Michael verhielt sich unauffällig und ruhig und Angela fühlte sich in ihrer Voraussage bestätigt, doch Amrei gefiel dieser Zustand nicht.

Ihr Bruder schlief morgens lange. Er aß grundsätzlich erst, nachdem alle anderen gespeist hatten, und zog sich dann bis zur nächsten Mahlzeit zurück. Er sprach nur das Allernötigste, sogar mit seinem Sohn, dem das allerdings nicht unrecht war. Für Micki war sein Vater ein kauziger Fremder.

Amrei hätte es gerne gesehen, wenn Michael ein paar Aufgaben übernommen hätte. Allerdings schien er keine dahingehenden Ambitionen zu hegen, und genau das war es, was ihr Sorge bereitete, denn sie ahnte, warum das so war: Die Alliierten hatten die deutsche Armee besiegt. Die Briten hatten ihn besiegt und den Russen ausgeliefert, die Russen hatten ihn ebenfalls besiegt und zur Zwangsarbeit gezwungen. Und jetzt hatte sie ihn besiegt – seine kleine Schwester. Michael war ein gebrochener Mann.

Als sie diese Überlegungen eines Tages Oma Wanner mitgeteilt hatte, hatte diese sie fest in die Arme geschlossen und ihr zugeflüstert: »Ich bete doch schon für ihn, Amrei. Eine Veränderung muss Gott bewirken. Liebe ihn einfach, und ansonsten versuche, ihn zu ignorieren.«

Zuerst hatte Amrei irritiert auf diesen Hinweis reagiert, doch schließlich war sie zu dem Entschluss gekommen, dass die alte, oftmals verwirrte Oma Wanner einmal mehr recht hatte.

Sie musste ihren in sich gekehrten Bruder so weit ignorieren, dass es ihr möglich war, ihr Leben weiterzuführen, trotzdem würde sie ihn lieben, wie eine Schwester ihren Bruder liebt.

Die Morgensonne stand bereits hoch am Himmel, als Amrei ihre Arbeit im Stall und im Haus beendet hatte, und sie warf einen prüfenden Blick auf die Küchenuhr. In einer halben Stunde musste sie mit dem Gespann los, um das Ehepaar abzuholen, das mit dem Zug anreisen würde. Gut gelaunt verließ sie die Küche. Die Sonne schien warm vom wolkenlosen Himmel herunter. Sie blieb einen Moment stehen und schloss genießerisch die Augen. Als sie sie wieder öffnete, blickte sie in das Gesicht von Donald Bridge, der sie intensiv musterte.

»Guten Morgen«, grüßte sie mit unsicherer Stimme, erschrocken über seine plötzliche Anwesenheit.

Der Brite erwiderte knapp ihren Gruß und trat noch näher. Unsicher, da sie nicht wusste was der Mann vorhatte, lächelte sie ihn an und wollte sich zwischen ihm und einem Holunderbusch, der neben der Küchentür wuchs, vorbeidrücken, aber seine starke Hand auf ihrem Unterarm hielt sie auf.

»Warten Sie, bitte«, bat er sie in gebrochenem Deutsch, und Amrei blieb, wo sie war. Donald Bridge zog seine Hand zurück und verschränkte sie mit der linken hinter seinem Rücken. »Ich wollte nur fragen, ob es Ihnen gutgeht«, sagte er und warf einen Blick über seine Schulter zurück. Es waren die ersten persönlichen Sätze, die er seit seinem Aufenthalt in der Pension an sie richtete.

»Danke, im Moment ja«, erwiderte sie höflich und beobachtete seine zuckenden Mundwinkel. Der ansonsten so nüchterne, ernste und respekteinflößende Mann machte auf sie einen ungewohnt nervösen Eindruck.

»Sie haben immer hart gearbeitet. Jetzt ist Ihr Bruder da.«

Amrei nickte und wartete, während ihr Gesprächspartner nach weiteren Worten suchte.

»Sie könnten ein ruhigeres Leben haben. Sie hätten das verdient, Fräulein Simon.«

Amrei zog die Augenbrauen in die Höhe. Wollte der Engländer ihr sagen, dass es besser sei, wenn sie ihrem Bruder mehr Verantwortung übertrug? Bisher hatte Donald Bridge auf sie nicht den Eindruck gemacht, als sei er der Typ, der sich in das Leben anderer Menschen einmischte.

»Meinem Bruder geht es nicht gut, Herr Bridge. Das ruhigere Leben wird wohl noch ein bisschen warten müssen.« Amrei zog das helle Tuch, das sie sich über das Haar gebunden hatte, weiter nach hinten. Noch einmal versuchte sie, sich an dem breitschultrigen Mann vorbeizuschummeln, doch der stellte sich ihr mit einem Schritt seitwärts erneut in den Weg.

Amrei wich nach hinten aus. Unruhe erfasste sie. Schon einmal hatte sich ihr ein Mann in den Weg gestellt, und dieser hätte sie beinahe vergewaltigt. Im Moment schien es völlig gleichgültig zu sein, dass der Mann, der jetzt dicht vor ihr stand und so bedrohlich auf sie wirkte, derjenige war, der ihr damals geholfen hatte! Alle Muskeln in ihrem Körper spannten sich an und auch ihre Gesichtszüge verhärteten sich.

Donald Bridge war sensibel und aufmerksam genug, um die Veränderung an ihr zu bemerken. Er trat einen Schritt zur Seite und verbeugte sich leicht, um sie damit aufzufordern, an ihm vorbeizugehen.

Amrei nahm die Gelegenheit wahr und huschte an ihm vorbei.

Dabei wäre sie fast in Tom gelaufen, der laut auflachte und beide Hände hob, um seine Unschuld an dem Beinahezusammenstoß zu bekunden. »Auf der Flucht, Amrei?«, neckte er sie und warf Donald ein breites Grinsen zu. »Schade, dass er so britisch korrekt erzogen ist, sonst hätte er Sie mit Sicherheit geküsst und ich hätte sehen können …

»Spionieren Sie mir nach?«, fauchte Amrei ihn empört an und ihre Stimme klang noch kratziger als sonst.

»Ununterbrochen.«

»Dann sollte ich Sie aus der Pension werfen.«

»Das wäre äußerst rufschädigend.«

»Mein Ruf kann wohl kaum noch schlechter werden.«

»Daran ließe sich noch arbeiten«, witzelte der Mann, und Amrei stürmte an den anderen, beim Frühstück sitzenden Gästen vorbei in Richtung der Nebengebäude.

Tom ließ sich allerdings nicht abschütteln. Er hatte noch längere Beine als sie selbst und konnte mit Leichtigkeit mit ihr Schritt halten.

An der Tür zum Schuppen wirbelte sie herum und blitzte ihn wütend an. »Ist es das, was Sie wollen?«

»Was?«

»Meinen Ruf noch mehr schädigen? Indem Sie mich so lange nerven, bis ich mit den Fäusten auf Sie losgehe?«

»Besteht denn im Moment schon die Gefahr?«

»Wollen Sie es darauf anlegen?«

Tom rieb sich nachdenklich das kantige Kinn mit dem Grübchen, das nun, da er breit vor sich hin grinste, noch deutlicher zu sehen war.

»Wie nahe davor sind Sie denn – auf einer Skala von 1 bis 10?«

»Fünfzehn«, fauchte sie ihn an, drehte sich um und griff nach der Deichsel der Kutsche. Ohne ihn weiter zu beachten, begann Amrei das schwere Gefährt aus dem Schuppen ins Freie zu ziehen. Als der Wagen plötzlich wie von selbst zu rollen schien, wäre sie beinahe gestolpert, und verwundert drehte sie sich um. Sowohl Tom als auch Donald, der ihnen gefolgt sein musste, schoben rechts und links am Wagen mit.

»Halt!«, rief sie und sofort kam das Fahrzeug zum Stehen. »Danke«, sagte sie gereizt und ging, ohne ein weiteres Wort an die beiden zu richten, die zwei Schwarzwälder Stuten holen, die sie an diesem Morgen nicht auf die Koppel gebracht hatte. An der Stalltür angekommen, drehte sie sich um und atmete erleichtert auf. Die beiden Männer standen noch bei der Kutsche und unterhielten sich. Endlich war sie alleine. Sie betrat die Box der ersten Stute und murmelte ihr zu: »Diese Männer sind unmöglich …«

»Findest du, Kindchen?«

Amrei fuhr erschrocken herum. Wo kam Oma Wanner plötzlich her? War sie schon vor ihr im Stall gewesen? Sie hatte sie gar nicht gesehen. »Was tust du hier?«, fragte sie und versuchte, ihre Stimme nicht zu vorwurfsvoll klingen zu lassen. Energisch ergriff sie die Stute am Halfter und drehte sie in der Box in Richtung Tür um.

Oma Wanner war jedoch nicht bereit, ihre Frage zu beantworten. »Sie mögen dich.«

»Wer?«

»Die beiden großen Männer.«

Amrei runzelte die Stirn. Eigentlich sollte sie langsam die Tiere vor die Kutsche spannen, doch die alte Frau versperrte ihr den Weg.

»Blödsinn.«

»Ich sage, nein.« Oma Wanner lehnte sich an einen der Holzbalken, der die hohe Decke trug, legte ihre Schläfe dagegen und begann, wie ein junges Mädchen zu kichern. »Du hast zwei Verehrer, Kindchen. Zwei auf einmal. Das ist aufregend, nicht?«

»Das ist ziemlich albern und außerdem nicht wahr!«, erwiderte Amrei.

»Was nun? Ist es albern oder nicht wahr?«, fragte Oma Wanner. Amrei musterte die lächelnde Frau, die verträumt an ihr vorbei zu einem der hohen Fenster unter der Dachschräge blickte.

»Na, wenn es dich glücklich macht«, grinste Amrei und winkte die Frau mit einer Hand von dem Balken fort, damit sie mit dem Pferd hinaus in die Stallgasse gehen konnte. Oma Wanner schaffte es doch immer wieder, ihre Laune zu heben.

»Nicht mich – dich soll es glücklich machen. Endlich mal«, rief die Alte ihr über das laute Hufklappern hinweg nach.

Als Amrei aus dem Stall trat, standen die beiden Männer zu ihrem Leidwesen noch immer bei der Kutsche, was Amrei dazu bewog eine Grimasse zu ziehen. Da sie aber pünktlich in der Stadt sein wollte, blieb ihr nichts anderes übrig, als die Stute hinüberzuführen, sie festzubinden und das zweite Zugpferd zu holen.

Oma Wanner stöberte noch immer durch die Stallgasse. Als sie Amrei hörte, drehte sie sich nach ihr um, musterte sie einen Augenblick und fragte dann: »Hast du meine Schuhe gesehen?«

»Frag Micki. Er ist für deine Schuhe verantwortlich.«

»Dem Bengel werde ich die Ohren langziehen«, murmelte die alte Frau und verschwand durch die Seitentür.

Lachend schüttelte Amrei den Kopf und führte das zweite Tier hinaus. Während Tom sich mit vor der Brust verschränkten Armen gegen die Kutsche lehnte, erbot sich Donald, die Pferde für sie einzuspannen.

Amrei gab das Zuggeschirr jedoch nicht aus der Hand. »Sie sind hier Gast«, wehrte sie ab und machte sich an die Arbeit.

»Ach, bei ihm zählt das was?!«, feixte Tom und fing sich von zwei Seiten kurze, strafende Blicke ein, die er jedoch großzügig ignorierte. Nachdem Amrei die Tiere eingespannt hatte, stieß sich der Hüne ab und gesellte sich neben sie. »Was haben Sie denn vor?«

»Ich hole zwei neue Gäste vom Bahnhof ab.«

»Ich fahre heute Morgen mit dem Auto in die Stadt. Die beiden hätten mit mir mitfahren können.«

»Das fällt Ihnen aber früh ein.«

»Das kommt davon, wenn Sie sich Ihrem Umfeld nicht mitteilen, Amrei. Es ist durchaus praktisch, ab und zu etwas zu erzählen.«

»Ich bin nicht geschaffen dafür, Nebensächlichkeiten durch die Gegend zu tratschen.«

»Sie hätten sich dadurch das Anspannen und den Weg sparen können.«

»Um Ihnen die neuen Gäste zu überlassen? Was tun Sie, wenn Ihr Auto wieder mal streikt? Wollen Sie die Leute dann schieben lassen?«, spottete nun sie.

Tom bedachte sie mit einem intensiven Blick. »Bestimmt kann ich höflicher darum bitten, dass mein Fahrzeug geschoben wird, als Sie jemanden zum Essen einladen können.«

»Das ist nicht wahr!«, begehrte Amrei auf, sah an seinem Grinsen jedoch sofort, dass sie einen Fehler begangen hatte.

»Dann lassen Sie mal hören, Amrei.«

»Nein.«

»Weshalb nicht? Weil Sie es nicht können?«

»Nein.«

»Sondern?«

»Weil Sie die Frechheit besitzen würden, mich darauf festzulegen. Und ich habe weder die Zeit noch die Lust, mit Ihnen essen zu gehen.«

Tom zog die Schultern in die Höhe. »Sie hat mich durchschaut!«, wandte er sich an den Engländer, der die ganze Zeit über schweigend dagestanden hatte.

Donald erwiderte etwas auf Englisch, das Amrei nicht verstand, jedoch Toms siegessicheres Grinsen verschwinden ließ.

Ärgerlich schaute sie von einem zum anderen. Was hatte Donald gesagt? Doch die beiden Männer machten nicht den Eindruck, als wollten sie sie darüber in Kenntnis setzen, also wandte sie sich ab, um sich endlich auf den Weg in die Stadt zu machen. Sie zog sich auf den Kutschbock, der knarrend nachgab, und nahm die abgegriffenen ledernen Zügel auf.

»Fräulein Simon? Dürfte ich heute den Hengst reiten?«, fragte Donald Bridge in dem Moment, als sie nach der langen Peitsche griff.

Amrei nickte ihm wortlos zu und ließ die beiden Stuten so kräftig anziehen, dass unter den schmalen Kutschrädern Steinchen hervorspritzten.

Kapitel 17

Amrei lenkte das Gespann auf dem Weg nach Triberg in das kleine Dorf, um dort im Krämerladen frische Milch, Butter und das von Angela am frühen Morgen gebackene Brot abzuladen. Gerade als sie sich zum Gehen umwandte, betraten ein paar Frauen den Laden. Unter ihnen befand sich auch Iris, die sich sofort zu ihr hindurchdrängte.

»Guten Tag, Pferde-Amrei. Deine Pension scheint ja gut zu laufen, wie man so mitbekommt?!«

»Ich habe einige Gäste«, stimmte Amrei zu. Sie hatte nicht vor, sich auf ein längeres Gespräch mit Iris einzulassen, also zwängte sie sich zwischen den anderen Frauen und deren großen Einkaufskörben hindurch bis zur verglasten Tür. Sie wollte sie gerade öffnen, als sie durch die Scheibe hindurch auf der anderen Seite Tom sah, der sie belustigt angrinste. Er drückte kräftig gegen die Tür, sodass Amrei in die Menschenmenge hinein ausweichen musste, die ihr nur widerwillig Platz machte. Der Laden war hoffnungslos überfüllt.

»Das ist nicht der Bahnhof«, neckte Tom sie.

»Hier herrscht aber ein Betrieb wie auf dem Bahnhof«, gab sie zurück und brachte ihn damit zum Lachen.

»Die haben Ihr Gefährt gesehen und sind gekommen, um den neuesten Tratsch zu erfahren«, flüsterte er und blinzelte ihr zu.

»Herr Hedding, Sie habe ich ja lange nicht getroffen. Ich

wusste gar nicht, dass Sie noch in der Gegend sind«, machte Iris auf sich aufmerksam. »Das wirft ja mal ein positives Bild auf dich, Pferde-Amrei. Eigentlich hatte ich vermutet, du vertreibst deine Gäste innerhalb weniger Tage.«

»Ach, weißt du, ich lasse mich einfach nicht blicken«, gab Amrei trocken zurück und sah, wie Tom das Lachen unterdrückte.

»Sehr sinnvoll«, murmelte eine Stimme, jedoch laut genug, dass Amrei sie hören konnte.

»Es ist ein Segen, dass Michael zurück ist, nicht wahr, Amrei?«, wandte sich eine andere Frau an sie.

»So?«, lautete Amreis knappe, etwas hilflose Entgegnung. Michael war in seinem Zustand nun wirklich keine Hilfe, aber das musste sie den Frauen ja nicht auf die Nase binden.

Mit diesem einen Wort löste sie allerdings eine Reaktion aus, mit der sie nicht im Entferntesten gerechnet hätte. Die Frau, eine Nachbarin der Brüns, drängte sich durch die Menge und ergriff sie grob am Arm. »Was fällt dir ein, du gedankenloses, undankbares Stück?!«, rief sie hysterisch. »Du müsstest Gott dankbar sein, dass er dir deinen Bruder zurückgebracht hat! Ich habe meinen Mann und meinen Sohn verloren. Wie froh wäre ich, wenn nur einer von ihnen zurückgekehrt wäre! Wie undankbar bist du nur! So abfällig über Michaels Rückkehr zu reden ... Schämen solltest du dich! Schämen!«

Da Amrei größer war als die anwesenden Frauen, konnte sie in die ihr zugewandten Gesichter sehen. Böse funkelnde Blicke trafen sie und einige der Frauen nickten zustimmend und gaben ebenfalls empörte Kommentare von sich. Nur Iris schwieg. Zwar war auch ihr Blick auf Amrei gerichtet, doch diese glaubte, etwas wie verstehendes Mitleid in ihren Augen entdecken zu können.

Zum ersten Mal wurde Amrei klar, dass die Menschen oftmals unbedacht und falsch reagierten, weil sie niemals selbst in einer entsprechenden Situation gewesen waren. All diese Frauen hatten nicht erlebt, was Iris und Frau Brün nach der Heimkehr des Vaters erleiden mussten und was auch sie mit Michael erlebt hatte. Sie wussten nichts von den Traumata, unter denen viele Kriegsheimkehrer zu leiden hatten, mussten keine Schläge oder Beschimpfungen von ihnen erdulden und konnten sich deshalb nicht in ihre Lage oder in die der Brüns hineinversetzen. In ihrer Unwissenheit zogen sie falsche Schlüsse. Amrei wandte sich um und versuchte, Tom von der Tür fortzudrücken. Sie wollte hier raus!

»Wo willst du hin?«, giftete ihre Angreiferin ihr nach und griff noch einmal nach ihrem Arm.

»Ich gehe mich schämen«, gab Amrei zurück.

Wie schon so oft in der Vergangenheit fragte niemand nach den Gründen für ihr Verhalten. Es wurde einfach geurteilt und verurteilt.

Amrei bemerkte neben sich eine Bewegung und wandte den Kopf zur Seite. Tom hatte die Hand der älteren Frau ergriffen und zwang sie, diese von Amreis Oberarm zu nehmen, und stellte sich dann schützend zwischen sie und die anderen Frauen. Fluchtartig verließ Amrei den kleinen Gemischtwarenladen und die Glocke über der Tür schellte noch schrill, als sie bereits bei den wartenden Pferden angelangt war.

Tom stieg aus seinem Wagen, eilte über die grauen Pflastersteine und stieß die Tür des Elektrogeschäfts auf. Auch hier klingelte eine dieser schrecklichen Glocken. Dieses Mal stand eine junge Frau hinter der Verkaufstheke und kritzelte auf einem Block herum. Sie hob auf das Läuten hin den Kopf und musterte ihn einen Moment, ehe sich ein sehr künstlich wirkendes Lächeln auf ihr Gesicht legte. Übereifrig kam sie um die Theke herum, wobei sie ihre frech geschnittenen kurzen Locken zurechtzupfte, und trat zu ihm, musste aber, wie die meisten Frauen, weit zu ihm aufsehen. »Wie kann ich Ihnen helfen?«, wollte sie wissen.

»Ich würde gerne ein Telefonat führen.«

»Gerne. Sie sind bestimmt Herr Hedding. Mein Vater hat erzählt, dass Sie schon ein paar Mal zum Telefonieren hier waren. Wissen Sie, die Hotels haben ihre eigenen Telefonapparate und eigentlich benutzt kaum jemand mal unseren Anschluss, aber Fräulein Simon hat da draußen in ihrer Einöde ja keinen eigenen, nicht wahr?«

Tom zog kurz die Mundwinkel in die Höhe und trat dann an das Telefon. Ob er hier eine Kusine von Iris Brün vor sich hatte? Allerdings musste er zugeben, dass diese sich vorhin in dem kleinen Dorfladen auffallend zurückhaltend verhalten hatte, als die anderen regelrecht über Amrei hergefallen waren.

Noch immer aufgewühlt durch die Szene in dem kleinen Krämerladen, legte er seine große, kräftige Hand auf den Hörer, ohne jedoch abzunehmen.

Wieso nur wurde Amrei so viel Unfreundlichkeit, ja, beinahe Hass entgegengebracht? Sie versuchte doch nur, sich, Oma Wanner, die nicht einmal mit ihr verwandt war, und ihren Neffen über die Runden zu bringen. Und dass dies nicht immer einfach war, hatte auch er inzwischen bemerkt.

Tom verdrängte diesen Gedanken und nahm schließlich den Hörer ab. Wenig später hatte er zu seiner Verwunderung seine Mutter und nicht, wie er erwartet hatte, seinen Vater am Apparat.

»Tom, wie geht es dir?«, fragte sie in ihrem breiten amerikanischen Akzent.

»Danke, mir geht es gut.«

»Das ist schön«, lachte seine Mutter, von der er eine große Portion seiner Unbekümmertheit und Leichtigkeit geerbt hatte. Ihm wurde erneut bewusst, dass in diesem Nachkriegsdeutschland genau diese Leichtigkeit oder Unbekümmertheit fehlte. Allerdings schien beides im selben Maße zu wachsen, wie auch der Wiederaufbau vorangetrieben wurde und die Menschen sich wieder ein normales Leben aufzubauen begannen.

»Und wie geht es in der Pension?«

»Gut so weit.«

»Das ist auch schön.«

»Das Ehepaar, das Amrei gerade abholt, sind das die von Vater engagierten Leute, die hier für Anspannung sorgen sollen?«

»Für Anspannung? Nein. Sie sollen nur die Pension füllen, damit du sehen kannst, wie die Inhaberin mit mehreren Gästen gleichzeitig zurechtkommt. Sie wissen auch nichts von dir. Es war ihr Wunsch, in den Schwarzwald zu reisen.«

»Okay.«

»Dachtest du, du könntest jetzt heimkehren?«

»Vielleicht.«

»Willst du das denn gerne?«

Tom schwieg. Bekam er jetzt die Möglichkeit, der Einöde den Rücken zu kehren?

»Er sagt gar nichts«, hörte er seine Mutter fröhlich in den Raum rufen. »Ich hatte recht. Es wird ihm dort noch gefallen.«

»Also, gefallen, Mom…«

»Diese Amrei, von der du vorhin gesprochen hast – ist das die Leiterin der Pension?«

»Ja«, erwiderte Tom knapp und auf seiner Stirn zeigten sich deutliche Falten. Seine Eltern bezweckten mit seinem Aufenthalt hier irgendetwas, das keinesfalls mit seinem offiziellen Auftrag zu tun hatte. Dieses Gefühl hatte ihn schon nach seinem letzten Telefonat beschlichen und wurde nun bestärkt.

»Amrei heißt die Leiterin, ja«, hörte er, wie seine Mutter ihrem Vater berichtete. »Wie verbringst du denn deine Zeit im Schwarzwald?«, fragte sie nun wieder in den Hörer hinein. »Unternimmst du viele Ausflüge und Ausritte?«

»Eigentlich nicht. Dazu komme ich kaum.«

»Er kommt kaum dazu, Ausflüge zu unternehmen«, wiederholte seine Mutter erneut seine eigenen Worte, um ihren Mann ins Bild zu setzen. In ihrem Tonfall lag dabei so viel Belustigung, dass Tom die Augen verdrehte.

»Dein Vater möchte wissen, weshalb nicht.«

»Möchtest du das auch wissen?«

»Brennend gerne.«

»Dann bis zum nächsten Mal.«

Bevor Tom, belustigt den Kopf schüttelnd, auflegen konnte, hörte er sowohl seine Mutter als auch seinen Vater lauthals lachen.

»Ich weiß schon«, flüsterte er zu dem schwarzen Apparat hinunter. »Ihr wollt dem verwöhnten Sohnemann die Sonnyboy-Flausen austreiben.«

»Bitte?«, brachte sich die junge Frau in Erinnerung, die ihm fast bis zum Telefon gefolgt war.

Tom sah ernst auf sie hinunter. »Und ich glaube fast, das gelingt euch auch.«

»Bitte?«, wiederholte das Mädchen und blinzelte mehrmals hintereinander.

»Was schulde ich Ihnen?«

»Nichts, Herr Hedding.« Unter einem strahlenden Lächeln vollführte sie eine wegwerfende Handbewegung. »Aber wenn Sie das nächste Mal in der Stadt sind, vielleicht …«

Tom war bereits zur Tür geeilt und riss sie auf. Er wollte gar nicht hören, auf welche Weise er sich bei ihr erkenntlich zeigen konnte … Mädchen wie sie kannte er zur Genüge. In diesem Punkt unterschieden sich Angela Metzger und Amrei Simon doch angenehm von den meisten anderen Frauen.

Draußen schlug ihm eine unbarmherzige Hitze entgegen. Die Sonne brannte heiß auf Triberg hernieder und der wolkenlose Himmel erstrahlte in einem tiefen, satten Blau. Auf der Straße waren nur eine Handvoll Menschen unterwegs; den meisten war es wohl zu heiß. Der junge Mann kniff die Augen zusammen, um sie vor der blendenden Sonne zu schützen, und eilte zu seinem Fahrzeug. Als er in seine dunkle Limousine einstieg, wünschte er sich, er wäre zusammen mit Amrei auf der Pferdekutsche gefahren, denn dort würde zumindest ein angenehmer Fahrtwind wehen, während sich das Innere des Automobils fürchterlich aufgeheizt hatte. Er öffnete die beiden vorderen Fenster und fuhr los. Wenig später bog er in Richtung Bahnhof ein, aber dort war keine Pferdekutsche zu sehen. Vermutlich waren die Reisenden pünktlich angekommen und durften nun eine schöne, für sie womöglich sogar außergewöhnliche und romantische Kutschfahrt durch die angenehm kühlen Wälder des Schwarzwaldes erleben.

Tom fuhr mit der Hand nachdenklich über das heiße schwarze Lenkrad. Es mochte durchaus Städter geben, die dem stillen, beschaulichen Leben eines abseits gelegenen Pferdehotels nicht widerstehen konnten. Vielleicht hatte sein Vater mit der Idee, sich Amrei Simons Pension einmal näher anzusehen, gar nicht so falsch gelegen.

Sein Blick fiel auf ein älteres Ehepaar, das sich in den Schatten einer großen Ulme zurückgezogen hatte und zu dessen Füßen zwei Koffer und eine große Reisetasche standen. Sofort trat Tom auf die Bremse. Waren das etwa …? Er stieg aus und ging mit großen Schritten auf die beiden zu. Die Dame wischte sich gerade mit einem weißen, bestickten Taschentuch den Schweiß von der Stirn, während der Mann prüfend auf seine Taschenuhr sah.

»Entschuldigen Sie bitte«, sprach Tom das Paar an. »Warten Sie auf jemanden?«

»Wir sollten abgeholt werden. Von jemandem von der Reitpension Simon«, erwiderte die Frau und ihr Lächeln drückte Hoffnung und Dankbarkeit zugleich aus. »Ist es hier im Schwarzwald immer so heiß?«, fügte sie noch hinzu.

»Ich bin auch erst seit etwa eineinhalb Wochen hier, aber ich denke, diese Hitze ist ungewöhnlich.«

»Kommen Sie, um uns abzuholen? Wir hatten eigentlich eine Pferdekutsche erwartet.«

»Fräulein Amrei ist auch aufgebrochen, um Sie zu holen. Ich weiß nicht, weshalb sie noch nicht hier ist«, erwiderte Tom und sah noch einmal die Straße hinunter. Amrei hatte doch vor ihm das Dorf verlassen. Hatte der verbale Angriff der Frauen ihr so sehr zugesetzt, dass sie nach Hause gefahren war – oder in die weiten Wälder? Aber so verantwortungslos, dass sie ihre Gäste im Stich ließ, schätzte er sie gar nicht ein.

In diesem Moment sah er die hellen Mähnen der Schwarzwälder auffliegen, als die Tiere in die Straße einbogen. In flottem Tempo, dass die Hufschläge und das Rollen der Räder über die Straße weithin zu hören waren, kamen sie den Hang hinauf auf sie zugaloppiert.

»Was für wunderschöne Tiere«, rief die Frau entzückt aus und trat aus dem Schatten der Ulme heraus, um die ankommende Kutsche besser sehen zu können.

»Was für ein halsbrecherisches Tempo«, fügte ihr Mann hinzu, wobei ein verschmitztes Lächeln auf seinem Gesicht lag. Er freute sich sichtlich über die Begeisterung seiner Frau.

Amrei brachte die Kutsche in gebührendem Abstand zu den Leuten zum Stehen, stellte die Handbremse fest und verließ mit einem großen Sprung den Kutschbock.

»Sie sind zu spät!«, begrüßte Tom sie, doch Amrei ignorierte ihn und trat stattdessen zu ihren beiden neuen Gästen. »Entschuldigen Sie bitte meine Verspätung. Ich wurde leider aufgehalten. Es tut mir sehr leid.«

»Wir warten noch nicht sehr lange und haben, Gott sei Dank, ein angenehmes Schattenplätzchen gefunden. Was hat Sie denn aufgehalten?«

Tom sah, wie Amrei die Frau erstaunt musterte. Diese Frage hatte sie offensichtlich nicht erwartet.

»Ein kleines siebenjähriges Mädchen, das ein kaputtes Fahrrad hatte und es noch mehrere Kilometer hätte schieben müssen. Dann wäre es aber zu spät zum Geburtstag seiner Tante gekommen.«

»Da haben Sie das Kind und das Fahrrad mitgenommen und bei der Tante abgeliefert?«, fragte die Frau und lächelte Amrei freundlich an.

»Nein, sie musste in die entgegengesetzte Richtung. Deshalb habe ich ihr Rad repariert – und darum kann ich Ihnen leider auch nicht die Hand geben.« Amrei streckte ihre beiden ölverschmierten, schwarzen Hände in die Höhe.

»Einer Frau, die ein kleines Kind aus einer misslichen Lage rettet und noch so geschickt ist, dass sie ein Rad reparieren kann, gebührt höchste Hochachtung und ein fester Händedruck.« Der Mann lachte laut und dröhnend, ergriff Amreis Hand und schüttelte diese kräftig. »Pfeifer, Clemens und Marlene«, stellte er sich und seine Frau vor.

Tom amüsierte sich über Amreis überraschten Gesichtsausdruck, hob den Arm und schloss ihr den Mund, indem er sachte mit seiner Hand ihr Kinn nach oben schob.

»Könnten wir bitte fahren, Fräulein Amrei?«, bat Marlene Pfeifer. »Ich habe nämlich entsetzlichen Durst.«

»Ich kann Ihnen Wasser anbieten. Allerdings nur aus einer Flasche. Und ich habe auch schon daraus getrunken.« Amreis Worte waren immer zaghafter geworden, als bedauere sie ihr vorschnelles Angebot. Ihr war während des Sprechens bewusst geworden, wie unangebracht dieses war.

Diesmal war Tom derjenige, dem staunend der Mund offen stehen blieb, denn Marlene Pfeifer nahm die Flasche dankbar an und trank in großen Schlucken daraus, um sie anschließend an ihren Mann weiterzugeben. Amrei schob nun ihrerseits sein Kinn nach oben, allerdings mit der geballten Faust, und flüsterte dabei: »Wenn Sie mich noch einmal anfassen, ist das Mindeste, was ich tun werde, Sie zu beißen!«

»Ist das der Dank dafür, dass ich Sie vor den Frauen im Krämerladen gerettet habe?«

»Hätten Sie nicht wie ein Bollwerk vor der Tür gestanden, wäre ich schon längst draußen gewesen.«

»Dann sollte ich mich jetzt entschuldigen?«

»Unterstehen Sie sich«, gab sie zurück, lachte und machte sich daran, den großen Koffer auf die Kutsche zu laden.

Tom nahm ihr das schwere Gepäckstück nicht ab, denn

das hätte sie ohnehin nicht zugelassen, so weit kannte er sie bereits. Aber er lud den zweiten Koffer auf, damit sie anschließend nur noch die leichtere Reisetasche hinaufzuheben hatte.

»Darf ich zu Ihnen vorne auf den Kutschbock, Fräulein Amrei?«, fragte Marlene Pfeifer und warf ihrem Mann einen entschuldigenden Blick zu. »Vielleicht können Sie mir zeigen, wie das Gespann zu lenken ist. Ich reite zwar seit Kindesbeinen, aber eine Kutsche lenken durfte ich nie. Außerdem können Sie mir von den Pferden und Ponys erzählen, die Sie auf dem Hof haben.«

»In Ordnung«, stimmte Amrei nach einem prüfenden Seitenblick auf den Ehemann, der ihr jedoch lächelnd zunickte, zu.

Herr Pfeifer wandte sich an Tom. »Dürfte ich mich einladen, bei Ihnen mitzufahren? Ihr amerikanischer Wagen würde mich sehr interessieren.«

Tom grinste Amrei an und fachsimpelnd entfernten sich die beiden Männer.

Als Tom den Wagen startete, meinte Clemens Pfeifer unvermittelt: »Sie ist noch sehr jung, diese Inhaberin der Pension.«

»Ja, das ist sie. Wie ich mitbekommen habe, war sie schon im Alter von 14 Jahren gezwungen, den Hof zu übernehmen, und sie hat es geschafft, ihn mehr oder weniger allein durch den Krieg und die schwierige Nachkriegszeit zu bringen. Und ich habe den Eindruck, sie hat die Pension durchaus im Griff.«

»Kennen Sie sie schon lange?«

»Eigentlich nicht«, gab Tom zu. Dabei stellte er fest, dass er das Gefühl hatte, Amrei bereits sehr gut zu kennen, und das, obwohl er ihr gerade einmal vor ein paar Tagen das erste Mal begegnet war. Und er bemerkte, dass er nicht wenig Bewunderung für sie empfand, als er Clemens Pfeifer von dieser bemerkenswerten Frau erzählte.

Amrei beobachtete aufmerksam, wie Marlene mit ruhiger Hand die beiden Schwarzwälder in den Hof hineinlenkte und dort zum Stehen brachte. Mit einem zufriedenen Lächeln auf den Lippen gab die Frau ihr die Zügel zurück.

»Danke, Amrei.« In den Augen der gut 30 Jahre älteren, unkomplizierten Frau lag dasselbe fröhliche Glitzern wie bei einem Kind, das ein wunderbares Geschenk erhalten hatte.

»Du machst das sehr gut«, lobte Amrei und sprang schwungvoll vom Kutschbock auf den festgetretenen Boden.

Nun stieg auch Marlene behände ab, während sie sich prüfend umsah. Ihr Blick wanderte an dem dunklen Holzhaus mit seinem Strohdach und den einfachen Nebengebäuden entlang zu dem sprudelnden Fluss hinüber, an dessen Ufer die schlanken Weiden standen, und schließlich zu den Wiesen und den hohen bewaldeten Hängen.

Amrei tat es Marlene nach, als sie jedoch in Richtung der Berge schaute, entdeckte sie dort eine dunkle, bedrohlich schwarze und gewaltige Gewitterwand.

»Wunderschön, Amrei«, seufzte Marlene. »Danke, dass du dieses bezaubernde Tal mit uns teilst.«

»Gott hat es zu schön geschaffen, als dass nur eine Handvoll Menschen etwas davon haben sollte«, erwiderte Amrei, glücklich darüber, dass der sympathischen, jung gebliebenen Frau ihr Zuhause gefiel.

»Lass uns erst nach den Pferden sehen, bevor wir das Haus besichtigen, ja, Amrei?«

Sie banden die Zugtiere fest und liefen gemeinsam im Eilschritt zum ersten Koppelzaun hinüber, wo die Schwarzwälder grasten.

»Sind die schön«, flüsterte Marlene und drückte vor Begeisterung fest ihren Arm.

Amrei pfiff und die drei Tiere hoben ruckartig ihre Köpfe, sodass ihre weißen Mähnen wie Wasserfontänen in die Höhe wirbelten.

In gemütlichem Trab trotteten sie herbei, gefolgt von den Shetlandponys, die aufgrund des hochgewachsenen Grases und der unzähligen blühenden Margeriten dem Blick der Frauen bislang entgangen waren. Ihre schnellen, kurzen Beine ließen die Ponys förmlich herbeifliegen.

Amrei lachte glücklich auf, als Marlene einen entzückten Ausruf ausstieß. Von der gegenüberliegenden Seite war nun auch das Wiehern der Reitstuten zu hören, die ebenfalls auf den Pfiff hin angelaufen kamen. Sie tänzelten am hölzernen Koppelzaun entlang, warfen die Köpfe in die Höhe und zeigten die ganze Eleganz und das Temperament der Araber.

»Solche Schönheiten«, flüsterte Marlene und griff nochmals nach ihrem Arm. »Welche von den dreien darf ich denn reiten?«, fragte sie aufgeregt.

Amrei überhörte Marlenes Frage, da ihr Blick besorgt zu der Gewitterfront hinüberwanderte, die sich stetig dem Tal näherte. Da die englische Stute und der Hengst noch immer fehlten, musste sie davon ausgehen, dass die Bridges nicht von ihrem Ausritt zurückgekehrt waren. Was hatte sie sich nur dabei gedacht, als sie Donald erlaubt hatte, Schneesturm zu reiten? Der Hengst war bisher immer nur von ihr geritten worden. Sie war jedoch in der Situation, in der der Engländer sie um ihre Erlaubnis gebeten hatte, einfach nur froh gewesen, ihn damit zufriedenstellen zu können. Doch nun machte sie sich Sorgen. Wenn Donald und seine Schwester durch den Wald ritten, konnte ein nahendes Gewitter von ihnen lange unbemerkt bleiben, was je nach Heftigkeit des Unwetters auf den bewaldeten Berghängen sehr gefährlich sein konnte.

Marlenes Stimme riss sie aus ihren Gedanken. »Was ist mit dir, Amrei?«

»Zwei meiner Gäste sind noch mit den Pferden unterwegs«, erklärte sie und deutete auf die dunklen Wolkengebilde, die wie Türme in die Höhe zu wachsen schienen.

Während die beiden Frauen die Wolkenmassen beobachteten, strichen die ersten heftigen Böen durch das Tal. Der Wind begann an den Bäumen zu schütteln, während das lange Gras sich gen Boden duckte. In diesem Moment fuhren die beiden Männer in Toms Automobil hinter ihnen vorbei zum Wohnhaus.

Ausgelassen lachend stiegen sie aus und kamen zu ihnen an den Holzzaun herüber. Während Clemens liebevoll seine Frau in den Arm nahm, lehnte sich Tom neben Amrei mit dem Rücken gegen das Gestänge. »Das sieht nach einem richtig heftigen Sommergewitter aus«, stellte er mit einem Blick in Richtung Berge fest.

»Für einen Städter war das eine erstaunliche Voraussage«, murmelte Amrei.

»Stimmt etwas nicht?«, fragte Tom, der das Fehlen jegliches spöttischen Untertons bemerkt hatte und sie prüfend ansah.

»Die beiden Engländer sind noch nicht zurück.«

»Die kommen bestimmt bald. Donald ist ja ein gescheiter Kerl.« Tom stieß sich vom Zaun ab und half Clemens Pfeifer, das Gepäck ins Haus zu tragen. Von der Tür aus rief er Amrei zu: »Welches Zimmer denn?«

»Das neben Ihrem.«

»Hoffentlich gibt es wenigstens Trinkgeld«, gab er zurück und Marlene lachte belustigt vor sich hin.

In diesem Moment zerriss ein erster leuchtend heller Blitz die schwarze Wolkenwand, und Amrei spürte, wie Marlene neben ihr erschrocken zusammenzuckte.

»So einen Blitz habe ich noch nie gesehen«, flüsterte sie ehrfurchtsvoll.

»Geh doch ins Haus und lass dir euer Zimmer zeigen«, schlug Amrei vor.

Nahezu zeitgleich hallte das wilde, verschreckte Wiehern eines Pferdes durch das Tal. Die Köpfe der anderen Tiere fuhren in die Höhe und auch die Zugpferde an der Kutsche begannen unruhig, sich in ihrem Geschirr zu bewegen.

»Schneesturm«, flüsterte Amrei erleichtert. Sie drehte sich in die Richtung, aus der das Wiehern ihres Hengstes gekommen war, und sah, dass das Tier wild galoppierend, mit schlenkernden Steigbügeln und gefährlich weit herunterhängenden Zügeln auf sie zugerast kam – reiterlos.

Amrei lief auf den von Wildblumen gesäumten Weg, stellte sich breitbeinig in dessen Mitte und hob beide Arme, wobei sie beschwichtigende Laute von sich gab – und tatsächlich wurde das Tier langsamer. Es wendete nervös, lief ein paar Schritte zurück, um dann umzudrehen und auf die junge Frau zuzulaufen. Direkt vor ihr kam der Hengst endlich zum Stehen. Er amtete heftig, war jedoch nicht so verschwitzt, dass sie annehmen musste, er sei in wilder Panik davongelaufen – schon gar nicht eine weite Strecke.

»Gehört der dir?«, hörte sie ihren neuen Gast fragen.

Ohne sich nach der Frau umzusehen oder zu antworten,

tastete Amrei die Beine des Hengstes ab, um zu prüfen, ob er sich verletzt hatte. Als sie wieder aufsah, stand Marlene neben Schneesturm und bestaunte hingerissen die im Wind wehende dunkelgraue Mähne, in die sich seit diesem Jahr weiße und rötliche Strähnen mischten.

»Ich muss sie suchen«, stieß Amrei aus und schwang sich auf das Pferd.

Marlene trat neben sie und griff mit ihrer Hand nach Amreis Stiefel. »Kann ich irgendetwas tun?«

»Traust du dir zu, die Pferde in den Stall zu bringen? Wenn du die Araberstuten führst, folgen die anderen eigentlich bereitwillig – es sei denn, eines der Shettys hat Lust auf den üblichen Unfug. Sollte das der Fall sein, kannst du ja Tom zu Hilfe rufen. Oder ihr lasst es einfach laufen.« Besorgt blickte sie in die Richtung, aus der sich das Gewitter näherte, das seine Blitze in immer kürzeren Abständen in die bewaldeten Berge hinunterjagte. Inzwischen hatte der Wind nochmals deutlich aufgefrischt und das erste bedrohlich klingende Grummeln und Donnern war aus der Ferne zu vernehmen.

»Das mache ich. Gib auf dich Acht«, sagte Marlene.

Amrei wendete das Pferd und trieb es an, wurde jedoch von einer laut rufenden Männerstimme aufgehalten. Es war nicht Michael, wie sie im ersten Moment vermutet hatte, sondern Tom. Er kam schnell angerannt und griff ihr in die Zügel. »Was haben Sie vor?«

»Ich muss die beiden suchen. Schneesturm ist ohne Reiter zurückgekehrt.«

»Reicht es nicht, dass sich zwei Personen in Gefahr befinden?«

»Es sind meine Gäste, Tom. Ich trage Verantwortung für sie.«

»Sie sind erwachsene Menschen.«

»Aber sie kennen sich hier nicht aus. Und wir wissen nicht, warum Schneesturm alleine zurückgekommen ist. Herr Bridge könnte verletzt sein. Und was sollte seine Schwester dann alleine tun?«

»Ich komme mit«, entschied Tom.

»Dann sind vier Menschen in Gefahr. Außerdem dauert das zu lange. Mir ist es lieber, Sie sehen hier nach dem Rechten. Oma Wanner hat Angst vor Gewittern, und ich weiß nicht, ob Marlene alleine mit den Pferden zurechtkommt.«

Zögernd ließ er die Zügel los, und Amrei brachte den nervösen Hengst dazu, vorwärtszugehen.

Amrei schaute Tom über die Schulter hinweg ernst an und fragte: »Können Sie beten, Tom?«

Tom musterte sie erstaunt, nickte aber schließlich zögerlich.

»Dann tun Sie das bitte!« Damit trieb sie Schneesturm an. Im fliegenden Galopp jagte sie die Auffahrt entlang und den ersten steilen Anstieg hinauf, um dort zwischen den Baumriesen zu verschwinden, die in dem immer heftiger werdenden Wind hin und her schwankten.

Die Sonne war inzwischen von den dunklen Wolken verschluckt worden, und so herrschte zwischen den Bäumen eine düstere, unheimliche Atmosphäre. Die sich in den heftigen Windböen biegenden Baumkronen erzeugten ein lautes Brausen, dem sich das nicht sehr vertrauenerweckende Knacken der Äste beimischte. Pferd und Reiterin jagten im Vergleich dazu fast lautlos über den engen Waldpfad. Der Schweif des Hengstes war wie eine flatternde Fahne im Wind erhoben, während die Reiterin, die sich weit nach vorne beugte, um den tief hängenden Zweigen auszuweichen, von einer Mähnenflut eingehüllt wurde.

Amrei hob den Kopf, orientierte sich kurz und brachte den Hengst dazu, langsamer zu werden und an der Wegkreuzung stehen zu bleiben. Da sie nicht annahm, dass die Geschwister in Richtung Triberg geritten waren, bog sie nach links in den aufwärtsführenden Fußpfad ab. Den folgenden Hügelkamm erklomm das Pferd mit kräftigen Schritten, bis sich vor ihnen der Wald zu einer natürlichen Lichtung weitete. Amrei lenkte das Tier bis zu einer steilen, abschüssigen Stelle, um ins Tal hinabsehen zu können.

Sie entdeckte eines der Ponys in Angelas Kräutergarten und jemand – der großen und breiten Gestalt nach konnte es nur Tom sein – ging am Flussrand der Gutach entlang. Wahrscheinlich suchte er das Pony oder Micki und seinen Freund Klaus, damit sie ihm halfen. Ihr Blick wurde von den bedrohlichen grauen und schwarzen Wolkenmassen angezogen, die ständig in Bewegung waren, das Tal wie eine Decke überzogen und sich inzwischen an ihren Rändern gelb und violett verfärbten. Für einen kurzen Moment gelang es ein paar Sonnenstrahlen, durch eine dünnere Wolkenschicht durchzubrechen und ein gespenstisch helles Licht auf eines der brachliegenden Felder zu werfen, ehe sie sich langsam aufzulösen schienen. Dafür erhellten mehrere knapp aufeinanderfolgende Blitze das Tal, und ein lauter Donner ertönte, der den Berg, auf dem Amrei sich befand, erbeben zu lassen schien.

Plötzlich stand eine dunkle Gestalt neben ihr. Amrei zuckte zusammen. Der Hengst riss erschrocken den Kopf in die Höhe und tänzelte zur Seite …

Kapitel 18

Das Telefon klingelte laut und aufdringlich.

Bernhard von Martheim grunzte unwillig, schob Gisela, das Dienstmädchen der Weltheims, von sich und erhob sich von der Chaiselongue. Nackt, wie er war, tapste er bis an seinen Schreibtisch und riss den Hörer hoch.

»Was?«, brüllte er hinein.

»Ich habe den Fotografen mit ziemlicher Sicherheit gefunden.«

»Wo?«, fragte von Martheim nun mit beherrschter Stimme, wenn auch immer noch sehr ruppig.

»In Triberg. Das ist eine kleine Stadt im Schwarzwald.«

»Was heißt: ›mit ziemlicher Sicherheit‹?«

»Ich muss natürlich hin und das genau überprüfen.«

Bernhard fuhr sich mit der freien Hand durch die zerzausten Haare. Das hieß wohl, dass er wieder Geld lockermachen sollte. »Wie viel?«

Sein Gesprächspartner nannte einen Betrag, der Bernhard, der begonnen hatte, wie immer, wenn er nervös war, mit dem Finger auf die Tischplatte zu trommeln, in der Bewegung innehalten ließ. »Sie –«, donnerte er in den Hörer.

»Ich hoffe, das ist das letzte Mal, dass ich um Spesen bitten muss, Herr von Martheim. Ich werde den kleinen Wicht finden«, unterbrach ihn die Stimme am anderen Ende der Leitung unbeeindruckt.

»Das hoffe ich für Sie.«

»Was mache ich, wenn es so weit ist?«

Bernhard drehte sich um und lehnte sich an den Schreibtisch. Gisela räkelte sich auf der Chaiselongue und unter dem heruntergerutschten Überwurf zeigten sich ausgesprochen einladend ihre weißen Beine.

»Lassen Sie sich was für den kleinen Bastard einfallen. Aber es muss wie ein Unfall aussehen. Ich möchte nicht, dass ein hinterwäldlerischer Polizist plötzlich auf meinen Namen stößt, weil er Nachforschungen anstellt«, bellte er in den Hörer, ohne die Augen von dem jungen Fleisch in seinem Zimmer zu nehmen.

»Ich werde mir etwas Schönes ausdenken, Herr von Martheim.« Die Stimme klang so begeistert, dass er sich beinahe davon anstecken ließ. Einen Moment überlegte er sich, ob er das mit dem Jungen nicht persönlich erledigen sollte. Er vermisste dieses Gefühl der Macht und der Überlegenheit, das er oft genug erlebt hatte, wenn zum Tode Verurteilte ihn verzweifelt um Gnade angefleht hatten. Sie hätten alles getan, um am Leben zu bleiben oder um ihre Kinder zu retten.

Vielleicht würde er dieses Gefühl noch einmal verspüren dürfen, selbst wenn das Opfer dieses Mal kein Jude war.

Beim nächsten Blitz, der über den schwarzen Himmel zuckte, erkannte Amrei in der Gestalt Melissa Bridge.

Schnell sprang sie aus dem Sattel. »Was ist passiert?«

»Ich hatte Angst, Sie würden über den Abhang stürzen. Oder uns nicht sehen und umdrehen. Ich brauche Ihre Hilfe!«, stammelte sie in der für sie ungewohnten deutschen Sprache.

»Wo ist Ihr Bruder?«, rief Amrei laut gegen das Tosen des Sturms an.

»Er ist dort hinten auf dem Pfad«, antwortete die Frau.

»Hat der Hengst ihn abgeworfen?«

»Ja. Ein Ast war auf den Weg gestürzt.«

Amrei nickte verstehend. Schneesturm war schreckhaft und ein niederstürzender Ast konnte ihn schnell zu einem buckelnden Rodeopferd werden lassen.

Sie nahm den tänzelnden Hengst noch fester am Zügel und führte ihn von der Lichtung fort in den jetzt vollständig im Dunkeln liegenden Pfad hinein. In einiger Entfernung konnte sie Melissas Stute als massigen schwarzen Schatten sehen. Sie ging zielstrebig auf sie zu und band den Hengst neben ihr fest.

Erst jetzt entdeckte sie Donald Bridge, der am Rand des Pfades mit dem Rücken gegen den Stamm eines Bergahorns gelehnt dasaß. Sie eilte zu ihm hinüber und ging neben ihm in die Hocke. »Sind Sie verletzt?«, rief sie gegen das Tosen des Sturms an.

»Mein Bein. Möglicherweise ist es gebrochen«, erwiderte er mit zusammengebissenen Zähnen.

»Können wir versuchen, Sie auf die Stute zu setzen?«

»Wir haben es bereits vergeblich versucht.«

»Jetzt bin ich ja auch noch da. Kommen Sie!« Amrei, die so schnell wie möglich aus dem Wald heraus- und von dem Berg herunterwollte, ließ dem Mann keine Möglichkeit, zu widersprechen. Der Sturm tobte immer heftiger und sie mussten sich dringend in Sicherheit bringen. Sie winkte Melissa herbei, und gemeinsam gelang es den beiden Frauen, Donald aufzurichten, sodass dieser schließlich von beiden Seiten gestützt, auf einem Bein stand.

»Ich muss Sie jetzt loslassen, um die Stute zu holen«, rief

Amrei gegen das Toben des Sturmes an, doch der Mann hielt sie zurück.

»Ich versuche zu gehen«, schlug er vor und setzte vorsichtig seinen Fuß auf. Zögernd, Schritt für Schritt, kamen sie voran, und Amrei atmete erleichtert auf. Donald konnte sein Bein belasten, was darauf hindeutete, dass es doch nicht gebrochen war.

Nach geraumer Zeit erreichten sie die englische Stute. Der ehemalige Leutnant nahm die Arme von den Schultern der Frauen und griff nach dem Sattel.

Amrei ging in die Hocke, um seine Beine zu umfassen, Melissa tat es ihr gleich und gemeinsam, während Donald sich mit den Armen hochzog, konnten sie ihn anheben. Schließlich lag er mit dem Oberkörper über dem Sattel.

Amrei zögerte einen Moment, zuckte dann mit den Schultern und schob ihn an seinem Gesäß weiter hinauf.

Melissa tauchte unter dem Pferdehals hindurch und stützte ihren Bruder von der anderen Seite, damit er nicht womöglich dort hinunterstürzte.

Es dauerte eine Weile, bis der Mann endlich aufrecht im Sattel saß.

Amrei sah prüfend zu ihm auf und erkannte an seinen Gesichtszügen, dass er mühsam versuchte, seine Schmerzen zu verbergen. Sie nickte ihm zu und löste die Zügel der Stute vom Baum.

In diesem Moment ertönte nur wenige Meter hinter ihnen ein gewaltiges Krachen. Eine große alte Fichte fiel um und riss mit lautem Getöse alles mit sich, was sich ihr in den Weg stellte, bis sie wenige Augenblicke später schwer auf dem weichen Waldboden aufkam.

Schneesturm wieherte ängstlich auf und riss an seinem Zügel. Er versuchte, sich aufzubäumen, was ihm aber nicht gelang, da er angebunden war, deshalb sprang er wütend zur Seite. Melissa konnte sich gerade noch vor ihm in Sicherheit bringen, indem sie wieder unter dem Hals der Stute, die erstaunlich ruhig blieb, hindurchschlüpfte.

Amrei ergriff die junge Frau an beiden Schultern und forderte so ihre Aufmerksamkeit ein. »Setzten Sie sich auf den Hengst. Ich bin eine schnelle Läuferin und werde die Stute führen.«

Melissas Augen wurden groß und rund, dann schüttelte sie entschieden den Kopf. »Ich reite diesen Hengst nicht.«

Amrei, die diese Reaktion befürchtet hatte, presste die Lippen aufeinander. Sie band Schneesturm los, schwang sich in den Sattel und streckte Melissa auffordernd ihre Hand entgegen. Diese stellte sich in den leeren Steigbügel, nahm die Hand und stieß sich vom Boden ab, damit Amrei sie hinter sich auf den Pferderücken ziehen konnte.

»Halten Sie sich gut fest«, rief Amrei und wartete, bis sie die Arme der Frau um ihren Körper fühlte. Erst dann trieb sie Schneesturm an, der nervös mit dem Schweif schlug und bei jedem Geräusch zur Seite sprang. Sein Gebaren machte es nicht einfacher, auch noch die Stute als Handpferd mit sich zu führen, zumal diese sich allmählich von der Nervosität des Hengstes anstecken ließ.

Amrei ließ dem Tier jedoch nichts durch, trieb es unbarmherzig weiter in den engen Reitpfad hinein und hoffte, dass sie unbeschadet hinunter ins Tal gelangen würden.

»Du gefräßiger Zwerg«, schimpfte Tom und stapfte durch die zerstörten Pflanzen auf den Ponyhengst zu, das allerdings nach hinten ausschlug und davongaloppierte. Tom richtete sich zu seiner stattlichen Größe auf und fuhr sich hilflos mit beiden Händen durch die vom Wind ohnehin schon zerzausten Haare. Dabei beobachtete er, wie der Sturm einen großen Ast von einer alten Ulme riss und meterweit mit sich forttrug.

Eilig sprang er aus dem Beet und lief zurück in den Hof. Zweige lagen kreuz und quer über seinem Automobil und er überlegte, ob er das wertvolle Fahrzeug nicht besser zwischen Schuppen und Stallungen fahren sollte, wo es besser geschützt wäre, dann entdeckte er dort allerdings schon Angela Metzgers Käfer. Sie musste gekommen sein, während er dem Pony nachgejagt war.

Wo war das Tier eigentlich abgeblieben? Tom drehte sich einmal um seine eigene Achse, um nach ihm Ausschau zu halten, konnte es jedoch nicht finden. Er vermutete, dass es inzwischen von alleine in den Stall gelaufen war, und dort würden Micki und Klaus sich um es kümmern.

Tom ging auf den Haupteingang zu, unter dessen Vordach Angela und Marlene standen.

»Sind sie noch immer nicht zurück?« Marlene klang besorgt, und als ein gewaltiger Donnerschlag die Luft erfüllte, zog sie den Kopf ein.

Tom verneinte und stellte sich zu ihnen, um notdürftig vor den kräftigen Windböen und den umherfliegenden Zweigen und Steinchen geschützt zu sein.

»Das gefällt mir nicht«, murmelte Angela vor sich hin. Mit ihrem Blick suchte sie besorgt den Hügelkamm ab, in den der Reitweg mündete.

»Soll ich sie suchen gehen?«, erbot sich Tom.

»Nein. Amrei wird nicht wollen, dass noch mehr Fremde durch die Wälder irren«, wehrte Angela heftig ab.

»Tom?«, kam eine Stimme aus dem Eingangsbereich.

Der junge Mann drehte sich um und erblickte Clemens.

Dieser winkte ihn mit einer knappen Handbewegung in den dunklen Eingangsbereich hinein. »Im Wohnzimmer sitzt eine völlig aufgelöste ältere Dame. Sie jammert ständig, dass sie ihre Schuhe nicht finden kann. Und sie fragt nach Fräulein Amrei. Vielleicht –«

»Das ist Oma Wanner. Amrei meinte, sie fürchte sich vor Gewitter«, erklärte Tom. Einen kurzen Augenblick lang überlegte er, ob er Angela zu der alten Frau schicken sollte, entschied sich dann aber dafür, selbst nach ihr zu sehen.

Als er sich gerade in Bewegung setzen wollte, hielt Clemens ihn zurück. »Ich möchte nicht unhöflich erscheinen, aber… Nun, das Gewitter scheint sie sehr aufzuregen… Wie soll ich sagen – es riecht sehr unangenehm in dem Raum.«

Tom lächelte schief. Er kannte Oma Wanners Problem inzwischen nicht nur von Mickis frechen Sprüchen.

Er eilte in die Wohnstube hinüber. Oma Wanner kauerte auf dem Sessel wie ein Häuflein Elend. Bei jedem Blitz, der für Sekunden den dunklen Raum erhellte, wimmerte sie kläglich auf.

»Ich schließe die Läden«, versuchte Tom sie zu beruhigen. Als er ein Fenster öffnete, schlug ihm der Sturm mit geballter Kraft entgegen, schleuderte ihm ein im Freien vergessenes Tuch und Dreck ins Gesicht. Schnell schloss er das Fenster wieder.

»Amrei!«, rief Oma Wanner auf und ihre Hände griffen hilfesuchend ins Leere.

Tom eilte zu der alten Frau hinüber und kniete sich neben ihren Sessel. »Sie wird gleich kommen, Oma Wanner«, redete er ihr zu und versuchte, ihr mit seiner breiten Gestalt den Blick auf die Fenster zu nehmen. Aber die ständig wiederkehrenden Blitze erhellten den ganzen Raum und ließen sich auch durch seine Bemühungen nicht aussperren.

Oma Wanner klammerte sich an seine Hand. »Wo ist Amrei?«, fragte sie fast schon hysterisch.

»Sie ist noch im Wald. Sie sucht die Bridges.«

»Wer ist das?«

»Gäste, Oma Wanner.«

»Gäste?«

»Sie sind hier in der Pension zu Gast.«

»Welche Pension? Das ist Amreis Haus.«

Tom nickte und strich der verstörten Frau mit der freien Hand ein paar ihrer dünnen, silbrigen Haarsträhnen aus dem Gesicht hinter das Ohr. Diese Geste schien sie zu beruhigen. Sie sah ihn aus ihren hellen, wässrigen Augen an und ein liebevolles Lächeln legte sich auf ihr Gesicht. »Keine Angst, Tom. Sie kommt zurück. Sie braucht dich. Auch wenn sie das noch gar nicht weiß.« Oma Wanner griff nach seiner Hand und hielt sie an ihre Wange.

Tom hob überrascht die Augenbrauen. Ob die Frau wusste, was sie da sagte? Vermutlich nicht. Sie schien im Augenblick nicht einmal mehr zu wissen, dass Amrei aus dem Bauernhof eine Pension gemacht hatte.

Da seine Gegenwart die alte Frau zu beruhigen schien, beschloss er, bei ihr zu bleiben. Er wartete und betete – das erste Mal seit sehr langer Zeit. Er betete, wie er es versprochen hatte, für die drei Menschen, die schutzlos dem heftigen Wüten des Gewittersturms ausgesetzt waren. Mehr konnte er ohnehin nicht für sie tun.

Wenig später prasselten die ersten schweren Regentropfen gegen die Glasscheiben. Der Wind drückte mit Macht gegen die Hausfront und erzeugte im Kamin ein schauderhaftes, jaulendes Heulen. Der Regen wurde schnell so heftig, dass man draußen nichts mehr erkennen konnte. Das grelle Licht der Blitze fand jedoch weiter seinen Weg in die Wohnstube und das in immer kürzeren Abständen hörbare Donnergrollen schwoll zu gewaltigen, lauten Schlägen an.

Nun drängten nach und nach auch die anderen Gäste der Pension in den Wohnraum. Die Familie Sommer kauerte sich gemeinsam mit Micki in eine Sitzgruppe. Herr Krummeisen stellte sich vor ein Fenster und beobachtete das Wechselspiel von Dunkelheit und blendendem Licht, während Clemens sich um die zitternde Marlene kümmerte und ihr nicht von der Seite wich. Nur Michael ließ sich nicht sehen.

Tom blickte nach einer weiteren schnellen Abfolge von Blitz und Donner zu Oma Wanner und stellte verwundert fest, dass sie schlief. Behutsam zog er seine Hand unter ihrem Gesicht hervor und deckte die alte Frau mit einer leichten Decke zu, die über der Sofalehne hing.

Ohne von den anderen beachtet zu werden, trat er in den Flur. Er sah, dass Angela in der offenen Eingangstür stand und in die Dunkelheit hinausstarrte. Der Holzboden zu ihren Füßen stand bereits unter Wasser.

Tom trat neben sie und lehnte sich mit der Schulter gegen den Türrahmen. »Du sorgst dich um die drei, nicht?«, sagte er zwischen zwei Donnerschlägen.

Angela warf ihm einen kurzen Seitenblick zu, ehe sie von Neuem in die undurchdringliche graue Regenwand hinaussah. »Amrei kennt die Wälder gut. Aber bei diesem heftigen Gewittersturm …«

Tom verschränkte die Arme vor der Brust und presste die Zähne aufeinander. Jeder, der jetzt dort draußen auf den bewaldeten Bergen unterwegs war, befand sich definitiv in Lebensgefahr. Nervös zupfte er mit den Fingern seiner rechten Hand am Ärmel seines Hemdes herum. Er fürchtete um das Leben von Amrei, die den beiden Engländern selbstlos in die Wälder gefolgt war, wie auch um das der zarten Melissa, die sich in der Dunkelheit und bei den heftigen Blitzen sicherlich sehr fürchtete. Er mochte den ernsten und immer korrekten Donald zwar nicht sonderlich, dennoch hoffte er, auch ihn bald wohlbehalten wiederzusehen.

»Wie kam Amrei nur auf die Idee, Donald Bridge den Hengst zu geben?«, hörte er Angela über das heftige Prasseln des Regens hinweg fragen. »Er ist immer nur von ihr geritten worden. Was hat sie sich dabei nur gedacht?«

Tom schwieg und dachte an die kurze Szene vor der Küchentür am frühen Nachmittag, die er aus einiger Entfernung beobachtet hatte. Er hatte das Gefühl gehabt, dass es Amrei unangenehm gewesen war, dass der sonst eher zurückhaltende Donald sie abseits von den anderen angesprochen hatte. Amrei hatte auf das von ihm erzwungene Gespräch erschrocken, fast ängstlich reagiert und sich bemüht, der Situation schnell zu entkommen. Hatte Amrei weiteren Gesprächen mit Donald aus dem Weg gehen wollen und deshalb seinem Wunsch, den Hengst mit der bunten Mähne reiten zu dürfen, schnell und widerspruchslos nachgegeben? Oder täuschte er sich und sie hatte ihm das Tier deshalb überlassen, weil sie sich zu ihm hingezogen fühlte?

Tom kam nicht dazu, seine Überlegungen und das seltsame Gefühl, das ihn dabei beschlich, zu analysieren. Ein gewaltiger Donnerschlag ließ den Boden förmlich erbeben und nun hatte auch Angela genug von dem faszinierenden Schauspiel draußen. Sie drehte sich um und verschwand im Flur.

Tom blieb, wo er war, und blickte mit vor der Brust verschränkten Armen in die Dunkelheit hinaus. Müssten die drei nicht längst zurück sein? War Donald tatsächlich schwer gestürzt, sodass sie von dort oben nicht fortkonnten, oder kannte Amrei einen halbwegs sicheren Unterschlupf, den sie dem gefährlichen Heimweg vorzog?

In diesem Augenblick meinte Tom auf dem Hof eine Bewegung wahrzunehmen. Er richtete sich auf, nahm die Arme herunter und trat einen Schritt nach vorne.

Eine weitere schnelle Abfolge von Blitzen zerriss die Dunkelheit, die über dem Tal lag, und er konnte tatsächlich zwei Pferde mit Reitern erkennen, die sich auf die Stallungen zubewegten. Ohne nachzudenken stürzte Tom nach draußen auf die schattenhaften Gestalten zu.

Auf dem nervös tänzelnden Hengst saßen die beiden jungen Frauen, während Donald halb auf der Stute lag, die von Amrei mitgeführt wurde.

Tom, dem das Wasser schon nach wenigen Augenblicken in Strömen über das Gesicht und am Körper entlanglief, ergriff den nervösen Hengst am Zaumzeug.

»Nehmen Sie die Stute. Und ab in den Stall!«, rief Amrei zu ihm hinunter.

Tom sah sie besorgt an. Blut lief ihr über das Gesicht und in die völlig durchnässte Bluse hinein.

»Los doch!«, herrschte sie ihn an.

Der Hengst bäumte sich wild wiehernd auf, als ein gleißender, zischender Blitz zeitgleich mit einem ohrenbetäubenden Schlag in eine der Ulmen jenseits des Schuppens einschlug. Tausende von kleinen Feuerblitzen schossen umher und erhellten die Dunkelheit. Große Baumrindenstücke jagten meterweit durch die Luft, und eine ungeheure elektrische Spannung schien um sie herum alles zum Knistern zu bringen. Flammen züngelten aus dem Skelett auf, das einmal ein stolzer Baum gewesen war, und warfen ein unwirkliches, geisterhaftes Licht auf die Umgebung, ehe sie dampfend und zischend vom Regen gelöscht wurden.

Tom stand wie gelähmt da und blickte in das orangefarbene Licht, das allmählich schwächer wurde, bis ihm der Hengst mit seiner wild flatternden Mähne in die Sicht sprang.

»Tom!«, rief Amrei. Er blickte auf und sah, wie sie Melissa förmlich von dem wild um sich schlagenden, steigenden und sich im Kreis drehenden Hengst stieß. Gerade noch rechtzeitig streckte er seine Arme aus und konnte so verhindern, dass die junge Frau allzu hart auf dem Boden aufschlug.

Melissa rappelte sich hastig auf und lief panisch und Schutz suchend in Richtung Haus.

Tom schaute zu Donald hinüber. Obwohl sein Gesicht vor Schmerz entstellt war, hatte er die Stute seiner Schwester im Griff und lenkte sie auf die geschlossene Stalltür zu. Amreis Hengst allerdings war im Begriff, die Flucht anzutreten. Mit wilden Galoppsprüngen wollte er über die Wiese davonlaufen, was die Reiterin jedoch zu verhindern versuchte.

Tom warf sich nach vorne und bekam mit den Händen Amreis Bein und den Steigbügel zu fassen. »Runter!«, brüllte er und versuchte, die Frau nach hinten vom Pferd zu ziehen. Amrei reagierte schnell, sodass sie nicht in den Steigbügeln hängen blieb, als er sie mit sich zerrte.

Mit voller Wucht prallte sie gegen ihn, und da der Boden unter seinen Schuhen aufgeweicht und glitschig war, verlor er den Halt. Tom schlug mit dem Rücken auf dem Boden auf, und Amrei, die er noch immer fest im Griff hatte, fiel direkt auf ihn.

Benommen blieben beide liegen. Als Tom jedoch die schmutzige Brühe der Pfütze, in der er gelandet war, in die Ohren lief, hob er den Kopf. Diese Bewegung weckte Amrei aus ihrer Teilnahmslosigkeit. Sie rollte sich von ihm herunter, warf ihm einen eigentümlichen Blick zu und sprang auf, um ihrem wertvollen Hengst nachzulaufen.

Ein männlicher Schatten tauchte wie aus dem Nichts auf. Dieser versuchte hinkend, das noch immer vor Angst tobende Tier in Richtung Stall zu bringen. Amrei sprang Donald zu Hilfe und verschwand in der Dunkelheit, sodass Tom sie nicht mehr sehen konnte. Lang ausgestreckt, rücklings auf die Ellenbogen gestützt, blieb er liegen, während um ihn herum die Blitze wie zornige Feuerzungen dem Boden entgegenjagten.

Plötzlich hörte er ein eigentümliches Geräusch, das zuvor nicht dagewesen war. Es waren beinahe menschliche Laute, wenn auch sehr verzerrt. Gerade als er sich halb erhoben hatte, um diese Laute besser orten zu können, stand Amrei wieder vor ihm. Sie stieß ihn mit beiden Händen kräftig vor die Brust, sodass er rücklings zurück in den Matsch stürzte. »Wo ist Joschi?«, brüllte sie ihn an.

»He!«, gab er nur von sich und stand auf. Der Wind zerrte an ihm, als er sich zu seiner vollen Größe aufrichtete, um auf die aufgebrachte Frau hinunterzusehen.

»Wo ist der Ponyhengst?«, fuhr sie ihn erneut an.

Toms Augen weiteten sich. Diese seltsamen Geräusche, die er eben gehört hatte …

»Wo ist –?«

Tom presste seine Hand auf Amreis Mund.

Stocksteif stand sie da, bis auch sie das jämmerliche Klagen hörte. Dann wirbelte sie so schnell herum, dass ihm ihr nasser geflochtener Zopf wie eine Rute gegen den Körper schlug.

»Nicht, Amrei!« Tom versuchte, ihren Arm zu fassen, allerdings war sie zu flink.

Innerhalb eines Sekundenbruchteiles war sie aus seinem durch den Regen äußerst eingeschränkten Sichtfeld verschwunden. Wütend biss er die Zähne aufeinander. Sie alle sollten endlich aus dem Gewitter heraus in den Schutz des Hauses!

Dennoch folgte er ihr in Richtung der Ulme, die von dem Blitz getroffen worden war. Zerfetzte, ausgefranste Rindenfetzen wurden vom Sturm hin und her bewegt und wirkten wie aus dem Boden wachsende Hände, die nach ihm zu schlagen drohten. Neben dem Stamm, bei einem abseits liegenden breiten Ast, entdeckte er die Frau, die zwischen den blätterlosen, verkohlten Zweigen kniete und sich um das Pony bemühte.

Schuldbewusst, da er sich nicht vergewissert hatte, ob das Tier wirklich in den Stall gelaufen war, kniete er sich neben Amrei.

»Sind Sie so stark, wie Sie aussehen?«, rief Amrei gegen das Tosen des Sturmes an.

Erst jetzt bemerkte er, dass das Pony unter dem Ast eingekeilt war. Es stieß noch immer diese erbärmlichen Laute aus – wenn auch wesentlich leiser als zuvor – und versuchte kraftlos, sich von dem Gewicht, das es gefangen hielt, zu befreien.

Amrei bemühte sich, es am Boden zu halten, weil sie befürchtete, es könne sich nur noch mehr verletzen.

Tom erhob sich, positionierte einen Fuß links, den anderen rechts von dem schweren Ast und versuchte, ihn mit den Händen zu umfassen. Dabei wurden ihm vom Wind ständig kleinere Zweige und Rindenteile ins Gesicht geschleudert. Er bemerkte sehr schnell, dass seine Bemühungen, den schweren Ast zu bewegen, vergeblich waren.

»Was ist jetzt?«, fragte Amrei ungeduldig.

Tom antwortete nicht und ging stattdessen in die Knie,

um es noch einmal aus dieser Position zu versuchen. Und tatsächlich gelang es ihm, den mächtigen Ast Zentimeter um Zentimeter anzuheben.

Es war ihm nicht möglich zu sehen, was Amrei tat, doch als er ihren erleichterten Ruf hörte, ließ er den Ast zunächst ein Stückweit langsam herunter, dann, als das Gewicht zu schwer wurde, musste er das Holz unkontrolliert fallen lassen.

Schnell sprang er zu Amrei. Die Blitze erhellten ihr verschmutztes, nasses und noch immer blutendes Gesicht, und er konnte das Entsetzen über den Zustand des Ponys darin ablesen. Als er den Blick senkte, versetzte es auch ihm einen Stich in den Magen. Die gesamte Flanke des Shetlandponys war aufgerissen und blutige Fellfetzen hingen über Amreis Arme hinweg.

»Ist Angela zurück?«, fragte Amrei so leise, dass er sie kaum verstehen konnte. Offenbar rechnete sie nicht damit, dass die Tierärztin vor dem Unwetter den Weg hierhergefunden hatte.

»Ja.« Tom war froh, zumindest eine gute Nachricht übermitteln zu können, wenn er ansonsten schon alles falsch gemacht hatte.

»Helfen Sie mir?« Amrei klang so erschöpft und hilfsbedürftig, wie er es noch nie bei ihr erlebt hatte. Ohne eine Antwort abzuwarten, lief sie davon und kam nur wenige Augenblicke später, gefolgt von Herrn Pfeifer und Herrn Sommer, mit einer Schubkarre zurück.

Gemeinsam gelang es ihnen, das erstaunlich schwere Pony in die Blechwanne zu hieven, um die Karre anschließend zum Haus zu schieben. Tom bemerkte dabei, dass Amrei heftig zitterte. Ob von der Aufregung oder weil sie zu lange im Regen gewesen war, konnte er nicht sagen.

Sie erreichten endlich die noch immer offen stehende Tür,

und als sie sich hinter der Schubkarre vorsichtig in den Eingangsbereich zwängten, kam Angela bereits angeeilt.

»Amrei, Gott sei Dank bist du da!« Der Blick der Tierärztin fiel auf das Pony und sie erfasste sofort den Ernst der Situation. »Legt Joschi hier in den Eingangsbereich«, wies sie die drei Männer an und stürmte davon, um kurz darauf mit einer Tasche zurückzukommen, die sie sogleich öffnete.

»Angela, bitte. Joschi bedeutet Micki so viel. Es wäre furchtbar für ihn, wenn …«, hörte Tom Amrei flüstern, bevor sie sich gegen die Wand lehnte und erst einmal die Augen schloss. Herr Pfeifer und Herr Sommer zogen sich zurück, um sich etwas Trockenes überzuziehen.

Draußen zischten immer noch die Blitze vom Himmel hernieder, gefolgt von harten, dröhnenden Donnerschlägen, und das Regenwasser lief weiter bis in den Flur hinein. Tom erhob sich, schloss die Tür und betrachtete ungewohnt hilflos die zusammengekauerte Frau neben dem schwer verletzten Pony. Was hatte er getan?! Weshalb hatte er nicht nachgesehen, ob das Tier tatsächlich in den Stall gelaufen war? Er war zu nachlässig gewesen – wieder einmal!

Angela riss ihn aus seinen Gedanken. »Tom, ich brauche mehr Licht. Und bitte bring Amrei rein. Sie muss dringend etwas Trockenes anziehen. Könntest du vielleicht nach ihrer Kopfverletzung sehen?« Angela hatte nicht einmal aufgeblickt, so beschäftigt war sie mit dem Tier.

Als er sich bückte, um Amrei aufzuhelfen, entzog sie ihm ihren Arm und stand alleine auf.

»Fassen Sie mich nicht an«, fauchte sie und ging in den Flur.

Tom sah ihr erschrocken nach.

»Tom, ein paar Lampen, bitte«, brachte sich Angela in Erinnerung.

Der junge Mann lief davon und sammelte einige Petroleumlampen ein. Außerdem steckte er eine Leselampe in die Steckdose im Flur ein und stellte sie so dicht wie möglich neben das Pony. Nachdem Angela ihm versichert hatte, dass er ihr nicht helfen könne, stieg er mit schweren, langsamen Schritten die Stufen hinauf in den ersten Stock, wo ihm Amrei begegnete, die gerade ihr Zimmer verlassen wollte. In der Hand hielt sie ein Handtuch.

»Gehen Sie zuerst ins Bad«, sagte sie und wollte wieder in ihrem Zimmer verschwinden.

»Nein. Sie waren viel länger da draußen in dem Unwetter und Sie frieren.«

»Sie sind der Gast, Tom. Gehen Sie bitte.«

»Ach, jetzt sehen Sie mich plötzlich als Gast?«

»Ich sehe Sie immer als Gast.«

»Ja, immer wenn es Ihnen gerade in den Kram passt.«

»Prima. Jetzt passt es mir gerade in den Kram«, gab sie ungerührt zurück.

Tom schaute sie prüfend an, und sie erwiderte den Blick mit zusammengekniffenen Augen.

»Sie sind sauer, weil ich Joschi –«

»Er ist ein kleiner Ausreißer. Ich hatte gesagt, wenn eines der Ponys abhaut, soll man es laufen lassen.«

»Dafür ist es jetzt verletzt.«

»Besser er, als wenn es eine Person getroffen hätte, die nach ihm gesucht hat.«

Ihre Worte klangen hart, doch Tom wusste, dass der Schein trog, sonst hätte Amrei ihre Freundin nicht gebeten, das Pony um Mickis willen zu retten. Abgesehen davon hatte sie selbst den größten Einsatz gezeigt, um das Tier aus seiner lebensgefährlichen Situation zu befreien. »Sie sind eine bemerkenswerte Frau«, sagte er. Dabei fiel ihm ein, dass Angela Amrei bei seiner Ankunft genauso beschrieben hatte und dass er das, nachdem er Amrei kennengelernt hatte, für die größte Übertreibung des Jahres gehalten hatte.

Ihre Reaktion auf dieses Kompliment kam für ihn unerwartet. Sie wich ein paar Schritte vor ihm zurück, als wollte sie am liebsten die Flucht ergreifen. »He! Das war nur ein Kompliment«, beschwichtigte er und hob seine schmutzverkrusteten Hände an, als müsse er sich einer gezogenen Schusswaffe ergeben.

»Dadurch werden weder Sie noch ich sauberer«, gab sie zurück, und trotz des Dämmerlichtes glaubte er, ein flüchtiges Lächeln über ihr Gesicht huschen zu sehen. »Da ich bereits ein Handtuch habe, gehe ich als Erste. Außerdem muss ich nachher schauen, dass noch Essen auf den Tisch kommt, und die Stallrunde ist auch schon überfällig.« Amrei ließ ihn stehen, um in das Bad hinüberzugehen.

Tom blieb allein im dunklen Flur zurück und blickte auf die geschlossene Tür. Dann rief er laut: »Zuerst sehe ich nach Ihrer Kopfverletzung.«

»Das ist nicht nötig«, drang ihre Stimme gedämpft durch die Tür zu ihm hinaus.

»Ihre Freundin Angela hat mich aber darum gebeten.«

»Angela ist überbesorgt.«

»Und erfahren. Also sollten Sie ihr nicht widersprechen.«

»Im Moment widerspreche ich Ihnen, nicht ihr.«

»Müssen Sie eigentlich immer das letzte Wort haben?«

»Kommt darauf an, wie schnell Sie aufgeben.«

»In der Vergangenheit habe ich das oft viel zu schnell getan. Aber ich bin durchaus lernfähig.«

»In der Vergangenheit? Dann sind Sie also doch einer dieser Kerle, mit denen es das Leben viel zu gut gemeint hat und die das auch noch weidlich ausnutzten?«

Tom rieb sich mit beiden Händen den Nacken und spürte, wie sich dort in großen Stücken der angetrocknete Schmutz aus der Schlammpfütze löste.

»Ich fürchte, ich muss Ihnen recht geben«, gab er ehrlich zu.

»Damit haben Sie jetzt das letzte Wort«, hörte er sie durch die geschlossene Tür hindurch lachend erwidern.

Kapitel 19

Der Regen prasselte noch immer gegen die Fenster, doch die heftigen Sturmböen wichen einem gleichmäßigen, wenn auch kräftigen Wind. Blitz und Donner waren inzwischen so weit entfernt, dass sie nur noch gelegentlich als Wetterleuchten und leises, unscheinbares Grollen zu bemerken waren.

Amrei, deren Haare noch immer nass über ihre Schultern bis auf die Hüfte fielen, atmete erleichtert auf. Zumindest war es bei diesem einen Blitzeinschlag geblieben. Sie betrat die Küche und traf dort auf Frau Sommer, die an der Arbeitsfläche stand und dabei war, eine Abendmahlzeit vorzubereiten.

Amrei eilte schnell zu ihr. »Entschuldigen Sie bitte, das sollten Sie hier wirklich nicht tun müssen.«

»Der Sturm hat einiges durcheinandergebracht, Fräulein Amrei. Frau Metzger ist mit dem Pony und mit Micki beschäftigt und Oma Wanner schläft noch immer. Die ganze Aufregung muss sie sehr ermüdet haben.«

»Sie hat große Angst vor Blitzen.« Amrei griff nach einer Schürze, aber Frau Sommer trat zu ihr und nahm sie ihr aus der Hand.

»Tom sagte, Sie haben noch viel zu tun. Er kommt gleich und hilft mir. Auch Frau Pfeifer hat ihre Hilfe angeboten.«

»Das geht doch nicht«, wehrte Amrei zaghaft ab. »Sie sind meine Gäste.«

»Aber wir möchten Ihnen helfen. Morgen, Fräulein Amrei, morgen werden wir uns dann mit Freude wieder an einen wunderschön gedeckten Frühstückstisch setzen und uns von Ihnen und Oma Wanner bedienen lassen.«

»Aber –«

»Gehen Sie zu Ihren Kühen, Fräulein Amrei. Ich möchte nämlich eine Menge frischer Milch trinken.« Frau Sommer wollte sie an den Schultern in Richtung Nebentür dirigieren, hielt aber in der Bewegung inne und strich ein paar der langen Haarsträhnen aus Amreis Stirn. »Sie bluten ja, Fräulein Amrei.«

»Das ist nur eine Schramme.«

»... die ich mir jetzt ansehen werde«, dröhnte Toms Stimme durch die Küche.

»Ich hätte früher auf Sie hören und gleich gehen sollen«, murmelte Amrei und brachte damit Frau Sommer zum Lachen.

»Ich gehe die Tische decken.« Die Mutter von Mickis neuem Spielkameraden lächelte ihr zu und verschwand aus der Küche.

»Und Sie setzen sich hier unter die Lampe.« Tom klopfte mit der flachen Hand auf den Tisch.

»Ich habe eine Stallhose an.«

»Den Tisch kann man abwischen«, erklärte er und deutete mit einer Kopfbewegung in Richtung Tisch.

Zögerlich gehorchte sie. »Sind Sie Arzt?«, fragte sie, als sie sich rücklings auf die Tischplatte zog.

»Ich habe mal ein paar Semester Medizin studiert.«

»Ein paar Semester?«

»Dann habe ich mich anders entschieden.«

»Für was?«

»Ach, für dies und das.«

Amrei sah ihn irritiert an, sagte aber nichts. Sie hatte

schon lange den Verdacht, dass dieser Mann nicht so richtig wusste, was er mit seinem Leben anfangen sollte.

Als er nun dicht vor sie trat, um sich ihre Wunde genauer anzusehen, versteifte sie sich unwillkürlich. Nun, wo sie saß, wirkte er noch größer und breiter und deshalb auch bedrohlicher als zuvor. Als er sich nach vorne beugte, streifte er, wenn auch unabsichtlich, mit dem Oberschenkel ihr Knie.

Panik überfiel sie. Wie so oft sah sie den Mühlensepp vor sich, wie er seine Hose aufknöpfte, und sie meinte, seinen schnell gehenden, widerlichen Atem zu hören.

»Fassen Sie mich ja nicht an«, stieß sie hervor.

Tom richtete sich auf und hob ein weiteres Mal abwehrend die Hände. »Wie soll ich mir dann die Verletzung ansehen?«, fragte er und klang dabei ausgesprochen amüsiert.

Sie funkelte ihn wütend an, woraufhin sein Gesicht ernst wurde.

»Ich werde Ihnen schon nichts tun.« Tom beugte sich wieder zu ihr herab.

»Klar!« Amreis Antwort klang ungläubig und auch eine Spur zu aggressiv. Sie hob beide Hände und zog ihre Haare über der Schläfe auseinander, damit er sich die schmerzhaft pochende Schramme ansehen konnte. Dabei hoffte sie, dass es tatsächlich nicht mehr als ein blutender Kratzer war, denn sie wollte so schnell wie nur möglich aus seiner unmittelbaren Nähe entkommen.

»Sieht nicht schlimm aus«, meinte er. »Aber das Licht ist schlecht.«

Ehe Amrei reagieren konnte, hatte er seine Hände um ihr Gesicht gelegt und neigte vorsichtig ihren Kopf ein Stück zur Seite.

Ihre langen Haare flossen wie ein Wasserfall über seinen kräftigen Arm hinweg und sie schloss erschrocken die

Augen. Ein heftiges Kribbeln jagte ihr durch den Körper, anders und verwirrender noch, als sie es bisher kannte, wenn ein Mann ihr zu nahe gekommen war.

»Ich glaube nicht, dass das genäht werden muss.« Tom ließ sie dennoch nicht los, sondern beugte sich noch etwas näher zu ihr hinab. Sein Atem strich über ihr Gesicht. Die schreckliche Erinnerung an die versuchte Vergewaltigung war sofort allgegenwärtig. Sie wurde nur noch von einem einzigen Gedanken beherrscht: Sie musste sich aus dieser Lage befreien!

Als Amrei aus der Nebentür in den strömenden Regen hinauslief, hörte sie noch Toms schmerzerfülltes Stöhnen.

Schon wieder pitschnass, stürmte sie in den Stall und blieb mit wild klopfendem Herzen in der Stallgasse stehen. Mit zittrigen Händen versuchte sie vergeblich, ihre nassen langen Haare zu einem Zopf zu flechten. Schließlich gab sie auf und ließ die Arme sinken. »Dieser Zorn in mir …«, flüsterte sie und lehnte sich haltsuchend gegen einen der rohen Holzbalken.

Wieder einmal hatte sie es nicht geschafft, sich rechtzeitig an Gott zu wenden, bevor sie die Nerven verloren hatte. Sie hatte jemanden verletzt, und das nicht nur körperlich – nur weil sie sich und ihre Emotionen nicht im Griff hatte.

Betend und weinend stand sie da, die Arme um den Balken geschlungen und die schmerzende Stirn gegen das Holz gepresst. Als sie allmählich ruhiger wurde, wurde ihr klar, dass ihre Reaktion auf Toms Nähe nichts mit dem Zorn zu tun hatte, den sie schon so lange zu bekämpfen versuchte.

Dieses neue Gefühl in ihr, das ihr bisher so fremd gewesen war, hatte sie zutiefst aufgewühlt, und gekoppelt mit ihren schrecklichen Erinnerungen an die versuchte Vergewaltigung, hatte es in ihr eine Art Schutzmechanismus ausgelöst. »Und dabei habe ich ihm noch gesagt, er soll mich nicht anfassen«, murmelte sie vor sich hin.

Sie stand an den Pfosten geklammert da und hörte auf das unruhige Scharren der Kühe. Ein Pferd schnaubte laut auf, und ein paar Schwalben, die sich unter dem Dach eingenistet hatten, pfiffen frech vor sich hin. Nach der Hitze des Tages und dem Gewittersturm am Abend hing eine drückende, schwüle Feuchtigkeit in der Luft, die ihr das Atmen erschwerte. Oder war es die plötzliche Erkenntnis, dass ihre heftige Reaktion auf die Nähe eines Mannes nicht Toms Schuld gewesen war? Er hatte ihr nur zu helfen versucht und konnte nicht wissen, warum sie ihn auf Abstand halten wollte und wie ernst es ihr mit ihrer Warnung gewesen war.

Amrei stieß sich seufzend von dem Holzbalken ab und ging zu den Kühen hinüber. Während ihr Blick prüfend über die Zettel glitt, auf denen Micki noch immer die Namen der Kälber notierte, gestand sie sich ein, dass sie etwas gegen ihre panische Angst in der unmittelbaren Nähe von Männern unternehmen musste. Sie wusste, dass diese Veränderung – wie die in Bezug auf ihren Zorn – nicht aus ihr selbst geschehen konnte. Es gab nur einen, der ihr würde helfen können, weil er sie geschaffen hatte und weil nur er die Macht besaß, tief greifende Veränderungen in einem Menschen zu bewirken: Gott.

»Also, das müssen wir auch dringend anpacken«, sagte sie, scheinbar in die Leere des Stalles hinein, ehe sie zum Melkstand hinüberging.

Tom unterdrückte nur mühsam ein paar heftige Schimpfworte. War diese Amrei denn verrückt geworden? Er hatte sich nur ihre Verletzung angesehen, und sie trat ihm zum Dank dafür zielsicher an die Stelle, die bei einem Mann am empfindlichsten war. Er beugte sich weit nach vorne in der Hoffnung, der Schmerz würde durch diese Schonhaltung endlich nachlassen.

Was ging in dieser Frau nur vor sich? Ob sie wie Oma Wanner gelegentlich nicht alle ihre Sinne beieinanderhatte? Allerdings war ihm, spätestens seit Amreis Attacke vor wenigen Minuten, die Verwirrtheit der alten Frau weitaus sympathischer, da diese sich meist nur darin ausdrückte, dass die Frau ihre Schuhe suchte oder nicht wusste, wer gerade vor ihr stand. Aber das, was Amrei da gerade getan hatte – verbunden mit dem, was er schon über sie gehört hatte – zeugte von einer unkontrollierten, vielleicht sogar gefährlichen Aggressivität –, und dabei hatte er gerade angefangen, sie zu mögen.

Tom richtete sich auf und holte tief Luft. Er wusste nicht, ob er jemals zuvor so lange den Atem angehalten hatte. Taumelnd wankte er zu einem abgeschabten alten Küchenstuhl und ließ sich vorsichtig auf diesem nieder. In Gedanken ging er noch einmal die vergangenen Minuten durch. Er hatte doch nur die blutende Verletzung begutachtet und dann Amreis funkelnde grüne Augen und das ungeschminkte und deshalb auch faszinierend natürlich schöne Gesicht bewundert.

Die Küchentür, die nur angelehnt gewesen war, wurde aufgestoßen und Angela erschien im Türrahmen. Mit ihren intelligenten, wachen Augen musterte sie ihn genau. Dann zog sie eine Augenbraue in die Höhe. Sie musste etwas gehört haben und wusste deshalb wohl seine Schonhaltung richtig einzuschätzen. Ohne etwas zu sagen ging sie an ihm vorbei und begann, ihre blutigen Hände und Arme an dem großen Schmutzwaschbecken zu waschen. »Was hast du gemacht?«, fragte sie irgendwann, griff nach einem Handtuch und drehte sich zu ihm um.

Tom atmete noch immer unregelmäßig, wenngleich der Schmerz allmählich abzuflauen begann. »Das, was du mir aufgetragen hast.«

»Das war dumm und gedankenlos von mir, entschuldige bitte«, gab sie zu seiner Verwunderung zurück.

Mit dem feuchten Handtuch in der Hand setzte sie sich an die lange Seite des Tisches.

»Was sollte das?«, knurrte er.

»Eigentlich …«, begann Angela und zögerte dann, um nachdenklich auf die offen stehende Nebentür zu schauen, durch die der Regen vom Wind hereingeweht wurde. »Ich werde versuchen, es dir zu erklären, obwohl Amrei das vermutlich nicht möchte. Aber nach dem, was sie vorhin getan hat, hast du vielleicht ein Recht darauf«

Tom nickte. Eine Erklärung für dieses irrationale Verhalten interessierte ihn schon sehr.

»Amreis Vater und ihr Bruder sind 1939 und 1940 in den Krieg gezogen. Sie war gerade einmal 14 Jahre alt, als sie die Verantwortung für den Hof auferlegt bekommen hat.«

Tom nickte erneut. Diesen Teil der Geschichte kannte er schon.

»Von da an bis jetzt, zehn Jahre später, war ihre einzige – sagen wir mal ›Begegnung‹ – mit einem Mann eine versuchte Vergewaltigung.«

Tom schloss die Augen und atmete tief ein. »Ich hatte ja keine Ahnung …«, flüsterte er. Er empfand ein tiefes Mitgefühl für Amrei. Hatte dieses Mädchen nicht schon genug durchgemacht? Nachdenklich hob er den Kopf. »Du hast gesagt ›versuchte Vergewaltigung‹ ... Das heißt, es kam nicht zum ...?«

Angela nickte.

»Demnach konnte sie sich erfolgreich zur Wehr setzen. Sollte sie nicht vielmehr gestärkt aus so einer Situation herausgegangen sein?«

»Sie hätte keine Chance zur Gegenwehr gehabt – wäre da nicht jemand gewesen, der sie gerettet hätte.«

Tom, der endlich gerade sitzen konnte, legte die Arme auf den Tisch.

Angelas Hände spielten mit dem Handtuch.

»Donald Bridge, der geflohene englische Kriegsgefangene ...«, sagte er nachdenklich vor sich hin.

Das Schweigen seiner Gesprächspartnerin wertete er als Zustimmung.

Jetzt verstand er dieses seltsame Verhältnis zwischen Amrei und Donald, das sich irgendwo zwischen Verbundenheit und misstrauischer Vorsicht bewegte. Vor allem Amrei hatte viel zu verlieren, falls jemand zu viel über Donalds damalige Anwesenheit – vor allem über die Dauer seines Aufenthaltes auf dem Hof – erfuhr. Mit Sicherheit wollte sie keine neu aufkeimenden Gerüchte entstehen lassen, dass sie damals ein Verhältnis mit dem Briten gehabt hätte. Auch war Tom sich nicht sicher, inwieweit Amrei jetzt noch ein Gerichtsverfahren wegen Kollaboration mit dem Feind oder gar Landesverrat angehängt werden konnte, zumal er schon gehört hatte, dass der Umgang mit den Familien der Hitler-Attentäter in Deutschland ein nicht eben freundlicher war, da ihre Männer noch immer als Verräter angeprangert wurden.

Zudem wollte sie mit Sicherheit nicht, dass die Geschichte über die versuchte Vergewaltigung hier auch noch ihre Kreise zog und, weiter- und weitererzählt, mit jedem Mal abstrusere Blüten tragen würde.

Nach und nach konnte er weitere Begebenheiten, von denen er im Dorf und in Triberg gehört hatte, besser einordnen. »Dieser Messerangriff, von dem im Dorf erzählt wird … galt er diesem Mann?«

Angela bejahte.

»Dann wohnt er also hier in der Nähe?«

Die Tierärztin nickte. »Deshalb musste sie vorsorgen, ihn sich deutlich und energisch vom Hals zu halten.«

»Und trotzdem lebte sie täglich mit der Angst, dass er hier jederzeit auftauchen konnte, wo sie, Oma Wanner und der Junge alleine waren?«

»Amrei ist eine bemerkenswerte Frau – wenn man bedenkt, was sie schon alles durchgemacht hat.«

Jetzt konnte Tom aus vollem Herzen zustimmen, zumal er sich sicher war, dass er längst noch nicht alles wusste, und er begann zu verstehen, wie sehr er die Geschichten, die über Amrei kursierten, zu hinterfragen hatte.

»Warum nur machen die Leute es einer jungen Frau wie Amrei so schwer und reden schlecht über sie, ohne die Gründe für ihr Verhalten zu kennen?«, fragte er. Obschon er in früheren Jahren im persönlichen Umfeld selbst erfahren hatte, was üble Nachrede und Verleumdungen bedeuteten, hatten seine bisherige Oberflächlichkeit und Leichtlebigkeit verhindert, dass er sich tiefere Gedanken über ihre möglichen Folgen gemacht hatte.

»Oma Wanner sagt immer: Menschen sind so – und doch auch anders. Und das hat sich Amrei schon sehr früh zu Herzen genommen. Sie weiß, dass auch sie nicht in die Herzen der Menschen sehen kann und deren Vergangenheit nicht kennt. Nur wenn sie das könnte, würde sie verstehen, weshalb sie sich ihr gegenüber so verhalten, wie sie es tun.

»Eure Oma Wanner ist eine sehr weise Frau.« Ein Lächeln legte sich auf Toms Gesicht.

»Ja. Und ein Segen für Amrei. Sie hat ihr viel beigebracht.« Angela beugte sich über die Tischecke zu ihm hinüber. »Tom, Amrei ist eine empfindsame, verletzliche Frau, die nach außen hart und unnachgiebig wirkt, aber das ist nur Fassade. Sie hat im Grunde schreckliche Angst vor Männern, und es wird schon einmal ein ganz besonderer Mann kommen müssen, um sie ihr zu nehmen.«

»Bei ihrer ...«

»Ihre aufmüpfigen, frechen Antworten sind ein Selbstschutz, Tom. Sie eignen sich hervorragend dafür, dahinter ihre wahren Gefühle zu verbergen.«

Angela erhob sich, warf das Handtuch in einen Weidenkorb neben der Tür und griff nach der Türklinke. »Ich gehe mal nach Micki und Joschi sehen.«

»Wie geht es den beiden?«

»Micki ist stark – wie seine Tante. Joschi ...« Angela zögerte einen Moment und zog die Schultern in die Höhe. »Warten wir die nächsten 24 Stunden ab.«

Kapitel 20

Die Luft hatte sich merklich abgekühlt und auf den Blättern der Büsche und Bäume und den vom Blütenstaub befreiten Grashalmen glitzerten die Regentropfen unter dem Licht der aufgehenden Sonne wie Kristalle auf. Über den Koppeln und Wiesen lag ein weißer, dichter Bodennebel, der immer lichter wurde, je höher die umliegenden Hügel anstiegen.

Amrei trat an den drei im Eingangsbereich schlafenden Kindern, die sich zu dem verletzten Tier gelegt hatten, und dem matt daliegenden Pony vorbei und verließ das Haus. Mit einem Lächeln auf den Lippen betrachtete sie die Nebelschwaden, die sich nach und nach aufzulösen begannen.

Angela trat zu ihr hinaus auf den vom Regen aufgeweichten Platz zwischen den Gebäuden.

Mit einem Blick auf die von Ästen, Blättern und Dreck bedeckte Limousine von Tom sagte Amrei: »Die Letzten werden die Ersten sein«, und deutete dann auf Angelas VW-Käfer. Zwar war Tom am Abend vor ihrer Freundin auf dem Hof angekommen, aber sie hatte bei Weitem den besseren Platz für ihr kleines Fahrzeug ergattert.

»Vielleicht solltest du Tom lieber bedauern, anstatt dich über ihn lustig zu machen«, gab Angela zurück und drückte Amrei kurz an sich.

»Du bist früh dran, Angela.«

»Ich wollte den Arzt bitten, hier herauszukommen, damit er nach Donald Bridges Bein sieht.«

»Tom fährt ihn heute nach Triberg.«

»Tom ist dein Gast. Du solltest ihn nicht zu sehr einspannen.«

»Zum einen hat er das gestern selbst angeboten, zum anderen geht das bei Tom schon klar. Nur Herr Krummeisen sollte das nicht mitbekommen. Er könnte das negativ auffassen und womöglich in seinem Bericht über die Pension vermerken.«

»Wenn du meinst… Ich will außerdem zum Rathaus, Amrei. Nach dem Sturm müssen mit Sicherheit einige Stromleitungen erneuert und Bäume von den Straßen gezogen werden. Da würde es sich doch anbieten, dass sie gleich die Straße hier ins Tal sanieren.«

»Gute Idee, Angela. Vielen Dank, dass du dich darum kümmern willst.«

»Du hast mit deinen Pferden ja keine Probleme – ich mit meinem kleinen Auto allerdings sehr wohl.« Angela lachte, winkte ihr zum Abschied zu und marschierte zu dem Volkswagen hinüber.

»Möchtest du nicht lieber ein Pferd nehmen? Wer weiß, ob die Straßen zwischen hier und Triberg nicht auch durch Bäume blockiert sind?«

»Darauf lasse ich es ankommen.«

»Mutig«, lachte Amrei.

»Pass bitte auf, dass die Kinder Joschi nicht zu viele Leckereien zustecken.« Angela stieg in ihr Auto, ließ den Motor an und verschwand in einer Abgaswolke vom Hof.

Amrei holte die große Schubkarre, legte die Heugabel hinein und schob beides an den großen Regenpfützen vorbei, in die Stallgasse.

Zu ihrer Verwunderung traf sie dort auf Tom. »Sind Sie aus dem Bett gefallen?«, fragte sie.

»Je länger ich hier bin, desto früher wache ich auf.«

»Dann sollten Sie bald abreisen, bevor Sie gar nicht mehr zur Ruhe kommen«, foppte sie ihn.

»Wollen Sie mich etwa loswerden?«

»Nein.«

»Hörte sich aber so an.«

»Ich bin nur um Ihre Gesundheit besorgt.«

»Das sollten Sie auch sein.«

Amrei sah den Mann von unten herauf an. Sie wusste nur zu gut, auf was er anspielte, obwohl er offensichtlich gewillt war, die ganze Sache einfach auf sich beruhen zu lassen.

»Ich sollte mich wohl entschuldigen.«

»Ich aber auch. Sie hatten mir deutlich gesagt, dass ich Sie in Ruhe lassen soll.«

»Dann sind wir ja quitt.«

Toms schiefes Grinsen zeigte seine Zweifel, und Amrei wusste, dass diese berechtigt waren. Er hatte ihr immerhin helfen wollen, und sie hatte ihn dafür getreten.

Der junge Mann deutete mit dem Daumen über seine Schulter. »Kann ich helfen?«

»In diesem Hofstaat?«

Tom sah an seiner Hose herunter und erwiderte: »Das ist die älteste Hose, die ich besitze.«

»Dann ziehen Sie sich wenigstens Ihre Reitstiefel über.« Amrei lachte, als Tom davonlief, um seine Stiefel zu holen. Wenig später kehrte er zurück.

Erwartungsvoll fragte er: »Und?«

»Schick!«

»Ich wollte eigentlich wissen, was ich helfen kann.«

»Wollen Sie die Kühe übernehmen?«

Toms Blick ließ Amrei belustigt auflachen.

»Ich kenne mich mit Kühen überhaupt nicht aus.«

»Dann wird es Zeit, dass Sie etwas über sie lernen.« Amrei stapfte davon, wurde aber schnell von Tom eingeholt, der sie am Arm ergriff.

Er besann sich jedoch sofort eines Besseren und ließ sie schnell wieder los. »Das geht nicht!«, sagte er und schaute angewidert auf die großen Kuhfladen in den Unterständen.

»Dann kümmern Sie sich um die Pferde und die Pferdeställe.« Amrei schob ihm die Schubkarre gegen die Hosenbeine. Als sie davonging, sagte sie so laut, dass er es in jedem Fall hören musste: »Cowboy!«

»Einen solchen finden Sie in New York eher selten!«, gab er gelassen zurück.

Während Amrei die Kühe molk und die Ställe ausmistete, versorgte Tom die Pferde und Ponys, brachte sie auf die Koppeln hinaus und begann anschließend, die Boxen auszumisten. Amrei, die mit ihrer Arbeit vor ihm fertig war, lehnte sich gegen einen der Stützbalken und sah ihm zu.

Der große Mann bemerkte sie nicht und erschrak daher, als sie ihn ansprach: »Sie machen das erstaunlich geschickt.«

Tom drehte sich zu ihr um. Er fuhr sich mit einer Hand durch die dunklen Haare, um sich ein paar freche Strähnen aus der Stirn zu streichen, und hinterließ dabei einen langen Strohhalm darin. »Ich bin auch ganz erstaunt«, gab er grinsend zurück und lud eine weitere Ladung verschmutzten Strohs auf die Schubkarre, die neben Amrei in der Stallgasse stand.

»Ich kann Ihnen heute Abend zeigen, wie die Kühe gemolken werden und was sie als Futter bekommen.«

»Wird das eine Unterrichtsstunde in Landwirtschaftskunde? Ist die im Pensionspreis inbegriffen?«

»Klar. Immerhin sollten Sie neben dem unwichtigen

Zeug, das Ihnen in der Uni in den Kopf gepflanzt wurde, auch noch etwas Anständiges lernen.«

»Unwichtiges Zeug?«

»Ein paar Semester Medizin und dann dies und das…«, brachte sie ihm seine eigenen Worte vom Vorabend in Erinnerung. »Haben Sie auch etwas zu Ende studiert, womit sich Geld verdienen lässt?«

Tom lehnte den Stiel der Heugabel an die aufgeschobene Boxentür und trat hinaus in die Stallgasse. Als er näherkam, löste sich Amrei von dem Holzpfosten, um ein paar Schritte nach hinten auszuweichen.

Tom griff jedoch nur nach der vollen Metallschubkarre und schob diese aus dem Stall hinaus.

Erleichtert atmete Amrei auf. Sie nahm nun ihrerseits die Heugabel in die Hand und begann schon einmal, das frische Stroh, das Tom bereits in die Stallgasse gebracht hatte, in der Box zu verteilen.

»Hey! Hat jemand gesagt, dass Sie meine Arbeit machen sollen?«, rief er ihr zu, als er zurückkam.

»Ihre Arbeit?«

»Wessen Arbeit sonst?«

»Meine!« Amrei konnte ein freches Grinsen nicht unterdrücken. »Und weshalb tue ich sie dann?«

»Das hatte ich Sie vorhin schon gefragt.«

»Und wie lautete meine Antwort?«

»Dass Sie morgens immer früher aufwachen würden.«

Tom zwinkerte ihr zu. »Okay, vielleicht sollte ich mir einfach nicht den Wecker stellen.« Er grinste und trat auf sie zu, um ihr das Arbeitsgerät aus der Hand zu nehmen.

»Na, wenn Sie das alles alleine erledigen wollen, dann kann ich ja jetzt zum Frühstück gehen.«

»Frühstück?«

»Erst wird die Arbeit erledigt!«, lachte sie und verließ den Stall.

Die feuchte Erde auf dem Grundstück dampfte unter den warmen Sonnenstrahlen. Spatzen, Schwalben, Mauersegler und Amseln hüpften laut zwitschernd umher, sammelten vom Unwetter heruntergerissene Zweige und Blätter auf oder badeten flügelschlagend in den Pfützen. Amrei schaute sich um und ein Lächeln legte sich auf ihr Gesicht. Wie friedlich alles im Vergleich zum vergangenen Abend wirkte!

Erst als ihr Blick zu dem verkohlten und zersplitterten Baumstamm hinüberglitt, verflüchtigte sich das fröhliche Lächeln auf ihrem Gesicht. Sie wandte sich hastig ab und lief zum Haupteingang hinüber. Die Tür stand offen und im Flur lag nach wie vor das verletzte Pony, neben ihm saßen Micki, Klaus und Käthe. Die drei Kinder aßen stumm ihre Frühstücksbrote. Während die beiden Jungen das schwer atmende, reglos daliegende Tier nicht aus den Augen ließen, streichelte das blinde Mädchen sanft dessen Stirn.

»Wie geht es Joschi?«, erkundigte sich Amrei bei ihrem Neffen.

»Ich weiß nicht. Angela hat nicht viel gesagt. Sie meinte nur, wir sollen sehen, dass er ab und zu etwas trinkt. Aber er kann ja nicht einmal den Kopf richtig anheben.«

»Versuch es mal mit der Flasche, mit der wir den ganz kleinen Kälbern manchmal Milch geben«, schlug Amrei vor.

»Mensch, klar! Das ist *die* Idee! Danke, Amrei.« Micki stand vorsichtig auf und lief an ihr vorbei ins Freie.

»Micki mag das Pony sehr, nicht?«, fragte Klaus sie, nachdem er den letzten Bissen seines Brotes verschlungen hatte.

»Joschi ist das Fohlen von der Stute, die er vor ein paar Jahren geschenkt bekommen hat. Er hat es aufwachsen sehen und selbst erzogen.« Amrei kniete sich zu den beiden Sommer-Geschwistern auf den Boden und legte ihre Hand prüfend auf die Nüstern des Ponys. Sie spürte ein leises, schwaches Schnauben.

»Es mag dich«, sagte Käthe.

»Alle Pferde mögen Amrei. Sonst wäre sie doch nicht die Pferde-Amrei«, belehrte sie ihr älterer Bruder.

»Ich finde den Namen nicht nett.«

»Er ist eine Auszeichnung. Ein Lob. Aber das verstehst du nicht«, meinte Klaus.

Amrei strich Käthe kurz über die Haare. Das blinde Mädchen hatte gar nicht so unrecht. Die Menschen, die ihr vor Jahren den Namen gegeben hatten, hatten mit ihm durchaus Kritik gegen sie und ihr Verhalten zum Ausdruck gebracht, allerdings gab es auch Leute, die ihn beinahe bewundernd oder sogar liebevoll benutzt hatten.

»Mama hat gesagt, ich soll die Teller zurückbringen, wenn wir fertig sind.« Käthe stand auf und tastete geschickt nach den drei Tellern von Amreis neu erstandenem Geschirr. Sie orientierte sich mit der Hand an der Wand und ging dann erstaunlich zügig voran, wobei sie die Schritte zu zählen schien.

Michael kam polternd die Stiege herab, und obwohl das Mädchen sofort stehen blieb, lief er ungebremst in sie hinein. Käthe suchte Halt, verlor dabei jedoch zwei der Teller, die laut splitternd auf dem Holzfußboden zersprangen.

»Kannst du denn nicht aufpassen? Hast du keine Augen im Kopf?«, fuhr Michael sie an und wartete gar nicht erst auf eine Antwort, sondern verschwand in der Küche.

Zurück blieben der erschrockene Klaus, Käthe, der die Tränen lautlos über die Wange purzelten, und Amrei, die müde den Kopf schüttelte.

Sie erhob sich und ging zu Käthe hinüber, die den verbliebenen Teller fest gegen ihren kleinen Körper drückte. »Bleib bitte stehen, wo du bist. Hier liegen überall Splitter herum«, warnte Amrei das Mädchen, das wie Klaus und Micki keine Schuhe trug. Behutsam nahm sie ein paar der größeren Scherben von den Zehen des Mädchens und hob dieses dann in die Höhe.

»Das wollte ich nicht, Amrei. Es tut mir leid um das neue Geschirr.«

»Woher weißt du, dass es neu ist?«

»Älteres Geschirr ist matter, irgendwie rauer und hat manchmal dünne Risse oder sogar schon leicht abgestoßene Ränder. Dieses Geschirr hier ist ganz glatt.«

»Das ist mir noch nie aufgefallen.«

»Du schaust auch nicht mit den Fingern.«

»Da hast du recht«, lächelte Amrei.

»Entschuldige, bitte.«

»Das ist nur Geschirr, Käthe. Ich bin froh, dass du nicht gefallen bist und dir den Kopf an der Truhe im Flur gestoßen hast und dass die Splitter dich nicht verletzt haben.« Mit diesen Worten trat sie, das Kind noch auf dem Arm, in die Küche. Michael hob nicht einmal den Kopf. Er tat so, als sei er zu sehr mit dem Frühstück beschäftigt, das Oma Wanner ihm zubereitet hatte.

»War das der Mann, der nie was sagt? Der keine Farben sieht, obwohl er sehen kann?«

Auf dem Herd brodelte Wasser, und Amrei vermutete, dass das Kind deshalb noch nicht gehört hatte, dass sich außer ihnen noch jemand in der Küche befand. »Wer sagt denn das?«, fragte sie dennoch nach.

»Mama. Ich habe ihr verraten, dass ich mich vor dem Mann fürchte, der immer nur durch die Flure schleicht und nie etwas sagt. Da hat sie gesagt, er sei so traurig und einsam, dass er nicht einmal mehr die bunten Seiten des Lebens sehen kann.«

Amrei bemerkte aus dem Augenwinkel eine Bewegung ihres Bruders, ignorierte ihn aber nun ihrerseits. Sie stellte Käthe auf die Anrichte, um nachzusehen, ob sie tatsächlich nicht von einem Splitter verletzt worden war.

»Und dabei sind Farben doch etwas Wunderschönes!«, fuhr das Kind harmlos fort.

»Woher weißt du das? Deine Mutter hat mir erzählt, dass du von Geburt an blind bist.«

Käthe lachte unbekümmert auf, wie nur ein kleines Kind es kann. »Das weißt du nicht, Amrei? Man kann Farben spüren, riechen und ertasten.«

»Das musst du mir genauer erklären!«, forderte Amrei das Mädchen auf, nachdem sie erleichtert festgestellt hatte, dass ihr nichts fehlte.

»Gelb ist warm, so wie die Sonnenstrahlen auf dem Gesicht oder wie das weiche Samtkleid von meiner Mama. Rot ist heiß wie ein Feuer und scharf wie manche besonderen Paprikas. Grün ist sanft, ähnlich wie Gras oder Blätter, wenn sie leise Geräusche machen. Und Blau ist frisch, wie wenn ich meine Hand in Wasser stecke oder wenn die Sonne nicht am Himmel steht. Weiß ist kalt, so wie Schnee und Eis, und Braun ist irgendwie hart wie die Erdklumpen auf den Feldern.«

»Jede Farbe ist anders. Es gibt nicht nur ein Grün oder ein Rot«, knurrte Michael.

Amrei spürte, wie das Mädchen, das sich gegen sie gelehnt hatte, erschrocken zusammenzuckte. »Ist er das?«, fragte es.

»Ja. Das ist Michael. Er ist mein Bruder.«

Käthe wandte ihr Gesicht in die Richtung, aus der die Stimme des Mannes gekommen war. »Natürlich ist jede Farbe immer anders. Grün ist sanft. Eben wie Gras oder Blätter. Aber wenn es stürmt, sind ihre Geräusche lauter, und so kann Grün auch dunkler sein. Und wenn ich Blätter anfasse, fühlen sie sich auch unterschiedlich an – manche weich, manche pelzig, manche hart, andere haben Heine Stacheln. Und auch Rot ist immer anders. Ein Feuer ist sehr heiß. Aber wenn ich weiter weggehe, ist es nur warm. Und braun kann auch warm sein – wie Erde, wenn die Sonne darauf geschienen hat.«

»So«, gab Michael zurück.

»Bitte entschuldigen Sie, dass ich vorhin nicht besser aufgepasst habe, Herr Michael.«

Amrei wollte gerade einwenden, dass dieser Zusammenstoß nicht ihre Schuld gewesen sei, doch ihr Bruder kam ihr zuvor: »Das war nicht deine Schuld«, sagte er kurz angebunden. Dann fügte er hinzu: »Und deine Mutter hat recht: Ich kann seit einer Kriegsverletzung wirklich keine Farben mehr sehen.« Er rückte mit einem lauten Scharren den alten Stuhl über den Holzboden zurück und ging an Amrei vorbei aus der Küche.

Das Wasser kochte weiter vor sich hin, während Amrei ihrem Bruder nachblickte und Käthe, noch immer an sie gelehnt, den Kopf auf Amreis Schulter legte.

Schließlich flüsterte das Kind. »Jetzt hat er doch mal was gesagt.«

»Ja. Das hat er. Und du brauchst auch keine Angst vor ihm zu haben.«

»Das weiß ich jetzt.«

»Gut. Und ich danke dir, dass du mir und Michael das mit den Farben erklärt hast.«

Käthe hob den Kopf und lächelte sie an. »Mama hat gesagt, ich solle nicht Angst vor den sehenden Menschen haben, sondern ihnen helfen zu sehen, wie schön die Welt wirklich ist.«

Amrei lachte auf, drückte das Mädchen an sich und hob es dann von der Arbeitsfläche auf den Boden. »Warte bitte noch hier. Ich muss erst die Scherben im Flur aufkehren.«

Sie nahm einen Handbesen und die kleine Schaufel und verschwand im Flur, wo sie zu ihrem Erstaunen Michael antraf, der auf der Treppe saß.

»Weißt du, wohin Margot gegangen ist?«, fragte er sie leise, vermutlich weil er von den beiden Jungs im Eingangsbereich nicht gehört werden wollte.

»Nein, Michael. Und ich konnte mich auch nicht auf die Suche nach ihr machen. Ich kannte ja weder ihren Mädchennamen noch wusste ich, aus welcher Stadt sie überhaupt stammte.«

»Ich weiß.«

»Was wirst du tun?«

»Sie wird wiederkommen, wenn sie das will.«

»Sie hält dich aber für tot, Michael.«

»Vielleicht sollte ich ihren Eltern schreiben ... Allerdings weiß ich nicht, wie sie darauf reagieren würden. Immerhin haben wir sie damals nicht einmal zur Hochzeit eingeladen. Das sind furchtbar vornehme Leute, musst du wissen.«

»Ob sie das jetzt nach dem Krieg auch noch sind ...?«

Michael zog die Schultern hoch, stand auf und verschwand nach oben.

Kapitel 21

Gegen Nachmittag fuhr Angela auf den Hof der Pension. Amrei wusch sich gerade ihre Hände am Brunnen. Als sie ihre Freundin kommen sah, rieb sie die Hände an ihren Hosenbeinen trocken und eilte auf sie zu. »Was machst du schon hier?«, begrüßte sie sie und nahm die Arzttasche, die Angela ihr entgegenstreckte.

»Na, hör mal, ich habe doch einen wichtigen Patienten hier«, erwiderte die Frau. »Und wie geht es dem menschlichen Patienten?«

»Tom war mit Donald in Triberg. Der Fuß ist verstaucht, aber nicht gebrochen. Jetzt humpelt er hier durch die Gegend.«

»Gut«, meinte Angela und begrüßte Tom mit einem Lächeln, der gerade mit den beiden Jungs und Käthe im Schlepptau auf sie zukam.

»Was habt ihr denn angestellt?«, fragte Amrei, die durch das breite Grinsen auf Mickis Gesicht alarmiert war.

»Tom wollte dich etwas fragen.«

»Und das musste er vorher mit euch besprechen? Sehr verdächtig!«

»Nun mach schon, Tom«, ermutigte Klaus seinen großen Freund. Dabei legte er den Kopf ganz in den Nacken, damit er bis zu Toms Gesicht hinaufsehen konnte.

»Ich dachte, den Ponykrankenpflegern und der Ponykrankenschwester würde es guttun, wenn sie mal eine

Stunde rauskämen. Und wir haben uns überlegt, dass wir zusammen ausreiten könnten.«

»Sie? Sie mit den Kindern?« Amreis Tonfall lag irgendwo zwischen Entsetzen und Belustigung.

»Seht ihr? Was habe ich euch gesagt: Das erlaubt sie nie!«, brummte Tom den Kindern zu.

»Mensch, Tom. Wie willst du im Leben etwas erreichen, wenn du immer sofort aufgibst, wenn dir der Wind ins Gesicht bläst?!«, meinte Micki, woraufhin sich Amrei grinsend abwandte. Wie oft hatte sie diese Worte dem Jungen gegenüber gebraucht, wenn er lustlos über seinen Hausaufgaben gebrütet hatte!

»Ich setze Käthe vor mich und die beiden Jungs nehmen je ein Shetlandpony«, schlug Tom vor.

Amrei drehte sich um und musterte Tom mit zusammengezogenen Augenbrauen. Sie wusste, dass er ein guter, sicherer Reiter war, aber würde er gut genug auf die Kinder achtgeben?

»Oder sind die beiden Burschen für die Ponys schon zu groß?«, hakte Tom nach.

»Nein …«, erwiderte Amrei zögerlich.

Micki nahm die Gelegenheit sofort wahr: »Also dürfen wir. Danke, Amrei.« Der Junge schnappte Klaus am Hemd und gemeinsam liefen sie zu den Koppelzäunen hinüber. Käthe folgte ihnen etwas langsamer.

»Micki ist ohnehin verhältnismäßig klein, wenn ich da seinen großen Vater und seine hochgewachsene Tante anschaue«, lachte Tom.

»Der ist genau richtig!«, widersprach Amrei. »Sind Sie sicher, dass Sie sich das zutrauen?«

»Wir bleiben hier im Tal. Eine Weile folgen wir dem Fluss und dann reiten wir dort hinten an den beginnenden Berghängen entlang hinüber zu den Feldern und von dort zurück.«

»Also gut.« Amrei stimmte zu und wandte sich wieder an ihre Freundin, die die ganze Zeit über schweigend neben ihr gestanden hatte. »Konntest du auf dem Rathaus etwas erreichen?«

»Ich bin in eine außerordentliche Bürgerversammlung geplatzt, in der es um die Sturmschäden ging. Einige stimmten mir zu, dass die Landstraße endlich in einen ordentlichen Zustand gebracht werden sollte, aber der Bürgermeister hat wieder mal nicht mitgespielt …«

»Ich habe es befürchtet«, brummte Amrei.

»Der hat ja auch keine Probleme mit dem Weg. Die Straße, die zu seinem Haus führt, ist ja auch vor Kurzem erst vollständig neu asphaltiert worden. Die Schlaglöcher fangen direkt nach seiner Einfahrt an.«

»Nach seiner Einfahrt sagst du?« Amrei klang sehr interessiert.

»Ja. Sein Haus ist das letzte am Dorfrand, auf der linken Seite. Direkt danach ist die Straße so schlecht wie eh und je.«

»Ich werde mal den Mist auf den Anhänger laden.« Amrei ging mit großen Schritten davon.

Tom blickte Angela verwundert an. »Was hat der Misthaufen mit dem Bürgermeister zu tun?«

»Ich vermute mal, nichts. Aber wenn Amrei sich ärgert, fängt sie häufig an, eine schwere oder unangenehme Arbeit zu verrichten. Das lenkt sie ab.«

Amrei trat unterdessen in den Schuppen und stieg auf den alten Traktor, den sie nur selten benutzte. Zu ihrer Freude sprang der Motor sofort an. Der Schuppen füllte sich mit einer gewaltigen Abgaswolke und der Lärm des Gefährts schien die Holzwände regelrecht erzittern zu lassen. Sie fuhr auf den Hof hinaus, hängte den Anhänger an, mit dem sie gewöhnlich den natürlichen Dünger auf die Felder fuhr, und rangierte geschickt neben den Pferde- und Kuhmisthaufen.

Als sie den dröhnenden Motor abstellte und nach vorne blickte, sah sie, wie Käthe unter Mickis Anweisung die dunkel gefleckte Stute putzte und Klaus das andere Shetlandpony richtete. Tom führte gerade Salome von der Koppel und kam auf sie zu, während Amrei über das große Wagenrad abstieg.

»Ich habe Sie noch nie den Traktor benutzen sehen«, rief er schon von Weitem.

»Ich arbeite lieber mit den Pferden. Die sind viel leiser. Und ich vermute, dass der Traktor mir letztendlich mehr Haare vom Kopf fressen würde als ein Pferdegespann.«

»Ich beeile mich besser, mit den jungen Reitern hier wegzukommen. Die Tiere haben nicht gerade mit Begeisterung auf Ihr lautes Ungeheuer reagiert.«

Amrei nickte und machte sich daran, den Mist auf den Anhänger zu schaufeln.

Einen Tag später kam Angela wieder ungewöhnlich früh nach Hause, und diesmal konnte nicht Joschi der Grund dafür sein, denn das kleine Pony erholte sich erstaunlich gut. Es wurde noch in einer weich ausgepolsterten Einzelbox gehalten, doch es stand sicher auf allen vier Beinen, fraß ausreichend und begrüßte alle, die nach ihm sahen, mit einem fröhlichen Wiehern.

Tom räkelte sich auf einem Liegestuhl, richtete sich aber auf, als Angela zum Haus herüberkam.

Frau Sommer und Marlene Pfeifer hatten es sich ebenfalls in Liegestühlen gemütlich gemacht und lasen, während Donald am Tisch saß, sein verletztes Bein auf einem zweiten Stuhl ruhen ließ und mit Clemens Pfeifer und Herrn Sommer Skat spielte.

Herr Krummeisen war wie fast immer in den Tälern und Wäldern der Umgebung unterwegs, Melissa ritt die Strecke ab, die Tom gestern mit den Kindern erkundet hatte, und ebendiese spielten auf der Wiese im Schatten der Bäume.

»Amrei?«, rief Angela schon von Weitem nach ihrer Freundin.

Die Gerufene trat aus der Küchentür, gefolgt von Oma Wanner.

»Drei gute Neuigkeiten für dich.« Angela reichte der großen Frau zwei geöffnete Briefe. »Nummer eins und Nummer zwei sind: Du bekommst zwei neue Gäste. Einen jüngeren Mann und eine Frau.«

»Dann sind alle neun Gästezimmer belegt!«, jubelte Amrei und umarmte Oma Wanner.

»Und die dritte gute Nachricht?«, fragte Marlene, die ihr Buch mit den Seiten nach unten auf ihren Bauch gelegt hatte, neugierig.

»Ja, das ist etwas ganz Seltsames«, begann Angela.

Tom kniff ein Auge zu, um besser sehen zu können, da er von der hell vom wolkenlosen Himmel scheinenden Sonne geblendet wurde. Angelas Tonfall klang ungewohnt herausfordernd, und in dem Blick, den sie ihrer Freundin zuwarf, lag etwas Lauerndes.

»Obwohl der Bürgermeister sich gestern Morgen noch gegen eine Sanierung der Straße ausgesprochen hat, hat er sie heute in Auftrag gegeben«, erklärte die Tierärztin.

Amrei zuckte leichthin mit den Schultern und steckte die

Briefe in ihre Hosentaschen. »Prima«, lautete ihr knapper Kommentar, der kein bisschen verwundert klang.

Tom setzte sich auf und stellte die Füße links und rechts des Liegestuhles in das niedergetretene Gras.

»Erstaunlich, finde ich«, fuhr Angela fort. »Allerdings gab es gestern vor seinem Haus einen Unfall. Ein Traktor mit einer Wagenladung voll Mist im Anhänger wollte dort vorbei, aber der Anhänger kam durch die Schlaglöcher ins Kippen und der ganze Mist ergoss sich über die Auffahrt des Bürgermeisters, über sein Automobil, über die Blumenrabatte und spritzte sogar bis an die Hauswand.«

»Du meine Güte, was für eine Sauerei!«, entfuhr es Marlene.

Tom wandte leicht den Kopf, als er von Seiten der Kartenspieler mühsam unterdrücktes Gelächter hörte. Es war Clemens.

Dennoch ging sein Blick schnell zu Amrei zurück, die sich mit der Schulter gegen den Türrahmen gelehnt hatte, um Angela mit großen, unschuldigen Augen anzusehen.

»Es gab einen gewaltigen Menschenauflauf, vor allem, da der Bürgermeister so sehr tobte, dass es im ganzen Dorf zu hören war. Aber die Verursacherin des Unfalls erklärte sich für unschuldig und wies auf die unmöglichen tiefen Schlaglöcher in der Landstraße hin.«

»Recht hat sie«, meinte Herr Sommer. »Diese Straße ist wirklich eine Katastrophe.«

»Zumindest hat die Unfallverursacherin, nachdem ihr geholfen wurde, den Anhänger zurück auf die Räder zu stellen, der Frau Bürgermeister geholfen, einen Teil des Mistes zu entfernen und die Hauswand abzuschrubben.«

»Sehr anständig«, lobte Marlene und nahm ihr Buch wieder auf.

Angela wandte sich um. Im Davongehen sagte sie noch: »Ich frage mich nur, Annemarie Simon, weshalb jemand mit einer Fuhre Mist dort hinausfährt? Da gibt es weit und breit keine Felder!«

Jetzt platzte Clemens Pfeifer lauthals mit Lachen heraus und steckte auch seine Frau und Frau Sommer an. Tom hingegen konzentrierte sich voll auf Amrei, die noch immer gelassen am Türrahmen lehnte und den Heiterkeitsausbruch ihrer Gäste beobachtete.

Oma Wanner trat neben sie und tippte sie an der Schulter an. »Warst du nicht gestern auch mit dem Traktor und dem Hänger unterwegs, Kindchen?«

»Ja.«

»Schade, dass du da nicht vorbeigekommen bist. Du hättest deine Fuhre noch dazukippen können. Nur damit Friedrich weiß, wie dringend das mit der Straße ist.«

Als Amrei ihr erklärte, dass dies eine ganz ausgezeichnete Idee gewesen wäre, konnte auch Tom nicht mehr an sich halten und er lachte laut los.

Schließlich machte Amrei sich auf den Weg zum Stall, und als sie an Tom vorbeiging, klopfte sie ihm auf die Schulter, als wollte sie ihm sagen, er könne sich jetzt wieder beruhigen, und er registrierte diese von ihr ausgehende Berührung mit Freude.

Kapitel 22

Amrei saß hinter ihrem Schreibtisch und versuchte, die leidige Büroarbeit zu erledigen. Die Tür zum Flur hin stand offen, ebenso wie die beiden Fenster in dem kleinen Raum. Draußen schien die Sonne warm vom Himmel, und der schwache Windhauch, der durch die Fenster hineinstrich, tat unendlich gut.

Die Sommers, die vier Wochen in der Reitpension verbracht hatten, würden am nächsten Tag abreisen und sie musste ihre Rechnung fertig machen. Allerdings fiel es ihr schwer, der Familie neben den Übernachtungen und Mahlzeiten auch noch die Reitstunden zu berechnen; immerhin hatte Frau Sommer gelegentlich in der Küche ausgeholfen, Klaus war für Micki ein Freund geworden und die kleine Käthe war der Sonnenschein aller Anwesenden gewesen und hatte sogar Michael dazu gebracht, sich zumindest ein Mal mit einem Gast zu unterhalten.

Allerdings standen noch ein paar Ausgaben an: Sie wollte dringend die dunkle schwere Eingangstür mit Glasscheiben versehen lassen, sie hatte vor, draußen eine Terrasse entstehen zu lassen, denn der Rasen litt mächtig unter der fleißigen Nutzung der Gäste, und außerdem würde sie das Dach neu decken lassen müssen, denn nach dem kräftigen Gewitterregen hatte sich herausgestellt, dass in Toms Zimmer die Decke feucht geworden war. Die Frage war nur, ob das Dach dieses Mal mit Ziegeln oder wie bisher mit Stroh gedeckt werden sollte. Die junge Frau legte den Stift beiseite und fuhr sich mit beiden Händen über das Gesicht. Diese Büroarbeit ermüdete sie. Viel lieber wäre sie jetzt bei den Tieren oder auf dem Feld, als hinter diesem vollgestapelten Schreibtisch, der förmlich danach schrie, einmal ausgemistet zu werden.

Amrei legte die begonnene Rechnung beiseite und zog drei Briefe hervor, die Angebote für eine Holzlieferung für die geplante Terrasse enthielten. Sie waren die Antwort auf eine von ihr in der Zeitung veröffentlichte Ausschreibung.

Sorgfältig las sie noch einmal das erste und auch das zweite Angebot durch. Zwar lief ihre Pension inzwischen gut, doch ob sie sich solch enorme Ausgaben leisten konnte, war äußerst fraglich. Und sie musste ja auch noch die Kosten für den Transport des Holzes dazurechnen. Seufzend öffnete sie auch den dritten Umschlag, der ein Angebot vom Mühlensepp enthielt, das sie bisher ignoriert hatte.

Amrei kniff die Augen zusammen. Josef Brunner bot ihr das benötigte Holz zu einem mehr als fairen Preis an und den Transport von dem sehr nahe gelegenen holzverarbeitenden Betrieb bis zu ihrer Pension würde sie mithilfe der Schwarzwälder selbstständig durchführen können. Aus rein finanziellen Gründen *musste* sie sich für dieses Angebot entscheiden, aber sie konnte sich im Moment noch nicht dazu durchringen. Also schob sie auch die Briefe von sich.

Ihre Hände krallten sich fest um den Stift. Ob sie jemals die Erinnerung an den Angriff durch den Mühlensepp vergessen würde? Schon allein deshalb war es besser, sein Angebot zu ignorieren, damit sie nichts mehr mit diesem Mann zu tun haben müsste. Oder war dies womöglich seine Art, sich bei ihr zu entschuldigen?

Erneut von den schrecklichen Erinnerungen gequält, die

sich tief in ihr Gedächtnis eingegraben hatten, grübelte sie vor sich hin, bis ihr der Stift aus der Hand fiel und unter einem Stapel Papiere verschwand. Amrei griff nach ihm und entdeckte dabei eine kleine Mappe. Sie zog sie hervor und betrachtete verwundert das Zeugnisheft ihres Neffen.

Sie lehnte sich weit in ihrem Stuhl zurück. Natürlich hatte der Junge vor den Sommerferien sein Zeugnis erhalten, doch sie hatte nie danach gefragt. Hatte er es aus Enttäuschung über ihr mangelndes Interesse einfach auf ihrem Schreibtisch deponiert?

Amrei schlug das Heft auf und erstarrte. Die Noten waren durch die Bank miserabel und der Vermerk »Nicht versetzt« sprang ihr förmlich ins Gesicht. Jetzt war ihr klar, weshalb der Junge sein Zeugnis hier versteckt hatte.

»Micki!«, rief sie und ihre tiefe, kratzende Stimme drang drohend durch den Flur.

Amrei rückte laut scharrend den Stuhl zurück und stürmte aus dem Raum. Mit schweren Schritten eilte sie zur Küche, vorbei an der aufgeschreckten Oma Wanner und von dort aus der Nebentür hinaus auf den Hof.

Hier schlug ihr erst einmal die warme Luft entgegen und raubte ihr für einen Moment den Atem.

Amrei entdeckte Micki und Klaus zwischen den Trauerweiden an der Gutach. Mit weit ausholenden Schritten, das Zeugnisheft in der Hand, ging sie auf die beiden Jungen zu, die sehr schnell auf sie aufmerksam wurden.

Mickis Blick fiel sofort auf die Mappe in der Hand seiner Tante. Er sagte etwas zu Klaus, der daraufhin beinahe fluchtartig an Amrei vorbei in Richtung Haus stürmte.

»Was hat das zu bedeuten?«, fuhr sie Micki an, der nach wie vor breitbeinig in den kühlen Fluten des Flusses stand.

Der Junge stemmte die Hände in die Hüften und schaute

zu seiner Tante hinauf. »Die Lehrer mögen mich nicht. Dauernd werde ich vor die Tür gestellt oder muss als Sündenbock herhalten.«

»Das wird seinen Grund haben.«

»Ja. Meine Tante ist der Grund!«

»Jetzt werd nicht unverschämt.«

»Ich kann nichts richtig machen.«

»Ich rede nicht von den Noten, sondern davon, dass du das Zeugnis versteckst.«

Micki blinzelte irritiert zu ihr hinauf, ehe er betroffen den Blick senkte. Einen Moment herrschte Schweigen zwischen ihnen. »Es tut mir leid, Amrei«, sagte er schuldbewusst. »Ich hatte solche Angst.«

»Vor mir, Micki? Musst du dich vor mir fürchten?«

»Ich wollte dich nicht enttäuschen.«

»Das tust du, indem du das Zeugnis vor mir versteckst. Ich weiß, dass du ein gescheiter Kerl bist. Diese Noten sind nicht in Ordnung. Es ist aber auch nicht in Ordnung, dass du nicht mit mir darüber sprichst. Das tut mir weh, Micki.«

Amrei schnürte es das Herz zusammen als sie sah, wie dem Jungen die Tränen über die Wangen rollten. »Komm mal her«, bat sie ihn, woraufhin sich Micki vorsichtig über die Flusssteine bis an das Ufer tastete, um dann die Böschung hinaufzusteigen.

Nebeneinander ließen sie sich in die abschüssige Wiese fallen.

»Was ist passiert? Ich weiß, dass du keine Mühe hast, den Unterrichtsstoff zu bewältigen. Du bist intelligent, Micki.«

Der Junge legte seinen Kopf an ihren Arm, und schweigend beobachtete er, wie ein paar zerfledderte einsame Wolken träge über den blauen Himmel hinwegzogen. »Für jeden Streich, den irgendjemand macht, bekomme ich die

Schuld in die Schuhe geschoben. Einmal sogar an einem Tag, an dem ich krank und gar nicht in der Schule war.«

Amrei nickte. Micki war hin und wieder aufgefallen, weil er irgendwelchen Schabernack getrieben hatte. Sie hatte darüber lachen können, die Lehrer allerdings weniger. Und ihr eigener Ruf trug sicherlich dazu bei, dass Micki Simon mit Misstrauen beobachtet wurde. Das hatte Margot ja schon vor Jahren kommen sehen.

»Bei einem Elterngespräch hast du meinen Klassenlehrer rundgemacht. Erinnerst du dich? Er hat dir vorgeworfen, dass du mit deinem Benehmen ein schlechtes Vorbild für mich seist. Seitdem hat er mich in fast jeder Stunde aus dem Zimmer geworfen. Sogar bei Klassenarbeiten hat er mich rausgestellt und ich habe eine Fünf kassiert.«

Alle Schwierigkeiten, die der Junge in der Schule zu erleiden hatte, sprudelten jetzt, da er zu erzählen begonnen hatte, regelrecht aus Micki heraus, und Amrei hörte still, vor allem aber fassungslos zu.

Als er geendet hatte, legte sich ein langes Schweigen zwischen sie. Amrei kämpfte gegen ihre Wut an. Wie kamen die Erwachsenen dazu, den Jungen dafür leiden zu lassen, dass seine Tante einen schlechten Ruf hatte und gelegentlich deutlich und ungefärbt sagte, was sie dachte? Warum ließ man diesem intelligenten Kind nicht die Möglichkeit, zu zeigen, was es konnte, sondern stempelte es wegen ein paar harmloser Streiche als Unruhestifter ab?

Amrei schloss die Augen und bat Gott um Ruhe und die richtigen Worte. Sie wollte keinen neuen Zorn mit sich herumtragen, und vor allem war Micki nicht damit geholfen, wenn sie jetzt über die Lehrer herzog.

»Ich könnte noch mal mit den Lehrern reden«, schlug sie vor.

»Bloß das nicht!«, stieß Micki aus und setzte sich ruckartig auf.

»Oder dein Vater.«

»Welcher Vater?«, gab Micki bissig zurück. Er sprang auf die Füße und trat mit dem nackten Fuß gegen den Stamm einer Birke. Amrei sah zu, wie er wieder und wieder den Stamm traktierte, und vergrub ihr Gesicht in ihren Händen. Der Junge war ein Opfer, ein Opfer des Krieges, der seinen Vater, seine Mutter und sie verändert hatte – und dabei war er der Unschuldigste von ihnen.

»Vielleicht gibt es eine Möglichkeit, dass du eine Prüfung machst, damit du zeigen kannst, dass du den Unterrichtsstoff sehr wohl beherrschst und –«

»Ich kann ihn nicht, Amrei. Ich stand viel zu oft draußen vor der Tür.«

Amrei seufzte. »Dann bleibt dir nur, die Klasse zu wiederholen und dabei zu zeigen, was du wirklich kannst.«

»Wenn sie mich lassen«, lautete die nicht sehr hoffnungsvolle Antwort.

»Ich werde dafür sorgen, dass sie dich lassen.«

»Sicher.« Micki Stimme klang fast schon sarkastisch.

»Schau mich an, Micki«, bat Amrei, und als er sich zu ihr umdrehte, war sie erleichtert, ein zaghaftes Grinsen auf seinem Gesicht zu sehen.

»Vielleicht kann ich helfen«, drang eine männliche Stimme zwischen den Ästen der Weide hindurch.

Amrei und Micki wandten sich erschrocken um.

Tom trat zwischen den Bäumen hindurch und setzte sich einfach neben Amrei.

»Wo kommen Sie denn her?«, wollte die junge Frau wissen und klang dabei nicht gerade freundlich. Sie hatte nicht damit gerechnet, dass jemand ihr Gespräch mit anhörte.

»Ich lag schon länger dort drüben unter der Weide.«

»Das ist mein Platz!«, begehrte Amrei auf.

»Okay. Aber um diese Zeit sind Sie sonst viel zu beschäftigt, um dort zu sein.«

»Beobachten Sie mich etwa?«

»Ununterbrochen.«

Amrei musterte das kantige Gesicht mit dem Grübchen im Kinn. Es hatte fast so geklungen, als habe er das durchaus ernst gemeint. Wieder spürte sie dieses seltsame, verwirrende Kribbeln in ihrem Inneren, das es ihr schwer machte, sich zu konzentrieren.

»Ich könnte in den Ferien mit Micki den Stoff des vergangenen Schuljahres wiederholen. Wenn die Lehrer nach den Ferien bemerken, dass er alles schon kann, werden sie ihn sicherlich eine Klasse weiterlassen.«

»Wie sollten Sie das können? Ihre Schulzeit dürfte auch schon ein bis zwei Jahre her sein?«

»Ich bin Lehrer. Okay, ich komme frisch von der Uni, aber immerhin …«

»Was?« Amrei begann schallend zu lachen und auch auf Mickis Gesicht zeigte sich sein freches, breites Grinsen.

»Lachen Sie mich jetzt aus?«

»Ja.«

»Weshalb?«

»Sie machen sich ja auch lustig über mich.«

»Ganz und gar nicht. Okay, zumindest nicht im Augenblick.« Amrei beruhigte sich allmählich und musterte den jungen Mann neben sich.

»Ich bin Gymnasiallehrer für Englisch und Mathematik.«

»Ja, und ich bin die Kaiserin von China.«

»Ich habe Englisch, Sport und Mathematik auf Lehramt studiert, ein paar Jahre davon in New York.«

Die Ernsthaftigkeit in seiner Stimme ließ Amrei die Augenbrauen heben. »Ich dachte, Sie hätten so sinnvolle Dinge wie die Kunstgeschichte der Primaten im 14. Jahrhundert oder fotografische Neuerung während der Steinzeit studiert.«

Toms verblüffter Gesichtsausdruck rief bei Micki einen Heiterkeitsausbruch hervor.

»Wie kommen Sie denn auf *die* Idee?«

»Na, Ihr Dies-und-das-Studium, und da Sie Künstler sind…«

»Ob Sie mich da nicht mit jemandem verwechseln?«, brummte Tom und Amrei schüttelte lachend den Kopf.

»Wir vergessen jetzt mal die unqualifizierten Sprüche deiner Tante, Micki. Was hältst du von meinem Vorschlag?«

Doch ehe Micki antworten konnte, sagte Amrei: »Ich weiß nicht, ob ich meinem Neffen Ihren unqualifizierten Unterricht zumuten soll.

»Bitte, Amrei. Das wird bestimmt lustig«, bettelte Micki.

»Das soll nicht lustig sein, sondern etwas bewirken«, rügte sie den Jungen.

»Das kann es aber nur, wenn Sie uns lassen«, erwiderte Tom.

Amrei seufzte. »Nun ja, schlimmer werden kann es ja wohl kaum.«

»Vielen Dank für Ihr Vertrauen«, konterte Tom erstaunlich gelassen, schnappte sich das Zeugnis und bedeutete Micki, ihm zu folgen.

Amrei blieb allein zurück und beobachtete den Flug zweier blau schillernder Libellen über dem weiß schäumenden, rauschenden Wasser. Was hatte dieser Cowboy eigentlich vor? Wollte er sich hier unentbehrlich machen? Und wie lange hatte er eigentlich noch vor zu bleiben? Beunruhigt stellte sie fest, dass seine Gegenwart sie so sehr aufwühlte, dass sie ihn einerseits gerne los wäre, dass andererseits der Gedanke an seine Abreise einen seltsamen schweren Schmerz in ihrem Inneren auszulösen schien.

Sie verdrängte energisch ihre Überlegungen und widmete sich stattdessen wieder der Frage, ob sie auf das Angebot von Josef Brunner eingehen sollte. Nach ein paar Minuten entschloss sie sich, all ihren unguten Gefühlen zum Trotz zu ihm hinüberzureiten und abzuklären, ob sein verlockend günstiges Angebot wirklich ernst gemeint war.

Kapitel 23

Amrei legte dem Hengst den Sattel auf, rückte diesen zurecht und bückte sich, um nach dem Sattelgurt zu greifen. In diesem Moment wurde sie angesprochen. Erschrocken fuhr sie herum.

Frau Sommer lächelte sie entschuldigend an. »Ich wollte Sie nicht erschrecken, Fräulein Amrei.«

»Ich war nur in Gedanken«, erwiderte Amrei und nahm Schneesturm fester am Zügel, da er nervös zu tänzeln begann.

»Sie grübeln viel heute.« Frau Sommer trat vorsichtshalber ein paar Schritte von dem temperamentvollen Hengst zurück. »Ich habe die Rechnung an uns auf Ihrem Schreibtisch liegen sehen, als ich Sie gesucht habe«, begann die Frau, und Amrei spürte, dass sich ihre Muskeln anspannten. War die Auflistung zu hoch, obwohl sie noch nicht einmal die Reitstunden berücksichtigt hatte? Musste sie sich jetzt etwa mit der freundlichen Frau um die Rechnung streiten?

»Wie gesagt, ich habe nach Ihnen gesucht«, fuhr Frau Sommer fort. »Und dabei auch in Ihr Büro geschaut … Die Tür stand offen, und da der Tisch so nah am Eingang steht, fiel mein Blick gleich auf die Rechnung … Was ich eigentlich sagen wollte, ist: Sie dürfen in keinem Fall die Reitstunden vergessen, die Sie und Micki unseren Kindern erteilt haben, Fräulein Amrei.«

Amrei lächelte erleichtert. Wenn sie noch mehr Gäste wie

die Familie Sommer hier beherbergen durfte, konnte sie sich glücklich schätzen.

»Und ich hätte noch einen Wunsch. Wir würden heute zum Abschied gerne ein kleines Fest feiern. Mit Lampions, Musik und so weiter. Denken Sie, das würde gehen? Natürlich dürfen Sie uns die Unkosten in Rechnung stellen.«

Amrei lehnte sich mit dem Rücken gegen den muskulösen Körper des Hengstes und betrachtete das Haupthaus mit den davor aufgestellten Gartenmöbeln. Ein Fest hatte es hier noch nie gegeben. Nicht, soweit sie sich erinnern konnte. Mit Sicherheit würde es hübsch aussehen, wenn ein paar bunte Lampions und Girlanden zwischen dem Haupthaus und den Staulungen aufgehängt werden würden.

»Mein Mann, Frau Pfeifer und ich würden uns um alles kümmern. Oma Wanner hat sich bereiterklärt, ein paar Hühner zu opfern, die wir über einem offenen Feuer grillen können. Das würde Herr Pfeifer übernehmen. So haben Sie kaum zusätzliche Arbeit.«

»Sie haben mich schon längst überzeugt, Frau Sommer.«

»Fein!«, jubelte die Frau, trat näher, drückte kurz Amreis freie Hand und lief schnell davon.

Wie ein glückliches Kind, dachte Amrei und fühlte sich im Moment weitaus älter als diese Frau und Mutter von zwei Kindern.

Sie sattelte das Pferd fertig und hievte sich mit viel Schwung auf seinen Rücken. Die grauen Ohren des Tieres drehten sich vor und zurück, und es setzte sich in Bewegung, ehe seine Reiterin überhaupt richtig saß.

Als Amrei den weitläufigen Platz des Sägewerks erreichte, blieb sie auf dem Hengst sitzen und sah sich prüfend um. Das Kreischen der Säge unter der Überdachung ließ Schneesturm eine Pirouette drehen, doch Amrei konnte ihn so weit beruhigen, dass er nicht durchging.

Eigentlich sollte sie absteigen und das Pferd weiter entfernt anbinden, doch sie war nicht gewillt, sich ihre Chance auf die schnellstmögliche Flucht zu nehmen, wenn sie sich mit Joseph Brunner unterhielt. Also sprach sie beruhigend auf das Tier ein, während sie es näher an die surrende und laut kreischende große Säge hinüberlenkte.

Endlich wurde der Mechanismus abgestellt und der stämmige Mann tauchte unter dem niedrigen Holzdach auf. Er beschattete mit seiner Hand seine Augen, und als Amrei ein Grinsen über sein Gesicht huschen sah, wäre sie am liebsten im fliegenden Galopp geflohen.

Langsam kam der Mann näher. Als er noch etwa zehn Schritte entfernt war, erlaubte Amrei dem Hengst, auf den Mann zuzugehen.

Dieser stoppte sofort und wich sogar ein paar Schritte nach hinten aus. »Halt mir diesen Teufel vom Leib, Pferde-Amrei«, bellte er in ihre Richtung.

Amrei ging darauf nicht ein, sondern kam sofort auf den Grund ihres Besuchs zu sprechen: »Ich komme wegen des Holz-Angebotes.«

»Ein guter Preis.«

»Geht so.«

»Dann sind wir uns einig?«

»Ich hole das Holz selbst. Dafür gibt es noch mal fünf Prozent Abzug.«

»Ich hatte damit gerechnet, dass du es selbst holst. Es ist kein Transport im Preis enthalten.«

Amrei widersprach nicht, aber den Versuch, den Preis noch einmal zu drücken, war es wert gewesen. Da sie so schnell wie nur irgend möglich aus seiner Gegenwart verschwinden wollte, nickte sie zustimmend. »Ich will einen schriftlichen Vertrag.«

»Kriegst du, Pferde-Amrei. Ich bringe ihn in den nächsten Tagen vorbei.«

»Sie haben auf meinem Hof nichts zu suchen. Ich will ihn jetzt gleich.«

»Das kann dauern.«

»Weshalb? Schreiben können Sie doch.«

»Freche Göre!«, knurrte der Mühlensepp. Er ging in einem großen Bogen an ihr und dem Pferd vorbei und verschwand im Haus. Kurz darauf kam er mit einigen Blättern Papier in der Hand zurück. Aus respektvollem Abstand streckte er ihr die schriftlich verfasste Abmachung entgegen.

Sie bewegte Schneesturm in seine Richtung, ritt an dem Mann vorbei und griff dabei nach den Papieren und einem Tintenbleistift. In sicherer Entfernung hielt sie das Pferd an und las die vermerkten Zahlen und die beigefügten Worte. Sie unterschrieb beide Bögen und legte einen von ihnen zusammen, um ihn in ihre Hosentasche zu stecken. Den zweiten Vertrag reichte sie, wieder im Vorbeireiten, dem Mann zurück.

»Dann ist ja alles klar. Du kannst das Holz in zwei Tagen abholen.«

»In Ordnung.«

Amrei wendete Schneesturm und lenkte ihn in Richtung Waldweg zurück, wobei ihre Aufmerksamkeit vollständig auf verdächtige Bewegungen hinter sich gerichtet war, doch der Mann schien sich nicht von der Stelle zu rühren, bis sie sein Grundstück verlassen hatte.

Sie drehte sich noch einmal um, bevor sie im Wald verschwand, und sah, wie der Mühlensepp zurück an seine Säge ging. Erleichtert atmete sie auf. Die Begegnung war ohne Zwischenfall vonstattengegangen. Vielleicht war der günstige Preis ja tatsächlich als eine Art Friedensangebot an sie zu verstehen…

Tom schob das Hemd in den Hosenbund und betrachtete sich prüfend in dem kleinen Spiegel, der innen an der Schranktür befestigt war. Er trug eine eher einfache Hose, und das Hemd würde er ohne Jackett darüber tragen, was bei diesem kleinen Landfest bestimmt angebrachter war als seine sonst übliche Festgarderobe. Er verzichtete auf eine Krawatte, kämmte sich die Haare und verließ dann sein Zimmer, das nach dem Regen noch immer feucht roch.

Aus dem gegenüberliegenden Zimmer trat fast zeitgleich Herr Krummeisen.

Tom ließ dem älteren Herrn den Vortritt.

»Na, da sind wir mal auf dieses Landpomeranzenfest gespannt, nicht wahr, Herr Hedding?«

Tom erwiderte nichts, denn es ärgerte ihn, mit welcher herablassenden Art der Mann die Bemühungen der Pension sowie die Planungen von Frau Sommer verurteilte. Dabei wusste er nur zu gut, dass er sich noch vor Kurzem ebenso abschätzig geäußert hätte.

Als er hinter Herr Krummeisen das Haus verließ, staunte er über die Menge der anwesenden Gäste. Offensichtlich waren auch Leute aus dem Dorf eingeladen worden, denn er erkannte die Krämerin und auch Iris Brün und ihre Mutter unter den etwas abseits stehenden Personen. Angela und

Oma Wanner waren darum bemüht, die Gäste aus dem Dorf hinüber zu den Tischen zu geleiten, damit sie sich unter die Pensionsgäste mischten. Wie nicht anders zu erwarten, gesellte sich Michael, Amreis Bruder, auch an diesem Tag weder zu den Pensionsgästen noch zu den Menschen aus dem Dorf.

Der verführerische Duft von Grillhähnchen wehte vom Feuer herüber, an dem ein rotgesichtiger Clemens Pfeifer dafür sorgte, dass diese nicht anbrannten.

Tom lehnte sich neben der Tür mit dem Rücken an die Hauswand und beobachtete die vorsichtige Annäherung zwischen der Dorfbevölkerung und den Gästen der Pension. Dabei entdeckte er vor dem Brunnen eine stämmige Frau in altmodisch wirkender Tracht, die sich im Gespräch mit einer jüngeren Frau in einem modernen bunten Sommerkleid befand. Beide schienen sich nicht zu den Sitzgelegenheiten locken lassen zu wollen. Die ältere Frau gestikulierte heftig, während die jüngere, die ihm den Rücken zugedreht hatte, offenbar beruhigend auf sie einsprach. Irgendetwas an der Jüngeren zog seinen Blick zu ihr hin.

Der Wind spielte mit den offenen braunen Haaren, die seitlich aufgesteckt worden waren und ihr bis an die Hüften reichten. Als sie sich umdrehte, erstarrte Tom förmlich. Bei der adretten Erscheinung handelte es sich tatsächlich um die Pferde-Amrei. Ihr Gesicht wurde von den offenen Haaren umspielt, was sie sehr weich wirken ließ, während das modische Sommerkleid ihre doch vorhandenen weiblichen Formen hervorhob.

Jemand hakte sich bei ihm unter und nur mühsam löste er den Blick von Amrei, um zu sehen, wer sich da zu ihm gesellt hatte.

Oma Wanner, die sich schwer auf seinen Arm stützte,

hatte ihre Augen ebenfalls auf die junge Frau gerichtet. »Ist sie nicht eine Schönheit, meine Amrei?«, flüsterte sie.

»Erstaunlich, diese Verwandlung.« Tom sah Amrei nur zu gern wieder an.

»Das Kleid hat Angela ihr besorgt. Die beiden haben sich beinahe geprügelt, ehe Amrei es angezogen hat.«

»Angelas Einsatz hat sich gelohnt.«

»Sie hat dem Mädchen damit gedroht, auszuziehen und alle ihre Bemühungen um Amreis Tiere in Rechnung zu stellen, wenn sie das Sommerkleid heute Abend nicht tragen würde.«

Tom grinste breit. Dieser Diskussion hätte er gerne beigewohnt!

Oma Wanner drückte seinen Arm. »Und es wirkt! Kannst du sehen, wie dieser Engländer sie beobachtet? Nicht einen Augenblick kann er sie aus den Augen lassen!«

Toms Grinsen verschwand augenblicklich. Tatsächlich ignorierte Donald Bridge sämtliche Versuche seiner Schwester und der Dorfbewohner, sich mit ihm zu unterhalten. Seine ganze Konzentration und Aufmerksamkeit war ausschließlich auf die große schlanke Frau gerichtet.

Tom brummte unwillig vor sich hin und ließ Oma Wanner stehen. Was er nicht sah, war, dass diese sich vergnügt lächelnd ihre alten, rauen Hände rieb.

Zielsicher steuerte er auf Amrei und die ältere Dame zu. Als die ihm fremde Frau ihn kommen sah, lächelte sie ihm grüßend entgegen, und so wandte sich auch Amrei nach ihm um. Ihr Anblick ließ ihn erneut beinahe nach Luft schnappen. Amreis Lächeln war so verlegen und gleichzeitig so verletzlich, dass es ihn alle Mühe kostete, sie nicht schützend in die Arme zu nehmen, In diesem Moment wurde ihm Klar, dass er für sie praktisch alles tun würde. »Sie sehen bezaubernd aus, Pferde-Amrei«, raunte er ihr zu.

»Noch ein Wort und Sie –«

»Wie schön, dass Sie sich auch der Kleidung entsprechend zu benehmen wissen. Sie wollten mir doch sicherlich gerade Ihre Gesprächspartnerin vorstellen?«

Tom lächelte die ältere Dame an, die die nicht gerade leise geführte Unterhaltung mit angehört hatte und neugierig von ihm zu Amrei blickte. Wie er nicht anders erwartet hatte, lächelte sie zurück. Er hatte diese Wirkung auf Frauen – außer vielleicht auf Amrei.

»Das ist Tom Hedding, einer meiner Pensionsgäste. Unsere Frau Bürgermeister, Frau Friedrich«, stellte Amrei die beiden einander vor.

Tom spielte seinen ganzen Charme aus, indem er Frau Friedrichs Hand nahm und einen Handkuss andeutete.

Ein Stoß in seiner Seite veranlasste ihn, sich Amrei zuzuwenden, die zischte: »Benehmen Sie sich gefälligst.«

»Benimm-Regeln habe ich mit der Muttermilch aufgenommen.«

»Und mit der ersten festen Nahrung vergessen?«

»Das sagt die Richtige.«

Sie warf ihm noch einen warnenden Blick zu, drehte sich um und ging zu Micki und Klaus hinüber, die gleich die selbst gebastelten Lampions entzünden wollten.

»So ist sie, unsere Pferde-Amrei, Herr Hedding«, lachte die Bürgermeisterfrau. »Ich war vollkommen überwältigt, als ich hörte, dass sie heute Abend ein Fest veranstaltet. So etwas hat es hier auf dem Hof seit der Hochzeit ihrer Eltern nicht mehr gegeben. Aber sagen Sie mal… Hedding… Haben Sie etwas mit der Hotelkette –«

Tom ließ sie den Satz nicht beenden und nahm die Frau des Bürgermeisters am Arm, um sie in Richtung der Tische davonzuführen. Noch war er nicht gewillt, seine wahre

Identität preiszugeben, obwohl er längst wusste, dass es nichts Negatives über die Familie Simon und deren Pension zu berichten gab. Aber er fürchtete sich ein bisschen davor, die kleine Verwechslung aufzulösen – und dem anspruchsvollen Gast Krummeisen, der für den Pensionstester gehalten wurde, tat die Extraportion Aufmerksamkeit und Rücksichtnahme, die ihm dadurch zuteilwurde, ganz gut.

Amrei saß unter den im leichten Abendwind sanft schaukelnden bunten Papierlampions und beobachtete ihre Gäste, die sich sichtlich wohlfühlten und den Abend zu genießen schienen.

Der Bürgermeister und seine Frau hatten eine Kiste Wein spendiert, und dieser schimmerte nun dunkelrot in den alten, etwas abgeschlagenen Weingläsern, die sie und Angela aus dem hintersten Winkel eines Schrankes gezogen hatten.

Klaus und Käthe hatten unter Mickis Leitung gezeigt, was sie im Reitunterricht gelernt hatten, und viel Beifall erhalten. Jetzt saßen sie bei ihren geliebten Ponys auf der Weide, um die Erwachsenen aus der Entfernung zu beobachten.

Iris und ein paar ihrer Freundinnen scharten sich um Tom, der Geschichten aus Amerika zum Besten gab und die ungeteilte Aufmerksamkeit der Frauen zu genießen schien, obwohl Amrei durchaus bemerkte, dass sein Blick mehrmals zu ihr herüberwanderte. Sie wusste nicht, wie sie das Gefühl beschreiben sollte, das sie dabei überkam. Es war kein unangenehmes, aber dennoch verwirrte es sie auf eigenartige Weise.

Eine Bewegung neben ihr ließ sie aufsehen. Donald Bridge setzte sich zu ihr auf die Holzbank, die aus der Küche ins Freie gebracht worden war.

»Meine Schwester und ich werden bald abreisen.«

Amrei musste sich anstrengen, um sein gebrochenes Deutsch verstehen zu können.

»Ich muss Ihnen etwas mitteilen … wegen Melissas Stute.«

Amrei hob die Augenbrauen. Die Bemühungen der beiden, Melissas Vollblut an ihre Stuten zu gewöhnen, hatte sie nie verstanden, wohl aber den nachfolgenden Versuch, die Stute mit dem Hengst zusammenzubringen. Vermutlich hatten sie darauf gehofft, Melissas Stute von dem Hengst decken lassen zu können. Amrei hatte nie danach gefragt, doch wenn Donald dieses Thema jetzt zur Sprache brachte, würde sie darauf reagieren müssen und eine Deckgebühr verlangen.

»Es war der Wunsch meiner Schwester, das Tier mitzubringen. Sie möchte Ihnen Brown Eve schenken, als –«

Amrei fuhr auf. »Das geht nicht!«

»Bitte, Fräulein Amrei. Melissa möchte es so. Als Dankeschön dafür, dass Sie mir das Leben gerettet haben.«

Amrei schwieg. Sie wollte mit Donald nicht darüber sprechen, dass er in gewisser Weise auch das ihre gerettet hatte. »Ich kann die Stute unmöglich annehmen. Sie haben mir im Stall geholfen und –«

Donald Bridge rückte näher. »Das weiß sie. Dennoch bittet sie darum, dass Sie die Stute als Geschenk annehmen.«

Amrei versteifte sich. Ihr war unwohl, wenn er ihr so nahekam. Außerdem sah sie keinen Anlass dafür, dass Melissa ihr ihre wertvolle Stute zum Geschenk machte. Ihr unruhiger Blick traf den von Tom, der seine Erzählung inzwischen beendet hatte. Warum schaute er sie so seltsam an?

Donald rief sich wieder in Erinnerung. »Verstehen Sie denn nicht, Fräulein Amrei? Ich habe die Flucht trotz meiner Verletzung gewagt, weil meine Großmutter Jüdin war. Was glauben Sie, was die Nazis mit mir gemacht hätten, wenn … Sie haben damals nicht nur einen geflohenen englischen Leutnant versteckt, sondern auch einen Juden.«

»Das wusste ich aber nicht.«

»Aber ich. Und ich habe es Ihnen zugemutet. Bitte nehmen Sie das Pferd meiner Schwester. Sie brauchen eine neue Stute, um die Zucht fortführen zu können. Sie ist ein reines englisches Vollblut mit Papieren.«

Amrei zögerte einen Moment, dann meinte sie: »In Ordnung. Ich nehme sie … unter einer Bedingung.«

»Und die wäre?«

»Das erste Fohlen bekommt Ihre Schwester.«

Der Mann nickte, rückte noch näher und flüsterte: »Eigentlich hatte ich gehofft, die Stute wieder mit nach England nehmen zu können – mit Ihnen, Fräulein Amrei.«

Amrei war kurz davor, die Flucht anzutreten. Nervös zupfte sie am Saum ihres Kleides herum und zog diesen so weit wie möglich über ihre Knie.

»Ich fürchte nur, dieser ungehobelte Cowboy …« Donald vollendete seinen Satz nicht, und Amrei wandte den Kopf, um zu Tom hinüberzusehen. Sein Platz war verwaist. Sie ließ ihren Blick suchend über die Gäste schweifen, die sich nach wie vor angeregt miteinander unterhielten, gleichgültig, ob sie aus dem Dorf oder aus der Pension waren. Schließlich sah sie Tom, der sich ihrer Bank näherte.

Was sollte sie nun tun? Zum ersten Mal gestand Amrei sich ein, dass es hier zwei Männer gab, die sich in sehr unterschiedlicher Art um sie bemühten, und diese Erkenntnis versetzte sie in Panik. Sie hatte keine Ahnung, wie sie damit umgehen sollte. Also tat sie das Einzige, was ihr einfiel: Sie trat nun doch die Flucht an!

Eilig erhob sie sich, doch sie kam nicht weit, denn Tom stellte sich ihr in den Weg.

»Hat er Sie bedrängt?«

»Nicht mehr als Sie gerade.«

»Sie sahen sehr erschrocken aus.«

»Das kann schon sein. Möglicherweise weil ich gerade von den Bridges eine Stute geschenkt bekommen habe.«

»Weshalb sollten sie das tun?«

»Aus Dankbarkeit.«

»Für den schlechten Service hier und die feuchten Zimmer? Ach, ich vergaß: Es hat ja nur in *mein* Zimmer geregnet.«

»Sobald die Sommers und die Bridges bezahlt haben, wird das Dach repariert.«

»Hoffen wir, dass es vorher nicht noch einmal regnet, sonst könnte es sein, dass ich in meinem Bett ertrinke.«

»Dann reisen Sie doch ab. Nach Begleichung Ihrer Rechnung kann ich mir noch ein paar Reparaturen leisten.«

»Wie gut, dass ich inzwischen weiß, dass Sie hinter Ihren giftigen Bemerkungen Zuneigung verstecken.«

»Dann hüten Sie sich vor dem Tag, an dem ich liebenswert zu Ihnen bin, Cowboy!« Damit ließ sie auch ihn stehen und lief ins Haus. Er schien sie mittlerweile so gut zu kennen, dass er ihr ins Herz blicken konnte, und das erschreckte sie. Angela hatte ihr mitgeteilt, dass sie Tom von ihren Erlebnissen im Krieg erzählt hatte. Zunächst war sie darüber verstimmt gewesen, inzwischen war sie erleichtert, dass er wusste, weshalb sie sich damals in der Küche ihm gegenüber so aggressiv verhalten hatte.

Sie lief schnell in ihr Zimmer und zog sich um, um ihre

Stallrunde zu erledigen. Währenddessen wurden draußen die ersten Schallplatten mit moderner amerikanischer Musik aufgelegt und ein paar der Gäste begannen dazu zu tanzen.

Nachdem sie die Stallarbeit beendet hatte, gesellte sie sich wieder zu den Gästen, allerdings ohne sich zuvor erneut umzuziehen. In ihrer Reithose und einer einfachen weißen Bluse fühlte sie sich wesentlich wohler als in dem luftigen bunten Sommerkleid.

Die Gäste aus dem Dorf verabschiedeten sich nach und nach bei Amrei – allerdings nicht, ohne sich vorher für den gelungenen Abend zu bedanken – und fuhren mit ihren Pferdefuhrwerken oder Automobilen davon. Iris nahm sie sogar kurz in den Arm, was Amrei so überraschte, dass sie keinen Ton mehr herausbrachte, als auch Frau Brün sich von ihr verabschiedete.

»Freundlichkeiten machen Sie wohl mundtot«, lästerte Tom, der die schwere Holzbank an ihr vorbeitrug, um sie an ihren angestammten Platz zu bringen.

Amrei blickte ihm entrüstet nach, als auch Oma Wanner zu ihr kam.

»Hast du meine Schuhe gesehen, Kindchen?«

»Du hast sie an den Füßen. Magst du nicht langsam schlafen gehen?«, fragte sie.

»Es ist noch viel zu tun.«

»Das erledigen wir anderen schon. Gute Nacht, Oma Wanner.«

»Gute Nacht, Kindchen.«

Micki war der Nächste, der sich zu ihr gesellte. »Amrei, dürfen Klaus und ich heute im Stall bei Joschi schlafen? Frau Sommer hat es Klaus erlaubt!«

»Wie sollte ich dann Nein sagen?« Amrei lachte und wünschte den beiden Jungen eine gute Nacht.

Nach und nach verschwanden auch die Pensionsgäste im Haus und die bunten Lampions verloschen. Nur Herr Pfeifer und Herr Sommer saßen noch am Feuer und unterhielten sich angeregt.

Die junge Frau setzte sich auf einen der Liegestühle, die sie extra für die Gäste ihrer Pension erstanden hatte, streckte die Beine aus und blickte zu den funkelnden Sternen hinauf. Ob Frau Sommers Idee, ein Fest zu veranstalten, und ihre Einladung an die Dorfbevölkerung dazu beitragen würden, dass ihrer Pension von nun an weniger Misstrauen entgegengebracht wurde? Dankbar über den gelungenen Abend schloss sie die Augen.

Als jemand vorsichtig eine Decke über sie ausbreitete, erwachte sie. Sie blinzelte verschlafen, als deren Ecken sanft unter ihre Schultern geschoben wurden. »Das war ein schöner Abend, nicht, Angela?«, fragte sie mit schon wieder geschlossenen Augen.

Sie spürte, dass sich jemand über sie beugte, doch das kannte sie von Angela, die ihrer Freundin hin und wieder einen Kuss auf die Wange oder auf die Stirn gab. Aber dieses Mal waren die Lippen, die ihre Stirn berührten, eindeutig von Bartstoppeln umgeben.

Amrei reagierte nicht.

Vielleicht weil sie wusste, dass es Tom war und es sie eigenartigerweise nicht störte, vielleicht aber auch, weil sie viel zu verschlafen war, um reagieren zu können.

Kapitel 24

Amrei hob den Hammer und versenkte mit wenigen Schlägen den Zimmermannsnagel in den Holzbalken. Zufrieden richtete sie sich auf und wischte sich mit dem Ärmel des Herrenhemdes den Schweiß aus dem Gesicht. Dabei fiel ihr Blick auf Tom. Der hochgewachsene Mann stand vor den von ihr bereits errichteten Verstrebungen und hatte die Arme vor der Brust verschränkt.

Sie hatte ihn den ganzen vorangegangenen Tag nicht zu Gesicht bekommen und war darüber auch nicht unglücklich gewesen. Zu verschwommen waren ihre Erinnerungen an die Nacht draußen auf dem Liegestuhl. Sie wusste nur, dass jemand sie zugedeckt hatte, auch meinte sie sich an einen sanften Kuss auf die Stirn zu erinnern, und sie glaubte, dass Tom hinter beidem steckte, doch sicher war sie sich dessen nicht.

»Was treiben Sie da eigentlich?«

»Das wird der Unterbau der Terrasse.«

»Zu dieser frühen Stunde?«

»Es ist nach acht«, erwiderte Amrei. Immerhin hatte sie frühmorgens schon unter Michaels nicht gerade freiwilliger und deshalb sehr mürrischer und schweigsamer Mithilfe das Holz beim Mühlensepp abgeholt. Mittlerweile konnte Tom doch auch ausgeschlafen haben…

»Können Sie sich nicht vorstellen, dass Ihre Gäste länger als bis zum Hahnenschrei schlafen wollen?«

»Sie sind doch auch schon wach.«

»Ich werde hier auch schon lange nicht mehr zu den Gästen gezählt. Sie sehen mich doch eher als Arbeitskraft, die ihren Aufenthalt auch noch bezahlen muss«, lachte er.

»Ich habe Sie nie gezwungen, mir zu helfen. Aber wenn das ein Angebot war: Ein weiterer Hammer liegt in der Kiste dort drüben.«

»Sie sind einfach bezaubernd.«

»Das sagten Sie neulich schon.« Amrei grinste ihn an und zog den nächsten Nagel aus der Pappschachtel, die zu ihren Füßen stand.

»Damals meinte ich es aber ernst.«

»Sie meinten mein Aussehen, nicht mich als Person.«

»Wo liegt da der Unterschied?«

»Bei Ihnen offenbar im adretten Kleid und einer gammeligen Reithose.«

»Mir war nicht klar, dass *Sie* diesen Unterschied überhaupt kennen.«

Amrei lachte und fragte: »Kennen Sie den Unterschied zwischen einem einfachen Stützbalken und einem guten Bodenbrett?«

»Durchaus, Chef.«

»Dann fangen Sie mal an.«

Tom griff breit grinsend nach dem Hammer. Allerdings fielen seine Hammerschläge sehr viel zaghafter aus als ihre, was deutlich zeigte, wie wenig Erfahrung er im Umgang mit Werkzeug hatte.

Ein Lächeln legte sich auf Amreis Gesicht. Sie rechnete ihm nun noch höher an, dass er sich nicht zu schade war, mit Hand anzulegen.

»Übrigens war ich gestern mit Micki ausreiten. Wir hatten sein Mathematikheft dabei.«

»Und?«, fragte sie, ohne das Hämmern zu unterbrechen.

»Ihm fehlt das Grundwissen, weil er so oft aus dem Unterricht geschmissen wurde. Als ich ihm einmal das Nötigste erklärt hatte, konnte er die Aufgaben sehr flott lösen. Sie haben recht. Er ist sehr intelligent und sollte eigentlich viel mehr gefördert werden.«

»Haben Sie etwas anderes erwartet?«

»Sie meinen, bei *der* Tante? Nein, tatsächlich wundert es mich nicht, dass er so oft aus dem Unterricht geflogen ist.«

Amrei lachte.

»Ich werde mich mal mit seinen Lehrern unterhalten müssen. Mir hat er es nämlich nicht verboten.«

»Meine Güte, wie lange wollen Sie eigentlich hierbleiben?«

»Werde ich Ihnen lästig?«

»Solange Sie arbeiten – nein.«

»Ich werde mich bemühen.«

Ein unterdrückter Aufschrei ließ Amrei herumfahren. Tom stand mit verbissenem Gesicht leicht gebeugt da und hielt sich mit der rechten Hand den linken Zeigefinger. Zwischen seinen Fingern ran Blut hindurch.

Amrei ließ den Hammer fallen, der laut polternd auf dem Balken landete und von dort in den Rasen fiel, und sprang über die Querverstrebungen zu ihm hinüber. Energisch drückte sie ihn an den Schultern hinunter, damit er sich auf das Holz setzte. Sie nahm seine Hände und schaute sich seine Verletzung an. Blut quoll an der Seite des Nagelbettes hervor. »Und schon sind Sie arbeitsunfähig«, stellte sie fest.

»Das war keine Absicht«, brachte er mühsam hervor.

»Natürlich nicht.« Amrei zog ihr Hemd aus dem Hosenbund und tupfte damit das Blut ab, damit sie erkennen konnte, wie tief die Verletzung war.

Plötzlich griff er mit seiner unverletzten Hand nach ihrer und hielt sie fest. »Amrei«, begann er zögernd.

»Ich werde –«

»... mir jetzt mal zuhören und nicht schon wieder davonrennen«, unterbrach er sie. Er zog sie näher, sodass sie sich ihm gegenüber auf einen weiteren Querbalken setzen musste. »Ich muss Ihnen etwas sagen, Amrei.«

»Jetzt nicht.«

»Doch, jetzt. Sonst sind Sie ja immerzu beschäftigt oder Sie haben eine Horde von Menschen um sich herum. Oder Pferde.«

Amrei musste trotz der inneren Anspannung, die von ihr Besitz ergriffen hatte, lächeln.

»Da gibt es etwas, das wir beide dringend klären sollten.«

»Tom, bitte«, flehte sie, ohne ihn anzusehen. Sie mochte ihn. Sogar sehr. Aber ob sie zu mehr imstande war, wusste sie einfach nicht. Vermutlich steckte viel zu viel Furcht in ihr. Was sollte sie nun tun? Wie konnte sie diesem Gespräch entkommen?

»Amrei, ich bin –«

In dem Moment war Mickis Rufen zu hören: »Amrei, da kommen neue Gäste!« Der Junge streckte seinen Kopf aus der Küchentür, warf ihr und Tom einen auffordernden Blick zu und verschwand dann wieder im Inneren des Hauses.

»Gut«, meinte Amrei und sprang auf, erleichtert darüber, der Situation entfliehen zu können. Sie war bereits an der Küchentür angelangt, als sie hörte, wie Tom murmelte: »Gut? Okay.«

Amrei lief durch die Küche in den Flur. Ihre Erleichterung wurde nach und nach von einer seltsamen Leere abgelöst. War sie etwa traurig oder enttäuscht? Konnte es sein, dass sie Toms Worte hatte hören wollen, obwohl sich alles in ihr dagegen zur Wehr gesetzt hatte? »Ich bin ganz schön wirr«, sagte sie laut. Diese Worte waren eigentlich an Gott gerichtet, und so erschrak sie, als sie eine Antwort erhielt: »Das ist normal, Amrei.«

Die junge Frau drehte sich um und sah Oma Wanner, die sich eine saubere Schürze über ihr Kleid band. Dabei fixierte sie mit ihrem Blick Amreis Hemd, das immer noch auf einer Seite aus der Hose hing.

Hastig stopfte Amrei den blutverschmierten Zipfel zurück unter den Bund der Reithose und trat durch den Vorraum hinaus in den vorderen Teil des Hofes.

Neben dem Jeep der Engländer und Toms Limousine parkte ein Automobil, dessen Türen gerade geöffnet wurden.

Amrei hatte es so arrangieren können, dass der weibliche Gast, der mit dem Zug angereist war, von dem zweiten neuen Gast in seinem Automobil vom Bahnhof abgeholt und hier heraus mitgenommen wurde. Offenbar hatten die beiden eine fröhliche Fahrt hinter sich, denn sie lachten, als sie ausstiegen. Amrei beobachtete sie genau. Sie wusste, dass bereits der erste Eindruck, den die Gäste von dem Hof bekamen, zeigen würde, wie leicht oder schwer sie zufriedenzustellen waren.

Frau Weinreich, die vielleicht in Angelas Alter war, sah sich flüchtig in der näheren Umgebung um, bewunderte dann ausgiebiger die bewaldeten Berge und widmete sich schließlich ihrem Gepäck. Herr Bauer, der etwa im Alter ihres Bruders sein mochte, wirkte nicht allzu begeistert von der einfachen Unterkunft, zuckte dann aber kurz mit den Schultern und trat auf sie zu.

»Fräulein Simon?«

»Herzlich willkommen, Herr Bauer. Und vielen Dank, dass Sie Frau Weinreich gleich mit hergebracht haben.«

»Das bot sich ja wirklich an. Außerdem war sie eine angenehme Gesellschaft, denn ich konnte auf der schlechten Straße ohnehin nur sehr langsam fahren.«

»Sie wird bald erneuert werden.« Amrei lachte über ihre Standardantwort.

Oma Wanner begrüßte die neuen Gäste so herzlich wie immer, und Amrei half, das Gepäck hinauf in die Zimmer zu tragen.

»Wann gibt es Mittagessen?«, erkundigte sich Herr Bauer.

»Um 12:30 Uhr. Sollten Sie vorher schon eine Kleinigkeit benötigen, klopfen Sie einfach an der Küchentür. Oma Wanner wird dort sein.«

»Schön, vielen Dank.«

Amrei schaute noch kurz bei Frau Weinreich vorbei und erkundigte sich auch bei ihr, ob alles in Ordnung sei. Die Dame meinte, alles sei sehr gemütlich und heimelig und dass sie sich bestimmt sehr wohlfühlen würde.

Zufrieden verließ Amrei das Haus und ging an ihre Arbeit zurück.

Das unregelmäßige Hämmern, das ihr entgegenhallte, verriet, dass Tom trotz seiner Verletzung bei der Arbeit blieb, und sie staunte nicht schlecht, als sie sah, wie weit er inzwischen gekommen war.

»Ist alles im Lot?« Tom deutete auf die Querbalken, die er auf die im Boden eingelassenen Pfosten genagelt hatte.

Amrei blickte zu den Fenstern der neuen Gäste hinauf und erwiderte: »Ich denke schon.«

Micki, dem es seit Klaus' Abreise langweilig war, kam aus dem Haus und fragte, ob er helfen könne.

»Bist du mit den Aufgaben, die ich dir gestern gegeben

habe, fertig?«, wollte Tom wissen und hielt in seiner Tätigkeit inne.

Amrei, die nun ebenfalls wieder zu hämmern begann, grinste heimlich vor sich hin. Dieser Mann hatte, wenn er wollte, tatsächlich den Tonfall eines strengen Lehrers an sich.

»Schon längst«, entgegnete Micki mit betont gelangweiltem Unterton.

»Dann halte du die Nägel, während ich draufschlage.«

»Denkst du, ich bin bekloppt? Meine Finger brauche ich noch.«

Tom grinste nur und deutete mit einer Kopfbewegung auf Amrei. »Frag den Chef, was du helfen kannst.«

»Du kannst die Länge der Bodenbretter ausmessen und anzeichnen. Der Mühlensepp hat sie zwar zugesägt, aber nur auf ungefähre Länge.«

»Du warst beim Mühlensepp?«, fragte Micki verwundert.

»Ja.« Amrei hielt bewusst den Kopf gesenkt. Sie wusste nicht, was der Junge eventuell mitbekommen hatte, doch er war damals mit auf dem Markt gewesen, als sie den Mann mit dem Messer bedroht hatte. Mit Sicherheit konnte er sich noch an ihre unschöne Auseinandersetzung erinnern.

Micki ging ohne ein weiteres Wort davon, um einen Meterstab zu holen. Amrei richtete sich auf und sah ihm nach. Bevor sie sich wieder ihrer Arbeit zuwandte, fiel ihr Blick auf Tom, der auf einem Balken hockte, den Hammer in der Hand, und sie beobachtete.

»Was?«, fuhr sie ihn an, viel unfreundlicher, als es eigentlich gemeint war.

»Ich hoffe, Sie wissen, was Sie tun«, lautete sein Kommentar, ehe er sich daranmachte, einen weiteren langen Zimmermannsnagel in das Holz zu treiben.

Amrei zog ein Gesicht. Sie wusste ja, dass Angela Tom von der versuchten Vergewaltigung erzählt hatte, aber ihre Freundin hatte mit Sicherheit keinen Namen genannt. Ob Tom sich das Seinige zusammenreimte?

Den ganzen Tag über arbeitete Amrei abwechselnd bei den Tieren oder an der Terrasse. Michael ließ sich seit dem Morgen nicht blicken, dafür gesellte sich Clemens Pfeifer eine Weile zu ihr, Tom und Micki, und obwohl seine Kräfte sehr schnell erlahmten, kamen sie doch flott voran, da der Mann im Umgang mit Werkzeug geübt war.

»Schluss für heute.« Amrei warf den Hammer in die Holzkiste, dass das restliche Werkzeug nur so klapperte.

»Na endlich«, stöhnten Tom und Micki gleichzeitig und lachten.

»Was hältst du von einem Bad im Fluss, Junge?«, schlug Tom vor.

»Super!«, rief dieser, drückte Amrei seinen Hammer in die Hand und jagte über die Wiese davon in Richtung Gutach. Tom folgte ihm in einer atemberaubenden Geschwindigkeit.

Lächelnd nahm Amrei die Werkzeuge vom Boden auf. Als sie damit in Richtung Stall ging, um es aufzuräumen, entdeckte sie ein Pferdefuhrwerk draußen auf der Straße, das kurz vor ihrer Auffahrt stehen geblieben war. Amrei blieb stehen, stemmte die Hände in die Hüften und schaute verwundert den Anstieg hinauf. Das Fuhrwerk blieb stehen, wo es war, allerdings winkte ihr der Kutscher mit beiden Armen zu und bedeutete ihr, zu ihm zu kommen.

Ob der Mann nach dem Weg fragen wollte? Warum aber fuhr er dann nicht auf den Hof?

Nachdem sie die Hälfte der Strecke hinter sich gebracht hatte, erkannte sie den Mühlensepp. Er war abgestiegen, um ihr bis zur Auffahrt, entgegenzukommen.

»Ihr seid heute Morgen sehr früh mit dem Holzaufladen fertig gewesen«, rief er zu ihr herüber.

»Ich wollte heute vorankommen«, erwiderte Amrei und blieb vorsichtshalber stehen.

»Euch fehlt eine Palette Bodenholz. Die lag noch in der Mühle. Ich habe sie mitgebracht.«

»Gut.«

»Ich kann nicht bis zum Hof hinauffahren, weil ich eben festgestellt habe, dass an einem Rad ein paar Holzspeichen kurz vor dem Durchbrechen sind. Deine Auffahrt ist so grauenvoll mit Schlaglöchern übersät, dass sie mir hier mit Sicherheit brechen und ich nicht mehr zurück zum Sägewerk komme.«

Amrei nickte misstrauisch. Ob sie dem Mann glauben konnte? Sie warf einen Blick über die Schultern zurück zu den Gebäuden. Sollte sie jemanden bitten, sie zu begleiten, wenn sie hinunterging, um sich die Palette Holz abzuholen? Die Gäste wollte sie allerdings nicht behelligen, Michael hatte ihr am Morgen erklärt, dass er definitiv nichts mehr mit dieser in seinen Augen unsinnigen Terrasse zu tun haben wollte, und Tom war mit Micki bereits im Wasser.

Noch einmal schaute sie nachdenklich zu dem wartenden Mann hinunter, ehe sie knapp mit der Schulter zuckte.

Was würde ihr dort vorne an der Landstraße schon zustoßen können, beruhigte sie sich. Das Abladen der Palette würde nicht mehr als ein paar Minuten in Anspruch nehmen, außerdem konnte sie vom Haus aus gesehen werden – und das wusste auch der Mühlensepp.

»Ich komme mit einer Schubkarre!«, rief sie hinüber und

lief im Eilschritt bis zum Stall. Dort angekommen, warf sie die Heugabel aus der großen Schubkarre und schob diese die holprige Auffahrt entlang auf die Landstraße zu.

Joseph Brunner sah sie kommen und ging hinter seinen Wagen, um an die Laderampe zu treten.

Amrei folgte ihm. Mit einem Blick zurück stellte sie fest, dass sie hier vom Hof aus nicht mehr gesehen werden konnte. Sie blieb zögernd stehen. Unruhe erfasste sie, und einen Moment lang fragte sie sich, ob sie nicht gerade einen Fehler begangen hatte.

»Was ist? Ich habe die Palette schon halb auf dem Boden. So können wir sie geschickt auf deine Schublade schieben«, hörte sie den Mühlensepp rufen.

Amrei nahm die Griffe der Schubkarre auf und schob sie weiter – bis hinter den Wagen.

Tom erklomm, nur mit seiner vor Nässe an ihm klebenden Hose bekleidet, die Böschung und blickte zwischen den tief auf den Boden herabhängenden Zweigen der Trauerweiden vorbei zum Hof hinüber. Er hatte gehofft, dass Amrei sich ihnen anschließen würde, doch sie war nicht gekommen.

»He, hast du schon genug?«, rief Micki ihm vom Wasser aus zu. Der Junge hatte sich nicht einmal die Zeit genommen, sein Hemd auszuziehen, bevor er in die Fluten gesprungen war.

Tom grinste und wandte sich um. Aus dem Augenwinkel entdeckte er in einiger Entfernung ein von Pferden gezogenes Fuhrwerk. Konnte Amrei so schnell die Schwarzwälder eingespannt haben?

Tom trat unter den Weiden hervor und beobachtete das Fahrzeug. Es stand eigentümlich verwaist auf der Straße.

»Wo bleibst du denn?«, fragte Micki und trat neben ihn.

»Wem das Fuhrwerk dort wohl gehört?«, überlegte Tom laut.

Micki warf einen Blick hinüber. »Hinten sind Holzlatten angelehnt. Vielleicht braucht Amrei die noch. Und der Mühlensepp darf doch nicht …« Micki sprach nicht weiter.

Tom sah zu ihm hinunter und beobachtete, wie der Junge nachdenklich den Unterkiefer hin und her bewegte, als kaue er auf etwas herum.

»Amrei wird doch nicht …«, setzte der Junge erneut an, brachte aber auch diesen Satz nicht zu Ende.

Tom hatte genug gehört. Mit einem Satz war er auf und davon. Er sprintete, als habe er nur lächerliche hundert Meter vor sich. Die beiden Koppelzäune, die ihm den Weg versperren wollten, nahm er wie ein Hürdenläufer, und die Ponys stoben in wilder Flucht auseinander. Seine Lunge begann zu ziehen, er jedoch sah nur den Wagen vor sich. Er ahnte Schreckliches.

Lass ihr nichts passieren, lass ihr bitte nichts passieren, jagte es ihm durch den Kopf und die Worte wurden zu einem Stoßgebet, ebenso abgehackt und schnell wie sein Atem.

Er spürte, wie seine Beine schwer wurden, doch die Angst um die junge Frau trieb ihn weiter vorwärts. Beim dritten Koppelzaun warf er sich nur noch zwischen zwei Querstangen hindurch und fiel in den Straßengraben. Als er unter dem Wagen hindurchsehen konnte, stieß er einen lauten Ruf aus.

Amrei lag mit dem Rücken auf den Steinen und trat wild mit den Füßen um sich. Nachdem sie sein Rufen gehört hatte, wandte sie den Kopf und ihr ängstlicher, hilfesuchender Blick traf den seinen.

Tom rappelte sich auf und sprang mit einem gewaltigen Satz aus dem tiefen Graben. Er lief um das Gefährt herum und sprang über die halb abgeladenen Holzlatten. Beinahe wäre er über die umgeworfene Schubkarre gestolpert, ehe er Amreis Angreifer zu fassen bekam.

Der Mann war schwer, dennoch gelang es ihm, ihn von Amrei fortzureißen. Unter einem gewaltigen Aufschlag knallte der Mühlensepp mit dem Brustkorb gegen die Holzverstrebungen seines Wagens. Die aufgestellten Holzlatten fielen polternd zu Boden und wirbelten eine große Schmutzwolke auf Einen Augenblick stand Tom reglos da. Mit vom Lauf heftig pumpendem, breitem Oberkörper und mit zum Angriff geballten Fäusten taxierte er den älteren Mann, entschied sich aber nach wenigen Sekunden dafür, ihn unbehelligt zu lassen. Er wandte sich Amrei zu und nahm sie, ohne auf ihre abwehrende Handbewegung zu reagieren, auf die Arme und trug sie in Richtung Hof. Tom spürte, wie bei jedem seiner Schritte ihr langer Zopf gegen seine Hüfte schlug, und er biss die Zähne kräftig aufeinander, um zu verhindern, dass er die heftig zitternde Frau noch fester an sich drückte.

»Lassen Sie mich runter«, waren Amreis erste Worte, die zu sagen sie imstande war.

»Nein.«

»Doch!«

»Wenn ich das jetzt tue, schlage ich den Mann zu Brei, und das möchte ich weder ihm noch mir antun.« Tom blieb im Schatten der jahrhundertealten Buchen stehen. Es war ihm nicht mehr möglich, die sich in seinen Armen kräftig windende Amrei noch länger zu tragen.

Langsam ließ er sie ab und stellte sie auf ihre Füße, woraufhin sie sofort ein paar Meter Abstand zwischen sich und ihn brachte.

Mit einem Blick stellte Tom fest, dass sie zwar zerzaust aussah, aber unversehrt war. Erleichtert atmete er auf.

»Wie kommen Sie auf die Idee, alleine zu diesem Mann hinauszugehen?«, fuhr er sie an.

»Ich bin kein kleines Schulmädchen, das Sie einfach anschnauzen können.«

»Warum benehmen Sie sich dann wie eins? Was hatten Sie da zu suchen? Das war doch dieser Mann, von dem Angela mir erzählt hat, oder nicht?«

»Was geht Sie das an?«, schrie sie zurück.

Er hob fassungslos über ihre Sturheit die Arme und ließ sie dann schwer fallen. »Offenbar nichts«, sagte er leise und resigniert. »Ich wollte nur helfen«, murmelte er in ihre Richtung und wandte sich traurig ab. Er beobachtete, wie das Fuhrwerk davonrumpelte. Ein paar Holzlatten und die auf der Seite liegende Schubkarre blieben zurück.

Plötzlich tauchte Micki an der Straße auf, der, ebenso wie Tom, mit grimmiger Miene dem Wagen nachsah. Der Junge stellte die Schubkarre auf und begann mühsam, die langen Bretter aufzuladen.

Tom hörte zaghafte Schritte auf sich zukommen und drehte sich um. Amrei blieb mit gesenktem Kopf nur einen Schritt von ihm entfernt stehen, und er konnte sehen, wie sehr sie zitterte. Vorsichtshalber verschränkte er die Arme vor seiner Brust. So würde er vielleicht am besten der Versuchung widerstehen können, sie in den Arm zu nehmen.

»Er hat vor der Auffahrt angehalten, weil angeblich eines der Räder auseinanderzubrechen drohte«, stammelte Amrei.

»Sie haben ihm das geglaubt? Auf den Gedanken, dass er Sie nur vom Hof fortlocken wollte, sind Sie nicht gekommen?«, fragte er nun viel ruhiger als zuvor.

Amrei schüttelte den Kopf.

»Sie sind trotz allem noch immer vom Guten im Menschen überzeugt, nicht wahr?«, stellte er fest. Bewunderung und tiefe Zuneigung lagen dabei in seiner Stimme.

Vielleicht hatte sie das bemerkt, denn endlich hob sie den Kopf. Lange Haarsträhnen fielen ihr in das Gesicht und sie blickte ihn mit ihren grünen Augen an. Er hatte fast das Gefühl, als stünde in diesem Blick die Bitte, ihr in seinen Armen Schutz und Trost zu gewähren.

Tom drehte sich vollständig zu ihr um. Als er jedoch die Arme, die er noch immer vor seinem unbekleideten Oberkörper verschränkt hatte, senkte, erkannte er wieder aufkeimende Panik in ihrem Gesicht.

Es kostete ihn unendliche Mühe, sich von ihr fortzudrehen und davonzugehen. Nach ein paar Schritten blieb er noch einmal stehen und warf einen Blick zurück auf die junge Frau, die wie ein völlig hilfloses kleines Kind zwischen den gewaltigen alten Bäumen stand. »Ich helfe Micki«, erklärte er und ging dann zu dem Jungen.

Kapitel 25

Amrei saß nun schon seit Stunden unter ihrer Trauerweide am Flussufer. Sie hörte die Geschäftigkeit in den Ställen und vermutete, dass Angela, Micki und vielleicht auch Tom sich um die Tiere kümmerten.

Die junge Frau focht einen Kampf mit sich selbst aus. Tom hatte recht. Sie rechnete nicht damit, dass die Menschen von Grund auf böse waren. Sie wollte ihnen nicht von vornherein misstrauen, obwohl dies nach der neuerlichen Attacke auf sie vielleicht angebracht erschien. Dennoch war ihr klar, dass sie mit einem permanenten Misstrauen nicht leben konnte und wollte, selbst wenn eine Stimme tief in ihr drin dies von ihr zu fordern schien.

Sie hatte schon mehrmals erfahren, dass Gott ihr geholfen hatte, ihre Gefühle in den Griff zu bekommen oder sogar zu überwinden. Dieses Mal aber schien es schwerer zu sein. Obwohl sie versuchte, all ihre Erinnerungen, ihre wütenden Gedanken und ihren Schmerz und Kummer an ihn abzugeben mit der Bitte, sie vor zu viel Misstrauen oder gar vor Hass zu bewahren, fühlte sie nicht die befreiende Wirkung des Gebetes, die sie sonst erleben durfte.

Die vom Mond hervorgerufenen Reflektionen auf der Wasseroberfläche wirkten wie weit gestreutes Silber, und die feuchte, kühle Luft, die von dem Gewässer aufstieg, ließ Amrei frösteln. Sie rutschte ein paar Meter zur Seite und griff nach dem hellen Hemd, das dort neben einem Paar großer Schuhe lag. Amrei zog es sich über und wunderte sich, wie sehr sie darin versank, obwohl sie doch selbst gar nicht so klein war – zumindest für eine Frau.

Sie zog die Knie an und konnte sie somit ebenfalls in den Stoff hüllen. In dem Kleidungsstück hing ein herber, männlicher Duft. Amrei atmete ihn tief ein und schloss die Augen. Sie wusste, zu wem er gehörte: Tom.

Er war ihr vorhin auf der Landstraße zu Hilfe geeilt. Sie hatte sein erschrockenes Gesicht gesehen und sein aufgebrachtes Rufen gehört, als er sie unter dem Wagen in ihrer misslichen Situation entdeckt hatte. Auch er hatte eine unermessliche Wut in sich gehabt, das war ihm abzuspüren gewesen. Allerdings hatte er sich im Griff gehabt und sie lieber von dem Mann fortgebracht, anstatt sich mit ihm anzulegen.

Noch immer konnte sie das Gefühl der Geborgenheit nachempfinden, das sie in sich verspürt hatte, als er sie in Richtung Haus getragen hatte, und dennoch hatte ihre Unsicherheit in der Gegenwart des Mannes schnell Oberhand gewonnen. Er hatte sie auf ihre Füße gestellt und sie nicht mehr berührt, obwohl sie sich danach gesehnt – aber gleichzeitig auch davor gefürchtet hatte.

Amrei öffnete die Augen und beobachtete das Tanzen der Äste auf dem schnell fließenden Wasser und die Spiegelungen des Mondlichtes auf der unruhigen schwarzen Oberfläche.

Was sollte sie jetzt tun?

Nichts, entschied sie schließlich. Tom würde in absehbarer Zeit die Pension verlassen, weshalb also sollte sie sich mit Gefühlen auseinandersetzen, die ihr fast ebenso viel Angst machten, wie sie schön waren – wenn sie ohnehin keine Zukunft haben würden.

Gestärkt durch diesen Entschluss ergriff sie Toms Schuhe, kraxelte die Böschung hinauf an dem schmalen Stamm vorbei und tauchte zwischen den Zweigen hindurch, um auf die mondbeschienene Wiese zu treten.

Sie sah Tom sofort. Er ging langsam und mit gleichmäßigen großen Schritten, die Arme vor der Brust verschränkt, zwischen der fast fertigen Terrasse und der Stallnebentür hin und her.

Er hielt inne, als er sie entdeckte, und musterte sie einen Moment, wie sie regungslos in seinem viel zu großen Hemd auf der Wiese stand. Schließlich drehte er sich um und verschwand im Haus.

Amreis Herz klopfte wild. Tom hatte auf sie gewartet. Er wollte sichergehen, dass es ihr gut ging.

Ein Lächeln legte sich auf ihr Gesicht, das ihren Entschluss, sich von ihm fernzuhalten, beinahe schon Lügen strafte.

Amrei hielt den Sattel, als Clemens Pfeifer auf der anderen Seite aufstieg. Dann kontrollierte sie, ob der Steigbügel auch die richtige Länge hatte, doch Marlene, die ihren Mann gebeten hatte, doch einmal mit ihr auszureiten, hatte seine Größe perfekt abzuschätzen gewusst.

Der ältere Herr beugte sich ein Stück zu Amrei hinunter und flüsterte: »Ich weiß gar nicht, warum ich mich darauf einlasse.«

Amrei lächelte ihn an und gab ebenso leise zurück: »Vielleicht weil Sie Ihre Frau lieben?«

»Da könnte was dran sein«, erwiderte er und setzte sich aufrecht hin.

»Keine Angst, Herr Pfeifer. Stern ist ganz ruhig. Und sie läuft gerne hinter Salome her.«

»Danke, Fräulein Amrei.«

»Was habt ihr denn dauernd zu flüstern?«, rief Marlene, die sich ebenfalls in den Sattel geschwungen hatte, zu ihnen hinüber.

»Die junge Dame gibt mir ein paar Tipps, damit diese Stute und ich dir nicht davonrennen.«

»Gewollt oder ungewollt?«, zog Marlene ihren Mann auf.

Amrei trat zurück und stieß gegen jemanden, der hinter ihr stand.

Als sie sich umdrehte, verneigte sich Donald Bridge leicht zur Begrüßung. »Guten Morgen, Fräulein Amrei.«

»Herr Bridge. Kann ich etwas für Sie tun?«

»Ich würde Ihnen heute gerne bei der Stallarbeit helfen, sodass Sie vielleicht eine Stunde erübrigen können, um mit mir auszureiten?«

Amrei sah an dem Briten vorbei in Richtung Stall, in dem die anderen Pferde noch in ihren Boxen standen. Hilfe konnte sie in jedem Fall gebrauchen, jedoch nicht, um die gesparte Zeit im Anschluss für einen Ausritt zu nutzen, sondern um ihre Terrasse fertigzuzimmern.

»Beim Bau der Terrasse helfe ich gerne auch noch«, fuhr Donald fort, als könne er ihre Gedanken lesen, und ein leichtes Lächeln erhellte sein sonst immer so ernstes Gesicht. »Melissa wird uns begleiten. Sie möchte Sie gerne mal auf ihrer Brown Eye reiten sehen.«

»Also gut«, gab Amrei nach.

»Ich übernehme die Kühe – so wie damals.« Der Mann ging mit großen Schritten über den Hof in Richtung der Stallungen davon.

Amrei warf noch einen letzten Blick auf das davonreitende Ehepaar Pfeifer, ehe sie sich ebenfalls auf den Weg in Richtung Stall machte.

Auf der Hälfte der Terrasse, die bereits genutzt werden konnte, saßen Tom und Micki und steckten die Köpfe zusammen. Sie sahen weniger wie Schüler und Lehrer als wie zwei übermütige Burschen aus, die gerade dabei waren, etwas auszuhecken. »Noch immer Schularbeiten?«, fragte sie neugierig, und die zwei hoben die Köpfe.

»Nein«, antwortete Micki.

»Lebenserfahrungsunterricht«, meinte der andere.

»Lebenserfahrung? Die besitzen Sie doch gar nicht«, gab Amrei zurück und griff nach dem Wassereimer, der bei dem aufgestapelten Holz gestanden hatte.

»Sie wissen doch nicht, wer hier von wem lernt«, konterte Tom breit grinsend.

»Vielleicht ist das besser so«, murmelte Amrei vor sich hin und warf Micki einen warnenden Blick zu. Sie wollte keinesfalls, dass der Junge von Begebenheiten erzählte, die sie betrafen.

Micki nickte ihr verstehend zu und fragte dann: »Tom und ich machen nachher einen Ausritt. Kann er Sissi haben?«

»Das wird nicht gehen, Micki. Die Pfeifers sind mit Salome und Stern unterwegs und die Bridges und ich brauchen den Hengst, Sissi und die neue Stute.«

»Haben sie dir die englische Stute wirklich geschenkt?«, fragte Micki ungläubig.

»Ja«, lautete Amreis knappe Antwort, ehe sie sich umdrehte, um endlich in den Stall zu gehen.

»Wie ist es mit einem der Schwarzwälder?«, rief Tom ihr nach.

»Wenn Sie mit diesem alten Sattel reiten können, Cowboy …«

Die junge Frau betrat den Stall und wurde dort zu ihrem Erstaunen von einem bei der Arbeit pfeifenden Donald Bridge erwartet. Was hatte diesen ernsten und steif wirkenden Mann denn so aufgeheitert? Sicherlich kaum die Arbeit in den Kuhständen!

Amrei machte sich achselzuckend daran, die Pferde hinauszubringen und die Ställe auszumisten.

Inzwischen putzte Melissa Bridge Brown Eye und Sissi und fragte sie, ob sie das Zaumzeug und die Sättel selber holen dürfe.

»Ihr Bruder ist im Stall. Er kann Ihnen zeigen, wo die Sachen sind, und Ihnen helfen«, erwiderte Amrei und machte sich auf den Weg zu Schneesturm, der unweit von Sissi und Brown Eye im Hof angebunden war. Dabei sah sie, dass Tom und Micki faul auf der Weide der Schwarzwälder und Shetlandponys lagen und es gar nicht mehr eilig hatten, zu ihrem Ausritt zu kommen.

Noch ehe sie zurück in den Stall konnte, hielt Herr Krummeisen, der an diesem Tag ausnahmsweise einmal nicht in der Gegend umherwanderte, sie auf. »Ich würde auch gerne einmal reiten, Fräulein Simon«, erklärte er.

»Gerne, Herr Krummeisen. Was halten Sie von heute Spätnachmittag, wenn es nicht mehr ganz so warm ist?«

»In Ordnung.«

»Sind Sie schon mal geritten oder zählen Sie sich zu den Anfängern, Herr Krummeisen?«

»Ich bin blutiger Anfänger. Aber ich bewundere die Schönheit, Kraft und Anmut der Tiere und –«

Ein Automobil, das mit quietschenden Reifen in die Auffahrt fuhr, unterbrach ihr Gespräch. Trotz der schlechten

Straßenverhältnisse fuhr es in rasantem Tempo und bremste so scharf mitten auf dem Hof ab, dass der Kies auf dem Boden förmlich unter den Reifen wegspritzte. Schneesturm wieherte erschrocken auf und tänzelte zur Seite, sodass Amrei Mühe hatte, Herrn Krummeisens Füße vor den Hufen des Tieres zu schützen.

Ein jüngerer Mann sprang aus dem Wagen, blickte sich um und klatschte dann unternehmungslustig in die Hände. Anschließend klopfte er zweimal auf das rot lackierte Fahrzeugdach, als bedankte er sich bei seinem Auto für die Fahrt, um dann zu den angebundenen Pferden hinüberzugehen. »Das sieht ja alles ganz nett aus hier«, erklärte er und tätschelte nun Sissi auf den hinteren Oberschenkel.

Amrei hob die Augenbrauen in die Höhe und zog vorsichtig und dezent Herrn Krummeisen ein paar Schritte weiter aus der Nähe des Hengstes, bevor sie auf den Neuankömmling zuging.

»Amrei Simon«, stellte sie sich vor. »Kann ich Ihnen helfen?«

»Wenn Sie hier was zu sagen haben, ja. Ich hätte gerne ein Zimmer. Für ein paar Tage nur. Haben Sie ein freies?«

»Ein großes Zimmer, eigentlich unser Familienzimmer, könnte ich Ihnen anbieten.«

»Prima. Ich heiße übrigens Emil Schmidt. Wo kann ich mich eintragen? Und können Sie mir gleich alles zeigen?«

Amrei nickte. Sie wollte Herrn Schmidt gerade ins Haus begleiten, als Donald Bridge sich ihr in den Weg stellte.

»Sie wollten mit mir und meiner Schwester ausreiten, Fräulein Amrei.«

»Es tut mir leid, vielleicht später«, entschuldigte sie sich und fühlte dabei so etwas wie Erleichterung in sich aufkeimen. Selbst wenn die sympathische Melissa mit von der

Partie gewesen wäre, so hatte sie sich bei dem Gedanken an einen Ausritt mit Donald Bridge nicht sonderlich wohlgefühlt.

»Wie wäre es mit Tom als Ersatz?«, schlug Amrei vor und deutete auf die Weide hinüber. Noch immer hatte der Hüne keinen der Schwarzwälder von der Koppel geholt, obwohl Micki gerade mit seiner Shetlandstute in den Hof kam.

»Ich soll mit den beiden Männern ausreiten? Ich weiß nicht… Da kann ich nicht mithalten. Dann werde ich mir wohl jemand anders suchen müssen, der mich begleitet«, seufzte Melissa. Sie wandte sich an Micki und fragte ihn in ihrem gebrochenen Deutsch: »Wie wäre es mit dir?«

Zu Amreis Verwunderung nickte ihr Neffe bereitwillig. Erstaunt über diese beiden seltsamen Reitpartnerschaften führte sie schließlich Herrn Schmidt zum Haus und wurde an der Eingangstür von Oma Wanner und Angela empfangen, die den neuen Gast begrüßten.

Oma Wanner brachte Herrn Schmidt in das Büro und bat ihn, dort auf Amrei zu warten.

Angela schaute ihre Freundin ernst an. »Tom und der Engländer – und dann auch noch mit dem Hengst? Meinst du, das wird gutgehen?«

»Was meinst du?« Amrei drehte sich um und beobachtete, wie Donald Schneesturm aufsattelte, während Tom die Steigbügel bei Sissi auf seine Beinlänge einstellte. Die Reiter verließen hintereinander den Hof und die Hufschläge ihrer Pferde hallten laut zwischen den Gebäuden wider.

»Die beiden Männer scharwenzeln um dich herum wie die Motten um das Licht«, erklärte Oma Wanner, die sich wieder zu ihnen gesellte, und Angela fuhr fort: »Und der Hengst ist der Letzte, der diese Rivalität nicht bemerken und nervös darauf reagieren würde.«

»Soll ich das jetzt noch verhindern?« Amrei fühlte sich überfordert und hilflos.

»Ich fürchte, dafür ist es zu spät. Und mit welcher Begründung könntest du den Ausritt untersagen?«, fragte Angela, ohne die beiden Männer aus den Augen zu lassen.

Amrei zog nur die Schultern in die Höhe, was Angela zu einem lauten Auflachen veranlasste.

»Lass sie es untereinander austragen. Vielleicht klärt sich ja heute das Gerangel um dich.«

»Es gibt kein Gerangel um mich – und falls doch, habe ich ja wohl auch noch ein Wörtchen mitzureden.«

»Dann tu das«, riet Oma Wanner ihr, drehte sich um und verschwand in ihrer Küche.

»Fräulein Simon?«, hörte sie ihren neuen, überraschend eingetroffenen Gast rufen, und Amrei beeilte sich, zu ihm in ihr kleines Büro zu gehen.

Emil Schmidt hatte es sich auf einem Stuhl bequem gemacht und zog erst einmal eine Zigarette aus seiner Hemdtasche. »Darf ich?«

»Im Haus bitte nicht, Herr Schmidt. Dies ist ein strohgedecktes Holzhaus und die Gefahr eines Brandes wäre einfach zu groß

»Das kann ich verstehen. Ein tolles altes Bauernhaus übrigens. Und gut renoviert. Nur an diesem dunklen Eingangsbereich sollten Sie noch etwas tun. Sie könnten Glas in die Tür einsetzen lassen.«

Amrei lächelte und setzte sich hinter ihren Schreibtisch. Emil Schmidt erinnerte sie an Toms Fröhlichkeit und Leichtlebigkeit, obwohl bei diesem inzwischen eine große Portion Verantwortungsbewusstsein hinzugekommen war.

Während sie die Personalien des neuen Gastes aufnahm, spielte dieser die ganze Zeit nervös mit seiner Zigarette, bis sie so zerdrückt war, dass er sie in den Mülleimer unter ihrem Tisch warf.

»So bekommt man die auch klein.« Herr Schmidt lachte über sich selbst.

Arnrei bot ihm schließlich an, ihm sein Zimmer, das Haus und die Nebengebäude zu zeigen, und gemeinsam machten sie sich auf einen Rundgang. Neben der halb fertigen Terrasse trafen sie auf Frau Weinreich, die in einem der Liegestühle lag, sich aber sofort aufrichtete, als ihr Emil Schmidt vorgestellt wurde.

»Ein neuer Gast, wie schön. Es wird Ihnen hier gefallen. Es ist niemals langweilig auf dem Hof.«

»Das hörte ich in Triberg schon ...«

Amrei schloss, was sie im Sommer tagsüber eigentlich nie tat, die Küchentür hinter sich und lehnte sich mit dem Rücken dagegen, um den Tratsch aus der Stadt nicht mit anhören zu müssen, für den Frau Weinreich wie wohl auch der neue Gast sehr empfänglich zu sein schienen.

»Tu etwas«, sagte Oma Wanner von der Spüle her, da sie sie durchschaut hatte, noch einmal auffordernd zu ihr. »Es gibt Gerüchte über die beiden Männer, die du diesmal nicht mit einem Schulterzucken abtun kannst, weil etwas Wahres daran ist. Und solche Geschichten locken Leute wie diesen Emil an oder die Frau, die mit ihm spricht und die mir nie ihren Namen verrät.«

»Weinreich, Oma Wanner«, nannte Amrei der alten Frau zum wiederholten Male den Namen ihres weiblichen Gastes.

»Von mir aus. Jedenfalls vertreiben solche Geschichten anständige Leute oder Familien, die du doch gerne hier hast.«

»Aber was soll ich denn tun?«

»Sorge für Klarheit, Amrei. Schicke einen der Männer fort oder beide. Und zwar, bevor die Geschichte eskaliert.«

»Was, Oma Wanner? Wie soll ich das denn machen?«

»Das weiß ich doch nicht, Kindchen. Aber du vielleicht. Und wenn du gerade dabei bist, könntest du mir auch sagen, wo ...«

»Du suchst doch nicht etwa deine Schuhe?«, fragte Amrei, halb amüsiert, halb genervt.

»Meine Schuhe? Blödsinn. Die habe ich an den Füßen. Mir fehlt ein Kochtopf.«

Kapitel 26

Der Mond stand groß und hell am Himmel und warf sein sanftes Licht auf die Gebäude, die Koppeln und die angrenzenden Felder und Wiesen. Nur eine kleine Ecke fehlte zu seiner Vollkommenheit. Amrei stand abseits des Hofes und lauschte in die Dunkelheit, aber abgesehen von dem Rauschen des Flusses und dem Flüstern der Grashalme im leichten Wind war es absolut still.

Melissa und Micki waren längst von ihrem Ausritt zurück, von den Männern hingegen war weit und breit nichts zu sehen. Melissa war außer sich vor Angst um die beiden. Oma Wanner, Frau Weinreich und Frau Pfeifer versuchten sie zu beruhigen. So langsam wuchs aber auch in Amrei die Sorge um die Männer.

Sie hörte Schritte näherkommen. Ohne den Blick von den dunklen Hügeln zu nehmen, wusste sie, dass es Micki war.

»Es tut mir leid, Amrei«, begann er zerknirscht. »Dieser Engländer wollte mit dir und seiner Schwester ausreiten, und Tom und ich haben versucht, das zu verhindern. Wir mögen beide den Engländer nicht sehr, und er ist so bemüht um dich, dass wir …« Micki schluckte. »Deshalb hatten wir vor, euch mit meinem Pony und Tom auf dem Schwarzwälder zu begleiten. Die Ankunft des neuen Gastes hat unsere Pläne durcheinandergeworfen und plötzlich waren die beiden Männer miteinander unterwegs – ohne Melissa und mich.«

»Das war eine furchtbar dumme Idee, Micki. Von dir und vor allem von Tom, wobei ich dir die Geschichte noch nachsehen kann, da du ein Kind bist.«

»Ja, Amrei.«

»Und ich verstehe nicht, weshalb ich Herrn Bridge Schneesturm nochmals überlassen habe.«

»Na ja, du warst abgelenkt.«

»Ich hatte heute Morgen gar nichts unter Kontrolle«, schalt Amrei sich selbst.

»Angela meinte schon, dass du dir wieder mal selbst die Schuld geben wirst.«

Amrei seufzte. Es durfte ihr einfach nicht passieren, dass sie ohne nachzudenken die Pferde zuteilte, und dabei ging es nicht einmal in erster Linie um die wertvollen Tiere, sondern um die Menschenleben, die sie durch ihre Gedankenlosigkeit in Gefahr brachte.

»Wirst du sie suchen?«

»Sie könnten überall sein, Micki. Die beiden kennen sich hier in der Gegend inzwischen gut aus.«

»Kann ich etwas tun, Amrei?«, fragte Micki nach einer längeren Zeit des Schweigens kleinlaut.

»Beten.«

Amrei hob den Kopf. Täuschte sie sich oder hatte sie etwas gehört? Schließlich entdeckte sie die Männer, die dank des Mondscheins auch aus einiger Entfernung bereits deutlich zu erkennen waren. Sie ritten hintereinander den Flusslauf entlang durch das hohe Gras auf die Gebäude zu.

Amrei beobachtete ihr Näherkommen und konnte sich einen ersten Eindruck vom Zustand ihrer Pferde verschaffen. Der helle Grauschimmel ließ den Kopf hängen und setzte seine Beine müde und kraftlos auf den weichen Wiesenboden. Die dunkle Stute schien sogar zu lahmen.

»Micki, geh bitte ins Haus und sag Angela, dass sie Arbeit bekommt.« Amrei hatte mit ihrer rauen, tiefen Stimme die Worte leise und ruhig ausgesprochen, doch der Junge, der sonst immer gerne diskutierte, wenn er eine Aufgabe übertragen bekam, gehorchte sofort.

Amrei ihrerseits stieg durch den Koppelzaun hindurch, schritt über das niedergetretene und abgefressene Gras, um den beiden Reitern entgegenzugehen.

Die Männer hatten sie offensichtlich entdeckt, denn sie steuerten nun direkt auf sie zu. Zu ihrer Verwunderung stellte sie fest, dass Tom auf dem Rücken des ausgepumpten Hengstes saß. Das Licht des Mondes fiel auf Toms unrasiertes Gesicht und sie sah eine dunkle, violette Verfärbung unterhalb seines linken Auges. Hatten die beiden Männer sich etwa geprügelt?

Sie blieb stehen und beobachtete mühsam beherrscht den schweren Gang ihres Hengstes, dem erkalteter Schaum am Brustkorb klebte. Der Reiter hielt ihn unmittelbar vor Amrei an, und Schneesturm reckte den Hals, um sie mit den Nüstern anzustupsen.

»Steigen Sie ab«, befahl sie. »Sofort!«

Tom hievte sich schwer aus dem Sattel und trat neben das Pferd.

Amrei ignorierte ihn, nahm die Zügel nach vorne und hielt sie ihm auffordernd entgegen. »Sie laufen den Rest des Weges. Angela wartet wahrscheinlich schon im Hof auf Sie.«

»Amrei …«

»Anschließend können Sie Ihre Sachen packen, um meine Pension zu verlassen.«

»Amrei …!«

Ohne ihn weiter zu beachten, ging sie an ihm vorbei auf

das zweite Pferd und seinen Reiter zu, die wenige Meter entfernt zum Stehen gekommen waren. Sissi setzte den rechten Vorderlauf nur sehr zögerlich auf, und Amrei hoffte, dass das Tier sich nicht verletzt hatte, sondern dass es sich hier nur um eine Übermüdungserscheinung handelte. Die Stute wirkte jedenfalls genauso ausgelaugt und überanstrengt wie der Hengst.

Donald Bridge stieg ab, kurz bevor Amrei bei ihm und dem Pferd angelangt war.

»Dasselbe gilt für Sie, Herr Bridge«, sagte Amrei, obwohl der Brite die Anweisung, die sie Tom gegeben hatte, gar nicht hatte hören können. Der Abstand zwischen den beiden Reitern war hierfür einfach zu groß gewesen. Sie hatte jedoch keine Lust, ihre Worte nochmals zu wiederholen. Dafür fehlte ihr die Kraft.

Donald schwieg und führte die Stute an ihr vorbei in Richtung Hof.

Bewegungslos blieb Amrei inmitten des hohen Grases und der im leichten Wind schwankenden Sommerblumen stehen und hörte zu, wie sich die Schritte immer weiter entfernten. Sie schloss die Augen. Die Grillen um sie her zirpten laut, und sie gewann fast den Eindruck, als lachten sie sie aus.

Was hatte sie erwartet? Dass sie jetzt, wo der Pensionsbetrieb gut zu laufen begann, keine Schwierigkeiten und Probleme mehr haben würde? Dass Kummer und schwere Entscheidungen von ihr ferngehalten würden?

Sie atmete tief ein. Was hatte sie nur wieder gemacht? Sie hatte gerade zwei ihrer Gäste fortgeschickt! Das war dem Ruf des Hofes nicht gerade zuträglich. Andererseits würden die Tiere womöglich schwere dauerhafte Schäden davontragen, sodass sie nicht mehr für den Reitbetrieb einsetzbar waren.

Aber sie hatte Tom fortgeschickt. Micki brauchte ihn doch – und das inzwischen nicht mehr nur um die nächste Klassenstufe zu erreichen. Tom würde gehen – der einzige Mann, dem sie vielleicht irgendwann erlaubt hätte, sie in die Arme zu nehmen. Eine einzelne Träne rollte über ihre Wange, als sie ihren ganzen Kummer vor Gott auszuschütten begann.

Das laute Rascheln sich nähernder Schritte im Gras ließ sie erschrocken herumwirbeln. Sie sah Tom, der langsam näherkam, und unwillkürlich spannte Amrei alle Muskeln an. Sie wollte hier draußen in der Einsamkeit mit keinem Mann allein sein – nicht einmal mit Tom.

Als habe er erkannt, unter welcher Anspannung sie plötzlich stand, blieb der Mann einige Meter von ihr entfernt stehen.

Sie hatte den Mond im Rücken und konnte deshalb gut sein Gesicht sehen, während ihres im Dunkeln lag.

»Es passt nicht zu Ihnen, Amrei, Leute zu verurteilen, ohne die Hintergründe für ihr Handeln zu kennen. Ich würde Ihnen gerne erklären, weshalb wir so spät zurückgekommen sind.«

»Ich hatte Sie gebeten, Angela zur Hand zu gehen.«

»Micki und Donald helfen ihr mit den Pferden. Sie hat mich zu Ihnen geschickt, damit ich aufpasse, dass Ihnen hier draußen nichts zustößt.«

Amrei kniff die Augen zusammen. »Was sollte mir hier schon passieren?«

»Wir hatten einen Zusammenstoß mit diesem Mühlensepp. Er ist aufgebracht. Deshalb Angelas Sorge um Ihre Sicherheit.«

»Was?«

Tom ging ein paar Schritte weiter. Dabei kam er nicht direkt auf sie zu, sondern umrundete sie halb. Amrei war klar, was er vorhatte: Er wollte ihr Gesicht besser sehen können. Dafür hätte sie sich ihm jedoch wieder zuwenden müssen, und diesen Triumph wollte sie ihm nicht gönnen. Daher blieb sie stur stehen, sodass er mit ihrem Rücken vorliebnehmen musste.

Tom verharrte ebenfalls. Als ihm klar wurde, dass sie nicht gewillt war, sich zu ihm umzudrehen, fuhr er fort zu erzählen: »Es war nicht geplant, dass Donald und ich gemeinsam reiten gehen. Ich wollte nur verhindern, dass er mit Ihnen alleine unterwegs ist.«

»Das habe ich inzwischen schon gehört«, sagte sie.

»Ich weiß nicht, was mich getrieben hat, mit ihm zu reiten, als Sie schon gar nicht mehr mit von der Partie waren. Er kann sich auch nicht erklären, weshalb er den Ritt nicht einfach abgeblasen hat, nachdem klar war, dass er mit mir als Reitpartner vorliebnehmen musste. Wir haben die Pferde ordentlich rangenommen – wollten uns vermutlich gegenseitig etwas beweisen. Dann erreichten wir die Mühle und dieser Wicht kam uns entgegengelaufen. Donald kennt ihn ja von früher. Er sah uns gemeinsam und begann zu lästern.«

Tom hielt einen Moment inne, und Amrei fragte sich, was er verschwieg. Oder wog er nur sorgfältig seine nächsten Worte ab, um sie zu schonen?

Schließlich fuhr er fort: »Uns ist beiden die Sicherung durchgebrannt, Amrei. Wir haben den Kerl ordentlich in die Mangel genommen und wollten ihm deutlich machen, dass er Sie in Ruhe lassen soll.«

»Was haben Sie –?« Amrei drehte für einen Moment den Kopf in seine Richtung.

»Es ist nichts passiert. Keine Angst! Ich sehe schlimmer aus als dieser Wicht.«

»Und?«

Amrei hörte Tom seufzen. »Donald meinte vorhin, es sei ein Fehler von uns gewesen, nicht wenigstens einmal ordentlich hingelangt zu haben. Wir haben ihn schließlich stehen gelassen und sind weitergeritten, aber der Kerl kennt sich in diesem Wald viel zu gut aus. Plötzlich stand er wieder vor uns, mit einem geladenen Gewehr in der Hand.«

Amrei wirbelte herum. Ihre Augen waren weit aufgerissen und sie trat einen Schritt auf den groß gewachsenen Mann zu.

Über Toms Gesicht huschte ein freches Grinsen. »Keine Sorge. Wie Sie sehen, habe ich es überlebt.«

»Er hätte die Pferde treffen können«, gab Amrei prompt zurück und wandte sich wieder von ihm ab – wenn auch nicht mehr vollständig.

»Er hat es auch versucht, aber Gott sei Dank ist er ein miserabler Schütze. Allerdings war der Hengst nach dem Schuss nicht mehr zu halten und die Stute ist natürlich hinterher.«

Amrei nickte. Den Rest der Geschichte konnte sie sich denken. Wenn Schneesturm erst einmal am Laufen war, konnte er kilometerweit rennen, bis er in den Griff zu bekommen war, und bis dahin hatten die beiden Männer mit Sicherheit die Orientierung verloren.

Ein leises Rascheln im Gras ließ sie den Kopf heben. Tom war einen Schritt näher gekommen.

»Wir sind zu Fuß gelaufen, da beide Tiere vollkommen erschöpft waren – und dann sind wir diesem Kerl tatsächlich noch einmal begegnet.«

Amrei schloss die Augen. Sie wollte sich gar nicht vorstellen, in welcher Gefahr sich die beiden Männer in den Wäldern befunden hatten. Sie kannte die schmalen Reitwege, neben denen die Hänge steil abfielen. Es genügte ein einziger Fehltritt, um in die Tiefe zu stürzen. Wenn einem dann noch ein aufgebrachter Mühlensepp mit einer geladenen Waffe in der Hand gegenüberstand …

Tom machte noch einen Schritt auf sie zu. »Wir mussten die Tiere noch einmal plagen, Amrei. Es tut mir leid. Donald ist über ihren Zustand ebenso betroffen wie ich auch. Und wir haben geahnt, welche Sorgen ihr euch hier auf dem Hof machen würdet, deshalb haben wir es im Tal gewagt, ein weiteres Mal aufzusitzen, um schneller hier zu sein.«

Aus dem Augenwinkel beobachtete Amrei, wie Tom einen weiteren kleinen Schritt auf sie zutrat und dabei einen langen Grashalm abriss, um diesen zwischen seinen Fingern hin und her zu biegen.

Sie senkte ihren Blick und fragte sich, was sie jetzt tun oder sagen sollte. »Ich bin froh, dass Ihnen beiden nichts zugestoßen ist. Und ich sollte mich bei Ihnen und Herrn Bridge entschuldigen.«

»Das sollten Sie dringend«, erwiderte Tom und Amrei hörte deutlich den für ihn typischen heiteren Unterton aus seinen Worten heraus.

Er machte einen weiteren Schritt in ihre Richtung.

»Dennoch«, sagte sie fest, nachdem sie sich kerzengerade aufgerichtet hatte. »Dennoch kann ich nicht zulassen, dass –«

»Donald wollte ohnehin morgen abreisen.«

Amrei stemmte die Hände in die Hüften. »Sie verstehen sich ja plötzlich erstaunlich gut!«

»Gefahr schweißt zusammen – sagt man doch. Außerdem hatten wir einige Stunden Zeit, um einiges klarzustellen.«

»Prima, dass *Sie* jetzt zumindest klarsehen«, spottete Amrei. Es war ihre Reaktion auf ihren nicht unbegründeten

Verdacht, dass sie der Inhalt der klärenden Gespräche zwischen den beiden Männern gewesen war.

Nach zwei großen Schritten stand Tom nun direkt vor ihr. Er verschränkte die Arme vor seiner Brust.

Da sie noch immer schräg zu ihm stand, musste sie nicht nur den Kopf anheben, sondern ihn auch noch leicht drehen, damit sie ihm ins Gesicht sehen konnte. Trotz der geringen Entfernung konnte sie kaum mehr erkennen als den ernsten Ausdruck um seine Mundpartie.

»Ich könnte Ihnen auch helfen, einiges klarzusehen«, sagte er und sie sah ein flüchtiges Lächeln, als er fortfuhr: »Wie wäre es mit einem Spaziergang?«

»Nein«, entschied sie bestimmt. Dabei wusste sie nicht einmal, weshalb sie dieser Einladung nicht einfach Folge leistete. Sie fürchtete sich nicht vor Tom, nur vor dem, was er vielleicht sagen würde und welche Konsequenzen das für sie haben konnte. Nach wie vor hatte sie Angst davor, von einem Mann berührt zu werden, wenngleich der Wunsch danach allmählich gegen ihre Furcht zu kämpfen begann.

»Okay«, sagte Tom. »Dann gehen wir jetzt zurück zum Hof und hören uns an, was Angela zu sagen hat.«

»Einverstanden.«

Keiner der beiden rührte sich vom Fleck.

Amrei versuchte noch immer, mehr als nur sein kantiges Kinn mit der tiefen Kerbe und seinen Mund zwischen den dunklen Bartstoppeln zu erkennen, wobei sie sich durchaus bewusst war, dass der Mond ihr Gesicht zumindest halbseitig ausleuchtete.

Tom trat vor sie und nun konnte sie sein blau unterlaufenes Auge sehen. Amrei hob die Augenbrauen, streckte sich etwas nach vorne, musterte die Verletzung und kam somit seinem Gesicht ein bisschen näher.

Er beugte sich ihr entgegen.

Sie legte die Finger ihrer linken Hand ganz sacht auf die Blauverfärbung.

»Schmerzt es sehr?«, flüsterte sie.

»Kein bisschen«, log er ganz offen.

»Gut.«

»Okay.«

Er beugte sich noch weiter zu ihr herab, sodass sie das Funkeln in seinen blauen Augen erkennen konnte, die nur wenige Zentimeter von ihren entfernt waren.

Ihr Herz raste. In diesem Augenblick streifte sein Atem ihre Wange und sie taumelte zurück.

»Ich …«, hörte sie ihn noch stammeln, als sie zu laufen begann. Sie wandte den Kopf und lächelte ihm zu. Nur eine übertriebene Vorsicht hatte sie zurückweichen lassen. Panische Angst hatte sie nicht verspürt – nicht mehr.

Es war früher Morgen und der Tau auf den Grashalmen funkelte wie ein Meer aus Tränen unter der Sonne, die ihre ersten hellen Strahlen über die Berghänge schickte. Die weißen dünnen Nebelschleier über der Wiese und zwischen den Berghängen lösten sich nach und nach auf, und die unzähligen Sommerblumen im satten Grün der Wiesen zeigten ihre bunten Kleider, als wollten sie zeigen, wie sehr sie sich darüber freuten, dass die Decke über ihnen weggezogen wurde.

Amrei hatte ein Bein auf die unterste hölzerne Querstange des Koppelzaunes gestellt und beobachtete erfreut den gleichmäßigen, spielerischen Galopp des grauen Hengstes über die sanft geschwungene Anhöhe der Koppel.

»Gott sei Dank«, hörte sie eine Stimme mit britischem

Akzent hinter sich sagen. Donald Bridge gesellte sich zu ihr und stellte ebenfalls seinen linken Stiefel auf das unterste Rundholz.

Amrei sah sich nicht um, ob noch jemand außer ihm in der Nähe war. Auch seine alleinige Gegenwart hatte ihren Schrecken verloren, seit sie noch in der vergangenen Nacht beim gemeinsamen Versorgen der Pferde deutlich gespürt hatte, dass er sein Interesse an ihr nicht mehr offen bekunden wollte, und sie wusste, dass er noch heute abreisen würde.

»Ja. Gott sei Dank. Angela meint, auch die Stute würde nach ein paar Tagen Schonung in Ordnung kommen.«

Von Donald kam keine Antwort, doch Amrei nahm an, dass er zustimmend genickt hatte. Er hatte am Vorabend noch stundenlang bei der Stute ausgeharrt und irgendwann Angela zu Bett geschickt, wie diese ihr heute Morgen erzählt hatte, bevor sie in aller Frühe in Richtung Triberg losgefahren war.

»Melissa und ich würden uns gerne verabschieden, Fräulein Amrei.

»Ich komme.« Amrei nahm den Fuß von der Zaunstange, sprang über den Graben und wartete auf der Auffahrt, bis Donald ihr gefolgt war.

»Dürfen wir irgendwann noch einmal wiederkommen, Fräulein Amrei?«

»Wenn der erste Nachkomme von Schneesturm und Brown Eye alt genug ist und nach England transportiert werden kann«, antwortete Amrei.

»In Ordnung.«

Amrei lächelte vor sich hin.

Den restlichen Weg legten die beiden schweigend zurück. Sie kamen gerade bei dem Jeep und dem leeren Pferdehänger an, als Oma Wanner mit Tränen in den Augen Melissa Bridge verabschiedete.

Als die junge Frau Amrei sah, stürmte sie auf diese zu und fiel ihr um den Hals. »Leben Sie wohl, Amrei. Ich warte auf einen Brief von Ihnen – vielleicht mit Foto von einem Fohlen?«

»Von *Ihrem* Fohlen, Melissa.«

»Ich hätte Sie gerne bei uns gehabt, Amrei. Aber ich fürchte, die höhere Gesellschaft Englands –«

Amrei wusste nicht, ob Melissa die richtigen Worte fehlten oder ob sie ihren Satz absichtlich nicht zu Ende führte, doch die junge Frau drückte sie noch einmal fest an sich und raunte ihr zu: »Halten Sie Tom fest, Amrei. Mein Bruder, der dumme Kerl, hat ihm vor ein paar Tagen sehr viel Geld geboten, wenn er von hier weggeht.«

Amrei wollte sich aus der Umarmung lösen, doch Melissa hielt sie sanft fest. »Der Amerikaner hat zur Antwort schallend gelacht. Donald ist ein guter Mann und ein toller Bruder, aber manchmal…« Auch diesen Satz beendete sie nicht. Stattdessen gab sie Amrei einen Kuss auf die Wange und entließ sie aus ihrer Umarmung.

Trotz der frühen Stunde tauchte auch Emil Schmidt im Hof auf Er eilte auf Melissa zu und schüttelte ihr kräftig die Hand. »Wie schade, das internationale Flair geht mit Ihnen. Und einer der Verehrer!« Er klopfte dem unwillig dreinschauenden Donald Bridge kräftig auf die Schulter.

Der Abschied zwischen Amrei und Donald fiel kurz, aber höflich aus, und wenig später stiegen die beiden Engländer in ihren Jeep und fuhren vom Hof

Emil Schmidt winkte dem Automobil nach, obwohl die beiden Insassen dies nicht mehr sehen konnten, da der Anhänger den Blick zurück verhinderte. Nachdem der Jeep nicht mehr zu sehen war, wandte sich der junge Mann an Amrei. »Ich müsste dringend mal in diese Stadt, Fräulein Simon. Ich möchte nämlich auch reiten und brauche geeignete Bekleidung dafür«, erklärte er. »Aber ich fürchte, ich habe meinen Tank leer gefahren und muss erst mal Benzin mitbringen. Ich meinte mich zu erinnern, dass Herr Bauer und Frau Weinreich gestern angedeutet haben, dass sie heute zusammen einen Ausflug unternehmen wollen. Ich frage sie am besten gleich, ob sie mich mitnehmen.«

»Tun Sie das. Ansonsten kann ich Sie auch mit dem Pferdefuhrwerk hinbringen. Oder wir fragen Tom.«

»Pferdefuhrwerk – wie aufregend. Und Tom? Ist der eigentlich ein Gast oder gehört er zum Hof?«

Amrei lachte amüsiert auf. »Das weiß ich manchmal selbst nicht mehr so genau.«

Der junge Mann fiel in ihr Lachen mit ein. Nachdem er sich wieder beruhigt hatte, erkundigte er sich: »Ab wann bekomme ich denn Frühstück?«

»Ab sieben Uhr, also in ein paar Minuten. Bei diesem Wetter können Sie gerne draußen im Freien frühstücken, obwohl ich mit meiner Terrasse noch immer nicht ganz fertig geworden bin.«

»Sie bauen die selbst?«

»Ich versuche es zumindest.«

»Mann, müssen Sie geschickt sein. Bei mir würde das Ganze wahrscheinlich hinterher eher wie eine Schiffsschaukel aussehen.« Lachend verschwand Emil Schmidt im Haus, während eine amüsierte Amrei zurückblieb.

Kapitel 27

Bernhard von Martheim nahm den Hörer ab. Er zog die Zigarette aus seinem Mund, drückte sie im Aschenbecher aus und meldete sich mit seinem vollen Namen.

»Ach, Sie sind es. Moment …«

Er gab seiner Sekretärin, die im selben Raum an einem weiteren Schreibtisch saß, einen Wink.

Die Frau erhob sich, griff noch nach ein paar Unterlagen und ging auf die Tür zu.

Bernhard von Martheim beobachtete sie, wobei sein Blick vor allem auf ihre langen, unter dem schwingenden Rock hervorragenden Beine gerichtet war. Als sich die Tür hinter der schlanken Frau geschlossen hatte, nahm er den Hörer wieder an sein Ohr. »Jetzt können wir reden.«

»Ich habe mich in dieser Reitpension eingemietet.«

»Und?«

»Der Junge ist da. Ein aufgeweckter Kerl.«

»Das interessiert mich nicht.«

»Sein offizieller Vater wohnt übrigens auch im Haus. Ein verschlossener Kerl – aber völlig ahnungslos. Diese Margot hat ihn ganz schön hinters Licht geführt. Aber da ist er nicht der Einzige. Mir scheint, niemand dort weiß etwas von der tatsächlichen Herkunft des Jungen.«

»Wollen Sie Ihrem Auftrag etwa nicht nachkommen?« Bernhard von Martheims Stimme war drohend.

»Das Kind ist mir gleichgültig. Ich wollte nur Ihnen noch

mal die Möglichkeit geben, es sich anders zu überlegen. Noch können Sie Ihr Fleisch und Blut verschonen.«

»Ich will aber nicht. Das Balg muss weg!«, schrie von Martheim in den Hörer.

»Wie Sie meinen. Ich lasse mir einen netten Unfall für das Kind einfallen.«

»Melden Sie sich sofort, wenn die Angelegenheit erledigt ist.«

»Mit Vergnügen«, erwiderte die Stimme. Und ihr war deutlich anzumerken, wie viel Vorfreude die Person bei dem Gedanken empfand, ein weiteres Menschenleben einfach auszulöschen.

Bernhard von Martheim lächelte vor sich hin. Er konnte das verstehen. Immerhin hatte er noch vor wenigen Jahren selbst eine unendliche Befriedigung darin gefunden, Menschen zu demütigen und letztendlich zu töten. Diese Möglichkeit, seine Macht auszuleben, fehlte ihm, stellte er einmal mehr fest.

Micki vermisste Klaus Sommer. Der Junge hing, nachdem Tom seine Übungen mit ihm beendet hatte, gelangweilt herum. Wie gerne hätte Amrei anstelle der ganzen Einzelpersonen, die ihre Gäste waren, eine Familie unter ihrem Dach beherbergt. Vor allem aber zehrte der immer anspruchsvollere Herr Krummeisen an ihren Nerven. Natürlich war ihr daran gelegen, von ihm eine gute Bewertung für die Pension zu bekommen. Musste sie deshalb aber jede seiner Eigenheiten so ohne Weiteres hinnehmen?

In diesen Tagen schien Herr Krummeisen urplötzlich sein Interesse für die Pferde und die Reiterei entdeckt zu haben. Ständig tauchte er in der Nähe der Tiere auf und des Öfteren betrat er sogar ungefragt die Koppeln. Er versuchte abwechselnd die Ponys und die Schwarzwälder, die sich das auch gefallen ließen, herumzuführen, als suche er einen Platz für sie, wohin er sie aufräumen könne. Eines Tages wagte er sich an die Vollblutstuten heran, die ihm allerdings nicht den Gefallen taten, auf ihn zu hören oder dort stehen zu bleiben, wo er sie gerne gesehen hätte. Das ging so lange, bis Amrei, während sie wieder einmal an der Terrasse weiterarbeitete, durch ein wildes, nahezu wütendes Wiehern darauf aufmerksam wurde, dass der Mann sich bei dem Hengst befand.

Sie ließ Hammer und Holzlatte fallen und sprang über die letzten noch nicht bedeckten Verankerungen der Terrasse hinweg. »Jetzt reicht es!«, stieß sie aus, stürmte in Richtung Hof und von dort in die Auffahrt hinein.

Micki lief hinter ihr her und sie hörte ihn rufen: »Denk an den Vertrag, Amrei!«

»Ich habe auch so genug Gäste. Ich lasse nicht länger zu, dass dieser Mann meine Tiere traktiert und meine Nerven strapaziert.« Sie hechtete zwischen den Holzquerbalken der Weide hindurch und blieb keuchend hinter dem Zaun stehen. Doch weder auf der ebenen Wiese noch auf der Anhöhe waren das Pferd oder der Mann zu sehen.

»Vielleicht jagt Schneesturm ihn vor sich her«, alberte Micki herum, der sie mittlerweile eingeholt hatte. »Dann kannst du die Lebensretterin spielen und machst, selbst wenn du ihn aus der Koppel schmeißt, noch Punkte bei ihm gut.«

»Was ist denn hier los?« Tom kam ebenfalls angelaufen.

»Dieser Krummeisen hat sich mit Schneesturm angelegt, nachdem er heute schon den ganzen Morgen ein Pferd nach dem anderen durch die Weiden gezogen hat. Jetzt weiß Amrei nicht, ob sie ihm das Leben retten soll, weil er doch eine Beurteilung über die Pension bei diesem Reiseveranstalter abgibt, oder ob sie den Hengst anfeuern soll.«

»Vielleicht sollten wir uns für die erste Variante entscheiden«, schlug Tom vor und kletterte hinter Micki her ebenfalls in die Umzäunung.

Amrei lief die kleine Anhöhe hinauf, und tatsächlich: Von hier sah sie den Hengst, der im fliegenden Galopp, mit aufgestelltem Schweif und flatternder Mähne am Koppelzaun entlangjagte. Herr Krummeisen saß am Fuße der steil abfallinden Kuppe im Gras. Amrei rutschte auf den Füßen zu ihm hinunter und plumpste recht unsanft neben ihm auf das Gesäß. »Ist Ihnen etwas passiert?«

Herr Krummeisen drückte sie mit der Hand grob fort, damit er freie Sicht auf den wild nach hinten ausschlagenden und übermütig den Kopf werfenden Hengst hatte. »Was für eine Schönheit! Welche Energie, Kraft und Eleganz in einem Wesen vereint.«

Amrei schob seinen Arm energisch beiseite und erhob sich. »Es ist gefährlich, einfach auf Schneesturms Koppel zu gehen. Wie Sie sagten: In ihm steckt neben seiner Eleganz eine Menge Energie und Kraft«, sagte sie spitz.

Der Mann schob seine Brille höher auf den Nasenrücken hinauf und musterte sie, als sehe er sie zum ersten Mal. »Vielleicht haben Sie recht.«

»Ich habe mit Sicherheit recht. Das ist nämlich mein Hof, meine Koppel und mein Pferd.«

»Ja, ja, junge Frau«, gab der Mann desinteressiert zurück und stapfte, gefolgt von Amrei, Tom und Micki zum Zaun, um darüberzuklettern und in Richtung Hof davonzumarschieren.

»Der weiß, dass du auf ihn angewiesen bist, und nutzt das voll aus«, raunte Micki seiner Tante zu.

»Bin ich das denn?«

»Du kannst dich nicht immer darauf verlassen, dass so viele Gäste kommen. Du hast selbst gesagt, dass du den Reiseveranstalter als Partner brauchst, weil es noch immer besser ist, Gäste zu vertrösten, als Zimmer leer stehen zu haben.«

»Hab ich das gesagt?«, fragte Amrei deutlich gereizt.

»Tom, sag doch was. Ich glaube, sie ist kurz davor, noch einen Gast aus dem Haus zu werfen.«

»Ich habe niemanden rausgeworfen.«

»Ich habe da was anderes gehört«, widersprach der Junge.

»Donald Bridge und seine Schwester sind von alleine abgereist.«

»Und Tom?«

»Der ist ja noch hier.«

»Der ist nicht wirklich hier. Er redet ja keinen Ton.«

»Amrei, ich müsste dringend mal mit Ihnen sprechen«, schaltete Tom sich nun in das Gespräch der beiden ein.

Die junge Frau musterte den Mann. »Siehst du, er spricht!«, sagte sie dann zu ihrem Neffen.

Der grinste und drehte sich um, um Schneesturm ein paar Schritte entgegenzugehen, der gerade angetrabt kam.

Tom forderte ihre ungeteilte Aufmerksamkeit, indem er sie an der Schulter ergriff. Ernst schaute er auf sie hinab. »Was Herrn Krummeisen betrifft, Amrei, da liegen Sie falsch.«

»Ich frage mich, was er so lange hier macht. Was hat er vor? Will er prüfen, wie lang man die Tiere reizen kann, bis sie bösartig werden? Ich hab das Gefühl, er war von Anfang an gegen mich!«, begehrte sie auf.

»Vielleicht können Sie mir einfach nur mal zuhören«, brummte Tom.

In diesem Moment schoss das Auto von Herrn Bauer die Auffahrt hinauf. Zu allem Überfluss drückte er auch noch auf die Hupe, als er die beiden Personen am Koppelzaun entdeckte.

Schneesturm, der durch den Lärm erschrak, stieg laut wiehernd auf die Hinterbeine. Er wollte herumwirbeln, um die Flucht zu ergreifen, doch da stand Micki.

Amreis Warnruf kam zu spät …

Kapitel 28

Michael verzog gequält das Gesicht und keuchte laut. Das Schleppen und Aufladen der Holzlatten für diese in seinen Augen unsinnige Terrasse war zu viel für ihn gewesen. Seine Schulter schmerzte und auch die pochenden durch Mark und Bein gehenden Kopfschmerzen, die ihn seit seiner Verletzung ständig heimsuchten, hatten sich wieder eingestellt.

Er lag auf dem Bett, zusammengekrümmt wie ein kleines Kind und die Finger fest in das weiße Leintuch gekrallt.

»Nur ein paar Holzlatten«, flüsterte er, obwohl er die Worte am liebsten laut herausgebrüllt hätte.

Er war vor dem Krieg Landwirt und ein erfolgreicher Züchter von Schwarzwälder Pferden gewesen, und nun konnte er nicht einmal mehr seiner Schwester helfen, ein paar Holzlatten auf einen Wagen zu laden, ohne dass es ihn beinahe umbrachte?

Sie war jetzt da draußen und baute eine Terrasse. Und er? Er war ein Nichts. Verbraucht und abgehalftert wie ein alter Gaul.

Er sollte einer Arbeit nachgehen. Sein ganzes Leben lang hatte er hart gearbeitet, was auch der Grund dafür war, dass er das Arbeitslager in Sibirien überhaupt überlebt hatte. Aber jetzt wusste er nicht mehr, was er tun sollte. Er passte nicht in diese heile Welt, die Amrei auf dem Hof aufgebaut hatte. Er wollte – ja konnte – keine Menschen um sich haben, die herkamen, um hier eine glückliche Zeit zu verleben – denn er selbst war alles andere als glücklich. Abgesehen davon war er hier fremd. Nicht einmal sein eigener Sohn erkannte ihn als Vater an. Er interessierte sich überhaupt nicht für ihn.

Dieses entsetzliche Dröhnen in seinem Kopf ließ langsam nach. Mühsam erhob er sich und schleppte sich an das Fenster. Ein paar Bäume, die in den vergangenen Jahren sehr gewachsen waren, versperrten ihm den Blick auf den Weg, doch er konnte am Koppelrand den Hengst und Micki sehen, der neben ihm stand.

Plötzlich stieg das Pferd. Michael stieß einen unterdrückten Laut aus. Weshalb reagierte Micki nicht? Wo war der dumme Junge mit seinen Gedanken? Sicherlich nicht bei dem Pferd.

Wütend über Mickis Unkenntnis im Umgang mit Pferden und über sein Desinteresse an ihm drehte er sich um und ging auf die Tür zu.

Vielleicht sollte er endlich anfangen, seinen Sohn zu erziehen!

Amrei wollte Micki zu Hilfe eilen, doch Tom ergriff fest ihre Hand, um sie zurückzuhalten.

Der Hengst warf sich zur Seite. Er wich Micki aus, der starr wie eine Statue stehen blieb, und stürmte so dicht an Amrei vorbei, dass sein Schweif gegen ihren Körper schlug. Der Boden schien unter seinem wilden Galopp regelrecht zu beben, dann war er über den Hügel verschwunden.

»Micki!«, stieß Amrei aus.

»Er ist in Ordnung, Amrei. Er hat sich genau richtig verhalten«, flüsterte Tom ihr zu.

»Verbiete mir jetzt bloß nicht den Umgang mit den Pferden«, hörte Amrei den Jungen sagen.

»Nein. Aber ich werde das Rasen und das Hupen auf dem Hof verbieten!« Amrei zog ihre Hand aus der von Tom und ging zu dem Jungen, um ihm kurz über die Wange zu streichen. Danach stieg sie zwischen den Querbalken des Zaunes hindurch und marschierte mit großen Schritten in Richtung Innenhof, wo inzwischen drei Personen dem Fahrzeug entstiegen waren.

»Amrei!«, rief Tom ihr nach.

Sie blieb stehen und drehte sich nach ihm um.

»Vielleicht –«

»Ich werde freundlich und höflich sein, Tom. Aber auch deutlich.«

»Okay«, erwiderte er und lächelte ihr aufmunternd zu.

Amrei betrachtete ihn. Mit seiner modischen Frisur und dem frechen Grinsen wirkte er noch immer wie ein junger Student, dem in seinem Leben immer alles einfach in den Schoß gefallen war. Dennoch war etwas anders geworden. Er hatte sich verändert. Oder war sie es, die sich verändert hatte?

Sein Gesicht wurde ernst, als er bemerkte, wie sie ihn musterte. Lange blickten sie sich in die Augen, und Amrei spürte ein wohliges, aufgeregtes Kribbeln in sich. Als er mit seinen Lippen lautlos ihren Namen formte, jagte ein kalter Schauer über ihren Rücken.

In diesem Moment stieß Micki seinem erwachsenen Freund einen Ellbogen in die Seite, um wieder seine Aufmerksamkeit zu erlangen.

Amrei lachte über das erschrockene Gesicht des großen Mannes, drehte sich um und setzte ihren Weg fort.

Frau Weinreich kam ihr entgegengelaufen. »Ich habe das mit dem Pferd gesehen, Fräulein Simon. Es sah sehr gefährlich aus.«

»Es *war* sehr gefährlich. Wir können froh sein, dass sowohl Micki als auch der Hengst trotz seines Schrecks gut reagiert haben.«

»Bestimmt!« Die Frau drehte sich zu den beiden Männern um. »Wir dürfen hier nicht mehr hupen!«, rief sie ihnen zu.

»Ich bitte darum. Die Pferde sind kaum Motorengeräusche von Automobilen gewohnt – noch weniger das Hupen. Darf ich Sie deshalb um der Sicherheit der Gäste und der Pferde willen bitten, hier langsam und vorsichtig zu fahren und nicht mehr zu hupen?«

»Ich habe mir nichts dabei gedacht«, entschuldigte sich Herr Bauer. »Ist dem Jungen etwas passiert?«

»Nein. Es geht ihm gut. Aber bitte halten Sie sich daran, hier vorsichtiger zu fahren.«

Herr Bauer nickte und schloss sein Fahrzeug sorgfältig ab.

Noch immer etwas aufgewühlt, wandte sich Amrei der Grünfläche zwischen der Küchentür und dem Stallgebäude zu. Sie wollte endlich die Terrasse fertigstellen. Während sie nach dem Hammer und den Nägeln griff, dachte sie darüber nach, was für eine Tragödie es für sie gewesen wäre, wenn Micki etwas zugestoßen wäre. Sie liebte den Jungen – vielleicht sogar genauso sehr wie eine Mutter ihr Kind!

Nur Minuten später ließ ein Tumult im Haus sie erneut in die Höhe fahren. Sie ließ ein Bodenbrett fallen, das polternd auf den anderen aufschlug, streifte die Arbeitshandschuhe ab und stürmte durch die leere Küche in den engen Flur.

Eine der kleinen Kommoden lag umgeworfen auf dem Boden, links und rechts des Möbelstückes standen Michael und sein Sohn Micki und fixierten einander wie zwei Boxer, die darauf warteten, wer wohl den ersten Schlag austeilen würde.

»Du hast ja gar keine Ahnung, was passiert ist. Ich habe

nichts falsch gemacht. Das hat sogar Tom gesagt!«, schrie Micki seinen Vater an.

Trotz des schlechten Lichtes konnte Amrei sehen, dass das Gesicht des Jungen gerötet war und seine Augen wild funkelten. Michael stand mit dem Rücken zu ihr da, doch seine angespannte Haltung und die zu Fäusten geballten Hände waren nicht zu übersehen.

»Tom! Wer ist schon dieser Tom?! Ich bin dein Vater. Und wenn ich sage –«

»Du willst mein Vater sein? Auf einmal? In dem Moment, in dem du denkst, ich hätte etwas falsch gemacht? Du interessierst dich doch auch nicht für mich, wenn ich etwas richtig gemacht habe. Du interessierst dich überhaupt nicht für mich!«

»Du bist ein ungezogener Lümmel. Es ist höchste Zeit, dass du mal richtig erzogen wirst.«

»Amrei hat mich gut erzogen. So gut, wie sie es konnte. Weil Mama und du mich und Amrei im Stich gelassen habt!«, schrie Micki mit sich überschlagender Stimme.

»Ich war in diesem verdammten Krieg!« Michael trat mit dem Stiefel gegen die Kommode, sodass sie mit einem schabenden Geräusch auf den Jungen zurutschte.

Dieser bewegte sich flink ein Stück nach hinten, jedoch nur so weit, dass er nicht getroffen wurde.

»Du bist schon seit ein paar Wochen zurück. Aber du machst alles schlecht, was Amrei oder ich tun. Und du beachtest mich nicht. Du bist nicht mein Vater!«

»Micki!«, fuhr Amrei erschrocken dazwischen.

»Halte du dich da raus«, knurrte Michael sie an, ohne sich nach ihr umzudrehen.

»Warum? Sie ist mehr meine Mutter und mein Vater, als Mama oder du es je waren!«, warf Micki ihm vor.

Oben im Flur ging eine Tür auf. »Was soll dieser Lärm?«, rief Herr Krummeisen verärgert hinunter.

»Halten Sie den Mund!«, schrie Michael zurück, um sich wieder seinem Sohn zuzuwenden. »Hat Amrei dir das eingetrichtert? Sind das ihre Worte?« Jetzt drehte er sich zu seiner Schwester um, die noch immer unter dem Türrahmen der Küche stand und entsetzt den Streit verfolgte.

»Nein. Sie hat dich und Mama immer in Schutz genommen, obwohl sie manchmal gar nicht mehr weiterwusste. Sie hat nie was Böses über euch gesagt!«

»Das können nicht deine Worte sein. Du bist ein kleines Kind!«, brüllte Michael, ohne seinen finsteren Blick von Amrei zu nehmen.

»Du weißt überhaupt nichts von mir. Nichts!« Mickis Stimme ging langsam in ein Schluchzen über.

»Was hast du mit ihm gemacht?«, knurrte Michael Amrei an, die ängstlich einen Schritt in die Küche auswich.

Doch dann straffte sie ihre Schultern. Sie konnte hier nicht klein beigeben, sonst würde sie alles verlieren. Die Pension, Micki – und auch ihren Bruder.

In diesem Moment nahm sie eine Bewegung hinter Michael war. Micki sprang mit einem Satz auf die umgestoßene Kommode und von dort auf den Rücken seines Vaters, um sich mit einem Arm an dessen Hals festzuklammern und mit der freien Hand auf seinen Rücken einzuschlagen. »Lass sie in Ruhe! Lass sie in Ruhe!«, rief er dabei und Amrei sah Tränen der Angst und des Zorns über sein kindliches Gesicht rollen.

Michael versuchte, den Jungen abzuschütteln. Als ihm das nicht gelang, warf er sich mit dem Rücken gegen die Flurwand und drückte Micki dagegen. Amrei wusste um den Schmerz, den der Junge in diesem Moment aushalten musste, schließlich war sie damals von Herrn Brün ebenso gegen die Wand gedrückt worden.

»Hör auf?«, stieß sie erschrocken aus.

Michael löste sich von der Wand, warf sich aber gleich ein zweites Mal dagegen.

Amrei schrie laut auf und sprang auf ihn zu. Mit aller Kraft versuchte sie, ihren Bruder nach vorne zu ziehen. »Du bringst ihn um«, brüllte sie in der Hoffnung, ihn zur Vernunft zu bringen, doch er reagierte nicht.

In ihrer Verzweiflung tat sie das Einzige, was ihr noch einfiel: Sie trat Michael so fest sie konnte zwischen die Beine.

Michaels Körper kippte nach vorne und Micki fiel zu Boden. Bleich und bewegungslos blieb er wie ein Häuflein Elend in der Ecke liegen.

»Micki! Micki, bitte!«, flehte sie Gott an und warf sich neben den flach atmenden Jungen.

Kapitel 29

Tom stand am Brunnen, betätigte den Pumpschwengel und kühlte sich seinen Zeigefinger, den er sich erneut aufgerissen hatte, im Wasser.

In einiger Entfernung sah er zwei Menschen entlang des Flusses spazieren gehen. Er vermutete, dass es sich um Herrn Bauer und Frau Weinreich handelte, die sich auf der gemeinsamen Anfahrt kennengelernt hatten und seitdem viel zusammen unternahmen.

Die Haupttür wurde geöffnet, und Tom wandte den Kopf, ohne den Finger aus dem Wasser zu nehmen.

Oma Wanner trat in den abendlichen Sonnenschein hinaus. Sie trug keine Schuhe und rieb sich die Oberarme, als sei ihr kalt. Die Frau entdeckte ihn und kam eilig auf ihn zugelaufen.

Tom sah den unruhig wandernden Blick aus den ansonsten immer so freundlich dreinblickenden Augen – ein deutliches Zeichen, dass es ihr nicht gut ging. Er richtete sich auf und eilte ihr ein paar Schritte entgegen. Da er die alte Frau bei Weitem überragte, ging er vor ihr leicht in die Hocke, wie er es sonst nur bei einem Kind tat.

»Ist etwas nicht in Ordnung, Oma Wanner?«, fragte er sanft. Die Frau musterte ihn und tätschelte dann, als wolle sie ihn beruhigen, seinen muskulösen Oberarm. »Machtkämpfe«, sagte sie nur.

»Bitte?«

»Sie kämpfen – wie früher. Ich glaube, es wird keinen Sieger geben, nur Verlierer.«

»Wovon sprichst du, Oma Wanner?« Tom warf einen besorgten Blick in Richtung Haus.

Die Frau blickte ihn verwirrt an, bevor sie sich mit einer Hand an die Stirn griff. »Ich weiß auch nicht.« Schließlich stampfte sie mit dem Fuß auf, um ihren Unwillen darüber auszudrücken, dass ihr Kopf nicht mehr so funktionierte, wie sie es im Augenblick wollte. »Die Mehlschwitze ist angebrannt, fürchte ich.«

Tom kniff sein rechtes Auge zusammen und sah über die Frau hinweg erneut zum Haus hinüber. Was hatte die Frau so durcheinandergebracht? »Setz dich hier neben den Brunnen, Oma Wanner, und warte auf mich, ja?«

»Bist ein guter Junge«, lautete ihre Antwort, als sie sich schwer in die aufgeweichte, feuchte Erde neben dem hölzernen Brunnentrog fallen ließ.

Quälende Unruhe hatte Tom erfasst, als er mit großen Schritten auf das Haus zueilte. Er riss die Tür auf – und erstarrte. An der Flurwand, unmittelbar vor der Küchentür, kauerten Amrei und Micki hinter einer umgestoßenen Kommode. Daneben stand – mit wild abstehenden Haaren und verbissenem Gesicht und in einer seltsamen Haltung über die beiden gebeugt – Michael.

»Rühr sie nicht an!« Toms Stimme klang erstaunlich ruhig, aber durchaus bedrohlich.

Michael wandte sich ihm zu, wobei er die gebückte Haltung beibehielt. Er musterte ihn aus rotumrandeten Augen und griff nach dem aufwärtsführenden Treppengeländer, um sich daran festzuhalten. »Sie gehören dir, GI.«

Tom blieb still stehen und wartete, bis Michael mühsam die Stufen in den ersten Stock hinauf in Angriff nahm. Erst dann sprang er über die Kommode und kniete sich zu den beiden.

»Amrei? Micki?« Er legte seine Hand unter Amreis Kinn und hob ihr Gesicht an. Eine Tränenspur war auf ihrem von der Sonne gebräunten und mit einer feinen Sägemehlschicht bedeckten Gesicht zu erkennen.

Tom blickte sie verzweifelt an. Er wollte sie so gerne an sich ziehen und ihr all den Trost geben, nach dem ihr Blick zu schreien schien, aber er wagte es nicht.

»Was ist mit dem Jungen?«, fragte er sie und seine Sorge um die beiden ließ seinen amerikanischen Akzent deutlicher zu Tage treten als gewöhnlich.

»Alles in Ordnung, glaube ich«, murmelte Micki, noch ehe Amrei antworten konnte, und wand sich aus Amreis schützend um ihn gelegten Armen.

Polternde Schritte auf der Treppe ließen Tom alarmiert herumfahren. Er stand auf und stellte sich breitbeinig vor die beiden noch immer auf dem Boden kauernden Personen.

Herr Krummeisen kam die Stufen heruntergewankt, in jeder Hand einen schweren Koffer.

»Ich gehe!«, verkündete er laut. »Das hier ist keine Pension, sondern ein Irrenhaus.«

Amrei zwängte sich an Tom vorbei und für einen winzigen Augenblick legte sie ihm ihre Hand auf den Arm. »Kümmern Sie sich bitte um Micki, Tom?«

»Amrei?«

»Ich schaffe das schon, keine Angst.«

»Das bezweifle ich nicht. Ich habe noch nie eine stärkere Frau als Sie getroffen. Und trotzdem mache ich mir Sorgen um Sie.«

Amrei schenkte ihm ein schwaches Lächeln, das eher verzweifelt als dankbar wirkte.

»Ich habe noch Gepäck oben«, erklärte Herr Krummeisen.

»Ich hole es.« Tom wollte in Richtung Treppe gehen, doch Amrei hielt ihn auf.

»Sehen Sie bitte nach Micki!«, bat sie erneut, diesmal eine Spur eindringlicher, und ging mit schweren Schritten die Stufen hinauf. Tom verzog besorgt das Gesicht. Michael war dort oben. Ob er überhaupt schon in sein Zimmer verschwunden war oder lauerte er noch im Flur? Hörte er seine Schwester kommen?

Ihre Schritte waren zu hören, als sie über die Dielen im Flur ging. Angespannt stand Tom da, wartete und lauschte, bis er ihre Reitstiefel wieder auf der obersten Stufe entdeckte. Amrei kam, links und rechts einen Koffer in der Hand, die Treppe herunter. Jetzt erst ging er vor Micki in die Knie. »Na komm, Junge.« Tom hob ihn wie ein kleines Kind hoch. Micki ließ es sich gefallen und schlang einen Arm um Toms Nacken, ehe er seinen Kopf auf dessen Schulter legte.

»Wir zwei gehen jetzt mal raus und schauen uns bei Tageslicht an, ob du wirklich heil geblieben bist«, murmelte er in Mickis dunkles Haar und erhaschte im Vorbeigehen einen Blick auf Amrei, die mit Herrn Krummeisen in ihrem Büro verschwunden war, um das Finanzielle zu regeln. Heil geblieben war in dieser Familie kaum etwas, dachte Tom und nahm sich fest vor, zumindest bei Amrei und Micki sein Bestes zu versuchen, um die aufgerissenen Wunden heilen zu lassen.

Es war bereits dunkel, als Tom und Micki von der Triberger Arztpraxis losfuhren. Die Scheinwerferkegel der Limousine tasteten die Feld- und Waldränder ab, und obwohl dieser Teil der Straße bis zum Dorf gut ausgebaut war, fuhr der junge Mann sehr langsam.

Auf der Hinfahrt hatten sie Herrn Krummeisen mit dabei gehabt und deshalb kaum miteinander gesprochen, doch auch jetzt hüllte sich der Junge noch immer in Schweigen.

Tom warf ihm mehrmals einen prüfenden Seitenblick zu. Bis auf ein paar Prellungen war er unverletzt geblieben, was der Arzt für ein Wunder hielt, nachdem Micki ihm knapp und nüchtern berichtet hatte, wie er sich diese zugezogen hatte. Allerdings wusste Tom noch immer nicht, was der Auslöser für den Kampf gewesen war.

Der Lichtschein erfasste einen einsamen Wanderer am Wegesrand. Er hatte sich einen Rucksack auf den Rücken geschnallt und marschierte mit großen Schritten voran. Michael Simon!

Tom war versucht, auf die Bremse zu treten, aber Micki legte ihm die Hand auf den Arm, was er als stumme Bitte verstand, dies nicht zu tun.

»Er haut ab. So wie Mama auch schon«, hörte er den Jungen flüstern.

Tom schwieg und hörte dem Jungen zu, als der zu berichten begann: »Er wollte mich ausschimpfen, weil er meinte, ich könne nicht mit dem Hengst umgehen. Dabei hat er gar nicht mitbekommen, weshalb Schneesturm durchgegangen ist. Er spielte sich plötzlich auf wie ein Vater. Und ich habe ihm gesagt, dass er das sein lassen soll. Vielleicht hätte ich das nicht tun sollen …«

Tom wandte seinen Kopf kurz in Richtung des Jungen, konzentrierte sich dann aber wieder auf die dunkle Straße vor sich. Er konnte nur hoffen, dass es dem Jungen half, endlich auszusprechen, was ihn beschäftigte.

Micki schien allerdings nichts weiter sagen zu wollen. Stattdessen öffnete er das Fenster auf der Beifahrerseite und streckte seinen Kopf hinaus. Kühle, nach Feuchtigkeit und Harz riechende Waldluft strömte herein.

Tom schaute noch einmal kurz zu dem Jungen hinüber. »Micki?«

»Ja?« Der Junge zog seinen Kopf wieder ins Innere des Wagens und setzte sich aufrecht in das Polster.

»Hat er Amrei wehgetan?«

»Warum hast du sie das vorhin nicht selbst gefragt?«

»Deine Tante ist nicht gerade die Gesprächigste unter den Frauen. Ich bin davon ausgegangen, dass ich ohnehin keine präzise Antwort auf eine solche Frage erhalten würde, und möchte deshalb gern von dir hören, ob er ihr wehgetan hat.«

Ein schwaches Lächeln legte sich auf Mickis Gesicht. »Er ihr? Nein. Sie hat *ihm* wehgetan. Mit einem gezielten Tritt an die schmerzempfindlichste Stelle bei uns Männern.«

Tom hob die Augenbrauen. »Darin ist sie gut.«

»Du hast es also auch schon zu spüren bekommen?« Mickis Frage klang eher neugierig als erschrocken oder gar mitfühlend.

Tom nickte nur.

»Wildsau!«, rief Micki plötzlich.

»Ich?«

»Brems!«

Tom trat auf die Bremse und brachte das Fahrzeug unter heftigem Schlingern zum Stehen.

»Doch nicht du!«, antwortete Micki und zeigte nach vorne, wo im Scheinwerferlicht ein Wildschwein gemächlichen Schrittes die Straße überquerte und im angrenzenden Waldstück verschwand.

Schließlich sagte Micki in die Stille hinein: »Sie hat dich gern« und lehnte sich im Sitz zurück.

Tom blickte stur geradeaus, soweit die Lichter der Autoscheinwerfer das erlaubten.

Nach einer geraumen Zeit des Schweigens ließ er den abgewürgten Motor an und fuhr noch langsamer als zuvor weiter. Er hätte Micki gerne gefragt, was er davon hielt, dass er seine Tante ebenfalls sehr mochte, doch er wollte das Kind nicht überfordern. Im Moment hatte der Junge mit seinen eigenen Gefühlen zu kämpfen, und das wollte er ihn in Ruhe tun lassen.

Sie fuhren am Haus des Bürgermeisters vorbei, und als sie das erste Schlagloch trafen, warf Tom wieder einen Blick zu seinem schweigsamen Beifahrer hinüber. Micki hatte sich auf dem Sitz wie eine Katze eingerollt und die Augen geschlossen.

Der Mann lächelte und zog vom Rücksitz seine Jacke hervor, die er sachte, so gut er es mit nur einer Hand konnte, über den Jungen ausbreitete. Ohne die Augen aufzuschlagen murmelte dieser mit verschlafener Stimme: »Könntest du nicht hierbleiben?«

Tom flüsterte vor sich hin: »Das liegt nicht an mir, mein Junge.«

Sie erreichten den Hof und die Scheinwerfer erfassten Angela und Amrei. Die ältere der beiden Frauen schien auf die jüngere heftig eingeredet zu haben, doch nun riss Amrei sich los und stürzte auf den Wagen zu.

Schnell öffnete Tom die Tür und stieg aus dem Automobil. »Was ist passiert?«, fragte er besorgt.

»Ist Micki in Ordnung?«

»Ja. Aber was ist mit Ihnen?«

»Was hat der Arzt gesagt?«

»Sie ignorieren meine Fragen, Amrei.«

»Meine sind wichtiger.«

»Er hat Prellungen, die noch ein paar Tage wehtun werden. Das ist alles. Der Arzt sprach von einem Wunder«, antwortete Tom schnell, da er einsah, dass er keine Antworten auf seine Fragen erwarten konnte, solange Amrei nicht über den Zustand ihres Neffen beruhigt wurde.

»Und was war hier los?«

»Ich kann Michael nicht finden.«

»Wir haben ihn gesehen – kurz vor der Stadt.«

Sofort wirbelte sie herum und rannte in Richtung Stall, doch auf dem Weg dorthin schien sie es sich anders überlegt zu haben, denn sie drehte sich abrupt um und kam noch einmal zurück. »Bitte, schauen Sie und Angela nach Micki!«, bat sie ihn.

Tom, dem schnell klar wurde, was sie vorhatte, ergriff sie mit einer Hand am Unterarm, doch sie befreite sich sofort aus seinem Griff und eilte zum Stall.

Angela legte Tom eine Hand auf die Schulter und hielt ihn davon ab, der davonstürmenden Frau zu folgen. »Lass sie, Tom.«

»Es ist stockdunkle Nacht.«

»Sie kann nicht zulassen, dass auch noch Mickis Vater verschwindet, ohne zu wissen, wohin.«

»Wie sollte sie das verhindern?«

»Sie muss es versuchen, Tom. Bei Margot hatte sie keine Chance. Aber jetzt …«

Toms Kopf fuhr herum, als er hörte, wie ein Pferd im Galopp vom Stall wegjagte. Eine Wolke schob sich vor den

Mond und dennoch erkannte er in dein Pferd Schneesturm. »Amrei!«, schrie er ihr nach und wurde wieder – nun fast gewaltsam – von Angela zurückgehalten.

Stocksteif blieb er stehen und lauschte in die Dunkelheit, auf die sich schnell entfernenden Schritte des Hengstes. »Sie wird sich den Hals brechen«, stieß er aus. »Ich brauche ein Pferd.«

»*Du* wirst dir den Hals brechen, wenn du versuchst, ihr zu folgen«, gab Angela zurück.

Er blickte weiter in die Dunkelheit hinein und lauschte auf den Hufschlag. Die Wolke zog ihren Schleier vom Mond und in dessen fahlem Schein sah Tom Pferd und Reiterin über einen der Koppelzäune springen. Sie wirkten fast wie ein Fabelwesen, das durch die Lüfte flog, ehe eine neue Wolke die Sicht auf sie nahm und sie von der Dunkelheit verschluckt wurden. Allmählich verklang auch der Hufschlag.

Kapitel 30

Vier Tage war es her, seit Amrei auf dem Hengst aus seinem Leben »geflogen« war. Seitdem hatte er ihre Aufgaben übernommen – zumindest fast alle, denn an die Kühe konnte er sich einfach nicht gewöhnen.

Am Morgen nach ihrem und Michaels Verschwinden hatten Micki und er den Stalldienst erledigt, hatten nach den Gästen gesehen und waren mit Angela und Oma Wanner im Gottesdienst gewesen. In der kleinen Kirche hatte er, zum ersten Mal seit Jahren, wieder wie ein Kind mit seinem himmlischen Vater geredet. Den Rest des Tages hatte er mit Micki im Haus verbracht, da es seit dem Mittagessen in Strömen regnete.

Der nächste Tag hatte ähnlich begonnen. Er war im Dorf beim Krämer gewesen, wo es sich bereits herumgesprochen hatte, dass Michael und Amrei verschwunden waren. Nachdem er sich davon überzeugt hatte, dass alle Gäste gut versorgt waren, hatte er sich an Amreis überfüllten Schreibtisch gesetzt.

Es fiel ihm leicht, den anstehenden Papierberg abzuarbeiten, und er entdeckte ein paar Rechnungen, die dringend bezahlt werden mussten, was er ohne die Unterschrift der Inhaberin dieser Pension allerdings nicht in die Wege leiten konnte.

Frau Weinreich wie auch Herr Schmidt forderten Reitstunden ein, die er ganz annehmbar hinter sich brachte, aber immerhin sollte er ja in nicht allzu weiter Ferne als Lehrer arbeiten.

So vergingen auch der zweite, der dritte und der vierte Tag. Er gewöhnte sich langsam an die nicht enden wollende, anstrengende Arbeit und fiel nicht mehr, wie es an den ersten beiden Abenden gewesen war, vor Erschöpfung halbtot ins Bett. Allerdings führte dies dazu, dass er abends noch ausreichend Zeit zum Grübeln hatte. Tom wälzte sich unruhig hin und her, betrachtete die neuen nassen Flecken an seiner schrägen Zimmerdecke und wünschte sich, Amrei käme endlich zurück.

Ein dichter Platzregen klatschte, begleitet von heftigen Windböen, gegen das Haus und ließ ihn einfach nicht zur Ruhe kommen.

Entnervt setzte er sich auf und fuhr sich mit beiden Händen durch die Haare. Wo war Amrei nur? Warum blieb sie so lange fort? War ihr etwas zugestoßen? Bilder einer nachts einsam umherirrenden Amrei drängten sich ihm auf und veranlassten ihn, mit der geballten Faust gegen die Wand zu schlagen.

Weshalb war er ihr nicht nachgeritten? Warum hatte er sie nicht aufgehalten?

Tom zog sich die Decke von den Beinen und stand auf. Er musste sie endlich suchen gehen! Er hatte schon viel zu viel Zeit ins Land streichen lassen. Irgendwo hatte man sie mit Sicherheit gesehen; eine junge Frau auf einem grauen Hengst fiel doch auf?

Er zog sich an und stapfte in seinen Reitstiefeln die knarrenden Holzstufen hinunter, auf denen Teppich verlegt worden war, sodass sich der Krach, den er dabei verursachte, in Grenzen hielt. Zu seiner Verwunderung entdeckte er trotz der späten Stunde in der Küche Licht. War sie zurückgekehrt? Tom stürmte die restlichen Stufen hinunter, lief durch den Flur und stieß die Küchentür auf.

Micki hockte in Unterwäsche am Tisch, ein Glas Milch in der Hand, und schaute ihn erschrocken an.

»Was tust du denn hier?«, fuhr Tom ihn an, hob aber gleich darauf entschuldigend die Hand. Der Junge konnte nichts dafür, dass Amreis Verschwinden ihn halb wahnsinnig machte.

»Beten, dass Amrei bald zurückkommt. Und warten. Angela vermutet, dass Amrei, wenn sie ihn nach zwei Tagen nicht gefunden hat, spätestens in der vierten Nacht zurück sein wird.«

»Das wäre heute.«

»Ja«, erwiderte Micki schlicht, blinzelte gegen die flackernde Kerze an und leerte sein Glas Milch.

»Geh schlafen, Micki.«

»Hältst du noch ein bisschen Wache?«

»Das mache ich.«

»Aber du weckst mich, wenn sie da ist. Sofort.«

»Abgemacht.«

Tom sah Micki nach, der mit kleinen Schritten aus der Küche schlurfte und die Tür hinter sich schloss. Der junge Mann stellte das Glas in die Spüle und wollte gerade zur Nebentür gehen, als es im Treppenhaus gewaltig polterte und Mickis erschrockener Ausruf ihn herumfahren ließ.

Er fegte mit der Hand einen Stuhl beiseite und stürmte aus der Küche in den Flur. Micki lag mitten auf der Treppe, die Beine halb im Geländer verfangen, was ihn wohl davor bewahrt hatte, weiter nach unten zu stürzen.

Tom knipste das Licht an und blickte in die erschrocken aufgerissenen Augen des Jungen. Als dieser sich langsam wieder aufrappelte, verzerrte er schmerzlich das Gesicht, da seine noch nicht abgeheilten Prellungen ihm mit Sicherheit wieder vermehrt wehtaten.

Tom übersprang zwei Stufen auf einmal und setzte sich neben Micki. »Was ist denn passiert?«

Der Junge rieb sich die Schulter und murmelte: »Der Teppich hat sich gelöst. Ich hatte fast das Gefühl, als sei er mir entgegengekommen oder hochgeflogen.«

Tom rutschte zur Seite und griff in den aufgeworfenen Treppenläufer. Tatsächlich hatte dieser sich oben gelöst und kam nun, etwas Staub aufwirbelnd, zu ihnen heruntergeglitten.

»Der Treppenläufer ist zu gefährlich. Die Treppe ist zwar laut, aber so steil, wie sie ist, kann ein locker auf die Stufen gelegter Teppich tödlich sein.«

»Amrei hat ihn aber ordentlich festgemacht.«

»So wie es aussieht wohl doch nicht«, gab Tom zurück.

Micki warf ihm einen verärgerten Blick zu, widersprach aber nicht noch einmal.

»Ich hole Werkzeug und entferne den ganzen Teppich. Geh schlafen, Junge.« Tom wartete, bis Micki oben im Flur verschwunden war, bevor er sich die kreisrunden, unbeschädigten Löcher besah, die Amreis Verankerungen in den Teppich getrieben hatten. Herausgerissen sahen sie tatsächlich nicht aus. Aber wie sollten die Befestigungen sich dann gelöst haben?

Tom holte Amreis Holzwerkzeugkasten aus dem Büro und machte sich daran, die restlichen Schrauben und Nieten aus dem Teppich und der Holztreppe zu hebeln. Ohne Eile rollte er den weichen Läufer auf, verstaute ihn unter Amreis Schreibtisch, stellte die Werkzeugkiste zurück und zog energisch die Bürotür hinter sich zu. Mit vor der Brust verschränkten Armen lehnte er sich gegen die Tür und stierte in Gedanken versunken den Flur entlang. Das Prasseln des Regens wurde, je nachdem, wie heftig der Wind die Schauer vor sich herjagte, in unregelmäßigen Abständen lauter und leiser und der Wind ließ das alte Gebälk knacken und krachen. Tom vernahm das schwere, laute Ticken der alten Standuhr aus dem Wohnzimmer und hörte zu, wie die Zeit verrann. Irgendwann ging er in den Vorraum hinaus, dessen Eingangstür wie so oft noch offen stand, sodass trotz des kleinen Vordaches ein paar Regenspritzer ihren Weg in das Innere des Hauses gefunden hatten.

Der junge Mann trat unter den Türrahmen und atmete tief die durch den Regen abgekühlte Luft ein. Ob der Sommer jetzt im Juli schon seinem Ende entgegengehen wollte?

Tom runzelte die Stirn. Spielte die Geräuschkulisse aus Wind, Regen und sich heftig schüttelnden Zweigen ihm einen Streich? Er glaubte, leise Huftritte zu hören. Diesen Geräuschen folgte das ebenso leise Schnauben eines Pferdes und kurz darauf das Schaben der großen Stalltür, als sie aufgeschoben wurde.

Augenblicklich lief er durch die unter seinen Schuhen aufspritzenden Pfützen zu den im Dunkeln liegenden Nebengebäuden hinüber. Die Stalltür stand zur Hälfte offen. Er eilte durch das Tor und blieb in der Dunkelheit, die im Inneren des Gebäudes herrschte, stehen. Erneut schnaubte ein Pferd, und er hörte, wie es mehrmals mit den Hufen aufstampfte.

Bei der Sattelkammer wurde ein Streichholz angerissen und eine Lampe entzündet. Mit der wankenden Laterne in der Hand kam Amrei zurück in die Stallgasse. Sie konnte ihn nicht sehen, da er von dem verdreckten Pferd halb verdeckt war, doch er sah sie, mit ihren langen, nassen, zerzausten Haaren, das mit Schlammspritzern übersäte Gesicht, die nasse Bluse, die eng an ihrem Oberkörper klebte, und die von braunen Blättern und Schlamm überzogene Reithose. Nur die Stiefel glänzten, mit Ausnahme einiger brauner Spritzer, erstaunlich sauber.

Amrei ging auf Schneesturm zu, der ihn längst bemerkt hatte und den Kopf nach ihm umwandte. Die junge Frau registrierte das Verhalten des Tieres sofort und blieb vorsichtshalber stehen.

»Ich bin es nur«, sagte Tom und trat in den flackernden Lichtschein der Stalllampe.

Über Amreis Gesicht huschte ein flüchtiges Lächeln, und Tom fand es wunderschön, obwohl die Frau sich in einem bemitleidenswerten Zustand befand.

Er ging auf sie zu und nahm ihr die Lampe aus der zitternden Hand, wobei er es wagte, ihre Finger zu berühren. Sie waren sehr kalt. »Sie frieren«, stellte er fest und hängte die Lampe an einen dafür vorgesehenen Haken an einem Stützbalken.

»Es ist kalt geworden«, erwiderte sie und blickte zu ihm auf. Tom drehte sich nach Amrei um und musterte sie. Sie wich nicht zurück, nicht einmal die paar Schritte bis zu ihrem Pferd, um den sonst üblichen Abstand zwischen sich und ihn zu bringen.

»Gehen Sie ins Haus. Ich versorge den Hengst«, bot er ihr an.

»Wollen Sie mich loswerden?«, fragte sie ihn herausfordernd.

Er ging noch ein kleines Stück weiter auf sie zu. »Nein«, sagte er mit belegter Stimme. Er bemerkte, wie sie sich darum bemühte, einer aufsteigenden Furcht Herr zu werden.

»Dann schicken Sie mich nicht weg.«

»Sehr mutig«, sagte er in dem Versuch, durch einen kleinen Scherz ihr ein bisschen die Furcht vor ihm zu nehmen.

»Ich minimiere jegliches Risiko durch mein Aussehen.«

Tom biss sich kurz auf die Oberlippe. Diese Frau hatte keine Ahnung. Mochte sie noch so verschmutzt und zerzaust sein, er würde sich immer zu ihr hingezogen fühlen, und die nass an ihrem Oberkörper klebende Bluse machte es ihm nicht eben einfacher, ruhig zu bleiben. Doch das behielt er lieber für sich. »Was tun wir jetzt?«, fragte er, nachdem sie sich eine Weile nur angesehen hatten.

»Das Pferd versorgen?«

»Okay.«

Amrei ging an ihm vorbei, ergriff den müden Hengst am Zügel und führte ihn in seine Box. Während die Frau ihn absattelte und das Zaumzeug abnahm, holte er vom Brunnen Wasser und aus der Sattelkammer ein paar weiche Lappen und Bürsten.

Ohne ein Wort miteinander zu sprechen, wuschen sie das Pferd ab, versorgten es mit Futter und trafen sich nach getaner Arbeit unter der geöffneten Stalltür.

Amrei löschte die Lampe und lehnte sich mit der linken Schulter gegen den noch geschlossenen Torflügel. Beide blickten in die Nacht hinaus. Der Regen prasselte nach wie vor heftig auf die Erde hernieder und unzählige Pfützen säumten den Platz vor den Gebäuden.

»Er ist fort«, hörte Tom Amreis Stimme über das Plätschern des Wassers, das vom Stalldach herunterlief.

»Das heißt, Sie haben ihn nicht gefunden?«

»Doch, das habe ich.«

Tom sah zu ihr hinüber.

»Ich habe ihn vor zwei Tagen gefunden. Er schlief am Rand der Bahnstrecke in Richtung Frankreich an einer Feuerstelle. Erst überschüttete er mich mit Vorwürfen …« Amreis Stimme war sehr leise geworden und Tom ahnte ihren Schmerz. Er trat auf sie zu, doch sie streckte die Hand aus, um ihn auf Abstand zu halten, und fuhr fort: »Dann begann er zu weinen. Er klagte mir sein ganzes Leid wegen Margot, wegen Micki, wegen mir und dem Hof und wegen des verlorenen Krieges, er erzählte mir von den Qualen während der Gefangenschaft und seinen Schmerzen und Ängsten. Zu diesem Zeitpunkt glaubte ich noch, ihn zur Heimkehr überreden zu können. Mitten in der Nacht, ich hatte geschlafen, stand er plötzlich vor mir. Er sagte …« Wieder wurde Amrei so leise, dass er Schwierigkeiten hatte, sie zu verstehen. »Er sagte, das einzige Geschäft, von dem er noch etwas verstehe, sei der Krieg. Krieg würde es immer irgendwo auf der Welt geben. Er würde ihn schon finden. Mit diesen Worten ging er.

Tom schwieg. Er war erschüttert. Wie musste sich Amrei fühlen?! Noch einmal wagte er einen Versuch, ihr näherzukommen. Vielleicht würde sie ihm erlauben, ihr tröstend über die Wange zu streichen oder ihre Hand zu halten, aber sie hob erneut die Hand, die ihn zumindest auf Armeslänge von sich fernhielt.

Ob sie ahnen konnte, wie sehr sie ihn quälte? Er wollte ihr doch Trost und Halt bieten und – er war ehrlich genug – er wollte sie endlich einmal in seinen Armen halten, um zu spüren, wie sie sich anfühlte.

Tom sah auf sie hinab, wie sie da heftig zitternd am Tor stand und die Arme um ihren eigenen Körper geschlungen hielt.

Entschlossen trat er einen Schritt in den Regen hinaus, drehte sich um und streckte ihr auffordernd seine Hand entgegen. »Kommen Sie, Sie müssen zusehen, dass Sie warm werden. Schnell ins Bad mit Ihnen.« Diesmal wartete er nicht, bis sie ihren inneren Kampf ausgefochten hatte, sondern beugte sich vor und ergriff einfach ihre Rechte.

Sie entzog sie ihm nicht und gemeinsam liefen sie durch den Regen hindurch bis zur Haupttür, die noch immer weit offen stand. Im Licht der Flurbeleuchtung wurde Amreis erbärmlicher Zustand nur noch deutlicher, und Tom schalt sich selbst, dass er nicht darauf bestanden hatte, dass sie sofort ins Haus ging. »Sie sehen grauenvoll aus«, entfuhr es ihm.

»Sie waren schon mal charmanter.«

»Hoch mit Ihnen.«

»Nein, Sie zuerst. Sie sind der Gast.«

Er sah sie ernst an: »Das bin ich schon lange nicht mehr, Amrei. Und da Sie für ein paar Tage abgehauen sind, habe ich alle Ihre Aufgaben übernommen. Ich hoffe, Ihnen ist klar, dass ich ab dem heutigen Tag definitiv keine Rechnung bezahlen werde, für den Fall, dass Sie auf die Idee kommen sollten, mir eine zu schreiben.«

»Alle meine Aufgaben?«, fragte sie ungläubig.

»Bis auf die Kühe.«

Ein Lächeln huschte über ihr Gesicht. »Das dachte ich mir.«

»Gehen Sie jetzt!«

»Sie zuerst, ich muss noch in die Küche. Da scheint eine Kerze zu brennen.«

»Wenn Sie mir noch einmal widersprechen, Amrei, werde ich Sie auf der Stelle in den Arm nehmen.«

Amrei sah ihn erst erstaunt, dann aufgebracht an.

»Was ist das denn für eine Drohung?«, flüsterte sie, um nicht noch lauter zu werden, in seine Richtung, bewegte sich allerdings bereits auf die erste Stufe zu.

»Eine, die wirkt – zumindest bei Ihnen«, konterte er, sah aber aufmerksam in ihr Gesicht, da er befürchtete, zu weit gegangen zu sein. Bevor sie sich umdrehte und die Stufen hinaufeilte, konnte er jedoch erkennen, dass sie amüsiert lächelte.

Von oben war ein erfreuter Ausruf von Micki zu hören. Der Junge war offensichtlich noch wach geblieben. Tom löschte die Kerze in der Küche, schloss die nur angelehnte Nebentür und eilte, drei Stufen auf einmal nehmend, ebenfalls nach oben.

Als er im Flur ankam, war Micki bereits in sein Zimmer verschwunden. Angela hielt die weinende Amrei an sich gedrückt und wiegte sie leicht hin und her.

Ein beißender Schmerz jagte durch Toms Körper. Er wusste, dass es dumm von ihm war, aber er konnte sich vor dem heftigen Anflug von Eifersucht nicht retten. Angela war die beste Freundin von Amrei und kannte sie bereits seit Jahren. Wer konnte besser geeignet sein, Amrei zu trösten, als sie?

Ich, lautete das Ergebnis seiner Überlegung.

Noch immer stand er wie angewurzelt auf dem Treppenabsatz und sah zu den beiden Frauen hinüber.

»Er wird eines Tages heimkehren, Amrei«, sagte Angela.

»Wann? Wenn er Hunderte von Menschenleben ausgelöscht hat? Gegen Bezahlung?«

»Du kannst nichts weiter tun, als ihn Tag für Tag Gottes Fürsorge anzuvertrauen, Amrei. Er wird ihn nicht aufgeben.«

Tom gelang es, ungesehen in sein Zimmer zu schlüpfen. Dort setzte er sich auf sein Bett und betrachtete die nassen Flecken an der Deckenschräge und die auf dem Fußboden, die er selbst verursacht hatte. Innerlich aufgewühlt legte er sich mitsamt seiner nassen, schmutzigen Kleidung auf das Bett und lächelte in die Dunkelheit hinein. Amrei war zurück. Das war im Moment das Wichtigste.

Kapitel 31

Amrei betrat ihr kleines Arbeitszimmer und runzelte die Stirn. Ihr Schreibtisch war beinahe leer, nur drei Rechnungen lagen auf der Ablagefläche, auf der sich bis vor fünf Tagen größere Papiertürme gestapelt hatten.

In einer Dose, die einmal zu Angelas Medikamentensammlung gehört hatte, steckten ihre Stifte und leeres Notizpapier lag griffbereit auf dem am Schreibtisch nächststehenden Schrank.

Am verblüffendsten war jedoch die Tatsache, dass auf dem Fenstersims, der von ihren alten Lehrbüchern über Motoren und Maschinen befreit worden war, eine Vase stand, in der sich ein paar Sommerblumen dem Licht entgegenreckten, das von außen in den kühlen Raum hineinfiel.

Verblüfft und erfreut zugleich setzte sich Amrei auf ihren Stuhl. War das alles Tom gewesen? Er hatte ihr ja gesagt, dass er ihre Aufgaben übernommen hatte, solange sie versucht hatte, Michael zur Rückkehr zu überreden.

»Dich werde ich behalten«, sagte sie halblaut vor sich hin.

»Bitte?«

Amrei rutschte auf dem Stuhl erschrocken herum. Unter dem Türrahmen, leicht gebeugt, da er zu groß war, um dort aufrecht stehen zu können, stand Tom und blickte ihr mit seinem ihm eigenen breiten, fröhlichen Lächeln entgegen.

»Sie haben sich hier ja häuslich eingerichtet!«

»Dafür, dass man in Ihrem Stall fast vom Fußboden essen kann, sah es hier aus wie auf einem Schlachtfeld.«

»Das hier *ist* der Platz, an dem ich meine Schlachten austrage.«

»Das habe ich bemerkt. Wenn Sie nicht schnell die Rechnungen dort begleichen, droht Ihnen ein Dreifrontenkrieg.«

»Warum schleichen Sie hier eigentlich so herum?«

»Ich bin in meinem Herzen viel mehr ein Indianer als ein Cowboy.«

»Das weiß ich inzwischen. Anders ist Ihre Abneigung gegen Kühe nicht zu erklären.«

»Ihr Dank ist angenommen«, spottete Tom, trat ein und schloss die Tür hinter sich.

Amrei spannte sich unwillkürlich an und streckte dabei die Beine aus. Sie wollte dieses flaue Gefühl im Magen nicht spüren. Eines Tages musste sie es doch besiegen können!

Ihre nackten Füße stießen gegen etwas. Sie blickte unter den Tisch und entdeckte einen aufgerollten schmalen Teppich.

Als sie sich fragend an Tom wenden wollte, stand dieser bereits hinter ihrem Stuhl und hatte seine Hände um ihre Stuhllehne gelegt.

Die Mischung aus aufkeimender, aber nicht erwünschter Furcht und der Freude über seine Nähe und Aufmerksamkeit verwirrte sie. Es dauerte ein paar Sekunden, ehe sie sich so weit im Griff hatte, dass sie ihn über die Schulter hinweg ansehen konnte. »Warum liegt der Treppenläufer hier?«

»Ich habe ihn entfernt.«

»Weshalb? Hat Ihnen die Farbe nicht zugesagt?«, spottete sie, als versuche sie, ihn wenigstens verbal auf Abstand zu halten.

»Micki ist seinetwegen gestern Nacht beinahe die Treppe hinuntergestürzt.«

Amrei sah ihn erschrocken an.

»Der Läufer war nicht richtig befestigt.«

»He! Ich –«

»Es lag bestimmt nicht an Ihren handwerklichen Fähigkeiten, Amrei, sondern an der Qualität der Nägel oder am Teppich oder am Treppenholz«, beschwichtigte Tom grinsend.

Amrei rang ihre Hände und betrachtete den aufgerollten Läufer, ehe sie den Kopf hob und dankend zu Tom hinaufsah. »Gut, dass Sie ihn gleich entfernt haben.«

Tom nickte ihr zu, nahm die Hände von der Stuhllehne und trat an das Fenster. Amrei sah an seiner breiten Gestalt vorbei ebenfalls nach draußen, wo die Sonne mühsam gegen schnell ziehende Wolkenberge ankämpfte und so das Tal abwechselnd in Licht und Schatten getaucht wurde.

»Eigentlich bin ich hier, weil Herr Bauer den Wunsch geäußert hat, ausreiten zu dürfen«, erklärte Tom, den Blick noch immer nach draußen gerichtet. »Er kann wohl leidlich reiten, meint er.«

»Die Waldwege sind alle vollkommen aufgeweicht«, warf Amrei ein.

»Deshalb wollte ich auch erst einmal mit Ihnen sprechen.«

»Was heißt das? Erst einmal?«, begehrte Amrei auf und erhob sich. »Fangen Sie jetzt an, die Pferde an die Gäste zu verteilen oder Ausritte zu erlauben?«

Tom drehte sich zu ihr um. »Das sollte nur heißen, dass ich mit Ihnen sprechen wollte, bevor der Mann weitere Pläne schmiedet, die Sie ihm dann womöglich durchkreuzen.«

Amrei bemerkte den ärgerlichen Ton in seiner Stimme und sah ihn erschrocken an.

»Ich bin hier beinahe schon zum Inventar geworden, habe mehrere Tage lang den Betrieb am Laufen gehalten und könnte dafür zumindest erwarten, dass …« Tom war ihr immer näher gekommen, und Amrei untersagte es sich, nach hinten auszuweichen. Sie hatte immer versucht, aufgebrachten Männern die Stirn zu bieten und ihre Angst zu verbergen. Darin hatte sie Übung. Doch nun stand Tom direkt vor ihr und seine blauen Augen schienen die ihren förmlich gefangen zu halten, wobei Amrei erstaunt feststellte, dass darin keineswegs Ärger zu entdecken war.

»Eigentlich würde ich nur gerne wissen, woran ich bin, Amrei«, sagte er und zog hilflos seine Schultern in die Höhe. »Ich könnte abreisen. Wollen Sie das?«

Amrei schwieg. Was wollte sie? Sich ihren Gefühlen auszuliefern und ein Näherkommen Toms zuzulassen würde sie unendlich viel Kraft kosten – Kraft, von der sie nicht wusste, ob sie sie würde aufbringen können. Und es würde sie Überwindung kosten, sich von ihrem feindlichen Männerbild zu verabschieden. Für sie würde es um so vieles einfacher sein, ihn gehen zu lassen.

In diesem Moment wurde kräftig an die Tür geklopft. Amrei wandte sich aufatmend um, doch Tom stellte sich ihr mit einem großen Schritt in den Weg.

»Amrei?«

Ein weiteres Mal wurde geklopft, diesmal heftiger.

Amrei wich seitwärts aus, doch Tom war sofort wieder vor ihr.

Auf seiner Stirn hatten sich kleine Falten gebildet, und seine Augen, die sonst immer fröhlich und unbeschwert in die Welt schauten, blickten sie fordernd an.

Die Tür wurde geöffnet, und Tom blieb nichts anderes übrig, als Amrei an sich vorbeizulassen.

Herr Bauer stand im Flur und warf Amrei einen prüfenden Blick zu, Tom, der hinter der Tür stand, blieb unentdeckt. »Man wollte Sie informieren, dass ich gerne ausreiten möchte, Fräulein Simon.«

»Ich komme gleich hinaus, Herr Bauer. Ich würde mir gerne einen kurzen Eindruck darüber verschaffen, wie sicher Sie im Sattel sitzen, damit ich Ihnen einen passenden Reitweg zeigen kann.«

»Ich warte.« Der Mann stiefelte davon.

Amrei wollte ihm folgen, überlegte es sich aber anders. Sie konnte nicht immerzu davonlaufen. Sicher wäre es für sie einfacher, Tom aus ihrem Leben zu verbannen. Aber ihr ganzes Leben hatte gezeigt, dass den einfacheren Weg zu wählen oftmals aufgeben bedeutete, und das hatte sie nie getan. Sie würde es auch jetzt nicht tun, nicht ohne das Beste versucht zu haben, was sie geben konnte. Also schloss sie die Tür und wandte sich Tom zu, der inzwischen auf der Schreibtischplatte saß, seine Hände links und rechts neben seinen Oberschenkeln auf das Holz gestützt hatte und sie ungeniert beobachtete.

In dem Moment, als sie sich nach ihm umdrehte, huschte ein Lächeln über sein Gesicht.

»Also«, begann sie unsicher.

»Ich gewinne immer!« Tom lachte auf, und Amrei war einen Augenblick versucht, sich aufgebracht abzuwenden. Doch sie hielt an ihrem Vorsatz fest und stellte sich der Situation.

»Ist das ein Wettkampf?«, fragte sie.

»Sicher. Das ist es immer, und ich Taugenichts habe bereits einen adeligen britischen Leutnant aus dem Rennen geworfen und gerade zumindest den Versuch eines Herrn Bauer, dir eine Fluchtmöglichkeit zu schaffen, unterdrückt.«

»*Das* als Wettkampf zu sehen finde ich ausgesprochen –«

Tom beugte sich ihr entgegen und flüsterte: »Und diesen Mühlensepp, den vertreibe ich auch noch.«

Amrei kniff die Augen zusammen. Manchmal wusste sie bei diesem Mann nicht, was er ernst meinte und wann er einen seiner Späße mit ihr trieb.

»Das ist mein Ernst, Amrei«, sagte er, als könne er ihre Gedanken lesen. »Eines Tages werde ich Sie in die Arme nehmen und Sie küssen, ohne dass Sie in Erinnerung an diesen Mann vor Furcht zittern, und dann muss ich auch nicht länger dieses blöde ›Sie‹ zu Ihnen sagen. Ich schaffe das, und wenn das Jahre dauern sollte – was es nicht wird!«, fügte er triumphierend hinzu und sprang auf die Füße.

Tom war bereits an der Tür, als er sich nochmals zu ihr umdrehte. »Aber vielleicht sollte ich erst einmal etwas klarstellen…«, begann er, doch es wurde schon wieder kräftig an die Tür geklopft und Micki streckte den Kopf herein.

»Dieser Herr Bauer wartet. Ich habe ihm schon Salome geholt und gesattelt. Kommst du, Amrei?«

»Ich komme!«, erwiderte sie. Sie zwängte sich zwischen Tom und dem Türspalt hindurch aus dem Raum und blinzelte ihm zu, als sie sagte: »Sie sagten ja, dass Sie noch Jahre Zeit hätten, nicht wahr?«

Amrei trat in den Innenhof hinaus und blickte prüfend zum Himmel hinauf, an dem sich dunkle Wolken vor die Sonne geschoben hatten. Außerdem wehte ein kräftiger Wind, der ebenfalls dazu beitrug, dass es unangenehm frisch geworden war.

Herr Bauer stand neben Salome und trat auf der Stelle – ob vor Ungeduld oder weil es ihm kalt war, konnte Amrei nicht sagen.

»Du musst noch nachgurten«, rief Micki ihr zu, während er Salome vom Wandring losband.

Amrei tat das und bat dann ihren Gast aufzusitzen. Sehr geschickt schwang dieser sich in den Sattel und nach einem prüfenden Blick auf seine Haltung nickte Amrei ihm zu. Sie forderte ihn auf, eine kleine Runde im Hof zu reiten, woraufhin er das Pferd zunächst in den Schritt und dann in den Trab trieb.

Direkt vor Amrei hielt er die Stute an und hob fragend die Augenbrauen.

»Sehr schön«, lobte sie erst einmal und ein Lächeln umspielte Herrn Bauers Lippen.

»Es gibt einen schönen Weg durch das Tal«, schlug sie vor.

»Ich würde gerne in die Berge hinein.«

»Die Wege sind vom Regen aufgeweicht und Sie kennen sich nicht aus …«

»Und wenn Sie mir einen Führer zur Seite stellen?«

Amrei sah mit zusammengekniffenen Augen zu dem Mann hinauf. Er schien sich mit einem Nein nicht zufriedengeben zu wollen, was ihr nicht behagte und sofort diese vorsichtige Abwehrhaltung in ihr wachrief. Sie atmete tief durch und hoffte ein weiteres Mal, dass Gott ihr dieses tief sitzende Misstrauen Menschen gegenüber bald nehmen würde.

»Leider habe ich morgens keine Zeit, Sie zu begleiten«, erklärte sie ihrem Gast. »Ich fürchte, dann müssten Sie mit Ihrem Ausritt bis zum Spätnachmittag warten, Herr Bauer.«

»Was ist denn mit dem Burschen? Der ist doch gewieft

und kennt sich im Wald sicher besser aus als in seiner Westentasche.«

»Micki?«

Amrei warf einen Blick zu dem Jungen, der gelangweilt kleine Steine gegen die Schuppenwand warf. Selbstverständlich kannte er sich in den Wäldern aus, zudem wusste er um die Gefahren der verschiedenen Reitwege.

Die junge Frau blickte den Reiter erneut prüfend an. Obwohl Salome unruhig den Kopf zur Seite warf und auch leicht hin und her tänzelte, saß er gelassen und sicher auf ihrem Rücken und würde vermutlich keine Probleme mit der Araberstute bekommen.

»Ich kann ihn mal fragen«, erklärte Amrei und ging zu Micki hinüber.

Der hörte sich ihr Anliegen mit gelangweiltem Gesichtsausdruck an und zuckte dann gleichgültig mit den Schultern. »Er sieht ja aus, als ob er reiten könnte«, meinte er, als sei dies für seine Entscheidung ausschlaggebend. »Ich hab ohnehin nichts zu tun. Toms Aufgaben hab ich schon lange fertig.«

»Ich zwinge dich nicht, Micki. Es ist deine Entscheidung.«

»Klar mach ich das. Darf ich Stern nehmen?«

Amrei presste nachdenklich die Lippen aufeinander. Micki war zehn Jahre alt und für die Shetlandponys bald zu groß. Außerdem war er ein sicherer Reiter.

Sie nickte. »Aber du nimmst den unteren Waldweg, Micki. Ich will nicht, dass ihr in der Nähe der Abhänge reitet, jetzt, wo der Waldboden so glitschig ist.«

»Klar. Wir nehmen die kurze Runde unten herum und kommen durch das Tal zurück. Und wir galoppieren nicht im Wald, sondern nur im Tal auf den Wiesen.«

»Braver Junge.«

»Immer!«, lachte Micki und lief zu der Koppel hinüber, um sich die älteste der Araberstuten zu holen.

Herr Bauer, der sie beobachtet hatte und Mickis Laufen in Richtung der Koppeln richtig deutete, nickte ihr dankend zu.

»Und wer bewegt jetzt die Ponys?«, murmelte sie halblaut vor sich hin.

»Ich«, erbot sich eine männliche Stimme hinter ihr.

Amrei sah Tom mit hochgezogenen Augenbrauen an. »Die Armen stolpern ja über Ihre Knie.«

Tom lachte auf. »Ich habe nicht vor, die Ponys zu reiten. Sie haben doch sicher eine Longierleine und eine Peitsche.«

»Sie sind noch nie an der Longe gelaufen.«

»Dann sollten sie es lernen. Immerhin werden Sie auf ihnen eines Tages kleinen Kindern Reitunterricht geben.«

»Das bezweifle ich«, seufzte Amrei. »Nicht nachdem wir Herrn Krummeisen aus dem Haus geekelt haben.«

»Der ist unwichtig«, widersprach Tom leichthin.

Amrei warf ihm einen zweifelnden Blick zu. Eine Kooperation mit einem erfolgreichen Reiseveranstalter, der unzählige Hotels führte, würde ihrer Reitpension guttun, aber diese Chance hatte sie mit Sicherheit vertan.

»Und Sie brauchen noch ein paar größere Pferde, Amrei. Größer als die Kinderponys, aber ruhiger als die Araberstuten. Isländer oder Haflinger fände ich gut geeignet. Sie tragen auch erwachsene Reiter.

Amrei stemmte ihre Hände in die Hüften. »Wollen Sie noch weitere Planungen vornehmen, Cowboy?«

»Ich will mich doch unentbehrlich machen«, gab er mit amüsiertem Unterton in der Stimme zurück.

»Prima, dann suchen Sie am besten Peitsche und Longe

gleich selbst, damit Sie in Zukunft wissen, wo die sich befinden.« Mit diesen Worten drehte Amrei sich um und ging davon.

Micki nahm mit grimmigem Gesicht die Zügel, die ihm Herr Bauer hinhielt, entgegen und blickte dem Pensionsgast nach, als dieser sich von ihm entfernte. Er schluckte die Worte herunter, die ihm auf der Zunge lagen. Selbst Amrei hielt sich, seit sie die Pension führte, mit ihren allzu direkten Äußerungen zurück, da sollte er es den Gästen gegenüber auch tun. Dennoch ärgerte er sich über das Verhalten des Mannes. Micki hatte das Pferd vor dem Ausritt von der Koppel geholt und die Stute, die sich natürlich im matschigen Boden gewälzt hatte, putzen und aufsatteln müssen, und jetzt, nach ihrem zweistündigen Ausritt, reichte der Mann ihm einfach die Zügel und ging davon.

»Bin ich ein Stallbursche?«, fragte er halblaut, als der Mann außer Hörweite war, und band die beiden Stuten an den Metallringen fest, die sich entlang der Stallwand aneinanderreihten.

»Tröste dich, ich bin hier das Mädchen für alles!«, hörte er Tom sagen.

Micki tauchte unter den Beinen Salomes hindurch und sah zu, wie der großgewachsene Mann zwei gewaltige Milchkannen voll Wasser vom Brunnen in Richtung Küche trug.

»Du bist selbst schuld, Tom. Was lungerst du ständig hier herum?«

»Das habe ich mich auch schon gefragt. Aber das einzige Mal, als ich zu einem längeren Ausritt unterwegs war, ist mir ein Verrückter mit einem Gewehr nachgejagt.«

»Im Dorf wird erzählt, der Mühlensepp habe Besuch von den Besatzungstruppen gehabt. Sie haben wohl sein ganzes Gelände auf den Kopf gestellt und zwei Schusswaffen mitgenommen. Er kann froh sein, dass er nicht eingesperrt wurde.«

Tom zwinkerte ihm von der Küchentür aus zu und verschwand im Haus.

Micki zog die Augenbrauen in die Höhe. Für Amrei hatte es Vorer Leutnant und ein Amerikaner auf ihrem Hof untergekommen waren.

Der Junge sattelte die beiden Stuten ab, tauschte das Zaumzeug mit den Halftern und führte die Tiere auf ihre Koppel zurück.

Anschließend nahm er den ersten Sattel auf und trug ihn in den Stall.

Der Wind zerrte und klapperte an den Holzlatten der Stallwand und feine Spreu wurde vom durch die Ritzen blasenden Luftzug aufgewirbelt.

Aus dem Inneren des Gebäudes kam ein Geräusch, aber Micki beachtete es nicht. Es konnte eine Kuh gewesen sein oder Amrei, die sich im Stall zu schaffen machte. Der Junge ging, den schweren Sattel an sich gepresst, die Stallgasse entlang auf die Sattelkammer zu und passierte die bis unter das Dach hinauf aufgeschichteten gewaltigen Strohballen. Diesmal ließ ein Geräusch ihn instinktiv aufschauen. Einer der oberen Strohballen schwankte und kippte vornüber. Er fiel genau auf ihn herab. Instinktiv ließ er sich auf den Boden fallen und versuchte, sich wegzurollen, doch es war zu spät.

Tom füllte das Wasser in den großen Kochtopf und schüttete den Rest in Oma Wanners Krug, den sie an diesem Tag noch dringend leerzutrinken hatte.

Die zweite, noch volle Kanne stellte er in eine freie Ecke der Küche.

»Danke, Tom«, murmelte Oma Wanner unaufmerksam und drehte den Wasserhahn zu, was Tom zum Schmunzeln brachte. Er widersprach nie, wenn die Frau ihn bat, Wasser vom Brunnen zu holen. Obwohl sie den vor einiger Zeit installierten Wasseranschluss tagtäglich wie selbstverständlich benutzte, war das Wasserholen vom Brunnen ein Ritual, das sie nicht ablegen konnte.

Der junge Mann sah auf, als Amrei in die Küche trat. Sie hatte die Augen auf einen Briefumschlag in ihrer Hand gerichtet und sah nicht, dass sie direkt auf ihn zuging.

Belustigt über die beiden zerstreuten Frauen, nutzte er die Situation aus und ergriff Amrei an beiden Oberarmen. »Vorsicht!«

Amrei hob den Blick.

Bemerkte sie denn nicht, dass er sie festhielt? Tom legte den Kopf leicht schief und wartete auf eine Reaktion ihrerseits, aber nichts geschah. Ob es daran lag, dass Oma Wanner mit im Raum war und ihr Sicherheit vermittelte?

»Ein Brief für Sie, Tom«, sagte sie.

»Für mich?« Tom wurde es heiß, denn noch immer war es ihm nicht gelungen, Amrei über seine wahre Identität aufzuklären. Ein Brief für ihn mit dem Emblem der Hotelkette seiner Eltern darauf würde sie natürlich verwirren. Er musste endlich mit ihr über die Verwechslung sprechen!

Sie hielt ihm den Brief entgegen und meinte: »Ich hatte mir schon Gedanken gemacht, ob Sie nicht vermisst würden.«

Tom beließ seine linke Hand auf Amreis Arm, nahm ihr aber mit der rechten eilig den Umschlag ab, um erleichtert festzustellen, dass es sich um ein neutrales weißes Kuvert mit der Handschrift seiner Mutter darauf handelte.

»Meine Mutter«, erklärte er.

»Das hatte ich bei dem Namen Susan Hedding vermutet«, gab sie frech zurück.

Tom verstärkte kurz den Druck seiner Hand und sie wand sich nun doch aus seinem Griff, um zu Oma Wanner hinüberzugehen und ihr liebevoll den Arm um die Hüfte zu legen. »Kann ich dir etwas helfen?«

»Du hast mir ja schon diesen großen, starken Bär als Helfer besorgt«, erwiderte die alte Frau.

Amrei warf Tom über die Schulter hinweg einen amüsierten Blick zu, doch dieser war abgelenkt. Warum schrieb seine Mutter ihm? Nachdenklich verließ er durch die Hintertür die Küche. Draußen, auf der neuen Terrasse saßen Marlene und Clemens Pfeifer in Decken gehüllt in den Liegestühlen und gerade näherte sich ihnen Frau Weinreich. Tom ging an dem Holzbau vorbei und strebte auf die Nebengebäude zu. Dabei riss er den Brief auf und begann zu lesen.

Seine Eltern erklärten darin, dass sie darüber verwundert seien, dass er so lange nicht mehr angerufen hatte, außerdem benötigten sie dringend seinen Abschlussbericht und baten ihn deshalb, nach Hause zu kommen.

Tom hatte inzwischen das große Stalltor erreicht. Er lehnte sich dagegen und betrachtete den Heustaub, der im Inneren des Stalls in der Luft hing und das Atmen nahezu unerträglich machte. Konnte der Wind dafür verantwortlich sein? Vielleicht sollte Amrei auch dringend den Stall besser abdichten, kam es ihm in den Sinn, ehe er sich umdrehte und hinaus auf den Hof blickte.

Die eilig am Himmel vorbeiziehenden Wolken spiegelten sich in den unzähligen Pfützen des unebenen Platzes. Tom ließ seinen Blick über das Anwesen schweifen. Amrei hatte hier noch viel zu tun und würde regelmäßige Einnahmen dringend brauchen – und weshalb sollte man ihr das verwehren? Er jedenfalls würde sich mit großer Begeisterung für eine Kooperation mit der Hotelkette seines Vaters aussprechen.

Tom steckte den Brief in seine Hosentasche und stieß sich von der Stalltür ab. Er würde jetzt sofort mit ihr darüber sprechen.

Micki schnappte nach Luft, aber seine Atemwege füllten sich dadurch nur noch mehr mit Heustaub, kleinen Strohteilchen und aufgewirbeltem Schmutz. Er würgte und hustete und glaubte, ersticken zu müssen. Das zusammengepresste Stroh drückte schwer auf ihn, doch Micki versuchte seinen Kopf zu drehen, und es gelang ihm sogar. Direkt neben ihm lag der alte schwere Sattel, den er getragen hatte. Er musste die Wucht des Strohballens, der auf ihn hinabgesaust war, etwas abgebremst haben. Vermutlich hatte ihm das das Leben gerettet.

Micki atmete erneut ein, um wie schon zuvor, wieder heftig zu husten. Der Junge versuchte sich zu regen, doch die Last, die auf seinen Schultern, seinem Rücken und vor allem auf seinen Beinen lag, war viel zu schwer. Er steckte fest. Aber er lebte!

Wieder atmete er ein. Die Luft wurde nicht besser. Würde er hier womöglich noch ersticken?

Ein Geräusch vom Ende der Stallgasse her ließ ihn aufhorchen. Da war jemand! Micki wollte rufen, doch ihm versagte die Stimme, da ihm die Atemluft fehlte. Verzweifelt holte er nochmals Luft – tiefer jetzt. Die dabei eingeatmeten Strohteile verursachten jedoch lediglich einen erneuten Brechreiz. Keuchend versuchte er, sie auszuspeien.

Er glaubte, Schritte auf sich zukommen zu hören, aber das Stroh dämpfte und verzerrte die Geräusche. Er konnte sich getäuscht haben.

Plötzlich wurden die Schritte deutlicher, schneller und er hörte, dass es in dem Stroh über ihm raschelte.

»Amrei! Angela!«, brüllte Tom. Hektisches Scharren setzte ein und Micki hörte, wie Tom seinen Namen rief.

»Micki? Micki, hörst du mich?«

Der Junge hatte noch niemals so viel Furcht und Sorge in einer Männerstimme gehört, doch es tröstete ihn nicht. Noch immer steckte er hier fest und er bekam einfach keine Luft.

Seine Antwort war nicht mehr als ein Japsen. Der Stall schien plötzlich von vielen Stimmen und eilig herbeilaufenden Schritten erfüllt zu sein. Zusätzlicher Heustaub wurde aufgewirbelt, und Micki wollte seinen Rettern zurufen, dass sie stehen bleiben mussten – doch er konnte es nicht. Täuschte er sich oder wurde das Gewicht, das auf ihm lastete, schwerer?

Mit einem Mal wurde der Heuballen von ihm heruntergeschleudert. Micki sah Tom, dessen Gesicht vor Anstrengung gerötet war. Und er hörte Angela, die rief: »Lass ihn liegen, Amrei. Nicht bewegen!«

Micki schloss erleichtert die Augen. Amrei war also auch hier. Jetzt spürte er ihre raue, kräftige Hand federleicht auf seinem Gesicht, während zwei andere Hände vorsichtig und mit geübten Bewegungen seinen Körper abtasteten und jemand ihm Wasser über Nase und Mund laufen ließ.

»Gut«, hörte er Angela sagen. »Kannst du dich aufrichten?«

Meinte Angela ihn? Micki öffnete benommen die Augen. Vor ihm kniete Amrei im Stroh und Tränen liefen ihr über das Gesicht. Weinte sie seinetwegen? Sie sah schrecklich verzweifelt aus – so wie damals, als man ihr gesagt hatte, dass ihr Bruder nicht mehr nach Hause kommen würde.

»Versuch dich aufzurichten, Micki«, hörte er Angela erneut sagen, und ihre Stimme klang inzwischen flehend. Aber er sah lieber zu, wie sich Tom hinter Amrei hockte und seine Arme auf ihre Schultern legte. Das Bild verschwamm vor seinen Augen.

»Atme, Junge!«, drang Toms befehlende Stimme zu ihm durch, und er gehorchte. Seine Lungen füllten sich mit Luft und augenblicklich begann er zu husten. Er rappelte sich auf, sodass er kniete, dabei stützte er sich mit den Ellenbogen auf dem Boden ab, um in dieser Position eine ganze Weile lang zu keuchen und zu husten. Als er sich beruhigt hatte, bemerkte er, dass drei Hände wie schützend auf seinem Rücken lagen. Eine davon gehörte Angela, eine Amrei und eine Tom.

»Das ist ja noch mal gut gegangen«, sagte eine weitere weibliche Stimme, die er nun, da der Dämmerzustand von ihm wich, Frau Weinreich zuordnen konnte.

»Gott sei gedankt!«, stimmte Marlene Pfeifer zu. Micki hörte das Stroh rascheln und wandte leicht den Kopf. Die Frau kniete sich neben Amrei und lächelte ihn aufmunternd an. »Du hast uns einen gewaltigen Schrecken eingejagt.«

Micki entgegnete nichts, da er sich zu schwach dazu fühlte.

»Wenn die Damen mal bitte Platz machen würden«, tönte Toms Bass durch den Stall. Der große Mann beugte sich zu ihm hinunter und hob ihn sanft hoch.

Dabei fiel Mickis Blick auf den verformten Sattel. »Er ist kaputt!«, war das Erste, was er mit kratziger Stimme sagte.

»Vergiss den Sattel«, sagte seine Tante beruhigend. Ihre Hand lag noch immer auf seiner Schulter, als sie neben Tom herging, der ihn ins Haus trug.

»Soll ich ihn nach oben in sein Zimmer bringen?«, fragte Tom. Ja.«

»Öffnest du bitte die Tür?«

Amrei lief voraus, stieß die angelehnte Nebentür auf und öffnete anschließend für Tom die Tür, die von der Küche in den Flur führte.

»Kann ich dein Auto nehmen, um den Arzt zu holen, Tom?«, rief Amrei hinter ihm her, während sie bereits auf der Treppe waren.

Draußen wurde ein Motor angeworfen.

»Ich denke, Angela fährt schon. Komm du mit hoch und bleib bei Micki.«

»Ich bin völlig in Ordnung«, wehrte sich Micki schwach, denn etwas in ihm sträubte sich dagegen, dass für ihn schon wieder ein Arzt gerufen wurde, schließlich war er doch erst letzte Woche bei ihm gewesen!

Micki zuckte zusammen, als er mit einem Fuß in dem engen Treppenhaus gegen die Wand stieß.

»Entschuldige, Sportsfreund«, brummte Tom.

»Das werde ich auch noch überleben«, gab er zurück, ehe er von einem weiteren Hustenanfall geschüttelt wurde.

Als er endlich gleichmäßiger atmen konnte, legte Tom ihn auf sein Bett. Noch immer war alles, was um ihn herum geschah, seltsam unwirklich.

Er sah Amrei und ihr besorgter Blick schmerzte ihn. Er wollte ihr doch keinen Kummer machen. Und jetzt hatte er ihr gleich dreimal innerhalb von wenigen Tagen einen großen Schrecken eingejagt! Erst die Sache mit dem durchgegangenen Hengst, dann der Zusammenstoß mit ihrem Bruder und nun dieser Strohballen, der einfach auf ihn gefallen war. Mickis Blick wanderte zu Tom. Seinen Sturz auf der Treppe, der noch sehr glimpflich ausgegangen war, hatte sie gar nicht miterlebt.

»Setz dich«, hörte er Tom zu Amrei sagen, und Micki sah zu, wie er seiner Tante einen Stuhl hinstellte, während er sich vorsichtig auf seiner Bettkante niederließ.

Amrei griff nach seiner Hand und hielt sie fest umklammert. »Schlaf ein bisschen, Micki. Ruh dich aus, ja?«

Micki nickte. Obwohl es erst Mittag war, fühlte er sich sehr müde. Also schloss er die Augen, und ein warmes, behagliches Gefühl legte sich auf ihn. Amrei und Tom saßen bei ihm. Die beiden duzten sich jetzt sogar, und das gab ihm das Gefühl, eine Familie um sich zu haben, die ihn liebte und sich um ihn kümmerte – beinahe wie richtige Eltern.

Micki horchte in sich hinein, doch dieser drückende Schmerz, der lange Zeit durch die heimlich schwelende Wut auf seine Mutter hervorgerufen wurde, war verschwunden. Und die Probleme, die durch die Rückkehr von Amreis Bruder aufgeworfen wurden, würde er auch überstehen, so wie Oma Wanner es gesagt hatte. Immerhin hatte sie auch bei dem Recht behalten, was sie über den Schmerz um seine Mutter gesagt hatte. Damals, als Margot verschwunden war, hatte Oma Wanner ihm zugeflüstert: »Gott klebt Pflaster auf deine Wunden. Gelegentlich dauert es lange, bis die Verletzungen heilen, und wenn er die Pflaster irgendwann abzieht, tut es manchmal weh, aber dann ist alles neu.«

Kapitel 32

Amrei trat mit dem Fuß kräftig gegen den heruntergefallenen Strohballen und warf dann einen Blick zum Dach hinauf. Sie verstand nicht, wie das passieren konnte.

»Vielleicht lag er schlecht«, vermutete Tom.

»Nein. Wir waren sehr vorsichtig, als wir sie im letzten Jahr aufgeschichtet haben.«

»Wer?«

»Angela, Micki und ich.«

»Ihr drei?«

»Mithilfe einer Seilwinde und der Schwarzwälder.«

»Er könnte dennoch schlecht gelegen haben. Vielleicht haben die Ballen darunter im Laufe des Winters und des Frühjahrs etwas nachgegeben.«

»Das hätte ich bemerkt. Ich arbeite ständig hier mit den Strohballen. Jedes Mal, wenn ich einen neuen hole, kontrolliere ich die anderen.«

»Dann ist dir vielleicht etwas entgangen.«

»Was willst du eigentlich? Mir ein schlechtes Gewissen einreden?«, fauchte sie Tom gereizt an.

Er zuckte nur mit seinen mächtigen Schultern und trat an das aufgeschichtete Stroh. Sein Blick war prüfend nach oben gerichtet, während er versuchte, an einem der unteren Ballen zu rütteln. Nichts geschah. »Ich möchte nur, dass so etwas nicht noch einmal passiert, Amrei. Schließlich seid ihr hier ständig bei der Arbeit.«

»Du hast ja recht«, lenkte Amrei ein. Sie begann, über die einzeln liegenden Ballen in die nächste Schicht hineinzuklettern.

»Was tust du denn da?«, rief Tom besorgt.

»Ich kontrolliere die oberen Ballen.«

»Komm da sofort runter.«

»Wieso? Willst *du* etwa hochklettern?«

»Amrei!« Seine Miene war finster und sein Tonfall drohend.

»Mir passiert schon nichts. Aber verschwinde du lieber von da unten, falls doch einer runterkommt.«

»Ich denke, du hast die regelmäßig kontrolliert und es kann nichts passieren«, höhnte Tom nach oben, trat aber ein paar Schritte zurück in die Stallgasse, wobei er sie nicht aus den Augen ließ. Wenig später stand Amrei wieder unten auf den Holzbohlen und Tom stürmte auf sie zu. Sie hob sofort die Hände, um ihn wieder auf Abstand zu halten, er ergriff diese jedoch und führte sie mit einer schnellen Bewegung hinter ihren Rücken, sodass sie unweigerlich gegen ihn gedrückt wurde und sein Gesicht dem ihren ganz nahe kam.

»Tom«, keuchte sie erschrocken auf.

»Sieh mich an.« Sie tat es und zum ersten Mal entdeckte sie die grauen Flecken im Blau seiner Augen.

»Ich möchte nicht, dass du dich noch einmal so unüberlegt in Gefahr bringst.«

Amrei nickte, denn zu mehr war sie nicht fähig. Obwohl diese Haltung ungewohnt war, empfand sie sie nicht als unangenehm, ebenso wenig wie die Wärme, die von seinem Körper ausging.

»In Ordnung«, sagte er, ließ sie aber noch immer nicht los. Ein spitzbübisches Grinsen verwandelte sein Gesicht in das eines übermütigen Jungen. »Auf was wartest du?«, fragte er.

»Ich?«

»Okay!«, triumphierte er und näherte sich mit seinem Gesicht noch mehr dem ihren.

Amrei wurde es heiß und ihre Knie zitterten.

Sein Atem streifte über ihr Gesicht und sie versteifte sich. Toms Druck auf ihre Arme ließ nach, als wolle er ihr die Chance zur Gegenwehr geben, wobei sein Gesicht dein ihren ganz nahe blieb.

»Okay?« Dieses Mal war es eine Frage.

Amrei wagte es nicht, sich zu bewegen. Hier geschah etwas mit ihr, das sie vollkommen gefangen nahm.

Das Schmalerwerden seiner Augen verriet ihr, dass sein Lächeln für einen Moment breiter wurde, bevor seine Lippen federleicht die ihren berührten. In diesem Moment ließ ein Geräusch vom Tor her die beiden auseinanderfahren.

Amrei löste sich sofort von ihm und stürmte, als wolle sie sich vor ihm in Sicherheit bringen, durch die Stallgasse, wobei ihr Toms englischer Kraftausdruck nicht entging.

Der Arzt erschien in der Stalltür. Sie lächelte ihn seltsam atemlos an, worüber dieser sich, wie sein Gesichtsausdruck deutlich machte, sehr wunderte, und so wurde sie schnell ernst.

»Wie Sie schon vermutet haben: Dem Jungen fehlt nichts. Ich habe ihm Atemübungen gezeigt, die helfen sollen, dass seine Lungen sich erholen können. Er soll sie mindestens zweimal am Tag durchführen.«

»Ich werde darauf achten, Herr Doktor«, beeilte sie sich, ihm zu versichern. Sie hatte das Gefühl, dass ihr Gesicht glühte, und hoffte, der Arzt würde sie nicht darauf ansprechen.

»Ich weiß, dass Jungen in seinem Alter sehr wild sein können, Fräulein Simon. Reden Sie ihm ins Gewissen, dass er solche Dummheiten sein lässt. Er strapaziert seinen Schutzengel zurzeit ein bisschen zu sehr.«

»Ich sage es ihm, Herr Doktor.«

»Geht es Ihnen gut? Sie wirken etwas kurzatmig.«

Ein verhaltenes Lachen hinter ihr ließ Amrei drohend die Faust hinter ihrem Rücken ballen. Sie war schon aufgeregt genug, da musste Tom nicht auch noch dazwischenfunken.

»Nein, nein, Herr Doktor, mir geht es gut, danke.«

»Bringen Sie den Jungen in ein paar Tagen zur Kontrolle zu mir in die Praxis«, riet ihr der ältere Herr und verabschiedete sich.

Amrei folgte ihm bis zu seinem alten Automobil, das noch von vor dem Ersten Weltkrieg stammen musste.

Als der Wagen vorsichtig wendete und in die holprige Einfahrt fuhr, trat Tom zu ihr. »Ist dir also doch die Flucht gelungen?«, neckte er sie.

»Nur unter Mithilfe eines Fluchthelfers.«

Er zog leicht an ihrem langen geflochtenen Zopf. »Schön, dass Micki in Ordnung ist.«

Amrei lächelte ihn an und schickte sich an, zu den Koppeln hinüberzugehen.

»Was hast du vor?«, rief er ihr nach.

»Ich reite in die Stadt und beantrage einen Telefonanschluss. Es ist besser, ich habe einen, falls hier draußen noch einmal etwas passiert.«

»Kein schlechter Gedanke.«

»Ja, dafür muss die Renovierung des Daches eben noch warten.«

»Natürlich!«, hörte sie Tom sagen. »Es ist ja nur mein Zimmer, in das es hineinregnet.«

Amrei betrat das Elektrogeschäft in Triberg und sah sich neugierig um. Es war womöglich ein dummer Gedanke von ihr, sich ein Radio anzuschaffen, doch sie wollte hören, wo auf der Welt es kriegerische Auseinandersetzungen gab. Vielleicht würde ihr das helfen, mit Michaels Fortgehen und seiner für sie nicht nachvollziehbaren Entscheidung in Bezug auf ein Söldnerleben zurechtzukommen.

»Sieh an, die Pferde-Amrei«, wurde sie von Irene, der Tochter des Geschäftsinhabers, begrüßt. Irene war zwei Jahre älter als sie und demnach in der Schule zwei Klassen über ihr gewesen. Leider hatte Amrei sich damals öfters mit den älteren Mädchen angelegt.

Amrei lächelte schief. »Grüß Gott, Irene.«

»Brauchst du ein Ersatzteil für eins von deinen Maschinchen?«

»Nein, ich hätte gerne ein Radio.«

»Willst du etwas Zivilisation auf deinen Hof bringen?«

»Genau, Irene. Man sollte 1950 ja nicht wie in der Steinzeit leben.«

Irene schob pikiert ihre Brille weiter auf den Nasenrücken hinauf und Amrei grinste sie einfach nur an.

»Es wundert mich ohnehin, welche Prominenz deine Einöde da draußen einem stilvollen Hotel hier in der Stadt vorzieht.«

»Ja, richtig, demnächst kommt jemand aus dem britischen Königshaus.«

»Tatsächlich?« Irene zog das Wort fasziniert in die Länge, während Amrei über so viel Naivität den Kopf schüttelte.

»Das hat bestimmt der adelige Leutnant arrangiert. Wie hieß er noch gleich? Bride oder Bridge oder so ähnlich.«

Amrei kniff die Augen zusammen, rümpfte die Nase und blickte die Frau prüfend an. Tom hatte auch vom adeligen

Leutnant gesprochen, aber sie hatte das für einen seiner Scherze gehalten. Allerdings war da noch dieser nicht vollendete Satz Melissas, mit dem sie angedeutet hatte, dass die höhere Gesellschaft Englands womöglich irgendein Problem mit Amrei hätte haben können.

Irritiert kratzte Amrei sich unter ihrem Zopf im Nacken. Vielleicht war sie ja diejenige, die da etwas nicht richtig mitbekommen hatte?

»Und dann war da noch dieser Künstler.«

Amrei lachte. »Der hat, außer in den ersten beiden Wochen, seinen Fotoapparat praktisch nicht benutzt.«

»Fotoapparat? Also du bist wirklich schlecht informiert, Amrei. Herr Krummeisen ist ein Bildhauer. Etwas exzentrisch in der Kunst, meint meine Mutter.«

Amrei, die inzwischen ein paar Radioapparate gefunden hatte, schürzte die Lippen und drehte sich nach der redseligen Frau um, die ihr bei ihrem Gang durch den Laden auf Schritt und Tritt gefolgt war.

»Herr Krummeisen?«

Eine wegwerfende Handbewegung war die Antwort. »Aber dann dieser gut aussehende Amerikaner!« Irene schnalzte mit der Zunge.

Amrei unterdrückte ein Lächeln und wandte sich den Geräten zu. Aber etwas an dem, was Irene eben gesagt hatte, ließ sie nicht los. Mit ihrem Finger fuhr sie unkonzentriert über das Holz eines Radios. Wenn Herr Krummeisen nicht derjenige war, der ihr von dem Reiseveranstalter geschickt worden war, wer war es dann? Grübelnd ging sie die Personen durch, die zu dieser Zeit noch in ihrer Pension eingetroffen waren. Die Familie Sommer? Konnte Herr Sommer …? Aber dann hätte sie in der Zwischenzeit mit Sicherheit schon etwas von diesem Touristikbüro hören müssen… Immerhin war die Familie schon vor fast zwei Wochen abgereist.

Irenes Geplapper drang zu ihr durch, als der Name Toni Hedding fiel.

»…seine Mutter ist Susan Hedding, eine High-Society-Dame aus New York. Schwerreiche Familie mit einer Hotelkette, Luxusdampfern und so weiter. Da war es nicht verwunderlich, dass sie einen Mann heiratete, der in demselben Gewerbe tätig war. Ein Deutscher, Hedding. Aber gesellschaftlich war das wohl vielmehr ein Abstieg, meint meine Mutter. Sie hat die Klatschpresse vor dem Krieg genau verfolgt. Wir waren da ja noch zu jung, um uns für so etwas zu interessieren.«

Amrei erwiderte nichts. Die Radioapparate waren vergessen. Stattdessen bemühte sie sich, ihre Gedanken zu ordnen. Tom, der Mann mit dem Fotoapparat, der so interessiert an den Gebäuden, den Tieren und den Gästen gewesen war, andererseits aber so gar nicht auf einen einfachen Bauernhof passte, war etwa zur gleichen Zeit wie Herr Krummeisen angekommen.

»Er war ab und zu zum Telefonieren hier. Es waren seltsame Gespräche, aber man verstand ja immer nur die Hälfte. Es kam mir fast so vor, als müsse er einen Bericht abliefern.«

»Klar!«, erwiderte Amrei und drückte sich an Irene vorbei aus der Regalreihe.

»Hier sind doch die Radioapparate, Amrei.«

»Vergiss sie.«

»Hä?«

»Bitte!«, korrigierte Amrei, ohne nachzudenken.

Die Ladenglocke schellte laut, als sie auf die Straße trat.

Tom!, fuhr es ihr durch den Kopf. Der Mann, der immer und überall gleichzeitig zu sein schien, der niemals Ausflüge unternahm, der sich sofort bei Oma Wanner und bei Micki, aber auch bei Angela beliebt gemacht hatte. Tom, der Mann, der überall half. Und weshalb das alles? Weil er so das Innerste, das Seelenleben der Reitpension und das der dort arbeitenden und lebenden Menschen erforschen konnte. Niemand hatte mehr Einblick in die Abläufe in der Pension nehmen können als Tom, der sich in das Leben ihrer kleinen, bunt zusammengewürfelten Familie gedrängt hatte.

Völlig verstört stapfte sie den Gehweg entlang und überquerte die Straße. Wütendes Hupen schreckte sie auf. In Triberg waren mit jedem Tag mehr Autos unterwegs, Touristen schlenderten umher, einer modischer gekleidet als der andere. Der Tourismus im Schwarzwald lief wieder an – doch ohne sie. Ihr Misstrauen, das sie nie ganz losgeworden war, war berechtigt gewesen, und ein weiteres Mal war es ein Mann, der sie betrogen hatte. Tom! Dass er sich auch in ihr Herz geschlichen hatte, machte das Ganze noch viel schlimmer für sie. Während sie aus einem Unterstand Brown Eye holte, schlugen ihre Enttäuschung und ihre zerstörten Hoffnungen in Wut um. In erster Linie in Wut auf sich selbst.

Kapitel 33

An diesem windigen Tag hatte die Sonne kaum einmal zwischen den schnell dahintreibenden Wolkenmassen herausgeschaut, und nun verkroch sie sich bereits hinter den weit entfernten hohen Hügeln. Als Amrei auf der englischen Stute in wildem Galopp über die Auffahrt auf den Hof ritt, dunkelte es bereits.

Sie entdeckte Tom Hedding sofort. Er saß alleine, dick vermummt in eine amerikanische Bomberjacke, auf der Terrasse und sprang auf, als sie angeritten kam, um ihr mit großen Schritten entgegenzueilen.

Sie brachte das heftig atmende Tier kurz vor ihm zum Stehen, und er griff nach den Zügeln, um sie ihr fast derb aus der Hand zu reißen. »Musst du bei den aufgeweichten Wegen in dieser Geschwindigkeit –?«, begann er, doch Amrei sprang mit einem Satz ab und schlug ihm mit der geballten Faust vor die Brust.

Bei seiner Körpermasse konnte ihn ihr Angriff kaum stören, dennoch wich er einen Schritt zurück. Brown Eye zuckte nervös mit den Ohren.

»Was soll das ganze Theater? Was fällt dir ein, Tom Hedding?«, fauchte sie ihn an.

Die Stute tänzelte erschrocken herum und schob sich zwischen die beiden, doch Amrei drückte sie beiseite, entriss dem Mann die Zügel und gab Brown Eye einen Klaps auf die Kruppe, sodass sie sich alleine in Richtung Stall trollte.

»Das ist wirklich das Allerletzte! Du kommst dir wohl sehr schlau vor, was?«

»Jetzt –«

»Du schleichst dich hier ein, gibst dich als Fotograf aus und machst dich hier breit, nur um alles ins Kleinste auszuspionieren. Und? Bist du fündig geworden?«

»Hör mir mal zu, Amrei –«

»Warum gibst du dich als jemand aus, der du gar nicht bist?«, schrie sie ihn an.

»Das habe ich nie getan«, gab er heftig zurück. »Du, Angela und Micki, ihr seid auf die Idee gekommen, aus mir einen Fotografen und aus Krummeisen einen Spion zu machen.«

»Spion! Das ist das richtige Wort. Genauso hinterhältig und falsch hast du dich hier eingeschlichen!«

»Das habe ich nicht. Ihr wart es selbst, die mich –«

»Aber du hast es nie klargestellt.«

»Das war auch nicht mein Auftrag.«

»So, dein Auftrag. Der war natürlich wichtig. Wichtiger als Ehrlichkeit!«

Tom ergriff sie fest an der Schulter. »Ich fand diese Verwechslung anfangs einfach witzig, und ja, ich habe versucht, die Situation auszunutzen, denn ich wollte so schnell wie möglich von hier fort. Ich fand es schrecklich hier.«

Amrei schossen Tränen in die Augen. Wütend riss sie sich los und wandte sich von ihm ab. Er sollte ihre Verzweiflung nicht sehen. Doch sehr schnell gewann ihre Wut wieder Oberhand und sie drehte sich erneut zu ihm zurück. »Jetzt hast du ja genug herausgefunden, nicht wahr? Also kannst du gehen. Sofort!«

»Amrei, hör mir zu. Ich wollte dir schon eine ganze Weile die Wahrheit sagen, aber immer kam etwas dazwischen und –«

»Du hast es in beinahe sechs Wochen nicht geschafft einen kleinen Augenblick zu finden, um mir zu sagen, wer du wirklich bist? Wie soll ich das glauben?« Amrei lachte bitter auf.

»Amrei!«

Sie sah ihn an. Er wirkte zerknirscht, verzweifelt. Aber hatte er ihr nicht seit Wochen Theater vorgespielt? Seine liebenswürdige Hilfsbereitschaft Oma Wanner gegenüber, großzügig ihre gelegentliche Verwirrtheit übersehend, und sein mal kumpelhaftes, dann wieder väterliches Getue um Micki war so vollkommen unecht gewesen. Und dabei hatte er sich wahrscheinlich nicht einmal Gedanken darüber gemacht, wie sehr es den Jungen verletzen würde, wenn er zur gegebenen Zeit sein wahres Ich offenbarte.

Diese Vorstellung heizte ihre Wut von Neuem ein. »Hast du überhaupt kein Herz da drin?«, zischte sie ihn an und boxte ihn erneut kräftig vor die Brust. »Konntest du dir nicht ausmalen, was du Micki antust? Ist er dir so gleichgültig? Bist du so kalt?« Sie versuchte nochmals, nach ihm zu schlagen, doch dieses Mal packte er sie an den Unterarmen und zog sie zu sich.

»Hör mir jetzt endlich mal zu!«, knurrte er sie an. Tom wirkte nun selbst wütend, und das machte ihr Angst, zumal er sie fest an sich gepresst hielt.

Verzweifelt versuchte sie, sich zu befreien, doch sie hatte gegen seine Kraft keine Chance. Was ihr blieb, waren ihre Verbalattacken. »War ich der letzte Triumph, den du gebraucht hast? Wie hast du es genannt? Einen Wettkampf? Bitte, du hast gewonnen! Du hast getestet, ob die Chefin sich mit einem Gast einlassen würde. Jetzt weißt du es ja. Also kannst du zurückfahren und deinen ausgefeilten Bericht schreiben.«

»Siehst du es wirklich so?«, fragte Tom leise. Doch in ihren Bemühungen, sich aus seinem Griff zu befreien, hörte sie ihn nicht.

Sie blickte auf. Seine Umklammerung tat ihr weh, und als sein Atem ihr Gesicht streifte, war die altvertraute Panik zurück. »Lass mich los!«, schrie sie ihn an.

Er gehorchte und sie taumelte zurück und fiel zu Boden.

Tom beugte sich vor, um ihr aufzuhelfen, doch sie schrie auf, trat panisch mit beiden Füßen nach ihm, sprang auf und floh schließlich in Richtung Fluss hinunter.

Der Wind fegte noch immer über den Schwarzwald hinweg, der mit seinen sanften Hügeln und zerklüfteten Bergen das Tal umschloss, und ließ die Bäume bedrohlich rauschen. Die Trauerweiden an der Flussböschung peitschten ihre Zweige auf das gurgelnde Wasser, und die Wolken, die vom Wind über den nächtlichen Himmel gejagt wurden, verdeckten häufig den Mond, sodass die Lichtverhältnisse in schneller Abfolge wechselten. Amrei hockte am abschüssigen Ufer und blickte auf die laut gurgelnde Gutach.

Eine Bewegung neben sich ließ sie erschrocken herumfahren. Es war Angela, die ihr ihre Strickjacke über die Schulter legte und sich neben sie setzte.

»Er ist fort«, sagte sie.

Der Schmerz in ihrem Inneren raubte Amrei für einen Moment den Atem und sie erschrak über die Heftigkeit ihrer Gefühle.

»Er hat sich verabschiedet, meinte, es sei Zeit für ihn zu gehen. Micki hat er schlafen lassen. Marlene hat mir gesagt, dass sie euch draußen im Hof heftig streiten gesehen hat.«

Amrei schwieg. Sie war unfähig, etwas zu sagen. Wie sollte sie auch erklären, was vorgefallen war – was in ihr vorgegangen war?

»Hilf mir, es zu verstehen, Amrei.«

Angela bewies viel Geduld, denn es dauerte eine ganze Weile, ehe Amrei ihr leise und stockend erzählte, was sie herausgefunden hatte. Es war nicht nur die Sorge um die Zukunft der Pension, die ihr zu schaffen machte. Sie fragte sich, ob sie jemals wieder einem Mann würde vertrauen können. Sie hatte die Hoffnung gehabt, dass Tom sein Versprechen wahrmachen und ihr ihre Angst und das Misstrauen vor Männern nehmen würde.

Angela ergriff ihre Hände. »Als Tom hier ankam, war er ein unreifer, von sich eingenommener Schönling. Seine Anwesenheit hier hat ihn verändert. *Du* hast ihn verändert, Amrei, vor allem aber hat Gott an ihm gearbeitet. Ich kann deine Enttäuschung und deine Wut in Hinblick auf Micki und auf dich verstehen, aber hast du ihm Gelegenheit gegeben, dir zu erklären, was ihn dazu bewogen hat, dieses Spielchen über einen so langen Zeitraum hinweg zu spielen?«

Amrei versuchte sich an das zu erinnern, was Tom gesagt hatte. Es war nicht viel gewesen, immerhin hatte sie ihn kaum zu Wort kommen lassen. Schließlich zog sie die Schultern nach oben.

»Du magst mit vielen deiner Vorwürfe recht haben. Was nicht richtig war, Amrei, das weißt du selbst.« Damit stand Angela auf und rutschte unkontrolliert auf dem feuchten, abschüssigen Untergrund in Richtung Fluss. Sie fand Halt, noch bevor ihre Schuhe das Wasser berührten, und verschwand durch den Blättervorhang, um zurück in Richtung Hof zu gehen.

Amrei nickte vor sich hin. Sie hatte Tom nicht erklären

lassen, was ihn zu seinem Schauspiel bewogen hatte. Damit hatte sie nicht besser reagiert, als die Menschen in ihrem Umfeld es oft genug bei ihr getan hatten. Sie hatte viele Fehler begangen und alles, was in den letzten Wochen in ihr zu heilen begonnen hatte, kaputt gemacht. Und dabei hatte sie gehofft, so wie Angela es angesprochen hatte, dass das Leben jetzt endlich leichter würde als in den Jahren zuvor. »Aber wo ist er jetzt hin, mein Goldsommer?«, fragte sie sich verzweifelt. »Ich habe ihn verspielt …«

Amrei stellte die Heugabel in die Ecke, als Micki durch die Boxentür gestürmt kam.

»Was hast du gemacht? Warum? Warum?«, schrie er sie an.

»Er war nicht ehrlich zu uns.«

»Er war ein Idiot, als er hier aufgetaucht ist, ein alberner Städter, der von gar nichts eine Ahnung hatte, außer von Pferden vielleicht. Aber dann ist etwas anders geworden.«

»Spätestens dann hätte er ehrlich sein können.«

»Das war er doch. Er war so, wie er ist.«

»Er hat sich für jemand anderen ausgegeben.«

»*Wir* hatten uns getäuscht!«

»Aber *er* hat es nicht richtiggestellt.«

»Weil es nichts geändert hätte.«

»Das hätte es sehr wohl.«

»Weil du dann gewusst hättest, dass er derjenige war, auf den du besonders hättest aufpassen sollen? Aber dann wärst du ihm gegenüber auch nicht ehrlich gewesen.«

»Ich war dem Krummeisen gegenüber immer ehrlich.«

»Du hast ihn bevorzugt. Tom musste aus dem schönen Zimmer raus, und Krummeisen bekam immer, was er wollte, bis er sich an deine Pferde gewagt hat!«

»Wenn du das so siehst.« Amrei wollte wieder nach ihrem Arbeitsgerät greifen, doch Micki hielt ihren Arm fest.

»Tom war ... mein Freund. Er wäre vielleicht hiergeblieben, aber du hast ihn vertrieben!« Dem Jungen schossen die Tränen in die Augen. Er nahm die Hand vom Arm seiner Tante, wandte sich um und rannte aus der Box in die Stallgasse und aus dem Stall hinaus.

Amrei blieb bewegungslos stehen, umgeben vom duftenden, frischen Heu. Ein furchtbarer Gedanke überfiel sie: Sie hatte Margot vertrieben, dann Michael und jetzt auch noch Tom. Würde Micki der Nächste sein, den sie in die Flucht schlug? Oder Angela?

Sie stürmte aus der Box und aus dem Stall hinaus, um Micki nachzulaufen, doch als sie in den trüben Tag hinaustrat, war er nirgends zu sehen. Eilig ging sie zum Haus hinüber, wo sie über die Nebentür in die Küche trat.

Oma Wanner drehte sich erschrocken nach ihr um.

»War Micki gerade hier?«

»Nein. Aber du kannst Tom sagen, dass ich Wasser vom Brunnen brauche.«

»Tom ist nicht mehr da.«

»Ja, richtig. Angela sagte das.« Oma Wanner schüttelte über sich selbst den Kopf, und Amrei wusste schon jetzt, dass Oma Wanner dies in der nächsten Zeit gerne häufiger vergessen würde.

»Schade. Er ist ein guter Kerl. Wäre was für dich gewesen, Kindchen.«

Amrei war nicht zum Lachen zumute, dafür war der Schmerz zu groß, der ihr Herz fest im Griff hatte.

»Und wer holt mir jetzt Wasser?«

»Du hast vor dir einen Wasserhahn.«

»Das Wasser aus dem Brunnen schmeckt aber besser.«

»Es ist dasselbe Wasser.«

»Das weiß ich auch, Dummchen. Aber ein mit Liebe geholter Schluck Wasser schmeckt trotzdem besser als einer aus diesem praktischen, aber gefühllosen Ding hier.«

»Ich hole dir dein Wasser«, erbot sich Amrei seufzend und griff nach der leeren Milchkanne.

Oma Wanner legte ihren Arm um Amreis Hüfte und sah zu ihr auf. Ihre kleinen Augen funkelten sie an. »Aber mit Liebe, Kindchen, sonst kann ich gleich das aus dem Hahn nehmen.«

Amrei konnte nicht anders, als zu lächeln und die Umarmung zu erwidern. »Natürlich, mit Liebe.«

Nachdem Amrei der alten Frau ihr Wasser geholt hatte und diese nach einem Probeschluck angemerkt hatte, sie habe das Gefühl, als habe Toms Wasser ein bisschen mehr nach Fröhlichkeit geschmeckt, flüchtete Amrei in ihr Arbeitszimmer. Auch dort wurde sie an Tom erinnert, denn die Blumen, die er in die Vase am Fenster gestellt hatte, ließen die Köpfe hängen.

Ungern wie immer machte sie sich daran, ihren Schreibkram zu erledigen, dabei fiel ihr Blick auf den Brief des Hamburger Touristikunternehmens, mit dem damals der Besuch eines Mitarbeiters angekündigt worden war. Sie suchte peinlich genau den Briefkopf und die Post- und Bankdaten ab, doch es gab keinen Hinweis darauf, dass Tom Hedding etwas mit diesem Unternehmen zu tun hatte. Sie legte den Brief energisch beiseite.

Um sich abzulenken, zog sie ihre Rechnungsformulare hervor. Eine ganze Weile stierte sie diese an und legte sie dann in das Fach zurück, in das Tom sie einsortiert hatte. Es hatte keinen Sinn, dem Mann eine Rechnung zu schreiben.

Aber vielleicht einen Brief, in dem sie sich für ihr Verhalten entschuldigte? Doch würde er das nicht lediglich als einen Versuch ihrerseits ansehen, bei ihm – und dadurch bei dem Reiseveranstalter – zu retten, was es noch zu retten gab?

Amrei griff nach einem Stift. Sie musste den Brief doch nur ganz privat halten, ohne die Pension zu erwähnen. Sie könnte schreiben, dass sie denselben Fehler begangen hatte, wie ihn die Leute aus dem Dorf und aus der Stadt so oft ihr gegenüber machten, oder sie schrieb, wie sehr Micki ihn vermisste. Wenn sie es wagte, könnte sie sogar erwähnen, wie sehr er ihr fehlte.

Amrei begann zu schreiben, zerknüllte aber nach nur zwei Sätzen das Papier. Sie zog einen weiteren Bogen hervor und fing noch einmal an, kam jedoch nicht sehr viel weiter. Ein dritter und ein vierter zusammengeknüllter Ball landeten in ihrem Papierkorb. Schließlich holte sie tief Luft und fing noch einmal an. Aber auch dieser Versuch folgte seinen Vorgängern in die Waschmitteltrommel, die Oma Wanner mit buntem Geschenkpapier beklebt und zum Papierkorb umfunktioniert hatte.

Kapitel 34

Susan Hedding betrat das große, sparsam möblierte Büro und schloss sorgsam hinter sich die Tür. Ihr Mann, groß und breitschultrig und trotz seines Alters noch immer mit einer wilden Lockenpracht ausgestattet, war in seine Arbeit vertieft.

Sie lächelte und näherte sich ihm lautlos. Doch noch ehe sie seinen gewaltigen Eichenschreibtisch erreicht hatte, hob er den Kopf.

»Die Sonne geht auf an diesem trüben Tag«, begrüßte er sie liebevoll.

Susan warf einen flüchtigen Blick aus dem Fenster. Die Häuser Hamburgs, an denen überall gearbeitet wurde, versanken in dichtem Nebel, obwohl es erst Anfang August war. »Was tust du?«

»Ich gehe die Berichte vom Gardasee, aus Südfrankreich und aus dem Schwarzwald durch.«

»Und? Wie schätzt du die drei Möglichkeiten ein?«

»Das Hotel am Gardasee ist interessant, von Südfrankreich wird uns vorsichtig abgeraten und der Schwarzwald… Nun, sieh selbst.« Er kramte einen gehefteten Fragebogen unter den Papieren hervor und reichte ihn ihr hinüber.

Susan nahm das Standardformular und setzte sich auf einen der drei hochbeinigen Stühle vor dem Schreibtisch ihres Mannes.

Langsam blätterte sie die Seiten durch, nur um festzustellen, dass alle Felder leer waren.

Kaum verwundert darüber, legte sie den Hefter zurück auf den Tisch.

»Wenn ich es nicht besser wüsste, würde ich sagen, unser Sohn ist des Schreibens nicht mächtig«, sagte ihr Mann und brachte Susan damit zum Lächeln.

»Irgendetwas ist da unten passiert.«

Niels legte die Papiere beiseite und faltete auf der Tischplatte seine großen Hände. Fragend schaute er die Liebe seines Lebens an.

»Wir haben es herausgefordert«, sagte Susan sanft zu ihrem Mann und hob die Augenbrauen, während sie fortfuhr: »Wir wollten, dass er einmal sieht, dass andere es nicht so leicht im Leben haben wie er. Immerhin hat dieser Herr A. Simon, der sich dann als ein junges Fräulein entpuppt hat, ungeschönt ehrlich über den Zustand seines – oder vielmehr ihres Hofes – berichtet, während er beziehungsweise sie gleichzeitig so kreative Ideen präsentiert hat.«

»Wir wollten aber nicht einen missmutigen und zu keinem Gespräch bereiten Analphabeten zurückhaben.«

Wieder lächelte Susan vor sich hin. »Er ist verliebt.«

Niels Hedding fuhr sich mit beiden Händen durch die Haare, sodass sie sich noch wilder um seinen Kopf lockten. »Bei mir ist das ja schon den einen oder anderen Tag her, dass ich frisch verliebt war, dennoch meine ich mich zu erinnern, dass ich damals Purzelbäume geschlagen und Bäume ausgerissen habe.«

»So in etwa«, bestätigte Susan lachend.

»Ja, ich habe mich damals ziemlich … chaotisch benommen. Aber nicht so wie Tom.«

»Das mag daran liegen, dass ich dich stürmisch wiedergeliebt habe, während bei Tom Unerfreuliches passiert sein muss.«

»Unerfreuliches?« Niels lachte trocken auf und polterte los: »Tom war schon öfter verliebt. In die kleine Schwarzhaarige, an deren Namen ich mich schon gar nicht mehr erinnere. Ihr ist jedes Mal, wenn sie zu ihm aufschauen wollte, beinahe der Kopf heruntergefallen. Und in New York gab es dieses hübsche, behütete Küken – irgend so eine Astor-Verwandtschaft. Was kann ihm also Unerfreuliches passiert sein? Dass die Dame seines Herzens ungleich große Füße hat?«

»Vielleicht hat sie ihn abgewiesen?« Susan gelang es, ein amüsiertes Schmunzeln zu unterdrücken.

»Tom hat bis jetzt jedes Frauenherz erobert. Sogar das deiner Tante Juliette, dem alten Besen. Tom brachte es sogar fertig, sie ganz für sich einzunehmen«, ereiferte sich Niels Hedding lautstark.

»Damals war er fünf, Niels.«

»Siehst du, damals schon hatte er so eine Wirkung auf Frauen!«

Susan lachte belustigt vor sich hin. Wie liebte sie ihren Mann, der so herrlich aufbrausend sein konnte, ohne es tatsächlich böse zu meinen.

»Dann muss es sehr ernst sein«, sagte er plötzlich vollkommen ruhig.

»Ja. Das ist es wohl.«

»Gut!« Niels rieb sich erwartungsvoll die Hände. »Dieses Fräulein Amrei?«

»Eine andere hat er nicht erwähnt.«

»Na ja, der Schwarzwald wird ja nicht gänzlich unbevölkert sein?«, zog er sie auf.

»Er hätte sie erwähnt – und wenn es nur in einem Nebensatz gewesen wäre.«

»Und was tun wir jetzt mit unserem verliebten Analphabeten?«

Susan lachte erneut auf, beugte sich vor und legte ihre kleinen, schmalen Hände in seine gewaltigen Pranken. »Fordere von ihm den Bericht über die Reitpension ein, dann werden wir weitersehen.«

Niels stand auf, ging mit großen Schritten zur Tür, riss sie auf und rief zweimal Toms Namen durch das Haus.

Susan hob ihre schön geschwungenen Augenbrauen. Diese laute Stimme hatte ihre Eltern immer an ihrem Mann gestört – abgesehen von so manchem anderen. Aber sie hatte sich nicht davon abhalten lassen, Niels zu heiraten, und sie war nach wie vor glücklich mit ihm. Weshalb sollte ihr Sohn nicht ebenso glücklich werden können?

Niels saß längst wieder an seinem Schreibtisch, das leere Formular vor sich, als Tom endlich eintrat.

Susan, die mittlerweile aufgestanden war, um aus dem Fenster zu blicken, lächelte, doch seine Entgegnung hierauf war nicht mehr als ein knappes Nicken.

Sie hatte Niels' Vorschlag zugestimmt, Tom in den Schwarzwald zu schicken, da auch sie wollte, dass ihr Sohn endlich seine Verbindungen zu der Gruppe leichtlebiger, verwöhnter und selbstgefälliger Studenten aus reichem Elternhaus abbrach – aber diesen Schmerz, der aus seinen Augen sprach und auch ihrem Herzen wehtat, hätte sie ihm gerne erspart.

»Setz dich, Junge«, befahl sein Vater ihm mit ernster Stimme.

Tom setzte sich betont lässig auf den Stuhl, auf dem sie zuvor gesessen hatte.

Niels warf seinem Sohn den Hefter mit dem nicht ausgefüllten Formular in den Schoß, den dieser geschickt auffing. »Was gibt es zu dem Reiterhof im Schwarzwald zu sagen?«

Tom beugte sich vor, angelte einen Bleistift aus der Stiftablage und schrieb etwas auf die oberste Seite, um sich anschließend zu erheben, den Hefter auf den Tisch zu legen und zurück zur Tür zu gehen. Dort blieb er noch einmal stehen, drehte sich um, um seine Mutter traurig anzulächeln, bevor er den Raum verließ.

Susan blickte zum Schreibtisch und sah zu, wie ihr Mann die Mappe öffnete, las, was sein Sohn geschrieben hatte, und sich dann in seinem Stuhl zurücklehnte.

»Zumindest das mit dem Analphabeten war ein Irrtum«, sagte er nüchtern und streckte ihr den Hefter entgegen.

Sie nahm ihn und las selbst das eine Wort, das Tom darauf gekritzelt hatte: *Perfekt.*

»Sie ist also perfekt.«

Eine Woche später klopfte Susan an Toms Zimmertür. Ein Brummton ihres Sohnes ließ sie vermuten, dass sie willkommen war. Sie öffnete die Tür, um sie hinter sich wieder sorgfältig zu schließen.

In Toms Zimmer herrschte wie immer eine leichte Unordnung, nur sein Schreibtisch war ordentlich aufgeräumt.

Sie legte, ehe sie sich auf seinen Schreibtischstuhl setzte, einen prall gefüllten Umschlag auf die leere Tischplatte.

»Es wurde eine Einladung an dich abgegeben. Du erinnerst dich sicher an die Klipps?«

»Ja.«

»Ihre jüngste Tochter feiert ihren 21. Geburtstag. Sie hat dich eingeladen.«

»Okay.«

Susan nickte. Sie hatte nicht angenommen, dass Tom die Einladung annehmen würde. Er verließ zwar jeden Morgen ungewöhnlich früh das Haus und kam ein paar Stunden später vollkommen verschwitzt zurück, doch ansonsten blieb er in seinem Zimmer. Vermutlich trieb er Sport.

»Kann ich dir helfen?«

»Wie?«

»Ich bin eine Frau, Tom.«

»Ich weiß.« Ein flüchtiges Lächeln huschte über sein Gesicht und Susan atmete erleichtert auf. Irgendwo da drin in diesem verschlossenen, großen, muskulösen Körper war noch der fröhliche Junge, den sie kannte.

Susan erhob sich und setzte sich neben ihren Sohn auf die kühle Ledercouch. Sie lehnte sich zurück, faltete ihre Hände im Schoß und wartete. So viele Stunden hatte sie damit verbracht, für ihren Sohn zu beten. Vielleicht war es jetzt an der Zeit, einfach mal neben ihm zu sitzen.

»Du lässt mir ohnehin keine Ruhe, nicht?«, fragte er nach längerem Schweigen, klang aber weder gereizt noch sonderlich aufgeregt. »Was erwartest du? Ich bin deine Mutter.«

»Das weiß ich auch.«

Susan ergriff seine Hand, die ebenso groß war wie die von Niels, und begann, sie mit ihren beiden Händen zu massieren.

Nach weiteren langen, schweigsamen Minuten sagte er: »Sie hat größere Hände als du. Kräftige Hände mit langen Fingern, die immer schmutzig sind und voller Schrunden.«

»Sie arbeitet schwer?«

»Das musste sie, seit sie 14 Jahre alt war. Ihr Vater zog in den Krieg, kurz darauf ihr Bruder. Amrei hat diesen großen Bauernhof ganz alleine bewirtschaftet. Und da gab es noch Margot, ihre Schwägerin, und deren kleinen Sohn Micki.«

Susan hörte zu, während ihr Sohn erzählte. Zuerst wog er seine Worte sorgsam ab, dann berichtete er immer schneller und befreiter – bis zu seinem letzten Abend im Schwarzwald, als er die verängstigte junge Frau beinahe geküsst und sie ihn nur Stunden später vom Grundstück gejagt hatte.

Während Susan sich mit einem Spitzentuch heimlich ein paar Tränen von den Wangen strich, versank Tom wieder in Schweigen. Einige Zeit später verließ sie das Zimmer ihres Sohnes, der tief gebeugt dasaß und sie vergessen zu haben schien, und traf vor der Tür auf ihren nervös auf und ab gehenden Ehemann. Sie schmunzelte, als sie feststellte, dass er sich vor nahezu 30 Jahren, als sie Tom zur Welt gebracht hatte, ganz ähnlich benommen hatte.

Susan hakte sich bei ihm unter und gemeinsam gingen sie zu ihrem Schlafzimmer hinauf. Dabei sagte sie nur: »Sie *ist* perfekt – für ihn.«

Tom hob verwundert den Kopf, denn um ihn herum herrschte Dunkelheit. Wie lange war seine Mutter schon fort? Sie hatte nichts mehr gesagt. Ob er sie mit seiner Erzählung erschreckt hatte? Amreis Geschichte war nicht gerade eine schöne, und doch strahlte die Frau so viel Lebensfreude und innere Kraft aus.

Mühsam erhob er sich, ging an den Schreibtisch und schaltete dort die kleine Lampe an, deren helles Licht ihn blendete und mehrmals blinzeln ließ. Er bemerkte auf der Arbeitsfläche den braunen, dick gefüllten Umschlag und erinnerte sich, dass seine Mutter ihn dort abgelegt hatte. Ob sie ihn versehentlich liegen gelassen hatte?

Neugierig hob er das Kuvert hoch. Es war an die offizielle Geschäftsadresse des Touristikbüros adressiert, allerdings machte ihn die etwas krakelige Kinderschrift darauf stutzig.

Tom wendete das Kuvert, und als er als Absender Micki Simons Namen las, spürte er seinen schneller werdenden Herzschlag. Wie schon so oft in den letzten Tagen überfiel ihn ein heftiges Gefühl der Sehnsucht. Er wollte zurück in den Schwarzwald – zu Micki, zu Oma Wanner und vor allem zu Amrei. Nur einmal hatte er sie in den Armen gehalten, und das auch nur für einen kurzen Moment. *Doch das war nicht genug!*, schoss es ihm durch den Kopf. Jeden Tag – mehrmals am Tag – wollte er das tun.

Tom griff in das Kuvert und zog einen dicken Stapel Blätter hervor, die alle unzählige Knicke aufwiesen, als seien sie erst zerknüllt und später sorgsam wieder glattgestrichen worden.

Tom kannte Amreis Handschrift nicht, doch diese begonnenen Briefe, die niemals zu Ende gebracht worden waren, waren zweifelsohne von ihr. Einen nach dem anderen sah er sie durch. Die ersten fünf Blätter trugen das Datum des ersten Tages nach seiner Abreise. Er blätterte weiter. Offenbar hatte Amrei jeden Tag versucht, ihm zu schreiben. Von manchen Tagen gab es nur einen begonnenen Brief, von manchen mehrere, und sie alle endeten nach zwei, drei, vier oder fünf Sätzen.

Hatte Micki sie alle aus dieser bunt beklebten Waschmitteltrommel geholt, die Amrei im Büro als Papierkorb benutzte?

Die auf den Briefbögen geschriebenen Sätze sagten nicht

viel aus. Sie enthielten lediglich Amreis mühsame Versuche, sich bei ihm zu entschuldigen oder zu erklären, weshalb sie sich so verhalten hatte. Jeder begonnene Brief endete, bevor er mehr verriet als die Worte auf den vorangegangenen Blättern. Und doch ließen sie in ihm den Verdacht reifen, dass Amrei ihn vermisste. Weil sie ihn liebte?

Der Stapel der noch nicht gelesenen Briefe wurde immer kleiner. Tom hielt inne und fuhr sich mit beiden Händen durch die Haare, sodass sie wirr in alle Richtungen standen. Was sollte er jetzt tun? Interpretierte er diese Briefe tatsächlich richtig oder wollte er sie nur so verstehen, dass sie ihn vermisste?

Zweifelnd fuhren seine Finger über einen der letzten begonnenen Briefe, auf dem nur ein einziges Wort stand: Ich.

Tom runzelte nachdenklich die Stirn. Dachte Amrei nicht immer zuletzt an sich? Das zeigte schon die Aufopferungsbereitschaft ihrem Neffen und Oma Wanner gegenüber, für die sie in der schweren Kriegs- und Nachkriegszeit gesorgt hatte. Sogar ihrem Bruder hatte sie sehr viel Zeit und Geduld eingeräumt, damit dieser sich zu Hause neu zurechtfinden konnte, obwohl sie mit Sicherheit gewusst hatte, dass dieser dafür sorgen konnte, dass die Gäste sich unwohl fühlten, und er somit eine Gefahr für ihre Pension darstellte.

Tom blätterte weiter, bis er beim letzten Blatt angelangt war. Dieses war nie zerknüllt worden. Auf ihm stand ein Satz in Mickis Handschrift: *Wie willst du im Leben etwas erreichen, wenn du immer sofort aufgibst, sobald dir der Wind ins Gesicht bläst?*

Tom sprang auf. Die Briefe, zuoberst Mickis Ermahnung, blieben zurück, als er nur eine Viertelstunde später das elterliche Haus verließ.

Kapitel 35

Amrei hielt den Pferdefuß mit eisernem Griff fest, während Angela eine Untersuchung durchführte. Die Stute zuckte zurück, doch die junge Frau redete beruhigend auf sie ein, bis Angela sich aufrichtete und Amrei auf den Rücken klopfte. »Alles klar.«

Amrei ließ den Fuß los und Brown Eye ergriff die Flucht, wenn auch noch immer unter zögerlichem Aufsetzen des linken Hinterbeins.

»Es heilt, Amrei.«

Die junge Frau fuhr sich mit dem Hemdsärmel über die Stirn, um sich den Schweiß abzuwischen, und hob die nassen Lappen auf, die sie zum Säubern des Fußes gebraucht hatte, damit die Tierärztin die Hufe überhaupt richtig untersuchen konnte.

Tagelang hatte es ununterbrochen geregnet und die Weiden und Wiesen waren in eine kleine Seenlandschaft verwandelt worden.

An diesem Tag war die Sonne durch die dicke, graue, tief hängende Wolkenwand gebrochen, und die Luft wärmte sich in Windeseile wieder auf. Dampfschwaden zogen durch das Tal und eine feuchte, schwere Hitze lag wie eine Dunstglocke über der Reitpension.

»Ich verstehe noch immer nicht, was Micki da gemacht hat«, murmelte Amrei vor sich hin und wartete, bis Angela ihre Salbe zurück in den Umhängebeutel gestopft hatte. Nebeneinander wateten sie in ihren Stiefeln über die Koppel hinweg auf den Weg zu.

»Weshalb war er eigentlich bei dem Wetter mit der Stute unterwegs?«, wollte Angela wissen.

»Ich hatte ihm erlaubt auszuprobieren, ob er ab sofort mit ihr auch alleine reiten kann. Er muss mit der Stute zurechtkommen, wenn er, wie er angeboten hat, die Gäste auf Ausritte mitnimmt.«

»Und was hatte er dann drüben am Abhang zu suchen?«, forschte Angela weiter nach.

»Herr Bauer hatte ihn gefragt, ob er ihn begleiten dürfe. Er wollte auch mal wieder ausreiten, dem schlechten Wetter zum Trotz. Außerdem hatte er Frau Weinreich sein Auto geliehen, weil sie nach Villingen wollte. Ich glaube, ihm war einfach langweilig.«

»Aber warum der Abhang? Micki weiß doch, wie gefährlich es dort bei Regenwetter sein kann.«

Amrei zog die Schultern in die Höhe. »Herr Bauer wollte da schon seit einigen Tagen unbedingt hin. Jemand aus dem Dorf muss ihm vorgeschwärmt habe, was für eine herrliche Aussicht man von dort oben hat.«

»Bei Regenwetter?« Angela lachte kurz auf

»Ich habe Micki gesagt, dass ich ihn nicht als Führer für die Gäste einsetzen könne, wenn er sich nicht gegen sie durchsetzen kann.«

»Warum er das überhaupt machen will?«, überlegte Angela laut.

»Er kassiert dafür Trinkgeld«, erklärte Amrei. »Allerdings lasse ich ihn nur mit guten Reitern losziehen.«

»Der Unfall ist glimpflich abgegangen. Die englische Stute hat gut reagiert, sonst wäre sie mitsamt dem Jungen in die Tiefe gestürzt.«

Amrei zog es bei dieser Vorstellung ein weiteres Mal den Magen zusammen. »Er behauptet noch immer, etwas oder jemand habe die Stute erschreckt.«

Die beiden Frauen kletterten über die Holzumzäunung und sprangen über den flachen Graben auf den Zufahrtsweg, der zwei parallel fließenden Bächen glich, in deren Mitte sich grün bewachsenes Land erhob.

Den Rest des Weges legten die beiden schweigend zurück. Nur das laute Platschen ihrer Schritte durch das Wasser war zu hören. Im Innenhof angekommen, verabschiedete Angela sich von ihrer Freundin. »Ich muss zurück ins Dorf, Amrei.«

»Willst du schwimmen oder reiten?«, neckte Amrei sie.

»Heute reite ich noch mal eine deiner Schwarzwälder Stuten. Morgen kann ich dann hoffentlich das Auto nehmen.« Angela lächelte ihr zu, kam noch einmal zurück und drückte sie kurz an sich.

Amrei erwiderte ihr Lächeln. Sie wusste, dass ihre Freundin sich große Sorgen um sie machte und sich über jedes Lächeln von ihr freute. Dementsprechend oft tat sie ihr den Gefallen, selbst wenn dies den Schmerz in ihrem Inneren nur noch zu vergrößern schien.

Um nicht länger über die Ursache des bohrenden, grässlichen Schmerzes in ihrem Herzen nachdenken zu müssen, begab sie sich zurück an ihre Arbeit.

Nachdem sie auf einem der Felder, dessen Ähren inzwischen eine herrlich goldene Farbe annahmen, Unkraut gejätet hatte, erntete sie Pflaumen von den Obstbäumen und kontrollierte die Bienenstöcke. Sie war fast erleichtert, als sie entdeckte, dass ein paar morsch gewordene Querstangen an einem Koppelzaun dringend ausgetauscht werden mussten. Die Arbeit würde sie weiter beschäftigt halten und von ihren Gedanken ablenken. Nach und nach schleppte sie die neuen Rundhölzer über die aufgeweichte Wiese bis zum Zaun. Der Schweiß rann ihr in Bächen über den Körper, doch es störte sie nicht. Sie hatte zu tun, war abgelenkt und sie hoffte, dass die körperliche Anstrengung dafür sorgen würde, dass sie am Abend gleich einschlafen würde, ohne dass ihre Grübeleien sie plagen konnten.

Nach dem Abendessen betrat Amrei ihr Büro. Marlene und Clemens Pfeifer waren vor ein paar Tagen abgereist und es hatten sich bisher keine neuen Gäste angemeldet. Nun waren also außer Oma Wanner, Micki und ihr nur noch die drei Einzelgäste Weinreich, Bauer und Schmidt im Haus.

Amrei schob die Angebote, die sie zum Neudecken des Daches und für die Lieferung von Holz zur Reparatur des Pferde- und Kuhstalles angefordert hatte, auf dem Schreibtisch hin und her. Die Bestätigung für den Telefonanschluss legte sie beiseite, denn dieser Auftrag lief bereits und war bestimmt auch nötig. Doch welche der geplanten Reparaturen war die nötigste? Der Stall oder das Dach, das an zwei Stellen nicht mehr dicht war?

Gerade als sie ihre Ellenbogen auf der Tischplatte aufstützte und ihr Gesicht in ihren Händen verbarg, klopfte es und die Tür ging auf.

Angela war zurück. Die Veterinärin trat neben sie und legte ihr eine Hand auf die Schulter.

»Post für dich, Amrei. Die Anfrage einer älteren Dame mit ihrem Sohn. Sie schreibt, er kenne dich aus dem Lazarett damals. Ralf?«

Amrei nickte knapp, ohne den Kopf aus ihren Händen zu heben. Sie erinnerte sich an Ralf als einen 16-jährigen, schrecklich verstörten Jungen. Inzwischen musste er über zwanzig sein. Wie es ihm wohl ging? Es wunderte sie, dass er sich überhaupt an sie erinnerte, denn er hatte damals nie auf ihre Anwesenheit oder gar auf ihre Worte reagiert.

»Der andere Brief ist aus Hamburg.«

Amrei spannte ihre Muskeln an. Angela, die noch immer ihre Hand auf ihrer Schulter liegen hatte, bemerkte das und strich ihr sanft über den Rücken. »Du bist in das Programm aufgenommen worden, Amrei. Es ist ein ganz offizieller Brief, sonst hätte ich ihn natürlich nicht aufgemacht, unterschrieben von einer Sekretärin. Tut mir leid.«

»Das ist doch gut, dass sie mich in ihrem Angebotskatalog führen wollen.«

»Und sehr fair von Tom. Er hätte auch ein vernichtendes Urteil über dich und die Reitpension abliefern können.«

»Das hätte nicht zu ihm gepasst.«

»Ja«, stimmte Angela zu, legte die beiden Briefe auf den Schreibtisch und ging.

Amrei war dankbar, dass ihre Freundin nicht mehr zu der ganzen Angelegenheit sagte. Sie verurteilte weder ihre unbedachte, emotionale Reaktion damals noch drängte sie sie, etwas in Bezug auf Tom zu unternehmen. Aber sie war für sie da, wenn sie sie brauchte.

Ein lauter Schrei ließ sie erschrocken auffahren und zur Tür hasten. Laute Stimmen hallten durch den Flur. Amrei lief in die Küche, aus der der Radau zu kommen schien. Direkt vor der Spüle stand Oma Wanner, die beide Hände entsetzt über ihren Mund gelegt hatte. Hinter ihrem Rücken lief unbeachtet der Wasserhahn.

Micki stand mit bleichem Gesicht unter dem Türrahmen der geöffneten Seitentür, vor ihm lag der Stuhl, auf dem er abends immer saß, um zu essen oder zu lernen, umgekippt auf dem Boden.

Angela kauerte auf dem Boden und hantierte mit einem Topf, während Herr Bauer und Frau Weinreich mit dem Rücken gegen das schwere Küchenbüfett gelehnt standen, um es daran zu hindern umzustürzen. Ein paar Teller waren herausgefallen und lagen zersplittert auf dem Boden und die Schubladen standen ein paar Zentimeter offen, als wären auch sie kurz davor gewesen, aus dem Möbel zu rutschen.

»Amrei, hilf ihnen, das Büfett aufzurichten!«, rief Angela ihr zu.

Die Angesprochene zwängte sich an der bewegungslosen Oma Wanner vorbei und stemmte sich mit aller Gewalt gegen das schwere Büfett, das sich allmählich vollständig aufrichtete.

»Einen kleinen Topf, Oma Wanner«, hörte sie Angela rufen. »Vielleicht den Milchtopf.«

Oma Wanner brachte den kleinen schweren, gusseisernen Milchtopf und Angela riss ihn ihr förmlich aus den Händen. Das Büfett wackelte leicht, und eine Emailschüssel, die in einem der oberen offenen Regale gestanden hatte, fiel doch noch heraus, um polternd und scheppernd über den Holzfußboden zu springen und unter dem Tisch zu verschwinden.

»Ganz langsam loslassen. Aber vorsichtig! Ich weiß nicht, ob die provisorischen Stützen ausreichen«, erklärte Angela.

Frau Weinreich, Herr Bauer und Amrei ließen das Büfett langsam los und atmeten erleichtert auf, als es aufrecht stehen blieb.

Noch immer die Arme vorsichtshalber nach dem Büfett ausgestreckt, trat Amrei zurück. Sie blickte auf den unteren Teil des Möbelstücks und sah, dass der ganze vordere Bodensockel, der das Büfett trug, herausgebrochen war, wodurch dieses nach vorne gekippt war.

Im Augenblick hielten ein paar Vesper- und Schneidebretter und der Milchtopf das Möbelstück provisorisch aufrecht.

»Können Sie bitte noch einen Moment hierbleiben und aufpassen, dass der Schrank nicht doch noch umkippt?«, bat Amrei Herrn Bauer und Frau Weinreich. »Ich hole schnell etwas Holz, mit dem man das Ganze besser abstützen kann.« Sie zog Micki von der Tür fort und lief in den Schuppen hinüber, um dort mit fliegenden Fingern in ihrem Holzlager herumzukramen, bis sie zwei breite Latten gefunden hatte. Sie schätzte deren Länge ab, riss im Vorbeigehen den Fuchsschwanz aus der Wandhalterung und rannte zurück in die Küche.

»Vorsichtig gehen, Amrei. Der Holzboden gibt die Erschütterungen weiter und ich traue meiner Notlösung nicht«, rief Angela ihr zu. Sie und die beiden Gäste standen zur Vorsicht schon wieder mit den Rücken gegen das Büfett gelehnt da.

Jetzt war es Amrei, die auf dem Boden vor dem schweren Möbelstück kniete. Sie hatte gutes Augenmaß bewiesen, denn die Holzlatten passten fast perfekt unter das Büfett, sodass es nur noch leicht nach vorne neigte, was sie jedoch durch zwei schmale Keile aus dem Feuerholzkorb regulieren konnte.

Die überstehende Latte auf der rechten Seite sägte sie flink ab, damit nicht jemand versehentlich mit dem Fuß dagegen stieß und der nach wie vor nur provisorische Unterbau hervorbrach.

»Gute Arbeit. Sie sind sehr geschickt!«, lobte Herr Bauer, als Amrei ihm und Frau Weinreich für ihre Hilfe dankte.

Die beiden verschwanden nach draußen auf die Terrasse, wo sie gesessen haben mussten, als Oma Wanners und Angelas Warnschrei sie hereingelockt hatte. Amrei hörte sie noch aufgeregt über den Beinahe-Unfall diskutieren.

»Ich habe nur die Salzstreuer hineingestellt«, beteuerte Oma Wanner. »Nur die Salzstreuer! Die stehen da immer, weißt du, Kindchen, wenn ich sie nicht auf den Esstischen habe. Ich war am Spülbecken, als das Ding kippte.«

Amrei ging auf die alte Frau zu und nahm sie fest in ihre Arme, wobei sie mit einer Hand schnell den noch immer laufenden Wasserhahn schloss. »Es ist nichts passiert, Oma Wanner. Ich weiß doch, dass die Salzstreuer da stehen. Daran lag es nicht.«

»Ich putze nass. Ich putze zu nass«, jammerte Oma Wanner weiter.

Amrei drückte einen Kuss auf die runzelige, weiche Wange der aufgeregten Frau. Sie hatte den herausgebrochenen vorderen Teil des Sockels noch nicht näher begutachtet, aber vielleicht war er tatsächlich durch das häufige nasse Aufwischen von Oma Wanner morsch geworden.

»Wir räumen die Kommode besser gleich aus und kippen sie, damit du sie morgen ordentlich reparieren kannst, Amrei. Mir ist das mit den Latten nicht geheuer«, flüsterte Angela ihr zu.

»Bringst du bitte erst Oma Wanner nach oben? Geht das?«

»Sicher.«

Amrei entließ Oma Wanner aus ihren Armen und Angela führte sie aus der Küche, wobei sie beruhigend auf sie einsprach.

Sie selbst sah sich nach Micki um, der jedoch nicht mehr in der Küche war. Sein Stuhl lag noch immer umgekippt auf dem Boden.

Amrei stellte den Stuhl auf und setzte sich auf Mickis

Platz, um über die Schulter zum Büfett zu sehen. Dieses monströse Möbelstück hätte den Jungen erschlagen, wenn sich nicht Angela und dann auch die beiden Gäste mutig dazwischengeworfen hätten, als es zu kippen drohte.

Sie wandte sich wieder nach vorne und ihr Blick fiel auf das Schulheft. Jetzt, kurz vor Beginn des neuen Schuljahres, bemühte Micki sich wieder intensiver darum, den versäumten Unterrichtsstoff doch noch nachzuholen. Sie sah ein paar sauber geschriebene Zahlenreihen. Eine Männerschrift.

Tom!

Da jede Erinnerung an ihn schmerzhaft war, sprang sie hastig auf, um sich erneut zu beschäftigen. Ihre Augen suchten den Boden ab, bis sie ein in der Mitte gebrochenes, an einer Seite weiß lackiertes Eichenholzstück fand.

Sie ging in die Hocke und nahm den leicht gebogenen Sockel auf. Das Holz war unten, wo es auf dem Boden gestanden hatte, dunkler – ein Zeichen dafür, dass es dort tatsächlich Nässe aufgenommen hatte, doch in der Gesamtheit machte es einen tadellosen, festen Eindruck. Die Bruchstelle sah aus, als sei sie frisch. Ob sie beim Kippen des Möbels entstanden war oder war sie erst der Auslöser für das Nachgeben des Holzes gewesen? In dem Fall musste der Sockel einen heftigen Schlag abbekommen haben. Aber wovon?

Ihre Finger tasteten an dem Holz entlang. Am linken Ende ragte eine abgebrochene Schraube hervor. Auch das konnte unter dem Druck des Kippens geschehen sein. Aber wo war die zweite Schraube, die sich am anderen Ende des Sockels befunden hatte? Amrei betastete das runde, nicht ausgefranste Loch, in der die Schraube gesteckt haben musste. Hier hatten keine größeren Kräfte eingewirkt.

Entschlossen legte sie den schweren Eichensockel beiseite, ergriff Oma Wanners Reisigbesen und fegte die ganze Küche durch.

Sie fand die laut klappernde, leicht eingedellte Emailleschüssel, einen Bleistift, der Micki vermutlich vorhin aus der Hand gefallen war, ein kleines Stück Brennholz und einen Lockenwickler, der Angela gehören musste. Die fehlende Schraube war nicht dabei.

Amrei hockte sich nochmals vor das Sockelstück. Fehlte die Schraube womöglich schon länger? War ihr Fehlen und ein kräftiger Schlag, den der Sockel abbekommen haben musste und ihm zumindest einen ordentlichen Anriss verschafft hatte, für das Kippen verantwortlich?

Amrei wusste es nicht. Sie war nur unendlich dankbar, dass Micki nichts geschehen war.

Entschlossen, nicht länger über etwas zu grübeln, was sich wohl nicht klären ließ, legte sie das Holz und den Fuchsschwanz neben die Außentür und begann, das Büfett auszuräumen. Sie stapelte seinen Inhalt auf die Bank, auf einen Stuhl und den Tisch.

Angela kam zurück, und unter Herrn Bauers Mithilfe gelang es Amrei, das Büfett auf die Seite zu kippen.

»Die Reparatur kannst du auch morgen noch vornehmen«, raunte Angela ihrer Freundin zu, als diese sich auf den Weg machte, Werkzeug zu holen. »Jetzt ist das Licht ohnehin zu schlecht, und du hast schon Ringe unter den Augen. Du gehörst ins Bett.«

»Ich bin noch nicht müde.«

»Noch nicht müde genug?«

Amrei warf Angela einen kurzen Seitenblick zu. Sie kannte sie viel zu gut und wusste, da sie im Krieg ihren Mann verloren hatte, von den Sehnsüchten und Schmerzen einer verlorenen Liebe, die vor allem in Zeiten der Ruhe und somit auch nachts sehr präsent waren. Sie nickte. »In Ordnung, dann gehe ich mal Micki suchen. Der ist einfach verschwunden.«

Diesmal widersprach Angela nicht. Amrei nahm den beschädigten Frontsockel des Büfetts und ihren Fuchsschwanz auf, räumte beides in den Schuppen und machte sich dann auf die Suche nach dem Jungen. Wie sie vermutet hatte, fand sie ihn in der Kälberbox, in der momentan nur ein einziges männliches Kalb stand, das sich die Streicheleinheiten des Jungen gefallen ließ.

Amrei kletterte über die niedrige Holztür und setzte sich neben Micki in das frisch eingestreute Stroh.

Durch die hohen Fenster drang noch schwaches Licht herein, obwohl die Sonne bereits hinter den Hügeln verschwunden war. Im Stall staute sich die Hitze und unzählige Fliegen summten um sie herum.

»Ich bin sehr froh, dass dir nichts passiert ist.«

»Das war der fünfte Unfall innerhalb weniger Wochen!«

»Ich bin auch froh, dass nächste Woche das Schuljahr neu beginnt«, erwiderte Amrei und stieß ihn leicht in die Seite.

»Damit ich nicht noch mehr anstellen kann?«

»Damit du beschäftigt bist.«

»Es liegt nicht an mir.«

»Nein?«

Micki änderte seine Position und kniete sich neben seine Tante, um sie besser ansehen zu können. Trotz des Dämmerlichtes im Stall konnte Amrei das ärgerliche Flackern in seinen Augen erkennen.

»Warum passiert mir das alles? Ich lebe hier seit über zehn Jahren und nie ist so etwas passiert!«

»Du wirst älter, übermütiger, dein Bewegungsradius erweitert sich.«

»Und der der Strohballen und Schränke auch?«, fuhr Micki sie aufgebracht an.

Amrei zuckte hilflos mit den Schultern.

»Da war jemand im Wald beim Abhang. Er hat das Pferd erschreckt, sodass es scheute und beinahe mit mir hinuntergestützt wäre. Und vielleicht war da auch jemand in der Scheune und hat den Strohballen heruntergeworfen. Und den Teppich von der Treppe kann auch jemand gelöst und kräftig daran gezogen haben, als ich hochwollte. Und das Büfett? Warum sollte es plötzlich umfallen? Und das auch noch ausgerechnet in dem Moment, in dem ich da sitze, obwohl ich oft dort am Tisch sitze, das gebe ich ja zu.« Der Junge ergriff sie am linken Unterarm, als fordere er eine Erklärung ein.

Doch Amrei schwieg, wenngleich sie ihrem Neffen Recht geben musste. Das waren einfach zu viele Zufälle. Sie selbst hatte Tom erklärt, dass die Strohballen sicher gelegen hatten, und sie war es gewesen, die den Läufer auf der Treppe befestigt hatte, und sich sicher gewesen war, dass er gut lag und keine Gefahr darstellte. Und wie sollte sie sich die Bruchstelle am Sockel des Büfett erklären und das Fehlen der Schraube?

»Amrei? Hat es jemand auf mich abgesehen?«

Amrei schluckte schwer. Dieser Gedanke war absurd, ebenso absurd waren aber auch all die Unfälle, die dem Jungen in der letzten Zeit zustießen. »Micki –«

»Es ging damit los, dass dieser Herr Bauer auf die Hupe gedrückt hat, als der Hengst neben mir stand. Und auch bei den anderen Unfällen war dieser Mann jedes Mal ganz in der Nähe – abgesehen von meinem Sturz auf der Treppe. Aber da kann er sich oben im Flur versteckt haben.«

»Micki, du kannst doch nicht einfach einen unserer Gäste verdächtigen.«

»Wer soll es dann gewesen sein?«

»Alle diese Unfälle lassen sich sicher auch anders erklären.«

»Er mag mich nicht, das spüre ich.«

»Das ist doch kein Grund, dir etwas antun zu wollen! Vermutlich mag er einfach keine Kinder. Und außerdem war er bei eurem Ritt bei dir. Du müsstest doch mitbekommen haben, wenn er derjenige gewesen wäre, der die Stute erschreckt hat.«

»Aber er war doch vor der letzten Biegung zurückgeblieben, und du weißt genau, dass die nur durch ein schmales Waldstück von der Abbruchstelle getrennt ist. Er war erst bei mir, als Brown Eye und ich bereits außer Gefahr waren.«

»Das hast du mir so aber nicht erzählt.«

»Weil ich es bis jetzt nicht für wichtig hielt und weil ich ein schlechtes Gewissen hatte. Immerhin sollte ich als Führer bei ihm bleiben. Aber er hat an diesem Tag so schrecklich getrödelt!«, rief Micki aufgeregt.

»Gerade eben hat er dir aber geholfen. Er und Frau Weinreich haben dir vielleicht sogar das Leben gerettet.«

Micki ließ sich zurückfallen. Sein Rücken schlug schwer und mit einem dumpfen Geräusch gegen die Holzwand. »Du hast ja recht.« Er streckte missmutig die Beine aus, sodass sich das Stroh unter seinen Füßen zu einem Haufen zusammenschob und das Kalb mit seinem Maul darin zu wühlen begann.

»Wir beide werden einfach in der nächsten Zeit sehr aufpassen und dich von gefährlichen Plätzen fernhalten. Ab nächster Woche wirst du dann viel Zeit in der Schule verbringen.«

»In der gleichen Klasse noch mal.«

»Tom meinte …« Amrei brach ab. Da war er wieder, dieser bohrende Schmerz.

»Wir hatten nicht genug Zeit, um alles durchzuarbeiten. Ich glaube nicht, dass die mich doch noch versetzen werden«, sagte Micki resigniert.

»Das tut mir leid. Du hast dir so viel Mühe gegeben und so viel Zeit investiert.«

Micki lehnte seinen Kopf an ihren Arm. »Ich weiß nicht, was passiert ist, Amrei. Ich verstehe dich und Tom nicht. Aber es tut mir leid für dich.«

»Danke, Micki.«

»Willst du ihn aufgeben?«

Amrei schwieg, erschrocken über diese direkte Frage des Jungen. Sie rang sich zu einer ehrlichen, wenn auch zurückhaltenden Antwort durch: »Eigentlich nicht, Micki. Aber ich bin nicht sehr geschickt im Umgang mit Menschen – mit Männern im Besonderen. Vielleicht fällt mir ja mal etwas ein, was ich tun kann.«

»Vielleicht habe ich – vielleicht fällt mir ja etwas ein«, sagte Micki und sprang mit einem Satz auf die Füße. Das Kalb floh erschrocken ins hinterste Eck der Box.

Ohne ein weiteres Wort an sie zu richten lief der Junge davon.

Amrei blieb grübelnd zurück. Ihr Neffe hatte nicht ganz unrecht mit seiner Vermutung, dass die Unfälle zu dem Zeitpunkt begonnen hatten, als die drei neuen Gäste eingetroffen waren. Sie kam jedoch zu dem Schluss, dass diese Überlegungen zu nichts führen würden, und so erhob auch sie sich. Dennoch kam sie nicht umhin festzustellen, dass sie große Angst davor hatte, auch noch Micki zu verlieren.

Kapitel 36

Der dünne Holzstab pfiff durch die Luft und knallte direkt vor Micki auf die Tischplatte, wobei eine kleine Kreidewolke aufgewirbelt wurde. »Raus mit dir!«, donnerte die Stimme des Lehrers hinterher, die seine neuen Klassenkameraden zusammenzucken ließ.

Micki jedoch nicht. Er hatte seine Tante jahrelang als Lehrmeisterin gehabt und von ihr viel gelernt, allem voran, wie man in unangenehmen Situationen nicht zurückschreckte oder gar Furcht zeigte.

»Du bleibst mit Pauken und Trompeten sitzen, landest ausgerechnet wieder in meiner Klasse, und jetzt besitzt du die Frechheit zu behaupten, in meiner Aufgabe sei ein Fehler?!«

»Da *ist* ein Fehler!«, sagte Micki mit fester, lauter Stimme, obwohl seine Knie sich schrecklich weich anfühlten.

In der Klasse entstand Unruhe. Ob seine Klassenkameraden ihn für mutig oder einfach nur für blöd hielten, konnte Micki daraus nicht erkennen.

Das bärtige Gesicht des Lehrers war plötzlich ganz nah vor seinem, und es kostete den Jungen unendliche Anstrengung, nicht doch zurückzuweichen.

»Woher willst du das wissen? Du konntest im letzten Jahr die Aufgaben nicht und du wirst sie auch in diesem Jahr nicht können.«

»Wenn Sie mich ständig aus dem Unterricht schmeißen, sicher nicht.«

Das Murmeln wurde lauter, aus einer Ecke kam sogar ein leises Kichern, das jedoch schnell verstummte.

»Du – du und deine Tante! Ihr seid hier keine Unbekannten!«

»Sie auch nicht. Tante Annemarie sagte schon, dass sie auch bei Ihnen Unterricht hatte. Sie meinte, Sie waren einer der Ersten in der Gegend, der diese rote Armbinde mit dem schwarzen Hakenkreuz trug, als die modisch wurden.« Micki duckte sich und war schnell genug, um dem Stock auszuweichen, allerdings fand er sich kurz darauf auf dem Schulhof wieder. Mit gesenktem Kopf trottete er in Richtung der abschüssigen Straße und fragte sich, ob er nach Hause gehen oder doch lieber nachsehen sollte, ob Angela in ihrer Praxis war.

Das blecherne Hupen eines Automobils ließ ihn aufblicken. Am gegenüberliegenden Straßenrand parkte eine ihm vertraute Limousine und an der Fahrertür lehnte eine große männliche Gestalt, die durch die heruntergelassene Scheibe ins Fenster griff, um die Hupe zu betätigen.

»Tom!«, rief der Junge aus und spurtete über die Straße. Er warf seine Tasche gegen das Vorderrad und umschlang für einen kurzen Moment Toms Hüfte, ehe er schnell einen Schritt zurücktrat.

»Ich hatte mich darauf eingestellt, noch eine Weile hier auf dich zu warten«, meinte der Mann und bückte sich nach seiner Schultasche.

»Bin mal wieder rausgeflogen.«

»Weshalb?«

»Ich habe etwas gesagt, was ich lieber nicht hätte sagen sollen.«

»Soll ich das klären?« Tom deutete mit dem Kopf in Richtung Schulhaus.

»Ich denke, du hast erst etwas Wichtigeres zu klären.« Micki nahm ihm seine Schultasche aus der Hand.

»Woher willst du wissen, dass ich nicht schon dort war?«

»Du wolltest mich doch bestimmt abholen, damit ich dir als Informant und als Verstärkung dienen kann!«

»Okay, du hast recht«, lachte Tom und öffnete die Fahrertür, damit Micki einsteigen und auf den Beifahrersitz hinüberrutschen konnte.

Der junge Mann musste erst einmal ein Pferdefuhrwerk und mehrere Autos vorbeifahren lassen, ehe er seinen Wagen auf die Straße lenken konnte. »Ganz schön viel los hier«, stellte er fest.

»Triberg steigt wieder zu seinem früheren Ruhm auf«, erklärte Micki theatralisch, dann legte er Tom die Hand auf den Arm. »Hast du meinen Brief bekommen?«

»Den kleinen, unscheinbaren?«

»Genau den.«

»Ja.«

»Denkst du, du könntest das vor Amrei geheim halten? Ich weiß nicht…« Micki zögerte, zog eine Grimasse und rieb sich die Wange, die gerade dem Schlag des Lehrers entkommen war.

»Das kommt ein bisschen darauf an, wie unsere Begegnung verläuft.«

»Bitte«, flehte Micki, dem plötzlich gar nicht mehr wohl in seiner Haut war. Die Idee, Tom alle diese von seiner Tante begonnenen und fortgeworfenen Briefe zu schicken, war sicherlich nicht schlecht gewesen, aber damit hatte er sich sehr in Amreis Angelegenheit eingemischt.

Sie verließen die steile, abschüssige Straße, brachten den Ortsrand hinter sich und fuhren durch die dichten Wälder und Höhenzüge, die sich links und rechts von ihnen dem Himmel entgegenreckten, in Richtung des kleinen Dorfes.

»Erzähl mir was«, bat Tom nach ein paar Minuten des Schweigens.

Micki musterte ihn. Dieser große, sportliche, kräftige Mann wirkte sehr nervös und müde.

Ob er die lange Strecke bis hierher in einem durchgefahren war?

»Weinreich, Bauer und Schmidt sind noch immer da. Frag mich nicht, wie lange die noch bleiben wollen. Vor drei Tagen kam eine Frau Zenker mit ihrem Sohn Ralf. Der ist über zwanzig und hängt wie eine Klette an Amrei. Sie kennen sich aus dem Lazarett, in dem Amrei im Krieg ausgeholfen hat. Gestern kam dann noch ein Ehepaar Schreier mit einem Kleinkind. Rosa heißt die Kleine. Aber wenn du mich fragst, sollte sie eher Endloser heißen. Endloser Schreier. Sie weint eigentlich von morgens bis abends.«

»Dann ist mein Zimmer belegt?«

»Dein Zimmer? Nein. Amrei hat Ralf und Frau Zenker zusammen in dem kleinen Zimmer untergebracht. Sie meinte, man könne ein Zimmer, in das es regnet, niemandem zumuten. Das hat sie mehrmals gesagt, auch als Herr Schreier bat, ihm, seiner Frau und der kleinen Endlosschreierin ein zweites Zimmer zu geben, damit ein Elternteil sich mal ausruhen könne. Angela konnte nicht verstehen, dass Amrei niemanden in das Zimmer lassen wollte, aber Oma Wanner hat gemeint, das sei schon richtig so, der junge Mann würde sicher bald zurückkommen.«

»Okay«, meinte Tom nur.

Micki musterte seinen erwachsenen Freund erneut und sah, wie ein kurzes Lächeln über dessen kantiges, von Bartstoppeln überwuchertes Gesicht huschte.

»Es ist dein Zimmer, Tom«, sagte Micki. »Und das hat Amrei verteidigt.«

»He! Die Straße ist ja asphaltiert!«, stellte Tom überrascht fest. Micki schüttelte den Kopf. »Dass ihr Erwachsenen immer mit so unwichtigem Zeug ablenken müsst.«

Tom lachte und Micki grinste glücklich. Er hatte auf einmal das Gefühl, dass sich doch noch alles einrenken könnte – wenn nur Amrei mitmachte.

»Das ist Amreis Sieg«, sagte Tom und drückte kräftig aufs Gaspedal.

»... und ihre Schadenfreude, wenn es dich da vorne aus der Kurve haut! Die wurde gestern schon Herrn Bauer zum Verhängnis. Amrei musste ihn mit den Schwarzwäldern aus der morastigen Wiese ziehen.«

Tom nahm augenblicklich den Fuß vom Gaspedal.

»Außerdem ist die Auffahrt noch immer eine Schotterpiste. Aber Amrei wollte es so. Das würde die verrückten Autofahrer von alleine zum Langsam-Fahren zwingen, hat sie gesagt.«

»Okay.«

»Und gleich hinter unserer Auffahrt hört die gute Straße auf. Wer dahinter wohnt und auch eine asphaltierte Straße möchte, wird dem Bürgermeister wohl mal eine Ladung Gülle in den Garten kippen müssen.«

Micki sah das breite Grinsen auf Toms Gesicht. Der Erwachsene klopfte dem Jungen freundschaftlich auf den Oberschenkel. »Es ist gut, wieder hier zu sein!«

»Abwarten«, meinte Micki und dachte dabei vor allem an seine Tante.

Als sie in die Auffahrt einbogen, fuhr Tom langsamer. Sehr viel langsamer. Der junge Mann hatte seine Augen auf das erhöht gelegene Haus gerichtet und die Lippen fest aufeinandergepresst, als müsse er einen heftigen Schmerz unterdrücken. Die Knöchel an seinen Fingern, die das Lenkrad fest umschlossen, standen hell hervor.

Tom brachte das Fahrzeug an der Stelle zum Stehen, wo er es immer abgestellt hatte: vor dem kleinen Holzgartenzaun, der Oma Wanners Blumen und Angelas Kräuter vor den Ponys schützen sollte. Er drehte den Zündschlüssel um und der Motor erstarb. Durch das geöffnete Autofenster drang das Zirpen der Grillen, das freche Pfeifen der umherflitzenden Schwalben und ein tiefes Muhen aus dem Stall ins Wageninnere.

Tom hatte den Blick immer noch auf das Haupthaus gerichtet.

Eine weiße Gardine flatterte träge aus einem der offen stehenden Fenster und die Eingangstür stand wie immer einladend offen.

»Die Ponys sind auf der Weide. Die Schwarzwälder und die Reitpferde noch nicht. Ich denke, Amrei ist im Stall«, sagte Micki in die Stille hinein.

Tom nickte nur und sein Blick wanderte von dem wehenden Vorhang zu dem weit offen stehenden Stalltor hinüber.

»Was machst du jetzt?«, fragte der Junge.

»Ich weiß es nicht«, lautete die Antwort in breitem amerikanischen Slang, wie man ihn von Tom nur selten hörte.

»Dann gehst du jetzt rein, und ich halte Wache, damit niemand stört.« Micki stieg aus und lehnte die Tür nur an, damit ihr lautes Zuschlagen Amrei – oder andere Personen – nicht anlocken konnte. Tom tat es ihm gleich, blieb aber unschlüssig beim Auto stehen.

»Nun mach schon. Sie wird dich nicht gleich umbringen.«

»Junge, du hast keine Ahnung, wie es mir gerade geht.«

»Das muss ich hoffentlich auch nie erfahren«, murmelte Micki.

Er sah zu, wie dieser große, starke Mann zögernd auf den Stall zuging, wobei er immer wieder über die Schulter zu dem Jungen zurückblickte.

Kapitel 37

Michaels Lungen schmerzten vom Laufen. Er passierte unzählige Hauseinfahrten und Querstraßen, ohne auch nur einmal anzuhalten. Überall wurde gebaut, dennoch waren hier und da noch immer die Spuren der Bombardierungen durch die Alliierten zu sehen. Aber das interessierte ihn im Moment nicht.

Margot war tot. Zumindest das hatte er in ihrem Elternhaus erfahren. Nach dem kurzen, unerfreulichen Gespräch mit Margots Familie hatte es Tage gedauert, bis er eine frühere Freundin seiner Frau gefunden hatte, die ihm mehr darüber hatte erzählen können, was Margot für ein Leben geführt hatte, bevor sie ihn so überstürzt geheiratet hatte.

Die Frau konnte ihn an ein Dienstmädchen verweisen, das von den Weltheims unter Schimpf und Schande entlassen worden war. Gisela, die ehemalige Angestellte der Weltheims, würde vermutlich mehr über die letzten Tage Margots wissen, hatte die Dame angedeutet.

Und diese Gisela hatte erzählt – weitaus mehr, als er erwartet hatte und als er hatte erfahren wollen. Für ihn war Margot, dieses wunderschöne, engelsgleiche Wesen, immer eine zarte Blume gewesen. Was er jetzt über ihren früheren Lebenswandel erfahren hatte, hatte ihn zutiefst erschreckt, dennoch glaubte er dieser Gisela, denn sie hatte sich mit demselben einflussreichen und verheirateten Mann eingelassen wie Margot damals. Und er hatte sie ebenso rücksichtslos fallen lassen.

Margot war damals, als sie ihn geheiratet hatte, bereits schwanger gewesen. Micki war nicht *sein* Sohn, sondern der von diesem Bernhard von Martheim – der jetzt nach Mickis Leben trachtete. Sogar das hatte Gisela gewusst. Aber bei ihr glaubte von Martheim sein Geheimnis wohl sicher aufgehoben, zerstörte sie doch ihren Verstand täglich mehr durch ihren übermäßigen Alkoholkonsum. Ob von Martheim sie so weit gebracht hatte?

Letztendlich hatte Michael weitere Informationen aus ihr herausbekommen, indem er ihr ihre Flaschen weggenommen hatte.

Anschließend hatte er zwei weitere Tage in seiner billigen Absteige vertan, sich seiner Wut und Trauer hingegeben, bis ihm klar geworden war, dass er Micki und seiner Schwester Amrei helfen musste. Unter ihrem Dach hatte sich ein Mörder einquartiert!

Michael lief noch etwas schneller, doch sein ausgezehrter Körper wehrte sich mit schmerzhaften Krämpfen gegen diese Anstrengung. Aber er musste unbedingt den nächsten Zug in Richtung Süden erreichen. Er hatte bereits so viel Zeit verstreichen lassen! Zu viel Zeit?

Amrei warf die letzte Ladung des verdreckten Strohs auf die Schubkarre in der Stallgasse und schleuderte die Mistgabel hinterher.

»He, willst du mich umbringen?«, rief eine erschrockene Stimme aus.

Amrei riss ungläubig ihre Augen auf. *Tom?* Sie ging

langsam auf die weit offen stehende Boxentür zu und trat zwischen die beiden Griffe der Schubkarre in die Stallgasse.

Da stand er – groß und breit, die Arme vor der Brust verschränkt und seitlich gegen die Holzwand gelehnt, ganz so, als sei er niemals fort gewesen. Ein unsicheres Lächeln huschte über sein Gesicht, ehe er wieder ernst wurde.

Amrei griff Halt suchend nach dem Stiel der Mistgabel. Ihr Herz hämmerte regelrecht in ihrer Brust, und sie hatte das Gefühl, nicht ausreichend Luft zu bekommen.

»Mir ist irgendwie nicht wohl dabei, wenn du diese Mistgabel in der Hand hast«, sagte er, und nun schwang wieder dieser leicht spöttische Unterton in seiner Stimme mit, den sie an ihm gut kannte.

Erschrocken zog sie ihren Arm zurück.

»So ist es besser«, meinte er.

Dann herrschte erst einmal tiefes Schweigen zwischen den beiden. Lediglich das gleichmäßige Malmen der Pferde war zu hören.

Amrei bemerkte, wie Tom ihre verdreckten Stiefel, die schmutzige alte Männerhose, das nachlässig in den Bund gestopfte Herrenhemd ihres Bruders und schließlich ihr Gesicht begutachtete. So hatte er sie schon einmal gemustert – als er das erste Mal auf ihren Hof gekommen war. Damals hatte so viel Hochmut und Arroganz in seinem Blick gelegen, jetzt sah sie nur Unsicherheit.

Mit bedachten Worten sagte er schließlich: »Jemand hat mich daran erinnert, dass ich nichts erreichen kann, wenn ich immer sofort aufgebe, sobald mir mal ein heftiger Wind ins Gesicht weht.«

Amrei kniff die Augen zusammen und schwieg weiterhin. Sie fühlte sich so unsicher wie noch nie in ihrem Leben. Wie sollte sie sich denn nur verhalten?

»Du hättest jetzt sagen können, dass das mehr als ein heftiger Wind war, der mir ins Gesicht geweht hat.«

Sie nickte zustimmend. Jetzt hatte *er* es ja gesagt.

»Okay«, sagte er und Amrei unterdrückte ein Lächeln. Dieses Wort gehörte zu ihm wie ein Schnauben zu einem Pferd.

Tom schien sich gefangen zu haben, und die Unsicherheit wich allmählich aus seinen Gesichtszügen.

Doch sie fühlte sich genauso unsicher wie zuvor. Noch immer wusste sie nicht, was sie sagen, wie sie auf seine Rückkehr reagieren sollte. Für sie wäre es wesentlich einfacher gewesen, wenn er sie mit Vorwürfen überschüttet oder vielleicht sogar angegriffen hätte. Das kannte sie! Darauf konnte sie reagieren.

Im selben Moment wurde ihr bewusst, wie verkehrt das war. Sie wollte doch nicht ihr Leben lang diesen Mann, den sie liebte, von sich fernhalten oder gar gegen ihn kämpfen müssen. Mit Sicherheit war das auch nicht das, was er wollte.

Und Gott hatte bei der Erschaffung der Menschen sicher auch nicht im Sinn gehabt, dass Männer und Frauen einander mit Misstrauen begegneten und sich bekämpften.

Wenn alles, was sie bisher kannte, falsch war, sollte sie vielleicht jetzt damit anfangen, neue Wege zu gehen.

Amrei bückte sich und nahm die Schubkarre an den Holzgriffen auf.

»Was hast du vor? Du lässt mich jetzt aber nicht wegen einer vollen Mistkarre stehen, oder?«, begehrte Tom auf.

»Nein. Ich räume dieses erste Hindernis zwischen uns weg«, flüsterte sie. Sie stellte die Karre an der gegenüberliegenden Wandseite der Stallgasse ab und drehte sich zu Tom um. Das breite Lächeln auf seinem Gesicht gefiel ihr. Jetzt war er wieder der übermütige, fröhliche Tom, den sie kennengelernt hatte.

»Und jetzt?«, fragte er, stieß sich von der Boxenwand ab und kam auf sie zu.

»Jetzt möchte ich mich bei dir entschuldigen. Für alles, was ich dir an den Kopf geworfen habe. Ich habe voreilige Schlüsse gezogen. Und ich habe dir nicht einmal die Gelegenheit gegeben, dich zu rechtfertigen.«

»Für die kurz angebundene Amrei warst du sehr wortgewandt.«

Sie öffnete den Mund, um etwas zu erwidern, aber Tom winkte mit einer Handbewegung ab.

»Weißt du, du hattest ja auch nicht ganz unrecht. Ich hätte tatsächlich schon viel früher die Karten offen auf den Tisch legen müssen. Aber anfangs hat mir dieses Verwirrspiel zu viel Spaß gemacht. Und irgendwann – Amrei, irgendwann hatte ich Angst, du würdest dich mir gegenüber anders verhalten, wenn du wüsstest, wer ich bin. Ich hatte Angst, dieses vorsichtige und zurückhaltende Mädchen zu verlieren. Ab da waren die Chancen, den Irrtum klarzustellen, plötzlich rar gesät. Andauernd kam etwas oder jemand dazwischen.«

Amrei hob die Augenbrauen. Sie erinnerte sich an so manches Gespräch, das nie zu Ende gebracht worden war.

»Fangen wir von vorne an?«, fragte er sie nun.

»Nein.«

»Was?« Tom trat erschrocken zurück, seine Schultern sackten wie kraftlos nach unten, und er sah aus, als habe er einen kräftigen Schwinger in die Magengegend erhalten.

Amrei holte tief Luft und bekämpfte diese schreckliche, aber auch unnötige Furcht in sich. Genau hier war es gewesen, wo der Mühlensepp…

Entschlossen ging sie auf Tom zu und blieb direkt vor ihm stehen. Mehr zu tun wagte sie nicht, zumal ihr Herz ohnehin schon viel zu schnell schlug. »Ich möchte gerne da weitermachen, wo wir vor unserer Auseinandersetzung aufgehört haben.« Ihre Worte kamen ihr nur zögernd über die Lippen und sie betrachtete dabei ihre ineinander verschlungenen Hände.

Seine Finger berührten ihr Kinn und er hob vorsichtig ihr Gesicht an.

Sie hatte erwartet, sein spitzbübisches Grinsen zu sehen oder zumindest ein fröhliches Lächeln, aber sein Gesicht war vollkommen ernst und wirkte durch die Bartstoppeln und die wild in sein Gesicht fallenden Haare beinahe dunkel.

»Möchtest du das wirklich?«

Mehr als ein zaghaftes Nicken brachte sie nicht zustande.

Tom legte seine Hände auf ihre Schultern und trat noch näher zu ihr. Als er sich mit seinem Gesicht dem ihren näherte, sagte er leise und mit einem Lächeln: »Das ist schon sehr viel, Amrei.«

Sie holte tief Luft, versuchte, gegen ihre aufkeimende Anspannung anzukämpfen, und sagte: »Genug?« Es war ihr sogar gelungen, einen humorvollen Ton zu treffen.

Sie sah, wie Tom die Stirn runzelte. Kämpfte er gegen sich, da er sie nicht überrumpeln wollte?

»Nein«, sagte er nur, kaum verständlich. Dennoch lockerte sich sein Griff, aber es schien ihm schwerer zu fallen, als müsse er eine übermäßige Last hochheben.

»Amrei?«, rief Angela in die Stallgasse hinein.

Die Gerufene wandte sich von ihm ab, hörte aber, wie er genervt ausatmete.

»Amrei, da draußen steht…« Angela erschien unter der Tür. Sie blickte in den Stall hinein und beendete ihren Satz:

»…Toms Wagen.« Sie lächelte. »Aber ihr habt euch ja schon gefunden.«

Micki tauchte heftig atmend und mit hochrotem Kopf hinter Angela auf.

»Tut mir leid, Tom. Aber ich musste dringend mal.«

»Was machst du denn schon hier?«, fragte Amrei überrascht.

»Im Dorf sagte man, man habe den Wagen des Cowboys gesehen«, erklärte Angela, doch Amrei winkte ab und deutete auf ihren Neffen, da sie von ihm eine Antwort erwartete.

»Nun?«

»Mein Mathematiklehrer. Also der…«

»Bitte nicht«, stöhnte Amrei auf.

»Noch immer nicht? Wenigstens melden Sie sich mal! Ich kann Sie da in der Einöde ja nicht erreichen! Was ist denn los? Warum dauert das so lange? Hier ist ein Kerl aufgetaucht, der neugierige Fragen stellte. Er behauptete, Margots Ehemann zu sein.« Bernhard von Martheim bellte die Worte förmlich in den Hörer und sah dabei zu, wie seine Sekretärin sich ihre Bluse überstreifte. Blut floss aus ihrem Mundwinkel. Vielleicht war er ein kleines bisschen zu grob gewesen. Aber dieser Mann, der behauptet hatte, Margots Ehemann gewesen zu sein, seine plötzlich drastisch wegbrechenden geschäftlichen Verbindungen, das Ausbleiben einer Erfolgsmeldung aus dem Schwarzwald und die erneute Geburt einer Tochter setzten ihm zu.

Genau in diesem Moment wurde die Zimmertür geöffnet und unter dem Türrahmen erschien der blonde Lockenkopf seiner ältesten Tochter. Mit ihren sechzehn Jahren erfasste Susanne die Situation sofort.

»Du …«, setzte sie an, doch dann brach ihre Stimme weg.

Er konnte Tränen des Entsetzens in ihren blauen Augen erkennen, die der ihrer Mutter so ähnlich waren. *Wässrig und langweilig,* dachte er.

Die Stimme am anderen Ende der Leitung sagte etwas, doch Bernhard knallte den Hörer auf die Gabel.

»Du Schuft!«, schrie Susanne hysterisch, und ihre kleinen, zarten Finger, die niemals schwerere Arbeit als eine filigrane Stickerei getan hatten, schlossen sich wütend zu Fäusten.

Bernhard von Martheim zog die Augenbrauen drohend zusammen. Seine Tochter hatte ihn vor einigen Jahren schon einmal mit einer Frau erwischt. Damals hatte er angenommen, sie sei zu jung, um zu verstehen, was sie da gesehen hatte.

Serschwinde!«, sagte er in Richtung seiner Sekretärin, die noch immer mit ihren Knöpfen kämpfte.

Die Frau riss ihre Jacke vom Kleiderhaken und schnappte sich ihre Handtasche. Susanne wich ihr aus, als sie auf die Tür zuging. Unter dem Türrahmen drehte sich die große, schlanke Frau mit den aufsehenerregenden langen Beinen noch einmal um. »Ich kündige, du Ekel.«

Wütend knallte er seine Faust auf die Schreibtischplatte; als Echo folgte das heftige Zuwerfen der schweren Bürotür.

»Komm her und setz dich«, befahl er seiner Tochter, während er sich hinter seinem Schreibtisch in den Stuhl fallen ließ.

Susanne blieb, wo sie war.

Außer dem Ticken der Wanduhr und dem nervösen Trommeln seiner Finger auf den Armlehnen seines Stuhles war für einige lange Sekunden nichts zu hören.

»Du sollst dich hierher setzen!«

»Nein!«

»Susanne von Martheim!«, donnerte seine Stimme drohend durch den Raum.

»Jetzt weiß ich, warum Mama seit Jahren so leidet. Jetzt verstehe ich, weshalb sie mir immer sagt, dass wir stark sein müssen, und was sie damit meint, dass Männer oftmals mehr haben wollen, als Frauen guttut.«

»Deine Mutter weiß nichts.«

»Vielleicht kennt sie die Namen der Frauen nicht. Vermutlich weiß sie auch nicht, wie viele es gewesen sind. Aber…« Ihre Stimme überschlug sich.

»So, junge Dame, sprichst du nicht mit deinem Vater«, brüllte von Martheim, bemüht, sie zum Schweigen zu bringen.

»Nein?«

In diesem Moment begriff er: Susanne war kein Kind mehr – und sie hatte wesentlich mehr von ihm mitbekommen, als ihm in dieser Situation lieb war.

»Dann spreche ich eben mit Mutter.« Die Tür schlug ein weiteres Mal laut ins Schloss.

Das Trommeln seiner Finger hatte aufgehört. Er schwitzte. Mit den Fingern seiner rechten Hand zerrte er an seiner verrutschten Krawatte, um sie zu lockern. Er hatte das Gefühl, nicht genug Luft zu bekommen.

Beim Läuten des Telefons fluchte er laut. Das war das Letzte, was er jetzt gebrauchen konnte. Er musste nachdenken – und handeln. Er musste versuchen zu retten, was noch zu retten war, denn die Wellen schienen über ihm zusammenzuschlagen. Die Dinge glitten ihm allmählich aus den Händen, und das alles war Margots Schuld. Bis sie zurückgekehrt war, war alles in Ordnung gewesen.

Noch immer klingelte das Telefon. Bernhard von Martheim riss den Hörer hoch.

»Wir wurden unterbrochen«, sagte die Stimme. Täuschte er sich oder klang sie tatsächlich belustigt? Die Person am anderen Ende der Leitung konnte doch nicht ahnen, welches Drama hier bei ihm gerade ins Rollen gekommen war!

Wütend brüllte er: »Bringen Sie das zu Ende! Bringen Sie das, verdammt noch mal, endlich zu Ende.«

Kapitel 38

Amrei stellte den Korb mit den gekochten Eiern und die Salzstreuer auf das Holztablett und warf dabei einen besorgten Blick zu Oma Wanner hinüber. Die Frau war an diesem Morgen so verstört, dass sie es nicht fertigbrachte, das Frühstück für die Gäste zu richten und es hinaus auf die Terrasse zu bringen.

Seit sie dafür sorgte, dass Oma Wanner ausreichend trank, ging es dieser eigentlich im Großen und Ganzen sehr gut. Nur gegen Abend oder wenn sie sich sehr aufregte, trat ihre Verwirrtheit deutlicher zutage. An diesem Morgen jedoch war ihr Zustand bedenklich.

Tom, der versuchte, mit seinen großen Händen die schmal geschnittenen Schinkenscheiben halbwegs hübsch auf der Platte zu arrangieren, brummte missmutig vor sich hin.

»Komm, gib das mir. Ich bin hier schon fertig«, bot Amrei an und setzte sich neben ihn auf die Küchenbank.

Tom rutschte nicht einen Zentimeter beiseite, schob aber das Holzbrett mit dem Schinken und die Porzellanplatte zu ihr hinüber und legte seinen Arm hinter Amrei auf die Rückenlehne der Bank.

Amrei machte sich an die Arbeit, wobei sie sich kaum darauf konzentrieren konnte, da seine Nähe und die leichte Berührung seines Armes in ihrem Rücken einfach zu neu und zu aufregend waren.

»Ich hab es bestimmt nicht da oben hingestellt. Das weiß

ich ganz sicher«, murmelte Oma Wanner vor sich hin, rang die Hände und tastete mit ihren Fingern eines der Regalbretter über der Spüle ab.

»Dann wird es auch nicht dort sein.« Tom war bemüht, ihr zu helfen, woraufhin Oma Wanner ihm einen strafenden Blick zuwarf. Er hatte sie in ihren Überlegungen unterbrochen.

»Aber es muss da gestanden haben, sonst wäre es ja nicht runtergefallen!«

»Jetzt ist es jedenfalls nicht mehr da«, versuchte Tom erneut, sie zu beruhigen.

»Natürlich nicht! Ich habe es ja weggeräumt und den Wasserkrug ausgeleert und die Spüle geputzt. Ich habe hier nämlich fließend Wasser!«

»Tatsächlich?«, lachte Tom, der seit seinem Eintreffen am Vortag bereits mehrere große Kannen Wasser vom Brunnen hatte holen müssen.

Oma Wanner drohte ihm mit erhobenem Zeigefinger und wandte sich dann ein weiteres Mal der Spüle und dem darüber befindlichen Regalbrett zu. »Niemand würde so etwas da hoch stellen. Das ist viel zu gefährlich. Es könnte ja herunterfallen. Und das ist es ja auch!« Sie schüttelte den Kopf und tastete nochmals das Regalbrett ab, auf dem sich jedoch nur ein paar Dosen mit getrockneten Teeblättern befanden. »Aber ich bin manchmal etwas durcheinander, nicht wahr, Kindchen?«

»Manchmal, Oma Wanner«, murmelte Amrei.

»Aber es ist schön, dass … er zurück ist, nicht?«

»Er heißt Tom«, erklärte Amrei.

»Ich weiß, dass er Tom heißt, Kindchen. Aber ich weiß nicht, warum die Schachtel da oben stand. Natürlich ist sie runtergefallen und das ganze Pulver lag hier verstreut.

Deshalb habe ich auch das Wasser aus dem Krug ausleeren müssen. Nicht, dass es jemand trinkt.«

»Ja, Oma Wanner«, erwiderte Amrei automatisch und legte die letzte Schinkenscheibe auf die Platte. Es wurde langsam Zeit, die Frühstückstische fertig zu decken, denn sie hörte bereits die ersten Gäste die Stufen herunterkommen. Außerdem musste sie endlich an ihre eigenen Aufgaben.

»Was hast du damit eigentlich in der Küche gemacht, Kindchen?«

»Womit?«, fragte Amrei, während sie das Tablett in die Hand nahm, um es gegen ihren schlanken Körper zu drücken und gleichzeitig die Wurstplatte in die andere Hand nehmen zu können.

»Davon rede ich doch die ganze Zeit. Es muss da oben gestanden haben. Jedenfalls ist es heruntergefallen. In das Spülbecken und in die bereitgestellte Wasserkanne.«

»Ich weiß. Das hast du schon gesagt«, erwiderte Amrei, wusste allerdings immer noch nicht, wovon genau die alte Frau die ganze Zeit sprach.

»Du weißt es? Warst du so leichtsinnig? Das ist gefährlich. Wenn Micki nun nicht aufgepasst und sich aus dem Krug wie üblich sein Trinken für die Schule abgefüllt hat?«

Anarei, die sich der Tür zugewandt hatte, drehte sich langsam wieder in die Küche hinein. Etwas in ihr sagte ihr, dass sie gleich in Panik ausbrechen würde. Eine warnende Stimme schien ihr zuzuflüstern, dass sie Oma Wanner jetzt besser gut zuhörte.

»Man stellt doch kein Rattengift in die Küche, Kindchen.«

Das Tablett und die Platte fielen krachend zu Boden. Dem Klirren folgte ein lautes, knarrendes Geräusch, als Tom sich von der Bank erhob und dabei den großen alten Tisch verschob, um ungehindert aufstehen zu können.

»Wir nehmen meinen Wagen!«, rief er Amrei zu, die bewegungslos zwischen den aufgeplatzten Eiern, den zerbrochenen Zuckerstreuern und der Wurst stand.

Amrei wirbelte herum und stob hinter Tom aus der Küche.

Die beiden liefen mit polternden Schritten über die Terrasse und sprangen mit einem gewaltigen Satz auf den festgetretenen Boden.

Während Tom sich hinter das Steuer setzte, warf Amrei sich auf den Beifahrersitz. Der Motor heulte auf und das Fahrzeug jagte über den laut knirschenden Kies aus dem Hof in die Straße hinein.

Tom steuerte den Wagen in gefährlich hoher Geschwindigkeit durch die Kurven und über die Hügel hinweg. Amreis Gedanken drehten sich allein um die Gefahr, in der Micki schwebte: Der Junge nahm morgens immer Wasser aus dem bereitgestellten Krug im Spülbecken und füllte oftmals auch für Angela eine Wasserflasche. Dies war meist das Erste, was er am Morgen tat, noch bevor er sich wusch. Oft war er dabei noch nicht einmal richtig wach.

Hatte er die Schachtel und das Pulver im Spülbecken bemerkt und war auf den Gedanken gekommen, dass etwas davon auch im Krug gelandet sein konnte? Hatte er frisches Wasser aus dem Wasserhahn abgefüllt oder das verstreute Pulver in seinem Halbschlaf einfach ignoriert?

Das Fahrzeug erreichte eine weitere Talebene, und Tom, der das Steuer krampfhaft umschlossen hielt, warf ihr einen flüchtigen Blick zu. »Rattengift in der Küche, Amrei?«, fragte er sie und seine Stimme klang nervös – und ungläubig.

»Ich kann es nicht erklären«, flüsterte sie, »genauso wenig wie die anderen Unfälle.«

»Unfälle?«

»Du weißt schon, Tom, die vielen Unfälle, die Micki in der letzten Zeit passiert sind. Sie hörten auch nicht auf, als du weg warst.« Amrei vergrub ihr Gesicht in ihren Händen.

Toms Hand griff nach ihrem Unterarm. »Du meinst, jemand versucht Micki etwas anzutun?«

»Wie sonst kann man all die vielen Ereignisse erklären, die für ihn jedes Mal lebensbedrohlich waren? Langsam wird es zu viel. Und ich habe ganz sicher kein Rattengift auf ein Regal in der Küche gestellt!«

Das Automobil wurde in einer Kurve weit auf die linke Seite getragen, sodass Tom Mühe hatte, es wieder unter seine Kontrolle zu bringen. Die Bäume wurden dichter und das wild wachsende Buschwerk am Wegesrand ließ die Straße noch enger werden.

Tom schwieg wieder, vollkommen konzentriert auf die Fahrt, und überließ Amrei ihren Ängsten und ihren Gebeten.

Die Straße schien sich endlos lange über die bewaldeten Berge dahinzuziehen.

Endlich lichtete sich der Wald, und nachdem sie ein Wiesenstück passiert hatten, erreichten sie die ersten Häuser der Ortschaft. Amrei ließ ihn anhalten. »Von hier aus kann ich schnell durch die Gärten zur Praxis. Fahr du direkt zur Schule!« Eilig stieg sie aus, und kaum hatte sie die Tür zugeschlagen, fuhr der Wagen wieder an.

Amrei hörte hinter sich die durchdrehenden, quietschenden Räder des Automobils, während sie loslief, um so schnell wie möglich zu Angela zu kommen. Ihr Atem ging keuchend, als sie in die Praxis stürzte. Im Wartebereich zuckten zwei Männer erschrocken zusammen, eine Frau stieß sogar einen unterdrückten Schrei aus.

Amrei stürmte in das erste Untersuchungszimmer, fand es jedoch leer vor, lief in das zweite, wo sie Angela fand, die sie über ihre Brille hinweg streng ansah.

»Hast du …«, keuchte Amrei und musste sich erst einmal am Untersuchungstisch festhalten, auf dem sich ein kleiner Pudel in Angelas Griff wand.

»Habe ich – *was?*«

»… das Wasser getrunken, das Micki dir abgefüllt hat?«

Angela deutete mit dem Daumen über ihre Schulter zu ihrem Weidenkorb, in dem die noch randvolle Wasserflasche lag. Amrei stürzte hinüber, öffnete den Verschluss und schüttete das Wasser in den Ausguss des kleinen Waschbeckens an der Wand.

»Was soll denn das?«, fragte Angela, die weiter den fiependen Pudel behandelte.

»Oma Wanner hat heute Morgen im Spülbecken eine Packung Rattengift gefunden. Das Pulver war im ganzen Becken verstreut und etwas davon ist bestimmt auch im Krug gelandet.«

Angela drehte sich erschrocken zu ihr um und der Pudel nutzte seine Chance zur Flucht. Schnell sprang er vom Behandlungstisch und flitzte durch die offene Tür hinaus.

»Micki!«, stieß die Tierärztin gepresst aus.

»Tom ist auf dem Weg zu ihm«, erklärte Amrei, noch immer außer Atem, und fügte kaum hörbar hinzu: »Hoffentlich kommt er rechtzeitig bei ihm an.«

»Arsen. Er würde es nicht mal schmecken«, überlegte Angela laut. Sie ging zu ihrer Freundin hinüber, nahm ihr die Flasche aus der Hand und trug sie zu ihren Medikamenten, dem Mikroskop und ihren geheimnisvollen Fläschchen und Tinkturen hinüber.

»Lauf zu ihm, Amrei.«

Sie nickte. »Ich werde den Jungen nicht mehr aus den Augen lassen«, sagte sie noch, dann verließ sie die Tierarztpraxis, ohne sich um den laut kläffenden Pudel oder die drei wartenden Personen im Wartezimmer zu kümmern, die ihr völlig entgeistert nachblickten.

So schnell sie konnte lief sie durch die Gärten und Straßen in Richtung Schulhof und ignorierte die verwunderten Blicke oder empörten Rufe der Leute. Vor dem Schulgebäude angekommen, blieb sie einen kurzen Moment stehen, um wieder zu Atem zu kommen. Nach der Erleichterung darüber, dass es Angela gut ging, rührte sich erneut diese quälende Angst in ihr.

Sie musterte die Fassade des Schulgebäudes. Sie wusste nicht einmal, wo sich Mickis Klassenzimmer befand. Tom hatte ihren Neffen bestimmt schon gefunden, versuchte sie sich zu beruhigen. Oder hatte Micki etwa schon von dem vergifteten Wasser getrunken? Lag er irgendwo – unter Krämpfen? Im Sterben?

In dein Moment schwang die große Schultür auf, und sie sah Tom, dessen Hand auf Mickis schmaler Schulter lag. Der Junge sah zu ihm auf und grinste.

Amrei spürte, wie ihre Knie nachzugeben drohten. Micki ging es gut! Erleichtert lief sie den beiden entgegen. Bei ihnen angelangt drückte sie den Jungen sofort fest an sich.

»He, Amrei. Lass mich los.«

»Ich bin so froh, Micki«, stieß Amrei aus und unterdrückte nur mühsam ein Schluchzen.

»Das ist so peinlich, Amrei.«

»Das ist mir egal.«

»Aber mir nicht. Die aus meiner Klasse schauen alle vorn Fenster aus zu.«

»Und?«

»Tante Annemarie!«, sagte Micki mit mehr Nachdruck und sie ließ den Jungen augenblicklich los.

Sein Blick wanderte zu einem Fenster hinauf, aus dem einige Kindergesichter zu ihnen herabschauten. »Na super. Ich kann mich hier nie mehr sehen lassen«, knurrte er in Amreis Richtung.

»Weshalb? Weil ich dir zeige, dass ich dich liebhabe?«

Micki musterte sie und wirkte sichtbar verwundert. Schließlich verzog sich sein Gesicht zu einem schrägen Grinsen. »Das wusste ich auch so.«

Tom legte seinen Arm um Mickis Schulter und führte ihn und Amrei zu seinem Wagen, der direkt vor dem Eingang, halb in einem Blumenbeet stehend, parkte.

»Hast du die Bremse auf dem Hof vergessen?«, lachte Micki übermütig.

Amrei blickte den Jungen verständnislos an. Wie konnte der Junge so respektlos sein und in dieser Situation noch seine Scherze machen? War er sich gar nicht bewusst, welche Ängste sie um ihn ausgestanden hatten? Sie unterließ es, etwas zu sagen, und ging stattdessen zum Auto voraus. Von dort sah sie zu, wie Tom sich vor dem Zehnjährigen niederkniete und ihn an seinen noch schmalen Oberarmen ergriff, um ihm etwas zu sagen. Schließlich nickte Micki, kam zu ihr herüber und drückte schweigend ihre Hand. Es war seine Art, sich für seine unangebrachte Flapsigkeit zu entschuldigen.

Der Mann öffnete die Hecktür und bedeutete dem Jungen einzusteigen, was dieser auch augenblicklich tat.

»Du hast ein gutes Händchen mit ihm«, flüsterte Amrei Tom zu.

»Er ist ein prima Junge.«

Amrei nickte. Sie konnte nur mühsam die Tränen zurückhalten, nun, da die Anspannung allmählich von ihr abfiel.

Sie mochte sich noch so raubeinig geben – wenn es um ihre Familie ging, hielt sie nicht viel aus.

Tom legte seine Hand an ihre Wange und lächelte ihr aufmunternd zu. »Es geht beiden gut, Amrei. Wir sind rechtzeitig gekommen.«

»Das muss aufhören.«

»Ich werde versuchen, auf ihn aufzupassen.«

»Gut.«

Die beiden stiegen vorne ein und Tom lenkte den Wagen durch die abwärtsführende Straße aus der Stadt hinaus. Sie hatten gerade die letzten Häuser hinter sich gelassen, als Tom sich zu Amrei hinüberlehnte und ihr zuflüsterte: »Du hast ihn umarmt und ihm gesagt, dass du ihn liebst.«

Amrei nickte und warf ihm einen fragenden Blick zu. Was war daran verkehrt gewesen?

Er grinste. »Vielleicht sollte ich mich auch mal fast vergiften lassen.

»Das ist nicht witzig, Tom Hedding!«, rügte Amrei ihn – allerdings stahl sich dabei ein Lächeln auf ihre Lippen.

Amrei hob verwundert den Kopf. Die kleine Rosa, das Kind der Schreiers, war still, und das war so ungewöhnlich, dass es sofort auffiel.

Die junge Frau atmete erleichtert auf. Diese Stille tat gut. Sie hatte beinahe schon vergessen, wie ruhig es hier normalerweise war, doch ihre Freude währte nicht lange. Es klopfte kurz an der Tür und Ralf trat ein. Ohne auf eine Einladung zu warten, setzte er sich zu ihr an den Tisch. Er strahlte sie an und beugte sich weit zu ihr. »Sie sehen heute ganz besonders hübsch aus, Fräulein Amrei.«

»Danke, Ralf«, erwiderte sie kühl.

Ralf wirkte sehr unruhig und nervös – wahrscheinlich eine Nachwirkung dessen, was er damals im Krieg erlebt hatte. Er überschüttete sie mit Dankbarkeit und Bewunderung, obwohl sie im Behelfslazarett eigentlich nicht sehr viel für ihn getan hatte. Das hatte sie ihm und seiner Mutter schon ein paarmal zu erklären versucht, aber Frau Zenker sparte ihr gegenüber ebenfalls nicht mit Dankbarkeit und die Zuneigung ihres Sohnes wurde Amrei allmählich unangenehm.

Glücklicherweise tauchte in diesem Moment wie aus dem Nichts Tom unter dem Türrahmen auf. In seiner Armbeuge lag Rosa und spielte mit einem Stück Holz.

Amrei musterte den großen Mann mit dem winzigen Kind im Arm. »Wie hast du das gemacht?«, fragte sie erstaunt.

Tom grinste sie an und setzte sich auf die Tischplatte, die unter seinem Gewicht bedenklich knarrte, und versperrte so Ralfs Sicht auf Amrei. »Ich hatte schon immer eine einnehmende Wirkung auf Frauen.« Sein Blick brachte in ihrem Bauch Schmetterlinge zum Tanzen.

»Das glaube ich dir sofort.«

Laut lachend zuckte er mit seinen mächtigen Schultern, was dem kleinen Schreihals zu gefallen schien, denn er gurgelte fröhlich vor sich hin.

»Die Mutter von Endlos ist furchtbar überängstlich im Umgang mit der Kleinen und der Vater inzwischen ein nervliches Wrack.«

»Und du strahlst die nötige Ruhe aus?«, spottete Amrei, die sich in seiner Gegenwart selten ruhig und entspannt fühlte.

»Das wirst auch du eines Tages noch erkennen«, gab er

neckend zurück. Hinter seinem breiten Rücken brachte sich Ralf räuspernd in Erinnerung.

»Ich hatte mich gerade mit der jungen Dame unterhalten, Herr Hedding«, wies er Tom zurecht.

»Ach? Tatsächlich?« Es war das erste Mal seit Langem, dass Amrei wieder diesen überheblichen, arroganten Tonfall bei Tom hörte.

Sie blies die Backen auf und schaute auf den leidigen Papierkram, der sie wieder einmal von wichtigen Arbeiten abhielt. Das Letzte, was sie im Moment gebrauchen konnte, waren zwei Männer, die ihre Rivalitäten vor ihr austragen mussten.

In diesem Moment erschien auch noch Frau Weinreich unter dem Türrahmen. »Fräulein Simon? Haben Sie meinen Ausritt vergessen?«

Amrei sah auf ihre Armbanduhr und erschrak. Das hatte sie tatsächlich. Die Frau hatte sich vor ein paar Tagen darüber beschwert, dass sie mit ihren Ausflügen zu kurz kam, was vor allem daran liegen mochte, dass sie und Herr Bauer sich in den Haaren gehabt hatten. Die beiden pflegten nur noch einen höflichen, aber aufs Nötigste beschränkten Umgang miteinander. Zudem verlieh Herr Bauer sein Automobil nicht mehr und unternahm auch selbst kaum noch einen Ausflug in die Umgebung. Für diesen Samstag hatte sie Frau Weinreich einen langen Wanderritt zugesagt – und vergessen.

Ratlos blickte sie auf den Schreibtisch, auf dem sich Rechnungen, Anfragen und die Formulare, die aus dem Touristikunternehmen von Toms Eltern geschickt worden waren, stapelten.

»Micki ist schon zurück. Er könnte das für dich übernehmen«, schlug Tom ihr flüsternd vor.

Nachdenklich sah sie Tom an. Würde sie es wagen können, Micki gehen zu lassen? Nach allem, was in der letzten Zeit passiert war? Andererseits konnte sie den Jungen nicht hier auf dem Hof einsperren. Frau Weinreich war eine gute Reiterin und Micki würde mit ihr sicher zurechtkommen. Sie war nicht draufgängerisch und würde sich, wenn Amrei sie darum bat, an die Anweisungen des Jungen halten. »Würden Sie auch mit meinem Neffen reiten?«, fragte sie die Frau schließlich.

»Micki?« Frau Weinreich zögerte einen Moment, nickte dann aber zustimmend. »Warum nicht? Der Junge kennt sich hier sicher ebenso gut aus wie Sie.«

»Ich möchte Sie nur bitten, auch wirklich auf ihn zu hören.«

»Ich heiße ja nicht Bauer«, gab sie zurück, denn natürlich war die Aufregung um Mickis letzten Ausritt den anderen Gästen nicht entgangen.

»Schön.« Amrei erhob sich und drückte Tom zwei Briefe in die Hand, die an Herrn Schmidt adressiert waren.

Frau Weinreich wandte sich zu Tom um und strich dem kleinen Mädchen in seinen Armen leicht über die flaumig weichen Haare. »Sie können gut mit Kindern umgehen«, sagte sie und lächelte auf das Baby hinab. Dieses erwiderte kurz ihren Blick, ehe es sich wieder auf das Holz in seinen Händen konzentrierte.

Amrei fand Micki auf der Terrasse, wo er in einem Liegestuhl vor sich hingedöst hatte, während Herr Bauer und Herr Schmidt sich neben ihm ein Schachduell lieferten.

Sie bat ihn, Frau Weinreich zu begleiten, wozu er gleich

bereit war, und so gingen die beiden gemeinsam in Richtung Koppel, um die Pferde zu holen.

»Hör zu, Micki, ich habe das Gefühl, die Frau braucht mal etwas Anregung.«

»Soll ich sie alleine im Wald zurücklassen oder sie den engen Pfad hinaufjagen, von dem es links und rechts steil bergab geht?«

»Ich meinte *An*regung, nicht *Auf*regung, junger Mann.«

»Schade«, grinste Micki und griff nach Brown Eyes Halfter, während Amrei Stern holte.

»Sie möchte gerne zum Wasserfall. Oberhalb von diesem gibt es doch diesen schönen Weg, den die Touristen kaum benutzen. Du kannst ihr auch erzählen, dass bereits die frühere Kaiserfamilie und Ernest Hemingway den Wasserfall besichtigt haben.«

»War ich da dabei?«, witzelte er gut aufgelegt.

»Du hast in der Schule ein Fach, das sich Heimatkunde nennt. Und zufällig weiß ich –«

»Ja, ich erinnere mich gut an die Klassenarbeit«, seufzte er.

Sie banden die Pferde nebeneinander an dem dafür vorgesehenen Eisenring fest.

»Bekommen wir Vesper mit, Amrei?«

»Natürlich, ihr werdet ein paar Stunden unterwegs sein. Und pass mir bitte auf, ja?«

»Mach ich, Amrei.«

Die junge Frau half beim Putzen und Aufsatteln und reichte den beiden schließlich je einen Rucksack mit dem von Oma Wanner vorbereiteten Proviant.

»Viel Vergnügen«, wünschte Amrei den beiden.

»Das werden wir sicher haben, Fräulein Simon«, freute sich Frau Weinreich. »Und danke, dass Sie mir Ihren großartigen Jungen ausleihen. Ich weiß doch, wie viel Arbeit Sie hier haben und dass Sie dabei jede helfende Hand gebrauchen können.«

Amrei sah den beiden nach, wie sie in gemächlichem Schritt aus dem Hof ritten und im ansteigenden Waldpfad verschwanden. Über die Terrasse ging sie zurück zur Küchentür. Herr Bauer saß noch am Tisch und räumte die Schachfiguren in eine Kiste. Emil Schmidt war nirgends zu sehen.

Beunruhigt ging sie durch die Küche in den Flur. Es gefiel ihr nicht, dass ausgerechnet zu dem Zeitpunkt, an dem sie Micki einmal mehr Freiheiten zugestand, dieser Mann ein Schachspiel abbrach. Musste sie sich jetzt Gedanken machen? Sollte sie Micki und Frau Weinreich zurückholen, oder war ihre Sorge, einen weiteren Angriff auf Micki erleben zu müssen, völlig aus der Luft gegriffen und entsprang nur ihrer übersensiblen Furcht um den Jungen?

Amrei trat zurück in ihr Büro, wo noch immer Ralf und Tom auf sie warteten – und mittlerweile auch Herr Schmidt, der seltsam ungeduldig wirkte.

Amrei warf Tom einen fragenden Blick zu. Der hob nur kurz die Augenbrauen und widmete sich dann wieder Rosa.

»Kann ich Ihnen helfen, Herr Schmidt?«

»Ich habe einen Brief erhalten, der mich zwingt, morgen abzureisen. Wenn Sie bitte die Rechnung fertig machen könnten. Ich möchte sofort bezahlen.«

Amrei unterließ es zu fragen, ob er tatsächlich so viel Bargeld mit sich herumtrug. Mit einem zustimmenden Nicken setzte sie sich auf ihren Schreibtischstuhl und zog eine Mappe hervor. Ihre Unruhe stieg. Die drei Einzelgäste waren schon sehr lange bei ihr zu Gast, und sie hatte mit einer spontanen Abreise gerechnet, dennoch beunruhigte Herr

Schmidts gewählter Zeitpunkt sie jetzt – vor allem weil der Mann ungewohnt ernst und nervös wirkte. Eigentlich kannte sie ihn nur als ausgelassenen, immer gut gelaunten Menschen.

Amrei verdrängte einen weiteren warnenden Gedanken an Micki. »Es wird einen kleinen Moment dauern«, erklärte sie dem Mann.

»Dann erledige ich das doch morgen früh, kurz vor der Abfahrt«, entschied dieser, stand auf und verließ das Büro.

»Tom?«

Der große Mann hob den Kopf und sah sie fragend an.

Sie machte sich noch verrückt vor Sorge um Micki, schalt sie sich selbst und lächelte Tom entschuldigend an, der sie intensiv musterte. Das Kind in seinen Armen begann zu quengeln. War es auch mit

Toms Ruhe vorbei? Ahnte er, was sie dachte?

Sein Blick war ernst, als er sich erhob. »Hey, Ralf, was halten Sie davon, wenn ich Ihnen mal die Pferde näher vorstelle? Sie wollen doch sicher auch mal reiten?«

Ralf wirkte nicht gerade sehr begeistert von diesem Vorschlag.

»Ich hole die kleinen Ponys in den Hof«, schlug Tom vor. »Die werden Ihnen gefallen. Und Endlos auch.«

»Wem?«

»Dem Baby«, erklärte Tom eine Spur ungehalten und ging voraus. Offenbar wollte er so schnell wie möglich auf den Hof hinaus, um alles und jeden im Auge behalten zu können.

»Gehen Sie nur«, ermunterte Amrei Ralf »Je eher Sie sich an die Ponys gewöhnen, desto früher trauen Sie sich auch, sich einmal auf eines zu setzen.«

Ralf folgte ihrer Aufforderung, wenn auch zögerlich.

Amrei lehnte sich in ihrem Stuhl zurück. Brauchte sie, wenn Tom draußen alle Gäste im Auge behielt, Micki und Frau Weinreich nicht nachzureiten, um sie zurückzuholen?

Kapitel 39

Tom verbrachte den ganzen restlichen Nachmittag mit Rosa Schreier, Ralf und den Shetlandponys und behielt sowohl Herrn Bauer als auch Emil Schmidt im Auge, wobei sich Letzteres als schwierig herausstellte, da der Mann packte und für einen längeren Zeitraum im Haus verschwand.

Tom beruhigte sich mit dem Gedanken, dass er sich keine Sorgen machen musste, solange Schmidt drinnen war.

Nach einer Weile erschien Herr Schreier im Hof. Er sah ausgeruht und entspannt aus und beobachtete eine Weile, wie Tom sich von seiner kleinen Tochter zwischen den Ponys herumjagen ließ, damit ja keines bei den Streicheleinheiten zu kurz kam. Schließlich nahm er dem großen Mann das Kind ab.

In diesem Augenblick entdeckte Tom eine Gestalt, die sich entlang der Büsche in Richtung Fluss bewegte. Ihre Haltung war gebeugt, und es war ganz offensichtlich, dass sie nicht gesehen werden wollte.

»Ralf, Sie könnten die Ponys zurück auf die Weide bringen«, schlug er vor, ohne den jungen Mann anzusehen, der auf einem Stuhl zwischen den Tieren saß. Noch ehe Ralf ihm antworten konnte, lief er los. Im Vorbeilaufen sah er Herrn Bauer lesend auf der Terrasse sitzen, aber Emil Schmidt war nirgends zu sehen. War er es, der dort heimlich herumschlich?

Als Tom die Büsche erreicht hatte, die bis an die Uferböschung heranreichten und an dieser entlang weiterwucherten, blieb er stehen und sah sich suchend um, konnte jedoch niemanden mehr entdecken. Ob der Mann ihn gesehen hatte?

Mit Sorgenfalten auf der Stirn ging er weiter am Flussufer entlang und versuchte, durch das dichte Buschwerk und das Unterholz hindurchzusehen, doch das war nahezu unmöglich. Plötzlich ließ ihn eine Bewegung vor ihm erschrocken zusammenzucken.

»He!«, sagte eine Stimme, die sehr verhalten klang.

Tom blieb stehen und lauschte.

»Tom?«

Er runzelte die Stirn. Wer verbarg sich da zwischen den Sträuchern? Endlich entdeckte er eine schmale Gestalt, die sich aufgrund ihrer Größe nur zum Teil hinter einem Holunderstrauch verstecken konnte.

Zu seinem Erstaunen erkannte er Michael Simon.

»Sie heißen doch Tom, oder?«

»Ja«, gab Tom knapp zurück. Er schaute den Mann misstrauisch an. Was hatte er vor? Erst verschwand er einfach, und jetzt tauchte er wie aus dem Nichts wieder auf und schlich hier wie ein Dieb durch das Gesträuch.

Michael winkte ihn zu sich und Tom folgte zögernd der Aufforderung.

»Wo ist Amrei? Und Micki?«

»Dass Sie sich dafür interessieren, erscheint mir …«

»Der Junge ist in Gefahr«, unterbrach Michael ihn.

Tom blickte ihn fragend an. Hatte Amrei doch recht mit ihrem Verdacht? Aber was wusste dieser Mann darüber?

»Micki ist nicht mein Sohn«, begann Michael tonlos zu erzählen.

Unter zunehmender Besorgnis hörte Tom sich die teilweise wirre Erklärung des Mannes an. Ihm war es nicht möglich, alles zu verstehen, was Michael sagte, was aber daran liegen mochte, dass er viele Details aus der Vergangenheit der Simons noch nicht kannte. Sehr deutlich jedoch war Michaels Hinweis darauf, dass Mickis leiblicher Vater einen bezahlten Auftragskiller auf seinen Sohn angesetzt hatte und dieser einer der Pensionsgäste sein musste.

Als Michael geendet hatte, begann Tom, nervös am Ufer auf und ab zu gehen. »Was können wir tun?«, fragte er. »Wie können wir Micki schützen? Wie können wir dem Ganzen ein Ende bereiten?«

»Wo ist Micki denn? Ich habe ihn nicht gesehen.«

»Keine Angst, er begleitet eine Frau, die Gast in der Pension ist, bei einem Ausritt. Die beiden Männer, die infrage kommen, sind hier.«

»Aber… – Michael blickte ihn ernst an – »von Hartheims Handlanger ist eine Frau!«

Micki beobachtete, wie Frau Weinreich entlang des hölzernen Handlaufes spazierte und fasziniert das über die Felsen sprudelnde Wasser betrachtete. Die Gutach führte nach den heftigen Regenfällen der letzten Tage reichlich Wasser mit sich und so schoss es sprudelnd und spritzend über die Klippen hinweg in die Tiefe. Der Junge warf einen prüfenden Blick auf seine Armbanduhr, ein Geschenk Amreis zu seinem zehnten Geburtstag.

Sie hielten sich schon lange hier am Wasserfall auf, da Frau Weinreich sehr von ihm fasziniert zu sein schien. Sie konnte sich nicht von dem laut brausenden und tobenden Naturschauspiel trennen. Mehrmals war sie schon den schmalen Pfad nach unten und nach oben gestiegen und hatte sich alles genau angesehen. Micki, der die Pferde nicht ohne Aufsicht oben auf dem Weg angebunden lassen wollte, da sich doch mal ein Tourist hier herauf verirren konnte, war dort sitzen geblieben. Er aß sein Vesper und vertrieb sich die Zeit damit, dem aufsteigenden Wassernebel, den frechen braunen Eichhörnchen und den Wasserfallbesuchern zuzusehen, die sich bis zur obersten Kaskade hinaufwagten. Weiter konnte er den Wasserfall nicht einsehen.

Noch einmal blickte er auf die Uhr. Die Sonne stand noch relativ hoch am Himmel, ein paar Stunden hatten sie für den Heimweg noch Zeit, ehe es beginnen würde zu dämmern.

Einen Moment überlegte er, ob er sich auch über Frau Weinreichs Proviant hermachen sollte, doch das ließ er lieber sein. Die Frau würde nach ihrem ständigen Auf- und Absteigen ordentlich Hunger haben.

Sie erklomm gerade einen weiteren Abschnitt des durch ein Holzgeländer markierten Aufstiegs und winkte ihm fröhlich zu.

Micki tat ihr den Gefallen und winkte – ein weiteres Mal – höflich zurück. Sein Blick wanderte an ihr vorbei. Er konnte die letzten Gebäude Tribergs erkennen, die in den steil ansteigenden Hängen zu kleben schienen. Am Wasserfall selbst, zumindest in dem Abschnitt, den er einsehen konnte, waren mittlerweile keine Touristen mehr unterwegs. Vermutlich wurde um diese Zeit in den Hotels, Pensionen und Gasthäusern die Abendmahlzeit angeboten. Brown Eye zerrte an ihrem Zügel, da sie mehr von dem saftigen Gras entlang des Waldrandes haben wollte, und Micki stand auf, um sie ein paar Schritte weiter an einem anderen Baumstamm festzubinden.

Ein gellender Aufschrei ließ ihn herumfahren. Von Frau

Weinreich war nichts zu sehen, doch ihre Hilferufe drangen über das tosende Donnern des herabstürzenden Wassers hinweg bis zu ihm hinauf.

Micki sprang über die Absperrung des Pfades und rutschte zwischen jungen Kiefern, kleinen Birken und niedrigem Buschwerk hindurch zu dem darunter verlaufenden Pfad, der zum Wasserfall führte. Aufsteigende Gischt hüllte ihn ein. Seine Füße schlitterten über den teils steinigen, teils festgetretenen und vom Wasser wie betonierten Naturboden. Endlich erreichte er das Teilstück, auf dem er die Frau noch kurz zuvor gesehen hatte.

Der Junge rannte bis an die Absperrung, die seitlich des steilen, mehrere Meter in die Tiefe stürzenden Wassers die Passanten vor einem Absturz schützen sollte. Mit den Händen am Geländer lief er an diesem entlang, bis er die Stimme deutlicher hören konnte. Frau Weinreich musste jetzt ganz in der Nähe sein. Micki kniete nieder, um unter dem Holzgeländer hindurchzurutschen. Und tatsächlich: Unterhalb von ihm kauerte, auf einem vom Wasser umspülten Felsen, der kerzengerade in die Tiefe abfiel, Frau Weinreich.

»Micki! Du musst mir helfen!«, rief sie mit ängstlicher Stimme zu ihm hinauf.

»Ich gehe Hilfe holen.« Micki wischte sich mit dem Arm die Wasserspritzer aus dem Gesicht.

»Aber alles ist so glitschig hier. Ich rutsche, Micki. Ich kann mich an nichts festhalten.«

»Ich bin gleich zurück. Halten Sie sich fest!«, brüllte Micki. Der Junge zog sich vom Abgrund zurück und arbeitete sich auf allen vieren den Anstieg hinauf, zurück zu den Pferden. Sein Atem ging heftig, und sein Herz klopfte so wild, dass er es schlagen spüren konnte. Er musste der Frau unbedingt helfen, bevor sie abglitt!

Mit zitternden Fingern löste er den Sattelgurt von Stern, zog den Sattel herunter und schleppte ihn, halb laufend, halb auf dem Hosenboden rutschend, zurück zur Absturzstelle, um ihn neben einem der Geländerpfosten niederzulegen und den Sattelgurt am Holz festzumachen. Micki schob den Sattel bis zur Abbruchkante und kroch hinterher, um beide Steigbügel über den Stein hinunterzulassen. Die Frau musste jetzt nur danach greifen und sich so lange festhalten, bis er Hilfe geholt hatte.

Aber Frau Weinreich schrie den Jungen inzwischen hysterisch an, und er glaubte, in ihren Augen blanke Angst zu entdecken.

»Greifen Sie nach den Steigbügeln, Frau Weinreich!«, rief Micki, doch die Frau schien wie gelähmt zu sein.

»Beruhigen Sie sich. Ich hole gleich Hilfe. Greifen Sie doch die Steigbügel!«, schrie er die Frau an und spürte, wie sich auch seine Angst steigerte.

»Ich kann nicht!«, schluchzte sie laut und krallte sich weiter an ein paar Wurzeln fest, die nur wenige Zentimeter neben den Steigbügeln aus einer Felsspalte wucherten.

»Lassen Sie eine Hand los, greifen Sie über und dann kommt die nächste Hand. Der Sattel ist gut befestigt. Er hält!«, redete er beschwörend auf sie ein.

»Hilf mir, Micki!«

Micki legte sich flach auf den vom Wassernebel feuchten Boden und streckte sich gefährlich weit über die Kante hinaus, damit er die rechte Hand der Frau erreichen konnte, um ihr mit seiner Hand auf ihre Finger zu klopfen. »Lassen Sie die Hand los. Ich zeige Ihnen, wo Sie zupacken können.«

Die Frau ließ tatsächlich die Wurzeln los. Allerdings packte sie nun seine Hand und krallte sich an ihm fest.

Micki schrie auf. Er drohte nun ebenfalls in die Tiefe zu

rutschen – kopfüber, ohne eine Chance, sich irgendwo festhalten zu können. »Lassen Sie los!«, schrie er sie an. Mit den Beinen tastete er verzweifelt nach einem Holzbalken, um daran Halt finden zu können, doch vergeblich.

Tom kam laut polternd in Herrn Bauers Zimmer gestürmt. Amrei lächelte ihm entgegen, wurde jedoch sofort ernst, als sie seinen gehetzten Gesichtsausdruck sah. Sie ließ das Leintuch fallen, das sie gerade über das Bett ausbreiten wollte.

»Micki?«, stöhnte sie auf.

»Ich kann dir jetzt nicht alles erklären, Amrei. Aber du musst sofort zum Wasserfall reiten. Nimm den Weg, den Micki genommen hat. Aber gib Acht, Frau Weinreich hat es auf sein Leben abgesehen. Es ist nicht ihr erster Mord. Sie könnte auch dir … Wir fahren mit dem Auto.« Tom wandte sich um, doch Amrei klammerte sich an seinen Arm.

»Wir?«

»Dein Bruder und ich. Aber das erkläre ich dir später. Hör zu, mir wäre es lieber, du würdest hierbleiben. Aber einer sollte die Strecke nehmen, die die beiden geritten sind, und du kennst den Weg …«

Amrei lief an Tom vorbei, in den Flur hinaus, um mit fliegenden Füßen die steile Treppe hinuntereilen.

Draußen traf sie tatsächlich auf Michael, der Schneesturm für sie gesattelt hatte, und ihr die Zügel in die Hand drückte. Der Sattelgurt hing noch lose hinunter und Amrei angelte mit der Hand danach. Aus dem Augenwinkel sah sie, dass Herr Bauer und Herr Schmidt zusammen mit Michael und Tom zum Automobil liefen. Kurz darauf heulte der Motor der Limousine auf, als diese losfuhr und über die Zufahrt gejagt wurde. Amrei stemmte sich in den Sattel, und noch ehe sie den rechten Fuß im Steigbügel hatte, donnerten die Hufen des Hengstes über den Boden.

Nach der ersten Bergkuppe, die sie im Galopp bezwungen hatten, nahm Amrei die Geschwindigkeit des Hengstes zurück. Sie brauchte sich nichts vorzumachen. Sollte diese Frau Micki auf dem Ritt in Richtung Wasserfall etwas angetan haben, kam sie zu spät. Falls Frau Weinreich jedoch gewartet hatte, um am Wasserfall einen weiteren Unfall vorzutäuschen, war Tom mit dem Automobil sehr viel schneller dort als sie. Natürlich konnten die beiden Reiter bereits vor zwei Stunden den Wasserfall erreicht haben, und das würde bedeuten, dass auch Tom zu spät kommen könnte.

Der Hengst warf den Kopf herum und schlug wild mit dem dreifarbigen Schweif. Er schien die Nervosität der Reiterin zu spüren. Amrei trieb ihn wieder an. Während die Bäume regelrecht an ihr vorbeizufliegen schienen, suchte sie mit ihrem Blick das Unterholz ab, so gut es ihr bei der Geschwindigkeit möglich war.

Kapitel 40

Mit quietschenden Reifen kam die Limousine zum Stehen. Vier Männer sprangen heraus und schlugen die Türen laut hinter sich zu. Die Gruppe lief den leicht ansteigenden Weg entlang, der zum Wasserfall hinaufführte.

Tom eilte den anderen voraus und kämpfte sich durch eine Gruppe herabsteigender Kurgäste und Touristen hindurch, die lautstark ihren Unmut über seine Drängelei äußerten. Doch darum konnte er sich jetzt nicht kümmern. Hastig spurtete er weiter. Während er sich immer weiter in die Schlucht hinaufkämpfte, fiel das Wasser neben ihm brodelnd und donnernd über die Granitsteinblöcke in die Tiefe.

Mittlerweile stand die Sonne schon so tief, dass ihre Strahlen nicht mehr in die steil abfallenden Hänge fiel und es hier bereits unangenehm kühl wurde. Deshalb hatten sich die meisten Besucher schon vor einer ganzen Weile an den Abstieg gemacht. Niemand kam ihm mehr entgegen, und er ging davon aus, dass sich weiter oben auch keine Touristen mehr befanden. Das bedeutete, dass Micki und die Frau allein waren …

Tom umrundete eine Aussichtsplattform und sprang in den nächsten Aufstieg hinein. Da entdeckte er einen menschlichen Körper, der, umspült von sprudelndem Wasser, unterhalb eines Granitfelsens lag. Sekunde um Sekunde ergoss sich literweise Wasser über ihn hinweg.

Tom blieb stehen. Die Gestalt wirkte seltsam entstellt und

war von den schlingernden Bewegungen des Wassers regelrecht zusammengerollt worden.

»Micki!«, rief Tom entsetzt aus. Ein leises Echo warf den Ruf mehrfach zurück.

Tom sprang mit einem einzigen Satz über die Absperrung. Er zwang sich zur Ruhe, als er über einige Felsblöcke in den Wasserfall einstieg. Graugrüner Wassernebel hüllte ihn ein und seine Kleidung wurde klamm und schwer. Seine Schuhe fanden auf den glitschigen, moosbewachsenen Felsen kaum Halt. Er tastete sich vorsichtig voran, immer bemüht, seinen Stand erst zu testen, bevor er das Gewicht verlagerte, und dabei hatte er doch keine Zeit zu verlieren!

Das Wasser prasselte schwer auf seine Schultern und auf seinen Rücken, sodass er sich dichter an die Felswand presste. Nun fiel das Wasser mit ohrenbetäubendem Dröhnen über ihn hinweg und schlug auf dem tiefer gelegenen Felsen auf. Der Geruch von modriger Feuchtigkeit stieg ihm in die Nase. Endlich erreichte er den überstehenden Felsen, in den das herabstürzende Wasser im Laufe der Jahre eine Wanne gegraben hatte. Darin lag – mit dem Gesicht nach unten – der schmale Körper.

Tom zog die Hand, die er nach dem leblosen Körper ausgestreckt hatte, zurück.

Das konnte nicht Micki sein! Er wischte sich mit einer hastigen Bewegung das Sprühwasser aus dem Gesicht. Nur mühsam beherrscht beugte er sich noch einmal hinüber und griff nach dem Jackenkragen der Person. Sorgsam zog er den Körper ein Stück weit aus dem Wasser. Die starren, weit aufgerissenen Augen Frau Weinreichs blickten ihn an.

Tom ließ sie erschrocken los. Eine Welle der Erleichterung schwappte heiß über ihn hinweg, versiegte aber sofort wieder.

Wo war Micki? Er richtete sich auf und wandte den Kopf. Michael, Herr Bauer und Herr Schmidt hatten inzwischen das Geländer erreicht, über das er vorhin gesprungen war. Rufend und gestikulierend beugten sie sich darüber und versuchten, ihm irgendetwas mitzuteilen, doch er konnte sie nicht verstehen, da das Brausen und Donnern des fallenden Wassers zu laut war. Vorsichtig hangelte er sich über die nassen und gefährlich glatten Felsen zurück. Er näherte sich Stück um Stück dem Pfad und schließlich zerrte Emil Schmidt ihn über die Absperrung.

»Ist das der Junge?«, schrie er ihn an.

»Nein, Frau Weinreich.«

»Wo ist das Kind?«,

»Ich weiß es nicht.«

Alle vier fuhren herum, als sie jemanden rufen hörten. Zwei Beine in schwarzen Stiefeln hingen gefährlich weit über einer Klippe oberhalb einer weiteren Kaskade, über die die Gutach hinwegstürzte.

Tom sprintete erneut davon, gefolgt von den drei Männern. Erleichterung machte sich in ihm breit, als er Micki sah, der zitternd und gefährlich nahe an dem über den Felsen hinwegschäumenden Wasser neben einem Reitsattel kauerte.

Tom warf sich ein weiteres Mal über die Brüstung, ergriff Micki fest am Arm und zog ihn von dem Abgrund fort. Micki schlang sofort beide Arme fest um ihn. Er weinte und sein schmaler Körper wurde von heftigem Schluchzen geschüttelt.

»Micki, Gott sei Dank!«, stieß der Mann aus.

»Ich weiß nicht, was passiert ist, Tom«, presste der Junge plötzlich hervor. »Ich wollte ihr helfen. Aber sie war so… so verrückt.« Micki schnappte nach Luft, bevor er hastig weitererzählte. »Es war, als wollte sie sich nicht helfen lassen. Dann hat sie mich gepackt. Ich wäre beinahe auch runtergestürzt, aber ich konnte mich am Steigbügel festhalten. Dann ist sie abgerutscht.« Micki schluchzte laut auf.

»Ich wollte ihr wirklich helfen, Tom. Aber ich konnte nicht…«

Tom legte seine große Hand an den nassen Hinterkopf des Jungen und drückte dessen Gesicht an seine Brust. Er schloss die Augen und dankte Gott aufrichtig dafür, dass er Micki bewahrt hatte.

Allerdings stand er nun vor der Frage, was genau er Micki sagen sollte.

Verschwieg er, dass diese Frau es auf sein Leben abgesehen hatte, würde der Junge sich vielleicht ein Leben lang Vorwürfe machen. Sagte er ihm die Wahrheit, musste das Kind sich damit auseinandersetzen, dass ein ganz anderer Mann sein Vater war – und dass dieser ihn töten wollte.

»Kommen Sie mit dem Jungen erst mal hier herüber. Hier ist es sicherer«, hörte Tom Herrn Bauer mit drängender Stimme rufen. Dieser hockte neben der Holzstange, an der Micki den Sattel befestigt hatte, und streckte ihnen seine Hand entgegen.

Der Mann hatte recht. Sie mussten sich nicht länger an dem Abgrund aufhalten als unbedingt nötig.

»Nehmen Sie den Jungen«, bat Tom den Mann und wollte Micki hinüberreichen, doch dieser klammerte sich an ihm fest. Also kroch er, mit Micki in seinen Armen, unter der Querstange hindurch und setzte sich dort auf den festgetretenen Weg.

Es war Herr Schmidt, der nach einer Weile das Schweigen brach: »Mich würde ja schon mal interessieren, woher Sie überhaupt wussten, dass der Junge und die Frau in Gefahr sind.«

»Ich erzähle Ihnen später alles Nötige. Jetzt sehen wir erst mal zu, dass wir den Jungen nach Hause bringen.«

»Was geschieht mit den Pferden?« Herr Bauer deutete mit der Hand zum erhöhten Waldrand hinauf, vor dem die beiden Reitpferde wie zwei dunkle Schatten zu sehen waren.

»Vielleicht kann Michael …« Tom sah sich suchend um. Der Mann war verschwunden.

»Amreis Bruder ist gegangen, als du mich in den Arm genommen hast«, klärte Micki ihn auf und löste sich aus seiner Umarmung, um sich neben ihn zu setzen.

Tom musterte das feuchte, im zwischen den hohen Bäumen unzureichenden Licht fahl wirkende Gesicht des Jungen. Ihm war noch nie so deutlich aufgefallen wie in diesem Moment, wie wenig Ähnlichkeit Micki mit Michael und Amrei hatte – und dass er ihn noch niemals »Vater« zu Michael hatte sagen hören. Er sprach immer nur von Amreis Bruder. War das eine Antwort auf seine Frage, wie viel und was er dem Kind erklären sollte?

»Traust du dir zu, mit mir zurückzureiten, Micki? Amrei ist auf Schneesturm hierher unterwegs. Wir werden ihr sicherlich begegnen.«

Micki nickte ihm zu.

Tom erhob sich und wandte sich an Herrn Bauer und Herrn Schmidt. »Ich weiß, es ist viel verlangt, aber könnten Sie die Polizei verständigen?«

Herr Bauer nickte ihm zustimmend zu und Herr Schmidt sagte: »Das übernehmen wir. Bringen Sie den armen Jungen nur erst einmal zu seiner Familie zurück. Außerdem kann ich dann den heißen Schlitten zurückfahren!« Beim letzten Satz legte sich ein Grinsen auf sein Gesicht.

Tom warf dem Mann einen irritierten Blick zu. Ohne etwas zu erwidern, schulterte er den Sattel, drehte sich um und folgte Micki, der bereits den Weg hinauf zu den Pferden in Angriff genommen hatte.

Kapitel 41

Im Wald war es mittlerweile unangenehm dunkel und kühl. Tom warf einen Blick über die Schulter nach hinten. Micki hatte den Kopf gesenkt und war mit seinen Gedanken beschäftigt. Zu frieren schien er nicht, obwohl er ebenfalls nass war.

Tom wandte sich wieder nach vorne. Eine neue Sorge machte sich in ihm breit. Hätten sie nicht schon längst auf Amrei treffen müssen? Wie er die junge Frau kannte, war sie auf ihrem Pferd sicher sehr schnell unterwegs gewesen. War dieser Reitpfad so viel länger als die Straße, über die sie mit dem Auto gefahren waren?

Tom nahm, wie er es gewohnt war, die Zügel in eine Hand und strich sich mit der anderen die feuchten Haarsträhnen aus der Stirn.

Er zwang sich dazu, seine Aufmerksamkeit voll und ganz auf den Weg und die Geräusche um ihn her zu konzentrieren.

Jetzt nahm er auch das Rascheln und Knacken im Unterholz wahr, dazu ein leises Fiepen, das entfernte Bellen eines Fuchses und das Scharren eines größeren Tieres, vielleicht eines Wildschweines. Dieser Wald war voller Leben. Hektarweit erstreckte er sich über sanfte Hügel, steil ansteigende Berge und tiefe Täler, bildete plötzlich abfallende Schluchten und felsige Abhänge und war somit, vor allem nachts, durchaus gefährlich. Und er hatte Amrei auf einem schwer zu reitenden Hengst alleine in diese endlos wirkenden Wälder geschickt!

»Tom?«

»Ja, Micki?«

»Du hast gesagt, dass Amrei …«

Tom wandte sich halb im Sattel um und musterte das fragende Gesicht des Jungen hinter ihm.

»Da!« Micki deutete an ihm vorbei.

Tom drehte sich wieder nach vorne um und brachte seine Stute zum Stehen. Der schwarze Umriss eines Pferdes hob sich vor dem dunklen Grün und Grau der Bäume ab. Micki schloss zu ihm auf. Tom sprang ab und warf dem Kind die Zügel zu. Als er sich Schritt um Schritt dem Hengst näherte, entdeckte er eine Gestalt auf dessen Rücken, die, leicht vornüber gebeugt, fast auf dem Hals des Tieres lag.

Langsam, um den Hengst, der nervös mit dem Schweif schlug, nicht zu erschrecken, griff er nach den durchhängenden Zügeln und schlang diese um seinen Arm. Amrei hob den Kopf.

Ihr Zopf hatte sich aufgelöst und die langen Haare verdeckten fast vollständig ihr Gesicht und hingen ihr bis auf die Oberschenkel hinunter.

Tom hob sie wie einen Vorhang beiseite. Amreis Gesicht war mit Kratzern und blutigen Striemen überzogen, das Herrenhemd war am Ärmel und entlang der Seite zerrissen und mit kleinen Zweigen, Blättern und Dornen übersät.

Erschrocken über ihren Anblick legte Tom den Arm um ihre Hüfte, um sie vom Pferd zu heben, doch sie hob abwehrend eine Hand. »Bitte nicht, Tom. Ich bin froh, nach dem Sturz überhaupt wieder oben zu sitzen.«

Tom nickte und musterte ihr schmerzverzerrtes Gesicht. »Es tut mir leid«, flüsterte er zu ihr hinauf.

Amrei lächelte schwach. »Das ist doch nicht deine Schuld.«

»Ich hätte dich nicht schicken dürfen.«

»Ich hätte mich nicht aufhalten lassen. Geht es Micki gut?« Sie schaute besorgt zu dem Jungen hinüber.

»Er ist in Ordnung, Amrei. Ich habe ihm noch nichts gesagt. Das wollte ich dir überlassen. Außerdem werden wir wohl der Polizei alles berichten müssen.«

»Die Polizei? Die wird uns nicht glauben, Tom«, begehrte Amrei auf. »Die wird davon ausgehen, dass die Sachen, die Micki zugestoßen sind, alles Unfälle waren. Das haben wir doch zunächst auch gedacht. Ich glaube nicht, dass es einen Sinn hat, die Polizei zu verständigen.«

Tom legte seine Hand auf die von Amrei. »Frau Weinreich ist tot, Amrei. Wir werden also mit der Polizei reden *müssen.*«

»Lass mich zu Micki«, stieß Amrei aus.

Tom nahm Micki seine Stute ab, die er ein Stück weiter in den Weg hineinführte, damit Amrei und Micki ihre Pferde nebeneinanderlenken konnten. Aus ein paar Schritten Entfernung sah er zu, wie Amrei versuchte, den Jungen vom Pferd aus in die Arme zu nehmen, doch ihre Schmerzen hielten sie letztendlich davon ab, weshalb sie ihm nur ihre Hand an die Wange legte und ein paar Worte zu ihm sagte.

Schließlich ritt Micki zu ihm hinüber, während Amrei den Hengst dazu bringen wollte, sich auf dem schmalen Waldweg zu drehen. Tom sah ihren zaghaften Bemühungen einen Augenblick zu und schritt dann ein, indem er das Pferd am Zügel ergriff und es entschlossen hinter sich her führte. Auch nachdem er aufgestiegen war, ließ er die Zügel nicht los, sondern nahm den Hengst mitsamt der Reiterin auf dessen Rücken als Handpferd.

Micki folgte ihnen.

Auf dem Weg zurück zum Hof erzählte Tom Amrei so leise, dass Micki ihn nicht hören konnte, wie sie erst Frau Weinreich und dann Micki gefunden hatten.

Und schließlich berichtete er von dem, was er von Michael erfahren hatte. Er erzählte von Margots Verhältnis zu Bernhard von Martheim, von ihrer Schwangerschaft, der Auseinandersetzung, von ihrer Flucht mit den beiden Stuten und der überstürzten Hochzeit mit dem ahnungslosen Michael, um dem Einflussbereich der von Martheims und Weltheims zu entkommen. Er informierte Amrei darüber, was Michael von dem früheren Dienstmädchen erfahren hatte, dass nach Margot gesucht worden war, dass sich Frau Weinreich, eine ehemalige KZ-Aufseherin, die zum Ende des Krieges untergetaucht war, bereits 1946 in dieser Gegend umgesehen und Margot wohl nur einen Weg gesehen hatte, um ihren Sohn zu schützen: nämlich den, alleine in die Höhle des Löwen zurückzukehren.

Amrei hörte von Margots Erkrankung, ihrem einsamen Sterben und den weiteren Bemühungen von Martheims, den Jungen, der ihn in Probleme und seine ehelichen Kinder um ihr Erbe bringen konnte, zu finden und loszuwerden.

Als Tom geendet hatte, hörte er Amrei leise stöhnen. Er wusste jedoch nicht, ob es ein Ausdruck innerer Qualen oder körperlicher Schmerzen war. Zu gerne hätte er zu ihr hinübergegriffen, um ihre Hand zu nehmen, aber er war genug damit beschäftigt, den unruhigen Hengst neben der in Schneesturms Gegenwart nervösen Stute zu führen, außerdem waren Amreis Hände in der Mähne des Pferdes vergraben.

»Erzähl es Micki«, sagte Amrei mit vor Schmerz heiserer Stimme.

»Ich weiß nicht, Amrei… Er ist noch ein Kind.«

»Eben deshalb. Ich habe die Hoffnung, dass er die ganze grausige Angelegenheit jetzt leichter verarbeiten kann als im Erwachsenenalter. Jetzt ist er noch ein Kind und kann die Situation in kindlicher Einfachheit und Stärke aufnehmen und verarbeiten und sie in kindlichem Vertrauen vor Gott bringen. Jetzt sind wir da, du und ich, Angela und Oma Wanner. Wer weiß schon, wen er in ein paar Jahren noch um sich haben wird, um ihm zu helfen und Halt zu geben?«

»Lass ihm Zeit«, bat Tom, der sich nicht vorstellen konnte, wie er dem Jungen die ihn betreffenden Geschehnisse erklären sollte.

Amrei richtete sich aus ihrer Schonhaltung auf und wandte ihm den Kopf zu. »Die Polizei wird da sein, Tom. Sie werden Fragen stellen. Micki sollte wissen, was geschehen ist, vor allem auch, weil wir uns überlegen müssen, wie wir ihn schützen können, denn mit Frau Weinreich ist nur die Person verschwunden, die den grausigen Auftrag ausführen sollte – nicht aber der Auftraggeber selbst.«

Tom schaute grübelnd über den Kopf seiner Stute hinweg in den dunklen Waldweg hinein. Er musste Amrei Recht geben. Noch war die bedrohliche Situation für sie alle nicht vorbei.

Kapitel 42

Mitternacht war lange vorüber, als die Polizei und der Arzt das Haus der Simons verließen. Tom brachte den müden Micki nach oben, während Angela noch mit Herrn Bauer und Herrn Schmidt in der Küche saß. Amrei blieb allein im Wohnzimmer zurück, wo sie auf dem Sofa lag. Ihre offenen Verletzungen im Gesicht, an den Armen und im Bereich ihrer Hüfte brannten, schlimmer war jedoch der Schmerz um ihren Brustkorb, da sie sich eine Rippe angebrochen hatte.

Müde legte sie den Kopf zurück in das Kissen, das Tom ihr in den Nacken gelegt hatte, und seufzte schwer auf. Wie sie vermutet hatte, war die Polizei nicht sehr überzeugt von ihrer Argumentation gewesen. Sie hatten wenig gegen Bernhard von Martheim in der Hand, zumal Michael verschwunden war und das Dienstmädchen nicht als Zeugin benennen konnte.

Immerhin hatten die Beamten Micki geglaubt, was er über die Geschehnisse am Wasserfall erzählt hatte, und stuften den Tod der Frau jetzt erst einmal als einen Unfall ein.

Amrei schloss erschöpft die Augen. Micki hatte die Geschichte – im Grunde *seine* Geschichte – ruhig mit angehört. Er hatte nicht viel dazu gesagt, aber das wunderte Amrei nicht. In den nächsten Tagen würde sich zeigen, wie sehr die Geschehnisse in ihm arbeiteten – und wie er sie verarbeiten würde.

Im Moment jedenfalls war er erst einmal in Sicherheit.

Und das Wissen darum, dass seine Mutter allein deshalb aus seinem Leben verschwunden war, um ihn zu beschützen, konnte seinem verletzten Herzen Heilung bringen.

Aber wie sollte es weitergehen? Micki hatte einen Rechtsanspruch auf einen Teil des Erbes der Familie von Martheirn. Selbst wenn der Junge davon nichts wissen wollte, empfand dieser vornehme, kaltherzige Mann, der sein leiblicher Vater war, ihn wohl als Bedrohung.

Amrei hörte schwere Schritte die Treppe herunterkommen, und sie wartete darauf, dass Tom zu ihr ins Wohnzimmer kommen würde.

Doch dann hörte sie Angelas Stimme, die ihn in die Küche rief, und die Schritte gingen an der Wohnzimmertür vorbei.

Amrei erwachte, als Tom sich über sie beugte, um sie sanft auf die Stirn und auf die Nasenspitze zu küssen. Mehr tat er nicht und Amrei dankte es ihm mit einem Lächeln.

»Ich wollte dich nicht wecken«, flüsterte er ihr zu.

Amrei spürte seinen Atem in ihren Haaren, aber obwohl sie dabei vor einiger Zeit noch die Erinnerung an Joseph Brunner überfallen hätte, empfand sie es nicht als unangenehm. »Warum tust du es dann?«

»Ich konnte nicht widerstehen.«

»Mich zu wecken?«

»Nein, dich zu berühren«, gab er mit einem Grinsen zu, das sie im Licht des Mondes, das durch das Fenster auf sein Gesicht fiel, deutlich sehen konnte.

»Ist eure Versammlung beendet?«

»Offiziell aufgehoben.« Er strich Amrei eine Haarsträhne

aus der Stirn. »Wusstest du, dass Emil Schmidt ein Zeitungsreporter ist?«

Amrei schüttelte den Kopf. Sie fühlte sich zu träge, um zu antworten, außerdem schmerzte ihr Gesicht beim Sprechen.

»Soll ich dir morgen erzählen, was er uns angeboten hat?«

»Nein, sofort.«

Tom lächelte. Er hatte es nicht anders erwartet. »Er meinte, er könne einen Bericht über einen Unfall am Triberger Wasserfall schreiben und darin erwähnen, dass eine Frau aus Hannover und ein zehnjähriger Junge von einem Felsen gestürzt und dabei ums Leben gekommen sind.«

»Er will Micki sterben lassen?«

»Nur auf dem Papier. Das ist eine Chance, diesen Bernhard von Martheim von weiteren Nachforschungen abzuhalten.«

»Aber die Leute hier wissen es doch besser.«

»Die wenigsten Leute hier aus der Gegend werden die Hannoversche Allgemeine Zeitung lesen, und falls doch, werden sie den im Artikel erwähnten Zehnjährigen nicht zwingend mit Micki in Verbindung bringen. Außerdem bist du den Umgang mit *Gerüchten* ja gewohnt.«

Amrei sah den großen Mann, der vor der Couch kniete und noch immer mit einer Strähne ihres Haares spielte, zweifelnd an.

»Ein Mann mit dem Einfluss eines von Martheims, der dazu noch mit einem übermäßigen kriminellen Eifer ausgestattet ist, wird sich über die Richtigkeit des Artikels rückversichern.«

»Darüber haben wir auch gesprochen.«

»Und?« Amrei versuchte, sich auf die Seite zu drehen, doch der Schmerz, der durch ihren Oberkörper zog, war zu stark.

Tom, der ihr schmerzverzerrtes Gesicht zu deuten wusste, legte eine Hand auf ihre unverletzte Hüfte, während die andere weiter mit der langen Haarsträhne spielte. »Wir verpassen Micki einen anderen Namen.«

Amrei lachte kurz auf, bereute dies jedoch sofort, denn der Schmerz nahm an Intensität zu.

Tom verzog mitfühlend das Gesicht.

Als sie wieder normal atmen konnte, blitzte sie Tom herausfordernd an. »Wir nennen ihn August Suppenkasper und alles ist gut?«

Tom lachte. »Was hältst du von dem Nachnamen Hedding?«

Amrei runzelte die Stirn und schaute den Mann mit zusammengekniffenen Augen kritisch an. »Das geht nur, wenn du ihn adoptierst«, murmelte sie dann.

»Ich oder meine Eltern.«

»Das ist doch Quatsch, Tom. Du kannst doch nicht deine Eltern anrufen und sagen: ›Ich kenne da einen zehnjährigen Jungen, der von seinem Vater umgebracht werden soll und deshalb einen neuen Nachnamen braucht, damit dieser ihn nicht finden kann. Ich bin dafür, ihr adoptiert ihn möglichst sofort.

Dass ihr euch dabei in Gefahr bringt, wird euch sicherlich nicht stören – ebenso wenig wie die Tatsache, dass der Junge ein kleiner Rabauke ist, der obendrein noch Schwierigkeiten in der Schule macht.‹ Das geht nicht, Tom. Außerdem müsste Michael, der Mann, der offiziell als sein Vater gilt, dazu seine Zustimmung erteilen, aber der treibt sich lieber als Söldner herum. Abgesehen davon werden die deutschen Behörden deiner Idee einen Riegel vorschieben und –«

Tom legte sanft seinen Zeigefinger auf ihre Lippen und brachte sie so zum Schweigen. »Wir lassen die Adoption über das amerikanische Konsulat laufen, Amrei. Micki, dessen Mutter tot und dessen Vater verschwunden ist, wird zu einer Kriegswaise erklärt und kann nach amerikanischem Recht sehr schnell adoptiert werden.«

»Von dir oder von deinen Eltern? Und Micki wird überhaupt nicht gefragt?«, stieß Amrei hervor.

»Ich habe ihn schon gefragt, Amrei.«

Die junge Frau richtete sich jetzt doch auf den Ellenbogen auf, obwohl ihr diese Haltung Schmerzen verursachte, wie ihr Gesichtsausdruck auch deutlich verriet.

Tom sah sie besorgt an, sagte aber nichts. Er ahnte wohl, dass sie auf seine Bitte, sich wieder hinzulegen, ohnehin nicht reagieren würde.

»Und?«, fuhr sie ihn mit gepresster Stimme an.

»Er hat sich leider für meine Eltern entschieden.«

Amrei ließ sich etwas zu schnell zurück auf das Kissen fallen und bemühte sich, einen Schmerzenslaut zu unterdrücken.

Tom strich ihr mitleidig über die Wange, doch Amrei drückte seine Hand beiseite.

»Das hat er?«, murmelte sie fassungslos darüber, was alles über ihren Kopf hinweg entschieden wurde.

Mit seinem typischen frechen Lächeln auf dem Gesicht erklärte Tom: »Er sagte, einen Lehrer als Vater zu haben sei das Allerletzte. Außerdem müsse er sich mir gegenüber respektvoller verhalten, wenn ich ihn adoptieren würde.«

Amrei lachte belustigt auf, was sie erneut mit einem schmerzhaften Ziehen in ihrem Oberkörper büßen musste. »Aber du hättest ihn gerne adoptiert?«

Tom nickte. »Aber nicht nur weil ich ihn gern habe. Ich hatte noch einen anderen Hintergedanken.«

»Und der wäre?«

»Kinder werden von Ehepaaren adoptiert.« Er grinste. »Du hättest mich ganz schnell heiraten müssen.«

Amrei war sprachlos. Erschrocken sah sie Tom an, der sie seinerseits intensiv musterte.

Als sie nichts erwiderte, erstarb sein Lächeln. Langsam erhob er sich. »Soll ich dich nach oben tragen, Amrei?«, fragte er, ohne sie dabei anzusehen.

»Lieber nicht.«

»Schlaf gut.« Er drehte sich um und ging mit großen Schritten zur Tür. Mit der Hand an der Klinke schaute er noch einmal über die Schulter zu ihr zurück, um dann die Wohnstube zu verlassen und die Tür fest hinter sich zu schließen.

Amrei saß mitten im Hof auf einem Hocker und sah zu, wie Ralf auf der für ihn viel zu kleinen Shetlandstute seine Runden um sie herum drehte. Sie hätte ihn gerne auf Brown Eye gesetzt, doch der Mann hatte sich nicht dazu überwinden können. Der kleinen Stute machte für die halbe Stunde Unterricht der ohnehin schmächtige Erwachsene als Reiter nichts aus, doch Amrei spürte, dass es dem jungen Mann nun, da sich einige Zuschauer auf der Terrasse eingefunden hatten, auf dem kleinen Tier unwohl wurde.

»Sie machen das sehr gut«, rief sie deshalb lauter, als es nötig war, allerdings vermutete sie, dass sie von den Zuschauern dennoch nicht gehört wurde, denn Rosa Schreier wurde ihrem Namen wie so oft nur zu gerecht. »Genug für heute, Ralf. Absitzen«, entschied sie schließlich und erhob sich mühsam von dem Hocker. Mit vorsichtigen, langsamen Schritten ging sie zu Pferd und Reiter hinüber.

»Das ist eine famose Stute, Fräulein Amrei«, erklärte Ralf begeistert und klopfte dem Tier so kräftig den Hals, dass es sogar die Ohren anlegte.

»Stopp«, sagte sie und drückte seine Hand weg. Sie deutete auf den Rücken des Ponys. »Sehen Sie die Fliege?«

»Ja.«

Die kleine Stute zuckte kurz mit einem Muskel und die Fliege flog davon. »Haben Sie gesehen? Die Pferde sind sehr sensibel. Sie bemerken sogar, wenn ihnen eine winzige Fliege auf ihrem Fell sitzt. Was denken Sie, wie sie Ihre eigentlich als Lob und Dank gemeinten Schläge empfinden wird?«

»Ich habe verstanden!«, sagte Ralf sofort.

»Fein. Dann ziehen Sie jetzt mal die Steigbügel hoch und öffnen den Sattelgurt.«

»Zeigen Sie mir noch mal, wie das geht?«

Amrei trat in dem Moment neben ihn, als Toms Automobil auf den Hof fuhr. Tom stieg aus und kam mit großen Schritten auf sie zugeeilt. »Tag, Ralf«, grüßte er knapp, ergriff sie von hinten an den Schultern und drückte ihr einen flüchtigen Kuss auf die Wange.

Verwundert, da er dies noch nie getan hatte, drehte Amrei sich zu ihm um. Wollte er Ralf gegenüber seine Besitzansprüche deutlich machen? Das war unnötig, und das würde sie ihm auch noch sagen, nahm sie sich vor. Als sie allerdings in sein lachendes Gesicht sah, erkannte sie, dass diese Zuneigungsbekundung einen anderen Grund hatte. Er wirkte sehr glücklich.

»Was ist passiert?«, fragte sie und vergaß ihren Reitschüler, als Tom sie an den Händen ergriff und näher zu sich zog.

»Emil Schmidt sitzt im Zug und feilt schon an seinem

Artikel. Und ich habe telefoniert. Meine Eltern haben bereits alles ins Rollen gebracht. Sie sind aufgeregt.«

»Nicht nur sie!«, gab Amrei zurück. Auch wenn sie bei dieser ganzen Adoptionsgeschichte immer noch ein ungutes Gefühl hatte, freute sie sich über das Strahlen auf Toms Gesicht.

Tom blickte über ihre Schulter zu Ralf hinüber und zog sie noch näher zu sich. Sie ließ ihn gewähren. »Meine Eltern wollten immer mehrere Kinder«, sagte er. »Leider blieb es bei dem einen. Meine Mutter sagte immer, Gott hielte zwei große, tapsige Heddings wohl für ausreichend.« Er blickte lächelnd auf sie herab. »Jetzt bekomme ich tatsächlich einen kleinen Bruder.«

Amrei erwiderte sein Lächeln. Tom schien seine Eltern zu lieben und zu bewundern, und Micki würde nun auch eine Familie bekommen, selbst wenn seine neuen Eltern weit von ihm entfernt leben würden und diese Adoption lediglich eine Formalität zu seinem Schutz darstellte. Sollte sie sich nicht für Micki freuen? Woher nur kam diese Traurigkeit und Einsamkeit, die sie plötzlich in sich spürte?

»Was ist denn mit dir?«, fragte Tom und Amrei schrak aus ihren Überlegungen auf.

Amrei hob ihren Blick. »Ich freue mich für Micki und für dich. Ich weiß auch nicht, was mit mir los ist…«

»Amrei«, sagte Tom ganz sanft. »Niemand wird dir Micki wegnehmen. Und wenn du eine Familie haben möchtest…«

Ralf Zenker brachte sich durch ein lautes Räuspern in Erinnerung. »Fräulein Amrei… das Pony! Es frisst die Blumen.«

»Und wie kommt es hinter den Zaun?«, fragte sie zurück, ohne ihren Blick von Tom abzuwenden.

Dieser verdrehte die Augen und ließ ihre Hände los.

Amrei blickte ihn bittend an. »Könntest du vielleicht …? Mir ist nicht danach, mit einem verfressenen Pony zu kämpfen.«

»Was würdet ihr eigentlich tun, wenn ich nicht hier wäre?«, fragte er laut.

Amrei zog die Schultern in die Höhe. »Ganz ehrlich: Ich habe keine Ahnung!«

Tom schob den hilflosen Ralf zur Seite und sprang mit einem Satz über den Zaun, um das Pony von Oma Wanners Blumen wegzuziehen. Als er die Ponystute an Amrei vorbeiführte, sagte er: »Meine Eltern kommen übrigens in den nächsten Tagen«, und die junge Frau kam nicht umhin zu bemerken, dass er sich darüber sehr zu freuen schien.

Tom befand sich mit Micki und Rosa auf der Koppel bei den Ponys. Rosas Eltern schliefen und Oma Wanner werkelte fröhlich singend in ihrer Küche herum.

Amrei, die von Angela und Tom zum Nichtstun verdonnert worden war, war erleichtert, als Herr Bauer zu ihr kam, um seine Rechnung zu begleichen und sich von ihr zu verabschieden, denn sie war es einfach nicht gewohnt, müßig herumzusitzen.

Nachdem die Formalitäten erledigt waren, begleitete sie Herrn Bauer zu seinem Automobil und winkte ihm nach, als er viel zu schnell die Auffahrt hinunterfuhr und dabei eine gewaltige Schmutzwolke aufwirbelte. Noch ehe die braune Staubwand sich gelegt hatte, tauchte daraus ein moderner, chromglänzender schwarzer Wagen auf der Straße auf und bog in ihre Auffahrt ein.

Amrei legte die Hände in die Hüften. Wer mochte das sein? Es hatten sich keine neuen Gäste angekündigt.

Der Wagen hielt neben ihr an und ein Mann in makellosem Anzug und mit Krawatte stieg aus. »Sind Sie Fräulein Simon?«, fragte er in perfektem Hochdeutsch.

»Ja«, erwiderte Amrei und wunderte sich darüber, dass sich ständig Gäste aus dem Norden bei ihr einfanden. Mit ihrem Kooperationsvertrag mit Toms Eltern konnte das doch noch nicht zusammenhängen.

»Man hat mir Ihr Gasthaus empfohlen«, erklärte der Mann.

»Schön. Kommen Sie doch bitte rein.« Amrei wies mit der Hand einladend in Richtung Haupthaus, drehte sich um und ging ihm voran auf die Eingangstür zu.

Im Flur blieb der neue Gast einen Augenblick stehen und schaute sich um. Sein Gesicht zeigte keinerlei Regung. »Sie haben die Räumlichkeiten größtenteils so belassen, wie sie ursprünglich waren?«, fragte er.

»Ja. Wir fanden, das Haus habe seinen eigenen, natürlichen Charme.«

»Ihr Innenausstatter hat ein gutes Händchen für Atmosphäre, Fräulein Simon.«

Amrei nahm sich vor, dieses Lob an die Veterinärin weiterzugeben.

»Ihre Küche bietet regionale Hausmannskost, nehme ich an?«

»Größtenteils, ja.«

»Haben Sie einen Reitlehrer?«

»Möchten Sie gerne reiten?«

»Wir werden sehen. Wobei ich schon ein paar überaus edle Pferde entdecken konnte.«

Amrei bezweifelte das, denn der Mann war durch Herrn

Bauers Staubwolke gefahren, als er die Koppeln passiert hatte, und war dabei selbst sehr schnell unterwegs gewesen.

»Gibt es viele Kinder hier?«, fragte der Mann weiter.

»Nur ein Baby«, sagte sie ehrlich, fragte sich aber gleichzeitig, ob sie ihn über die kleine Rosa Endlos Schreier aufklären sollte.

»Gut«, sagte der Mann und deutete durch eine knappe Handbewegung an, dass er gerne in ihr kleines Büro gehen würde.

Amrei trat zurück und ließ ihn ein. Wie immer ließ sie die Tür offen stehen und ging vorsichtig um den Schreibtisch herum zu ihrem Stuhl. Obwohl ihr Sturz von Schneesturm inzwischen eine Woche her war, musste sie sich noch immer sehr vorsichtig bewegen.

»Ich würde gerne eine Woche bleiben, Fräulein Simon. Können Sie das einrichten, obwohl ich meinen Besuch nicht angekündigt habe?«

»Das ist im Moment kein Problem.« Amrei schob ihm ihr von Tom entworfenes Anmeldeformular hin und reichte ihm einen Stift.

Der neue Gast nahm ihn ihr aus der Hand und lächelte sie das erste Mal an. Amrei erwiderte sein Lächeln. Er hatte ein ausgesprochen sympathisches, gut aussehendes Gesicht und mochte knapp über 40 Jahre alt sein. Wenn er lächelte, wirkte er richtiggehend einnehmend.

»Ich werde die Stille hier draußen sicherlich genießen«, murmelte er, bevor er seinen Namen niederschrieb. »Zumindest will ich es versuchen.«

»Wir werden uns bemühen, Ihnen dabei zu helfen, Herr … König«, las sie schnell den Namen ab. Der Mann schien dringend Ruhe und Erholung zu benötigen, denn er hörte nicht einmal auf, mit den Fingern seiner linken Hand nervös auf die Tischplatte zu klopfen, während er mit der rechten das Formular ausfüllte.

Kapitel 43

Tom warf Amrei, die am Koppelzaun stand und so tat, als beschäftige sie sich mit den Schwarzwäldern, einen prüfenden Blick zu. Ihm war nicht entgangen, dass sie den Kaltblütern heimlich Apfelstücke zusteckte, damit sie ja bei ihr blieben. Tom grinste breit. Amrei war aufgeregt – und umso mehr seit Micki wie ein wildgewordener Indianer auf Sissi in den Hof geritten war, um zu melden, dass sich ein Automobil näherte.

Er stieß sich vorn Türrahmen ab und ging über den Hof zu der jungen Frau hinüber, deren Hände blitzschnell in ihren Hosentaschen verschwanden und ohne die kleinen Lockmittel für die Pferde wieder hervorkamen.

Er konnte nicht widerstehen, ihr von hinten die Hände an die schmalen Hüften zu legen. »Was tust du denn?«, fragte er.

»Ich schaue nach den Pferden!«, erklärte sie lahm.

»Die sehen doch gut aus. Vielleicht ein wenig verfressen…« Er lachte, ließ sie aber los, als er bemerkte, dass seine Berührung ihr unangenehm war.

Amrei drehte sich um und lehnte sich mit dem Rücken gegen die oberste Querstange, um betont lässig ihre Ellenbogen darauf zu legen. »Und was tust du?«

»Ich warte, bis meine Eltern hier die Auffahrt hinaufkommen. Dein Spion hat sie ja schon lautstark angekündigt.«

Tom amüsierte sich über die leichte Röte, die ihr ins Gesicht stieg.

Amrei schien das zu bemerken und drehte sich weg. Die Schwarzwälder drängten sich an den Zaun und waren weiterhin auffällig an ihrer Reithose interessiert.

»Die finden dich heute ja zum Anbeißen, Amrei«, flüsterte er.

In diesem Moment war ein Automobil zu hören, das kurz darauf die Auffahrt heraufkam. Tom winkte seinen Eltern zu, und während er sich bereits in Bewegung setzte, um sie zu begrüßen, sagte er über die Schulter: »Ich übrigens auch. Deine neue Bluse steht dir gut.

Er öffnete seiner Mutter die Beifahrertür. Susan Hedding stieg aus und sah sich begeistert um. »Was für ein wunderschönes Tal!«, rief sie mit starkem amerikanischem Akzent aus und umarmte erst einmal Tom. Sein Vater kam von der Fahrerseite zu ihnen herüber und begrüßte seinen Sohn mit einem festen Handschlag.

»Und? Die sportliche Erscheinung, die sich da so auffällig intensiv mit den Pferden beschäftigt, ist dieses Fräulein Perfekt?«

»Das ist sie.«

Seine Mutter beschattete ihre Augen mit der Hand. »Eine große Frau.«

»Und sehr nervös«, flüsterte Tom.

»Etwa unseretwegen?« Sein Vater lachte und machte sich auf den Weg zu Amrei.

Tom stürmte ihm nach. Vielleicht hätte er ihm ein paar Details über Amreis Vergangenheit in Bezug auf Männer erzählen sollen, denn im Moment sah es so aus, als wolle er sie sofort in seine kräftigen Arme schließen.

»Amrei? Amrei Simon?«, rief Niels Hedding laut.

Die Angesprochene drehte sich um.

Toms Befürchtung war umsonst gewesen. Niels Hedding schüttelte Amrei zur Begrüßung lediglich – wenn auch kräftig – die Hand. »Schön, Sie kennenzulernen, Fräulein Amrei. Zu sagen, dass mein Sohn viel von Ihnen erzählt hat, wäre blanker Unsinn, also lass ich das lieber.«

»Danke dafür.«

»Gern geschehen, junge Dame.«

Tom stellte Amrei seine Mutter vor, und die beiden Frauen begrüßten einander freundlich.

»Zeigen Sie mir Ihre Pferde?«, fragte Niels Hedding Amrei.

Diese erklärte sich einverstanden und ging mit Toms Vater in Richtung Koppel davon.

Tom sah ihnen besorgt nach, aber Amrei blickte sich nicht einmal nach ihm um. Sie erklärte seinem Vater etwas und kurz darauf kletterten sie gemeinsam in die Koppel zu den Reitpferden hinein.

»Was ist das denn?«, wunderte sich der junge Mann, während sich seine Mutter bei ihm unterhakte.

»Denkst du, nur du hast eine unwiderstehliche Wirkung auf Frauen, Tom Hedding?«

»Bisher dachte ich das.«

Susan lachte und bat ihren Sohn, ihr Micki vorzustellen.

Amrei führte Brown Eye in ihre Box und blieb nachdenklich neben dem Tier im Stroh stehen. Angela sollte dringend einmal nach der Stute sehen. Sie hatte den Verdacht, dass die Stute trächtig war. Mit einem zufriedenen Lächeln auf den Lippen drehte sie sich um und stieß mit Tom zusammen.

»Gehst du mir aus dem Weg?«, fragte er und blieb in der Boxentür stehen.

»Nein. Wie kommst du denn darauf?«

»Weil ich dich, seit meine Eltern angekommen sind, nicht mehr gesehen habe.«

»Du warst mit ihnen beschäftigt – und mit Micki.«

»Das soll aber nicht heißen, dass du dich zurückziehen sollst.«

»Ich dachte, es ist sinnvoll, euch ein bisschen Zeit miteinander zu lassen.«

Tom widersprach und war dabei, was seine Gefühle für sie betraf, sehr deutlich: »Nichts ist sinnvoll, was dich von mir fernhält.«

Amrei sah ihn mit großen Augen an, was ihn nicht weiter beeindruckte.

»Meine Eltern möchten auch ihre zukünftige Schwiegertochter kennenlernen.«

»Also, hör mal!«, fuhr Amrei auf.

»Gewöhn dich allmählich an den Gedanken, Amrei.«

»Und ich werde nicht gefragt?«

»Vorerst nicht.«

»Du bist –«

»Einfach liebenswert, ich weiß.«

Amrei antwortete nicht und zog stattdessen die Augenbrauen in die Höhe.

»Ich möchte dir die Zeit lassen, die du brauchst«, sagte er beschwichtigend.

Sie liebte diesen Mann. Wenn sie nur nicht so ängstlich wäre, was seine Nähe anbelangte. Allerdings machte sie Fortschritte, und das vor allem deshalb, weil Tom immer nur kleine Schritte ging.

»Wie viel Zeit?«, fragte sie vorsichtig.

»Sagen wir …« Tom rieb sich nachdenklich den Nacken.

Amrei kniff die Augen zusammen. Sie ahnte, was kommen würde.

»Sagen wir 24 Stunden.«

»Das ist nicht viel«, lachte Amrei.

»In 24 Stunden kann viel geschehen.«

Schritte näherten sich den Pferdeboxen und Tom drehte sich um, um zu sehen, wer auf sie zukam.

Es handelte sich um Herrn König, der auf der Suche nach Amrei war. Diese trat aus der Box in die Stallgasse.

»Entschuldigen Sie bitte. Es ist mir zwar unangenehm, aber dieses Baby … Es schreit ununterbrochen. Sind denn seine Eltern nicht hier?«

»Doch, sie sind hier«, seufzte Amrei. »Tom würdest du bitte mal nachsehen?«

»Mach ich. *Die* junge Dame ist leichter von mir zu begeistern!«

Amrei hatte Mühe, ernst zu bleiben, und wandte sich schnell an ihren Gast. »Entschuldigen Sie bitte. Die kleine Familie sucht ebenfalls dringend Erholung. Aber das Mädchen ist sehr …«

»… anspruchsvoll?«, schlug Herr König vor.

»So kann man es auch nennen«, lachte Amrei. Sie zog die Boxentür zu und ging gemeinsam mit Herrn König aus dem Stall.

Amrei stellte die Mistgabel beiseite und streckte vorsichtig ihren Rücken durch. Sie musste beim Arbeiten immer noch vorsichtig sein, um ihre angebrochene Rippe zu schonen, aber zumindest konnte sie die meisten Aufgaben inzwischen wieder selbst erledigen. Langsam schob sie die Schubkarre ins Freie und kippte den Inhalt auf den Misthaufen. Nachdem sie die Karre gegen die Mauer gelehnt hatte, drehte sie sich um und lauschte. Es war, abgesehen von einem schwachen Klappern, das aus der Küche herausdrang, ganz ruhig.

Die Familie Schreier machte einen ausgedehnten Spaziergang, Micki war noch in der Schule, Angela bei der Arbeit und die Heddings in Triberg auf dem Standesamt und im Pfarramt. Amrei vermutete, dass Herr König noch schlief, denn er war gestern einer der Letzten gewesen, die die Terrasse verlassen hatten und zu Bett gegangen waren.

Die junge Frau ging zur Küchentür, schlüpfte dort aus ihren Stallstiefeln und huschte ins Haus. Oma Wanner schälte Kartoffeln und summte dabei glücklich vor sich hin. Es war erstaunlich, mit welcher Begeisterung sie die Aufgaben in der Küche übernommen hatte, und fast konnte man den Eindruck haben, als brauche sie diese, um glücklich zu sein.

»Hallo, Oma Wanner!«, grüßte Amrei und drückte der Frau einen Kuss auf die Wange.

»Findest du deine Schuhe auch nicht?«, fragte die alte Frau sie.

»Sie stehen draußen vor der Tür. Sie sind sehr schmutzig.«

»Das sind meine auch.« Oma Wanner lächelte ihr zu und Amrei bückte sich, um unter den Tisch schauen zu können. Tatsächlich war Oma Wanner mal wieder strümpfig. »Ich suche deine Schuhe gleich. Aber erst brauche ich etwas zu essen.«

Amrei wusch sich am Schmutzwaschbecken die Hände und griff mit den nassen Händen nach einem frisch geernteten Apfel. Froh über die Möglichkeit, eine kleine Pause einlegen zu können, setzte sie sich der Frau gegenüber auf die alte Küchenbank.

»Schön, dass du mir Gesellschaft leistest«, sagte die ältere Frau. »Solange ich keine Kartoffeln schälen muss …«

»Das mochtest du noch nie.«

»Nein!«, lachte Amrei.

»Und diesen großen Mann magst du auch nicht?«

Amrei, die gerade in den Apfel heißen wollte, schloss den Mund wieder. »Wie kommst du denn darauf?«

»Du machst den Eindruck.«

»Findest du?«

»Ja.«

Amrei wartete, ob Oma Wanner noch mehr sagen würde, doch als die Frau wieder zu summen begann, hob sie die Hand, um in ihren Apfel zu beißen.

»Du solltest es ihm sagen.«

Amrei senkte die Hand wieder und schloss den Mund. Mit leicht schräg gelegtem Kopf musterte sie Oma Wanner, die jedoch nicht von ihrer Tätigkeit aufsah. Sie pellte schnell und ausgesprochen geschickt die Schale hauchdünn von den Kartoffeln.

»Was sollte ich wem sagen, Oma Wanner?«, hakte sie nach.

Eilig schälte die alte Frau weiter und murmelte: »Na, dem, der immer so nett Wasser holt, obwohl ich hier fließend Wasser habe. Du solltest dem armen Jungen sagen, dass er sich keine Hoffnungen machen soll.«

Amrei legte den Apfel auf die Tischplatte und umschloss ihn mit ihren Händen. Normalerweise war Oma Wanner diejenige im Haus, die immer recht gut über alle Hausbewohner Bescheid wusste. Konnte es sein, dass ihr tatsächlich entgangen war, wie sehr Tom und sie sich mochten?

»Es ist nicht richtig, den Jungen länger denken zu lassen, aus euch beiden könnte vielleicht ein Paar werden«, fuhr die Frau fort.

»Aber vielleicht mag ich ihn ja doch«, sagte Amrei und rollte den Apfel auf der Tischplatte zwischen ihren Händen hin und her.

»Das glaube ich nicht.«

»Warum nicht?«

Oma Wanner seufzte tief und hielt tatsächlich in ihrer Tätigkeit inne. Sie schloss die Augen, hob die Hand mit dem Messer und begann schwärmerisch zu erzählen: »Als ich meinen Mann kennengelernt habe, war das wie ein Bann. Wir sahen nur uns. Wir wurden voneinander angezogen wie Magnete.« Ihre Stimme wurde zögernder und nachdenklicher. »Wir hatten es nicht leicht, Kindchen. Eltern, die sich gegenseitig nicht ausstehen konnten, ein anderes Mädchen, das gerne an meiner Stelle gewesen wäre … und auch später, als wir verheiratet waren: kein Geld, Sorgen und Kummer … Ich habe vier Kinder in mir getragen und alle verloren.«

Amrei schwieg. Oma Wanner hatte die Augen noch immer geschlossen, wenngleich die Hand mit dem Messer jetzt auf der Tischplatte ruhte. Als sie weitererzählte, lag wieder dieser schwärmerische Ton in ihrer Stimme: »Aber wir hatten uns. Mehr brauchten wir nicht. Wenn die Eltern uns gegeneinander aufzuhetzen versuchten, lagen wir uns in den Armen und gaben uns gegenseitig die Liebe, die sie uns wegnehmen wollten. Wenn dieses Mädchen uns quälte, lagen wir uns in den Armen und spürten, dass wir auf immer zusammengehörten. Wenn wir nicht wussten, was wir am nächsten Tag essen sollten, umarmten und küssten wir uns so lange, bis wir den Hunger vergaßen. Wenn die Sorgen und Ängste uns heimsuchten, umarmten wir uns und fanden Trost und Schutz beieinander. Als ich die Kinder verlor, lagen wir uns in den Armen und trauerten gemeinsam.«

Oma Wanner öffnete die Augen und suchte Amreis Blick. »Und weißt du, woran das lag?«

»Daran, dass ihr euch geliebt habt?«

»Ja. Aber der arme Kerl muss ohne eine Umarmung auskommen«, sagte sie mit plötzlich ganz nüchterner Stimme und widmete sich wieder ihren Kartoffeln, als ob nichts geschehen wäre.

»Aber –

»Liebe bedeutet, sich zu vertrauen. Wenn du einem Mann nicht vertrauen, ihm nicht glauben kannst, dass er nur das Beste für dich will, dann liebst du ihn nicht. Der arme Junge. Wie heißt er noch gleich?«

»Tom.«

»Wirklich?«

»Ja!«

Oma Wanner grinste schelmisch. »Ich wollte nur prüfen, ob du weißt, von wem ich rede!«

Amrei seufzte laut auf. Ganz egal, wie durcheinander die Frau gelegentlich war, sie hatte recht: Tom liebte sie, und er würde ihr niemals willentlich wehtun. Alles, was er wollte, war eine Beziehung, wie Oma Wanner und ihr Mann sie gehabt hatten. Voller Liebe und voller Vertrauen.

»Gott hatte unsere Ehe gesegnet, Kindchen. Was hältst du von Beten?«

»Ich bete, Oma Wanner, Das weißt du doch.«

»Gerade eben aber nicht.«

»Gerade eben spreche ich ja mit dir.«

»Und ich habe dich soeben gefragt, ob du nicht mit Gott sprechen willst. Du kannst nicht gleichzeitig mit Gott und mit mir reden. Nicht einmal du bringst das fertig, Kindchen.«

»Ich habe schon verstanden!«, sagte Amrei, schob sich aus der Bank und legte den Apfel zurück in den Weidenkorb. »Ich suche zuerst deine Schuhe und anschließend gehe ich zum Fluss, um zu beten.«

»In Ordnung, aber du brauchst meine Schuhe nicht zu suchen.«

»Du trägst sie aber nicht, Oma Wanner«, widersprach Amrei sanft.

»Weil ich sie gewaschen habe. Wie ich dir vorhin schon sagte, waren sie schmutzig. Sie stehen draußen an der Terrasse zum Trocknen in der Sonne.«

Amrei musterte den ihr zugewandten, gebeugten Rücken der Frau. Voller Zuneigung in der Stimme sagte sie: »Ich liebe dich, Oma Wanner.«

»Ich dich auch, Kindchen. Ich dich auch.«

Kapitel 44

Angela betrat das Eckhaus, in dem sich der Elektrowarenladen befand, und verzog das Gesicht beim schrillen Läuten der Glocke über der Tür. Sie hatte Kopfschmerzen, und dieses Geräusch war einfach nur grausam. Noch schlimmer war jedoch die flötende hohe Stimme der Verkäuferin, die ihr freudig entgegenstürmte.

»Sie sind Frau Dr. Metzger, nicht? Die Veterinärin?«

»Richtig. Und ich bin auf der Suche nach einem Radio.«

»Für die Einöde da draußen? Wird es Ihnen da allmählich zu still und einsam? Jetzt wo auch der Michael und dieser attraktive Amerikaner fort sind?«

»Da draußen tummeln sich eine Menge Gäste und der Amerikaner ist auch wieder da«, informierte Angela sie, fragte sich aber gleich, warum sie nicht einfach den Mund hielt. Wahrscheinlich lag das an ihren Kopfschmerzen. Sie sollte ihren Einkauf vielleicht besser auf einen anderen Tag verschieben. Aber Amrei hatte morgen Geburtstag, und sie wollte ihr gerne ein Radio schenken.

»Die Radiogeräte stehen hier drüben. Kommen Sie bitte. Ja, die Pferde-Amrei hat sich auch mal für die Geräte interessiert, aber dann ist sie einfach wieder gegangen.«

Angela wusste, was die Ursache für Amreis Davonlaufen gewesen war, und sie fragte sich, ob Amrei die Nachricht über Tom Heddings wahre Identität nicht wesentlich ruhiger aufgenommen hätte, wäre sie ihr nicht durch eine so unangenehm schrille Stimme mitgeteilt worden. Die Verkäuferin zeigte ihr eine Reihe Apparate. Angela betrachtete sie zweifelnd. Sie hatte zwar eine Menge Ahnung von Tieren, von Medizin und von labortechnischen Geräten, aber mit Radios kannte sie sich leider überhaupt nicht aus.

»Neulich war übrigens ein Herr hier, der sich nach der Pension Simon erkundigt hat«, plauderte die Verkäuferin munter drauflos. »Ich habe sie natürlich sehr empfohlen, doch das wollte er gar nicht hören, da er schon gut informiert war. Ein sehr gut aussehender Herr, Anfang vierzig vielleicht. Ich hätte nie gedacht, dass Amrei solche Fische an Land zieht. Er sprach vornehm Hochdeutsch und fuhr ein schwarzes verchromtes Automobil. Sehr edel, würde ich sagen.«

Angela nickte. Herr König konnte tatsächlich Eindruck hinterlassen, allerdings half ihr diese Information bei der Auswahl eines Radios nicht weiter.

»Er hat hier telefoniert, so wie der Amerikaner auch schon ab und an. Obwohl der sagte, dass die Pferde-Amrei bald ein eigenes Telefon bekäme. Das finde ich schade, denn dann werden Leute wie der Amerikaner oder Herr von Martheim nicht mehr zu uns zum Telefonieren kommen.«

Angela wäre beinahe das schwere Radio, das sie hervorgezogen hatte, aus der Hand gefallen. Sofort schob sie es ins Regal zurück.

»Wer? Wie hieß der Mann?«

»Herr von Martheim. Ich habe seinen Namen gehört, als er telefonierte. Es schien, als habe er Ärger, weil seine Frau alle Konten gesperrt hatte.« Angela drückte sich zwischen den Regalen hindurch dem Ausgang entgegen.

»Was ist denn? Was ist denn jetzt schon wieder? Diese Radios sind gut!«, rief die Frau ihr mit ihrer schrillen

Stimme nach, die von dem bizarren Läuten der Glocke begleitet wurde.

Angela blieb aufgewühlt vor der Ladentür stehen. Was sollte sie jetzt nur tun? Händeringend sah sie sich um.

Eine Wolkenfront schob sich vor die Sonne und sofort wurde es merklich kühler. Angela hob den Kopf zum Himmel. Weiter entfernt endete die Wolkendecke abrupt, und dort bahnten sich helle, schräg verlaufende Sonnenstrahlen ihren Weg auf die Erde. Irgendwo dort hinten lag Amreis Hof. »Beschütze sie!«, flüsterte Angela.

Sie senkte den Blick wieder und sah die Limousine der Heddings die Straße entlangfahren. So schnell, wie sie konnte, lief sie aus der Seitenstraße hinaus, erreichte die Limousine gerade noch und schlug mit der flachen Hand mehrfach auf den Kofferraum des Fahrzeugs. Der Fahrer bremste abrupt ab.

Herr Hedding und Tom sprangen aus dem Wagen und eilten auf sie zu.

»Angela?« Tom ergriff sie besorgt an den Schultern.

Erleichtert, ihn zu sehen, barg sie ihr Gesicht an seiner breiten Brust, und er strich ihr zögernd über den Rücken.

»Was ist denn, Angela?«, fragte er und drückte sie von sich weg, damit er sie ansehen konnte.

»Dieser Herr König …«, japste Angela noch ganz außer Atem. »Er ist in Wahrheit Bernhard von Martheim!«

Tom ließ sie sofort los und riss die Tür im Fond auf. »Mom, bitte.«

Die Frau in ihrem modischen Kostüm stieg erstaunlich behände aus und warf ihrem Sohn einen fragenden Blick zu.

»Angela, du gehst mit meiner Mutter zur Schule. Holt Micki da raus und bringt ihn zur Polizei. Dort erzählt ihr alles. Vater?«

Niels Hedding sprang bereits hinter das Steuer. Tom zwängte sich auf den Beifahrersitz, und noch ehe er die Tür geschlossen hatte, wendete das Automobil mit durchdrehenden Reifen mitten auf der Straße. Ein anderes Auto hupte protestierend, bremste aber rechtzeitig ab.

Angela sah zu, wie der Wagen die Straße hinunterjagte und mit lautem Quietschen um die Kurve verschwand.

»Fräulein Angela?«, brachte Toms Mutter sich in Erinnerung. »Lassen Sie uns schnell zur Schule gehen. Bitte.«

Gemeinsam hasteten sie die Straße hinunter bis zum Schulhof. Die Schüler befanden sich gerade alle zur Pause draußen, und es dauerte lange, bis sie sich durch die Menge tobender Kinder gekämpft und den Jungen gefunden hatten. Micki saß, umringt von ein paar anderen Jungen seines Alters, auf dem Boden unter einer Kastanie und erzählte etwas, wobei er seine Worte mit weit ausholenden Armbewegungen unterstrich.

Angela zwängte sich zwischen den Schülern hindurch und ergriff Micki am Arm.

Überrascht schaute er die Frau an. »Hab ich was angestellt?«, wollte er wissen.

»Komm sofort mit«, raunte Angela ihm zu und sah sich gehetzt um. Womöglich war dieser von Martheim in der Nähe und beobachtete den Jungen. Was würde er tun, wenn er bemerkte, dass sie bereits hinter sein Geheimnis gekommen waren?

»Und nachher beschweren sich alle, weil ich ständig den Unterricht versäume«, witzelte Micki, und die Jungen um ihn herum lachten.

Angela zog Micki beinahe grob hinter sich her, wurde von Frau Hedding aber nach wenigen Metern sanft am Oberarm zurückgehalten. »Langsam, Fräulein Angela. Falls der Mann hier ist, sollten wir ihm nicht zeigen, dass wir Bescheid wissen.«

»Welcher Mann?«, fragte Micki alarmiert. Er hatte in letzter Zeit genug durchgemacht und wusste um die Gefahr, in der er schwebte, sodass er die warnende Ermahnung sofort auf sich bezog.

Sie verließen den Schulhof und gingen die Straße entlang. Dabei nahmen die beiden Frauen Micki in die Mitte. Frau Hedding legte eine Hand auf seine Schulter – nicht, um den Jungen festzuhalten, sondern als spürbares Zeichen dafür, dass er nicht alleine war.

»Von Martheim ist hier«, raunte Angela ihm zu. »Dieser Herr König ist Bernhard von Martheim.«

»Verstehe«, sagte Micki lediglich und die beiden Frauen sahen sich erstaunt über seinen Kopf hinweg an.

»Besser jetzt, als zu einer Zeit, wenn wir gar nicht mehr damit rechnen, dass er oder einer seiner Leute auftauchen könnte.«

Angela schluckte schwer. Diese Gelassenheit überwältigte sie.

Hatte Micki denn keine Angst? Sie jedenfalls spürte sie wie Tausende von Nadelstichen in ihrem Rücken. Unablässig suchte sie mit ihren Augen jeden Hauseingang und jedes Gebüsch ab, sie musterte die Gesichter der Passanten und hatte die ganze Zeit das Gefühl, schnelle Schritte hinter sich zu hören. »Du wirst deiner Tante immer ähnlicher«, sagte sie mit zitternden Lippen, und dabei wurde ihr plötzlich bewusst, dass Amrei gar nicht Mickis Tante war. Die beiden waren nicht miteinander verwandt.

»Wo ist die Polizei?«, erkundigte sich Frau Hedding, und Angela bemerkte, dass auch sie sich ängstlich nach hinten umdrehte.

»Ein paar Meter weiter. Nur noch ein paar Meter«, tröstete sie die Frau und sich selbst.

Hinter ihnen bremste ein Autofahrer scharf ab und drückte verärgert auf die Hupe. Offensichtlich war jemand direkt vor ihm über die Straße gelaufen. Jemand, der ihnen folgte? Angela wagte nicht, sich noch einmal umzudrehen.

Die beiden Frauen wurden schneller, und Frau Heddings Hand auf Mickis Schulter schob den Jungen nun doch vorwärts. Sie waren doch gleich da! Gleich würden sie und Micki in Sicherheit sein!

Aber das wusste ein etwaiger Verfolger vielleicht auch …

Amrei bog die weichen grünen Zweige der Weide auseinander und trat auf die Wiese hinaus. Die Sonnenstrahlen wurden schwächer, da eine gewaltige Wolkenwand über den Himmel zog und sich allmählich vor die Sonne schob. Einen kurzen Moment beobachtete sie den Kampf zwischen Wolken und Sonne, und als der helle Himmelskörper nur noch schwach und milchig zwischen den grauen Schwaden hervorschaute, entschloss sie sich, Brown Eye in den Stall zu bringen. Den anderen Pferden würde ein ordentlicher Regenguss nichts ausmachen, doch sie wollte bei der trächtigen Stute kein Risiko eingehen.

Amrei pfiff durch die Finger und die Ohren der Tiere richteten sich ihr zu. Die Stuten trabten näher, während der Hengst oben auf der kleinen Anhöhe nur laut wieherte, dann kehrtmachte und davongaloppierte.

»Alter Angeber«, lachte Amrei und zog die Enden der beiden Balken des Koppelzauns so weit aus den Holzfassungen, dass sie sie neben dem Stützbalken auf den Boden legen konnte. Sie holte die Stute, die sie von den Bridges geschenkt bekommen hatte, führte sie hinaus und hob mit einer Hand die Stangen zurück in ihre waagrechte Position. Salome wieherte und lief mit übermütigen Sprüngen am Holzgatter auf und ab, während die anderen beiden Stuten ihr nicht minder aufgeregt folgten.

»Stellt euch nicht so an. Mütter genießen nun mal Sonderrechte«, rief sie ihnen zu, als die ersten großen Regentropfen aus dem Himmel auf sie herabfielen. Bis sie mit dem Tier den Stall erreicht hatte, war sie völlig durchnässt. Amrei strich sich ein paar nasse Strähnen aus dem Gesicht und musterte das ebenfalls nasse, dunkle Fell der Stute. »Das hätten wir uns eigentlich sparen können, nicht?«, flüsterte sie.

Die Stute bewegte die Ohren und wartete geduldig, während Amrei ein paar Lappen aus der Sattelkammer geholt hatte, um unter kräftigen Bewegungen das Pferd trocken zu reiben.

Anschließend warf Amrei die Tücher achtlos auf den Boden und führte Brown Eye in ihre Box, sorgsam darauf bedacht, nicht dem Holz der Trennwände zu nahe zu kommen, da sie mit ihrer verletzten Rippe jeden unsanften Kontakt mit etwas Hartem vermeiden musste.

Nachdem sie die Hufe des Pferdes kontrolliert hatte, verließ sie die Box. Erstaunt schaute sie die Stallgasse entlang. Die feuchten Lappen, die sie achtlos auf den Boden geworfen hatte, waren verschwunden. »Ich hätte sie schon noch weggeräumt, Oma Wanner«, lachte sie, bekam aber keine Antwort. Nur das laute Trommeln des Regens auf das Dach war zu hören.

Amrei zuckte mit den Schultern. Die alte Frau hatte sich wohl nicht vor dem Regen gescheut und war wieder zurück ins Haus gegangen. Während sie zum Tor hinüberging, griff sie nach ihrer Bluse, die unangenehm nass an ihr klebte, und zog sie ein Stück von ihrem Körper fort. Draußen fiel der Regen in Sturzbächen vom Himmel und riss Blätter von den Ulmen und Birken am Rand des Hofes, die wie kleine Schiffchen auf den schnell fließenden Wasserrinnen dahinglitten. Amrei beobachtete, wie die Tropfen Ringe und hochspringende Kronen in die Pfützen schlugen, und lehnte sich seitlich an den noch geschlossenen Torflügel. Sie würde hier warten, bis der heftige Regen nachgelassen hatte.

Die Scheibenwischer bewegten sich hektisch über die Frontscheibe, und doch gelang es ihnen nicht, die Wassermassen schnell genug beiseitezuschieben. Das Licht der Scheinwerfer brach sich in den unzähligen Regentropfen und irritierte mehr, als dass es half, in der plötzlich durch die tief hängenden Wolken hereingebrochenen Dunkelheit den Verlauf der Straße zu erkennen. Meterhohe Fontänen spritzten unter den Autoreifen hervor, die auf den vom Wasser mitgespülten Blättern und Nadeln streckenweise rutschten und dem nicht abgesicherten Straßenrand gefährlich nahekamen.

In dem Bemühen, etwas zu sehen, lehnten Tom und sein Vater sich beide weit vor, sodass ihre Gesichter fast die Scheibe berührten.

Tom wurde von fürchterlicher Angst um Amrei gequält. Er konnte nur hoffen, dass ihr nichts zustieß.

»Vielleicht sollten wir etwas langsamer fahren!«, rief Niels Hedding seinem Sohn über das laute Prasseln des Regens auf dem Autodach hinweg zu. »Immerhin ist er hinter dem Jungen her, nicht hinter Amrei.« Noch während er sprach, beschleunigte er trotzdem den Wagen.

Tom blickte konzentriert in die Dunkelheit hinaus. Demnächst kam diese Kurve, vor der Micki ihn gewarnt hatte! Aber noch säumten gewaltige schwarze Baumstämme den Weg, noch konnten sie diese hohe Geschwindigkeit beibehalten.

»Dieser Mann kennt keine Skrupel. Michael wusste so einiges über ihn zu berichten«, gab Tom zurück.

Plötzlich wurde er gegen die Beifahrertür geschleudert. Das Fahrzeug schlingerte, blieb jedoch auf der Straße, wobei es etwas langsamer wurde. Niels Hedding trat erneut auf das Gaspedal. Tom hörte die Antriebsräder durchdrehen, dann schoss der Wagen mit einem gewaltigen Satz vorwärts.

»Er hatte während des Krieges einige jüdische Angestellte«, fuhr Tom fort, als sei er gar nicht unterbrochen worden. »Ich wollte gar nicht glauben, was Michael von diesem Dienstmädchen erfahren hat.«

»Glaube es«, hörte er seinen Vater knurren. »Wir sollten den Kerl dem vor Kurzem gegründeten Staat Israel übergeben.«

Der Wald lichtete sich vor ihnen.

»Langsamer, Dad, langsamer!«, warnte Tom.

Doch sein Vater reagierte zu langsam.

»Bremsen! Die Kurve!«, schrie Tom noch, doch es war zu spät. Mit einem gewaltigen Ruck schossen sie über den Fahrbahnrand hinaus.

Er stand plötzlich neben ihr. Amrei zuckte zusammen. »Meine Güte, haben Sie mich erschreckt«, lachte sie etwas gezwungen auf.

»Dieser Regen verschluckt alle Geräusche«, erklärte Herr König, entschuldigte sich aber nicht.

Amrei verschränkte die Arme vor ihrer Brust, da es ihr unangenehm war, wie sehr die Bluse an ihr klebte. Außerdem wurde ihr bewusst, dass sie mit dem Mann alleine war. Über ihre Arme breitete sich eine Gänsehaut aus.

Der Mann legte seine Hand an ihren Ellenbogen, und Amrei musste sich zusammenreißen, dass sie nicht um sich schlug.

»Sie frieren ja«, stellte Herr König fest und nahm seine Hand wieder von ihr.

Amrei atmete erleichtert auf. Dann jedoch sah sie, wie er begann, sein Hemd aufzuknöpfen. Erschrocken drückte sie sich noch fester an das Tor. »Ich gebe Ihnen mein Hemd«, erklärte er und lächelte sie freundlich an.

Amrei presste die Lippen aufeinander und nickte. Er hatte ein sympathisches Lächeln, das hatte sie schon mehrmals festgestellt. Herr König zog sich das Hemd von den Schultern und Amrei kniff die Augen zusammen. Der Mann trug kein Unterhemd. Sie sah die dunklen Haare, die sich auf seiner muskulösen Brust lockten, und wich zurück, als er auf sie zukam.

»Hier, nehmen Sie«, bot er ihr freundlich an und trat hinter sie, um ihr das Hemd umzulegen. Seine Hände ergriffen ihre Schultern, und Amrei wollte nach vorne in den Regen stürzen, doch sie wurde mit festem Griff daran gehindert.

»Bleiben Sie, Sie werden sonst noch nasser!«, sagte Herr König mit ruhiger Stimme.

Amrei zwang sich zu bleiben. Sie sagte sich, dass dieser Gast nur besorgt und höflich war. Es gab keinen Grund, ihn zu verprellen, indem sie ihn einfach stehen ließ.

Herr König nahm seine Hände von ihr und Amrei entspannte sich wieder ein wenig. Sie ergriff das weiße Hemd, zog es enger um sich und stellte dabei fest, dass es ganz trocken war. Hieß das nicht, dass der Mann schon vor ihr im Stall gewesen sein musste? Was hatte er hier getan? Und weshalb war er nicht ins Haus zurückgegangen, als er bemerkte, dass es zu regnen begann? Wo war er gewesen, als sie Brown Eye trocken gerieben hatte? Und weshalb hatte er – denn nur er konnte es gewesen sein – die Lappen weggeräumt?

Ein eisiger Schauer jagte über Amreis Rücken. Sie warf einen Seitenblick zu Herrn König hinüber, der lässig mit dem Rücken an einen Stützbalken gelehnt dastand und sie ansah. Wieder lächelte er. Zum ersten Mal bemerkte Amrei, dass sein Lächeln sich nicht in seinen Augen widerspiegelte. Sie waren kalt, beinahe wie tot auf sie gerichtet. Ein eisiger Schauer jagte ihr durch den Körper. Was geschah hier nur? Steigerte sie sich in ihrer Furcht vor Männern in etwas hinein?

Die Stute bewegte sich in ihrer Box. Trotz des Regens konnte sie das Rascheln des Strohs hören. Amrei fuhr herum. Warum hörte sie von den Kühen nichts – keinen Ton? Die Stallgasse war nicht so lang, dass sie nicht ab und zu eine Bewegung, einen Laut, ein Schaben oder ein unsanftes Stoßen gegen eine der Bretterwände würde hören können. Ein weiteres Mal glitt ihr Blick zu dem Mann. Er war vor dem Regen hereingekommen. Weshalb aber waren seine Hosenbeine unten so dunkel, als sei er durch Wasser gewatet? Und warum schwirrten immer mehr Fliegen um seine Schuhe, die klebrig beschmiert aussahen? War das Blut?

Amrei ging langsam in die Stallgasse hinein. Irgendetwas in ihr drängte sie, nach den Kühen und den Kälbern zu sehen.

Sie hörte, dass König ihr folgte, und sie zwang sich, nicht zu rennen. In dem Augenblick, als sie an der Nebentür vorbeiging, fragte sie sich, ob sie nicht lieber hinauslaufen sollte. Aber die Stille im hinteren Teil des Stalles beunruhigte sie zu sehr, also ging sie weiter.

Voll unguter Vorahnung ging sie bis zu den Holzlatten, die die Stallgasse von den Kühen trennte. Erschrocken sog sie Luft ein. Die Tiere lagen bewegungslos in einer riesigen Blutlache.

Nur eines der Kälber zuckte noch mit den Läufen. Blut rann aus seiner Kehle. Ein leiser Tod.

»Nicht jeder kann das in dieser Perfektion«, sagte eine Stimme hinter ihr.

Amrei drehte sich langsam herum. Hinter ihrem Rücken ballte sie die Hände zu Fäusten. Sie hatte schon mit Männern zu tun gehabt, die sie übervorteilen, sie betrügen und vergewaltigen wollten, aber einem solchen Menschen war sie noch nie begegnet. Mühsam zwang sie sich zur Ruhe. Mit tonloser Stimme erwiderte sie: »Nicht jeder besitzt diese Perversion.«

»Du hast mich durchschaut«, lachte der Mann und lehnte sich mit dem Rücken gegen die Wand. »Es hat viel mit Sexualität zu tun. Es erregt mich.«

»Sie sind ja krank!«, fuhr Amrei den Mann an. Das Brummen der plötzlich in Scharen vorhandenen Fliegen drohte ihr die Konzentration auf das Geschehen zu rauben.

Herr König betrachtete seine Hände, die Spuren von

Blut aufwiesen. Vermutlich hatte er die nassen Lappen gebraucht, um sich die Hände abzuwischen.

»Das hat mir meine Frau vor ein paar Tagen auch gesagt. Bevor sie mich aus meinem Haus geworfen hat. Wobei … zugegeben: Es ist *ihr* Haus, wie es auch *ihr* Geld ist, *ihre* Firma und es sind jetzt wohl auch *ihre* Töchter.«

»Wie schön für Ihre Frau«, erwiderte Amrei bissig und bewegte sich mit kleinen Schritten langsam auf die Sattelkammer zu.

Der Mann lachte laut auf. »Du gefällst mir. Vielleicht sind wir aus demselben Holz geschnitzt?«

»Dann sollten Sie sich vorsehen.«

»Amüsant. Richtig amüsant!«

Amrei machte einen weiteren kleinen Schritt zur Seite. Sie musste hier raus! Dieser Mann war verrückt! Plötzlich fiel ihr Oma Wanner ein. Sie war allein im Haus gewesen. Hatte er etwa …?

Jetzt hielt sie nichts mehr zurück. Amrei lief los. Ihre Beine bewegten sich schnell, aber der Mann folgte ihr. Noch ehe sie die kleine Nische mit der Seitentür erreicht hatte, packte er sie und schleuderte sie gegen den Stützpfeiler vor der Sattelkammer.

Sofort begann ihre Rippe fürchterlich zu schmerzen. Mühsam schnappte sie nach Luft. Sie rechnete damit, dass Herr König sich jeden Moment auf sie stürzen würde, doch dieser blieb einige Meter von ihr entfernt stehen.

Amrei hob den Kopf. Herr König hatte eine Hand an den Pfeiler gelegt, gegen den er sie geworfen hatte, und sah sie an. Sein unbekleideter Oberkörper war schweißbedeckt. Weshalb? So sehr konnte der kurze Lauf ihn doch nicht angestrengt haben.

Langsam, da sie große Schmerzen hatte, erhob sie sich.

Der Mann sah ihr zu, beobachtete, wie sie sich an die Seite griff.

»Man sagte mir, Sie hätten einen Reitunfall gehabt und sich eine Rippe angebrochen. Das kann schmerzhaft sein«, sagte er. Täuschte sie sich oder klang er sogar mitleidig?

Herr König entfernte sich ein paar Schritte von ihr, um sein Hemd aufzuheben, dass ihr beim Sturz von den Schultern gerutscht war.

Amrei reagierte sofort. Sie wirbelte herum und lief in Richtung der Pferdeboxen. Doch der Mann war schnell – zu schnell für sie! Er warf das Hemd über ihren Kopf, wobei er es an seinen zwei Ärmeln festhielt, sodass es wie ein Strick um ihren Hals lag und ihr die Luft abschnürte. Er zog einmal kräftig daran und sie fiel rückwärts – gegen ihn. Er ließ das Hemd los und fing sie auf. Noch ehe sie reagieren konnte, hatte er sie auf die Füße gestellt und entfernte sich ein paar Schritte von ihr.

Amrei schnappte nach Luft. Entsetzt blickte sie den Mann an. Machte es ihm etwa Spaß, ihr immer einen kleinen Vorteil zu verschaffen, um sie dann doch zu schnappen?

»Zurzeit laufen mir alle Frauen davon«, stellte er fest. »Meine Töchter, meine Frau und sogar meine Sekretärin. Dabei hätte ich die gerne noch eine Weile behalten; die war nämlich gut. Außerdem hat noch nie eine Frau mich einfach abserviert. Das ist etwas, was ich mache.«

»Ich kann Ihrer Sekretärin nur zu ihrer Entscheidung gratulieren!«, fauchte Amrei und sah sich um. Wie nur konnte sie diesem Mann entkommen? Er war einfach zu schnell für sie. Aber ob er auch klettern konnte?

»Ich dachte mir schon, dass dir das gefällt. Bestimmt gefällt dir auch, dass meine letzten geschäftlichen Aktivitäten ziemlich in die Hose gegangen sind. Ich habe mein gesamtes privates Vermögen verloren. Der Rest des Geldes gehört meiner Frau. Wie alles andere auch.«

»Prima! Aber Sie wiederholen sich!«

»Du spritzt mehr Gift, als ich vermutet hätte.«

»Das Ergebnis von zehn Jahren Übung im Umgang mit Männern Ihres Schlages.«

Das schien ihm nicht gefallen zu haben. Drohend trat er näher. Wollte er nicht mit anderen verglichen werden? Womöglich sah er sich höher gestellt als andere Männer.

Amrei blieb stehen, obwohl ihr die Knie nachzugeben drohten, aber sie durfte sich nicht weiter von den Strohballen wegdrängen lassen. Sie konnten ihre Chance sein.

»Was könnte dich denn noch interessieren? Vielleicht, dass meine politische Karriere auch vorbei ist, weil jemand herumerzählt hat, ich hätte ein paar Juden auf dem Gewissen?«

Amreis Augen verengten sich zu schmalen Schlitzen. Nun hatte sie also die Erklärung für seinen Spaß am Quälen, für seine Freude am Töten, denn er hatte dies jahrelang ungestraft, sogar unter Beifall praktizieren können.

»Warum sagst du nichts?«

»Sie Scheusal! Ist es das, was Sie hören wollen?«

Der Mann lachte schallend.

Amrei duckte sich, sprintete an ihm vorbei und warf sich auf den ersten Strohballen. Eilig zog sie sich auf diesen hinauf und nahm den nächsthöheren in Angriff, doch der Schmerz in ihrer Seite schien sie zu lähmen. Sie wurde an beiden Füßen ergriffen und nach unten gezogen. Hart schlug sie ein weiteres Mal auf dem Stallboden auf. Amrei stöhnte auf und wagte nicht, sich zu bewegen.

»Du bist zäh. Ich habe andere kennengelernt, die schneller aufgegeben haben.«

Amrei hob den Kopf und sah, wie der Mann sich die Hände rieb. Mühsam schob sie sich auf die Knie und verharrte in dieser Position eine Weile, ehe sie einen Fuß aufstellte. In diesem Moment trat der Mann ihr gegen die Hüfte, sodass sie zur Seite wegsackte. Amrei schrie auf; sie glaubte vor Schmerz die Besinnung zu verlieren.

Jetzt stand er über ihr und machte sich daran, seinen Gürtel zu öffnen. Das zu sehen war zu viel. Unter Aufbringung aller Kraft, die sie noch in sich hatte, fuhr sie in die Höhe. Sie stieß dem Mann den Ellenbogen gegen den Hals, sodass er keuchend zurückwich. Amrei lief los. Sie erreichte das Tor und taumelte hinaus. Jetzt kam der Schmerz mit Macht zurück. Sie krümmte sich zusammen, zwang sich aber, weiterzugehen. Beinahe hatte sie den Brunnen in der Mitte des Hofes erreicht, als etwas hart über ihren Rücken schnalzte. Ein brennender Schmerz folgte. Er schlug mit dem Gürtel nach ihr. Sie sank auf die Knie. Sekunden später wurde sie am Zopf gepackt und in Richtung Brunnen gezerrt. Amrei sah für den Bruchteil eines Augenblickes die Regentropfen in das Auffangbecken des Brunnens fallen, bevor der Mann ihren Kopf packte und in das Wasserbecken drückte. Ihre Hände suchten Halt, irgendetwas, um sich wehren zu können. Endlich bekamen ihre Finger etwas zu fassen. Sie wusste nicht, was es war, doch sie packte es und stieß es unkontrolliert nach oben. Augenblicklich wurde sie losgelassen.

Nach Luft schnappend rutschte sie am Brunnenrand hinab. Sie hob schwach den Kopf und blickte auf ihren Peiniger. In der Schulter des Mannes, der vor Schmerz lauthals schrie, steckte die Handharke von Oma Wanner. Vor Amreis Augen verschwamm alles, als habe der Regen die Umgebung weggespült. Sie glaubte, Schatten zu sehen. Mühsam erhob sie sich und entfernte sich taumelnd von dem Brunnen. War ihr Angreifer noch immer mit der Harke beschäftigt? Sie wusste es nicht. Es war ihr gleichgültig. Sie lief, schwankte, fiel in eine schlammige Pfütze, rappelte sich auf und lief weiter.

Kapitel 45

Nachdem sie eine ganze Weile gerannt war, verlangsamte Amrei ihr Tempo. Sie konnte nicht mehr. Ihr Atem ging rasselnd und ihre Lungen zogen schmerzhaft. Sie wunderte sich, dass sie das überhaupt bemerkte, so groß war der Schmerz, der ihren ganzen Oberkörper zusammenzudrücken schien.

Heftig atmend blieb Amrei stehen und beugte sich weit nach vorne. Der Regen hatte ihre Kleidung vollkommen durchweicht. Panisch vor Angst blickte sie über ihre Schulter zurück, doch niemand war zu sehen. Da war nur die graue Wand des Regens und ein paar Sträucher und Bäume, die wie schwarze Schatten aussahen. Und das, obwohl es erst um die Mittagszeit herum sein konnte.

Die junge Frau schlang die Arme um ihren Körper und ließ den Regen auf ihr Gesicht prasseln. Sie stand einfach nur bewegungslos da, wusste nicht, was sie jetzt tun sollte. Vielleicht würde der Regen gar nicht mehr aufhören und sie würde einfach an dieser Stelle stehen bleiben können. Hier fühlte sie sich sicher.

Sie öffnete die Augen. Dann sah sie die Gestalt, die durch die graue Wand auf sie zukam.

»Nein!«, stieß sie völlig verzweifelt aus.

Tom blieb stehen. Sein Atem ging schnell und hart, denn er rannte inzwischen seit mehreren Kilometern durch den Wald und über die Wiesen.

»Amrei?«, rief er, doch die Frau lief vor ihm davon. Was hatte sie erlebt, das sie zu einem so verzweifelten Schrei und zu einer panischen Flucht veranlasste, obwohl sie ganz offensichtlich vollkommen ausgelaugt war und unter Schmerzen litt?

»Amrei!«, schrie er ihr nach, da sie drohte, in der grauen Regenwand zu verschwinden.

Tatsächlich drehte sie sich nach ihm um, doch sie schien ihn nicht sehen zu können.

»Ich bin es. Tom!«, rief er ihr zu, wagte aber nicht, sich zu bewegen, aus lauter Furcht, sie könne noch einmal davonlaufen.

»Tom?« Ihre Stimme klang unsicher.

Langsam bewegte er sich auf sie zu. Sie schwankte und streckte schützend ihre Arme nach vorne. Er kannte diese Haltung bei ihr nur zu gut. Sie wollte ihr Gegenüber auf Distanz halten – auf sichere Distanz. Verzweifelt schloss er die Augen. Seine Hände ballten sich zu Fäusten. Noch nie hatte er so einen Zorn in sich gespürt wie in diesem Moment. Dieser Martheim –

Ein Geräusch vor ihm ließ ihn schnell die Augen öffnen. Amrei kam auf ihn zugelaufen.

Wasser und Grashalme spritzen unter ihren Stiefeln hervor und ihr nasser Zopf schlug hinter ihrem Rücken wild hin und her. Tom blieb stehen und fing sie auf, als sie förmlich gegen ihn fiel. Sie schlang die Arme um ihn und drückte ihr Gesicht gegen seinen Hals. Ihr rasender Pulsschlag und das heftige Zittern ihres ganzen Körpers waren deutlich zu spüren.

Als sie in die Knie sackte, umschloss er sie ebenfalls mit seinen Armen und hielt sie fest. Unter Schmerzen stöhnte sie auf, und er lockerte seinen Griff etwas, ohne sie jedoch ganz loszulassen. Aber das wollte sie auch gar nicht. Sie klammerte sich an ihn, als drohe der kräftige Regen sie von ihm fortzuspülen.

Lange Zeit standen sie so da; aneinandergeklammert in ihrer Verzweiflung und Erleichterung zugleich, während die dunklen Wolken weiterhin ihre nasse Fracht über ihnen abluden.

Amrei wurde allmählich ruhiger und sie stand wieder sicherer auf ihren eigenen Füßen. Das Beben ihres Körpers ließ nach und ihr schnell gehender Atem an seinem Hals beruhigte sich.

Tom strich ihr ein paar nasse Strähnen aus der Stirn. Er wollte ihr in die Augen schauen können, um zu sehen, was er darin lesen konnte. Sanft legte er seine Hand unter ihr Kinn und versuchte, ihr Gesicht anzuheben. Sie blinzelte, als der Regen ihr Gesicht traf, der in Sekundenschnelle den Schmutz darin davonwusch und die alten Risse und Schrunden des Sturzes, aber auch ein paar neue, wenngleich kleine Verletzungen zutage brachte. Diesmal war es an Tom, alle Muskeln anzuspannen. Was hatte dieser Mann Amrei angetan?

Plötzlich kämpfte sich Amrei aus seinen Armen. »Oma Wanner! Ich habe … Oh, mein Gott!« Amrei schlug beide Hände vor ihr Gesicht.

»Was ist mit Oma Wanner?«

»Ich habe sie im Stich gelassen. Ich –«

»Martheim wird ihr bestimmt nichts tun«, versuchte er sie zu beruhigen, doch ihr Blick brachte ihn sofort zum Schweigen.

»Martheim? Das ist von Martheim?«

»Angela ist irgendwie dahintergekommen. Sie und meine Mutter haben Micki zur Polizei gebracht. Er ist in Sicherheit.«

»Oma Wanner!«, stieß Amrei erneut aus und lief wieder los. Doch schon nach wenigen Schritten griff sie sich in die Seite und sackte in die Knie.

Tom sprang zu ihr und kniete sich neben sie auf die nasse Wiese.

»Bitte, lauf zu ihr, Tom. Aber pass auf? Bitte, pass auf dich auf!«

»Beruhige dich, Amrei.« Er ergriff sie an den Händen, doch sie riss sich los.

»Er hat alle Kühe und die Kälber abgeschlachtet!«, schrie sie ihn an und rappelte sich erneut auf. »Er ist ein Sadist. Ein Verrückter!«

Tom blieb, schockiert über das Gehörte, hocken.

»Oma Wanner … Brown Eye … die Pferde!«, hörte er sie sagen, ehe sie ein weiteres Mal loslief, um so schnell wie möglich zurück zum Hof zu gelangen.

Tom fuhr sich entsetzt mit den Händen durch die Haare. Dann sprang er auf und eilte der Frau nach.

Da offensichtlich war, dass ihre Rippe schmerzte, ergriff er sie nicht einfach von hinten am Arm, sondern überholte sie und stellte sich ihr in den Weg. »Du bleibst hier! Setz dich dort drüben unter einen Busch und rühre dich nicht vom Fleck. Wenn von Martheim noch in der Nähe ist, will ich nicht, dass er dich findet. Hast du mich verstanden, Amrei?«

Ihre ganze Haltung schien ihn anzuflehen, sie nicht alleine zu lassen, dennoch nickte sie, wohl wissend, dass sie ihn nur aufhalten würde.

Er sah zu, wie sie sich unter eine der niedrigen Wiesenhecken kauerte, bevor er erneut zu laufen begann.

Amrei hatte ihr Gesicht in ihren Händen vergraben und betete. Es waren unzusammenhängende Worte, wirre Sätze, doch sie brachte nichts Besseres zustande. Ihr blieb, darauf zu vertrauen, dass Gott sie schon verstehen würde.

Irgendwann sah sie blinkende Lichter näherkommen. Sie folgte ihnen mit dem Blick, bis sie langsamer wurden und abbogen. Jetzt wusste sie zumindest, wo sie sich befand und dass inzwischen die Polizei auf ihrem Hof eingetroffen war.

Doch sie blieb, wo sie war, und wartete. Die Minuten verrannen. Der Regen ließ allmählich nach. Langsam lichtete sich die Wolkendecke und das Gras bekam seine grüne Farbe zurück. Die Halme duckten sich unter den schweren Regentropfen, die auf sie fielen, und schnellten spielerisch wieder in die Höhe. Meter um Meter tauchte die Umgebung aus dem Grau auf, in das der Regen sie gehüllt hatte.

Amrei wandte den Kopf. Rechts von ihr sah sie die Landstraße und den Koppelzaun. Dahinter erhob sich die steile Anhöhe, auf der Schneesturm so gerne stand.

Endlich brach der Himmel auf. Die grauen und weißen Wolkenberge zogen weiter und vereinzelt zeigte sich sogar der blaue Nachmittagshimmel. In diesem Moment schritt der graue Hengst mit der dunklen Mähne auf den Hügel hinauf, um ein lautes Wiehern auszustoßen, dem zu Amreis Freude die Stuten antworteten.

Die junge Frau kroch unter dem Strauch hervor und stand auf. Sehr vorsichtig, da ihre Seite schmerzte, stapfte sie über die nasse Wiese, überquerte die Landstraße und erreichte die Auffahrt, die ihr an diesem Tag schrecklich lang zu sein schien.

Als sie endlich in den Hof trat, stellte Tom sich ihr in den Weg. »Es ist alles in Ordnung. Oma Wanner ist in der Küche. Es geht ihr gut. Sie ist nur ein bisschen durcheinander.«

»Was ist mit von Martheim?«

Tom zögerte. In diesem Moment gesellte sich der Polizist zu ihr, der schon vor etwas über einer Woche bei ihr auf dem Hof gewesen war. »Sind Sie in Ordnung, Fräulein Simon?«, erkundigte er sich.

Amrei nickte.

»Sie sehen sich also in der Lage, mir ein paar Fragen zu beantworten?«

Wieder nickte sie.

»Dann würde ich Sie bitten, mich zu begleiten, um mir zu sagen, ob es sich bei dem Mann dort drüben um Ihren Angreifer handelt.«

Amrei kniff die Augen zusammen. Bernhard von Martheim war noch hier? Sie hatte damit gerechnet, dass er sich aus dem Staub gemacht hatte.

»Ich wollte Amrei den Anblick ersparen«, mischte sich Tom ein, der ihr mit seinem breiten Kreuz die Sicht in den Hof versperrte.

»Anblick? Was ist eigentlich los?« Amrei richtete sich so weit wie möglich auf.

»Ich denke, die Pferde-Amrei hält das aus«, befand der Polizist und ergriff sie am Arm.

Tom trat beiseite und Amrei folgte dem Polizisten mit weichen Knien zum Brunnen. Dort lag, in sich zusammengesackt, eine männliche Gestalt.

Amrei blieb ein paar Schritte vor dem Brunnen stehen.

Dieser leblose Körper … das war der Mann, der sich ihr als Herr König vorgestellt hatte. Die Handharke steckte noch immer in seiner Schulter, dabei war sie sich sicher, dass er gerade dabei gewesen war, sie herauszuziehen, als sie floh.

»Was … was ist passiert?«, stammelte sie benommen.

»Das würde wir gerne von Ihnen wissen!«

»Ich habe versucht, mich zu wehren, und das Einzige, was ich zwischen die Finger bekommen habe, war Oma Wanners Harke. Ich habe ihn damit erwischt und bin geflohen. Warum liegt er hier?«

»Sein Schädel ist eingeschlagen worden.«

Amrei musterte den zweiten Polizisten, der hinter von Martheim kniete und versuchte, eine Blutung am Kopf zu stillen.

»Noch lebt er«, sagte dieser, ohne aufzusehen.

»Aber … als ich fortlief, war er unverletzt – bis auf die Harke«, räumte sie ein.

»Sie müssen uns alles erzählen, Fräulein Simon«, forderte der ältere Beamte, der neben ihr stand, sie noch einmal auf.

Amrei nickte und betrachtete nachdenklich den Schwerverletzten. Trotz des Blutes und der nassen Schmutzschicht, die ihn bedeckte, wirkte er noch immer wie der reiche, ehrbare Bürger, als der er hier aufgetreten war. Ein Bernhard von Martheim besaß viel Macht und Ansehen. Würde man ihr glauben – selbst wenn die beiden Polizisten Mickis Geschichte kannten und sie vielleicht dieses Dienstmädchen befragen konnten, das ihrem Bruder so viel erzählt hatte? Das würde mit Sicherheit nur geschehen, wenn sie diesen Mann nicht schonte – und somit auch sich selbst nicht, so schwer ihr das bei manchem, was sie zu erzählen hatte, auch fallen würde.

»Setz dich, Amrei.« Tom nahm sie sanft am Arm und drückte sie auf einen nassen Gartenstuhl, den er von der Terrasse geholt haben musste.

»Also, dann mal los!«, meinte der Polizist und hielt seinen Bleistift zum Mitschreiben bereit.

Amrei blickte auf ihre schlammigen Stiefel hinunter, als sie zu berichten begann, wie sie die Stute in den Stall geführt und trocken gerieben hatte. Sehr ausführlich erzählte sie von dem Gespräch, das von Martheim mit ihr geführt hatte, und begann schließlich, ihren Überlebenskampf zu schildern. Zwischendurch hob sie einmal kurz den Kopf. Tom, der ihr den Rücken zugewandt hatte, hielt die Arme vor der Brust verschränkt und wirkte wie eine leblose Statue. Der Polizist schrieb nicht mit, obwohl sein Stift auf das Papier in seiner linken Hand zielte. Sein Blick war fassungslos auf sie gerichtet, und so schlug sie schnell wieder die Augen nieder.

Sie beendete ihren Bericht damit, wie sie auf die Wiese hinaus geflohen war.

Dann hob sie den Kopf und ihr Blick wanderte erneut zu Tom. Er war vor den Polizisten im Hof gewesen. Hatte er von Martheim hier angetroffen und …

Aber nein! Das würde er niemals tun. Allenfalls, um sein Leben zu verteidigen. Außerdem steckte noch immer die Harke in von Martheims Schulter. Er war gar nicht mehr dazu gekommen, sich von dem Gerät zu befreien. Der Mann musste den Schlag also unmittelbar in dem Moment abbekommen haben, als sie fliehen konnte.

Amrei schwieg, tief in Gedanken versunken. Sie hörte, wie der Polizist, der sich noch immer um das Leben des Mannes bemühte, den anderen fragte: »Kann man das alles glauben?«

»Die Pferde-Amrei mag sein, wie sie will, Kollege. Aber eines ist sie in jedem Fall: glaubwürdig.« Mit diesen Worten drehte er sich um und ging davon. Kurz darauf stand er wieder bei ihnen und erklärte: »Die Kühe sind alle hinüber. Da hat ein Schlächter gewusst, was er tut.«

Amrei erwachte endlich aus ihrer Erstarrung. Sie stand auf und ging zu Tom. Sein Gesicht war ausdruckslos, als bemühe er sich, ja keine Gefühle preiszugeben.

»Was ist mit Micki? Und mit deinen Eltern und Angela?«

»Der Junge, Frau Hedding und Frau Metzger sind noch auf der Wache, Fräulein Simon«, mischte sich der Polizist ein.

»Mein Vater ist auf dem Weg hierher«, sagte nun Tom. »Wir sind mit dem Wagen von der Straße abgekommen.«

»Es ist dir aber nichts passiert? Oder deinem Vater?«, fragte Amrei besorgt.

»Es geht uns beiden gut, Amrei«, beruhigte er sie und fuhr ihr mit dem Zeigefinger sanft über die Wange.

»Ich würde jetzt gerne nach Oma Wanner sehen. Darf ich?«, fragte Amrei an den Polizisten gewandt.

Aus der Ferne war die Sirene des Krankenwagens zu hören.

»Sicher, gehen Sie nur, Fräulein Simon.«

»Zieh dir etwas Trockenes an, Amrei«, bat Tom.

»Was machst du?«

»Ich nehme zwei Pferde und reite meinem Vater entgegen.« Amrei ging mit schweren, langsamen Schritten hinüber zu der angelehnten Küchentür.

Oma Wanner saß allein auf der Küchenbank. Sie hatte ihre Hände auf dem Tisch gefaltet und wirkte so, als sei sie in ein Gebet vertieft. Amrei blieb unter dem Türrahmen stehen und musterte sie. Die Frau war patschnass. Ihre Schuhe und die Strümpfe, die unter dem nassen Rock hervorschauten, waren mit Schlamm überzogen und ein paar kleine Blätter hingen an ihnen. Oma Wanner musste während des Regens draußen gewesen sein.

Amrei setzte sich ihr gegenüber an den Tisch und musterte besorgt die alte Frau, um schließlich ihre schmutzigen Hände auf die von Oma Wanner zu legen.

Diese hob langsam den Kopf. An ihrem unruhig im Raum umherhuschenden Blick konnte Amrei ihren aufgewühlten Zustand erkennen.

»Es ist alles gut, Oma Wanner«, sagte sie leise.

»Ja. Du bist ja da.«

»Und Micki und Angela werden auch bald kommen.«

»Sie waren nicht da.«

»Sie sind schon seit heute Morgen in der Stadt.«

»Aber der schreckliche Mann war da.«

Amrei seufzte. Sie betrachtete erneut verwundert die nassen Haare und die verschmutzte Kleidung der Frau und fragte sich, weshalb und wann sie draußen im Regen gewesen war.

»Sie werden ihn gleich wegbringen.«

Die Frau nickte und lächelte sie an.

»Magst du dich hinlegen, Oma Wanner?«

»Ich muss für die Gäste kochen«, widersprach sie, blieb aber bewegungslos sitzen.

»Tom und seine Eltern schaffen das alleine. Und die Schreiers werden sich bei dem Unwetter irgendwo untergestellt haben. Sie kommen bestimmt erst später.«

»Ja.«

»Komm, ich begleite dich nach oben. Ich sollte mich auch umziehen.«

Die beiden Frauen verließen miteinander die Küche. Sie

gingen nur langsam die Treppenstufen hinauf – zum einen weil Oma Wanner ohnehin nicht mehr schneller konnte, zum anderen da auch Amrei jeder Schritt wehtat.

Im Zimmer der alten Frau angekommen, half Amrei ihr, sich auszukleiden und zu waschen. Dabei fragte sie die alte Frau: »Hast du Herrn König gesehen?«

»Wen?«

»Den Gast?«

»Den Mann?«

»Ja.«

»Nein.«

»Gut.« Amrei flocht Oma Wanners weißes, dünn gewordenes Haar zu einem Zopf und führte sie an ihr großes Bett hinüber. Die Frau legte sich hinein und Amrei deckte sie zu, um sich neben ihr auf der Bettkante niederzulassen. Liebevoll strich sie ihr über die noch feuchten Haare. »Warum warst du denn im Regen?«, fragte sie.

»Ich hatte etwas gehört.«

»Was denn?«

»Ach, Kindchen, das weiß ich nicht. Und man konnte ja auch fast nichts sehen. Es regnete so stark und es war so dunkel.«

»Aber du hattest doch keine Angst, oder? Es hat ja nicht gewittert.« Amrei drückte die Hände der Frau noch ein bisschen kräftiger.

»Ich hatte Angst.«

»Es tut mir leid, dass ich nicht bei dir war.«

Oma Wanner tätschelte ihren Arm und schloss die Augen.

»Du warst also draußen, hast aber nichts gesehen?«

»Nur den Regen.«

Amrei atmete erleichtert auf. »Dann ruhe dich aus.« Amrei erhob sich, nahm die nasse, schmutzige Kleidung vom

Boden und warf noch einmal einen Blick auf Oma Wanner, ehe sie sich umwandte, um zur Tür zu gehen.

»Amrei?« Die Gerufene wandte sich um. Wenn Oma Wanner ihren Namen wusste, konnte es mit ihrer Verwirrtheit nicht so schlimm sein.

»Ich bin sehr, sehr froh.«

»Über was?«

»Darüber, dass ich dir helfen konnte.«

»Das tust du doch immer, Oma Wanner«, lächelte Amrei und griff nach der Türklinke.

»Aber ich muss dir bei Gelegenheit einmal zeigen, zu was eine Handharke da ist.«

Amrei erstarrte. Oma Wanner warf ihr vom Bett aus einen kurzen Blick zu und drehte sich dann von ihr weg auf die Seite, als wolle sie deutlich machen, dass für sie damit das Gespräch beendet sei.

Amrei ging in ihr Zimmer hinüber und ließ sich auf ihren Stuhl fallen, die nassen Kleidungsstücke von Oma Wanner fest an sich gepresst. Noch einmal versuchte sie in Gedanken durchzugehen, was am Brunnen geschehen war.

Die Schmerzen und ihre Erschöpfung hatten ihren Tribut gefordert und hatten sie ihre Umwelt nur noch verschwommen wahrnehmen lassen. Aber sie hatte geglaubt, einen Schatten zu sehen. Das war in dem Moment gewesen, als von Martheim schreiend vor Schmerz mit der Harke in seiner Schulter beschäftigt gewesen war und sie die Flucht ergriffen hatte. Und genau in diesem Augenblick musste von Martheim sich seine Kopfverletzung zugezogen haben.

Amrei starrte auf ihre geschlossene Zimmertür. Oma Wanner hatte ihr das Leben gerettet.

Angela trat ein, nahm Amrei behutsam die Kleider ab und kniete sich vor sie. »Tom hat mich geschickt. Er meinte, jemand müsse nach dir sehen. Er hat sich aber nicht getraut, das selbst zu tun.«

Amrei lächelte sie an.

»Dein Tom ist ein feiner Kerl und er hat eine Eselsgeduld.« Angela erhob sich, um Oma Wanners Kleider vor die geschlossene Tür zu werfen. »Los, zieh dich aus. Ich lasse dir gerade in deiner tollen neuen Badewanne Wasser ein«, sagte Angela. Dann fuhr sie fort: »Mein Otto hätte nicht so lange auf eine Umarmung und einen Kuss verzichtet, das sage ich dir.«

Amrei knöpfte die vollkommen verdreckte und teilweise zerrissene Bluse auf und überlegte sich, woher Angela wissen wollte, ob sie und Tom sich bereits umarmt oder geküsst hatten oder nicht.

Da sie schwieg, wechselte Angela das Thema: »Der Polizist sagte, sie hätten Blut und Haare am Ausguss des Brunnens gefunden. Der ist ja aus hartem Metall und sehr spitz und scharfkantig. Deshalb vermuten sie, dass von Martheim entweder ausgerutscht oder gestolpert und dann mit dem Kopf dagegengefallen ist.«

Amrei hatte da ihre eigene Version, die sie jedoch für sich behielt. Wahrscheinlich hatte Oma Wanner sie gesehen und war ihr zu Hilfe geeilt, um den Mann von ihr wegzustoßen oder wegzuziehen, was seinen Sturz verursacht hatte. Wie die alte Frau das geschafft hatte, war ihr allerdings schleierhaft. Wahrscheinlich hatten verschiedene Faktoren wie der nasse Untergrund, seine starken Schmerzen und vor allem Oma Wanners Angst um sie dazu beigetragen, dass ihre Kraft hierfür ausreichte.

»Jedenfalls gibt es keine Ermittlungen gegen dich oder

Tom. Und der Arzt meinte, von Martheim hätte eine Chance zu überleben. Wahrscheinlich wird er aber ein Pflegefall bleiben. Von Micki soll ich dir übrigens ausrichten, du seist seine Heldin.«

Amrei, die sich inzwischen entkleidet und in ein Handtuch gewickelt hatte, drehte der Freundin den Kopf zu.

Angela hob beide Hände.

»Keine Sorge, er hat nicht alles mitbekommen.«

Amrei griff nach einem weiteren Handtuch und nach ihrer Seife, ehe sie zur Zimmertür ging.

Angela, die sich an den Bettpfosten gelehnt hatte, drehte sich nach ihr um. »Du sagst ja gar nichts, Amrei«, stellte sie besorgt fest.

»*Du* redest doch die ganze Zeit«, erwiderte Amrei mit einem schwachen Lächeln.

Angela zog ein Gesicht. »Ich weiß. Das tue ich immer, wenn ich nervös und hilflos bin. Ich weiß einfach nicht, wie ich dir helfen kann, das alles zu verarbeiten oder …«

Amrei legte ihr zweites Handtuch und die Seife auf ihre Kommode und drückte die Freundin an sich.

Angela erwiderte die Umarmung und begann heftig zu weinen. »Es tut mir leid. Eigentlich sollte ich *dich* trösten.«

»Wenn du aber doch Trost brauchst …«, flüsterte Amrei ihr zu. »Aber was ist mit dir?«

»Angela, ich sitze hier seit mehr als einer halben Stunde. Ich habe gegrübelt, geweint, nachgedacht und gebetet. Es gibt ein paar Dinge, die ich nicht verstehe, aber die gab es in der Vergangenheit schon und die wird es auch in der Zukunft noch geben. Was ich im Moment weiß, ist, dass dieser ganze schreckliche Tag – und auch die Tage davor – etwas in mir verändert haben.«

»Ja?«

»Ja. Ich habe erfahren, dass die Menschen sehr unterschiedlich sind.«

»Das wusstest du aber schon immer«, meinte Angela und schniefte laut auf.

»Gut, etwas genauer: Du weißt, dass ich Angst vor Männern hatte oder ihnen zumindest misstraute. Dann hat Tom versucht, mir dieses Misstrauen und die Furcht zu nehmen, aber ich kam nie ganz davon los. Es blieb immer ein Stück davon in mir.«

»Ich sage ja, er hat eine Eselsgeduld.«

»Ich musste lernen, dass es wirklich schreckliche Männer gibt – und auch Frauen – und andere, denen ich vertrauen darf.« Amrei zog die Schultern in die Höhe. »Ich weiß nicht, wie ich es ausdrücken soll, Angela. Es ist weg. Ich denke, ich werde jetzt auch mit Männern allein sein können. Mit Männern wie Toms Vater oder Herrn Bauer, Herrn Schmidt, Donald Bridge und anderen – weil ich jetzt weiß, dass sie mir nicht alle Böses wollen. Und ich weiß, dass es Menschen gibt – Männer wie Frauen, denen ich trotzdem mit Vorsicht begegnen muss.«

Angela entfernte sich von Amrei und sah ihr prüfend in ihr verschrammtes, schmutziges Gesicht. »Das ist ein Wunder! Um ehrlich zu sein, hatte ich genau das Gegenteil erwartet, nach dem was Tom vorhin erzählt hat.«

»Du solltest Wunder erwarten, Angela, sonst kannst du das Beten aufgeben.«

»Und was ist jetzt mit Tom?«

»Tom?« Amrei lächelte verschmitzt. »Der wird das noch früh genug erfahren.«

Angela freute sich so sehr über Amreis Lachen, dass sie sie noch einmal in den Arm nahm. Fast im selben Moment stieß sie einen erschrockenen Schrei aus: »Das Badewasser!« Damit lief sie aus dem Zimmer.

»Keine Sorge, das läuft bestimmt zuallererst in Toms Zimmer«, rief Amrei ihr nach.

Kapitel 46

Tom saß mit seiner Mutter auf der Terrasse und hielt die schlafende Rosa Schreier in seinen Armen. Micki und sein Vater waren in der Scheune, aus der seit einiger Zeit die Geräusche einer Säge und eines Hammers drangen. Der junge Mann grinste seine Mutter breit an, die fragend die Augenbrauen hob.

»Da haben sich zwei gefunden«, sagte Tom.

»Das stimmt. Die beiden mögen sich – und Vogelhäuschen.«

»Wo willst du die in Hamburg denn alle aufhängen?« Tom lachte, verstummte aber schnell wieder, als er sah, dass das Mädchen unwillig das Gesicht verzog.

»Die bleiben alle hier«, sagte die Frau energisch. »Bis wir abreisen, wird jeder Baum im Schwarzwald ein Vogelhäuschen tragen.«

Tom hörte ihr nicht mehr richtig zu, denn er hatte Amrei entdeckt, die die aufgesattelte Stute Stern in den Hof führte und die Steigbügel einstellte. »Was hat Amrei denn vor?«, brummte er und wollte aufstehen.

Seine Mutter legte ihre schmale Hand auf seinen Arm. »Lass sie, Tom.«

»Sie kann noch nicht wieder reiten.«

»Sie kann und sie wird. Seit einer Woche, seit dieser schrecklichen Geschichte mit diesem Mann, bemutterst du sie wie ein Huhn seine Küken.«

»Du siehst ja, warum. Sie hat einen schrecklichen Dickkopf.«

»Richtig. Und genau deshalb musst du aufhören, dich wie eine Glucke zu benehmen. Du erdrückst sie, Tom.«

»Ich –«

»Ja, du engst sie zu sehr ein. Sie bekommt ja kaum noch Luft.«

»Ich –«

»Sie hat sich jahrelang, teilweise unter widrigen Umständen, allein durchs Leben geschlagen und dabei noch die Verantwortung für ein Kind, ihre Schwägerin und eine alte Frau übernommen. Sie ist stark, Tom. Du darfst nicht versuchen, sie schwach zu machen, nur weil du ein großer, starker Mann bist, der ihr gerne Schutz und Liebe geben und ihr am liebsten alles Unangenehme vom Leib halten möchte. Lass sie bleiben, *wie* sie ist und *wer* sie ist: die Pferde-Amrei. Die Frau, die Automotoren reparieren, Holz hacken, Terrassen bauen und auf einer Auktion Kühe ersteigern kann, dass die Viehhändler brummend abziehen, weil sie sich über den Tisch gezogen fühlen.«

Tom grinste breit. »Aber ein Dach kann sie nicht reparieren. Heute Nacht hat es schon wieder –«

»Tom! Es ist mir ernst.«

»Ich weiß, Mom. Ich werde deinen Rat beherzigen. Und ich werde das Bett in unserer Hochzeitsnacht so stellen, dass es ihr ins Gesicht regnen wird. Und –«

»Tom!« Seine Mutter lachte und nahm die Hand von seinem Arm.

»Vielleicht wird sie eines Tages ruhiger werden. Manche Frauen werden das, wenn sie ihr erstes Kind geboren haben. Aber dann ist es eine Veränderung, die aus ihr kommt oder von Gott. Aber nicht von dir!«

»Okay!«, sagte Tom und sah zu, wie sich Amrei vorsichtig in den Sattel hob und in gemächlichem Schritt auf die Wiesen zuritt.

»Also lass sie jetzt ein bisschen reiten.«

»Und was denkst du, hat es zu bedeuten, dass sie ein zweites gesatteltes Pferd im Hof zurückgelassen hat?«, fragte er mit dem ihm eigenen frechen Grinsen auf dem Gesicht.

Susan Hedding wandte sich in ihrem Stuhl um und blickte auf Salome, die fertig gesattelt und aufgezäumt allein im Hof zurückgeblieben war. »Ich würde sagen: Gib mir Endlos Schreier und lauf.«

»Ich höre doch immer auf dich, Mom!«, sagte er, drückte ihr das Kind in die Arme, gab ihr einen Kuss auf die Wange und lief los.

Amrei hörte die Hufschläge hinter sich, hielt jedoch nicht an und sie drehte sich auch nicht um.

Es dauerte nicht lange, bis Tom sie einholte und seine Stute in den Schritt zurückzügelte.

»Und? Wohin reiten wir?«, fragte er.

Amrei schenkte ihm ein strahlendes Lächeln. Sie hatte mit Vorwürfen gerechnet, weil sie sich schon auf ein Pferd gewagt hatte, doch diese blieben aus. »Ich würde gerne ein Stück weit den Fluss entlangreiten.«

»Gibt es eine besondere Stelle, zu der du möchtest?«, wollte er wissen.

»Ja.«

»Okay.«

Die beiden ritten weiter, der allmählich hinter den Hügeln versinkenden Sonne entgegen. Sie blieben im Schritt, denn größere Erschütterungen bereiteten ihr immer noch zu große Schmerzen.

Nach einer Weile warf Amrei einen Blick auf ihre Armbanduhr, um anschließend in Richtung der Gebäude zu sehen. Zufrieden nickte sie und brachte die Stute zum Stehen.

Tom tat es ihr nach. »Ist das die Stelle?«

»Ja?«

»Okay.« Tom zog die Füße aus den Steigbügeln und sprang ab. Er nahm seine Stute an den Zügeln und führte sie ein paar Schritte bis zu einer alten, knorrigen Pappel, um sie an dieser festzubinden. »Warum dieser Platz? Was ist hier?«, fragte er und verschränkte die Arme vor seiner Brust. Interessiert betrachtete er das dunkelgrün schimmernde Wasser, das über die moosbewachsenen, nassen Steine floss, die Pappeln und das hohe, wild wachsende Gebüsch zwischen den Bäumen.

»Er ist perfekt«, sagte sie nur.

Tom drehte sich um und besah sich die Bäume, die entlang des steil ansteigenden Berges wuchsen, der das Tal zu dieser Seite hin begrenzte. Auch dort konnte er nichts entdecken, was Amrei veranlassen könnte, ausgerechnet diesen Platz als Ziel ihres kleinen Ausrittes auszusuchen. »Wenn dieser Platz hier perfekt ist, warum steigst du dann nicht ab?«, wollte er wissen.

»Vielleicht, weil ich auf deine Hilfe warte?«

Er grinste, kam zu ihr und der Stute herüber und schaute zweifelnd zu ihr hinauf. »Bist du dir sicher, dass ich dir helfen soll? Eine sehr weise, sehr erfahrene Person sagte mir vor nicht allzu langer Zeit, ich solle dich nicht –«

»Würdest du mir jetzt bitte herunterhelfen?«

»Aber gerne!«

Amrei schwang vorsichtig ein Bein über den Hals der Stute. Tom ergriff sie an den Hüften und hob sie aus dem Sattel.

Wie sie erwartet hatte, beließ er seine Hände da, wo sie waren, und sie neigte vergnügt den Kopf zur Seite, um mit einem Blick auf die Pappeln und das wild wuchernde grüne Gebüsch anzumerken: »Perfekt, findest du nicht? Weder vom Haus noch von den Koppeln oder vom Fluss aus können wir hier gesehen werden.«

Tom sah sie an. Erst war sein Blick fragend, dann hellte er sich auf und ein fröhliches Lächeln ließ seine Augen schmaler werden. »Okay«, sagte er, sehr tief und sehr leise.

In Amreis Magengegend begann es zu rumoren, und wie von ihr erhofft war der Grund dafür nicht Angst, nicht einmal ein Anflug von Unsicherheit, sondern einfach nur aufgeregte Freude.

»Seit einer Woche behandelst du mich wie ein rohes Ei, Tom.«

»Das hat mir heute schon mal jemand gesagt«, gestand er, ohne den Blick von ihren Augen zu nehmen.

Amrei hielt diesem stand, und ihr gefiel, was sie in seinen Augen sah. Es war ein Spiegelbild ihres Gesichtes. Er sah nur sie, so wie sie war, und das schien ihm zu genügen. »Und deshalb bist du auch selbst schuld.«

Tom, der sich über sie gebeugt hatte, richtete sich auf und hob fragend die Augenbrauen.

»Daran, dass es jetzt fast 192 Stunden länger gedauert hat.«

Tom kniff ein Auge zusammen und rechnete schnell. »Fast 8 Tage?«

»So lange ist die Frist schon verstrichen.«

Tom schüttelte verwundert den Kopf. »Welche Frist?«

»Die 24-Stunden-Frist, die du mir – und dir – gestellt hattest.«

»Okay.«

»Nein, das ist nicht okay. Ich will nämlich nicht noch länger warten.«

Tom holte tief Luft, und seine Arme umschlossen sie, ganz vorsichtig, da er ihr nicht wehtun wollte.

»Wie lange habe ich noch Zeit?«, fragte er gespielt hektisch.

»Ein paar Minuten. Höchstens«, erwiderte Amrei und legte ihre Arme um seinen Hals. Abwartend sah sie ihn an.

»Okay, alles der Reihe nach«, meinte er, worauf Amrei hell auflachte. Sein Grinsen fiel dagegen herrlich verlegen aus.

Noch einmal atmete er tief ein, dann zog er sie näher zu sich und sagte: »Ich liebe dich, Amrei Simon.«

Amrei spürte ihren heftigen Herzschlag. »Ich liebe dich, Tom Hedding«, erwiderte sie mit fester Stimme.

»Okay.«

Amrei öffnete den Mund, um etwas zu sagen, doch ein verhaltener Zischlaut von ihm ließ sie schweigen.

»Wo wir gerade mal dabei sind, Amrei, möchte ich dich auch gleich fragen, ob du mich heiraten würdest.«

»Ja.«

»Okay. – Was?« Seine Frage war fast ein Schrei.

»Ja, ich würde dich gerne heiraten.«

Tom ließ sie los, machte einen großen Satz nach hinten, riss seine geballte Faust in die Höhe und stieß einen lauten, wilden Jubelschrei aus.

Stern wieherte erschrocken auf und lief davon.

Der junge Mann drehte sich zu ihr um. »Dann sollten wir –«

»Deine Zeit ist um, Cowboy.«

»Nein!« Er lachte triumphierend und nahm sie erneut in den Arm. »Du hast 192 Stunden nachzuholen, Pferde-Amrei.«

»Einverstanden.«

Tom besiegelte dieses Versprechen mit einem Kuss. Schließlich hob er den Kopf und sah sich suchend um. »Keiner da, der uns stört?«, fragte er vergnügt.

»Nein.«

»Ein perfekter Platz, du hast recht.« Noch einmal zog er sie an sich, um sie zu küssen.

Dann schob er sie sanft von sich fort, um sie anzusehen. »Wir sollten es den anderen sagen«, schlug er vor, machte auf sie jedoch nicht den Eindruck, als habe er es sehr eilig, sie aus seinen Armen zu entlassen.

Der leichte Wind, der die gewaltigen Fichten zum Rauschen brachte, wehte ihm ihre aus dem Zopf gelösten Haare ins Gesicht, und er strich sie ihr liebevoll zurück.

»Sie haben es bestimmt gehört!«, lachte sie.

»Auch gut«, sagte er und zog sie wieder fest an sich.

Er heilt, die zerbrochenen Herzens sind,
und verbindet ihre Wunden.
Psalm 147,3; Rev. Luther 1984